回声

民 / 心 / 才 / 是 / 根 / 据 / 地

张树生◎著

民心才是根据地
领导的行为 就是一个政党 一个组织
一支军队的作风和战斗力

当兵不能怕死，男人就得争先

中国文联出版社
http://www.clapnet.cn

图书在版编目（CIP）数据

回声 / 张树生著. -- 北京：中国文联出版社，

2016. 7

ISBN 978 - 7 - 5190 - 1714 - 9

Ⅰ.①回… Ⅱ.①张… Ⅲ.①长篇小说—中国—当代

Ⅳ.①I247.5

中国版本图书馆 CIP 数据核字（2016）第 151944 号

回　声

作　　者：张树生

出 版 人：朱　庆

终 审 人：奚耀华　　　　　　　复 审 人：蒋爱民

责任编辑：胡　笋　　　　　　　责任校对：傅泉泽

封面设计：中联华文　　　　　　责任印制：陈　晨

出版发行：中国文联出版社

地　　址：北京市朝阳区农展馆南里 10 号，100125

电　　话：010 - 85923039（咨询）85923000（发行）85923020（邮购）

传　　真：010 - 85923000（总编室），010 - 85923020（发行部）

网　　址：http://www.clapnet.cn　http://www.claplus.cn

E - mail：clap@clapnet.cn　　　hus@clapnet.cn

印　　刷：北京天正元印务有限公司

装　　订：北京天正元印务有限公司

法律顾问：北京天驰君泰律师事务所徐波律师

本书如有破损、缺页、装订错误，请与本社联系调换

开　　本：710×1000　　　　　1/16

字　　数：430 千字　　　　　　印　张：24

版　　次：2016 年 7 月第 1 版　　印　次：2016 年 7 月第 1 次印刷

书　　号：ISBN 978 - 7 - 5190 - 1714 - 9

定　　价：59.00 元

前 言

　　这是一部以冀东抗战历史为基础的小说。

　　冀东，是指北京以东，北至古北口、山海关、秦皇岛一线，南至天津武清，包括今日河北省东北部、天津市全部及北京市东部 22 个县市的广大地区。冀东位于伪满洲国南大门，是日寇占据时间最长，离日寇战略后方最近的一块抗日根据地。她以一九三八年夏季进军冀东的八路军第四纵队留下坚持斗争的数百人和冀东大暴动失败后保留的千余人武装为基础，不断发展壮大。七年间，几乎无日无战事，战斗之惨烈、部队和民众伤亡之惨重，战果之辉煌，不亚于其他任何一块根据地，牺牲团、县级以上干部百余人，营、区级以下干部数千人，战士达三万人以上，民众死亡更是达到了三十万人。至抗战胜利时，冀东军民歼灭日伪军十万人以上，军区的主力部队发展到三万人，游击队五千人，民兵达二十二万之众，并按中央的命令，抢先进军东北，为抗日战争和解放战争，建立了不可磨灭的功勋。

　　为中国革命做出如此贡献的冀东抗战，却鲜见宣传，不仅文学作品很少，史实性的纪实和老同志的回忆录，和其他抗日根据地相比，也少得可怜。莲花峰七勇士跳崖，其忠勇和壮烈，一点不亚于狼牙山五壮士，且早了一年多，但始终未得广泛宣传。一部电影《剑吼长城东》也根本不能反映冀东抗战的艰苦程度和众多人物。

　　土生土长的作者，听着冀东八路抗战的故事长大，为前辈们的流血牺牲和创造的伟绩所感动，本想写一部反映冀东抗战的史料作品，又唯恐有抄袭之嫌，于是写出了这部以冀东抗战历史为基础的小说。

　　在正面战场，日寇几乎打赢了每一场战役；在敌后战场，日寇却输掉了大多数战斗。最终，日寇输掉了战争。日寇在占领区之败，不是败在部队的战斗意志，不是败在部队的技战术水平，而是败在了人民战争的汪洋大海，败在了精神的法西斯化；中国共产党敌后之胜，不是胜在武器装备，不是胜在部队数量，而是胜在赢得了民心，胜在激发了民众团结御辱的民族精神。

　　本书试图以冀东抗战史实为基础，复原冀东抗战的原貌；试图从几位主要人物的性格、命运，重现冀东抗日根据地所走过并最终取得胜利的曲折历程，揭示"民心才是根据地，领导的行为，就是一个政党、一个组织、一支军队的作风和战斗力"这一主题。

　　时代造就英雄，时代需要英雄。英雄也具有普遍人的性格，英雄又有超越常人的作为和影响。

　　还原一段历史，就是还原一段足迹，还原一种信仰；还原一个人物，就是还原一段历史，还原一个民族历程。

目　录
CONTENTS

　　平北县城，八路军第四纵队两次攻击失利。大渡河英雄、连长熊大林奉命带主力四连再次攻击。熊大林信誓旦旦：想当初，长征路上，老子带着十六个人强渡大渡河，一个城墙算个屁！纵队司令员宋志伦骂道：你熊二球没资格在老子面前称老子，天亮前攻下来，老子让你当营长。攻不下来，你小子连长都没资格当，干脆脱了军装，回你江西老家当山大王去。战斗结束，熊大林晋升为营长。战士们祝贺，熊大林认为是官复原职。

　　刘永光述说从军感触：你要问我是怎么躲过肃反的，告诉你，就是要学会忍耐，闭上你的嘴。现在你当了营长，不要不满就发泄。忍耐是一种品德，也是革命必备。单二贵带杨明泽、高大虎化装侦察，二营雨夜偷袭平东县城行军路上伤亡 17 人。二营偷袭成功缴获重多。熊大林招军扩兵，言韩信将兵多多益善。刘永光笑道：看来只让你当个营长，屈才了。

　　冀东大暴动使日寇后方变成了"前线的前线"。日军从武汉前线调来小林旅团和部署在长城沿线的关东军、伪满军共 10 多万人围攻冀东，第四纵队苍促西撤，熊大林刘永光奉命留守冀东组建三支队，分任支队长政委。日军猛烈的炮火和密集的机枪火力，将西渡白河的部队打得四处逃散,白河顿时变成了血染的红河,断残的浮桥上、血红色的河水里、赤裸的河岸上,到处是死伤的抗联战士。冀东暴动重要领导人李云长命令部队停止西撤返回冀东,坚持敌后游击战争。

　　三支队进入雾灵山分散活动,熊大林与刘永光商讨生存之法。刘永光评说诸葛亮劝熊大林不必事必躬亲。熊大林筹经养带兵端掉七个伪警察所放松警惕被围连家庄,天黑后突围熊大林欲杀回马枪。刘大龙阻止,熊大林骂道:老子好不容易缴了那么多的粮食、被装,丢在那可惜。小鬼子再神,也料不到老子还敢打回去。你小子要是胆小不敢去,就留下照顾伤员。

　　三支队活动区域离北平最近,受到了日伪军残酷围剿,刚刚发展起来的部队开始出现逃亡。熊大林刘永光强调必须官兵平等,三支队被迫再次分散游击。土匪蒋得财抢劫三支队,熊大林大怒:他妈的,真是虎落平原被犬欺,连毛贼土匪都敢抢老子,还杀老子的人,不灭了你蒋得财,你就不知道什么是共产党八路军。行军路上熊大林打条借粮,剿灭蒋得财暴露三支队行踪。

　　日军半路堵截,熊大林命令扔掉缴获,抢占要点。打退鬼子试探性进攻,熊大林趁鬼子合围尚未形成果断撤退,转道再进雾灵山。大队长王长启牢骚满腹,熊大林刘永光决定撤销其大队长职务。王长启携枪携款逃跑叛变,三支队雪上加霜。日寇重重围困,王长启充当鬼子说客,熊大林枪毙劝降叛徒。三支队杀马充饥,以伤亡百余人暗夜突围。

　　熊大林油灯下向村长田志忠讲述日寇敢于侵略中国之原因和战胜日寇之法。日本关东军为何敢以不足两万人对近二十万的东北军发动"九一八"事变?"七七"事变,日本华北驻屯军不到一万人,为何敢对近10万人的29军动手?鬼子的四周都是中国人,从空间上小鬼子时刻处在中国人民的包围之中。冀东正好卡在伪满洲国与华北的咽喉上,坚持冀东就等于卡住了鬼子进攻中国的咽喉。田志忠协助熊大林动员民众，筹粮筹款。三支队扩兵备战，刘大龙刺杀技术惊呆众人。

李云长任冀东军分区司令，熊大林不满。熊大林带兵出山铲除土匪遇假扮自己李鬼，正欲问个究竟，却见一个手握双枪、身披黑色风衣，梳着一条过肩长辫、白嫩瓜子脸，明眸皓齿的年轻女人走了过来，对着熊大林道："这么说你见过熊大林了？"熊大林转身望去吃了一惊：怎么会有这么年轻漂亮的女土匪？消灭土匪郑九茹柯二美观战，熊大林与柯二美结下不解之缘。

收编土匪袁大东，熊大林未经请示与袁大东拜把结盟。刘永光感叹，我们是在敌后作战，一切武器弹药都要靠缴获，有时为了缴一枝枪、缴几发子弹就要搭上一两条人命，解决部队的弹药供给是燃眉之急。熊大林出奇想，把当地手艺好的木匠和打铁的小炉匠集中起来，先从做手榴弹、地雷和再造子弹开始，开金矿、扒铁轨，解决兵工厂的经费和原材料问题，并请李云长通过冀东党组织与北平地下党联系，从北平动员一批学生和技术人员加入兵工厂。

三支队整编三团成立，熊大林刘永光分任团长政委。武岛骑兵中队进盘山扫荡，熊大林令贺长明将鬼子诱入蛤蟆沟。熊大林还没有发出射击命令，战斗就以鬼子发现埋伏后先敌开火突然进攻的方式打响，将熊大林打了个措手不及。骑在马上向山上冲的鬼子着实厉害，边冲锋边用"马枪"射击，二十几名战士还没有冲到投弹距离，就被鬼子打倒。熊大林令组成突击队，将各连剩余子弹全部集中给枪法好的战士，以特等射手掩护突击队用手榴弹实施攻击。

全歼日军骑兵中队，熊大林为自己的伤亡大苦恼：鬼子的战斗意志如此之强，甚至强过了平型关的鬼子。鬼子是侵略者，发动的是非正义战争，他们的意志是从哪来的呢？刘永光阐述原因。李云长派军分区锄奸部长江新河指导三团锄奸。江新河奉行极左路线滥抓滥杀,熊大林带兵将江新河缴械释放田志忠。

　　熊大林将江新河遣送回军分区,返回路上与鬼子遭遇负重伤。警卫员宋小宝牺牲,班长郭大海令剩余的战士掩护,自己扛起团长后撤。鬼子追来,郭大海打光子弹,拉出手榴弹弦,喃喃地说:"团长,我不能带你走了,让我和你一起上路吧。"突然传来激烈的枪声,郭大海认出领头冲来的是豹儿寨的大当家柯二美。熊大林高烧不退,柯二美跪求母奶,单骑进城强行买药。刘永光对柯二美感谢,柯二美娇羞地回答:"我不要枪,也不要钱,我要人。等熊团长好了,你告诉他必须娶我。"

　　熊大林伤势逐渐好转,发誓迎娶柯二美。三团遵令开辟热南根据地,结婚申请首次被拒。佐佐木调动两个大队鬼子和伪满洲军第一团于拂晓前将毛家峪包围。佐佐木令百姓说出兵工厂藏在何处,乡亲们无一作答。房上的机枪响了,密集的手雷投向人群,孩子们哭喊着成片倒下,成年人也惨叫着成片倒下。村民的鲜血汩汩流出来,在腾着烈焰的地上冒着蒸气淌着。全村一千二百余人被杀,财物被抢劫一空,多户被杀绝,其中有一百余名十岁以下的孩子。

　　铃木启久施诡计,制造主力调出冀东的假象。军分区发出"大战红五月"号召,命令所属两个主力团出击冀东东南部平原。熊大林认为是日寇制造的假象,极力反对:"我敢断定,如果按这个命令执行,不是全军覆灭,也是损失过半,让他撤掉我好了。"刘永光听了怒火上冲:"撤了你三团就不执行命令了吗?真要出现你预测的情况,只有你当这个团长,才能减少我们的损失。"三团遵令出击,日军重兵围剿,三团被迫村落防御坚守一天趁夜突围。

　　三团突围后一路向西欲避开鬼子封锁,李云长坚持部队立即向北。过公路封锁刘永光负重伤,三团一路挤杀再次陷入重围。刘永光滚落担架要求将自己和重伤员留下,熊大林令抬走刘永光自己陪重伤员同死。单二贵亮明与熊大林兄弟身份,大喊:"哥,为了三团,你就依了我,你在,三团就在!"部队进入盘山,鬼子继续追赶,马爱山率全排断后,七勇士弹尽跳崖。

　　　　突围后三团损失惨重,部队人枪损失达三分之二,基层抗日政权被基本摧毁。熊大林哭诉单二贵从军经历,李子方借赤壁之败曹操重整旗鼓最终建立大魏王朝鼓舞士气。李子方挥着手说:"用不了半年,我们三团还会发展成响当当的主力团,我们不但能把小鬼子赶出冀东,还要反攻满洲,把小鬼子赶回他的东瀛岛国去。"熊大林雪耻诱伏殷家庄大胜,缴获重多。

　　　　熊大林补充扩编部队,柯二美率武装集体参加八路,一营归建。熊大林再次向李云长提出结婚申请经。"结婚、结婚,你是共产党员,是八路军的团长,怎么能娶一个土匪作老婆呢?"李云长断然拒绝。熊大林大声回驳:"李司令,我也和你说过多少次了,柯二美她不是土匪,没做过祸害百姓的事,她拉起的是一支保家护院的民间武装,现在她是八路军战士!"

　　　　刘永光伤愈。李子方协调熊大林与司令员关系。袁大东拒绝收受改编,欲率队投敌,熊大林下令枪毙袁大东。袁大东求饶,熊大林骂道:"与你结拜为兄弟,是让你真心抗日。今天你要投降日寇,为八路军为敌,还要杀我派去的干部,早已没了兄弟情分。"熊大林组建炮兵连,刘永光做主为熊大林柯二美举行婚礼受军分区通报批评,责令熊大林刘永光写出检查。

　　　　军分区组建一团,熊大林扣住四连不放。日军发动太平洋战争,将二十七师团主力调离,从山东、河北南部调来治安军二十三个团。李云长决定利用部队战斗力基本恢复、伪治安军人地生疏战斗力差等有力条

件,集中二团、三团和部分游击队,对伪治安军发起进攻战役。三团一战
十里铺,二战双城子,三战果河沿,三战三捷,缴获重多。李云长将军区
支援平西经费、弹药的电报交给熊大林,令三团筹聚。

　　为筹足支援平西的三十万大洋,熊大林带特务连抢日人商铺。搞教
育刘永光阐述汉奸渊源。苗大国犯军纪强奸民女,柯二美求情,熊大林
大怒:功是光荣,罪是耻辱。如果在战场上,我可以替他死。可他强奸民
女,败坏八路军的声誉,不执行军法,何以服众?给你面子就是不给三团
面子,不给百姓面子,是你的面子大还是三团面子大、百姓面子大?不给
百姓面子我们将无颜面对他们。

　　日寇调回二十七师团主力。刘永光带三连护送赴平西轮训骨干被
围甲山。早上八点,敌人完成包围开始进攻,炮弹在空中呼啸,猛烈的炮
火炸得山石乱飞。刘永光抢过机枪,将挥着指挥刀的南木一郎大佐击
毙。下午鬼子增加了弹药和一个大队的兵力。鬼子劝降,刘永光大骂:
共产党是从来不投降的,你见过共产党八路军有集体投降的吗?共产党
是抗战的脊梁,如果这个脊梁弯了,还有中国吗?老子死了是死在自己
的土地上,你小鬼子死了,是死在异国他乡,死了也是孤魂野鬼

　　内线传来情报:毛家峪惨案的罪魁祸首佐佐木将率一个中队的鬼子
两个营的伪军给杨柳镇据点送粮。熊大林倾全团干草河设伏。战斗仅
半小时,一百八十多名鬼子被全部消灭。身着大佐军衔的佐佐木见装死
不成,举起战刀,"呀、呀"地叫着。熊大林举起红缨大刀,对着佐佐木的
头狠命砍去。众战士一齐上前,十几把刺刀扎进了佐佐木胸膛。组建孪
生兄弟二区队,熊大林慷慨派出得力干将李天盈谭忠诚分任区队长政
委。

　　杨明泽带高大虎侦察与鬼子遭遇,杨明泽负重伤牺牲。中队长小村
割下杨明泽人头示众将安葬杨明泽的 17 位百姓杀害。报仇雪耻沙子营

设伏,面对十几挺机枪和成群的手榴弹急袭,鬼子表现了极高的战术素质。熊大林抽出大刀叫道:"弟兄们,鬼子就在前面,你们是要命还是要报仇,是要脑袋还是要机枪?"率队向鬼子发起冲锋。为保护团长马二山牺牲。经肉搏决战,全歼日军两个小队,熊大林令割下小村和十七个鬼子的人头祭奠老杨排长和十七位死难乡亲。

　　反日寇"集家并村"熊大林力陈主力暂缓出击热南。整顿作风李云长提出冀东存在的执行命令讨价还价、本位主义、杀俘房、割鬼子人头等问题。熊大林明白要整自己,突然传来报警枪声,李云长被迫中止会议,令烧毁文件,拼死突围。身怀重孕的麻利嫂道:你们三百人怎么能拼过鬼子的七千人呢? 我带你们走。麻利嫂暗夜冒雪爬悬崖将部队带出重围,过冰河时生下一男婴。李云长感谢,麻利嫂笑了笑说:"山里人,哪有那么多要求,就麻烦李司令给这个冻不死的小子起个名吧。"

　　鬼子重兵扫荡,熊大林令二区队将鬼子引入预伏阵地。李天盈谭忠诚集中二区队五个连,将扫荡日伪军引入陡儿峪。鬼子反应极快,几乎在八路开火的同时,以中队或小队为单位,寻找有利地形向伏击的八路反击。二区队阻击阵地被突破。熊大林决定放弃伏击向西部山区转移。日伪军紧追不舍,熊大林令三营伪装成主力将敌诱入豹儿寨。熊大林倾全团和二区队趁夜向日伪军展开攻击,经四小时激战,全歼伪满洲军第一团。

　　部队进入岳家庄准备过端午节。凌晨马夫老杨发现敌情哨兵报警。火力侦察后发现被敌包围。激战到下午,鬼子继续增兵。熊大林决心带乡亲们一起突围。夜晚十点,熊大林欲亲自带队冲锋,柯二美阻止。熊大林道:"你已怀孕四个月了,这个时候让你代我冲锋,不让战士笑死我!""怀孕怎么了? 老虎怀孕就不捕食了吗? 熊家就剩你这一颗种了,姑奶奶死了,你再找个婆娘生下的还是你熊家的后代!"突出重围贺长明断后,路遇鬼子顺手牵羊负重伤。

　　李子方回到团部接到军分区命令:停止熊大林履行团长职务,将熊大林扣押。李子方知道,凭熊大林在团里的威信和柯二美的口碑,即使战士们知道熊大林被免了团长职务,他照样可以带走部队。李子方决定扣押电报。内线送来情报:鬼子欲将柯二美押解唐山日军师团部,并随车将被抓捕的青年妇女送日军慰安所。熊大林和李子方商定在鬼子据点门口伏击营救。三团以伤亡百余人营救成功。熊大林中弹牺牲被取消烈士称号,李子方平众怒慷慨陈词,恸苍天熊大林魂魄还在回声永存。

第一章

平北县城，激烈的枪声响彻夜空。八路军第四纵队第三十四、三十六大队对平北县城的第二次攻击开始了。城南方向，冲锋号激昂地响着，在机枪的掩护下，两架云梯架上了城墙。战士们蜂拥上前，蹿上云梯。突然，鬼子的手雷冰雹似地砸下，城墙下的战士成片倒下。鬼子蹿过来，推倒了两架云梯，云梯和云梯上的战士被重重地摔落。接着，鬼子的机枪和掷弹筒密集地打向了冲锋的队伍，战士们不得不再次退了下来。

借着月光火光，四纵队司令号宋时伦看得清楚，他狠狠地将军帽摔在桌上，对着参谋大声命令："快去，把三十四大队的四连连长熊大林叫来。"

参谋领命而去。一会，进来一个身体强壮、中等个，大眼睛、国字脸、脸色紫红、脚蹬草鞋的青年汉子。只见他敞着衣领、腰插驳壳枪，身背一把红缨大刀，举手向宋司令员敬礼："四连连长熊大林奉命来到"。

宋司令上前给来人正了正军帽，问："熊大林，你的帽徽呢？"

熊大林立正回答："青天白日哪东西，见了就心烦，揪掉了。"

宋司令道："你呀，还是长征路上那个二球劲，你揪掉了，怎么说服战士啊？"

熊大林回答："反正那个玩意早晚得换成咱们的红五星，我这是先行一步。"

宋司令骂道："别扯淡了。你看到了，平北县城虽然不大，但却有一个中队的鬼子和一个营的伪军守备，咱们两次攻击都没成功，伤亡不小，你们的营长也负了重伤。这是咱们四纵南路部队进军冀东的第一场恶仗，现在已到了后半夜，如果天亮前攻不下城墙解决战斗，天一亮北平的鬼子增援上来，我们将腹背受敌，不得不退，这将直接影响我们进军冀东支援冀东暴动。怎么样，敢不敢带你的四连攻上去？"

"有什么不敢的，想当初，长征路上，老子带着十六个人强渡大渡河，一个城墙算个屁！"熊大林不屑地回答。

"你熊二球在老子面前没资格称老子。小鬼子的战斗力你看到了，火力强、枪法准，战斗意志强悍。我们伤亡的这么多弟兄，大多是经过长征和晋北恶战的老骨头。一小时后36大队在城东发起佯攻，吸引敌人的兵力和火力。二营是34大队的主力，四连又是主力的主力，天亮前要是攻不下来，老子就把你那个'球'揪下来。"宋司令用手点了一下熊大林的头，威严地说。

"嘿嘿，小鬼子是硬，可我比他还硬。司令员，天亮前我要是攻下来呢?"熊大林狡黠地问。

"攻下来，老子让你当营长。"

"此话当真?"熊德林一贯善于抓住领导对自己有利的话头，接着说："我有个要求，全营的机枪都得归我指挥。"

"你小子还真想当营长啊？好，我同意了。一小时后，两发红色信号弹升起，36大队在城东发起佯攻。20分钟后，两发绿色信号弹升起，由你们从城南发起主要攻击。天亮前攻不下来，你小子连长都没资格当，干脆脱了军装，回你江西老家当山大王去。"

"是，天亮前攻不下来，回我江西老家当山大王去。"熊大林一听司令员应允了，马上立正跑了回去。

身旁的杨大队长马上对参谋喊道："传我的命令，二营的机枪全部集合，统归四连长指挥。"

熊大林跑下后，立即把全营的10挺轻机枪集合起来。在城墙外约500米的土坎下，低声向20名机枪手交代任务：

"你们大多是久经战阵的老红军了，废话我不多说。你们现在就是火力组，任务就是为我们突击提供火力支援，由教导员刘永光指挥。现在你们以我站立的位置为中心，每挺机枪相隔10米左右，隐蔽推进400米，各找合适的位置构筑射击工事。注意，小鬼子的枪打得准，你们必须隐蔽好自己，不要攻击没开始就成了小鬼子的靶子。你们必须在40分钟内完成所有准备工作。两发红色信号弹升起，是城东36大队攻击，20分钟后两发绿色信号弹，就是我们上的信号。冲锋号吹响后，你们的每一挺机枪，必须牢牢地封锁住自己正面10米宽的城墙，不让鬼子打出枪来，前进！"

熊大林回到连里，立即将全连三个排分成了突击组、云梯组和投弹组。

"云梯组由一排组成，突击发起后，在全营机枪掩护下，排长贺长明带领云梯组，必须在10分钟内，在相隔30米的城墙上架设两架云梯；投弹组由二排组成，排长刘大龙带全排每人携带一篮揭开盖的手榴弹，冲锋号吹响后，立即冲到城墙下，在100米宽的攻击正面，向城墙上投手榴弹；突击组由三排组成，由我直接带领，待云梯架起后，立即登梯突击。突击组突上城墙后，云梯组和投弹组随后登梯跟进，扼守突破口。突击组冲下城墙，向城门攻击，夺取并打开城门，接应大部队入城。"

熊大林布置完任务正要带领全连三个组进入冲击出发阵地，营部通信班长单二贵跑上前，一把拽住熊大林要求道："四连长，我也要参加突击组。"

熊大林一听，瞪圆了双眼，呵斥道："怎么哪里都有你？当年强渡大渡河，本来是十六个人，你哭着喊着要上，团长特批，让你小子捡了个便宜成了十七勇士，这次没你的份。"

单二贵一听，小声央求说："哥，你就让我去吧。"

熊大林低声吼道："跟你说多少次了，不准管我叫哥，要是让人知道了我俩是亲兄弟，你还怎么呆？快回去！"说完，熊大林向全连命令道："按刚才的分工，立即进入冲击出发阵地"。

指挥所里，宋司令员看着表，看预定的攻击时间已到，立即下令："打两发红色信号弹，佯攻开始！"

两发红色信号弹一升空，城东立即响起激烈的枪声。城墙上的鬼子和伪军，乱哄哄地跑动着。鬼子的掷弹筒，也"咣咣"地打向了城东。宋司令员听着城东激烈的枪声和掷弹筒弹爆炸声，看吸引敌人兵力、火力的目的已达到，对参谋下令："打两发绿色信号弹，主攻开始。"

两发绿色信号弹一升空，二营的四名司号员立即排成一排，吹响了震耳欲聋的冲锋号。二营的十挺轻机枪，立即向城墙射出了密集的子弹。已借黑夜运动到城墙前的熊大林大喊一声"上！"

城墙下，由一排长贺长明率领的云梯组，立即抬着两架云梯，冲到城墙下，在相隔30米的距离上，将两架云梯牢牢地靠上城墙。投弹组冲到城墙下，向10米高的城墙上投出了密集的手榴弹。熊大林右手握着20响德国造驳壳枪，左手扶梯，噌噌几步蹿上云梯，后边的战士紧随其后。看着连长和战友们登上云梯了，投弹组停止了投弹，火力组也开始向云梯的两侧射击。趁这工夫，城墙上甩下几颗日式香瓜手雷，投弹组和突击组的战士被炸倒了一片。一个鬼子端着三八大盖，从城墙豁口处探出头向梯子射击。熊大林身后的一名战士被击中倒了下去，同时砸下了云梯上后边的两位战士。熊大林看得真切，没容鬼子拉开枪栓推上子弹，甩手一枪击倒了鬼子，大喊一声："快上"。接着一个鹞子翻身，跃向了城头，在双脚落地的同时，左手抽出了背后的红缨大刀。熊大林还未来得及看一看身后是否有跟上来的战士，就见两个鬼子端着刺刀嗷嗷叫着杀来。冲在前边的鬼子对着熊大林的前胸就是一个突刺。熊大林来不及躲闪，用刀背狠劲地将大枪磕开，反手一刀砍向了鬼子的脖子。一股鲜血立即从鬼子的脖子喷出。熊大林右手抬手一枪，将后面还没来得及反应的鬼子打了个脑袋开花。

这时，城墙上又有三个人影向熊大林的位置冲来。熊大林刚要挥刀迎上去，从云梯又蹿上城墙一个人影，抢先开枪将冲在前边的一个人影击倒，并大叫："连长，我来了！"

熊大林知道是单二贵冲上来了，来不及回话，立即用驳壳枪向另外两个人影射击，大叫："快上"。

眨眼的工夫，从云梯上又冲上来四五名战士。另一架云梯上，也有几个战士蹿上了城头。熊大林大喊："占领有利位置，巩固突破口，掩护后继战士登城。"

投弹组和火力组见连长和战友们已经占领城头，立即顺着两架云梯，鱼贯登城。

熊大林看投弹组和火力组已经上来，立即命令："突击组跟我夺取城门，火力组和投弹组扼守突破口，用火力支援我们。"

指挥所里的宋时伦司令借着城头的火光，看到熊大林的四连已登城成功，立即命令："34大队全部人员，准备从城门入城，加入城区战斗！"

杨大队长马上回答"是"，对着身边的一位参谋吼道："赶快传命令。"

城墙上的熊大林本想带人跳下城墙去夺取城门，但因天黑看不清城墙底的情况，没敢贸然下跳。熊大林将驳壳枪往腰间皮带里一插，从登上城墙的机枪手手中抢过一挺捷克式轻机枪和一个弹匣，把弹匣往驳壳枪旁的腰带上一插，喊了声："突击组，跟我上！"

熊大林带着突击组顺着城墙内的台阶往下冲。这时，几个鬼子顺着台阶冲上来，并开火射击。熊大林只觉得像有人向其腹部猛地击打了一下，感觉自己负了伤。熊大林跟跄了一下，本能地向冲上来的鬼子扣动了机枪扳机。后边的战士也举枪齐发，将几个鬼子打倒在地。

熊大林冲上前，一脚将倒在台阶上的鬼子尸体踢开，战士们跟着熊大林冲向城门。城门下的几个伪军见八路军冲过来，丢下城门就跑。熊大林没有追击，大声命令："快，搬开堵城门的麻袋，打开城门。"

待战士们打开城门，熊大林大叫："单二贵，你小子还活着没有？"

单二贵马上回答"连长，我还活着。"

熊大林立即命令："快，回去向大队长报告，接应部队入城。"

熊大林接着命令"将麻袋堆到城门内侧，构成工事，准备抗击鬼子的反击。"

城门内的工事还未堆好，鬼子的反击开始了。熊大林将机枪往草袋上一架，向着冲来的鬼子扣动了板机。但只打出了两个点射，机枪不响了。熊大林一把卸下空弹匣，抽出了插在腰间的备用弹匣，但装了两下没装上。熊大林用手一摸，感觉有一硬物卡在弹匣的上侧。熊大林一激灵，暗叹道："老子真是命大啊，要不是这个装满子弹的弹匣卡住了鬼子射来的子弹，刚才下城时老子就没命了。"

熊大林来不及多想，立即命令"投弹"。这时，城墙上的机枪也扫向了冲来的鬼子，二营教导员刘永光下到城门，大叫："把鬼子打回去"。

一会，二营的五连、六连在单二贵的引导下，陆续冲进了城门。教导员刘永光看到自己的部队，挥着手枪高喊："向城区攻击，跟我上！"

34大队的其他两个营，在宋司令员和杨大队长的带领下，在二营后快速入城。进城的部队四散开来，按照预定的攻击路线，向城内各处发起了攻击。熊大林见自己突破城墙迎接大部队进城的任务已完成，带着四连，也向城区冲去。

天亮了，城内的战斗全部结束。宋司令看着缴获的大量战利品，笑着对杨大队长道："这个熊大林，还真有股熊的凶劲，怎么样，给他记大功一次，让他当二营的营长怎么样？"

杨大队长点了点头，补充说："还有我们营的通讯班长单二贵，跟着熊大林第二个登上城墙，也应当记大功一次，突击组的其他人员，也都应该记功。"

宋司令道："那就是你的事了，咱们看看熊大林去？"宋司令员说完，带着杨大队长和几个参谋、警卫人员来到了正在清点战利品的四连。

熊大林正在给一匹缴获的枣红色战马佩戴马鞍，见宋司令和大队长走来，立即敬礼："报告司令员，我们正在清点战利品准备上交，还有这匹战马。"

宋司令哈哈笑着，拍拍熊大林的肩膀说："打得不错，不愧大渡河英雄。这匹马就留给你使用了。"

熊大林还没反应过来，杨大队接着宣布："鉴于你在这次战斗中的突出表现，宋司令决定，给你记大功一次，并任命你为二营营长，去上任吧。"

熊大林一听，马上像个孩子一样咧开大嘴笑了起来，狠劲地将右手向上一挥，蹦起"噢"了一声。

宋司令和杨大队长被熊大林的孩子劲逗得笑了起来。宋司令道："要是以后打不好，老子照样撤你。"

熊大林大声说："你就瞧好吧"！

战士们听到连长升任营长的消息，纷纷围上来表示祝贺。熊大林笑着："这有什么可祝贺的，老子过草地的时候就是营长了，这叫官复原职。"

教导员刘永光听了熊大林的话，走过来说："咱们红军改编成八路军，哪个不是降几级使用。老子当年还是红四方面军的师政委呢，现在不也和你平级了吗?"

一排长贺长明说："营长，不对呀，咱们二营是陕北红28军改编的，你这个营长就相当于去年的军长啊。"

熊大林一听，嘴笑得更大了。"嘿嘿，这话老子爱听。老子今天的这个营长，是咱参军八年拼死争先争来的。"

刘永光觉得熊大林的话有些离谱，马上说："你小子是30年参加的红军吧?怎么当了八年兵，思想觉悟还这么低?你多次参加突击队，每次战斗都拼死争先，就是为了当这个营长?你呀，真得好好地学习学习，洗洗脑子了。"

熊大林说："咱没文化，大道理不懂那么多，反正我知道，当兵就不能怕死，男人就得争先，咱仗打得好，上级就得用咱。"

刘永光看了看熊大林的憨厚率真样，无奈地摇了摇头："你呀，哪有你想的那么简单。你这么想这么做，会走弯路吃亏的啊。"

第二章

第四纵队攻下平北县城后，渡过潮白河，继续东进，于 1938 年 6 月下旬，占领了雾灵山及周边的盘山、四座楼山及二十里长山地区。1938 年 7 月，在地方党组织的领导下，震惊中外的抗日大暴动在冀东 22 个县同时展开。熊大林和教导员刘永光带领二营，来到了平东峡谷峪村，接到了夺取平东县城的命令。

熊大林和刘永光布置好部队的住宿警戒，赶忙看起了在平北县城缴获的日伪地图。

刘永光说："你不是说自己没文化，怎么还能看懂地图啊？"

熊大林说："咱家穷，饭都吃不饱，哪有钱上学啊。不过我参加红军以后，在队伍上学了一些。长征到了陕北，参加完东征西征，在红军大学学习了三个月，识图就是在那个时候学的。"

熊大林问："你的文化是在哪学的，像个知识分子，不会是出身地主家庭吧？"

刘永光道："我要是知识分子又出身地主家庭，早就在肃反时被杀掉了。四方面军的张主席别看自己是个大学教授，可对知识分子'肃'的厉害，四方面军的知识分子到陕北的有几个"

熊大林说："我就不明白了，领导总说知识分子是党和军队的宝贵财富，为什么肃反时被杀的，又多是他们呢"

刘永光说："这些我也不全明白。有一点，知识分子吗，必然懂得多，眼界宽，有时还会自视清高，常会发表与领导的不同意见，让人感觉不好驾驭。肃反被杀掉的，多是些爱讲怪话，思想活跃的人，所以呀，你以后要少发牢骚，免得给自己惹麻烦。"

刘永光的话，像一股冷风，吹得熊大林心里直颤。熊大林接着问："那你是怎么学的文化，又是怎么在师、团政委的位置，躲过肃反的呢"

"我 12 岁给村里的地主当帮工，天天背着地主小儿麻痹的儿子去邻村一老秀才家念私塾，地主的残废儿子拉屎撒尿都要我帮忙，老秀才教书时我一直在场，他讲我也听，他学我也学。1927 年，我 16 岁哪年，家乡发生了黄麻暴动，我参加了红军。正因为我有点文化，所以一入伍就当通讯员、文书、青年干事，再到指导员、教导员、团政委、师政委。"

熊大林问："四纵组建以来，你就是我的教导员，算起来有三个月了。可我一直未问你，你这个师政委为什么只当了个教导员？"

刘永光道："犯错误被降了职。去年 3 月，西路军失败，四方面军的力量损失了大半，张国焘失去了和中央抗衡的力量，中央开始清算张主席的错误。当时我正在红军大学学习，就是今天的抗大。可清算来清算去，把我们四方面军的干部一起清算了，说我们放弃鄂豫皖根据地是逃跑，在草地上跟随张国焘南下是分裂红军，甚至有人骂我们是张国焘的走卒。我忍不住讲了几句，说敌强我弱，总不能硬拼等死吧，我们四方面军是放弃了鄂豫皖根据地到了川陕，却从两万多人跑到八万。你们中央红军不也放弃苏区根据地了吗，却从八万跑到两万。我们放弃鄂豫皖根据地是逃跑，那你们中央红军放弃苏区根据地是不是逃跑？张国焘是红军总政委和四方面军的军政委员会主席，上边的分歧我一个师政委怎么会知道，张主席的命令我敢不执行吗。这下坏了，被群起攻之，还被拉上了主席台批斗。我们四方面军的许世友军长气不过，联络了四方面军 30几个军师团职干部，准备跑到四川重新拉队伍闹革命，我也是其中一个，结果事情败露，全被抓了起来，有的还被判了刑，我受到了留党察看半年和降职处分，这才有了改编为八路军也就是现在的教导员。"

熊大林听到这，惊得直咂嘴。"清算张国焘中央传达过，可你说的事我怎么一点不知道？"

刘永光说："你只是个营职干部，怎么会知道这些。不过这些话到此为止。你要问我是怎么躲过肃反的，我告诉你，就是要学会忍耐，闭上你的嘴。"

刘永光最后一句话，像一抡重锤，敲得熊大林瞬间失去了思维。闷了半天，熊大林说出一句："那不得把人憋死啊？"

刘永光说："你就慢慢体会吧。现在你当了营长，更要学会忍耐，不要不满就发泄。记住了，忍耐是一种品德，也是革命必备。我们这支军队一创建，就一直在打仗，能打仗是好事，上级会喜欢你，你的一些缺点甚至错误，上级也会容忍你，但以后不打仗了呢？人与人不一样，领导与领导也不一样。你的一些特点、风格有的领导会喜欢，有的领导会反感甚至不能容忍，积累到一定时候会让你丢脑袋，明白吗？"

刘永光的话，使熊大林彻底无语了。熊大林暗想：这个刘永光可真是个人才啊，这些话过去怎么就没领导向自己讲过呢？

刘永光说："闲话少说，咱们还是好好研究研究，看看怎么能尽快夺取平东县城吧。"

熊大林看了看地图，对刘永光说："你看咱们所处的这个峡谷峪，向南是大片平原，向北是蜿蜒的山脉，村子往北，是一条长达十余里的大峡谷，进可攻，退可守，特别是，你看……"熊大林用手指了指平东县城，又用手指量了量，"我们这，距平东县城不过 15 华里，要想夺取它，一个奔袭，一个多小时就可以到达。冀东暴动已经开始了，上级命令我们夺取平东县城支援冀东暴动，我想趁机补充弹药给养招兵买马。我们从平西过来，一路拼杀，弹药消耗完全要靠作战缴获补充，伤亡已有三分之一。据上级通报，说平东县城目前没有驻扎鬼子兵。为不打无准备之仗，你看，是不是尽快派人到平东县城去侦察一下？"

刘永光说："同意，你看派谁去好呢？"

熊大林："让单二贵带队，这小子精练，又经过长征的考验。再加两个新入伍的本地战士杨明泽、高大虎，这两个一老一少，正好扮个爷俩。"

刘永光说："高大虎？就是我们在行军路上救的那个饿得快死的战士？他才十二三岁，行吗？"

熊大林说："你别看他小，看他的眼神，机灵着呢，好好交代一下没问题。

刘永光说："看来你小子早有预谋啊。行，你去布置吧。"

第二天早上，单二贵按着熊大林的命令，从营部协理员李有根处领了五块大洋，和杨明泽、高大虎两个新入伍的本地战士，打扮成当地农民赶集的模样，没带任何武器奔向了平东县城。

单二贵对两个新战士说："进城的时候，特别是看到鬼子和伪军，要和你们过去见到他们一样，自然点，不然露了马脚就麻烦了。我的南方口音重，遇到有人问话和打听个事，就由你们两个来。记住，遇到事情听我指挥，看我的眼色行事。"

单二贵带着两个战士走到城门，看到有两个站岗的伪军，只对进城的人简单搜搜身，对出城的问都不问。单二贵想，冀东大暴动闹得挺厉害，但平东县城的敌人警惕性并不高，看来敌人还不知道四纵队已过了潮白河进了平东。

单二贵进城后，带着两个新战士沿着城墙内侧看了看，发现北侧城墙下，一条容人通过的排水沟，哗哗地淌着城里排出的污水。沿着县城的几条主要街道和伪县政府、警察局转了转，没有发现日本人。

天快中午了，单二贵和两个新战士走到了街道的一个饭馆前。单二贵问："你们两个想吃点什么？"

这两个一老一少的战士互相看了看，异口同声地说："我们想吃京东肉饼，那个东西香，我们已好长时间没吃到了。"

单二贵说："行，我也尝尝你们的家乡风味。"

进了饭馆，单二贵掏出了一块大洋对店老板说："来一块大洋的肉饼，外加三碗汤。"

一会，店老板端出了三碗汤和六盘肉饼。顿时，一股香味扑鼻而来。单二贵使劲吸了吸，问店老板："这是多少？"

店老板回答："回爷的话，这是三斤肉饼，再加三碗汤，一共一块大洋。"

单二贵吃了一惊，一块大洋怎么会买这么多？还没容单二贵多想，两个新战士已抓起肉饼，狼吞虎咽地吃了起来。单二贵也抓起一块肉饼塞进了嘴里。

单二贵吃完一块，暗暗叹道："还别说，这京东肉饼还真有一番风味。"

一会的工夫，桌上的六个盘子都已见了底。单二贵心想，这么好吃的东西，得买回点让营长教导员尝尝，于是喊道："店老板，再来一块大洋的肉饼。"

店老板应了一声，这边单二贵和两个战士慢慢喝起了汤。店老板把烙好的肉饼装好，单二贵带两个战士出门欲走，却见一个伪军官走了过来。杨明泽和高大虎忙点头哈腰恭维地让路。单二贵看看左右无人，马上闪出一个念头："何不把他抓来详细审问一下？"于是，单二贵掏出一根烟，快速走上前说："老总，借个火"

伪军官一怔："在老子的地盘上，怎么有人敢向老子借火？"在伪军官怔神的一刹那，单二贵用右手闪电般卡住了伪军官的脖子，左手快速下了伪军官的驳壳枪，顺手将驳壳枪往左腿上一蹭，大张着机头的枪口已对准了伪军官的脑袋。

伪军官立即吓得丢了魂，忙作揖哀求道："好汉，好汉，有话好说，有话好说。"

看到这瞬间发生的一幕，两个新战士惊得目瞪口呆。单二贵对着两个新战士说："大虎，警戒；老杨，跟我来"，说完将伪军官押进了刚才吃饭的饭馆。

店老板看到单二贵又进了门，还持枪押着一个伪军官，吓得不知所措。单二贵对着店老板说："没你的事，借贵地一用。"说完拽着伪军官进了饭馆的里间。

单二贵用手枪指着伪军官的脑袋说："告诉你，老子就是在唐山参加暴动的共产党，今天路过这里。说，你是干什么的？想死想活？"

伪军官忙说："共爷，想活想活，兄弟只是县城警备队的小队长。"

"想活你就得说实话"单二贵威严地说："我问你，县城里有多少鬼子兵？"

伪军官忙说："没有鬼子兵，不，警备队有三个鬼子顾问。"

"鬼子顾问是做什么的？你们警备队有多少人有多少条枪？"单二贵用枪点了点伪军官的脑门："不说实话老子现在就毙了你！"

"鬼子顾问是帮着警备队训练的，一个个凶得很。警备队一共有200人，装备有两挺机枪，其余的都是步枪，是中正式。呃，有10个当官的，像我一样，是德国20响。三个鬼子顾问，有三支王八盒子。"

"警察局有多少人，装备有多少支枪？"单二贵接着问。

"警察局的人我大多认识，有百十人吧，当官的有手枪，步枪有几支，是站岗用的，大概有20几支吧。"

"兄弟我说的都是实话，敢拿性命担保。"伪军官接着表白说。

"城门几点关？几点开"

"10点，晚上10点关，早上6点开，四个城门都是这样，每个城门白天由警备队轮流站岗，晚上关上城门后留两个人看门睡觉。"

单二贵见所要了解的情况都已清楚，于是将手枪里的子弹全部卸下，又将伪军官枪套上的弹匣里的子弹卸出，放进随身背着的当地村民外出时背的布袋里，将空枪和空弹匣还给伪军官问："你是本地人吧？"

伪军官赶紧点头哈腰地说："是本地人，是本地人，兄弟我有老婆孩子，还有父母高堂"

单二贵警告道："你是本地人，更要为自己为子孙留条后路。你知趣就不要把刚才的事报告，报告了对你也没有什么好处。你要是敢去报告，找这个店主的麻烦，我们会随时回来宰了你。"

伪军官马上回答："不敢，不敢，兄弟只是养家糊口，混口饭吃。"

单二贵说完，拽着那个伪军官出了里间，对着发愣的老板说："打扰了"。说完出门扬长而去。

下午，熊大林见到单二贵带来的肉饼，咧开大嘴直笑，对着营部通信员宋小宝道："快，把教导员和营部的几个人都叫来，大家尝个鲜。"

营部的协理员、文书几个马上跑了进来。熊大林和刘永光各抓起一块，问单二贵："情况怎么样，详细说说"

单二贵将侦察的情况，一五一十地向营长教导员做了汇报，接着从布袋里，倒出了卸下的40发伪军官的20响子弹说："这个我用不着，正好你们俩位的枪能用，我全部交公。"

　　熊大林说:"这可是个好东西"说完捡出20发,指着剩下的20发对刘永光说:"这个归你。"

　　刘永光问:"肉饼哪来的?没有违反纪律吧?"

　　单二贵答:"肉饼是用协理员给的一块大洋买的,我们三个用了一块,剩下的三块交回了。"

　　熊大林说:"给你们的钱怎么乱花呢?这是组织的经费。"

　　刘永光马上说:"你们完成任务不错,下不为例。"说完想再去拿一块肉饼,却见布袋里的肉饼,早已被营部的几个人抢光。

　　熊大林一看,大叫道:"你们几个小子也不知道给老子留一块,去去去。"

　　刘永光说:"我还没尝出什么滋味呢,看来,冀东真是个好地方啊。"

　　熊大林说:"平东县城的敌人警惕性确实不高,兵力、装备也不强。为尽快解决战斗,我想明天白天准备,夜间用偷袭的方法,一举解决战斗。"

　　刘永光说:"你去向大队长报告,制定具体的作战计划吧,我去组织准备。你看,是不是再找两个当地熟悉县城的向导,为我们行进和进城后带路。"

　　熊大林说:"很好,我这就去向大队长报告。"

　　熊大林的作战计划很快得到了批准。当天晚上,熊大林召开各连干部会议布置任务。

　　熊大林说:"经大队长批准,我和教导员决定用偷袭的办法,夺取平东县城。四连的任务是,到达县城后,从一排分出一个班,由通信班长单二贵带领作为尖兵,从城墙北侧的排水沟潜进城,解决北城门的哨兵并打开城门,迎接大部队进城。进城后,贺长明带四连的二、三排守城北门并作预备队,由单二贵带偷袭北门的那个班继续夺取东门;杨明泽、高大虎带一排的另两个班夺取城的南、西两门;五连由由我直接带领,消灭县城的警备队。注意,警备队有200多人,还有两挺机枪,要尽量在警备队没有做出反应之前,将其缴械;特别是三个日本顾问,千万不要让他跑了。"

　　熊大林接着布置:"六连由教导员带领直奔警察局,要快速将伪警察缴械,打开监狱,解救被押的地下党和暴动人员。"

　　这时,已接替熊大林任四连连长的贺长明急了:"营长,五连六连都有战斗任务,四连是二营的主力,你却让主力当预备队?这不让战士骂我吗"

　　熊大林斥责道:"你小子少发牢骚?这是我和教导员共同决定的。打仗随时会出现意外情况,没有预备队,老子怎么应付?北门是我们控制的重点,要是出了差错,老子首先毙了你!"

　　熊大林接着宣布:"每连必须赶做一架10米高的云梯,准备偷袭不成时强攻用。无论是偷袭还是强攻，一定要在天亮前解决战斗。今晚全营好好休息，明天全天准备，晚上6点钟开饭，9点钟集合出发。"

接着，教导员刘永光宣布了进城后的纪律、任务：绝对遵守三大纪律八项注意，一切行动听从指挥，必须做到对百姓秋毫无犯，用实际行动影响市民和放下武器的敌伪人员，取得人民的拥护；人人担当宣传员，书写抗日标语，宣传抗日救国；招募新兵，扩大队伍，增强我们的抗日力量。

第二天晚上九点，部队集合准备出发时，天却下起了瓢泼大雨。

熊大林站在雨中，高声作着战斗动员："我们二营是一支具有代表性的部队，是陕北红28军的老底子。改编成八路军后，在雁门关伏击鬼子运输队的是我们二营；在大同周围3个月奋战中，将一个营扩大成一个师的也是我们二营；一个月前，夺取平北县城打主攻的还是我们二营。我们是经过多次大仗恶战锻炼过的部队，是宋时轮支队的核心。我们营正副班子以上大多是老红军，每个班也有三五名红军骨干，为打败小日本，支援冀东大暴动，没有我们战胜不了的困难，没有我们打不胜的仗，出发！"

部队在峪谷溪流中艰难行进，山洪突然袭来。由于天黑路滑，道路冲毁，不断有战士被洪水冲倒，有的战士甚至被洪水卷走。四连长贺长明问熊大林："是不是停下来休息一下，雨停了再走？"

熊大林毫不犹豫地回答："任务紧迫，分秒不能停，这才是培养部队作风的好机会。"为给部队做出表率，熊大林亲自走在了队伍的前列。

电闪雷鸣中，熊大林几次被洪水冲倒，嘴被摔出了一道口子，鲜血直流。教导员刘永光借着闪电看到后，递给他一条毛巾，把嘴堵住。熊大林又看到几名战士被洪水冲倒，立即转过身，抓住身边的一个战士，招呼教导员和几个战士一起，手扣手地把手臂纽接起来，组成一道人墙，将水中的同志拦住。

部队冲出峡谷，熊大林命令清点人数，竟有4名战士失踪，13名干部战士负伤。

熊大林气得大骂："奶奶的，当年老子强渡大渡河，枪弹如雨，那么宽的河，那么急的水，老子仅伤4人就完成了任务，今天怎么了，一个行军竟让我伤亡了17个？"

为加快行军速度，熊大林命令通信员将自己在平北县城缴获的战马牵来，和教导员刘永光一起，将战马让给了两位向导。

两小时后，部队来到距平东城不远的地方停下。熊大林命令单二贵侦察城墙情况，找到城墙下的排水口。

单二贵抹了一把脸上的泥水，看了看黑森森的城门，努力辨别了一下方向和昨天侦察时估算的排水沟与城门的距离，带领四连一排的一个班，弯腰向城墙摸去。

单二贵很快摸到了城墙下，没费多大力气就找到了排水口。只见排水口几乎被雨水充满，水哗哗地向城外淌着。

单二贵示意战士隐蔽，自己跳下排水沟，却一下被污水冲出了两米多远。单二贵抓住沟边的树棵，努力站了起来，踉跄着摸到了排水沟口。

单二贵狠憋了一口气，沉入水底，手扒着洞沿往里爬。待感觉已过了城墙，单二贵猛地站了起来，喘了几口气，看城墙内没有什么异常情况，又憋一口气，顺水潜出城外。

单二贵心想，老子在南方长大，水性好，其他的战士过去还真不容易。

单二贵示意战士继续隐蔽，自己跑回部队隐蔽地，向熊大林报告情况。

熊大林听完单二贵的汇报，命令道："告诉战士们，能过去几个是几个，过不去的，一会从城门进。注意，一定要把城门的两个哨兵活捉，不要惊动城里的敌人。部队20分钟后向城门运动"

单二贵又摸回排水口，让全班的战士学着自己的样子，一手提枪，一手扒着城墙沿从排水口向城里潜。

有了上次的经验，单二贵没费多大劲就潜过了城墙。等单二贵爬上了沟沿，后边却没有一个战士进来。单二贵趴在泥地上，又等了有10来分钟，却只有五名战士爬进了城墙。

单二贵看时间不容再等，一挥手，带领进来的五名战士向城北门摸去。

很快，单二贵和五名战士摸到了城门口。只见城门屋前挂着一盏提灯。单二贵将提灯轻轻摘下，用拿枪的手轻推了一下屋门。屋门没有插，单二贵轻轻走进屋，见两名伪军正在炕上呼呼大睡。单二贵将提灯往桌上一放，端枪指向了两名正在睡觉的伪军。其他五名战士，两名在屋外警戒，另三名战士也端枪进了屋。

单二贵用枪捅了捅正在睡觉的伪军，小声喊："醒醒，醒醒，你们被俘了。"

两名伪军以为是同伴开玩笑，骂骂咧咧地睁开眼，却见黑洞洞的枪口对着自己，吓得赶紧爬起来。

单二贵命令两个伪军："赶快穿好衣服"，同时命令战士，把他俩的枪缴了，捆起来。"说完跨出屋门，直奔大门。

单二贵打开城门，熊大林已带着战士们运动到门外。单二贵轻轻向熊大林报告："一切顺利。"

熊大林右手挥着手枪命令："按预定计划，四连一排三个班兵分三路解决东西南门，贺长明留下控制北门；五连跟我解决警备队；教导员带六连解决警察局，解救监狱我方人员"

平东县城不大，在向导的带领下，熊大林带着五连，很快接近了伪警备队门口。

伪警备队的哨兵老远见一群人过来，大喊："什么人，干什么的?"

熊大林快走几步，边走边回答："警察局的，找你们队长有急事。"还没等哨兵看清楚，熊大林已蹿到哨兵跟前，用枪顶住了哨兵的脑袋。

熊大林小声喝道："我们是平西过来的八路军，你要是敢喊叫，老子一枪打死你。"

冲进警备队的五连四散开来，包围了每一个房间。一声声"缴枪不杀"的喝令，将伪警备队200余人全部缴械，只有三个日本顾问在战士的喝令下，仍企图顽抗，被熊大林和战士们开枪击毙。

熊大林令将缴械的伪警备队关进一间大屋，继续收缴枪支弹药和其他战利品。

单二贵和杨明泽、高大虎各带领的四连一排一个班，很快俘虏了东西南门的哨兵并控制了东西南门。教导员刘永光带领的六连未开一枪将伪警察全部俘获，并打开监狱，释放了在押的100多名地下党员和被关押的群众。

天亮了，熊大林看着缴获的两挺机枪、二百多支步枪、手枪、数万发子弹和上万枚手榴弹及堆积如山的粮食笑得合不拢嘴。刘永光令战士找来笔墨，将早已打好腹稿的《布告》，写在一张很漂亮的宣纸上。《布告》写道：

国民第八路军

原本工农红军

番号第四纵队

奉命挺进冀东

挽救国家危亡

肩负民族振兴

冀东二十二县

皆为同胞弟兄

堂堂中华民族

岂容日寇欺凌

拼热血卫华北

灭鬼子于冀东

望我平东人民

共担抗日大任

出人出钱出力

争做民族英雄

宣传班长陈平也拿出了自己写好的宣传告示，上面写道：

枪声急，炮声吼，

中华民族已到最危险的时候，

日寇杀我同胞，烧我房屋，

奸我妻女，掠我财富，

亡国灭种的危险，

摆在我们的前头。

中国的河山，生我养我的故土，

岂能丢在我辈之手！

同胞们，挺起胸，

用我们的热血和生命，

驱日寇出国土之东！

刘永光看了看，赞许道："好小子，快把这些标语贴出去。"

刘永光找到了还在搜缴战利品的熊大林："老熊啊，你怎么像个吝啬鬼似的，缴获了这么多还不知足？"

熊大林拍拍沾在手上的泥说："咱不是苦出身，穷怕了吗。"

刘永光没有理熊大林的自嘲话，单刀直入地说："那些俘虏得赶快处置，他们要吃饭喝水，时间长了是个麻烦。"

听了刘永光的话，熊大林像想起了什么，问道："你的意见呢？"

刘永光说："进行集中教育，愿意参加八路军的全部留下，不愿参加的就地遣散释放。"

熊大林点头同意："这个工作就由你和陈平做吧，还有要在几条街道设几个招兵站，我是韩信将兵多多益善，现在我们有了枪弹，但还缺人那。"

"你的胃口还真大，看来只让你当个营长，屈才了。"刘永光半当真半玩笑道。

第三章

    如火山爆发的冀东 20 万工农大暴动，捣烂了日军冀东的统治机器。八路军第四纵队驰骋冀东，拨据点、攻县城，使日寇的后方变成了"前线的前线"。日军的情报机关调动一切力量，侦知第四纵队是一支与他们在平型关和雁门关交过手的红军主力，侵华日军司令部赶忙从武汉前线调来小林旅团，统归日军 27 师团师团长铃木启久中将指挥，和部署在长城沿线的关东军、伪满洲军共 10 多万人围攻冀东，发出"包围四纵，倾全消灭"的电令。

    面对严峻的形势，冀热边特委和八路军第四纵队党委认为，敌人力量过于强大，冀东各派抗日力量缺乏统一指挥，暴动发展起来的五万抗日联军装备低劣，缺乏系统的训练，做出了将四纵主力和五万抗联部队撤回平西，留下小股部队坚持敌后抗战的决定。由于情况紧急，在未获得中央批准的情况下，第四纵队和抗联武装匆忙西撤，并用命令的形势，决定留下坚持敌后斗争的人员。

    正在平东县城扩军宣传、建立地方政权的熊大林接到上级命令，带领部队离开平东县城，撤向北部山区。

    熊大林和刘永光刚到峡谷峪，就见宋司令员在杨大队长的陪同下迎面走来。熊大林和刘永光向司令员和大队长举手敬礼。杨大队长命令："部队原地休息，你们两个接受新的命令！"

    宋司令员掏出一张纸，宣布道："为保存抗日力量，纵队党委决定，四纵主力和抗联部队西撤，留下三个支队坚持冀东敌后斗争，任命陈众为一支队支队长，苏尉为政委；曾林为二支队支队长兼政委；熊大林为三支队支队长、刘永光为三支队政委。同时组成冀东工作委员会，原四纵政治部主任、一支队政委苏尉为书记，陈众、曾林、熊大林、刘永光为委员"

    宋司令接着宣布："活动区域，一支队以松山峪为中心；二支队以茅山为中心；三支队以雾灵山、盘山为中心，有什么困难和要求吗"

熊大林和刘永光一点心理准备没有，但军人的责任使他们马上立正回答："坚决服从组织决定。"

熊大林是个嘴上从不吃亏，总爱关键时刻和领导讲点条件的家伙，听到宋司令的话，马上问："支队长是个什么级别？"

宋司令换了一个笑脸："熊大林，祝贺你又升职了。支队是正团级，你小子又从营长升为团长了。"

"什么？团长？"熊大林这次没有笑，接着问："给我留下多少部队？"

陪同的杨大队长回答："人数太多了目标大，难以立足；太少了不利于发展壮大。宋司令和我商量决定，从二营抽调，人数一百人左右。"

"一百人？你这不是让我当空头司令，又把我撤回到连长了吗？"

宋司令一听熊大林发起了牢骚，马上说："团长就是团长，把你留下不仅是要你坚持，更要你发展。孤悬敌后远离大部队，弹药给养等一切都要靠自己解决，你熊大林和刘永光要是没有这个能力，我们也不会留下你。我相信用不了一年，你的一百人定会发展到一千人、两千人甚至更多。一年前在大同，也就是你这个二营，三个月的时间，不就发展成了一个师吗！"

杨大队长接着问："你们看把二营哪些人留下？我的意见是留下一个建制连再加上少数骨干。"

熊大林和刘永光对视了一下回答："那就留下四连。四连的干部战士我更熟悉。再加上营部协理员李有根，这家伙精打细算，会过日子，是个管后勤的好手。还有我们在平东县城筹集的经费，也得给我们留下一部分"

杨大队长看了看宋司令员，见宋司令点了点头，接着说："你们在平东县城筹集的经费全部留下。情况紧急，部队晚上必须西撤，四连留下，工作由你和教导员来做，五连、六连我即刻带走，执行吧！"

面对突如其来的命令，熊大林懵懵地站在原地怔了半晌。这时，熊大林仿佛回到了红军开始长征的那一刻。滔滔流淌的于都河边，转移的部队与留下坚持斗争的同志握手告别，转移的人眼含热泪，留下的人泪眼迷惘。那个时候，谁愿意留下呢？当时，不也是以命令的形势决定去留的吗？留下意味着什么？意味着更多的承担，更多的死亡！

刘永光看到熊大林失态的样子，上去拍了一下说："执行吧，我们还有好多的工作要做。"

紧急集合号在峡谷峪村吹响。出于保密，杨大队长只在队前宣布："敌情紧急，营长熊大林、教导员刘永光带领四连留下继续执行任务；五连、六连随我转移。各连立即检查装具，将能够带走的粮食和武器弹药全部带走，即刻出发！"

这时，宋司令走上前说："可以告诉大家，现在敌人正从四面八方向我们围攻上来。我们主力部队必须转移，转移不是逃跑，而是为了保存有生力量，将来更多地消灭敌人。革命队伍分分合合是常有的事，合是为了壮大革命力量，分，是为了保存革命火种，为了革命力量的更大发展！"

宋司令员接着喊道："五连、六连，向－－右－－转！向我们的四连和你们的营长、教导员敬礼！"

宋司令的话，使大多数同志明白了：五连、六连要随主力转移，四连和营长教导员要留下坚持斗争！

五连、六连集体向四连及营长、教导员敬礼后，没容宋司令员发命令，五连、六连的干部战士自动向四连围拢上来，和战友握手、拥抱告别。

单二贵一看哥哥要留下，马上挤到熊大林面前："营长，我也留下。"

熊大林说："去去去，你少给我掺乱。"

单二贵一听，带着哭腔说："哥，我一参军就跟着你，从来没和你分开过，你到哪我到哪。"

熊大林最怕人说软话，见单二贵的样，也动了情，小声说："你想和我一起死吗？跟着大部队走，给咱熊家留个种吧！"

单二贵说："跟着你我才放心，要给咱熊家留种也留你。你不同意我就找大队长。"

单二贵说完，挣脱了熊大林的手，挤到大队长跟前："报告大队长，二营通讯班长单二贵申请留下。"

杨大队长一听，仿佛看到了长征路上强调大渡河前的一幕，也是这个单二贵，在突击队出征前的最后一刻，哭着要跟着熊大林参加突击队。

杨大队长说："说说你的理由。"

单二贵立正答道："我从一参军就跟着他。长征过草地的时候，我发疟疾人事不省，是他把我背了出来。从那时我就发誓，他到哪我到哪，这辈子跟定他了。还有，打仗时只要我在，他就不会负伤，更不会牺牲。"

杨大队长一听，沉重的心情溶进了感动，拍了拍单二贵的肩膀说："好同志，留下吧，保护好你们的营长。"

单二贵给大队长敬了个礼，回答："记住了，我一定不负首长的嘱托。"说完转身溶进了四连的队伍。

看着渐渐远去的首长和朝夕相处的生死弟兄，熊大林挥着手，泪眼模糊。

刘永光看着熊大林的失态样,沉重的心情忽然有了一点笑意,打趣道:"老熊啊,没想到你这个天不怕地不怕,流血不流泪的硬汉,也这么多愁善感。"

熊大林说:"是啊,男儿有泪不轻弹,只因未到动情处。我最容不得分别,容不得欠别人的情。"

刘永光说:"原来我们的大英雄也是个性情中人,以后要是遇到让你感动、让你动情的事,不会失去理智吧?"

熊大林说:"咱们还是研究研究下步的行动吧。我断定,他们这次西撤不会顺利,说不定会遭受重大损失,咱们还是先做好收容的准备吧。"

刘永光说:"何以见得,说说你的看法。"

熊大林说:"你看,鬼子和伪满、伪蒙军从山海关、承德、唐山、北平几个方向包围上来,他们西撤,从平原向西不可能,那是敌占区,只能向北走燕山再向西,山路崎岖,人烟稀少,数万人的部队光吃就是一个难以解决的问题,更何况暴动后组成的抗联部队,主体是刚参军一个月左右的当地农民,走不出百里就会想家。当他们知道要离开故土西撤几百里后,难免出现逃亡。红军的政治教育多么深入,长征路上,经受过那么多大仗恶仗考验的部队,不也出现了不少的逃亡吗?我们中央红军长征开始有八万多人,到了陕北剩了不到一万,损失了七万多,再加上沿途参军的,还不止七万,这些都是战死的吗?不,有逃亡的。我想,你们四方面军也会有吧。"

刘永光问:"那你是说,他们西撤,很可能失败?"

熊大林说:"失败不能说,反正损失会很大。你看,那么多的部队西撤,敌人必然会前堵后截,抗联部队组建才一个多月,装备差,缺乏战斗经验,缺乏坚强的政治工作基础,必然一打就散,特别还要渡过潮河、白河和永定河三条河流,鬼子会让你轻易过去吗?长征过湘江的时候,损失最大的就是新组建的部队,那真是血流成河啊"

刘永光说:"不还有四纵吗,四纵可是能征善战的主力。"

熊大林说:"四纵是主力,可毕竟不到五千人,东进这几个月,干部和老战士伤亡不少,有一半是新补充的,又缺弹药给养补充,孤掌难鸣啊。你想想,长征是胜利了,可到了陕北还剩多少人?"

刘永光叹道,看来这个熊大林还真有些战略眼光啊。嘴上却说:"你可不能对革命悲观失望,对上级的决策说三道四啊。长征到陕北后,人数是减了大半,可那是革命的精华,革命的种子啊,不然哪有我们的今天?"

熊大林道:"我可不是说三道四,而是实话实说,不信你看吧。"

刘永光说:"那你刚才怎么不对宋司令说,建议他们停止西撤呢?"

熊大林说:"你看到了,情况那么急,哪有时间啊。再说,那是四纵党委和冀热边特委决定的事,别说我一个营长,就是宋司令能改变吗?"

刘永光问:"那下一步我们怎么办?"

熊大林答:"我们目前所在的位置是平原与山区的交界地带,不是久留之地,用不了两三天,鬼子就会围上来,我的意见是进山,先把我们这支队伍保存起来,看看形势再说。"

刘永光说:"你看进到什么地方呢?你的实战经验多,说说看。"

熊大林掏出地图,敲着地图上的一块地方说:"雾灵山。当初毛主席让我们四纵进军冀东,就是要求以雾灵山为中心建立根据地。咱们东进的时候经过那,我特地留心看了看,又访问了几个当地老乡,那个地方山高林密,野果丛生,是燕山的最高峰,方圆几十里都是原始森林,回旋余地大,且山的每个沟里都有泉水,饿不死渴不死,你的意见呢?"

刘永光说:"你小子还真是个天生的山大王,那个地方好,同意。"

这时,四连的干部战士默默地围了上来,期待地望着营长教导员。

熊大林看到部队沉闷的气氛,挥手示意大家站好队:"同志们,纵队决定留下我们四连,是上级相信我们,更是上级看得起我们。你们有近一半的同志跟着刘志丹转战陕北,那么严酷的敌情和生存条件你们都挺过来了。改编成八路军后,咱们战雁门、夺大同;进军冀东,攻平北、战平东,一路凯歌,一路胜利。冀东人口稠密,人民朴实热情,深受日寇压迫,抗日情绪高涨,我们留下,必定得到冀东人民的支持;冀东物产丰富,吃有小米白面,穿有土布棉花,要比陕北那个穷地方好多了。宋司令说了,用不了一年,我们的一个连就会发展成一个团。"

刘永光接着说:"营长,不,支队长说得对。我们现在的番号是冀东八路军第三支队,营长任支队长,我任政治委员。我们四连就是留在冀东的抗日火种,只要我们坚定信心,团结一致,我们四连这颗火种,一定会在冀东燃起熊熊抗日烽火,打下属于我们的一片天地!"

熊大林和刘永光的话,多少扫去了战士们与主力分别的阴霾。战士们开始在队列中悄悄议论:"是啊,转战陕北时,那么困难我们都没有叫苦,那么严峻的形势我们都挺过来了,冀东有山有水有平原,吃穿不愁,人口众多,又有抗日大暴动的基础,还愁什么生存和发展壮大?"

熊大林接着说:"打仗吗,我们必须按着毛主席说的,战略上要藐视敌人,战术上要重视敌人。现在鬼子正从四面八方向我们袭来,我们必须马上进山,先躲过鬼子的进攻势头,保存住我们现在的家底本钱,再图发展。"

　　四连在熊大林和刘永光的带领下，经过半天又一夜的行军，于第二天早晨，进入了雾灵山。熊大林和刘永光找到一处易守能退的险要处，布置好警戒，命令战士们修工事、搭草棚，准备住下，并命令协理员李有根带人下山筹集粮食给养。

　　西撤的部队在蜿蜒的山路间行走着。正如熊大林预料的那样，侦知四纵和抗联部队西撤的消息，敌人立即从四面八方对西撤部队前堵后截。深秋季节，昼夜行军，暴动部队很多人没有吃过这样的苦，三三两两的逃亡开始发生。先头到达白河时，后续部队还在百里之外。当四纵主力搭好浮桥过河之后，大批鬼子兵赶到。四纵立即调头，组织兵力和火力，截击鬼子掩护抗联部队过河，但杯水车薪，鬼子飞机反复轰炸扫射，临时搭起的浮桥被炸断，猛烈的炮火和密集的机枪火力，将正在渡河的部队打得四处逃散，战士们一片片地倒下。凶悍的鬼子端着刺刀，嗷嗷叫着，发起了一次又一次冲锋，白河顿时变成了血染的红河，一片片鲜血，顺着河流向下游流淌。断残的浮桥上、血红色的河水里、赤裸的河岸上，到处是死伤的抗联战士。抗联部队的重要领导人洪麟阁、陈宇寰相继阵亡。后边的西撤部队，在敌人的飞机轰炸扫射和大炮轰击下，也都大乱溃散。已经渡过白河的部队，在过永定河时又遭到日伪军的联合攻击，大半损失。

　　冀东大暴动的重要领导人、抗日联军司令员李云长得知西撤部队在白河受挫的消息，断定继续西进，必将前后受敌，全军覆没，立即命令所部六千人停止西撤，返回冀东。

　　西撤部队除第四纵队主力基本保全外，抗联部队五万余人只有不足两千人到达平西。李云长所率东返的六千人，在返回途中，又遭到日军的前后堵截和反复扫荡，大多溃散，11月初，到达燕山东部山区只剩百余人。

　　李云长将收拢的西撤部队领导和没有参加西撤的地方抗日组织的领导召集到一个名叫柳沟峪的小山村，召开了一个对日后冀东敌后抗战有着深远影响的"柳沟峪会议"。

　　李云长说："大家知道，抗联部队西撤遭受重大挫折，死伤了很多人。革命吗，哪有一帆风顺的。失败了不要紧，要紧的是失去斗争的信心。眼前的挫折，比起红军长征来，算不了什么。只要大家坚定必胜的信心，重新发动群众，继续同日本鬼子战斗，我们就一定能取得最后的胜利。"

　　李云长接着说："当然了，现在的形势很严峻，敌人会调动一切力量搜剿我们，我们怎么办？大家分散开，化整为零，像大暴动前哪样，秘密发动群众，组织抗日游击队。"

李云长看了看参会的各位，强调说："这次会后，大家都回老家去，利用熟悉的条件去发动组织群众，首先把回家的抗联同志找到，把他们秘密组织起来，告诉他们，西撤失败责任不在他们，不要经过一次挫折就丧失信心。只要坚持，我们必定取得最后的胜利。"

李云长进一步嘱咐："唐山周边和盘山以南地区是平原，冬季不容易隐蔽，那里会更危险、更严峻，要特别注意保护好自己。"

看到与会的同志们点头称道，李云长激昂地表态："同志们，我们在冀东并不孤单，党中央、晋察冀军区不会忘了冀东，不会忘了我们，平西根据地会及时地给予我们支持。冀东还有四纵撤退时留下的三个支队，我发誓，冀东抗日联军司令部永远同大家战斗在一起，我李云长永远同大家战斗在一起，一直到打垮日寇为止！"

第四章

　　秋末的雾灵山披上了红色，树叶红了，山楂果和叫不上名字的野果也红了。隐蔽在雾灵山区的熊大林，派出部队四处收拢抗日联军失散人员，在两个多月的时间里收拢了五百余人。为加强领导，熊大林报冀东工作委员会苏尉书记批准，在支队下编设了两个营级建制的大队，每个大队下设三个连，每个连约一百人。原四连连长贺长明任二大队大队长，四连指导员李天盈任二大队教导员；原冀东抗日联军一总队副总队长王长启任一大队大队长，四连副指导员谭忠诚为一大队教导员。同时，冀东工作委员会任命原冀东抗日联军政治部主任李子方为三支队政治部主任。

　　面对壮大的队伍，熊大林对刘永光说："四连可以抽出少数骨干到一大队担任连排长，但四连是我们的基础和种子，不论怎么变，四连的番号不能变，整体编制不能散。你看谁来当这个四连连长？"

　　刘永光回答："当然是刘大龙。这个家伙虽然不是参加过长征的老红军，但作战勇敢，有文化，会日语，还上过抗大，听说在抗大学员比武中，还得过拼刺冠军，特别是每次战斗都奋勇争先，这一点很像你。我想，你不会还有其他的人选吧？"

　　熊大林一听，咧开大嘴笑了起来："难得你这个师政委夸我一句。英雄所见略同，那就这么定下来。"

　　刘永光说："那四连的指导员呢？我的意见是选一位冀东暴动的干部，虽说四连是老红军连队，必须保持老红军的传统，但也不能水泼不进啊。"

　　熊大林说："那就选刘宏道，是平东本地人，做群众工作有基础，而且有文化，是冀东的老地下党了。"

　　刘永光说："同意，你对同志这么熟悉，就连群众工作都想到了，看来我这个政委快失业了。"

熊大林说："哪里，哪里，我虽然没多少文化，但对有文化的人，一向很敬重。自我参加红军以来，不论是在连长还是在营长的位置上，都和政工干部相处得很好。和你也是一样，咱们三支队，可不能缺了你。"

刘永光一听，有点感动，嘴上却说："是真心话。"

熊大林说："当然，当然，我这个人的最大特点，是说不了违心话，做不了违心事。"

刘永光说："扯远了。还有刘大龙的二排排长位置由谁来接？我看那个单二贵很合适，这小子机灵，有主意有胆量。"

熊大林一听，脸上闪过一丝常人不易觉察的表情，嘴上却说："我发现你很喜欢单二贵这小子，红军改编成八路军不久，你就提名他当了营部的通信班长，现在又要他当排长，他行吗？"

刘永光一听，马上反驳说："单二贵是从中央苏区跟你走过来的，行不行你比我更清楚。再说，在攻打平北和偷袭平东县城中都立了大功，和你一样又是大渡河英雄，当个连长也不过分吧。"

熊大林一听，本能地咧开了大嘴："你说行就行吧，不过你得好好敲打敲打他，不要让他升了官就翘尾巴。"

刘永光说："那当然。不过我发现你和单二贵有一些说不清道不明的东西，比如在人前，你对他严厉无比，很少有个笑脸；在人后，又像个长兄慈父。还有，打仗时你会把艰巨困难的任务交给他，可最艰巨困难的任务你又不让他和你一起去，你说说为什么？"

熊大林一听，心里很是吃了一惊，心想：这个刘永光真不没白当师政委，看人看事真是入木三分啊。但马上没事似的回答："我也是觉得他能干，一些重要的任务自然要交给他；可我又觉得他还是个孩子，所以最艰巨的任务不让他去，怕他和我一起牺牲了，这是心里话。"

刘永光点了点头："你真是把他当作了亲兄弟，咱们部队就该这样，不然谁会给你交心，谁会为你冲锋挡子弹。"

刘永光又问："听说大渡河英雄上级每人发了一块免死牌，犯了死罪可以免死一次，有这回事吗？"

熊大林说："哪有的事，我打了败仗犯了错误，照样会被撤职查办甚至枪毙，不信走着看。"

这时，支队后勤协理员李有根跑了过来："报告支队长、政委，咱们打平东县城时筹集的经费花得差不多了，现在的粮食，最多还只够吃两天。"

熊大林一听，一股冷气直冲头顶，大骂道："你这个败家子，几千块大洋，这么快就让你花光了？"

李有根说："现在可是几百人吃饭，省着花一天也得二三十块。天快冷了，这么多人还要解决棉衣、棉被，支队长、政委，你们看怎么办好？"

"怎么办？"熊大林摸了摸脑袋叹道："真是不当家不知柴米贵啊。过去当连长营长，吃的穿的，上级定时会发，派人去领就是了，可如今，什么都得靠自己。部队没吃的、穿的，别说发展，连生存都困难啊。"

刘永光看熊大林的为难样，对李有根说："你先下去吧，我和支队长商量商量，商量好了通知你，去吧。"

熊大林说："看来我们得成立一个后勤供给部门，专门为部队解决吃饭穿衣问题。"

刘永光说："还有枪支弹药。这两个月没怎么打仗，弹药消耗不多，但我们也基本没有缴获。特别是收拢的几百名暴动失散人员，很多人连枪都没有。现在除了四连枪弹齐全外，其他的平均两人不到一支枪，每支枪平均也超不过五发子弹，你说以后的仗怎么打？"

熊大林说："我们身在敌后，没有地方政权，没有供给，吃饭穿衣是眼下必须首先解决的问题。现在我们有六百多人，目标大，一旦敌人来攻，我们没多少力量回击，新收拢的部队还可能被敌人打散。我看是不是由你我各带一个大队，分散活动？"

刘永光说："可以，就由我带一大队。一大队人员相对复杂，人心也不太稳，正好需要我这个政治委员来做工作。"

熊大林说："也好，还有新来的支队政治部主任李子方，他是冀东的老地下党了，又是大暴动的组织者和抗日联军的负责人，他在冀东人脉熟，影响大。一大队的主体是暴动失散人员，他在工作会好做一些。还有，一大队的教导员谭忠诚，也是和我一起长征过来的老同志，担任过红军的连指导员，党性很强，是个政治工作的好手，你要多使用他。"

刘永光说："自从咱们改编成八路军，我和谭忠诚相处有一年多了，军政全优，以后部队发展壮大，是个可以重用的人才。"

熊大林说："那好，就由你带一大队留守雾灵山，由我带二大队进到峡谷峪，那个地方咱们熟，离雾灵山不太远，遇到紧急情况两个大队可以互相照应，又是山与平原的相汇地带，进可攻，退可守。"

刘永光接着说："刚才你说要建立一个专门的供给部门，为部队解决吃饭穿衣问题，这个想法很好。咱们就按八路军的团级编制，叫作供给处吧。你看这个供给处长是不是让李有根来干?"

熊大林点点头说:"除了他目前还有谁,就由他来干吧,还有原营部的炊事班长冯根柱,是老红军了,虽然年龄大了点,但工作兢兢业业,脑子清楚,让他做李有根的助手。"

刘永光点头同意,接着问:"解决目前部队的吃饭穿衣问题是燃眉之急,分散活动是个办法,还有其他办法吗?"

熊大林道:"还是老办法,一是缴获。前几天我侦察过了,最近两个月,敌人在各个集镇都建立了警察所,名义上是维持治安,实际上是搜刮民财。重要的交通要道,敌人还盖了岗楼,派有伪军驻守。我准备带人端掉他几个,不仅可以解决我们的吃穿、枪弹问题,还可以告诉百姓,我们八路军还在,树立他们抗战的信心。"

刘永光说:"可以,我们在山里待了两个月,该出击了。不过什么事没必要都要你亲自去,一般的任务,你交代一下,该贺长明或刘大龙他们去干就行了。"

熊大林回答:"习惯了,什么事亲自去才放心,遇到什么紧急事,也好处置。"

刘永光说:"你可不要学诸葛亮,什么都事必躬亲,那样既不利用于锻炼干部,也不利于你的安全。现在,你可是咱们支队的主心骨,要是出个什么意外,支队怎么办。"

"事必什么亲?什么意思?"

"事必躬亲。就是说,什么事都自己亲自去干。诸葛亮这个人你知道吧,都说他是个智慧星,《三国演义》还把他写成了智慧的化身,我看他一般,比司马懿差远了。"

熊大林说:"《三国演义》我在抗大的时候看过几篇,那时候学习紧,好多字也不认识,连蒙带猜的,没容得我看完就赶上了红军改编,我也就提前结业。不过艺人讲的评书我听过几回。诸葛亮不是很厉害,把司马懿打败过好多次吗?"

刘永光道:"在刘备去世后,诸葛亮大权独揽,就连士兵违纪打二十军棍的处罚,都要亲自审批。所以诸葛亮主政后,蜀国就再也没有关、张、赵、马、黄样的将星出现。不有句话叫"蜀国无大将,廖化当先锋"吗,这就是诸葛亮不注重培养人才的结果。诸葛亮六出祁山,是打败过几次司马懿,但都是某次战斗的胜利,根本改变不了战局。拿咱们的军事术语说,是战术上胜利,战略上失败,不然诸葛亮也不会病死定军山,蜀国也不会最早灭亡;司马懿也不会取代曹氏，让子孙做了皇帝。"

熊大林心想：这个《三国演义》以后还真得找来好好看看，嘴上却说："你对诸葛亮的这个评价，我可从来没听说过，就连毛主席给我们上军事理论课讲到诸葛亮，也没这样评价过，你真是独树一帜啊。"

刘永光说："独家愚见，不必当真，还是说说你解决部队吃饭问题的另一个办法吧。"

"第二个办法很简单，是你我在长征路上都用过的，就是打借条向老百姓借，写明等革命胜利后，我们加倍偿还。现在咱们的大洋花没了，只有用这种办法。当然了，也不是一定等革命胜利了再偿还，过了这段时间，如果地方政权建立起来了，条件好了，能还的马上还，而且要加息还，这样才能体现我们共产党八路军的信誉。"

刘永光说："目前的情况，生存第一，也只能这样做了。不过不到万不得已，不能用这种办法，更不能强抢强借。"

"哪个敢强抢强借，老子毙了他，我最看不得糟蹋百姓了。"熊大林狠狠地说。

刘永光点头赞同，接着道："现在部队人多了，你我是不是也按正规部队的编制，各配一名警卫员？"

熊大林点头同意："就让营部的通信员宋小宝给我当警卫员，这小子是我在大同招的，人很机灵。你呢？"

"把四连二排的于盈水给我吧，这个家伙腿脚麻利，当个警卫员通信员都是块好料。"

……

熊大林是个说干就干的人，和刘永光商量好后，当天晚上就带着二大队离开雾灵山，并于第二天中午达了峡谷峪村。

经过缜密侦察，几天后，熊大林和贺长明带着两个班，化装成赶集的农民，赶着从峡谷峪村借来的两辆木轮马车，混进南乐村，趁伪警察吃饭的时机，首先解决了两个哨兵，然后冲进伪警察所，将正在吃饭的伪警察堵在饭堂里。伪警察所长掏枪反抗，被贺长明一枪击毙，其余 40 余名伪警察放下饭碗投降。缴获捷克式轻机枪一挺，手枪一支，步枪 30 余支，子弹五千余发，手榴弹五百余枚，粮食万余斤。熊大林命令将缴获的枪支背上，剩下的武器弹药和粮食装上两辆木轮马车，并命令将伪警察的被装全部带走。

战士们遵命背上枪支弹药，将粮食、被装装上马车，放火将伪警察所点燃。已半天多没吃东西的贺长明看到伪警察食堂里的满满两大屉雪白馒头，命令每人抓上几个，赶着马车，大摇大摆地奔回峡谷峪村。

在一个多月的时间里，熊大林带着二大队又连续端掉了平东、渔阳、蓟洲三个县的七个伪军据点。

熊大林将缴获的部分枪支弹药和被装粮食，给留守在雾灵山的一大队送去一批。刘永光在李子方的协助下，也瞄准机会，端掉了邻近的两个伪警察所。两个大队的吃饭、穿衣和弹药供给问题暂时等到了解决。

一连串的胜利，使熊大林放松了警惕。在顺利端掉杨庄据点后，熊大林带领两个排的战士押着战利品赶到连家庄时，已过中午。看到饥肠咕咕的战士，熊大林命令停下做饭。

饭做熟刚吃到半截，村口响起枪声。哨兵报告：鬼子来了。

熊大林一听，大骂道："奶奶的，小鬼子怎么来得这么快？"

骂归骂，熊大林稍一沉思马上有了主意，他对贺长明和李天盈说："咱们这离山区还有一个多小时的路程，离开了村庄在平原无依无托，这个时候撤我们只会吃亏，李天盈、刘大龙、单二贵各带一个班，分别占领村子的东西北入口和制高点，把鬼子阻住。鬼子是从南边来的，估计村南是鬼子的进攻重点，我和贺长明带一个排守村南，赶快行动。"

原来，村里有个汉奸叫杨耀先，被鬼子收买当了情报员。鬼子给他配了两只信鸽，杨耀先将八路军到了连家庄正在做饭的情况写个字条绑在鸽子脚上，用了不到半小时，鸽子就飞到了日军驻张庄联队长伊村一郎的手上。伊村接到情报，火速调集附近几个据点的日伪军，乘汽车赶到连家庄，将村庄包围。

村里的老百姓听到枪声，赶紧带上值钱的东西，顺着村口往外跑，但没跑出多远，就被鬼子的枪弹打回。

熊大林把部队布置好，带着战士们上了能控制村南入口的几个房顶，让群众撤到屋内隐蔽。

熊大林卧在房顶背面对着战士们命令道："沉住气，鬼子不明我们的底细。我们刚端了杨庄据点，弹药充足，坚持到天黑没问题。只要坚持到天黑，我们就有办法突出去。"

初冬的乡村，庄稼早已收割完毕，爬在房顶上，能看出好几里远。这时，鬼子试探性进攻开始了。伪军在前，鬼子在后，弯着腰顺着村口的土路往村里攻。熊大林对着贺长明喊："你不是号称贺神枪吗，把领头冲锋的鬼子军官打掉。"

贺长明伸出右手，张开右手拇指，合上左眼，在睁开左眼的同时将右眼合上，然后说："那个鬼子军官离这差不多有五百米，只能用鬼子的三八大盖才能打到。"

贺长明接过战士递过的三八大盖枪，定了定标尺瞄了瞄，果断击发。熊大林举着望远镜看着，只见那个鬼子军官脑袋喷出一股血，一头栽倒在地，指挥刀飞出几尺远。

战士们小声欢呼起来。一个战士问贺长明："连长，刚才你伸出手是干什么？"

贺长明回答："那叫测距，知道吗？只有测定了距离，才能选定标尺，保证打得准，以后多学着点。"

鬼子军官的死亡并没有减弱鬼子的进攻。熊大林命令："瞄准了，重点打鬼子，把鬼子打倒了，伪军会自动败下去。"

看鬼子和伪军进入了最佳射程，两挺捷克式轻机枪"嗒嗒"地发出了点射。贺长明爬在房顶上，手里的三八大盖"叭勾、叭勾"地叫着，一会的工夫，十多个日伪军躺在了村口，其余的吓得赶紧退了回去。其他三个村口的鬼子和伪军，只是远远地包围着，并没有发起进攻。

躲在后边的日军伊村大佐，从望远镜中看得清楚。他命令掷弹筒向八路军占据的房顶射击，顿时，村里响起了"吭吭"的爆炸声，几发掷弹筒弹落在了房上，造成了几名战士的伤亡。

熊大林一看，不能让自己干挨鬼子的打，于是命令房顶上留下两名战士观察，其余的下房进屋隐蔽。

一会，鬼子的炮击停止，又发起了第二次攻击。熊大林命令战士们上房，待鬼子进入了有效射程，又是一顿步机枪射击，鬼子伪军照例留下几具尸体退了回去。

伊村挥着指挥刀哇哇大叫。他不信八路还有这么强的力量。于是命令掷弹筒继续射击，然后叫过一名日军曹长，用日语叽里呱啦地交代一通。

日军炮击停止后，并没有直接向村口进攻，而是避开道路，四散开来，向村子的四周冲来。一会的工夫，日伪军已冲到百姓的院墙外，翻墙进入百姓的院中。

熊大林一看鬼子改变了战术，继续守在房上很可能被鬼子分割包围。熊大林看了看已西下的太阳，估计离天黑还有两个多小时，于是命令战士们下房，背着伤员撤向村北一座有四面围墙的地主庄园，同时命令三个战士分别到东西北三个村口，通知李天盈、刘大龙和单二贵撤到村北的地主大院。

地主的庄园是个标准的四合院，围墙两米多高，正门外是一个有几百平方米的空旷场地。后门正对着一条胡同，出胡同往北约二百米，就是村口。东西两侧隔着胡同与村民的房子相邻。熊大林令院子的地主和他的大小两个老婆进屋不准出来，命令战士们用木棒顶住前后门，用镐头在围墙的四周掏出射击孔。

翻墙迂回的鬼子攻到战士们刚才据守的房下，八路军早已没了踪影，只是在墙脚发现了三具八路军的尸体。

哇哇大叫的鬼子气无处可撒，用刺刀对着三具八路战士的尸体乱戳一通。矮壮的伊村挥着指挥刀吼道："我的四面包围，八路的跑不掉，搜索的有。"

鬼子和伪军三五成群地散开挨户搜索，一会，发现了熊大林他们从杨庄据点缴获的粮食、被装和没来得及吃的半锅小米饭。伊村一看，撇着八字胡大笑："八路的，溃不成军，继续搜索的有！"

鬼子和伪军在村子里折腾了半个多小时，搜到了村北的地主庄园。熊大林命令："零星的鬼子不要开枪，等鬼子集聚多了再听命令开火。"

这时大门外的两个伪军已开始用枪托砸门，砸了半天没砸开，想爬墙墙太高爬不上，于是两个伪军叫了起来，一会院墙外汇集了十多个鬼子伪军。

熊大林一看时机已到，命令两挺机枪射击，命令其他战士隔墙向大门外投手榴弹。

猝不及防的机枪手榴弹使门外的鬼子伪军倒下一片，剩下的几个吓得扭头就跑。在远处的伊村看得真切，料定八路军隐藏在大院里，于是调来掷弹筒向大院射击。

两发掷弹筒弹在房顶"咣咣"的爆炸。熊大林大喊："快进屋隐蔽。"

熊大林刚要进屋，回头却看单二贵还在射击孔向外观察。熊大林大喊："单二贵，你小子想找死啊，快进屋隐蔽。"

单二贵不情愿地跑进了屋子。这时，又有几发掷弹筒弹在院内和房顶爆炸，窗上的玻璃都被震碎。

单二贵大声对熊大林说："支队长，都躲在屋里，鬼子的一发炮弹打进来全报销了，再说，屋外不留一个人观察，鬼子攻进来怎么办？"

熊大林骂道："你小子懂个屁，小鬼子的掷弹筒根本炸不透这个房子的房顶，留在外边只能是送死。鬼子即使砸开了门，我们有机枪封锁，他也进不来，要是翻墙，不可能一下全涌进来，进来几个还不够老子一个人打呢。等鬼子炮击停止后再出去。"

鬼子的掷弹筒陆续打了十来分钟才停止。熊大林算了算，经过村口和这里的两次折腾，鬼子带的掷弹筒弹打得差不多了，于是命令占领围墙的射击孔。

熊大林透过射击孔往外一看，鬼子和伪军已到了大门外五十米开外，于是命令："步枪射击，机枪等鬼子多了再打，不要让鬼子进到五十米以内的距离，防止鬼子向我们投弹。"

接着熊大林在后门和两侧也布置了兵力，防止鬼子从侧后偷袭。熊大林大声嘱咐："弟兄们，都打准点，再有一个多小时天就黑了，天黑了我们就能突出去。"

由于鬼子在明处，有又高又厚的围墙掩护，只一轮射击，日伪军就被撂倒了七八个。伊村在远处看着，气得巴嘎巴嘎地大骂，命令掷弹筒把所有的炮弹打出去。

"咣咣"几声爆炸，院内又有几名战士负伤。熊大林想让战士进屋隐蔽，却不见又有炮弹打来，知道鬼子的炮弹打光了，于是喊道："鬼子没炮弹了，不管是鬼子还是伪军，敢露头的就打掉他。"

由于没有了炮弹，鬼子的轻重机枪想打打不着，双方对峙着。伊村想撤，可到嘴的肉不但没吃掉，还让对方打掉二十多人。伊村不甘心，命令一辆汽车和几个鬼子回据点拉炮弹。

到了晚上八点多钟，天已经完全黑了下来。熊大林看了看受伤的六名战士，命令道："我们从后门突围。一会后门打开后，两挺机枪在前开路，遇到鬼子阻止，坚决打掉他。机枪手倒下了，副射手赶紧补上。我随机枪后跟进，轻伤员能走的自己走，重伤员全部背上，李天盈负责伤员，贺长明断后。"

熊大林说完，带着警卫员宋小宝进了地主躲的房间，对宋小宝命令道："把他们绑起来。"

地主一听，马上跪在地上求饶："八路长官，虽然我家的地多房多，拿你们的话说是地主，但都是祖辈几代省吃俭用积攒下来的，从没有欺压过百姓，更没当过汉奸给鬼子做过事，你可不能杀了我们。"

熊大林说："绑你不是要杀你，而是为了救你。我们在你这打了半天，鬼子死伤了几十人，一会我们撤走了，鬼子会饶了你？只有绑了你，一会鬼子来了才不会杀你。"

熊大林看宋小宝已将地主和他的大小两个老婆绑了起来，一挥手说："我们走。"

战士们悄悄打开后门，并没有发现敌人。熊大林一挥手，两挺机枪的正副射手跨出门，顺着胡同往村外冲。快冲到胡同口时，鬼子发现，赶忙开枪阻击，但鬼子只开出几枪，就被密集的机枪火力压住。这时，一名机枪手倒下，副射手赶紧抓起机枪，继续射击。熊大林命令单二贵："把机枪手背上，快撤！"

守在胡同口的十几个鬼子伪军，根本抵不住突围的火力。冲到胡同口，几个顽强的鬼子冲上来想阻止八路军前进，顷刻被机枪打倒。剩下的十来个伪军四散奔逃。很快，熊大林带着队伍消失在夜幕中。

伊村听到密集的枪声，断定八路军已开始突围。一会看到逃过来的几个伪军，问明情况后，气得挥刀砍倒一名伪军，大叫："追，追击的有！"

待伊村带人追到熊大林突围的胡同口，早已不见了八路军的踪影。伊村只好带着人，进了刚才八路军固守的大院，却见大院空空如也，院内除了弹壳和房上被炸下的瓦片，什么也没有。

伊村气得呼呼地喘着粗气，命令将被绑在屋里的地主拽出来。伊村举刀本想将地主杀掉，却见地主的小老婆如花似玉，转而嘿嘿一笑，对地主说："你的，要命地干活，还是要花姑娘的干活？"

地主赶忙跪地说："太君，太君，要命，要命。"

伊村手指着一名日军小队长命令道："你的，带着你的人留下，明天天亮掩埋尸体，拉回战利品地干活。"又指着另外一名伪军小队长说："你的小队留下，协助皇军地干活。"说完带着伤兵和其余的日伪军，又押上了地主的小老婆，剩车狼狈撤回据点。

熊大林带着队伍撤出十来里，到了山前的一小村庄。熊大林命令部队停下，借用老百姓的锅灶做饭。刘大龙有些不解，问道："支队长，怎么不走了？一会鬼子追来怎么办？"

熊大林道："追个屁，小鬼子人生地不熟，白天没有大部队都不敢进山，别说黑夜了。赶紧做饭吃，吃完了老子还要打回去，看他伊村到底能唱什么戏？"

"打回去？我们可是好不容易才突出来，再打回去不是自投罗网吗？"刘大龙不解。

"老子在杨庄好不容易缴了那么多的粮食、被装，丢在那可惜。小鬼子再神，也料不到老子还敢打回去。小鬼子的战斗力是强，一对一的摆开打，咱们确实不是人家的对手。但我要打他个出其不意，不给小鬼子还手的机会。再说了，还有三个弟兄的尸体扔在那，不能不管哪，一定要抢回来安葬好。你小子要是胆小不敢去，就留下照顾伤员。"

刘大龙一听急了："支队长，我什么时候胆小过。你知道，我会日语，一会抓住小鬼子，审问起来用得上，所以一会我必须去。"

熊大林说："这还有点像爷们的样。一会你挑上二十个人和我一起去，让你们大队长和单二贵留下照顾伤员，不能有个万一全报销了，得为咱们支队留几个硬种。"

吃完了小米饭熬白菜，听说支队长要带人杀回去，贺长明和单二贵都要求同去。熊大林说："少给老子讲价钱，老子让你们留下，自有让你们留下的道理。明天中午前我们能回来和我们一起走，不能回来你们带着伤员继续往山里撤。注意，你们要做好警戒，要是让伤员出了意外，看老子不扒了你们的皮。"

单二贵还要说话，但只叫了一句"支队长"，就叫熊大林顶了回去："支什么支，这次没你的份，老实在这待着。"说完一挥手，带着队伍消失在夜幕中。

已是初冬的季节了，冷风嗖嗖地刮着。天上的星星和挂着的半个月亮，好像也来凑热闹似的，悠悠地闪着寒光。战士们穿的缴获的伪军棉衣，在刚才的突围中，已被汗浸了一半，经过刚才的吃饭休息，汗浸的棉衣冰凉冰凉的。

好在天上的月光能使战士们辩出突围时的路。经过近一个小时的行军，已模糊地看到连家庄村。

连家庄静悄悄的，经过白天半天的战斗，连村里的狗也吓得不再敢吱声。熊大林命令刘大龙："带两个战士顺着咱们突围时的胡同侦察一下，看村里还有没有敌人。如果有，住在什么地方。快去快回，不到万一不要开枪。"

刘大龙领命带着两个战士分开前后从突围时的胡同进了村。摸到突围前固守的地主大院，只见正门前挂着一盏带罩的提灯，一个持枪的人影在门前站着。刘大龙从身高和人影上的钢盔断定是鬼子哨兵。刘大龙和另两个战士趴在地上看了会，见没什么动静，又向村子的其他地方摸去。

转到村南路口，刘大龙看到并排放着的五具鬼子尸体。刘大龙知道，这是白天鬼子进攻时被打死的。刘大龙二话没说，从鬼子尸体上摘下钢盔戴在头上，并示意其他两个战士也戴上鬼子尸体上的钢盔。待转到村西，在一户较大的农家院前，同样看到了门前挂着一盏带罩的提灯，灯下一个持枪的人影晃来晃去。

刘大龙从昏暗的人影马上判断出，门前站岗的是个伪军。刘大龙一挥手，大摇大摆地带着两个战士向门前的伪军走去。

站岗的伪军远远地看到三个人影走来，高声叫道："站住，什么人？"

刘大龙用日语骂道："巴嘎，查哨的。"

伪军听到流利的日语，又模模糊糊地看到来人戴着钢盔，没有起疑，待刘大龙三人走到近前感觉有些不对时，刘大龙已用手枪抵住了伪军的脑袋。

刘大龙低声命令："别喊，喊老子一枪崩了你。"说完把伪军拉到墙角问，"说，屋里住了多少伪军？"

伪军吓得丢了魂，马上回答："有一个小队，除去白天伤了死了的，总共三十六人，都在东西两个屋子里睡觉。"

刘大龙又低声问："鬼子有多少，都住在哪？"

伪军回答："鬼子都住在白天你们守的大院里，有二十来个，不，十几个吧。"

刘大龙追问："到底多少？"

伪军回答："具体多少我真的不清楚，除了白天死了的，伤的都拉回去了，也就二十来个。我也是中国人，我要是说了一句假话，老总你毙了我。"

"除了这和我们白天守的大院，村里还有没有鬼子和你们的人？"刘大龙继续追问道。

"没有了，真的没有了，要有你们毙了我。"伪军再一次表白。

刘大龙低声对两名战士命令："你们两个留在这警戒，伪军要出来，就把他们打回去。记住，不到万不得已不要开枪暴露目标，我去向支队长报告，一会就回来。"

刘大龙交代完，拽着那个伪军命令："跟我走，要是敢喊叫我马上毙了你。"说完一手拽着伪军的衣领，一手用枪抵着伪军的脑袋，赶回向熊大林报告。

熊大林听完刘大龙的报告，马上命令："刘大龙，你立即赶回伪军住的大院，守住门口，伪军没有发现你们不要行动。李天盈你和我各带十个人，从地主大院的东西两侧胡同接近地主大院正门，等鬼子进屋换哨的时候摸到正门隐蔽起来，等接哨的鬼子出来时趁其不备干掉他，然后你和我带人冲进鬼子住的东西房子，尽量用刀将鬼子解决掉。等我们解决了鬼子，再去解决伪军，执行吧。"

刘大龙很快摸回伪军住的院子，与留守的两位战士汇合。熊大林带人悄悄摸到地主大院西侧围墙的尽头，探头一看，鬼子的哨兵端着枪在灯下晃悠着。十几分钟后，只见鬼子背上枪，在门口撒了一泡尿，进了屋。熊大林抽出背后的大刀，一挥手，带人悄悄跟了过去。大门东侧的李天盈，看到支队长开始行动，也带着战士不声不响地跟了过来。熊大林压了一下手，战士们全部靠在大门两侧隐蔽。

一会，接岗的鬼子背着枪懒洋洋走出大门。没等鬼子看清门外的情况，熊大林一把将鬼子哨兵拽下大门的台阶，没容鬼子喊叫，一刀将鬼子的脑袋砍出三米多远。

熊大林掏出在杨庄据点缴获的手电筒，又示意李天盈摘下门前挂着的提灯，然后带人直奔鬼子住的东屋而去。李天盈提着灯，带人奔向鬼子住的西屋。

熊大林进屋瞬间打开手电筒，只见炕上依次躺着一溜鬼子，鬼子的一挺歪把子机枪放在柜子上，其余的步枪靠在墙上。熊大林二话没说，挥刀对着鬼子的小队长头上砍去。鬼子小队长的脑袋瞬间成了两半，一股鲜血喷在了熊大林的脸上。熊大林顾不得抹一把血，反手将刀砍向邻近鬼子小队长的另一个鬼子。

其他的战士借着支队长的手电光，用砍刀或刺刀杀向各自选定的目标。两个机灵点的鬼子听到动静跳了起来，想拿枪拿不到，在炕上急得嗷嗷直叫。几个战士冲上炕，对着赤手空拳的鬼子一顿乱扎乱砍，将两个鬼子打倒在土炕上。

熊大林命令收拾战利品，自己挥刀奔向了李天盈带队攻击的西屋，借着李天盈放在柜上的提灯，只见八个鬼子全部倒在炕上，不是头身分家，就是身中数刀。熊大林命令把能带上的鬼子东西全部带上，包括鬼子的钢盔和脚上穿的皮靴。

打扫完战场，熊大林拽出躲在西厢房一直未敢睡的老地主，对他说："你要想活命，天亮后你到张庄鬼子的据点去报告，让他们来收尸，就说三支队的熊大林半夜带人杀了回来。"

老地主跪在地上，颤颤巍巍地说："不敢，不敢。"

熊大林说："要想活命就照我教你的去报告！"接着命令："走，咱们去收拾伪军。"

守在村西伪军院处的刘大龙见一队人影奔这里而来，估计是支队长收拾完鬼子过来了。待走到近前，熊大林低声问："有什么情况？"

刘大龙回答："没有一点动静。"

熊大林吩咐："这次，我们只把伪军缴械，按杀鬼子时的分工，上！"刘大龙赶紧摘下门口的提灯，和熊大林一起，带着战士们奔向了伪军住的东西屋。

熊大林冲进东屋，用手电筒一照，十几个伪军挤在炕上正酣然大睡。熊大林大喊："起来，起来，你们被俘了！"

战士们也大喊"缴枪不杀，赶快起来！"

睡着的伪军被喊声惊醒，借着手电光看到站在炕下的八路军战士和黑洞洞的枪口，吓得无一人敢吭声。

熊大林命令："下炕，到院子里集合。"

熊大林挥着大刀赶到西屋，看到西屋的十几个伪军也已被刘大龙和战士们控制。熊大林命令："把缴获的武器弹药带好，让伪军到院子里集合。"

一会，三十几个伪军在战士们的喝令下，在院子里站好了队。

熊大林命令伪军："你们都说说，自己是哪里人？"接着指着站在队前的伪军小队长说，"从你这开始。"

熊大林听到伪军小队长回答是东北人，一股怒气涌上心头。当伪军中又有几个报出自己是东北人时，熊大林大骂道："东北人，你们还知道自己是东北人，你们的老家都叫小鬼子占了，小鬼子正在你们的老家抢掠你家的财物，奸淫你们的妻子姐妹，你们不打鬼子反过来帮鬼子做事，打抗日的八路，你们还知道你们的祖宗是谁不？还有你们这些本地人，你们跟着鬼子欺男霸女，杀人放火，你们的父母妻儿的脸往哪放，你们死了还要不要进祖坟？看你们都是中国人，今天老子给你们留条活路，以后要是再当伪军，让老子遇到必杀你们。"

伪军小队长赶紧回答："谢八路不杀之恩，小的部队被鬼子打散了，没办法混口饭吃。"

其他的伪军也赶紧迎合："小的只是混口饭吃，以后再也不敢帮鬼子干事了。"

熊大林听了这话更是愤怒："混口饭吃，你们都是脑袋下吊着两个卵子的男人，哪混不了饭吃？想吃饭可以参加我们八路，不想参加八路的可以回家种地，这是你们当伪军做汉奸的理由吗？"

听完熊大林的话，伪军小队长首先要求参加八路军，十来个伪军也举手要求参加。熊大林对刘大龙命令："给他们发枪，收下他们。"接着对其余的伪军说，"你们可以走了。"

等伪军走后，熊大林把伪军小队长拽到一边问："你叫什么名字？"

伪军小队长马上立正回答："兄弟王二富，奉天皇姑屯人，原在东北军干炮兵排长，进关的时候，部队被打散了，为了活命，小的就和几个弟兄当了伪军。"

"你干过炮兵排长，你都会使什么炮？"熊大林一听来了精神，马上问道。

王二富马上回答："山炮、迫击炮，还有鬼子的掷弹筒都会。小鬼子在我的老家炸死了张大帅，我早就想参加八路打鬼子了。"

熊大林听王二富说会使几种炮，更加高兴，"现在老子还没有炮，先在我这当个班长怎么样？"

王二富感激地回答："长官不杀我已是高抬贵手了，参加你们的队伍就让我当班长，愿意效劳、愿意效劳。"

"别那么酸，我们八路不兴这个。"熊大林挥挥手说："我问你，小鬼子怎么知道我们在这，这么快包围了我们？"

王二富说："听说伊村在好多村都有情报员，送出的情报只要属实伊村就给大洋，有的村民就为伊村做起了这个差使。"

熊大林一听，恨恨地说："为鬼子搜集情报，这不是出卖祖宗当汉奸吗，让老子逮着了，非活埋了他不可。"

熊大林觉得还是不对，接着问王二富："连家庄离张庄有三十多里，我们到连家庄才两个多小时鬼子就来了，那个汉奸送情报怎么那么快，鬼子有什么诀窍？"

王二富说："听说伊村给重要的情报员配有信鸽，有什么消息写在纸条绑在鸽子脚上，一会就能到伊村的手上。"

熊大林用手拍了拍王二富的肩膀说："明白了，伊村再用电话命令，汽车运兵，所以几十里路，两小时就能到。二富啊，你刚参加八路，就立了一功"

熊大林接着对刘大龙说："带着战士们找到白天牺牲的三个弟兄，天亮后买三口棺材，把弟兄们埋了。"

刘大龙在白天据守的房下，很快找到了牺牲的三名战士。看到被鬼子糟蹋得面目全非的战友尸体，熊大林气得大骂："狗日的小鬼子，老子非得让你加倍偿还！"

天亮了，熊大林让战士们把地主大院的十八个鬼子尸体抬到院外空场上。村里的老百姓看到八路军又打回来了，纷纷围上来看热闹。当看到鬼子头身分家的尸体，有的吓得捂住了眼，有的向八路军伸出了大拇指，胆大地上去踢了几脚鬼子尸体。

熊大林对着看热闹的百姓喊："乡亲们，昨天我们也战死了三个弟兄。这三个弟兄是为了咱们中国，为了咱们老百姓死的，是英雄。用黄土直接埋了，我愧对他们。我愿用大洋，买下你们为老人准备的寿材。"

听完熊大林的话，乡亲们小声议论着："是啊，人家八路年纪轻轻打鬼子死了，可不能没个棺材就把人埋了。"立刻有几个百姓举手说："我家有一个"、"我家有一个"。

熊大林站好，深深地向乡亲们鞠了一躬说："我替八路军谢谢你们，替战死的弟兄谢谢你们。我们八路军不拿群众一针一线，我们是买，每口棺材两块大洋，如果大洋给的少了，乡亲们说声，我一定再加。"

乡亲们回答："不少了，不少了。老人的寿材我们再做、再买，先给你们死去的弟兄用吧。"

熊大林说着感谢的话，令战士拿出缴获的大洋，到百姓家里抬棺木。

一会，三口红漆棺木抬到了战士遗体旁。熊大林命令将三位战士的遗体放入棺木，并令从缴获的被装中，拿出三床被子给牺牲的战友盖上。

熊大林命令战士们列队，向牺牲的战士致敬，和牺牲的战友告别。

等熊大林带着队伍和在杨庄、连家庄缴获的战利品与贺长明、单二贵会合，已近中午。熊大林和战士们吃完饭，带着伤员和战利品，赶回了驻地。

第五章

三支队在雾灵山以南、盘山以北的区域拔据点，端警察所。留在冀东东部地区的一、二两个支队，也用同样的手段搅得鬼子日夜不宁。张庄日军联队长伊村大佐在连家庄损失了近一个小队，还被八路缴去了两挺机枪和五十余支步枪。为推卸责任，伊村向驻守在唐山的二十七师团师团长铃木启久报告，说平西派八路主力打回来了，人数大约有一个团。

铃木启久闻讯，恼怒地吼道："冀东，是大日本皇军进攻华北、中原乃至华中、华南的必经之地，是从满洲运兵、运弹药的咽喉要道，只有确保冀东，才能确保圣战，确保满洲。窜犯冀东的平西八路，必须全部的剿灭。"

铃木启久立即向日军华北司令部报告，调动师团所辖天津、唐山、承德、蓟洲的日军和热河伪满武装从不同的方向向三个支队围攻。

三支队活动区域地处冀东西部，离北平最近，受到了日军和伪满武装更残酷的围剿。刚刚发展起来的部队，开始陆续出现逃亡。一些土匪武装倚仗山险路熟也从侧翼或背后朝三支队打黑枪，袭击零散掉队人员。鉴于严峻的形势，刘永光不得不带领一大队来到了峡谷峪，与熊大林和二大队汇合，商量下一步的对策。

熊大林看到刘永光，紧走几所握住刘永光的手，迫不及待地问："快说说，部队情况怎么样？"

刘永光说："部队减员严重，战斗伤亡加上逃亡，一大队还剩不足二百人，现在每个连都不满员。"

熊大林说："我们差不多，也伤亡逃亡了几十人，特别是收编的暴动人员。现在二大队除了四连基本满员外，其他两个连也都接近减半。"

刘永光感叹道："四连，不愧为老红军连队啊。"接着话头一转对熊大林说：

"老熊啊，已进入严冬了，敌人围剿一天比一天紧，还叫嚣在春节前彻底消灭我们。现在我们的干部战士是有大衣的没棉衣，有棉衣的没被子。敌人到处实行"连坐法"，谁卖给八路军粮食杀全家，哪个村留宿八路军杀全村。为了减少百姓不必要的损失，你看咱们是不是离开村庄继续进山？"

熊大林回答："是啊，哪能眼看着让群众受损失，在目前情况下，不到万不得已，不要公开接近群众，免得给百姓招杀身之祸。"

刘永光说："我们的粮食不多了，把筹集的玉米面黑豆算上，二大队平均每人不到五斤，不向百姓借和买又能怎么办？现在鬼子四处围剿我们，我们只能是躲，不可能有大的缴获。"

熊大林说："我在峡谷峪村后山的山洞中藏有一万多斤粮食，咱们先熬一天算一天，待实在没办法了再说。"

熊大林接着说："我的意见还是分散活动，不能离得太远，也不能离得太近，这样在一方遇到紧急情况的时候可以互相接应，又可以避免被敌人围住全军覆没。你看是不是这样，你带一大队在峡谷峪北山至雾灵山一带活动，我把一万多斤粮食留给你，这些地方我们熟，群众基础较好。我带二大队进盘山，虽然群众基础差些，又有几股土匪武装，但盘山方圆百余里，回旋余地大，你的意见呢？"

刘永光说："不能艰巨的任务都是你来干，这样吧，你带二大队还在峡谷峪，我带一大队去盘山。"

熊大林说："我是军事主官，艰巨的任务我不干谁干？再说二大队是主力，必须承担艰巨的任务。咱们只要能在鬼子围剿的这段时间生存下来就是胜利。"

这时，供给处长李有根送来了两件大衣说："这是你们两位的，穿上吧。"

熊大林道："我和政委不是有棉衣了吗，怎么还给我俩发大衣？战士们有的还穿夹衣呢。"

李有根道："这是战士们的意见，觉得领导任务重，休息少，你们两个又是南方人，抗不住北方寒冷的冬天。不仅是你们两位，大队和支队的领导每人一件。"

熊大林一听，不由得窜起一股火："李有根，我军历来官兵平等，你这不是搞特殊吗？把发给领导的大衣都拿回去发到班里，留给战士们警戒放哨时穿。政委，你的意见呢？"

刘永光道："老李啊，现在正是我们困难的时候，越是困难，咱们当干部的越要和战士们同甘共苦，这样才能聚人心，提升战斗力。按支队长说的，拿回去发到班里。"

李有根嘟囔着说："不就是两件大衣吗，这可是战士们的意见。"

刘永光这时也生了气："谁的意见也不行，你想让三支队散了吗？你也是老红军了，你该知道，干部的一言一行时刻影响着战士。你要记住，我们这个党、这支军队任何时候干部都不能搞特殊，特别是困难时候，搞特殊会毁了人心，毁了凝集力。按支队长的命令，执行吧。"

李有根不情愿地拿着两件大衣走了。熊大林对刘永光说："长征过草地的时候，干部多给自己留一把青稞都会被撤职。正因为官兵一致，党员干部冲锋在前而享受在后，长征那么艰苦的环境，伤亡了那么多人，部队都没有散，士气也没有削弱。咱们得重申一下规矩，从我们俩开始到班排长，谁也不准搞特殊，受不了的，就不要当干部，别干共产党了！"

刘永光道："同意，就由我这个政治委员来重申吧。"

晚上，支队连以上干部会议，二十多人坐了满满一屋。刘永光站在地上，作着政治动员："为了保存我们这些抗日火种，支队长和我研究决定，两个大队继续分散活动。同志们都清楚，小鬼子正白天黑夜地围剿我们，想把我们一口吃掉。老百姓迫于鬼子的暴行，也不敢公开支援我们。我们不仅要避其锋芒，保存力量，还要少进村、少与群众接触，减少群众因我们而带来的损失。现在，是我们最困难的时候，不仅要天天打仗，还要忍受寒冷、饥饿的折磨，这个时候，我们的党员、干部更要起模范带头作用，更要关心、爱护我们的战士。我们的每一个党员、干部必须与战士同甘共苦，不许搞任何特殊。"

刘永光说到这，一大队长王长启举手站了起来："政委，不让我们与老百姓接触，那我们吃什么？住什么？还有，我们与战士完全一样，还叫干部吗？"

熊大林一听就来了气，大声斥责道："官兵一致，与战士同甘共苦是我们红军八路军的光荣传统，什么是干部？干部就是标杆，打仗要带头冲锋、平时要带头吃苦。我们红军八路军不是国民党，不是军阀，当官不能做老爷，不能贪污腐败喝兵血，你要是做不到，就不要当这个干部！"

政治部主任李子方站了起来对王长启说："支队长和政委都是老红军，经过万里长征的考验，你小子以后多学习点，好好检讨检讨你的乌七八糟的思想。"

刘子光说："我说的少与群众接触，不是不要大家与群众接触，我们是鱼，老百姓是水，鱼离开了水确实无法生存。向群众筹粮、借物，不要在白天和公开的场合，以减少鬼子对群众的杀戮迫害。但有一条是不能动摇的，就是在目前的情况下，所有的部队和人员，包括伤员都不准在老百姓家借住。"

熊大林接着说："我们在一个地方不能久待，最好一天换一个甚至几个地方，这样才能不让敌人摸着我们的行踪。会后部队马上转移，散会。"

　　刘永光带领一大队从峡谷峪村向北进了山。熊大林带领二大队向南，经过一夜的行军，于天亮时进入了盘山地区。

　　一九三八年最寒冷的日子到了，战士们单薄的棉衣，无法抵御刺骨的寒风，夜里部队只能在山洞避风处，铺些柴草，和衣而卧，用彼此的身体互相取暖，战士们陆续出现了冻伤。

　　这天是阴历"腊八"，白毛风夹着雪花肆虐地刮着，像无数把鬼子的刺刀，轻易地刺穿了战士们单薄的棉衣。山坡、道路处处积满了雪，人走在上边，脚下咯吱咯吱地响个不停，这声音让人觉得世界上一切都是白的，一切都像石头一样冰冷冰冷的。早晨，刚从茅草中钻出的熊大林突然接到供给处长李有根骑马报来的消息，说平东县土匪武装蒋得财部一百余人，袭击了支队在峡谷峪村后山洞中的给养仓库，抢走了一万多斤粮食、十几支步枪和六匹战马，留守的一个班战士全部牺牲。

　　熊大林大怒，顾不得擦下天冷冻出的鼻涕，一把抓下头上的破毡帽扔在地上："真是虎落平原被犬欺，连毛贼土匪都敢抢老子，还敢杀老子的人，真是反了天了。那帮土匪的老窝在什么地方？"

　　李有根回答："我向当地的老乡打听过了，说在离峡谷峪不远的湖洞水"

　　"湖洞水？熊大林拿出地图。李有根附上去看了看，指着地图上的一个地方说："在这，离峡谷峪不到二十里，离我们这……"李有根用手量了一下，"大约有一百里。听老乡说，那个地方是个大峡谷，谷口不宽，因峡谷里有水有湖，因而得名。"

　　熊大林大道骂道："奶奶的，我不灭了你蒋得财，你就不知道什么是共产党八路军。你现在就赶回去，通知政委，明天晚上六点在峡谷峪集结，我要亲手灭了蒋得财这个王八蛋！"

　　李有根回答："是"，说完上马欲走。熊大林嘱咐道，"要尽量避开大路，注意安全。"

　　李有根向熊大林敬礼，"明天见。"说完打马离开。

　　熊大林对贺长明命令："通知炊事员做饭，不要喝粥了，做小米干饭，把剩下的粮食全做上，让我们每一个战士吃饱。"

　　教导员李天盈听到支队长的命令，跑过来提醒熊大林："支队长，现在我们所剩的粮食，只够喝两天粥了，今天都吃完了，不过了？"

　　熊大林说："明天晚上我们袭击土匪蒋得财的老巢，我相信不但能夺回土匪抢走我们的粮食，还会有缴获。今天要走一天的路，光喝粥怎么行。"

　　贺长明传完命令对熊大林建议："支队长，如果咱们吃完饭就走，晚上就能赶到峡谷峪。可是大白天的,从我们这赶到平北北部山区,要经过约五十里平原。鬼子正在四处找我们,如果在平原让鬼子发现了,会很麻烦。你看是不是等到晚上再走。"

熊大林说:"你的担心很对,如果我们在平原让鬼子围住了,凭我们现在的力量,脱身确实很困难。但我不是穿过平原向北,而是顺着山势,先向东再向北。"

"先向东,再向北,那我们得多走一天的路程啊。"贺长明接着问。

"是得多走一天,要不为什么明天晚上的行动,一会吃完饭就出发呢。"

"那支队长,我冒昧地问一句,你这样做的目的是什么呢?"

"什么冒昧,别在我面前咬文嚼字的。只要是为了胜利,有想法就讲,有意见就提,这才是我们共产党。"

熊大林接着说:"要说目的有两个,一是我们在这住一夜了得转移,你敢保证我们这附近没有汉奸吗,你还记得连家庄被围的事吧?汉奸的信鸽报信很快,如果汉奸告了密,让鬼子围住了,麻烦就大了;二是向东,我们从来没有去过,我想沿途看一下地形,说不定关键时刻就能用上。"

贺长明叹服地说:"还是支队长想的远啊。"

熊大林不耐烦地说:"你小子少拍我的马屁,刚表扬你两句就来劲了。咱们可不能学国民党官老爷,嘴上赞扬,心里骂娘,说的一套,做的一套。"

贺长明忽然想起了一件事,说道:"对了支队长,你不说我还真忘了,连家庄那个用信鸽给鬼子报信的汉奸,我们不能便宜了他。"

熊大林说:"等熬过了鬼子的这次围剿,我一定去找他算账。现在形势紧张,一些地痞、土匪为了几个臭钱,专门给鬼子通风报信,干祸害百姓的事,咱们得杀杀这股邪气,待形势好转了,有必要成立一个锄奸队,专门对付那些汉奸败类。"

贺长明说:"对,不镇压那些汉奸败类,就起不到杀一儆百的作用。支队长,这个锄奸队长我来干?"

熊大林说:"你个外乡佬人生地不熟的,就老实的当你的大队长吧,你看着,到明年的青纱帐起,我们三支队就会发展到千人以上的主力团,你小子怕没事干吗?你去交代一下,一会出发时,让单二贵的那个排在前边当尖兵。"

贺长明应了一声"是"走开了。熊大林搓了搓冻僵的手,看着战士们冻得通红的脸和被寒风吹出的鼻涕眼泪,拿出地图思索着。

饭熟了,小米干饭就咸菜。战士们已经几天没有吃上这样抗饿的饭了,一个个掏出自带的陶瓷铁碗或陶瓷铁缸,从身边的树枝或荆棘上折下两根木棍当筷子，狼吞虎咽地吃了起来。

　　熊大林也狠狠地吃了三大碗。为了行动的保密，吃完了饭，熊大林没有向部队宣布任务，只是命令部队沿山向东转移。

　　熊大林和贺长明并肩走在尖兵排的后边。只见沿途松林密布，山锋错落有致，大小不等的鹅卵石遍布其间。熊大林看着，对贺长明和李天盈道："真是个好地方，怪不得乾隆皇帝说盘山是京东第一山呢。"

　　"乾隆皇帝是谁？他说盘山是京东第一山就是第一山？"贺长明憨声地问。

　　熊大林擤了一把冻出的鼻涕，不满地说："我是个大老粗，你怎么比我还粗？告诉你，乾隆是清朝的一段年号，就像现在的民国，皇帝的名字叫爱新觉罗什么，挺不好记，那可是一位有作为的皇帝，离我们当今有一百四五十年吧。"

　　李天盈也半开玩笑地说："还是支队长有文化，知道这么多。"

　　熊大林骂道："你小子怎么也学会拍马屁了，我也是前两天听一位老秀才说的，我这是现学现卖。"说完自己笑了起来。

　　部队走了两个多小时，来到了一处两山夹一沟的谷地。熊大林命令部队休息，然后掏出地图，对着地形仔细看了起来。

　　熊大林看了一会，对着贺长明李天盈说："这个地方叫蛤蟆沟，我们已走入了盘山的腹地。你看看这儿的地形，真是个打伏击的好地方。"

　　李天盈问："支队长不会有什么作战方案吧？"

　　熊大林说："现在是鬼子追着我们打，哪有什么方案。"

　　贺长明指着不远处的一块巨石说，"支队长你看那块石头，多像个蛤蟆。"

　　熊大林说："真是个天然的蛤蟆，估计蛤蟆沟就是因为这块石头得名的吧。怎么样，跟我过去看看？"

　　贺长明半玩笑地说："你支队长的话就是命令，乾隆皇帝说盘山是京东第一山，我也给这块蛤蟆石命个名，叫京东第一石。"

　　熊大林笑道："你小子是金口玉言啊，等你当了皇帝再命名吧。"

　　三人说笑着走到了蛤蟆石旁。熊大林手摸着蛤蟆石，看着两侧的山峰和满沟的怪石说："这个地方不利用一下可惜了，以后找个机会，我非得在这好好地敲一下鬼子。"

　　李天盈说："确实是个打伏击的好地方，这里怪石林立，隐蔽藏身是个绝佳的地方，只要控制了两侧的制高点，鬼子进来就出不去。"

　　熊大林问："这比你俩的老家陕北怎么样？"

　　李天盈答："强多了，陕北那个地方到处是黄土，一眼望不到边，沟、坡、山一个色，人穷的和黄土一样。"

贺长明说："这里是燕山与华北平原的交界处，下了山一马平川，山里山外盛产小米玉米，平原还盛产小麦，逢年过节，老百姓还能吃上包子饺子，哪像我们那，一年也吃不上一顿白面。"

熊大林说："现在的日子和你们在陕北时差不多，等熬过了鬼子这次围剿，我一定要让战士们吃上白面饺子和京东肉饼。"

贺长明听了熊大林的话，不由得咽了一下口水说："支队长你得说话算数，如果现在让我饱饱地吃上一顿肥肉馅的白面饺子或京东肉饼，明天死了都值。"

李天盈附和道："我也是，只要能美美地吃上一顿白面馍炖肉，死了都干。"

熊大林骂道："放屁，你俩的命就值一顿好饭？告诉你们，在我的心里，你俩拿小鬼子一个中队老子都不换。只要你俩在，二大队就在，我打仗就有主心骨。"

贺长明和李天盈听了支队长的话，互相看了看，一股激情和力量充满了全身。熊大林挥了挥手说，"走吧。"

部队在天黑前出了盘山，赶到了盘山东北侧的一个只有几户人家名叫海子村的地方。熊大林掏出地图看了看，估计离峡谷峪还有六十里路，于是命令部队停下找山洞和背风处宿营。

贺长明走到熊大林面前请示道："支队长，晚上咱们没吃的了，战士们走了一天路，你看怎么办？"

熊大林说："天这么冷，晚上战士们不吃点东西怎么行？向百姓买点吧。"

贺长明说："支队长，咱们带的大洋三天前就全部花光了。"

熊大林说："只有借了，我亲自去。你派人在山上的制高点和山口放上哨，村民只许进不许出，再让战士找些柴火，天黑的时候让战士烤烤火，这是山窝，外边看不到。"

贺长明答了一声走开了。熊大林叫来李天盈说："怎么样，敢不敢和我一起去老乡家借粮？"

李天盈答："这有什么不敢的，在陕北的时候，这活干的多了。"

熊大林说："那叫上刘宏道咱们一起去，刘宏道是本地人，话会好说些。"

李天盈说："借粮这点小事不必要你自己亲自去，让我和刘宏道带几个战士去行了。"

熊大林说："这是初次借，等以后八路军的信誉出来了，当然就没必要我亲自去了，但现在不行啊，我怕战士们掌握不好政策，再说我现在是支队长，名声相对大些，我写的借条，以后咱们的部队和地方政府都会认。"

熊大林带着李天盈、刘宏道和警卫员宋小宝来到了一座石屋前。刘宏道使劲敲了敲破旧的房门，喊道："老乡，我们是八路军，请您开开门。"刘宏道连喊了几声，里边没有应声。熊大林搓了搓冻僵的手指，对刘宏道说："再敲。"

刘宏道又敲了敲，里边才有了动静。一会门开了，出来一位满头白发的老妇人，颤巍巍地问："老总，您有事吗？"

熊大林上前说："大娘，我们是八路军，专打小鬼子的队伍。现在我们遇到了困难，部队没有粮食了，想跟您借一些，您放心，我们是借，等条件好了，我们一定加倍还您。"

老太太说："日本人和伪军三天两头征粮抢粮，我们自己都吃不饱，哪有粮食借你们啊，你要不信，自己进来看看。"

熊大林说："那我就进屋陪您聊聊天吧。"熊大林示意两个战士在屋外等着，自己和李天盈、刘宏道随老太太一起进了屋。

天快黑了，屋里有些昏暗。熊大林定睛看了看，只见破旧的石板炕上，坐着一位三十来岁的妇女和一个十来岁的小女孩。

熊大林坐在炕上，对老太太说："大娘，您的老伴和儿子呢？"

老太太回答："老伴早没了。儿子上唐山挖煤去了，这是我儿媳和孙女。"

熊大林说："大娘，我们八路军是咱老百姓自己的队伍。现在鬼子正在追杀我们，我们遇到了困难，没粮食了，钱也花没了。我们一天没吃饭了，您能不能借给我们些小米或玉米面什么的，让我们的战士在大冷天喝碗粥啊？"

老太太说："我知道你们是八路军，我看得出来。"

刘宏道用本地话说："大娘，您真有眼光。我们八路军买卖公平，不拿群众一针一线。现在我们遇到了困难，不然不会向您张口借的。一个五尺高的老爷们张口借粮，确实不好意思。但没办法啊，这么冷的天我们的战士不喝碗粥夜里还不冻死啊。我们的战士好多和我一样是本地人。"

"你的话我听得出来，不像刚才那位长官。"老太太指着熊大林说。

"我就是咱们平东县人。您就把我们当作自己的孩子吧，您说，当父母的能眼看着自己的孩子挨饿冻死吗？"刘宏道煽情地说。

"你们也是怪可怜的，我们家粮食也不多，你们借，走了能还吗？"老太太试探着问。

熊大林说："我们就在这一带打鬼子，一天不把鬼子打跑我们一天不走，我们暂时离开了也一定会回来，等情况好转了，我们会加倍地还您。"

刘宏道接着说："我就是山北的峪口镇人，走，往哪走啊。咱们平东人热情、实在，我们共产党、八路军与咱老百姓是一家人，说话算数，请您相信我们。"

老太太问:"还,什么时间能还?"

熊大林说:"多则半年,少则一两个月,请您相信我们共产党八路军,借您一斤,到时还您两斤。"

老太太嘟囔着说:"加倍不加倍的我不奢望,我们也不富余,到时你们记得还就行了。"

说完老太太对儿媳说:"这都是小鬼子造的孽啊,你去把咱们藏的那点粮食借给他们。"

儿媳听完老太太的话,不情愿地叫了一声"娘"。老太太挥了挥粗糙的手说:"去吧,去吧,八路们也怪可怜的,他们打日本为了谁呀。"

儿媳听完老太太的话下了炕,出门走到房后不远处的一个石坎下,抱开上边堆放的玉米秸,又搬开几块石头,取出了两个土布布袋说:"这袋是小米,这袋是玉米面,全家就剩这么多了,你们借多少?"

熊大林看着两个布袋,眼泪已布满了眼眶,对老太太和儿媳说:"这是你们的救命粮啊,这样,我们只借这袋玉米面,小米你们自己留下。大娘,这袋玉米面有多少斤啊?"

老太太说:"你们自己估吧。"

李天盈上去掂了掂说:"有三十来斤。"

熊大林说:"大娘,好借好还,我这就给您留下借据。"

老太太说:"我又识字,留那个干啥用。"

熊大林说:"这是凭据啊,过些时候情况好转了,我们建立了地方政府,您也可以拿着它找地方政府要,他们也一定会还您的。"

说完,熊大林掏出一个本子,垫在膝盖上问道:"大娘,你叫什么名字啊?"

老太太回答:"我们山里女人,哪有什么名字啊。我姓王,我家老伴姓张,你就叫我张王氏吧。"

熊大林回答:"我就叫您王大娘吧。"说完写道:"今有八路军三支队支队长熊大林借海子村王大娘玉米面三十斤,待情况好转后,加倍偿还。熊大林,民国二十七年腊月初八。"

熊大林将借据从小本子上撕下交给老太太说:"王大娘您收好,我们再到其他几家借一点。"

老太太说:"你们人生地不熟的怎么好借,这样吧,我去帮你们说一说。"

熊大林和李天盈、刘宏道带着两个战士又去了另外几家,虽然费了不少口舌,但在王老太太的帮助下,又借到了百多斤。熊大林照例写了借条签了字。

熊大林握着王老太太的手，感激地说："王大娘，谢谢您，谢谢您帮了我们，您就是我们的再生母亲，我代表八路军、代表共产党谢谢您了。"说完向王老太太深深鞠了一躬。

王老太太赶紧拉住熊大林："长官，别这样，我们山里的百姓承受不起。孩子都是爹娘养的，看到你们挨饿，我也是心里过意不去啊，快去做饭吃吧。"

熊大林、李天盈、刘宏道和两个战士背着粮往回走，熊大林感慨地说："冀东的老百姓好啊，纯朴、热心、实在，等情况好转了，不论我们谁活着，都不要忘了还粮。如果哪一天革命胜利了，更不要忘了老百姓，忘了我们对老百姓许下的承诺。"

李天盈和刘宏道点了点头。熊大林接着对刘宏道说："你生在了一个好地方，如果哪一天革命胜利了，你没死做了官，可不能忘了本，忘了在困难时候帮过我们的百姓啊。"

刘宏道说："支队长，咱们都要活到那一天，到时咱们一起报答支援咱们的百姓。"

熊大林说："但愿吧"，接着对刘宏道说："告诉炊事员拿出一半粮食熬两锅粥，每人喝两碗，剩下的明天早上再熬两锅。"

夜里，战士们从山上找来柴草铺在地上，以班排为单位，互相依偎着，熬过了腊月初八这个寒冷的夜晚。

早上喝完粥，部队沿着山路继续向峡谷峪村前进，于下午天黑时与刘永光汇合。

熊大林见到刘永光，第一句话就说："战士们还是早上每人喝了两碗粥，你们还有没有粮食，如果有赶快做些饭让战士们吃了，一会还要战斗。"

刘永光回答："我们还有一些，够全支队吃上一顿"

熊大林道："把你们剩下的粮食全做了，吃完了再让战士每人喝碗米汤。"

刘永光问："怎么，这个仗一定要今天打吗?"

熊大林毫不犹豫地说："一定要打，这帮土匪太猖狂了。老子今天要不灭了他们，他们就不知道马王爷长了几只眼。"

刘永光说："我不反对灭了他们，但现在不是时候，鬼子正在到处搜剿我们，我们一打，必然暴露我们的行踪招来鬼子，到时我们会很麻烦。"

熊大林说："我们不打，不夺回被抢走的粮食也会被饿死冻死，都是死，还不如先灭了这帮土匪。只有先灭了他，才能震慑其他土匪，不然我们三支队就没法在这个地方呆了。"

刘永光点点头："你说的也有道理，你是军事主官，打仗的事就由你定吧。"

熊大林掏出地图对宋小宝说："通知连以上干部到我这开会。"

刘永光去通知做饭事宜。一会三支队连以上干部全部到齐。

熊大林对着干部们问："你们都饿了吧，老子也饿。饿了怎么办？我们自己就要找吃的。土匪蒋得财抢了我们的粮食，还杀害了我们一个班的弟兄。今天晚上，我们就去灭了蒋得财。告诉战士们，灭了蒋得财，我请同志们吃小米干饭猪肉炖粉条。蒋得财的老巢在湖洞水，这个地方是个两山夹一沟，离我们这大约还有二十里，晚上九点我们出发，十一时半之前必须到达。到时一大队占领湖洞水左侧山脊；二大队五连、六连占领右侧山脊；待一大队和五六连占领山脊后，十二时整，四连随我从正门进攻，一大队和二大队五连、六连从山脊往下攻，争取全歼蒋得财这个王八蛋。"

刘永光说："这次战斗既是军事仗，也是政治仗。是军事仗，要求我们必须打胜，夺回被抢走的粮食。说是政治仗，不是要你们多杀人，而是要你们灭掉土匪的威风，要让土匪知道八路军的厉害，让他们不再敢和八路军作对。除了蒋得财，其他的土匪只要放下了武器，就不要再杀戮。"

熊大林听完点点头，命令道："照政委的意见，执行吧。"

部队吃完饭，开始动员。战士们听说蒋得财抢了自己了的粮食，还杀了自己的弟兄，一个个嗷嗷乱叫。特别是听了打胜了吃小米饭猪肉炖粉条，更是急不可待。

战士们顶着星光和天上的半轮月亮出发了。北风依然呜呜地刮着，战士们被复仇的火焰燃烧着，被猪肉炖粉条的香味吸引着，在崎岖的山路上无人说话，无人掉队，于午夜十一点到达了离湖洞水峡谷有一里多地的山口。

这里，已能隐隐约约地看到土匪寨门挂着的灯笼。熊大林命令部队停止前进，借着月光看了看山口两侧的地形，然后命令："按预定方案行动，注意，四连没有打响不要开火，待四连在寨门打响后再从左右两侧山脊往下压。"

刘永光和谭忠诚带着一大队向左侧山脊绕去。贺长明和李天盈带着五六连也很快消失在右侧山脊。

熊大林对刘大龙说："我们先隐蔽接近寨门一百米左右的距离，半小时后开始攻击。冲锋号冲响后，你带三挺机枪在前边开路，争取一个冲锋把寨门拿下来，我带四连随后跟进。"

刘大龙说："这帮乌合之众有什么战斗力，你放心，我一个冲锋就把寨门拿下来。"

熊大林说："别大意，隐蔽接敌，占领冲击阵地。"

刘大龙轻声应了一声，带队向前运动。熊大林也掏出手枪，跟在队伍后边悄声前行。

待部队运动了离寨门约一百米的距离，刘大龙轻轻向下压了压手，战士们立即趴在地上或隐蔽在山崖下。熊大林看了看寨门，两个人影在隐约晃动。熊大林看了看表，离预定的攻击时间还有五分钟，于是小声命令："让司号员上来。"

一会，司号员爬了上来。熊大林小声命令："准备，吹冲锋号！"

司号员立即站起，吹响了"嘀嘀嗒嗒"的冲锋号。战士从地上或山崖边上一跃而起，向着寨门冲去。

寨门上的两个土匪哨兵，被突然响起的冲锋号和冲过来的人影吓呆了。听号声知道是八路军打来了，胡乱放了两枪转身就跑。

刘大龙没费什么力气就夺取了寨门，接着命令："向里冲，注意节省子弹。"

熊大林冲到寨门，拦下单二贵，命令道："带你的排守住寨门。"

已经占领湖洞水两侧山脊的一大队和二大队五六连，听到冲锋号和枪声，立即从两侧山脊压了下来。

睡梦中的土匪立即炸了营，有的窜出屋子乱喊乱叫，有的趴在屋里胡乱开枪。想上山逃命的，被一大队和二大队五六连打回。熊大林命令刘大龙，"把土匪围住，向土匪喊话，命令土匪投降。"

刘大龙扯开嗓门，大喊道："蒋得财和众土匪听着，我们是冀东八路军三支队，你们抢了我们的粮食、战马，杀害我们的弟兄，今天奉命剿灭你们。你们已被包围了，放下武器是你们的唯一出路。"

这时，一大队和二大队五六连也下到沟里，将土匪严严实实地包围在几个天然洞穴和几间土匪自建的房屋内。战士们也跟着喊"缴枪不杀"、"放下武器，既往不咎"的口号。看到已无路可逃，几个山洞和外侧房屋的土匪陆续放下枪举手出来投降，只有中间那间大房屋的土匪没有投降的迹象，还不时地向外打枪。

熊大林令战士带过一投降的土匪，问道："蒋得财是不是住在那间大房子里，里边有多少土匪？"

投降的土匪赶紧回答："是，蒋得财和他的两个小老婆都住在里边，另外还有他的十来个铁杆弟兄。"

熊大林让人将投降的土匪带下，命令道："不要乱开枪，注意节约子弹。"接着命令："继续向土匪喊话。"

刘大龙继续喊道："里边的土匪听着，蒋得财抢我们的粮食，杀害我们的弟兄，我们今天是找蒋得财报仇的，你们不要为蒋得财卖命了，投降是你们的唯一出路。只要你们投降，我们保证你们的生命安全，我们八路军说话算数。"

听到八路军的劝降声，大屋子里的枪声开始稀落下来。蒋得财知道八路军不会饶了自己，挥着手枪拼命喊道："打，继续打，哪个敢投降，老子我先毙了他。"

一个土匪对蒋得财道："老大，打下去只有死，我们还是投降吧。"

蒋得财大骂："放屁，那是八路的欺骗。"说完一枪将要求投降的土匪打倒，接着大叫道："谁想投降，他就是下场。打，狠狠地打，反正都是死，老子死也要拉几个垫背的。"

在蒋得财的逼迫下，大屋子里的土匪继续向外打枪。熊大林大怒，命令道："机枪掩护，封锁几个窗口，部队冲锋!"

几挺机枪立即"嗒嗒"地射向几个窗口。土匪本是一群乌合之众，机枪一响，再也不敢向外放一枪。

刘大龙率队很快冲到大房子下，从窗口向屋内投弹。几声爆炸过后，里边传来了女人的哭叫声和"不要打了，我们投降"的乞降声。

刘大龙命令，"不打可以，你们必须放下武器打开房门，举起手一个一个走出来。"

屋里立即传出了"照办、照办"的声音。一会，房门打开，十来个土匪举着手，鱼贯而出。蒋得财和两个小老婆也举着手，走出了房门。

熊大林提枪上前，对着两个女人身边的大胡子土匪问："你是蒋得财?"

蒋得财马上点头哈腰地回答："兄弟是蒋得财，是蒋得财。兄弟冒犯了贵军，抢了贵军的东西，还杀了贵军的人，是死罪。兄弟愿意以山寨和两个女人送给贵军，请长官饶兄弟一命。"

熊大林轻蔑地看了一眼蒋得财："山寨、女人，你以为老子是土匪，屋里还有人吗?"

蒋得财回答："屋里有几个弟兄刚才被你们炸死了，活着的没有了。"

熊大林对刘大龙命令："把蒋得财捆起来，听候处置。"接着转身对贺长明说："命令部队打扫战场，把土匪吃的用的、武器弹药和马匹全部收集起来。"

刘子光走了过来，和熊大林商量道："这帮土匪虽然杀了我们一个班弟兄，有血债，但我们不能杀人过多，除了蒋得财必须偿命外，其余的教育后放了吧。"

熊大林点头答道："那教育的事就烦你政委来做了。待教育完了，再将蒋得财在土匪面前公开枪毙。你的意见呢?"

刘永光也点点头："好，就按你说的办。"

熊大林见政委同意了，马上对不远处的谭忠诚命令道："去，派一个排，把土匪集中到那边的断崖下，让政委给他们训话。"

熊大林接着大叫道："李有根，你小子跑哪去了？"

正在收拾战利品的李有根听到熊大林叫喊马上跑了过来："支队长，有事吗？"

熊大林半命令半讥讽地说："你小子成不了大器，收集战利品的活还要你供给处长亲自干吗？去，赶紧带着炊事员找到土匪的厨房，马上给弟兄们做饭。快过年了，土匪一定存有猪肉，给弟兄们做猪肉炖粉条，能做多少是多少，老子对弟兄们的承诺还没实现呢。"

李有根一听，马上回答："是，支队长你瞧好吧。"

断崖下，刘永光令人点起了几个火把。在火光的照耀下，刘永光开始对投降的土匪训话：

"你们都是本地人吧？都是二三十岁，两腿夹着个屌的男人，你们可以去种地，可以做买卖，干什么不比打家劫舍的土匪好呢？你们都是在当地有家有父母妻小的人，你们不怕被乡亲戳你们父母子女的脊梁骨，不怕你们的家断子绝孙吗？现在正是国难时期，小日本侵占了你们的家乡，抢你们的粮食财物，烧你们的房子，奸杀你们的姐妹，你们不抗日还抢抗日的八路军，杀害八路军战士，就凭这些，把你们一个个枪毙也不过分。但念你们都是中国人，除了蒋得财，今天先放你们一马。你们当中愿意干八路的一会可以留下，和我们一起吃猪肉炖粉条，一起打鬼子。不愿意留下的回家种地，如果谁还再干土匪，特别是当汉奸，干危害乡亲和八路军的事，被我们抓到了绝不轻饶。"

熊大林听到刘永光对土匪的训话，暗笑道："这个刘永光也是满口粗话了，看来真是近墨者黑，环境改变人啊。"

这时只听刘永光大喊了一声："把土匪头蒋得财带上来！"

被绑得结结实实的蒋得财立即被推了上来。刘永光吼道："蒋得财，你聚众为匪，危害百姓，抢劫八路军粮食，杀害抗日的八路军战士，实乃十恶不赦。我代表冀东八路军，判处土匪、汉奸蒋得财死刑。谭忠诚，执行！"

一边的谭忠诚喊了声："是"，立即和两名战士一起，将蒋得财推到断崖下，命令道："跪下！"

蒋得财还想充英雄好汉，站着不跪。两个战士上前将蒋得财按倒。谭忠诚举起手枪，对准蒋得财的脑袋开了一枪，蒋得财的脑袋立即喷出一团血雾栽倒在地。

边上的土匪早已吓得战战兢兢。刘永光转头对众土匪吼道："看到了吧，这就是祸害百姓，与八路军为敌的下场。如果以后谁再敢抢劫百姓，杀害我抗日人员，蒋得财就是榜样。"说完对众土匪一挥手说："愿意参加八路军的留下，我们欢迎，以后我们就是一同抗日的战友了。不愿意留下的可以走了。"

当场有二十几个土匪要求留下参加八路军。熊大林对刘永光说："这帮土匪恶习较重，得把他们分开，不能让一粒羊屎毁了我们一锅汤。"

刘永光说："那就把他们分散到两个大队，每个班最多一个。"

熊大林点点头，对身旁的政治部主任李子方说："按政委的意见，执行吧。"

刘永光说："等等，要注意和班排长们交代一下，抓紧对他们的管理和政治教育，不能让土匪身上的恶习影响我们的队伍"

李子方答应一声走开了。熊大林拉着刘永光说："走，咱们看看饭做好没有。"

这时的李有根正带着几个炊事员，在火把的照耀下，在土匪的伙房里忙得不亦乐乎。小米干饭已经蒸好，两大锅猪肉炖粉条正在"咕嘟、咕嘟"地冒着香气。熊大林使劲地吸了吸香气，问李有根："老李，能吃了吗?"

李有根解下围裙抖了抖，回答说："再等一会吧，肉炖烂了才好吃，我保证让弟兄们吃个够。"

刘永光听了李有根的话，立即引起了肚子一阵"咕咕"叫唤。刘永光对着熊大林说："好长时间没吃这样的饭了，一会吃饱了，老子可以三天不再吃饭。"

熊大林对身后的宋小宝命令："你去到寨门，让单二贵和两个战士继续警戒，其余的人到这来吃饭。"

宋小宝应声跑了出去。熊大林拉着刘永光说："好饭不怕晚，走，咱们看看缴获的战利品去，看看都有些什么东西。"

贺长明、王长启两位大队长跑了过来，向熊大林和刘永光报告："支队长、政委，此次剿灭土匪蒋得财，共缴获粮食三万余斤，马十匹，手枪五支、步枪近百支，子弹两千余发。另外还有大洋一千多块"

熊大林满意地点点头："收获不小，够全支队吃一阵了。告诉弟兄们，把土匪的羊皮袄、被褥和土匪伙房的肉、油等吃的用的全带上，吃完饭马上转移。"

贺长明、王长启二人领命而去。这时，饭熟了，大碗的小米干饭、大盆的猪肉炖粉条摆满了土匪的伙房。熊大林对宋小宝道："去，给单二贵和警戒的弟兄送去一桶小米干饭和一桶猪肉炖粉条，开饭"

战士们已多日没吃到油水了，闻到肉香，早已流出了口水。听到熊大林的开饭命令，马上端起大碗，抓起筷子，围着大盆的猪肉炖粉条，狼吞虎咽地吃了起来。

熊大林和刘永光也和战士们一样，端起大海碗，大口饭大口肉地吃着。刘永光边吃边说："要是再有几碗酒，就更美了。"

李有根闻声说："政委，酒有啊。"说完指着墙角说："那有几大坛呢。"

刘永光说："快搬过来，让弟兄们每人来一碗。"

李有根立即让人把酒坛搬了过来。熊大林见刘永光说话了，不好再说什么，只是大声说："每人只能一碗，吃完饭我们还要转移，不能喝多了误事。"

刘永光喝完一碗后，又倒了一碗给熊大林："老熊，你也来一碗吧。"

熊大林说："酒就免了，我天生对酒不感兴趣。当年长征路上在茅台镇，那么多的好酒，我也只尝了一下，我是享不了这个福啊。"

一会的工夫，两大锅的小米干饭和两大锅的猪肉炖粉条见了底。战士们打着饱嗝，抹着带油的嘴巴，议论着："跟着支队长打仗，痛快！"

熊大林看着战士们的高兴样，满意地笑着说："整理一下个人行装，解决一下'个人问题'，二十分钟以后出发。"

刘永光和李子方走了过来，问道："老熊，咱们向哪个方向转移？"

熊大林说："天快亮了，向南到盘山，要经过几十里地的平原，那样风险太大。我的意见向北，沿着山谷回雾灵山。三万斤粮食够我们吃一个月的了。你们的意见呢？"

刘永光和李子方互相看了看，点了点。刘永光道："三万多斤粮食和还有缴获的装备，所有的马匹都用上，每个人差不多还得负重二三十斤，翻山走，马受不了，战士们体力消耗大也坚持不了多久。走山间公路，必然要经过将军关。"刘永光掏出地图，打开手电说："在这，这是长城的隘口，离我们这大约三十里，难免鬼子会得到消息在这堵截我们。"

熊大林说："看来只有走这条山间公路了。让战士们做好战斗准备，遇到情况再临机处置。"

李子方说："我们能不能在这再待一个白天，等到晚上再通过平原到盘山？"

熊大林说："这也是一个办法，我也想在这再呆一个白天。但你想，我们端了土匪的老巢，放走了几十名土匪，你敢保证这些土匪不会有人向鬼子报信，咱们如果不走，到不了中午，鬼子就会围上来，到时咱们突都突不出去。"

刘永光说："鬼子有汽车，去雾灵山有可能被鬼子堵截，不管怎么说，总比待在这让鬼子包围好。"

熊大林见李子方也点了点头说："那就向东，再向北，走山间公路，马上走。"

第六章

就在熊大林带队准备转移的功夫，负责平东地区治安清剿任务的驻张庄日军联队长伊村一郎大佐在睡梦中接到了下属据点的报告，说据湖洞水逃回的土匪报告，八路军三支队数百人当夜袭击了土匪蒋得财的老巢，蒋得财被八路军枪毙，其余土匪被释放。

伊村迈开粗短的双退，摇晃着矮壮的身子，拉开墙上的地图布帘，找到了湖洞水这个地方，又看了看周围的地势，小眼珠转了转，马上判断出八路军天亮前必定转移，转移的方向只有一个，向北，进雾灵山。伊村又仔细地看了看地图上标示的山间道路，用手点了点将军关，马上抄起电话，向冀东地区日军最高长官铃木启久报告了八路军三支队当夜袭击土匪蒋得财的情况及自己的判断。

铃木启久听完伊村的报告，满意地点了点头，说了句："哟西，你的报告非常及时，判断很有价值，一会听命令的有！"

铃木启久放下电话，披上军大衣，走到墙上挂着的地图旁，打开聚光灯，仔细看了看地图和日军据点及分布位置，然后抄起电话，命令所属伊村和佐佐木联队长各带一个日军大队乘车赶到将军关堵截，并命令由伊村大佐担任总指挥。

出湖洞水谷口向东再向北，部队走出不到二十里，天亮了。皑皑白雪下，北风卷着雪花不停地吹打在脸上，四百多人的队伍拉了有一里多长。由于部队没有统一的冬装，干部战士的各式御寒衣物使人很难想到，这就是搅得日伪不得安宁的冀东八路军第三支队。

熊大林抹了一把冻在眉毛上的雪花，对着贺长明命令："通知部队加快速度，争取中午前通过将军关，过了将军关咱们休息吃饭。"

　　贺长明立即让通信员向单二贵传达加快行军速度的命令。负重前行的干部战士虽然早已在寒风中浸出了热汗，但在熊大林和贺长明的催促下，还是在不宽的山间公路上加快了脚步。

　　部队小跑着前行了十多里，已接近将军关的长城隘口。前方突然传来了"嘎嘎"的歪把子机枪和"叭勾、叭勾"的三八大盖枪声。熊大林马上意识到前边遇到了鬼子，于是大声命令，"部队散开，赶快占领右侧山岭，准备战斗！"

　　这时，单二贵跑步过来向熊大林报告，"支队长，前边鬼子已占领了长城隘口，正从两侧向我们包围。"

　　熊大林向远处一看，鬼子正沿着两侧的山脊迂回过来。

　　熊大林惊出了一身冷汗，凭经验，判断出鬼子的兵力至少有一个大队，一场战斗已不可避免。于是大声命令："除了枪支弹药，其余的扔掉，赶快占领制高点，把鬼子打回去。"

　　战士们听到命令，立即扔掉了随身携带的粮食、衣被，跑步上山。这时，单二贵看到地上扔的一袋粮食，背起来跟着熊大林往山上爬。熊大林大喊道："单二贵，把粮食扔下，赶快占领制高点。"

　　单二贵像没有听到一样，仍扛着粮食往山上爬。熊大林紧爬几步，一把将单二贵肩上的粮食扯下，大叫道："你小子不想活了，快扔下！"

　　单二贵喘着粗气说："粮食扔了，明天吃什么？"

　　熊大林大骂道："吃、吃、吃，你小子除了吃还知道什么？命都没了还怎么吃饭，赶快占领山头把鬼子打回去！"

　　战士们气喘吁吁地爬到山顶，熊大林立即命令战士们用石块堆集射击掩体。一会，鬼子顺着山脊迂回过来，并散开队形展开攻击。熊大林命令："待鬼子进到五十米的距离，听命令开火，手榴弹山坡上杀伤效果不大，注意少用手榴弹。"说完，熊大林要过一名战士手中的步枪，瞄准向上爬的鬼子。

　　趴在不远处的贺长明，也从战士手中接过一支三八大盖枪，在熊大林一声"打"的口令同时，一枪将领头的一名鬼子军官击毙。战士们步机枪齐发，鬼子被迫停止攻击，趴在地上向山上射击。

　　在鬼子的准确射击和密集的机枪火力下，山上的八路军陆续出现伤亡。熊大林瞄准鬼子的机枪手，一枪将正在射击的鬼子打歪在地上。鬼子的副射手补上来，架枪想继续射击，熊大林接着一枪，将鬼子的副射手击毙。

　　趁鬼子的射击减弱的功夫，刘永光猛窜几步，趴到熊大林身边，叫道："老熊，这不是久留之地，把鬼子的这轮攻击打下去，我们得赶快向山里走，不然鬼子大队围上来，这守不了多久。"

熊大林点了点头："刚才鬼子只是试探性进攻，待鬼子调整好部署围上来，我们很难脱身。几个小时后，如果附近几个县的日伪军再赶来，我们会陷入绝境。"

熊大林叫道："刘大龙，过来。"

刘大龙听到支队长的命令，马上猫腰跑了过来，趴在熊大林的身旁。熊大林命令："一会冲锋号响，你带四连向鬼子反击一下，注意不要追的太远，把鬼子赶出四五百米马上回来转移，明白了吗?"

刘大龙点了点头，熊大林接着命令："弟兄们，打准点，掩护四连冲锋，司号员，吹冲锋号!"

司号员立即站起，吹号了激昂的冲锋号。山脊上几挺机枪集中向鬼子发出了有节奏的点射，将鬼子压在山坡上。刘大龙将手枪一回，大叫道："四连的弟兄们，冲啊!"

四连的干部战士立即从隐蔽处跃起，端起上了刺刀的步枪向鬼子冲去。被机枪火力压在山披上的鬼子，想冲冲不上，想打打不出，眼见百十个八路冲来，只好向山下退。冲在最前边的刘大龙挥着手枪，首先打倒了两个向后退的鬼子。指导员刘宏道用手枪击毙一名鬼子后，捡起鬼子的三八大盖枪，继续向鬼子追去。单二贵看到一名鬼子的机枪手转回身想射击，抢先一枪将鬼子的机枪手打倒，冲上去对着倒在地上的鬼子补了一枪，然后端起歪把子，向着逃跑的鬼子一阵扫射。

四连的这一次冲锋，不仅打死了十来个鬼子，还把鬼子赶出了几百米之外。刘大龙见反击的目的已达到，大喊道："停止追击，撤回去，快!"

熊大林看着刘大龙带着四连撤了回来，拍了拍缴了一挺机枪的单二贵肩膀，命令道："留下你的排掩护，待部队翻上对面的山头后，再跟在后面撤退。"

单二贵答了一声"是"，赶紧带领全排占领掩护阵地。熊大林对刘永光挥了挥手说喊道："老刘，咱们快走。"

刘永光问："咱们往哪撤? 总不能没目标的乱跑吧。"

熊大林回答："还是雾灵山，那个地方山高林密，沟沟有水，就是被鬼子围住，短时间也消灭不了我们，也困不死我们。"

刘永光道："看来我们只有翻山走了，我们缴获的三万多斤粮食，只有十几匹马背上还有一些，也就不过两三千斤，剩下的都扔在山下了。"

熊大林说："不扔怎么办? 下去捡，来不及了。再说背着粮食负重翻山，战士们受不了。现在是保存实力第一，扔掉吧，到了雾灵山再想办法。"

熊大林接着命令道："马背上的粮食分到每个人背上，不能丢下一个伤员，不能走的轻伤员骑上马，重伤员抬上，赶快翻过对面这座大山，甩掉鬼子，向雾灵山撤退。"

战士们听到命令，赶紧收拾枪支弹药准备转移。熊大林对刘永光说："撤退时部队的建制不能乱，你带一大队在前，由我带二大队断后，尽量翻山走山脊，避开峡谷，免得被鬼子埋伏。"

刘永光点了点头。一大队长王长启走上前，对刘永光说："政委，翻山走容易迷路，再说连着翻山，马都让给伤员了，你我受得了吗?"

刘永光对王长启这个时候讲怪话很生气："支队长的马都让给战士骑了，你为什么不能? 战士们受得了你我受不了吗。红军长征的时候，翻的山比这高多了、陡多了，毛主席、朱总司令都受得了，这么几座山你怎么受不了?"

王长启一看政委发了火，嘟囔着走开了。这时，后边传来了激烈的枪声和"咣咣"的掷弹筒弹爆炸声，熊大林估计是担任掩护任务的单二贵和鬼子接上了火。

等熊大林和战士们爬上了山顶，战士们一个个坐在地上呼呼地喘气。熊大林狠了狠心，大声喊道："谁也不准停留，快下山。"

这时，后面的枪声停止了。熊大林估计是单二贵的二排打退了鬼子的进攻，于是命令司号员："吹号，让单二贵撤回来。"

司号员按着约定的号谱，吹响了撤退号。熊大林对着贺长明命令："你带二大队先走，我在这等一等二排。"

过了半个多小时，单二贵带着二排上来了。熊大林远远看到单二贵头上流着血，心里一惊，赶紧跑上前去，心疼地问道："伤得重不重?"

单二贵没事似地笑了笑说："没事，让鬼子炮弹炸起的石头划了一下。"

熊大林怜悯地骂道："你个傻小子，这么大了也不知道爱惜自己。"说着掏出绑带，"来，哥给你包一下。"

单二贵有些动情，对哥哥的这种关爱，除了在长征路上过草地发疟疾已有三年多没享受过了。刚想说点什么，看到后边的战士跟了上来，马上转口说："支队长，这点小伤算什么，我自己来。"说完接过熊大林手中的绑带，摘下帽子自己包了起来。

熊大林上前扶了扶一位手臂负伤的战士，关切地问："怎么样，能坚持吗?"

手臂负伤的战士笑了笑说："支队长，没事。"

熊大林拍了拍负伤战士的头："好样的，这才是我们八路!"

熊大林对着战士们喊道："二排的同志辛苦了，你们的任务完成得很好，但我们还要再加把劲，把鬼子甩开，追上前边的队伍。"

　　战士们看到支队长亲自等着他们，又被支队长夸赞，很是感动，齐声回答："支队长放心，小鬼子我们都不怕，爬山赶路算什么。"

　　熊大林看着努力向前赶的二排战士，不由地感慨："不愧是老红军部队，流得了血，吃得了苦，以后部队发展壮大了，这里的每一个战士，都可以做得了班长、排长。"

　　二排一路前赶，熊大林回头看了看，却见鬼子有一个中队的兵力，远远地跟着。单二贵也回头看了看，对着熊大林问："支队长，用不用找个有利的地形，再阻击一下鬼子？"

　　熊大林说："不用，论爬山，咱们可以当小鬼子的爷爷。再说，小鬼子穿着大皮靴，走不快。"

　　将军关长城隘口上，日军联队长伊村和佐佐木举着望远镜，看到八路翻山走了。两个日军指挥官对着地图嘀咕了一阵，判断出八路的撤退方向还是雾灵山，于是联名将情况用电台报告了铃木启久。

　　铃木启久命令伊村和佐佐木乘车赶到雾灵山，封锁进山的路口，力争在八路军进入雾灵山前将其包围剿灭。

　　接到命令，伊村和佐佐木立即命令追击的部队返回上车，沿着崎岖不平的山路，向雾灵山驶去。

　　部队翻过两座大山，发现鬼子并没有追上来。下山时，熊大林发现了山崖下的一个较大的石洞。熊大林往山下看了看，看到远处隐约的几户人家，于是叫住了政委刘永光："老刘，咱们六个重伤员总让战士们抬着不是个事，已经半天时间了，战士们受不了，我们也走不快，你看是不是把伤员隐藏在石洞里，留下一个卫生员，再留下刘宏道和一个本地战士，负责照看他们。你看山下有村庄，可以找到吃的，过了几天形势好转了，我们再来接他们？"

　　刘永光点头同意："长途行军只能如此了。红军长征时负了伤不能行走的营以下干部战士，也是留下点钱，寄养在老乡家的。等形势好转时，好歹我们还能来接他们，长征路上怎么接啊，实际就是遗弃了。刘宏道是本地人，群众工作好做，不过得向刘宏道和伤员们做好工作。"

　　熊大林说："这个命令还是我来传达，工作由我来做吧。"

　　熊大林见刘永光点了点头，马上喊道："部队暂时休息，刘宏道过来一下。"

　　刘宏道闻声跑了过来："支队长，有任务吗？"

　　熊大林指着几副担架说："你看，战士们抬着伤员已经翻过了两座大山，累得不成样了。再这么抬下去，战士和伤员都受不了。我和政委决定，把不能走的重伤员隐藏在对面山崖下的石洞里，留下你和四连的卫生员，你再挑选一名本地战士，负责照顾保护他们，有什么意见吗？"

刘宏道愣了愣，但马上回答："保证完成任务。"

熊大林拍了拍刘宏道的肩膀："我和政委决定留下你，不仅因为你是本地人，更因为你是冀东地下党的老党员了，党性强，有独立工作的经验。我给你们留下一百块大洋，可以到山下的村庄买些粮食、衣被，不能让伤员冻着、饿着，也可以下山请郎中为伤员治伤，但要注意隐蔽，不能让鬼子发现了。"

刘宏道说："支队长放心，我会尽力把伤员隐蔽好、照顾好，待形势好转，伤员们能动了，你不来接，我们也会去找你们。"

刘宏道说完就去挑选留下的本地战士去了。那边政委刘永光正对躺在担架上的六名伤员做工作。

"同志们，你们为打日本救中国流了血，负了重伤，你们都是好样的。战士们抬着你们走了几十里山路，实在受不了了，我们还有几十里的山路要走，小鬼子很可能已在前边等着我们。我和支队长商量了，决定把你们暂时隐藏在对面的山洞中，留下一名卫生员和四连指导员刘宏道照顾你们，待形势好转了，我们再接你们，看看你们有什么意见？"

几位重伤员互相看了看，他们知道，留下意味着更大的生存危险。但他们目睹了一路上战士们抬着翻山越岭付出的辛苦，他们不忍心给部队增加更大的负担。一名伤员说："政委，不用说了，我们不能打仗了，但也不能给部队增加更多的负担，我们只有一个要求，留下几棵手榴弹，如果让小鬼子发现了，我们死也不当俘虏。"

刘永光握着伤员的手说："好同志，我们不会忘了你们，也不会不来接你们，我谢谢大家了。"说完，刘永光向六位伤员深深地鞠了一躬。

把六位伤员抬进洞后，熊大林又命令战士在附近山上找了一些柴草铺在地上，又和刘永光一起脱下在湖洞水缴获的皮袄，盖在伤员身上。李子方和贺长明、刘大龙等几位干部，也脱下缴获的皮袄，盖在伤员身上。

熊大林看安顿好了伤员，对着刘宏道又交代了几句，然后对刘永光说："事不宜迟，赶快走。"

部队又向雾灵山方向出发了。走了不远，一大队长王长启快走几步赶上了熊大林："支队长，你看部队半天多没吃饭了，你看是不是下山找个地方做些饭让部队吃了饭再走？我算了算，我们现在带的粮食还够部队吃几顿。"

熊大林一听来了气，大声训斥道："吃吃吃，战士们都没叫饿，你大队长怎么能带头叫？现在做饭不是给鬼子留时间在要道上截击我们吗？现在谁也不准再叫吃，等进了雾灵山，相对安全了再说。"

王长启闹了个没趣，无声地走开了。熊大林对着刘永光说："老刘啊，我看这个王长启有问题，言行觉悟还不如一名普通战士，我看得换领导了。"

刘永光说："看看再说吧，王长启毕竟是冀东地下党参与暴动的同志，没在作战部队呆过，缺少艰苦的锻炼，我们在冀东坚持和发展，离不开这些本地干部啊。"

熊大林说："好吧，那就看看再说。"

部队又经过半天的行军，终于在天黑前赶到了雾灵山前。熊大林看了看地形，对着贺长明和王长启命令："通知部队离开道路，沿着山脊走，免得中鬼子的埋伏，我相信，小鬼子已在山口要道上等着咱们那。"

王长启发牢骚说："支队长，部队都翻了一天山了，再这么走下去，部队受得了吗？反正我受不了了。"

熊大林一听，不由得火冒三丈，大骂道："混蛋，当大队长的牢骚满腹，那战士们怎么办？你是要命还是要舒服，你要是当不了这个大队长，我马上换人！"

刘永光马上走过来打圆场："老熊啊，王大队长说的也确实是事实，战士们也确实很辛苦。"接着转过来对王长启说："有意见可以提，但支队长的命令必须执行，这关系到我们这支队伍的生死问题，去，执行吧。"

王长启不敢再说一句话，贺长明拉了一下王长启，二人赶紧跑开执行命令去了。

熊大林的气还没有消，骂骂咧咧地道："奶奶的，一个大队长每到关键的时候总是说三道四，这样的干部怎么用？部队怎么带？老刘啊，我看得马上换掉这个大队长。"

刘永光说："同意，不过对王长启也不能一撤到底，是不是先免去一大队大队长职务，另外安排工作？一会我向李子方同志通报一下，他和王长启在冀东搞暴动，一起工作过较长的时间，对他更了解，让他也做做王长启的工作。还有，宣布也得等明天。"

熊大林说："好，那就等明天，就由你和李主任商量吧。"

刘永光点了点头："那一大队长由谁担任呢？是不是由教导员谭忠诚同志暂时兼任？"

熊大林点头同意。部队沿着山脊继续艰难前行了两个多小时，天黑的时候，终于进入了雾灵山。熊大林估计部队暂时没有了危险，马上命令宋小宝，通知贺长明布置好警戒，让李有根做饭。

战士们经过一天的翻山行军，早已累得东倒西歪，听到休息做饭的命令，一个个躺在冰冷的雪地上，呼呼地喘着粗气。

一个多小时后，饭做好了。虽然没有什么菜，但小米干饭就米汤，战士们却吃得格外香甜。趁吃饭的空，熊大林对着刘永光说："老刘，今晚让战士们找个背风的山洞好好休息一下，我判断，明天一早，鬼子准会追过来，把山口要道封锁住。我的意见咱们两个大队还是分散行动，免得让鬼子围住包了饺子，但也不能离得太远，以能听到枪声为限，到时哪一边遇到敌情，可以互相支援。"

刘永光说："同意，军事上的事就由你决定吧。但雾灵山内人口稀少，鬼子把出山的各个要道一卡，我们吃饭会很困难，在湖洞水缴获土匪的一千多块大洋也支撑不了几天，鬼子困也会把我们困死，你我要早点想些办法。"

熊大林说："鬼子不但会把各个山口要道封锁住，一旦侦知我们的准确位置，还会派重兵围剿我们，到时一场大的战斗将不可避免。如果我们现在出山去平原，结果只有全军覆灭，在山里我们才有可能保住这支部队，起码能保住战斗骨干，这可是我们在冀东的火种啊。"

刘永光说："是啊，所以明天天一亮，我们不仅要把部队分散开，还要派战士到雾灵山内的人家买粮食，把我们缴获的大洋全部买掉，能买多少买多少，能买什么买什么，只要是吃的就行，免得鬼子来了，把老百姓家的粮食抢走，到时我们买都买不到。"

熊大林说："好，就这么办。"接着转身对宋小宝命令："通知贺长明和王长启到我这来。"

宋小宝闻声跑开了。一会，贺长明和王长启端着饭碗走了过来。

熊大林对二人说："告诉战士们多准备些柴草铺在地上，把各班排的棉被均一均，要保证每个班有两床棉被，让大家挤在一起睡，免得冻伤。要保证每一个警戒的战士都有大衣穿。"

贺长明、王长启走后，熊大林对着宋小宝说："你也找个背风的地方铺上柴草，咱们几个也得睡一会，去吧。"

熊大林掏出手电，对着地图和刘永光仔细研究起来，直到宋小宝过来说睡觉的地方准备好了，才和刘永光一起收起地图，随着宋小宝走向睡觉的石洞。

由于连续几天的行军、作战，白天又走了一天的山路，熊大林和刘永光躺下就睡着了。

第二天天刚亮，熊大林和刘永光就被几声清脆的三八大盖声惊醒。熊大林凭经验，判断是警戒的战士与搜山的鬼子交上了火。熊大林和刘永光爬起，顾不得抖抖身上沾的干草，爬到高处，举起望远镜观察起来。

借着凛冽的晨光，熊大林清晰地看到，远处的鬼子正在呈扇面形搜山，警戒的战士鸣枪报警，鬼子正在开枪还击。

熊大林对宋小宝喊："快去命令贺长明和王长启把警戒哨撤回来。"接着对刘永光说："老刘，我看咱们还得往山里走。"

刘永光点了点头："怎么样，我和李子方还是带一大队，你带二大队？"

熊大林也点了点头："按昨天商量好的，不要分的太远，以能听到枪炮声为限，一大队战斗力相对弱一些，就辛苦你和李主任了"。

刘永光说："我已向李子方同志通报了准备换掉王长启一大队大队长的意见，李主任表示支持，并说工作由他来做。"

熊大林说："好，敢于担当，不推诿责任，这才是好干部，你也要多支持李主任的工作。"

刘永光说："那当然，咱们是个整体，如果咱们几个各怀各的心眼，各唱各的调，还怎么发展，生存都难。"

熊大林拍了拍刘永光的肩膀："你真是我的好政委，我这个人虽然遇事好做主，但不霸道。你呢，博古喻今，总在关键时刻为我出主意，为我补台，和我搭档的半年多，从未行使过政治委员的最后决定权，我谢谢你了。"

刘永光一听，觉得有点不对劲，马上说："这个时候你怎么说起这些来呢？你呀，真是个性情中人，容不得别人对你好，知恩必报，而且马上报。"

熊大林说："没错，我容不得欠别人情，很小的时候，父母就教育我，要知恩图报。知恩不报，那还叫男人吗？"

刘永光说："知恩图报没错，不仅咱共产党、八路军要这么做，是个人都要这么做，但要掌握好时机和一定的度，以后有时间我会慢慢地和你交流。你说我和你搭档以来从未行使过政治委员的最后决定权，是因为你的行为没有大的过错。政治委员的最后决定权，是红军以来我军形成的传统，如果以后你老熊干什么出格的事，我会行使的，你可要有思想准备。比如这次剿灭蒋得财，你就有些鲁莽，让鬼子发现了我们的行踪和实力，以后你可千万不要再感情用事了。"

熊大林一听，心里暗叹道：这个刘永光，真是个绵里藏针的人物，嘴上却说："欢迎，欢迎，免得我犯错误。"

这时，贺长明和王长启已把警戒哨撤了回来。熊大林对刘永光说："行动吧，注意赶紧把大洋买成粮食。"

刘永光说："知道了，你要保重自己，这个时候你要出点什么问题，支队就更难坚持了。注意保持联系。"说完和熊大林握了握手，带领一大队向深山走去。

路上，刘永光和李子方一起，首先向谭忠诚传达了撤掉王长启大队长职务，由其兼任大队长的决定。谭忠诚谦虚地说："政委，我自参加红军以来，一直在干政治工作，军事主官一天没干过，我行吗？"

刘永光说："行不行得干干再说，谁生下来什么都会？你党性强，作战勇敢，相信你会干好。"

谭忠诚说："好歹是个兼任，等有了合适人选，我再让出来。"

刘永光点了点头说："那你看给王长启安排个什么位置合适呢？他没犯大的错误，总不能撤到底吧。"

谭忠诚说："这得由支队领导决定了，不过现在一二大队分散活动，李有根跟着支队长走了，咱们这边缺一个管后勤的干部，王长启是本地人，让他暂时担任一下后勤协理员，负责筹集粮食什么的，可以吗？"

刘永光说："可以，李主任你的意见呢？"

李子方点了点头，表示同意："那我就找王长启谈一谈，向他宣布这个决定吧？"

看政委点头同意，李子方紧走几步叫住了王长启说："老王啊，支队领导有个决定，我来和你谈一谈。"

王长启一听，感到有点莫明其妙，冲口道："决定？不会是撤了我这个大队长吧？"

李子方说："你猜得不错，不过不是撤，是免掉你大队长的职务，准备给你另行安排工作。"

王长启一听马上急了眼："凭什么？老子犯了什么错误？老子入党也四五年了，不管怎么说，在支队也算个老资格。你也看到了，在山里转战的这几个月，咱们叫鬼子打得满山跑，咱们一大队没散，老子没功劳也有苦劳吧？"

李子方一听有些生气："老子、老子，你是谁的老子？谁也没否定你的苦劳，你入党是有四五年了，组织冀东暴动，你也确实出过力，可这是你称老子的资本吗？你看二大队的四连，别说连排长，就是许多战士，也参加革命甚至入党六七年了，他们什么时候摆过资格，称过老子？你呀，真是不能再当这个大队长了。"

王长启听了李子方的话，口气稍软了下来："人活一张脸，树活一张皮，把我这个大队长换下来，我这张脸往哪放？特别是咱一大队，大多是冀东子弟，乡里乡亲的，以后我还怎么过？"

李子方说："不当大队长就不能过了吗？咱们的刘政委，长征时就是师政委，红军改编的时候，却当了营教导员，他不照样打仗干革命吗？老王啊，你我都是搞地下工作出身，在作战部队待的时间不长，还缺少艰苦斗争的磨炼，咱们还真得好好向支队长、政委这些正规部队出身的老革命学习，你也确实不太适应目前艰苦的环境和斗争的需要。"

王长启还是有些不服气："不太适应？那你来当这个大队长，我当你这个政治部主任怎么样？"

李子方一听有些火，但仍压着说："老王，你这就是胡搅蛮缠了，你当什么，我干什么，是你我说了算的吗？老王，你要静下心来，好好地反思反思自己，到了别的岗位，只要努力工作，干出成绩来，我想支队不会埋没你的，将来支队发展壮大了，真说不定你来当这个政治部主任。"

王长启听了李子方的话，觉得在理，但嘴上仍有些不服气："那你说，不让我当这个大队长谁来当，让我做什么？"

李子方说："大队长这个职务暂时由教导员谭忠诚同志兼任，你呢，就暂时负责一下大队的后勤工作吧，这是政委和我的共同意见。"

王长启说："老李，看在老战友的份上，我服从组织决定，也不再说什么了，但我要提醒你，不要让他们把你耍了，到时把你这个政治部主任也撤了。"

李子方一听，觉得王长启说话越来越离谱，于是厉声道："老王，说出这样的话，你还是共产党员吗？我希望你不要再说三道四，不要让我看不起你。"

李子方将与王长启谈话的简要情况向刘永光做了汇报。刘永光说："一会部队到了安全地方，由我向排以上干部传达，再由排长向战士们传达，不过你还要继续做好王长启的教育和情绪稳定工作。"

李子方点了点头。部队向雾灵山深处前进了大约十来里，来到了两山夹一沟有几户人家的小村子。

刘永光对着李子方和谭忠诚道："这个地方比较隐蔽，部队休息一下，待我向干部宣布支队决定后，马上部署部队控制制高点，再让王长启带几个战士到附近老乡家买粮。"

停止前进的号令传下来，刘永光宣布完组织决定，谭忠诚立即布置警戒和购粮工作。

那边熊大林和贺长明带着二大队，也向雾灵山深处前进了十来里，找到一块山涧避风处，隐蔽起来。

半夜时分，刘永光和李子方刚要在铺好柴草的断崖下躺下，谭忠诚借着月光赶来报告，"政委、主任，和王长启一起买粮的两名战士报告，王长启跑了。"

刘永光吃了一惊："跑了？什么时间跑的？"

谭忠诚说："下午王长启带两名战士买粮，在路上，王长启对两名战士说不想干了，在这荒山野岭，不被鬼子打死，也得冻死饿死，说要回家看看，并要两个战士和他一起走。两个战士不走，王长启就掏出手枪，逼着战士交出了携带的三百块大洋，自己走了。两个战士怕暴露目标，没敢对王长启开枪。"

刘永光一听怒火上冲，一改平时的儒雅风貌，大骂道："奶奶的，携枪携款逃跑，共产党的败类，看来，我们真要被冻死饿死在雾灵山中了。"

李子方说："政委，王长启携枪携款逃跑，是我的工作没做好，我请求处分。"

刘永光说："处分，处分能解决什么问题，再说也不是你的责任。"

谭忠诚问："政委，怎么办？我派人把他抓回来？"

刘永光道："你到哪去抓？我判断他十有八九投敌了。天亮后马上转移，向支队长靠拢。"

第二天上午，熊大林在山上远远地看到一大队转回的队伍，有点莫明其妙。"昨晚没听到激烈的枪声，这个老刘，怎么又把队伍带回来了？"

待刘永光、李子方和谭忠诚向熊大林汇报了王长启携枪携款逃跑情况后，熊大林虽然有些吃惊，但也没有觉得有很大的意外。熊大林对刘永光和谭忠诚说："在如此艰苦的条件下，部队出现逃亡或者投敌，应该在意料之中。大浪淘沙，没什么了不起的，只要你我和支队的骨干不逃跑，三支队就散不了。只是这小子携款逃亡，给我们的生存雪上加霜啊，但只要不投敌，老子可以原谅他。"

刘永光说："原谅？携枪、携款逃跑，哪一条都是死罪。这小子要是真的投了敌，带着鬼子再来围剿我们，我们的处境会更加困难。"

熊大林说："是啊。大洋被王长启卷跑了，你们买粮的钱都没有了吧？"

刘永光和谭忠诚点了点头。熊大林说："一会我让李有根给你们均一些，让战士们吃点东西，咱们还得走。"

刘永光说："走，往哪走？"

熊大林说："继续向山里走。昨天下午我派单二贵侦察过了，鬼子把山口要道全给封锁了。王长启要真是投了敌，肯定会带着鬼子过来。"

刘永光说："越往山里走，人家越少，我的给养越困难。今天是腊月十三，离年关越来越近了，战士们免不了会有思家情绪，以后一段时间的日子也会更艰苦，要防止战士逃亡啊。"

熊大林说："防是防不住的，只能是减少吧，咱们支队领导要有这个思想准备。"

"还有"熊大林接着说:"现在我们是生存第一,我们的主要任务是隐蔽保存力量,所以我们不要主动出击。鬼子没发现我们也不要开枪。"

正说着,李有根过来报告:"支队长、政委,咱们买来的粮食,大部分是玉米粒,只有少部分的小米。山上没有碾子,这玉米粒怎么吃啊?"

熊大林一听,眼睛转了转,问李有根:"碾子是什么做的?"

李有根不明其故,随口答:"当然是石头做的。"

熊大林训斥道:"猪脑子,这满山不都是石头吗?让战士们找些大块的石板,再用石头把玉米粒在石板上碾碎不就成了吗,快去。"

李有根摸了摸自己的脑袋赶快走了。刘永光问:"老熊,你这些歪门邪道都是从哪学来的?"

熊大林道:"歪门邪道?这叫就地取材,长着屌的爷门,还能让尿憋死啊。"

刘永光忍不住笑了笑说:"刚夸你一句,粗话又来了。"

再说王长启用手枪逼着同行的两位战士交出购粮的 300 块大洋后,继续逼着两位战士转身向回走,待走出了百多米,转过身没命地向前跑。王长启看了看西下的太阳,辩了下方位,一路向南,向山外奔去。走到天黑,找了个山崖下的小石洞,躲在里边,熬到了天亮。天亮后没敢进山里人家讨要饭食,继续向南狂奔。近中午走到山口处即被鬼子抓住。

王长启很快供出自己的身份,并声明自己逃出,是为了效忠皇军。鬼子立即用摩托车将王长启送到就近的据点,并用电话向伊村大佐报告。伊村立即命令将王长启送到张庄据点。

伊村大佐亲自接见了王长启。伊村用中国话说:"你的能弃暗投明,皇军大大地喜欢。你的只要帮助皇军剿灭三支队,金票的、官的、女人的统统的给。"

王长启已把对熊大林和刘永光免去自己大队长职务的仇恨,完全变成了对金票、做官、女人的向往,于是点头哈腰地说:"愿为皇军效劳,不知皇军许诺的到时能否兑现?"

伊村一听,马上奸笑着说:"只要你配合,为皇军提供有价值的东西,金票的、花姑娘的马上兑现。当官的,等剿灭了三支队,我的报请铃木将军,成立一个皇协军团,你的当团长如何?"

王长启一听喜出望外,马上奴颜婢膝地说:"三支队的支队长叫熊大林,政委叫刘永光,这二人都是参加过长征的老红军,还有一个政治部主任叫李子方,是盘山蓟州人。三支队……。"

伊村挥了挥手说:"这个的,皇军知道。你的说,三支队现在还有多少人?"

王长启马上回答:"现在已不足四百人。"

伊村接着问:"他们的弹药、粮食的还有多少?"

王长启答:"皇军在没围剿之前,他们缴获了一些枪支弹药,现在他们平均每人也就 20 来发子弹。粮食呢,更少,是吃了上顿没下顿。"

伊村一听,大笑道:"哟西,他们现在隐藏在什么地方?"

王长启说:"我投奔皇军后,估计他们会马上转移,现在他们只有一个地方可去,就是狗背岭。"

"狗背岭?"伊村赶紧从地图上找到狗背岭这个地方。"你的说说,为什么他们只能去狗背岭?"

王长启说:"雾灵山方圆不过几十里,现在皇军把各个山口要道都封锁了,他们要出出不去,只能往深山里走。狗背岭这个地方山高路险,林深沟密,在皇军的围剿压迫下,他们只能向这个地方逃命。"

伊村又问了问王长启其他一些情况,包括熊大林、刘永光等指挥员的年龄、性格特点,部队士气等,王长启都一一作答。伊村挥着他那粗短的手臂,拍了拍王长启的肩膀,满意地夸赞道:"你的,皇军大大的朋友,金票的,花姑娘的马上的给。"

伊村马上叫参谋给王长启送来二百块大洋,并叫来一军妓,对王长启说:"花姑娘的,今晚归你。"王长启马上点头哈腰地说:"谢谢太君,谢谢太君。"

王长启拿着大洋领着日本军妓走后,伊村对照地图又琢磨了半天,然后抄起电话,将王长启投诚和供述的情况向铃木启久做了汇报。

铃木启久听完伊村的报告非常兴奋,认为三支队已山穷水尽,于是命令伊村和佐佐木,加紧追击围剿,争取在春节前,将三支队消灭在雾灵山区。同时命令雾灵山东北方向的部队加强防卫,防止八路军进入满洲国境地。

第二天天刚亮,伊村和佐佐木按照铃木师团长的命令,从山南的几个主要山口,开始向雾灵山中心区搜索、压缩。伊村带上王长启,要王长启指路并担任进剿顾问。配合行动的伪蒙、伪满军队,将进出山的所有道路封锁。

面对严峻的形势,熊大林和刘永光决定突出鬼子的包围,离开雾灵山。于是连续几天派出几拨侦察员侦察突围道路,无奈走出不多远,或牺牲或被鬼子打了回来。

经过鬼子十几天的搜索、压缩,熊大林和刘永光不得已将部队带到了最后的隐蔽地狗背岭。

熊大林对刘永光说:"现在我们真的是山穷水尽了,退路没了,粮食也一点没有了。"

刘永光说:"今天已是腊月二十六,眼看就要过年了。战士们大多有了冻伤，特别是脚，有的脚趾盖都冻掉了。现在战士们粥都喝不上，只能捡些松子和百姓地里丢弃的玉米粒就着积雪充饥。我让李子方统计了一下，这几天已跑了二十多名战士。"

熊大林刚要说话，忽然山下传来了喊声："八路弟兄们，你们已山穷水尽了，要吃没得吃，要穿没得穿，赶快投降吧，投降有小米饭馒头吃，皇军将保障你们的生命安全。"

熊大林一听骂道："奶奶的，小鬼子也学会战场喊话了。"

只听山下又大喊道："八路熊支队长听着，皇军念你是个英雄，特地在山下备了酒席，只要你过来，要钱有钱，要官有官，要吃要喝随你选。"

小鬼子在山下竖起了太阳旗，协同鬼子搜山的狼狗也"汪汪"地大叫着。

这时，熊大林在平北县城缴获的东洋战马，看到鬼子的太阳旗，听到鬼子的嚎叫，也不安地咆哮起来，使劲地想挣脱拴在树上的缰绳。一个战士上去想制止马的咆哮，被东洋战马一脚踢翻在地，痛苦地在地上打着滚。

熊大林大怒，大骂道："奶奶的，你还忘不了你的日本主子，敢在这个时候反水伤我的人。"说完掏出手枪，对准马头，一枪将马打倒在地。

刘永光一惊，想制止熊大林已经晚了，只是说："老熊，马毕竟是个畜生，你怎么能随便打死战马呢？"

熊大林说："这个畜生，和鬼子一样，兽性不改，敢在这个时候暴露目标伤我的人，留它何用？"

刘永光说："按我军的纪律，不经请示杀死战马，是要受组织处分的，你这是犯了错误我的同志。"

熊大林抓了抓头："我也是一时冲动，你怎么不早提醒我呢？"

刘永光说："我哪来得及提醒，你是支队的军事主官，以后遇事要冷静，千万不要凭感情办事，到时你后悔都来不及。"

熊大林说："还是先说说现在吧，马已被我打死了，你说怎么办吧？"

刘永光自语道："真是'胡马依北风'。马既然死了，正好用马肉给战士们充饥。"

熊大林听明白了"用马肉给战士充饥"，于是对宋小宝喊："快去叫李有根，叫他煮马肉。"接着问刘永光："你说胡马依什么风？什么意思？"

刘永光无奈地笑了笑，"胡马依北风，是一句古诗，意思是，胡人的马被俘了，依然向着北方，思念自己的故乡。这匹东洋马不也是这样吗。"

熊大林嘿嘿地笑了两声："还是政委有文化，跟着政委长见识。"

刘永光骂道："别扯淡了，都这个时候了，你还有心思忽悠我。山下喊你去吃酒席，怎么，你去赴宴？”

　　熊大林一听，觉得是政委在污辱自己，马上涨红的了脸反驳道：“老刘，你这就是看不起我老熊了，老子就是饿死在山上，也不会去吃小鬼子的一口饭。”

　　刘永光也觉得自己玩笑开大了，马上说：“我还不相信你老熊吗，我是说，鬼子把我们围着，在山下叫着，我们得赶紧想个办法突出去。”

　　熊大林说：“是啊，现在我们连电台都没有，没法与苏尉书记和其他两个支队取得联系，完全是孤军奋战，两天之内，我们必须突出去，不然鬼子围上几天再进攻，我们真的全军覆灭了。晚上我再派人侦察出山的道路，我就不信鬼子会把我们围的铁桶一样，没有一点空隙。”

　　刘永光说：“那就一言为定，两天之内，不论有多大的困难，有多大的伤亡，一定要突出去。”

　　山下，日军总指挥伊村大佐正在和佐佐木大佐商量最后的围剿计划。佐佐木说：“中国有句古话，叫作‘快刀斩乱麻’，现在参加围剿的皇军和皇协军有六七千人，熊支队的区区三四百人，已被皇军铁桶似地包围，我的意见马上展开攻击，全歼熊支队。”

　　伊村大佐说：“中国也有句古话，叫‘攻心为上’，我们展开心理攻势，过不了两天，就会有八路耐不住冻饿来投诚，到时我再派王长启去劝降熊大林，即使不成功，也会大大地瓦解八路的斗志。在我们的包围圈内，还有十几个山头，你知道八路躲在哪个山上？我们只有在展开心理攻势的同时，逐山搜剿，把八路压缩到最后的一两个山头上，再行进攻，才能把八路一举消灭”

　　佐佐木点了点头：“你的是总指挥，你的说了算。”

　　山下，伪军依然大喊着：“八路弟兄们，你们已被皇军包围了，跑不是跑不掉的，只要你们投降，皇军将保障你们的生命安全，要吃有吃，要穿有穿。”

　　“八路熊支队长，刘政委，你们已山穷水尽了，皇军已在山下备好了酒席，只要你们过来，皇军随时恭候你们。”

　　熊大林不耐烦地骂道：“奶奶的，你们叫唤吧，宋小宝，去把单二贵给我叫来。”

　　一会单二贵跑了过来，开口道：“支队长，有任务。”

　　熊大林点点头：“你看到了，小鬼子已把我们死死地围住了，两三天内我们再不突出去，只有等死了。晚上你带杨明泽再潜出去，侦察一下出山的路，我就不信小鬼子围得一点缝隙没有。”

　　单二贵点了点头。刘永光说：“一会多吃点马肉，增加点体力，注意出不去就回来，不要硬闯，千万要活着回来。”

单二贵说:"政委放心,我这条命,小鬼子拿不去。"

单二贵走后,熊大林歪着头看了看刘永光说:"老刘,我发现你也很喜欢单二贵这小子。"

刘永光说:"何止是喜欢,咱们留在冀东以来,那次重要的任务不是二贵担当,他可是咱们三支队的骨干,鬼子就是用一个中队来换,我都不干,现在让他当个大队长我都放心。"

刘永光接着说:"怎么样,等完成了这次任务,就让单二贵当一大队大队长?"

熊大林瞬时有了一种亢奋的感觉,他既为弟弟的快速成长、进步高兴,又为哥哥不能照顾弟弟,而总在关键的时候让弟弟冲在前边感到愧疚。熊大林暗叹道:"二贵呀,二贵,你自追随哥哥参加红军以来,为哥哥担当了多少啊,可哥哥除了在草地中把你背出来,又为你做了什么?"

刘永光见熊大林有些发愣,捅了他一下:"唉,问你呢,让单二贵当一大队大队长怎么样?"

熊大林回过神来,马上说:"我正在想这个问题,单二贵才十八岁,太小,再说从排长直接提升为大队长,跨度太大,不合适,我的意见是等等再说。"

刘永光说:"十八岁也不算小了,在咱们的红军部队,十八岁有当团长甚至师长的。咱们共产党的军队升迁靠战功、靠能力,再说单二贵是参加过长征的老红军,资历也不浅了。"

熊大林说:"这次你听我一次,再等一等,目前咱们首要的是商量商量怎么突出去。"

刘永光说:"那就再等一等。我呀,真是觉得你对单二贵有一些说不清道不明的东西。"

熊大林嘿嘿地笑着说:"没有,没有,都是革命同志。"

晚上,单二贵带着杨明泽出发了。熊大林命令贺长明和谭忠诚加强警戒,防止鬼子夜间偷袭。

半夜时分,熊大林和刘永光依在石洞内刚刚合眼,一阵轻微的斥责声和脚步声把熊大林和刘永光惊醒。

只见四连长刘大龙和几个战士将三个绑着的战士压了过来。

刘永光一看,马上问道:"怎么回事?"

刘大龙报告:"我带几个战士在下边警戒,看到这几个战士要逃跑,被我抓回来了。支队长、政委,你看怎么处置他们?"

刘永光一听,马上对刘大龙训斥道:"怎么能把逃跑的战士绑起来呢?我们八路军什么时候这样做过？"

熊大林命令道："把绳子解开，让他们走吧。"

刘大龙立即让战士解开绳子。刘永光吼道："停下，刘大龙你亲自解！"

刘大龙遵命为三个逃跑的战士解开了绳子。三个战士立即跪在地上，拘着双手对着熊大林刘永光磕谢道："多谢支队长政委不杀之恩。我们不是去投降，是实在冻得饿得受不了了。"

熊大林不耐烦地挥了挥手："起来、起来，共产党不兴这个。现在条件确实很艰难，你们受不了这个苦我能理解，你们不想干了说一声，我们不会强迫你们。但有一条，不能带武器，带武器走我绝不轻饶。走了后不能干祸害百姓的事，更不能背叛祖宗当汉奸，杀自己的弟兄。如果你们哪个敢当汉奸，给日本人办事，走到哪我都要把你们抓回来，亲手毙了你们！"说完挥了挥手："留下武器，你们可以走了。"

三个战士给熊大林、刘永光、刘大龙等人鞠了个躬，转身跑走了。

刘大龙看着三个跑远了的战士，对着熊大林道："支队长，就这么放他们走了？不杀几个儆儆人心，战士们想跑就放走，咱们的队伍不就散了吗？"

刘永光说："杀了人命剎不住人心，如果把逃跑的战士杀了，会让其他的战士寒心，就像战场上遗弃负伤的战士一样，会让没负伤的战士心有余悸，那样我们更不好做工作，讲多少道理都不管用。"

熊大林说："长征路上，有的部队曾杀过逃跑的战士，甚至杀过掉队的人员，可剎住了逃跑和掉队了吗？没有。大浪淘沙，淘掉的是泥沙，留下的是金子。刘大龙，你小子不想跑吧。"

刘大龙说："跑，往哪跑，我自从参加咱们这个队伍就没想跑过。"

熊大林说："你不想跑就好，我们几个不跑，这个队伍就在，你信不信，等熬过了这个冬天，明年青纱帐起，我们三支队就会发展成一个响当当的主力团。"

熊大林接着对刘大龙说："个别受不了的战士，只要不带武器，想跑就让他们跑吧，但千万不要让鬼子摸上来。"

第二天天亮后，单二贵和杨明泽仍没有回来。刘永光有些着急，问熊大林："不会出什么意外吧？"

政治部主任李子方走了过来，对熊大林和刘永光要求道："晚上我再带几个战士侦察一下，我是本地人，口音对，只要晚上潜出去，白天打扮成砍柴的本地人模样，会把突围的道路侦察出来的。"

熊大林摆摆手："再等等看，我想夜间单二贵会回来的。"

到了中午，山下的伪军又叫喊起来："八路弟兄们，不要开枪，我们派人上去和你们谈判。"

熊大林骂道："谈判？老子和你有什么可谈的，要打你们就上来。"

刘永光说："如果有人要上来，就把他带过来，看看鬼子要什么花招。"

一会，山下一个人背着一袋东西上来。熊大林举起望远镜一看，是王长启，于是马上对宋小宝命令："快，通知下边，把王长启带过来。"

宋小宝应声跑去。熊大林对刘永光说："真应了你的判断，王长启果真投了敌，还当起了鬼子的说客，看老子不毙了他。"

刘永光也从望远镜中看到了王长启，于是说："先审审王长启，了解一下鬼子的情况。"

熊大林点了点头。一会，王长启被刘大龙和宋小宝押了过来。

王长启一见熊大林和刘永光，马上跪下："支队长、政委，不是我要投敌，是鬼子把我抓住了，没办法啊。"

熊大林骂道："败类，说，鬼子派你来干什么？"

王长启想站起来，刘永光厉声呵斥："跪着说。"

王长启战战兢兢地说："伊村太君让我给支队长送来一千大洋，说是见面礼，还说只要把部队带下山，就让你当团长，政委当副团长。"

刘永光一听，也骂道："奶奶的，还给老子降职了，看来我没有你老熊值钱。"

熊大林听了刘永光的骂声得意地笑了笑，对刘永光说："你也别发鬼子的牢骚，和小鬼子一般见识了，这也叫物有所值。"

刘永光可没有和熊大林开玩笑的心思，对着王长启骂道："你个没骨气的东西，说，山下有多少鬼子和伪军？"

王长启知道想蒙是不可能的，如实回答说："山下有鬼子的两个大队，外围还各有一个旅的伪满军和伪蒙军，加在一起有五六千人，总指挥是驻张庄的伊村联队长。"

熊大林对刘永光说："我们的活动区域，西侧是驻平东县张庄的伊村联队，东侧是驻东陵县的佐佐木联队。这两个地区的鬼子各来了一个大队，看来小鬼子是下了血本了。"

王长启接着说："鬼子已把山的四周全围上了，想突围是不可能的。支队长、政委，你们要为弟兄们想一想，不能让三百多弟兄冻死、饿死或战死，做无为的牺牲吧。"

熊大林大骂道："放屁，弟兄们冻死、饿死、战死，都是为抗日而死，是民族英雄。而你呢，背叛祖宗，为日本人当走狗，老子毙了你，你也是遗臭万年，国人所弃。"

王长启一听，马上做鞠道："两军交战，不斩来使，这是我们老祖宗留下的规矩。现在我是代表日本人与你们谈判，你不能杀我。"

熊大林骂道："你还记得自己的老祖宗，投靠鬼子当汉奸，就是辱先背祖，你小子不但携枪携款逃跑，还投靠鬼子，为鬼子当说客，老子不杀你，天理不容。来人，把这小子给我绑了。"

刘大龙和宋小宝立即上前，将王长启绑个结实。王长启早已吓得面如土色，大叫道："两军交战不斩来使，你们不能杀我，我还给你们带来了一千块大洋，你们不能杀我。"

熊大林恨恨地说："一千块大洋老子留下，小鬼子的礼物，不要白不要，但你必须杀掉。"

李子方走上前，对熊大林要求道："支队长，王长启投敌叛变，我也有责任，就由我来执行吧。"

熊大林一摆手："不用，老子今天要亲自毙了他。"说完提着王长启走到一断崖处，掏出手枪，对准王长启的脑袋扣动了扳机，王长启瞬时脑袋开花栽下断崖。

熊大林收起枪，对着宋小宝说："告诉李有根，把大洋收起来，老子正愁没钱花呢。"

在鬼子的不断压缩下，不得已，三支队撤到了狗背岭主峰和前沿的两个山头。下午，伊村见王长启上山劝降没有音信，于是对狗背岭展开了试探性进攻，但很快被三支队依着有利地形打了下去。

熊大林看了看鬼子进攻的阵势，预感到明天会有一场惨烈的战斗，于是对宋小宝命令道："快去告诉贺长明和谭忠诚，赶快用石头垒起工事，注意节约弹药，鬼子不到五十米不要打，争取一枪消灭一个鬼子。"

山下的伊村用望远镜看到自己的部队被打了下来，确信八路已撤到尚未搜剿的最后三座山上。见八路停止了射击，对身旁的佐佐木说："八路弹药不多，一会再派部队进行骚扰性进攻，消耗八路的弹药，明天发起总攻，你的意见呢？"

佐佐木点点头说："你是总指挥，我的执行。"

下午，鬼子和伪军又进行了几次骚扰性进攻，部队根据熊大林的命令，只由贺长明带几名枪法好的战士，分散在山的四周进行零星射击，虽然消耗子弹不多，但却消灭了二十多个日伪军。

天又黑了下来。熊大林对刘永光说："今晚再等等单二贵，明天白天是我们的关键一天，估计鬼子会发起全面进攻。不管单二贵今晚回不回来，明天晚上我们必须突围。不管有多大的困难，有多大的伤亡，都要突围，能突出去多少是多少。"

刘永光点了点头说："往哪个方向突围呢？"

熊大林说："等单二贵回来再做决定吧。但我考虑，东和北是伪满洲国的地界，向西是绵延的山区，向南是三十几里的平原，鬼子料定我们不敢向平原走，必然在东、西、北三个方向的要道山口派重兵等着我们。可我们偏向南，走到临近平原的时候，再折向东，走我们剿灭蒋得财时走的路，然后进盘山。只要进了盘山，小鬼子再想包围我们，就不那么容易了。"

刘永光说："同意，只是战士们还是昨天一人吃了一小块马肉，明天再坚持一天，晚上突围时，恐怕就没力气了。"

熊大林说："我的意见是再杀两匹马，一个大队杀一匹，让战士们好歹填一下肚子。如果以后上级追查下来，由我承担责任。"

刘永光说："都什么时候了还讲这个，如果上级真的追查，上报战场损耗就行了，这不是欺骗上级，是没有办法的办法。已经两天了，战士们每人只吃了一小块马肉，再不吃点东西，明天突围根本不可能。"

熊大林说："那就这样定下来，捡体弱的、年老的杀掉两匹，明天晚上突围。"

李有根按照熊大林和刘永光的命令，杀掉两匹马，找了个鬼子见不到火的地方，架起锅煮了起来。

半夜时分，贺长明报告：单二贵回来了。

熊大林一听，赶紧命令："快，叫单二贵过来。"

贺长明说："单二贵已经累得吐血了，杨明泽也累得趴在了地上。"

熊大林一听，马上说："单二贵在哪？赶快走。"

这时，单二贵和杨明泽已被几个警戒的战士搀了过来。熊大林和刘永光赶忙扶单二贵和杨明泽坐下："快说说，山外的情况怎么样？"

单二贵喘了口气说："昨天晚上，我们趁黑摸出了鬼子的包围圈，但天黑什么也看不到，只好等到天亮。天亮后，我们扮成当地的猎人，向南、西两个方向十几里的地方转了一圈，发现西方山口要道都有鬼子和伪军把守。南边鬼子防守弱一些，只在山间公路的出口处留有伪军，咱们可以向南突，走山间小路避开鬼子。"

单二贵接着说："为了防止鬼子发现，我们侦察完就等到天黑才摸了回来。

支队长，我们没有影响支队的行动吧？"

熊大林看着虚弱的单二贵，眼泪流了下来。刘永光握着单二贵的手说："好兄弟，你为支队立了大功。"

杨明泽这时也缓过点劲来，对熊大林和刘永光说："支队长、政委，要赶快行动，要快，最好马上突围。"

熊大林看了看刘永光说："马上行动当然最好，但现在已过了半夜，待我们突破了山下鬼子的包围圈，天也亮了，鬼子看到我们的突围方向，还会紧追过来。战士们一天多没吃东西，体力跟不上，我们还是走不脱。我的意见还是让战士们吃完马肉，明天坚持一天，晚上突围。"

刘永光点了点头："只好如此了。"接着对贺长明命令："扶他俩休息，让李有根多给他俩点马肉。"说完脱下大衣，披在单二贵身上。熊大林也脱下大衣，披在了杨明泽身上。

第二天，灰沉沉的天空下起了鹅毛大雪，战士们用冻得红肿的双手，捧着分到的一块马肉，就着飞雪吃了起来。饥饿的战士把煮马肉的汤也全部喝光。上午十点，鬼子带着两条儿狼狗，向三支队固守的两个前沿山头发起了进攻。

熊大林不顾刘永光的劝阻，带着宋小宝来到了前沿阵地。看着鬼子笨拙地向山上爬着，熊大林命令："把鬼子放近五十米内再打，注意节约子弹，争取一枪打倒一个敌人。"同时命令贺长明："快，把鬼子的狼狗打掉。"

贺长明抹了把冻出的鼻涕，略微瞄了瞄，一枪将鬼子的一只狼狗打倒在地。另一支狼狗嗷嗷叫了几声，挣脱了牵绳的鬼子跑掉了。

待鬼子进入了五十米内射程，山上的几挺机枪，同时向鬼子发出了有节奏的短点射。

贺长明对准带队上冲的鬼子中队长的胸部开了一枪，鬼子中队长却捂着腹部倒下了。贺长明看了看陡峭的地形，马上明白了其中的原因，命令道："瞄鬼子的头部打。"

有的战士不明其中的缘由，问贺长明："大队长，为什么只瞄准鬼子的头部打呢"

贺长明骂道："笨蛋，这叫打提前量，鬼子是向上爬，瞄头正好打胸。"

贺长明的经验马上传遍了前沿阵地。在战士们的准确射击下，鬼子的第一次进攻很快被打退。

看到鬼子退下了山，熊大林满意地拍了拍贺长明的肩："就这么打，坚持到天黑，我们就有办法。"说完带着宋小宝返回了主阵地。

伊村在山下看到进攻的部队被打下来，马上命令92式山炮和掷弹筒向山上开火，顿时，三支队固守的两个前沿山头，同时响起炮弹的爆炸声。

熊大林一看，对宋小宝命令道："快通知前沿阵地，让战士们注意隐蔽，都躲进石洞或断崖下，鬼子不进攻不要出来。"

鬼子轰击了约半个小时，又一次对两个前沿山头发起了进攻，战士们根据不到五十米内不打的命令，顽强地阻击着。鬼子只要敢前进，一颗准确的子弹立即飞来。鬼子前进不得，后退不敢，只好爬在岩石后，与固守的战士对峙。

对峙的时间一长，鬼子的精湛射击技术和充足的弹药发挥了优势。只要鬼子的枪响，差不多就有防守的战士伤亡。一个多小时后，熊大林接到报告，已有五十多名干部战士伤亡。

刘永光有些着急，对熊大林说："这样下去不是办法，到不了天黑我们就会伤亡殆尽。怎么办？是不是收缩一下，把部队撤到主峰阵地来？"

熊大林将抽到半截的烟狠狠地甩在地上："收缩也不是办法，那样鬼子会集中力量攻击主峰，我们坚持到天黑更难。小鬼子的射击技术你看到了，收缩只会增大战士们的伤亡。我的意见是坚持坚持再说。"

刘永光正要回话，忽然发现鬼子开始全线后撤。刘永光马上转了话头，指着下边的鬼子说："老熊，你看，鬼子在耍什么花招？"

熊大林也看到了后撤的鬼子。熊大林看了看表说，"鬼子已经攻了两个多小时，估计伤亡不下一百人。我想，鬼子一定是下山吃饭总结经验，下午会发起更猛烈的进攻。"

刘永光点点头："战士们的弹药用得差不多了，是不是乘鬼子后撤，派几个战士到鬼子的尸体上捡些弹药？"

熊大林点点头，对宋小宝喊："快通知前沿，让他们派几个人把鬼子尸体上的弹药捡回来。"

宋小宝再次向前沿阵地跑去。熊大林拿起望远镜，只见撤下的鬼子陆续集中到了山下平地处，由鬼子的一名军官训话。

熊大林从鬼子军官短粗的身材和佩带的大佐军衔，判定出训话的是伊村。

熊大林问身旁的刘大龙："鬼子集结的地方离我们这有多远？"

刘大龙看了看回答："至少一千米，三八大盖也打不到。要是有几门小炮就好了，保准叫山下的鬼子人仰马翻。"

熊大林嘟囔道："炮老子早晚会有的。"

看已是中午十二点多，熊大林估计下午鬼子会发起两次以上更猛烈的进攻，于是赶到贺长明处，命令道："赶紧让战士们将能搬动的石头都堆起来，弹药不够时，可以用石头砸小鬼子。"接着对宋小宝命令："把我刚才的话也通知谭忠诚，让他们也做好准备。"

下午一点多，鬼子对两个前沿山头开始了猛烈的炮击。爆炸的弹片和炸碎的石头在山上乱飞，尽管战士们躲在石洞或巨石下隐蔽，伤亡仍不断增加。

半小时后，鬼子的炮火转向了主峰阵地，而步兵开始集中攻击前沿的两个山头，并派机枪手和特等射手在鬼子进攻队形的后边，占领相对有利的位置，用零星的步枪弹和准确的短点射，压制山上的火力，掩护鬼子的进攻。

熊大林一看，马上明白了鬼子是想用炮火压制住主峰，而集中力量首先攻取两个前沿阵地。

鬼子的战法见了效，进攻的鬼子在准确的火力掩护下，渐渐接近了战士们坚守的阵地。战士们虽然居高临下打倒了不少往上涌的鬼子，但自身的伤亡在连续增加。

主峰上的刘永光看得真切，对熊大林说，"按这个速度，我们根本坚持不到天黑，我们得想个法子，把鬼子的进攻阻止住。"

刘大龙要求道："支队长，要不让我带四连反击一下，把半山腰的鬼子反下去？"

熊大林道："战士们弹药和体力都不足，没有掩护火力，反击只能徒增伤亡。"

"那怎么办？不能看着鬼子把我们的阵地夺了去。"刘大龙很焦急。

熊大林再次命令宋小宝："快去，告诉贺长明，让他亲自组织几个特等射手，把带队攻击的鬼子军官和掩护的机枪打掉，这样可以延缓鬼子的进攻。"

一会，带队冲锋的鬼子军官和几名机枪手被陆续打趴在了地上。守在前沿阵地的战士趁机向进攻的鬼子开始了猛烈还击。鬼子失去了火力掩护，被迫停止攻击，躲在岩石后，与防守的战士对峙射击。

这样对峙了半个多小时，攻防双方都付出了较大伤亡。鬼子虽然攻不上，但也坚决不退。

熊大林看得真切，对刘永光说："老刘，看到没有，鬼子是想耗光我们的弹药，然后近身搏斗，一举攻占我们的阵地。鬼子人多，拼刺技术精湛，再耗下去，我们真的要全军覆没了。"

刘永光点点头："是啊，不能让鬼子粘着我们，得把鬼子赶下去，不然我们一定吃亏。"

熊大林见政委同意自己的意见，马上说："我想让两个阵地同时举行一次反击，把鬼子赶下去，然后全部撤到主峰阵地来。天还有一个小时就黑了，在主峰再坚持它几个小时没问题，我们的主力四连还没用呢。"

刘永光点点头："把鬼子赶到山下即可，不要追击。撤回时顺便捡些鬼子遗弃的弹药，我们坚持到天黑更有把握了。"

熊大林和刘永光分别赶往两个前沿山头传达出去命令。贺长明接到出击命令，马上喊道："司号员，吹号，向鬼子反击，把鬼子赶下去。"

号声响起，前沿两个山头上的战士，立即将事先堆积的石头推下，然后跟在翻滚的石头后，向鬼子发起了反击。

鬼子猝不及防，瞬间被滚动的石头砸乱了阵脚，在战士们的驱赶下，不得不退回山脚。

熊大林看目的已经达到，命令身边的司号员："吹号，让他们赶快撤到主峰来。"

司号员立即吹响了约定的号谱。反击的战士在捡了些鬼子遗弃的枪支弹药后，开始撤向主峰。

在山下指挥的伊村看到自己的部队被反击下来，气得"巴嘎、巴嘎"地大骂，狠狠地打了一个退下来的日军军官两个耳光，然后拿起望远镜，观察山上的情况。

伊村发现，刚才反击的八路，放弃据守的阵地，开始陆续撤向主峰。伊村大喜，立即命令部队重新上山，占领八路放弃的两个前沿山头。

熊大林见部队全部撤到主峰，立即命令李子方清点人数和伤亡情况。一会李子方报告，部队共伤亡一百二十余人，其中阵亡六十余人。我们的伤亡比达到了一比一，不少重伤员是因为寒冷和得不到及时救治而牺牲的。目前主峰能战斗的大约还有二百三十人。

熊大林听完报告吃了一惊，骂道："奶奶的，不到一天老子就伤亡了这么多，再这么消耗，老子真是承受不起了。"

刘永光一听劝慰道："我们的伤亡是多了点，但鬼子和伪军伤亡了多少？我估计不会比我们少，总的看我们还是赚了。"

"赚？现在的三支队个个是精华，一个人拿十个鬼子老子都不换。"

"老子、老子，你小子给我当起老子来了？"刘永光不满地说道。

"不敢、不敢，习惯了，我怎么能给你这个政委老大哥当老子呢。"熊大林抱着歉意解释道。

刘永光根本没有和熊大林计较的意思，转问道："你看鬼子还会发起进攻吗？"

熊大林看了看表，已是下午四点多钟了，于是说："鬼子再调整部署组织好兵力天就黑了，今天再进攻的可能性不大。我判断鬼子会对我们进一步压缩包围，目的消耗我们的子弹，防止我们突围"

刘永光点点头说："今晚不管有多大的伤亡，我们必须突围，突围的办法想好了吗？"

熊大林说："刚才两个前沿阵地出击时你看到了吧，出击前战士们把事先堆好的石头推了下去，一块石头的冲击力超过一枚手榴弹。我的意见是如法炮制，等到天黑后，让战士们把能搬动的石头都堆在南坡，突围前将石头全部推下去，然后部队跟着翻滚的石头向山下冲，只要冲下了山，我们突围就成功了一半。"

刘永光道："好主意，只要我们冲下了山，鬼子再想组织兵力追我们就来不及了。不过我担心战士们没怎么吃什么东西，体力跟不上。"

熊大林咬咬牙说："跟不上也得跟，咬牙也得挺，不然只有等死。"熊大林说完，命令宋小宝："去，把李主任和贺长明、谭忠诚、刘大龙都给我叫来。"

四人接到通知，聚到熊大林身旁。熊大林说："我和政委决定，晚上十点突围。突围时由刘大龙带四连打头阵，六连为二梯队。冲下山后，由贺长明带五连断后。我估计，天黑前鬼子还会进一步包围压缩我们，你们回去后，要继续组织好防御力量，让战士们将能吃的东西全部吃掉，千万不要让鬼子攻上来。天黑后将能搬动的石头全部堆在山的南坡，听命令将石头推下，部队随滚动的石头突围。贺长明你继续组织几名特等射手，占领隐蔽位置，只要鬼子敢露头就把他打掉。"

刘永光接着说，"要告诉同志们，今晚突围是关系我们三支队的生死之战，不管有多大困难、伤亡多大，我们都必须冲出去。突围时，我们干部和党员要起模范带头作用，必须冲锋在前，退却在后，只有这样，我们的队伍才不会散，战士的士气才不会落。按照支队长的命令，执行吧。"

山下的伊村见前沿两个山头的八路撤到主峰后没什么动静，命令部队从山的四面向主峰压缩，把山上的八路团团围住。

鬼子开始从四面向山上运动，但在山上零星火力的射击下，不时有鬼子栽倒。鬼子进到半山腰后，开始寻找隐蔽位置，向山上射击。

熊大林看得明白，马上命令："鬼子不前进不打，只要鬼子再向前，必须把鬼子打趴下。"

日军副总指挥佐佐木来到伊村的跟前，对伊村道："中国有句古话，叫一鼓作气，为什么只进到半腰而不一鼓作气将八路消灭？"

伊村说："天快黑了，如果短时攻不下，八路趁我们攻击受挫时再来个反击，正好趁天黑突围。我的部队全在山上，到时我们追击都来不及。我的意见是先把八路死死围住，进一步消磨八路的斗志，等明天天明，皇军一个冲锋上去，定会把八路全部消灭。"

佐佐木问："那八路夜间突围怎么办？目前的形势山上的八路很清楚，我断定，八路夜间一定突围。"

伊村说："我的命令部队进到半山腰，把八路的四面包围，就是防止八路的夜间突围。山口要道都有皇军和皇协军把守，八路的插翅难飞。"

佐佐木摇摇头不满地走了。伊村命令："向铃木将军发报，我们已攻占了八路的两个阵地，消灭八路一百五十余名，现已把剩余八路全部压缩包围在狗背岭主峰上，待明天天明，定将八路三支队全部剿灭。"

铃木启久接到伊村的报告，高兴地"哟西"了几声，接着命令："给伊村君发报，嘉奖伊村和佐佐木，命令他们提高警惕，防止八路夜间突围，特别要防止八路进入满洲国境内，明天务必将八路三支队全部歼灭。"

伊村接到铃木的回电，高兴地摸着小胡子命令道："进攻的部队夜间不准下山，不准点火，天黑后将饭送上山，部队山上的吃饭。"

天渐渐地黑了下来。老天好像要考验三支队的意志似的，呜呜地刮起了西北风。熊大林看到战士们被冻得红肿的脸，一股内疚和怜悯涌上了心头，对刘永光自语道："老刘，战士们几天没怎么吃东西了，这么冷的天，战士们衣着单薄，又要战斗、又要流血，你说，他们为了什么啊？是什么在支撑着他们？"

刘永光说："战士们不像你我，经历过那么多的风风雨雨，受过那么多的教育，知道打鬼子是救中国。但他们明白，小鬼子侵占了他们的家乡，抢他们的粮食，烧他们的房子，奸淫他们的姐妹，不把小鬼子打跑，就没有好日子过，不把小鬼子消灭，就会被小鬼杀死。我想，这就是支撑他们的信念吧。"

熊大林点点头："这几天，我们牺牲了这么多的战士，突围前将他们掩埋是不可能了。但我们突围成功后，一定要再回来，把他们好好安葬。将来将鬼子打跑了，一定要给他们立个碑，建个陵园，让后人记得他们，祭奠他们。"

刘永光的情绪也受到了熊大林的感染，于是拉着身旁的李子方说："李主任，等打跑了鬼子，不管我们谁活着，都不要忘了今天的承诺。我们的战士是为打小鬼子死的，是民族英雄，你是本地人，将来革命胜利了，你更要为他们、为他们的亲属多说说话，忘了他们，就是丢失了良心，丢失了基础。"

李子方也很激动："只要我活着，就不会忘了他们，忘了他们，就是丢失了良心，丢失了党性。"

熊大林听了刘永光和李子方的话，激动地走上前，把刘永光、李子方紧紧抱住说："那我们就击掌为誓。"

"好，击掌为誓。"刘永光和李子方同时伸出冻肿的手，和熊大林的手，在凛冽的夜空，击在一起。

熊大林吸了口冰冷的空气，稳定下情绪，对刘永光和李子方说："可以准备了，宋小宝，命令战士们将能搬动的石头全部堆在山的南坡。"

宋小宝领命而去。刘永光走上前，对熊大林说："老熊，我有个想法，就是突围时把我和十几个重伤员留下，掩护你们突围。"

熊大林一听，马上瞪圆了双眼，断然地吼道："不行，打仗哪有丢下伤员自己跑的道理，再说，留也不能留下你。"

刘永光听了熊大林的话，深深在叹了口气："你说得完全对，可这是没有办法的办法，不然部队突围时，带着这么多重伤员，会给部队增加很多负担。"

熊大林愤愤地说："打仗遗弃伤员，是部队的大忌，那样会伤了战士的心，毁了我们这支部队。如果伤员确实太多带不走了，我宁愿守着他们和他们一起战死。但现在我们还有力量把他们带出去，还没有到和他们一起死的时候。"

刘永光点点头，"部队突围要的就是一个快，抬着十几个重伤员，还要翻山越岭，你说部队快得了吗？"

熊大林说："轻伤员能走的全部自己走，不能走地拽着背着。咱们不还是有十来匹马吗，把重伤员都绑在马背上，到了安全地方再用人抬。我的意见是让李子方、谭忠诚和李有根带领一大队剩余人员照顾伤员，二大队开路和断后，你的意见呢？"

刘永光点了点头："把重伤员绑在马背上突围，虽然重伤员会受些苦，甚至有的会在中途死掉，但战士们都能理解，这是没办法的办法，同意。"

熊大林划开一根火柴看了看表，已快十点，于是向宋小宝道："传我的命令，部队立即做好准备，十分钟后突围。"

十分钟很快就过去了，天黑得伸手不见五指，寒风一阵紧似一阵地呼啸着，飞飘的雪花，不停地打在脸上。熊大林抹了抹冻僵的脸，低声发出命令："突围时不吹冲锋号，大家跟紧，准备推石。预备，推！"

无数的巨石瞬时像无数个乱崩乱炸的滚雷，顺着山势急速冲下，摄人心魄的巨大轰响回荡着。鬼子猝不及防，只听巨响而看不见飞来巨石，躲无法躲，藏无处藏，顿时被飞滚的巨石砸得伤亡惨重。熊大林大喊一声："冲"，部队跟着飞滚的巨石，向山下冲去。

山腰没被砸死的鬼子还没反应过来，部队已冲到跟前。惊魂未定的鬼子来不及抵抗，或被打死或被冲散。四连很快冲破了鬼子的包围。熊大林看伤员下了山，马上命令："贺长明，断后，部队继续向前冲！"

单二贵和杨明泽按照昨天侦察好的路线，带着四连一路前冲。部队很快翻过两个山头，并击溃了伪蒙军的零星阻击，进入到一条峡谷之中。

在山下帐蓬中的伊村，听到巨石的滚动声和八路的喊杀声，赶紧让部下弄清是怎么回事。等部下回来报告，说八路已冲下山，向南面方向跑了，赶紧调动部队追击。等部队集合好，八路早已不见了踪影。

伊村气得"巴嘎、巴嘎"地大骂着，却又无计可施，只得用电话命令外围的部队加强戒备，阻止八路突围。

部队顺着峡谷摸黑一气前进了十多里，来到了一块空旷的谷地。单二贵对熊大林说："支队长，再往前走一公里多，有伪满军设立的关卡，大约有一个连的兵力，我们冲过前边的关卡，就没有什么鬼子伪军了。"

熊大林一听，马上命令道："二贵，带你的排当尖兵，争取在伪军没发现时夺下关卡，掩护全支队通过。注意，伪军没发现你们不要开枪。刘大龙，带你连的另两个排，在二贵后边跟进，准备随时支援。"

单二贵带着全排摸索着前进，战士们虽然几天没怎么吃东西，又一路突围走了十几里山路，个个脚底发软，但由于精神高度集中，并没怎么影响战士的行动。

单二贵感觉着快到伪军的关卡了，但除了呼呼的西北风，听不到一点其他动静。单二贵想，是伪军事先得到了消息布好了口袋伏击我们吗？狗背岭离这有近二十里，伪军不可能听到突围的枪声，荒山野岭，鬼子也不可能把电话接到这么远。突然，一声喝令打断了单二贵的思绪，"谁，站住，干什么的？"

单二贵马上判断出伪军没有防备，大喊一声："老子是八路。"话音未落，举起手枪向叫喊的人影射击。跟在后边的机枪手也向人影打了一个点射。单二贵接着大喊一声"冲"，二排立即跟着单二贵冲过关口，向着黑暗中的几间茅草房冲去。单二贵大喊："堵住房门，投弹！"

几十棵手榴弹在茅草房中"轰轰"的爆炸，在草房中睡觉的伪满军没做出任何反应，即大部死伤。睡在远处几间草房的伪满军，听到关卡处的枪声、爆炸声，赶紧过来支援，被赶过来的刘大龙带领的一排、三排打得四处奔逃。待伤员过后，熊大林命令刘大龙："赶快捡些弹药，收拢部队前进。"

熊大林待断后的贺长明带队跟了过来，命令道："继续断后，小心伪军追击。"

部队冲过关口又继续前进了二十多里，再也没有遇到鬼子或伪军。熊大林长长舒了口气，对身旁的刘永光道："看来，我们是突出了鬼子的包围了。"

刘永光看了看东方微亮的天空，对熊大林说："得找个村庄筹粮做饭，不然战士们真的走不动了。"

熊大林点了点头，见前边不远的山坡处有两户人家，对身后的宋小宝吩咐："命令部队在前边的人家休息，赶快命令李有根筹粮做饭。"

宋小宝跑步而去。部队很快到了两家石墙草房旁，不待命令，一个个瘫倒在冰冷的地上，呼呼地喘着粗气。

熊大林命令把绑在马背上的重伤员解下来，却发现两名重伤员已经牺牲。熊德林鼻涕和着眼泪流着，脱下大衣盖在重伤员的身上，然后命令刘大龙："带你的四连继续警戒。"接着对谭忠诚命令："你带着战士们砍些树，用绳子做十几副担架，一会抬着重伤员走。"

熊大林对刘永光说："老刘，王长启带来的一千大洋可以派上用场了。"见刘永光点了点头，接着对李子方说："李主任，你是本地人，更要多担当一些，你和李有根一会去百姓家筹粮，只要是能吃的能买多少买多少，赶快让战士们吃顿饱饭。"

李子方说："支队长，这个时候了和我还这么客气，有什么任务，你交代就是了。"说完拉着李有根走了。

熊大林和刘永光坐下各卷了个喇叭筒刚抽了没几口，就听见老乡的草屋里传来了嚷嚷声。

熊大林和刘永光寻声走去，却见一个四十多岁的老乡把半口袋面往李有根怀里塞，说："八路兄弟，实在对不起，庄户人家，穷，只有这些，你们拿走吧，也算我们为抗日做点贡献。"

熊大林毫不犹豫地把面推回老乡的怀里："老乡，您的心我们领了，明天就过年了，再穷，过年也得吃顿饺子，这点面说什么你们也得自己留下，您只卖给我们一些小米、玉米面什么的就可以了。"

老乡将面又推回到李有根的怀里，用一双粗糙的大手，握住熊大林的手说："长官，刚才我听说了，你们已经几天没吃饭了，我虽然没什么文化，也没见过什么世面，但我知道，你们是打日本，不让日本抢我们的东西，杀我们的人。你们命都舍得，我还舍不得这点面吗？"

刘永光过来握住老乡的手说："老乡，您说的没错，我们舍命就是为了打日本，不让小日本杀我们的乡亲，抢你们的东西。但我们都是和您一样的农民子弟，知道农民的不易，所以这半袋面您一定要留下。"

老乡一听，不再坚持，对着里边喊道："屋里的，赶快把家里能听吃的东西拿出来，给这些八路兄弟。"

屋里闻声走出一个中年妇人，熊大林断定，是这位老乡的媳妇。只见这位妇人带着熊大林等人，来到屋外的柴草堆旁，搬开柴草，将藏在里边的一袋小米和一袋玉米面拿了出来，对着熊大林等人说："怕鬼子抢，只好藏在这，就这些了，都拿去吧。"

李子方和李有根上前接住两袋小米和玉米面，不约而同地深深鞠了一躬："谢谢大嫂"。李有根说完掏出两块大洋塞进了大嫂的手里。

熊大林和刘子光看了看两袋粮食，知道不够二百来人吃一顿，于是和李子方来到了另一户人家。

这家的主人是个六十多岁的老大娘。老大娘早已听到了这边的动静，手搭在额上看着这边。

李子方首先上前，用本地话说："大娘，我们是八路军，在北边雾灵山打鬼子已经几天没吃饭了，您看能不能卖我们点粮食。"

老太太说，"前两天听老伴说过，说北边日本人把八路围在山上打起来了，你们都出来了吗？"

李子方马上回答："谢谢大娘，我们都出来了。"

老太太说："都出来就好。唉，都是小鬼子做的孽啊，让你们受了这么多的苦，看把你们冻的饿的。"

李子方问："大娘，您的老伴和孩子呢？"

老太太回答："老伴一早上山放羊去了，孩子在山外住。你们是向我们要粮食吗？"

李子方道："大娘，不是要，是买。"

老太太说："老伴没在家，我做不了什么主，但你们是打日本的八路，不用买，我送给你们，这个主我做了。"

说完，老太太领着李子方进了西屋，熊大林和刘永光也跟着走了进去。

只见老太太掀开西屋炕上的破炕席，扒开炕席下铺着的茅草，炕上露出一块石板。老太太掀开石板，从炕洞里抱出两个土坛说，"家里就这两坛粮食，一坛是小米，一坛是黑豆，黑豆是准备开春做种的，你们都拿去，赶紧让孩子们吃点东西吧。"

李子方说："大娘，我们买下一坛小米，黑豆您留下，咱们民间不是有'饿死爹和娘，不吃种子粮吗'"

老太太说："让你们拿去就拿去，我和老伴山外还有孩子。"

熊大林看到这，眼里已浸出了泪水，马上从李有根兜里掏出两块大洋说："谢谢大娘，您就是我们八路军的母亲，这两块大洋您拿着，明天就过年了，您就用它买点年货吧。"

老太太说："既然你说我是你们八路军的母亲，儿子几天没吃饭从母亲这拿点粮食，当母亲的哪有要钱的。我没什么文化，山里人也没什么见识，但这点礼数我还懂。"

熊大林说："大娘，这是您的救命粮啊，这两块大洋说什么您得留下，要不我们饿死也不能要您的东西。"

老太太说："留也不能要这么多，一块足够了。"说完拿出一块塞回熊大林手里。

熊大林说："大娘，这一块您也得留下，就算我们八路军孝敬母亲的。"说完又把大洋塞回老太太手里。

老太太接过大洋，嘴里不停地唠叨着："好人哪，好人，"又指着院墙说："那里有柴，快给孩子们做饭吧。"

李有根马上带着炊事员架锅做饭，一小时后，一锅小米干饭、一锅窝头、一锅煮黑豆做了出来。战士们就着老乡拿出的萝卜咸菜，狼吞虎咽地吃了起来。

熊大林、刘永光和李子方、李有根没有吃，而是端起碗，喂起了重伤员。贺长明、谭忠诚和刘大龙、李天盈也端起饭碗，喂起了另外的重伤员。

重伤员们吃了几口，一位能说话的重伤员推脱说："支队长、政委，你们也和我们一样，几天没吃东西了，我们不能打仗了，已给你们添了不少麻烦，不要再管我们了。"

熊大林一听，马上骂道："混账话，咱们是革命弟兄，哪能不管你们。"

边上的战士看到了，纷纷围了上来："支队长、政委，你们吃饭，我们来喂。"

刘永光说："弟兄们，这些天你们受苦了。但看到你们，我心里非常踏实。只要我们团结一心，就没有克服不了的困难，我们三支队就不会亡、就散不了。同志们，安心吃你们的饭，这是我们干部应该做的。"

边上的战士围着叫道："支队长、政委。"

熊大林一看，马上吼起了脸，"吃饭、吃饭，这点活你们还和老子争吗？奶奶的，再不吃，一会就没你们的饭了。"

战士们早已习惯了熊大林的骂骂咧咧，听到熊大林的骂，反倒感到亲切，于是不再吱声。

等熊大林和刘永光等几名干部喂完了重伤员，战士们早已放下饭碗等候命令。熊大林一看，三锅饭都还剩有一半，一股暖流涌遍了全身。熊大林叹道："多么好的战士啊"嘴里却骂："奶奶的，都不饿是吧，现在我命令，一人再吃一大碗，完不成任务，老子踹他的屁股！"

看到熊大林和刘永光等领导都盛好饭，战士们才陆续拿起碗，和干部们一起吃了起来，一会的工夫，三大锅饭见了底。

吃完了饭，熊大林对李有根说，再用几块大洋，买两口老乡的木柜，把重伤牺牲的两位弟兄埋了。

李有根领命而去。战士们自觉地从老乡家里借来铁锹，在平地上挖了两个坑。趁这工夫，刘永光又招来支队的所有干部，对他们说："看到了吧？我们身边是多好的老乡、多好的战士！只要我们一心打日本，老百姓就会支持我们。我们的干部只要以身作则，就会众人一心。人心齐，泰山移，我从战士们身上，看到了三支队和八路军的希望。现在我们每一个人都是党的宝贵财富，都是精华。大约还有一天的路，轻伤员能走的大家帮着，不能走的骑马，重伤员全部抬上，从我和支队长开始，每个没负伤的，都要承担抬伤员的任务。"

刘永光说完看了看熊大林。熊大林点点头说："政委的话就是命令，棉被、大衣全部让给轻重伤员，执行吧！"

部队又开始沿着山路前进了，西北风依然呜呜地刮着，战士们踏在积雪上，不时地发出"咯吱、咯吱"的声响。照例是四连当前卫，单二贵带着二排当尖兵。熊大林和刘永光抬着担架走在伤员的前列，后边依次是李子方、李有根和贺长明、谭忠诚等支队、大队干部，再往后边是没有担负前卫和断后任务的连排干部。走出了不到十里，熊大林和刘永光已大汗淋淋。身旁的战士不管熊大林怎么骂，不由分说抢过了担架。

熊大林擦了把汗，对刘永光说："看来我真的老了，走了这几步就成这个熊样。"

刘永光也擦了把汗说："你老个屁，老子比你大三岁还没说老呢，是这些天小鬼子把我们折腾的太虚了，待到了安全地方，得赶快让战士们恢复体力，还有得赶快找医生给伤员们治伤，不然我们的伤员轻伤会变成重伤，重伤会牺牲的。"

熊大林说："是啊，不能让我们的战士流了血受了罪再丢命。这事就由你和李有根来办，不论是县城或乡村的，只要会开刀治伤的，都请过来。能动员参加队伍的一律按连排干部对待，医术高的还可以和你我一样，给他们配马配警卫员。动员不来的，可以花钱雇，只要能给我们的伤员治伤，用什么办法请来都行。"

刘永光说："特殊情况特殊处理，待情况好转了，咱们三支队有必要成立一个卫生所。"

正说着，一大队大队长兼教导员谭忠诚报告："支队长、政委，我们有个战士叫马爱山，是盘山马家峪人，他说他的家地处盘山中心，地势险要易于隐蔽，且村中有一百多户居民，易于补充给养。"

"马家峪？"熊大林赶紧掏出地图，找出了马家峪这个地方，又看了看周围的地形标示说："果然是个好地方，快把马爱山叫来。"

谭忠诚应声而去。一会一位中等身材、面色黝黑的战士跑了过来："报告支队长，一大队一连一班班长马爱山奉命来到！"

熊大林一看，认得这个战士，只是部队大部分时间分散活动，还叫不出名字，于是说："你叫马爱山，是参加冀东暴动的吧？"

马爱山立正回答："是，暴动部队西撤被打散后，我就找到了咱们三支队，被分在了一大队一连。"

熊大林说："好同志，快把你们家附近的情况说说。"

马爱山立即边走边向熊大林介绍了家乡附近的地形和百姓情况。熊大林听后满意地点了点头，对刘永光说："怎么样，老刘，咱们就到马爱山的家乡去隐蔽，等熬过了这个冬天，就是我们的天下了。"

刘永光满意地点了点头："马爱山，你为支队立了一功，我们三支队的生存、发展离不开你们这些本地战士，以后有什么好主意，多向我们讲讲，等到了盘山，你在前边带路。"

马爱山又一次立正回答："是，保证完成任务。"

刘永光说："行了行了，行军路上别这么正规，去吧。"

马爱山走后，熊大林对刘永光说："我看这个战士很机灵，不次于单二贵那小子，以后可以担大用。"

刘永光调侃地说，"能让你夸上一次不容易，我和你搭档快半年了，也没听你夸我一次。"

熊大林说："在红军我最大的职务只是营长，你都当上师政委了，还用我这个下级夸。"

刘永光说："言归正传吧，到了盘山，你要专心考虑下支队的生存发展。我估计，鬼子再调兵围剿我们，怎么也得一个月时间，我的意见，一定要吸取上次打蒋得财的教训，在青纱帐起来之前，不要集中采取大的行动，免得被鬼子发现行踪，遭到不必要的损失。"

熊大林说："你说的对，打蒋得财，我确实有点意气用事了，我向你检讨，将来我也会向冀东八路军军政委员会检讨并请求处分。"

刘永光说："蒋得财该打，不过是打得急了点，以后吸取教训就是了，如果请求处分，也有我的份。这次被围，我们虽然伤亡大了点，但我们消灭的鬼子，是我们的几倍。再说，通过这次战斗，锻炼了队伍，保住了精华，这也是不小的胜利。所以说，这次被围你有过，但能消灭这么多鬼子并成功突围，你也有功，而且功大于过。"

熊大林一听，暗暗赞道："这个老刘不愧能当师政委，批评能让你吸取教训，夸人能鼓舞你斗志。"于是说："老刘，夸我就不必了，以后我有做的不妥的地方，你一定要多批评，如果我在指挥上有失误的地方，我也真诚希望你行使政治委员的最后决定权。"

刘永光也毫不客气地说，"真要是到了关系咱们三支队生死存亡的时刻，我会的。不过你是军事主官，一般的指挥我不加干涉。"

熊大林听了刘永光的话，愈加觉得和他搭档是三生有幸，于是说："你真是我的好政委，小事有你支持，大事有你把关，我就不愁把三支队做大。不过我有话在先，等以后部队发展了，你升了官，不能扔下我和三支队不管啊。"

刘永光一听，觉得熊大林扯远了，于是说："哪的话，现在咱们首先要解决的是生存问题，你还是先考虑考虑这些吧，快走吧，别让战士拉下我们。"

部队经过一整天的行军，于傍晚到达了盘山腹地的马家峪村。不明底细的乡亲们见来了一帮衣衫不整的队伍，站在门口远远地看着。马爱山对熊大林说："支队长，让同志们先休息一下，我去下家里，让我妈帮着号一下房子，动员乡亲们给我们一些粮食。我妈在村里人缘好，说话管用。"

熊大林一听说："好，我和政委一起陪你拜访一下老人家。"

马爱山说："支队长政委一起去，我妈脸上更有光，那当然求之不得。"

马爱山带着熊大林、刘永光沿着胡同走出百十米，来到一用石头垒成围墙的人家。门口一四十多岁的大娘站在门口，远远地看着。马爱山快走几步，对着门口的大娘喊："妈，我是爱山啊，我回来看您来了。"

门口的大娘听到叫"妈"的声音，赶紧揉了揉眼，仔细打量了一下来人，确信是自己的儿子后，马上抱住儿子的肩，"儿啊，你跑哪去了，怎么走了半年多一点信没有啊，妈以为你不在了呢。"

马爱山说："妈，我参加了八路打鬼子，您看，我这胳膊、腿不都好好的吗。"说完还蹦了几下。

大娘说："你让娘担心死了。"接着指了指熊大林和刘永光："这两位客人是?"

马爱山分别指着熊大林和刘永光说："妈，这是我们的支队长，这是我们的政委，我们的领导和我一起来看您来了。"

熊大林和刘永光齐声说："大娘好。"

大娘说："看年纪我也比你们大不了多少，别叫大娘了，我姓杨，家里人姓马，你们就叫我马嫂吧。"

刘永光说："不，大娘，您是马爱山的妈妈，我们是马爱山的战友，和马爱山同辈，自然得管您叫大娘。"说完拉了一下熊德林，"老熊，你说是吗?"

熊大林一听，马上回答："对、对，我们刘政委说的对，您既然是马爱山的妈妈，自然也是我们的妈妈，我们就叫您杨妈妈吧。"

大娘一听，马上乐了起来："好，好，你们就叫我杨妈妈吧。儿啊，快让客人们进屋。"说完拉着熊大林和刘永光进了门。

进了门，大娘点起了一盏油灯，只见屋里还有两个十几岁的男孩。马爱山说："支队长、政委，这是我的两个弟弟马二山、马小山。"

马爱山转头找了找问："妈，我爸呢?"

杨妈妈听到儿子问起父亲，不由得沉下了声音，"听人传回信来说，你爸爸夏天参加暴动的时候，让鬼子打死了。"说完抹了抹眼。

马爱山一听，不由得叫了一声："爸……"。

杨妈妈见儿子失态的样，马上变了腔调："儿啊，客人们在，不提那些不高兴的事了，快给客人让座。二山，快去给客人们烧水。"

熊大林掏出两块大洋道："杨妈妈，不用了，我们是从百多里的雾灵山过来，没来得及给您带点东西，这两块大洋，就算儿子孝敬您的。"说完将两块大洋塞进了杨妈妈手里。

杨妈妈阻止道："你们打鬼子这么苦，我哪能要你们的钱呢，使不得，使不得。"说完把两块大洋塞回熊大林手里。

刘永光马上说："杨妈妈，这是我们八路军的一点心意，您一定要收下，就算爱山孝敬您的。"

马爱山说："妈，这是我们领导的心意，您就收下吧，我们已经几天没怎么休息和吃东西了，您就帮我们到村里买点粮食，让我们吃顿饱饭，然后帮我们号号房子，让我们住下吧。"

杨妈妈说："好，好，我这就去办。爱山啊，你把咱家的两只羊杀掉，大过年的，让八路弟兄们吃点肉吧。"

熊大林马上说："杨妈妈，杀羊就不必了，能为我们搞点吃的就行。"

杨妈妈说："在我家听我的，二山、小山，快去帮你哥杀羊去。"

杨妈妈接着拉着熊大林和刘永光："走，咱们号房子、找吃的去。"

山里人实在，也早就听说了八路军打鬼子的事。见八路军说话和气，又有杨妈妈牵线说话，一会的工夫，就号好了房子，乡亲们不仅送来了粮食，有的还送来了猪肉羊肉。熊大林对李有根交代："山里的百姓也不容易，一律按市价购买，不能让老乡吃亏。赶快做饭，锅不够可以借老乡的锅灶，一句话，就是让战士们吃饱吃好。"

熊大林接着又找来了贺长明："到了这不能放松警惕，马上派出警戒哨，把村庄封锁，许进不许出，免得泄露了风声。"

一个多小时后，饭做好了。几大锅小米干饭和几大盆羊肉、几大盆猪肉炖白菜抬到了村中的空旷场地。热心的乡亲把过年的灯笼点亮挂在场地旁边的树上，并站在边上远远地看着。杨妈妈拿起勺子，逐个给战士们盛饭盛肉。战士们狼吞虎咽地吃着，仿佛要用这一顿饭，把肚子的多日亏欠补回来。

熊大林看到战士们吃着，也端起了饭碗，刚吃了几口，却觉得有什么事该做，想了半天，却只对刘永光说了一句话："我们的战士好啊，冀东人民好啊！"。

雾灵山那边，伊村在三支队突围后，因天黑地生不辨道路未敢追赶。天亮后，伊村派兵将狗背岭搜了几遍，除了几十名阵亡的八路军尸体一无所获，只好和佐佐木联名向铃木启久报告说歼灭三支队大部，残部乘夜逃窜，正在继续追剿中而收兵。

而熊大林和刘永光带着三支队，在盘山马家峪与乡亲们渡过了进军冀东以来的第一个春节。

几天后，战士们的体力恢复了。不安分的熊德林又和刘永光商量起下步的行动。

熊大林说："我们不能在这住的太久，一是时间长了容易走漏风声，给乡亲们带来杀身之祸；二是我们不能在这坐吃山空啊，我的意见部队明天就开始行动，一是筹措给养，二是扩兵。"

刘永光说："同意，但要先派人把狗背岭牺牲的弟兄埋掉，不能让牺牲的弟兄暴尸荒野，还有刘宏道和伤员也得派人接回来。"

熊大林说："那就叫李子方带人去狗背岭，让李天盈去接刘宏道。"

刘永光说："还是让李子方去接刘宏道吧，他和刘宏道更熟悉。我亲自带人去狗背岭，想再看看那些牺牲的弟兄们。"

听到刘永光的话，熊大林也动了感情，"我也想再去看看他们，他们都是我的弟兄，可这是战争，眼泪换不回他们的生命啊。"

熊大林接着说："去的时候带些大洋，买些棺木或百姓盛衣物的木柜，只要有条件，不能用黄土直接掩埋牺牲的弟兄。"

刘永光道："上次王长启说降带来的大洋已经花了四五百个了，现在地方政权还没建立起来，完全要靠我们自筹解决，再花部队吃什么？"

熊大林说："这事你得听我的，不为牺牲的弟兄买些棺木，我对不起他们，经费的问题，我想办法解决。"

待刘永光带人去雾灵山掩埋完牺牲的战友，李子方带人接回了刘宏道和几名伤员，已过了正月十五，熊大林已带人下了盘山，来到了与盘山邻近的二十里长山地区，开始了筹款和扩兵工作。

第七章

————————————————————————

　　二十里长山，与燕山不连接，但仍属于燕山的余脉，界于平东、平顺与三河三县的交界地区，向北、向东不远是绵延的燕山，向南、向西是一望无垠的华北大平原。

　　熊大林带队到了二十里长山，进了当地的大村殷家庄。熊大林和警卫员宋小宝一起，进驻了村长田志忠的家里。

　　田志忠是抗日暴动部队西撤失败后由日本及当地伪自治政府公决选出的村长。田志忠非一般的庄稼人，他有文化，在直奉大战前参加了东北军，从一名普通士兵干起，一路厮杀，到1931年"九一八"事变时，已干到东北军营长。"九一八"事变后，东北军进关一路后撤，田志忠觉得兵当得太窝囊，一气之下弃甲归田。

　　晚上，土炕方桌上的一盏油灯旁，熊大林和田志忠就抗日的前景和八路军的战略战术，长谈起来。

　　田志忠问："熊队长，小鬼子的力量这么强，你说抗战能胜利吗?"

　　熊大林肯定地回答："一定能胜利，我在延安抗大学习的时候，我们共产党八路军的领袖毛泽东主席讲过，说小日本国土面积只是区区三岛，还不如咱们的满洲大，人口也就咱们中国的四分之一，咱们只要坚持打下去，耗也能把小鬼子耗死。"

　　田志忠说："毛泽东主席我听说过，他说了用什么办法消灭鬼子取得抗战的胜利了吗?"

　　熊大林说："毛主席说，要取得抗战的胜利，就必须实行广泛的统一战线，实现中华民族的大联合。"

　　"实行统一战线? 怎么回事你具体说说。"田志忠追着问。

"统一战线说白了，就是中国不同派别、不同阶层、不同民族联合起来共同抗战。毛主席在为我们授课时讲过，自甲午战争，日本始终攥着拳头对付中国，而中国却始终张着五指，这就是我们屡屡挨打战败的原因。"

"那毛主席说过中国不能产生合力的原因了吗？"田志忠感兴趣地问。

"说了，说了。毛主席说中国不能攥紧拳头产生合力的原因，一是近代中国政府软弱无力，不顾百姓的死活，使百姓感受不到政府的存在，特别是民国以来，军阀混战，各自为政，只有小团体利益而没有民族大义，致使国家四分五裂；二是占中国主体的农民长期自给自足，精神世界封闭，缺乏向心的合力。咱们民间不有句俗语叫'家破受人欺'吗，一个家庭如果几个兄弟互相拆台内斗，岂有不破之理，国破同样如此。"熊大林回答。

见田志忠听得入了神。熊大林接着说道："您是参加过张大帅东北军的，日本关东军为何敢以不足两万兵力对近二十万的东北军发动'九一八'事变？还有两年前的'七七'事变，日本华北驻屯军还不到一万人，为何敢对近 10 万人的 29 军动手？小日本敢于一再冒险，就是看透了中华民族四分五裂、民众涣散、内耗严重的现实。所以说，民族的出路在于团结，国家的强盛在于同心。我们的毛主席预言：中国团结之时，就是小鬼子衰败之始；中国强盛之始，必是小日本战败之日。"

田志中不由得击掌叫好："你们的毛主席真是远见卓识，有这样的领袖，不愁抗战不胜。"

熊大林见田志忠夸自己的领袖，有点得意："毛泽东主席还说，国共两党是目前中国最大的两个政治团体，国共合作是抗日民族统一战线的基础和核心。现在国难当头，要实现抗日的统一战线，国共两党和地方各派势力必须互相让步、互相妥协，才能形成伟大的合作。这种合作是挽救民族危亡的深厚大义，是对子孙、对国家民族的强烈责任。在日寇要灭亡我中华民族的关键时刻，如果互相倾轧，只能是煮豆燃萁，那将成为中华民族的千古罪人。中国是一个大国，地大物博，人口众多，又是得道多助，只要全民族团结，实行广泛的抗日民族统一战线，就一定会取得抗日战争的胜利。"

田志忠问，："具体的办法呢？毛主席说过吗？"

熊大林点点头："我们的毛主席写了一本《论持久战》，就是教我们怎么战胜小鬼子的，核心的两点，一是动员全国的老百姓参战，通俗一点，就是实行全民抗战，利用我们国大人多的优势，让小鬼子陷入人民战争的汪洋大海，把小鬼子呛死、淹死；二是实行持久战，也就是长期抗战。中国是一个大国，但又是一个弱国、穷国，军工技术和部队装备落后。而小日本在明治维新以后科学技术得到了迅猛发展，特别是甲午战争，小日本从中国掠夺了两亿三千万两白银的战争赔款，国力日盛，已跻身世界的前列，部队训练有素，武器装备先进齐全，所以我们不可能速胜，只能利用我们国大人多的优势，将小鬼子拖死、耗死。"

田志忠点了点头："你们的毛主席真是诸葛亮转世，那具体到你们怎么打呢？"

熊大林答："就我们冀东八路军而言，目前是处于敌后，力量还比较弱小，毛主席早就为我们的敌后游击战制定了十六字诀，就是'敌疲我打，敌进我退，敌退我追，敌驻我扰。'"

田志忠听到这个笑了起来："几年前我也打过不少的仗，也学过《孙子兵法》和《三十六计》，可没听说过毛泽东的十六字诀。"

熊大林说："这场战争是我们前人没有打过的，日本鬼子进入了中国的腹地，他们的四周都是我们中国人，从空间上讲，小鬼子时刻处在中国人民的包围之中，他们战争所需要的大部分物资，包括武器装备、服装弹药和补充的兵员，都要从日本本土，最近也得从满洲国运来，这样鬼子就有很长的补给线，而且还要派兵防守。中国地广人多，鬼子就那么些兵力，只能占领我们的一些城镇和重要点线，这样就给我们的游击战提供了广阔的空间。"

熊大林接着道："再说咱们冀东，地处于平、津和山海关、承德之间，正好卡在伪满洲国与华北的咽喉上，是日寇进入华北、中原的战略要冲和必经之地，不管鬼子往关内哪个方向运兵运物资，都要经过我们冀东。我们坚持冀东抗战，就等于卡住了鬼子进攻中国的咽喉。将来我们力量强大了，冀东又是我们反攻满洲的前沿阵地。正因为冀东的特殊地理位置，共产党、毛主席才派我们来。我们冀东抗战不是孤立的，远方有共产党中央和大后方人民的支持，近处有平西八路军和冀东百姓的支援。虽然目前鬼子的力量还很强大，我们还比较弱小，但只要各派力量积极参与，有百姓的支持，我们就一定能坚持，也一定能胜利。"

田志忠不住地点头，"有道理、有道理，那需要我们做些什么呢？"

熊大林说，"就是动员百姓，点燃抗日的烽火，燃起民众抗日的火焰，有人出人，有钱出钱，陷鬼子于人民战争的汪洋大海。"

田志忠听到这，不由得将手重重地击在炕桌上，大叫道："太好了，中国有救了，中国亡不了。我明天就召集村民开会，让他们有人出人，有钱出钱！"

熊大林感动地站起身，伸出了手掌："咱们一言为定。"

"一言为定"田志忠也伸出手掌，和熊大林击掌为誓。

　　第二天太阳刚露头，田志忠就敲起了大锣，大叫着，"村民们注意了，八路军宣讲抗日大计，教我们保家卫国，都到村中大庙前集合了。"

　　田志忠敲着大锣在村中喊了几圈，时间不长，村民们来到了村中的大庙前。

　　熊大林站在大庙的台阶上，对着村民们喊道："老乡们，我们是从延安过来的共产党的队伍八路军。我们到冀东来是为了打日本。小日本占我们的国土，杀我们的乡亲、烧我们的房子，抢我们的女人、粮食，我们该怎么办？只有一条路，就是拿起武器，参加八路军，和我们一起，把小鬼子打回东洋老家去。"

　　熊大林接着喊道："冀东大暴动大家知道吧，我们众多的百姓联合，不是把小鬼子的政权砸得稀巴烂吗，虽然暴动队伍在西撤时失败了，但沉重打击了鬼子，为我们的冀东抗战留下了火种。只要我们众人拾柴，有人出人，有钱出钱，定能重新燃起抗日的冲天大火，将小鬼子烧成灰烬。"

　　说到这，人群中有个年轻人喊道："长官，小鬼子那么厉害，你们不怕他们吗？"

　　熊大林笑了笑，大声回答道："怕？小鬼子也是爹娘养的肉身俗胎，也没长三头六臂，枪子打上也立刻趴下，大刀砍上，也是身首分家，连家庄和雾灵山打鬼子大家听说了吧，我们消灭了几百个鬼子。"

　　熊大林接着喊道："只要我们民众团结一心，各位父老乡亲真心支援我们，一定能把鬼子赶出咱们冀东赶出中国。"

　　熊大林说到这，田志忠走上前，大声说："熊长官的队伍到我们冀东来，就是为了打日本，保我们的家乡。我当过东北军，知道东北失陷后老百姓过的生不如死的日子。八路军是打鬼子的队伍，咱们都是中国人，要想不当亡过奴，就不要给日本人办事，诚心地支援咱们八路军。刚才熊长官说了，打鬼子是咱们每个中国人的事，要有人出人，有钱出钱，我老了，那就出钱，我先出 100 块大洋，捐给八路军。年轻人愿意参加八路军的可以现场报名，不能参加八路军的可以出钱出粮。"

　　听到这，人群里有个叫李长利的首先举手报名参加八路军。在他的带动下，又有几名年轻人举手报名。田志忠叫家人将捐献的大洋摆在庙前的案板上，大声喊："现在有钱捐钱，没钱捐粮。"

　　看到村长捐了一百块大洋，台下的百姓惊得直咧嘴。百姓们祖辈种地，除了地主富商，能拿出百块大洋的凤毛麟角。但百姓们家里多少都有粮，于是陆续举手捐，"我捐五块大洋"、"我捐两块"、"我捐五十斤小米"。很快，百姓捐献的大洋已超过两百块，粮食达两千多斤。

　　熊大林满意地向田志忠点点头，大声说："我代表冀东八路军三支队谢谢田村长，谢谢乡亲们。在我们最困难的时候，你们支援了我们，我们任何时候，都不会忘记众乡亲的恩情。我们八路军一定不负乡亲的期望，多杀鬼子，拼出性命保卫咱们的家乡。"

接下来的几天，熊大林带着队伍在二十里长山的尹家庄、焦庄屯等十几个村庄，又筹集了一千多块大洋和两万多斤粮食，同时扩充了一百多名新兵。等熊大林带着筹集的钱粮和扩募的新兵回到盘山马家峪，惊得刘永光目瞪口呆。刘永光赶忙将熊大林拉到一边说："老熊，你这些东西，不会是抢来的吧？"

熊大林嘿嘿笑着："抢，我老熊是农民出身，会抢老百姓的东西吗？再说了，咱们共产党抢过百姓吗？"

"那这一百多兵新兵呢，你是怎么招来的？"刘永光接着问。

"动员来的"熊大林得意地说。

"我的天，看来我这个政治委员真要失业了。"刘永光半打趣半认真地说道。

"哪能呢，我说过，咱们三支队离不开你刘政委，你在，咱们三支队就风气正，凝集力强，反正我离不开你，有你我就有主心骨。"

"真心话？"刘永光也半玩笑开半认真地问。

"天地良心，我说的是真话。"熊大林指天为誓，像个孩子似的认起真来。

刘永光笑了笑："别拿我打趣了，咱们还是商量商量下步的行动吧。"

熊大林说："要得，要得，政委你有什么高见就先说说吧。"

刘永光也不客气地说，"那我就先入为主了。咱们现在的待的地方，属盘山的腹地。这里山势险峻，林木茂密，沟深洞多，方圆达百余公里，南可控制平津平原，北与雾灵山相望，是打游击的绝好地方。暴动部队西撤失败后，有多股暴动武装隐据于此，多则有上百人，少则有十数人。你筹粮的这几天，有几股武装与我们取得了联系，要求加入我们的队伍一起抗日，其中有一支冀东暴动被打散的游击队，队长于禾苗、教导员王化带了一百多人加入了我们的队伍，我已做主收编了他们，你的意见呢？"

熊大林一听，咧开嘴笑道："一百多人，我的天哪，这可是响当当的一个连啊。看来你刘政委也没闲着。对这些愿意加入我们队伍的抗日武装，我的意见是多多益善，只要愿意抗战，服从我们的指挥，可以不必编散，根据人数多少，给予连、排或班的建制，各支游击队的领导可以继任，但要在我们的大队或连的编制之内，这样便于指挥，也便于锻炼他们。"

刘永光点点头："最近一段你筹粮筹款扩兵的办法很好，可以有效地解决我们的生存和发展问题。在地方政权还没有建立起来之前，我的意见是先在离日军据点较远的村庄，建立我们的联络员和抗日组织，扩大我们的抗日力量。这样，我们的供给才会有长期的保障，伤病员也好有个安身之地。"

熊大林点点头："通过这次筹粮扩兵，我的经验，一定要多联系当地的商贾富豪、知名绅士，包括当地的伪村长。因为他们在当地影响大，能一呼百应，只要把这些人动员起来了，我们的给养供应、兵员扩充就有保障了。在这些人的基础上，再逐步发展成基层抗日组织，我们今后建立抗日根据地，就有基础了。"

刘永光想了想，"你讲的办法确实不错，但怎么建立基层抗日组织，重点团结使用哪些人，上级没有明确的指示，是不是等等再做？"

"等？等到哪一天，现在我们孤悬敌后，一切需要我们自己临机决断。如果等上级的指示来了再做，什么都晚了。现在我们的任务不仅是要生存，还要发展、扎根。"

刘永光点点头："只好这样了，晚上咱们是不是召开一次连以上干部会议，具体布置一下。"

熊大林点头赞同："很好，到时你刘政委可要为我把好关。"

……

晚上，杨妈妈家的西屋土炕上，两盏煤油灯下，熊大林一项项地布置着任务。

"咱们现在跳出了鬼子的围剿，能吃饱喝足了，但不能好了伤疤忘了疼，李有根，你的任务是把我们筹集的粮食和缴获的物资找隐蔽的山洞藏好，分开存放，派人看守，不然小鬼子来了，我们又得饿肚子。"

熊大林指着李子方道："李主任，你还记得我们在海子村借粮的事吧。我答应过王大娘，少则一个月，多则半年偿还。现在过去有一个月了，我们也有了偿还的本钱。我们八路军说话算数，明天你就带人去还粮，注意要加倍偿还，把我写的借条拿回来。"

熊大林接着对李子方吩咐："还有一项重要的任务，你是本地人，要把当地懂医术的，特别是会外科手术的请几个到部队中来。战争免不了伤亡，请也好，动员也好，不管用什么办法，一定要找到几个医术高明的医生，实在不行就花钱雇，我不能看着我们的战士轻伤拖成重伤，重伤等着死亡。有了治伤的医生，我部署战斗才有底气，战士们冲锋才没有后顾之忧。"

李子方点头称是。熊大林接着对贺长明和李天盈说："明天就把新兵分到各连。你们都和小鬼子交手多次了，知道小鬼子的精湛射击和凶悍地拼刺技术，而我们的新战士都是刚放下锄头的农民，别说军事技术，就连'稍息、立正'都没听说过。所以，不仅要加紧对他们的军事训练，更要培养他们的勇敢精神。

因为勇敢是军人的第一要素，是他们日后成为优秀军人的基础。每个新兵都要有一个老战士负责帮带，重点训练射击、拼刺、投弹和地形地物的利用，争取用一个月的时间，把每名新战士训练成能攻能守能拼刺的战斗员。"

"还有近几天收编的抗日武装，这些同志经受过冀东大暴动和敌后斗争的考验，政治素质高，但要加紧对他们的正规作战训练。刘大龙你大方点，从四连抽几名军政素质好的老红军连排长，比如刘存生、单二贵，交给贺长明和谭忠诚两位大队长，配合他们搞好军事训练。"

经过几天的训练，熊大林发现了问题。他叫过来贺长明和刘大龙道："战士的拼刺基本功要练，但不能总练这些，基本功练的再好，到了战场上也是花架子，就像学游泳的人，理论背的再熟，不下水练习也会被淹死。基本功练习可以停止了，要重点开展一对一、一对二的实战训练。"

"可是，我们没有防护用具，对刺训练会伤人的。"贺长明道。

"猪脑子！"熊大林骂道，"你就不会想个办法，把战士手中的步枪换成和枪长短轻重差不多的木棒，木棒前缠上旧棉絮，再用短木棍或竹板串在一起，里边垫上稻草或麦节绑在胸前，不就成了护具了吗？"

刘大龙听了赞许道："是个好办法，不过还缺少头部的护具。"

熊大林听了眼睛转了转，看到不远处树桩上拴着的一头驴，有了办法："活人不能让尿憋死，看到那头驴了吗？驴干活耕地的时候，为了防止驴吃庄稼，要给驴戴上箍子，这也可以为我所用。山上到处长有藤条，一会我就请老乡编织一些，上边留下两个眼睛孔，里边再垫上稻草，不就成了。"

刘大龙听了，对熊大林佩服得五体投地："支队长，你怎么什么都行，我怎么就想不到呢？"

熊大林骂道："少拍老子的马屁，要不老子能当支队长，你小子只能当个连长呢。告诉你，打仗要用脑子，训练也要用脑子。"

熊大林接着对贺长明和刘大龙说："还有，我们战士的臂力和体力都不行，突刺不超过百下就累得气喘吁吁了，这和鬼子拼刺的时候坚持不了十分钟。这样，早晨出操的时候，每天进行爬山增加体力，正式训练前，每人做一百个俯卧撑，一两个月下来，我们的每个战士都会一对一地和小鬼子对阵。"

贺长明和刘大龙听了，马上立正道："是，我们马上就办。"

熊大林摆摆手："别急，还有投弹，不能只练投远，更要练习投准。明天用木头绑起一个两米见方的窗户，在四五十米的地方练习投准。记住了，训练也要有奖励措施，凡是拼刺技术好的、投弹投的准的，改善伙食的时候，每人多加一碗肉，去吧。"

第二天，战士们对着用树干搭起的窗户的投准训练开始了。一边的操场上，一群战士正在和老乡一起，赶制对刺训练装具。

几天后，战士们穿着奇异防护衣端着自制的木枪开始了捉对训练。熊大林和刘永光看着，不断地纠正着战士的刺杀动作。

休息的时间到了，战士们围成一个大圈，观看连长刘大龙与两个战士的对刺表演。

这是两个熊大林挑出的刺杀技术较好的战士。只见两个战士从两侧向刘大龙包抄过来。刘大龙站着未动，当一个战士喊叫着向刘大龙杀来时，刘大龙一个漂亮的拨打，将冲来的战士的木枪拨开，接着一个跨步突刺，将对方刺倒。

另一个战士趁刘大龙将对方刺倒还未收枪，大叫着出枪刺来，在对方的枪快到自己的前胸时，刘大龙一个急转身，闪到了战士的侧后，快速出右腿，将杀来的战士绊倒在地。战士还未做出反应，刘大龙的木枪已抵住了倒地战士的后背。

整个表演不到一分钟，两个战士瞬间被刺倒。看呆了的战士传来阵阵欢呼声。熊大林也是啧啧称道，对着战士喊道：“看到了吧，这就是我们抗大的拼刺冠军。小鬼子肉搏战关上保险，甚至退出子弹，有人说是怕伤到自己人。不！要我说，那是一种傲气，更是一种自信。在第一个战士刺来时，刘大龙为什么没动？那就是一种自信。在第二个战士杀来时，刘大龙是等到这个战士的枪快刺到胸口时，才转身躲避，同时出脚绊倒了对方。这靠的是什么？还是自信，还有技术。牛皮可不是吹起来的，这种自信和技术从哪来？是从训练和实战中来。我们常说‘平时多流汗，战时少流血’就是这个道理。要是有一个排刘大龙样的战士，老子可以和一个中队的小鬼子对刺。”

战士们继续鼓掌欢呼着，既为刘大龙的技术，也为熊大林的演讲。

刘大龙脱掉防护衣，对着战士们道：“支队长有些过奖了，我不过是比同志们多练过几天。要说拼刺的要诀，就是眼到刀到，刀随眼走，你得看着对方的眼睛。刺杀靠技术，也凭意识、用脑子。如果你总盯着对方的刺刀，那脑子、意识、感觉什么都没有了，对方刺刀刺来时，再做什么也来不及了。拼刺不仅要用刺刀，手、脚、枪托，只要能置对方于死地，什么都可以用，这就是要诀！”

刘大龙的话，再次引起战士们的掌声。熊大林挥了挥手，大声道：“就按刘大龙教的练，今天中午犒劳大家，肉馅包子！”

战士们的欢呼声再次响彻了训练场。熊大林拉着微笑的刘永光满意地离开了。

第八章

　　一九三九年六月，中共中央北方分局和晋察冀军区在河北唐县召开扩大会议。会议根据中共中央关于建立巩固的敌后抗日根据地的指示和冀东严峻的敌情，决定八路军不再大规模进军冀东，冀东不再发动大规模抗日暴动。冀东的坚持与发展，主要依靠党和冀东人民的艰苦斗争，由小股多股的游击队发展成为大的游击队，由多块小的游击根据地发展成为大块的抗日根据地。会议决定成立冀东军分区，任命李云长为军分区司令员，统一领导冀东各抗日武装。

　　接到通知，熊大林有些不爽。他对着刘永光道："这个李云长李司令没经过长征，没打过大仗，甚至都没在正规部队呆过，让他当司令，行吗？"

　　刘永光听了笑了笑："行与不行得经过实践的检验，你怎么就说人家不行？李司令是黄埔四期毕业，听说一九二六年就入了党，黄埔毕业后组织过普宁暴动，还参加过秋收起义，在井冈山就担任过红二师的前敌委员兼二团党代表，党龄比你的军龄都长。特别是李司令被中央派往家乡冀东，成功组织了冀东大暴动，这个功劳和影响可比我们打一两个胜仗大多了。李司令在冀东土生土长，熟悉民情，其叔父又是我们党的创始人，可以一呼百应，我想中央和军区任命李司令是有深远考虑的，你就老老实实地在李司令的领导下好好地打鬼子吧。"

　　"可是……"熊大林话到嘴边但没说出来。

　　"可是什么，有话就直说吗。"刘永光道。

　　"这个李云长我不了解，更没和他打过仗共过事，我怕他不适应我的作战和处事风格。"熊大林早已把刘永光当成了知己，干脆说出了自己的担心。

　　"你去主动适应他吗，哪有上级去适应下级的，看来你还不成熟，还得厉练。"刘永光半是玩笑半是认真地说。

"可我的性格你是知道的,只要我认为不对,就是天王老子我也敢顶。我是从战士一级级打上来的,当红军的时候,营长团长甚至师长都是知根知底的老领导,他们知道我的脾气,都能容我。就是在四纵,杨大队长和宋司令也是我的老领导,和他们也都能处得来。现在的李司令,我真怕和他尿不到一个壶里去。"

"能不能尿到一个壶里也得要经过实践的检验。其实,人都是有共性的,就是你让他一寸,他会敬你一尺。领导的共性就是喜欢忠诚、听话、能干的人。你忠诚、能干没的说,只要执行命令,把仗打好了,李司令会喜欢你,也会容你那个二杆子脾气的。"刘永光开导道。

几天后,熊大林接到军分区司令员李云长的命令,令三支队协助军分区派来的地方干部,建立地方抗日政权,剿灭活动区域内的土匪武装。

此时的三支队已发展成三个大队近千人的队伍。一大队大队长于禾苗、二大队大队长贺长明、三大队大队长李天盈。部队经过两个多月的军事训练,技战术水平得到了很大提高。

早已手痒难耐的熊大林接到命令,简单思考后找刘永光商量对策。

刘永光看过命令,对熊大林道:"军分区的命令比较笼统,怎么建立地方抗日政权和剿灭土匪,没有明确的指示,你有个初步的想法没有?"

熊大林道:"没有,但我觉得地方政权要先从山区和临近山区的平原地区建起。这些地方日伪统治薄弱,还基本没有建立伪政权,工作相对好做些,然后再逐步向平原地区推开。"

刘永光听了马上表示同意:"好,那就先从盘山和平东北部山区建起。这些地区我们活动有一年了,群众基础好。待山区的抗日政权建立后,再根据经验,逐步向平原地区推进,争取在一年内,在我们活动区域内的乡村建立全部的抗日政权。"

见熊大林点头,刘永光接着问:"还有剿灭土匪,你有个初步想法没有?"

熊大林想了想道:"剿灭土匪是建立抗日政权的必须,但我想不能一味地用'剿'的办法。"

"详细说说看。"刘永光要求道。

"我想用'打、拉、收'相结合的办法。'打'就是对民愤极大、拒绝收编改造与我为敌的土匪用消灭的办法;'拉'就是对民愤不大,答应不与我们为敌的土匪实行笼络的办法,暂时不予消灭或驱散而为我所用;'收'就是把愿意与我们共同抗日的土匪,实行收编或改编的办法,编入我们的部队或改编成抗日游击队。我们在中央苏区时,对井冈山的土匪也是这么做的。"

"很好。"刘永光赞同道:"如果一味地实行'剿'的办法,我们会树敌太多,我们先把方向定下来,再在工作中改进和完善。"

熊大林对刘永光时时支持和修正自己并不断为自己补台,打心眼里感激,于是道:"那我们就把部队分散开,由你我和李子方各带一个大队,分开工作。"

刘永光点头同意:"你的任务重,二大队是主力,还由你带二大队。一大队李子方熟,就由他带。三大队是新组建的,就由我带吧。"

熊大林也点头同意,"那就由你带三大队留在盘山,我带二大队去平东,李子方带一大队去兴隆、东陵一带。这样你我离的相对近些,有事也好商量。"

晚上,支队作战室明亮的汽灯下,熊大林在支队连以上干部会议上宣布完军分区命令和各大队的任务,政委刘永光开始了政治动员:

"我们冀东抗战要坚持、要发展,就必须剿灭土匪,在广大的乡村,建立我们自己的政权,建立我们自己的根据地。根据地不是一个简单的名词和地盘概念,而是民心向背。所以,我们必须得民心,得民心才能取得民众的支持,这是我们共产党八路军生存发展的根基和走向胜利的起点。现在,鬼子占有冀东所有的城市和交通要道,但那只能叫敌占区,而不能称作鬼子的根据地。因为小鬼子烧杀抢掠,百姓对小鬼子恨之入骨,敌占区的民心也在我一方。我们坚持抗战、誓死抗日,用我们的流血牺牲保卫他们的生命财产,这就是我们赢得老百姓支持的基础。我们严格执行三大纪律八项注意,对群众秋毫无犯,群众不怕我们,愿意接近我们,这是赢得民心的保证。我们出山剿灭土匪,不仅要用武力剿,更要用我们党的政策和大家的智慧,采取'拉'和'抚'的办法,收编他们,改造他们,使他们为我所用,为抗日所用。我必须强调,我们的每一个干部战士,必须做到不拿群众的一针一线,说话和气,不调戏妇女。谁敢偷拿百姓的东西,特别是调戏强奸妇女,就是败坏我们共产党八路军的声誉,就是破坏抗日。"

刘永光端起碗喝了口水,接着说,"刚才我讲的这些,各大队和连的指挥员必须对战士讲清楚。古人说'民以吏为师',我们的党员和各级指挥员必须身体力行,为部队作个表率,带个好头。我希望我们的部队不会有违反群众纪律的事件发生,如果有,必将受到军纪最严厉的处罚。"

第二天,熊大林带着二大队和几名地方干部出盘山进入平东北部山区,住进了山前一个叫挂甲庄的村庄。

中国有句古话:国难出贼子,乱世闹土匪。熊大林经过几天的调查得知,冀东西部地区的平东、平顺、三河三县,百人以上的土匪有郑九如、袁大东两伙。另有十几股以抗日和保家护院名义拉起的民间武装,人数在三五十人不等。

熊大林将部队分散开，带着四连留在了挂甲庄，决定对土匪采取各个击破的方法。他选定了在当地影响最大的郑九如一伙，派出随部队行动的一名地方干部带一名班长和一名战士，去郑九如部开展试探性教育工作。

这天一大早，熊大林带着警卫员宋小宝和一个班的战士，身着便衣，去邻村调查摸排。出了挂甲庄不远，就遇到一股民间武装，并由此与自己的人生结下了不解之缘。

熊大林带人刚走上公路，前方不远处突然传来几声枪响。熊大林一个箭步蹿入路旁沟中，掏枪观察。只见前方四五百米处，一群身着杂色服装的人从青纱帐中蹿出，持枪围住了一群骑着自行车的伪军。

熊大林非常奇怪：是谁在伏击伪军？四连？不可能，可附近只有自己的四连啊。

熊大林站起，把枪插回腰间，对着战士们喊道："走，看看去。"说完跨上公路，大步向前走去。

宋小宝赶忙跑在了熊大林前边，其余的战士持枪成扇面跟了过去。

从青纱帐中蹿出的人正在缴伪军的械，见一群人从公路上过来，马上有一个三十多岁的人带着十几人端枪过来，拦住了熊大林的去路。只听带头的中年人挥着手枪喊道："站住，你们是哪个山头的？"

熊大林一看，知道遇到了土匪武装，心想："老子正愁找不到你们呢，自己送上门来了。"于是大声反问道："你们是哪个山头的？"

只听挥着手枪的中年人得意地说："老子是八路三支队，我就是支队长熊大林，怎么，没听说过？"

熊大林听了，心里骂道："奶奶的，遇上李鬼了。"嘴上却说："是八路熊支队长，我怎么看你不像？"

"不像？"挥着手枪的中年人道："你看老子是打鬼子不像还是长得不像？"

宋小宝持枪要上前，熊大林拦住，对着中年人道："我看哪都不像。"

这时一个手握双枪、身披黑色风衣，梳着一条过肩长辫、白嫩瓜子脸，明眸皓齿的年轻女人走了过来，对着熊大林道："这么说你见过熊大林了？"

熊大林转身望去，这一望使熊大林吃了一惊：怎么会有这么年轻漂亮的女土匪？愣了一下，熊大林答道："见过倒没有，请问你是谁？"

中年男人指着过来的年轻女人答道："这是我们的大……"刚说到这，被过来的年轻女人打断，"大夫人，怎么，熊支队长的大夫人没听说过？"

熊大林听了，哈哈大笑，心想："出了个李鬼，怎么又出了个潘金莲？"想到这，熊大林轻轻打了一下自己的脸，"不对，潘金莲不是李魁的老婆。"

见熊大林有些发愣，过来的年轻女人哈哈大笑道："怎么？害怕了？

"怕？"熊大林缓过神来，但他还不想马上说出自己的身份，他有更深的打算。熊大林知道，这群四五十人的土匪，敢打三十来人的伪军，不是一般的土匪。他已看出，这个年轻女人是这股土匪的当家人，于是对着年轻女人道："你把这帮伪军放了咱们再说话。"

这个年轻女人从来者的气派和说话的口音，也看出来者不是一般的人物，于是挥挥手，令人把被缴械的伪军全部放掉。

见伪军已经走远，熊大林对着年轻女人大笑起来："据我所知，八路的熊支队长还没老婆，更别说大老婆了。"说完厉声道："告诉你，老子才是八路军三支队，老子就是熊大林。你们敢冒充老子，坏八路的名声，你们该当何罪？"

年轻女人一听，拖着长音道："呦……，我们打鬼子倒坏了八路的名声，你是说八路不打鬼子了？"

年轻女人的话，倒使熊大林一时答不上话来。顿了顿，熊大林道："我是说，你们冒充老子，坏老子的名声。"

年轻女人口齿伶俐，一点没有惧色的样："你说你是熊大林，谁给你证明？"

熊大林听了冷笑道："他们都可以证明，假了包换。"

这时宋小宝上前，对着年轻女人道："这才是我们八路军三支队的熊支队长，老红军，大渡河英雄，夜袭平东县城，雾灵山、连家庄打鬼子知道吧，都是熊支队长带我们干的。"

年轻女人听了，也哈哈大笑："这么说你们是真的了？不过我还是不相信，你得拿出真凭实据来。"

熊大林听了道："这好办，挂甲庄有我的部队，你敢不敢去挂甲庄与我一谈？"

年轻女人听了，杏眼圆睁："你是想灭了我的队伍还是想要我缴获的东西？"

熊大林故作不屑地道："就你这点队伍和缴获的这点东西，我还真看不上。我是想让你看看我的队伍，证明给你看啊。"

年轻女人已相信站在面前的就是八路军三支队长熊大林，但她没想到，响当当的熊大英雄竟是这般年轻，于是道："去就去，你还能吃了我不成。"说完一挥手，骑上马带着自己的人，跟着熊大林向挂家庄走去。

走到庄口看到身着八路军服装的哨兵向熊大林持枪敬礼，年轻女人确信走在前面的人就是熊大林。

进了熊大林住的房间，年轻女人对着熊大林道："没想到今天遇到的真是熊大英雄"说完双手作揖道："让熊大英雄见丑了。"

熊大林笑笑道："那你是谁，自报家门吧。"

年轻女人大声道："我是豹儿寨看家护院的大当家柯二美，人称二美头，弟兄们都叫我姑奶奶。"说完指着跟进来的中年人道："这是我的二当家苗大国。"

熊大林听了笑了笑问："我说二美头，你这么年轻为什么要当土匪呢？"

"姑奶奶我不是土匪。"柯二美马上反驳道："我一没打家劫舍，二没绑票杀人，我拉起的武装只是为附近几个村看家护院，收一点保护费养我这支队伍，我也打鬼子、打土匪。"

熊大林听了没有生气，只是向下压了压手，示意柯二美坐下，然后问："那你刚才伏击伪军的时候，为什么冒充我们八路军呢？"

柯二美听了，有些不好意思道："因为你们的名声大，我是怕鬼子和伪军知道是我伏击了他们来报复。"说完又掬起了双手："对不起了，熊大英雄。"

熊大林听了有些不自在，"不要这么称呼，就称我老熊就行了。"

"老熊？"柯二美也笑了起来："我看你这个熊一点不老，比我大不了几岁吧？"

"二十四了，敢问大当家的芳龄啊？"熊大林问完，自己都感到有些不好意见，"怎么能告诉这个姑娘自己的年龄，还直问人家呢？"想到这，熊大林的脸微微地红了。

"十八了"柯二美到很自然。

熊大林镇定了一下，问道："看姑娘也是有文化的人，你这个打枪骑马的技术从哪学的？为什么干起了看家护院的事呢？"

"我的父母是豹儿寨最大的庄户，就是你们说的地主。我们家也有枪，有几个看家护院的弟兄，苗大国就在我家干了十几年。由于家里只有我这一个女儿，父母从小就把我当男孩养，骑马、打枪我十来岁就学会了。我本来在北平上高等中学，去年初土匪郑九如趁苗大国外出，带人抢了我的家，还杀了我父母。我得到信赶回来，发誓要报仇，就变卖了部分家产拉起了这支看家护院的队伍。"说完，柯二美的脸红了，她也说不清在一个初次见面的陌生人面前，为什么会如此痛快地说出自己的家世。

"噢"熊大林应了一声问道："那你的仇报了吗？"

"还没有。那个郑九如的势力很大，有一百多人。"柯二美不好意思地回答。

"郑九如？"熊大林重复了一句。他突然想起，前天派去做郑九如工作的三人至今未归。

"长官认识他？"柯二美不再称熊大林"熊大英雄了"。

熊大林摇摇头："不认识，但他的名声太大了。这个家伙坏事做得太多，当地许多百姓要求我们剿了他们。"

"长官只要剿了郑九如替我报了仇,我愿我将自己的队伍交给你,听你指挥。"柯二美双手作揖道。

"我已派人去做郑九如的工作,只要他能改邪归正,不再祸害百姓,并真心支持我们抗日,我想给他一条出路。"

"可他是土匪,与县城和附近据点的鬼子伪军拉拉扯扯,鬼子伪军都不剿他,他能支持你们抗日?"柯二美快人快语,毫不隐晦地说出了自己的心里话。

熊大林想说什么,但张了张嘴,没有说出来。他转了个话题道:"你和你的弟兄们还没吃饭吧,中午和我的弟兄们一起吃饭如何?"

柯二美抬头看了看熊大林,说不清的原因使柯二美很快答应了:"那就多谢长官,让长官破费了。"

熊大林自己也说不清为什么要留下柯二美和她的弟兄一起吃午饭。吃过猪肉炖粉条,派去做郑九如工作的一个战士捂着流血的耳朵跑过来向熊大林报告:"支队长,我们到了郑九如那就被绑了起来,郑九如在问清了我们的来意后,不听我们的劝告,把我的班长和同去的地方干部活埋了,还割下了我的一只耳朵,让我回来报信,说老子正想尝尝熊掌的味道,让您亲自去。"

熊大林听了,狠狠地骂道:"奶奶的,给脸不要脸。"骂完对着宋小宝喊道:"命令部队集合!"

柯二美一看齐整整的一百多人的队伍和清一色的三八大盖,很是羡慕,她对着熊大林道:"熊长官,你真的要去?"

"真的要去,马上就去。"熊大林说完走到队前,大声吼道:"弟兄们,土匪郑九如不听我们的劝告,铁心与我们为敌,还活埋了我们两个前去工作的弟兄,割掉了我们一个弟兄的耳朵。活埋的我们两个弟兄,一个是参加过冀东大暴动的地方干部,一个是和我们从延安一路打过来的老红军,弟兄们,你们说怎么办?"

"报仇、报仇,灭了郑九如狗日的!"战士们喊叫着。

熊大林挥了下手:"好,报仇,我这就带弟兄们灭了郑九如,目标大象峰,出发!"

战士们快步向前奔去。柯二美拉住了熊大林:"长官,郑九如也有一百多人,和你们差不多,能行吗?"

熊大林自信地道:"就他那帮乌合之众,老子一个排就能灭了他。不信你带着你的人后边观战。还有以后不准叫我长官,叫我老熊或支队长。"

"我要叫你小熊呢?"柯二美笑着问,脸却红了起来。

看到柯二美的调皮样，熊大林心里升起一种莫名的感觉，他挥了挥手："随你吧"，说完大步赶上部队。

一个多小时后，部队赶到大象山，把郑九如的山寨包围起来。

熊大林命令喊话。

刘大龙双手搭在嘴上，做成喇叭筒，大声喊道："郑九如听着，你抗拒改造，拒绝八路军的诚意，活埋我们的弟兄，死心与八路军为敌，充当汉奸走狗，识相的马上出来投降。只要赔礼道歉，和我们共同抗日，我们将既往不咎。"

刘大龙连着喊了几遍，一个沙哑的声音传来："少废话，大路朝天，各走一边，老子有老子的活法，少对老子指手画脚，有本事你们就上来吧！"

熊大林一听，觉得没有再和郑九如费口舌的必要，于是命令："开火！吹冲锋号，全体上刺刀冲锋！"

四连的几挺机枪和冲锋号同时响了起来，战士们端着明晃晃的刺刀，呐喊着发起了冲锋。

守在寨门的土匪只打出几枪，便被猛烈的机枪火力压了下去。土匪开始弃寨逃跑，战士们只一个冲锋，就打进了寨门。其余方向的战士也从四面压了过来，将寨内的土匪团团包围。

熊大林跟着战士冲进了寨门，见四周像圈羊一样的战士，提着手枪大声命令："放下武器的一律不杀，抓住匪首郑九如！"

柯二美跟着熊大林也冲进了寨门，她对八路军如此的战斗力和不要命的气势，佩服得五体投地。他对着熊大林喊："抓住郑九如，我要亲手宰了他。"

熊大林回头看了一眼柯二美吼道："你是观战，没你的事。"说完抓过一名被俘的土匪，喝问道："说，郑九如在哪？"

被俘的土匪指了指前边溃散的人群。熊大林推开土匪，挥枪追了过去。

战斗只半个小时就结束了，八路军以几名轻伤的代价，全歼郑九如一百二十余名土匪。

郑九如被战士们绑着押了过来。刘大龙上前对着郑九如的腿踹了一脚，命令道："跪下！"

郑九如怂了，跪下道："长官饶命，兄弟我是一时糊涂，一时糊涂。"

熊大林骂道："糊涂？奶奶的，你活埋我两个弟兄的时候一点不糊涂。"骂完对着刘大龙命令道："毙了，执行！"

刘大龙正欲上前，柯二美上前一把揪起郑九如，对着熊大林道："熊，把他交给我吧。"

听到柯二美这么称呼支队长，刘大龙愣住了，身边的战士也愣住了，熊大林却没有一丝表情。

见熊大林没有吱声，柯二美把郑九如拉出人群。刘大龙见熊大林没有阻止，站着没动，战士们也没动。

柯二美一脚将郑九如踹倒在不远处的一块大石下，对着郑九如骂道："今天让你死个明白，姑奶奶我是豹儿寨的柯二美，你杀了我的父母，明年的今天就是你的祭日！"骂完对着郑九如的头"砰砰"两枪。

这一仗熊大林发了大财，仅粮食就缴获数万斤，大洋两万余块。

熊大林笑了，笑的是自己的部队在柯二美面前露了脸，笑的是有如此大的收获。

柯二美也笑了，笑的是为自己的父母报了仇，笑的是认识了鼎鼎大名的抗日英雄熊大林。

消灭了拒绝改造的土匪郑九如，三支队在冀东西部地区名声大振，另一股盘踞在二十里长山地区的土匪袁大东主动找上门来，要求谈判。其余十几股较小的土匪和民间武装，或通过柯二美或主动联系，要求归顺三支队，和三支队共同抗日。

熊大林通过调查早已得知，袁头东绰号袁大头，其队伍成分复杂，有原东北军败退进关时的兵痞，有国民党的散兵游勇，有伪保安队逃散的官兵，更多的是当地的无业游民、地痞、流氓。而其盘踞的二十里长山正好居于平东、平顺和三河三个县的县城中间位置，虽然海拔不高，但地势险要，山上树木浓密。占领了二十里长山，可以更好地沟通与冀中根据地的联系。

经过思考，熊大林派出刘宏道带单二贵和两名战士去做谈判和教育工作。刘宏道是本地干部，容易和袁大东产生共鸣。单二贵久经沙场，遇到紧急情况可以临机处置。

而与袁大东的谈判工作异常顺利。袁大东清楚八路军三支队的实力，不想步郑九如的后尘，更怕自己过去的劣迹遭到清算。在刘宏道和单二贵的说服下，很快答应将自己的武装归属三支队指挥，并希望给自己一个正式的番号。

熊大林听到刘宏道的报告犯了难，给予袁大东正式番号，起码要冀东军分区批准，李司令能批准吗？

鉴于收编、改造土匪和建立基层抗日政权工作已有了很大收获，熊大林决定返回盘山，与刘永光商量。

刘永光带着三大队，也在盘山地区收编、遣散了几股数量不等的土匪。听了袁大东要番号，刘永光笑笑说："就这个事能把我们的熊大支队长难住？现在我们没有电台，请示一次要几天的时间，再说军分区的住址经常变动，找到他们也很困难。我的意见是特殊情况特殊处理，就暂时授予他们平顺第一游击大队的番号，任命袁大东任大队长，由我们派去教导员和参谋长，向他明确，必须服从命令听从指挥。"

熊大林一听，咧开大嘴笑了："我的刘大政委，什么事到你这怎么都变得这么简单了呢，可以，可以。"

刘永光摆了摆手："你别给我戴高帽，教导员和参谋长你看派谁去呢？"

"我的意见是派刘宏道去当教导员，派四连的副连长刘存生去当参谋长。刘宏道是参加冀东暴动的老党员了，又是本地干部。刘存生是陕北的老红军，我想他俩能够胜任。"

"好，好，先这么定下来。不过最好还是由你亲自去向袁大东宣布番号和任命，"刘永光道。

"那当然，那当然。"熊大林很痛快地答应。

第九章

通过刘宏道和刘存生与袁大东的又一次谈判，袁大东终于同意三支队为自己派来教导员和参谋长。宣布完任命，熊大林在袁大东的队伍前再次强调："从现在起，你们就是共产党八路军领导的抗日队伍，必须遵守八路军的纪律，一切行动听指挥，不准抢劫、侵害百姓。谁违反了这两条纪律，都将受到军纪的严厉处罚。"

听到熊大林的话，袁大东转着眼，马上表态："熊支队长，兄弟我保证听从指挥，不再抢劫百姓。为了表示我的诚意，我想当众和你结拜为兄弟如何？"

熊大林愣住了：共产党八路军哪有与土匪头子结拜的先例？即使袁大东参加了八路军，作为一个地区的最高指挥员，也不允许与部下拜把子结兄弟啊。

袁大东见熊大林不吱声，大声道："看来熊支队是看不起我，不相信我袁大东和弟兄们啊。"说完捆起了双手，再次要求道："熊支队长要是看得起我袁大东，相信我和弟兄们真心抗日，就请支队长与我结拜为兄弟。"说完单腿跪下。

看着袁大东咄咄逼人的态势，熊大林非常犯难，忽然想起刘永光特事特办的话，于是扶起袁大东道："只要袁大队长真心抗日，一切行动听从指挥，不侵犯群众利益，我熊大林愿与袁大队长结为兄弟。"

袁大东的部下听了齐声叫喊着："结为兄弟，结为兄弟。"

袁大东大喜，命令道："拿酒来！"

两大碗被倒满了的酒摆在队前的案桌上。熊大林首先端起一碗酒单腿跪在地上："上有天，下有地，为了共同抗日，我熊大林愿与袁大东结为抗日兄弟！"

袁大东也端起一碗酒，跪在熊大林旁边发誓道："上有天，下有地，我袁大东愿一切行动听指挥，与熊大林结为生死兄弟！"

二人宣誓完碰碗喝酒，然后将碗狠狠地摔在地上。

……

回到马家峪，熊大林向刘永光通报了与袁大东结拜的事。刘永光听了愣了愣说："只要袁大东归顺我们听从指挥，拜就拜了吧，不过下不为例。"

熊大林道："我也觉得不妥，但愿李司令知道了别批我。"

"批你是免不了的。"刘永光道，"但愿袁大东能像他宣誓所说，服从命令听指挥，不打着你和八路军的旗号做坏事。

"他敢打着我或八路军的旗号做坏事，老子就毙了他。"熊大林发狠道。

"可你们成了生死弟兄，你毙了他不就违背了结拜誓言了吗?"刘永光打趣道。

"那是他的话，我只说与他结为抗日兄弟。"

刘永光听了，指着熊大林道："你呀，你呀，有时犯浑，有时又鬼精鬼精的，精得让我都怕。"

熊大林听了，挠了挠头："老刘，天地良心，我可没对你使过坏心眼。"

刘永光笑着摆了摆手："我知道，我知道。"说完转了话题："兵工厂的事你考虑得怎么样了了? 我们是在敌后作战，一切武器弹药都要靠缴获、靠从敌人手里夺，有时为了缴一支枪、缴几发子弹就要搭上一两条人命。现在我们生存的问题基本解决了，部队的发展壮大暂时也没有了后顾之忧，解决部队的弹药供给是燃眉之急呀。"

"这个问题我考虑有一段时间了。还记得吧，咱们去年占领平东县城的时候，曾缴获几台缝纫机和车床，主力西撤的时候，我们把这些东西藏在了峡谷峪的山洞里，这次可以取出来用。咱们的兵工厂就先建在那，那里三面环山，便于隐蔽，群众基础又好，村北深沟、洞多地势险要。我的想法是不仅要造子弹、手榴弹，还要成立一个被服厂，为战士们缝制军衣，这么多战士没服装怎么行。再说我们是正规八路，必须穿统一的服装，这可是一个部队的士气和战斗力的象征啊。"

刘永光点头赞同："做服装相对好办，可建兵工厂就不同了，不仅要有懂技术的人，还要有炸药、钢铁甚至焦炭，这些你都考虑没有?"

熊大林道："我想过了，我们这里的老百姓祖祖辈辈都同山上的石头打交道，山区有好多的石匠，成年人都会配炸药。我打听了，只要用碾子分别把硝、硫磺、木炭碾碎，按75：10：15的比例配置掺和好，搅拌匀了，黑色炸药就做成了。"

刘永光听了赞道："老熊你真是个有心人，那钢铁和焦炭呢?"

"钢铁是个大问题，但我想了，盘山南边的北宁铁路不是有铁轨吗，需要的时候我带人去扒就是了。还有我们可以派人去民间收集一些百姓不用的废旧农具和锅灶，这些溶化了都可以铸造手榴弹、地雷。至于焦炭，我们可以派人去敌占区去买，还有唐山有煤矿，我们可以通过军分区和二支队搞一些"熊大林回答。

"好，好。"刘永光听了很是感慨："老熊你真是个当家过日子的人，有你在我真是省心多了，要不你怎么会在部队中有这么高的威信呢。"

熊大林听了，心里很舒服，但嘴上还是说道："你就别夸我了，这只是一些初步想法。我想把咱们这个地区打铁的小炉匠都集中起来，再找几个手艺好的木匠，先从做手榴弹、地雷和再造子弹开始，你看行不？"

刘永光听了马上表态道："可以，可以。四连有个副排长叫陈一，当过铁匠，在陕北红二十八军的时候，修理过枪支，就让他去当这个兵工厂的厂长吧，先定个连级编制。"

熊大林也马上表态："可以。对不愿参加我们八路军的铁匠、木匠，我的意见是发给他们一定的报酬，让他们的收入不比走街串巷少，这样他们才能安心，他们也要养家吃饭啊。"

刘永光听了想了想道："可以尝试一下，不过建兵工厂是个很大的消耗，经费的问题也要考虑好，无米之炊是谁也做不来的。"

"这次打郑九如我缴了两万多块大洋，先拿出来作为启动之用。另外我听说平东东北部与兴隆交界处的塔沟有个日伪开的小金矿，我们四纵进军冀东的时候日伪废弃了，我想派冯根柱带几个人，把过去的工人和附近采过金的人召集起来，继续采金。对这些工人，我们也像兵工厂召集的铁匠、木匠一样，给一定的工资。如果能成，我们的经费就好办多了。"

刘永光听了，非常感叹："老熊你真没白当篾匠，做买卖过日子鬼精鬼精的。咱们的地方政权正在建立，过一段时间，经费、粮食也会基本有固定的保障。"

熊大林道："我这个篾匠也就是刚学徒没出师。你就和李有根一起，先把兵工厂的事启动起来，明天我去李子方处，看看他那的情况，再顺便向李司令报告一下，也想请他通过冀东党组织与北平地下党联系，从北平的大学和工厂中，动员一批学生和技术人员过来。"

刘永光点头："快去快回，要多带些部队。"

第二天，熊大林又将建立兵工厂的事向李有根作了详细交代，然后带着四连奔向兴隆。

此时的李子方带着一大队已基本将兴隆、东陵县境内的几股土匪武装收编剿灭。见到一个多月没见的熊大林，二人笑着抱了抱。

李子方将一大队的剿匪情况简要汇报后，熊大林道："很好，很好，一大队不愧是参加冀东暴动的骨干，地形熟，人脉广。我这次来，还有一个重要的事，就是要筹建咱们三支队的兵工厂，需要向李司令汇报，请李司令帮忙。李司令你熟悉，我想邀你和我一起去，怎么样？"

"当然，当然，三支队的事也是我的事，义不容辞。"李子方接着道："你不是让我动员一些学医的学生参军吗，四年前，我在老家发展了一名地下党员叫王子奇，现在在北平医专读书，前几天我得到消息，说他毕业了，我想请他过来，你的意见呢？"

"太好了老李，快点办，多多益善，这样的人才我不怕多。剿匪和建立地方政权的后续事情你就交给于禾苗和谭忠诚，明天和我一起见李司令。"

……

真是趣事传千里。熊大林剿匪遇到柯二美，柯二美冒充熊大林大夫人的事，李云长也知道了。李云长与熊大林过去虽然只见过一面，但刚见到司令员，李云长就笑着问："怎么，听说你有了一位大夫人，艳福不浅啊。"

熊大林不好意见地笑了笑："还有一个冒充我的李鬼呢，没有李司令的批准，我哪敢找什么夫人呢。"

李云长笑笑道："这还不错，我们共产党八路军怎么能找土匪做老婆呢？"

熊大林一听觉得有点不对，马上解释道："司令员，柯二美她不是土匪，只是看家护院的武装，我了解过了，她们没有祸害过百姓。"

李云长听了脸一沉："看看，现在就为她说起好话来了，你不会真的动心了吧？告诉你，咱们冀东的根据地刚刚建立，光棍汉还没有一个找老婆的，你可不能带这个头，即使结婚，也得军分区批准再报军区，你知道吗？"

"知道，知道，我要真是找到了老婆，怎么能不向你司令员汇报呢。"熊大林笑了笑，恭维地说："我不是为这个事来的。"

"噢"，李云长答应了一下，"你把这一段剿匪和建立政权的事汇报一下，有什么事就一块说了吧。"

熊大林将三支队分散剿匪和建立基层政权的情况汇报了一遍。李云长对熊大林与袁大东磕头拜兄弟的事很是不满，他批评道："我们共产党八路军不是草莽，收编改造土匪要靠党的政策，磕了头发了誓就能拢住袁大东的心，我看未必吧。以后遇到这类事情要多请示多汇报，不能自作主张。"

熊大林听了心里有些不快，心想："我愿和他袁大东拜把子吗？事逼到那了，我这不也是为了抗日吗。"但这是李云长任司令员后熊大林与顶头上司的第一次接触，他还有别的事情要请示司令员，所以没有解释，只是虔诚地道："是，下不为例，以后一定多请示多报告。"

李云长看熊大林的诚恳态度，转了话题："至于建立兵工厂的想法，很好，我会尽力协调冀东党组织与北平地下党联系，争取找来一些你们需要的人才，我也会通知二支队和唐山地下党，争取尽快搞到你们需要的焦炭，但能到什么程度就难说了。不过我要丑话说在前头，你建的兵工厂不能只供自己用，必要的时候也要支援一下兄弟部队。"

"那当然"熊大林见司令员答应下来，也马上答应了李云长的要求。

李云长对熊大林与自己作为上下级的第一次相见还算满意，于是挥了挥手说："好了，把李子方留下，和地方党组织联系的事交给李子方办就行了，吃完饭就回去，三支队那边离不开你。"

熊大林马上立正重复了一遍："是，吃完饭马上回去。"

返回的路上，熊大林心里非常爽快，虽然挨了司令员的几句批评，但他没想到李云长如此痛快地答应了自己的要求。见到刘永光，熊大林咧嘴笑道："解决了，司令员都答应了。"

刘永光听了也很高兴，问道："司令员这个人不错吧?"

熊大林愣了一下，如实答道："还行，人很爽快，但我感觉有点'左'，不像你那样理解人，能具体问题具体办理。"

"别"，刘永光笑道："都像我也不行，我有时太迁就你了，得有个像司令员这样的人管着你。"

"你也别把司令员说的那么好，这只是初次共事，谁知以后呢。"熊大林好像有个预感，于是摇摇头道。

熊大林这个预感不幸被言中了，以后的几年，熊大林一直与李云长磕磕绊绊，并由此为自己的人生，埋下了伏笔。

半个月后，李子方回来了，并带过来一个人。李子方见到熊大林，老远就喊道："支队长，我跟你说的那个王子奇，我带来了。"

熊大林马上明白过来，赶过去握着王子奇的手说："欢迎、欢迎，以后我们的战士就不怕负伤了。"

李子方将熊大林和刘永光逐一介绍后，刘永光也握着王子奇的手说："好啊，好啊，现在我们太缺像你这样的人才了，如果有可能，我希望王医生为我们再动员一些人来，医生护士都要。"

熊大林一听，赶忙附和道："对，对，医生护士都要，男的女的，老的少的都行。"

　　王子奇没想到与支队长、政委的第一面，两位主官就这么热情，很快去掉了拘谨，笑着道："我也是刚毕业回到家里没几天，李主任就找来了。我在北平医专读书的时候，建立了地下支部，也发展了几名同学入党，如果抗战需要，我可以再动员几个人过来。"

　　熊大林一听，乐得合不拢嘴，上前再次握着王子奇的手道："那太好了。你虽然年龄不大，但听李主任说，你也是个有四五年党龄的老党员了。我话说在这，只要能再动员几名医生护士来，咱们就建立个卫生所。"说到这，熊大林扭头看了看刘永光，见刘永光微笑着点头，接着道"你就当这个所长。"

　　王子奇却很谦虚："所长不所长的倒不重要，只要是为抗日，我一定尽力，一定尽力。"

　　十几天后，北平地下党动员、派遣的几名化学和机械专业毕业的大学学生和十几名北平日军兵工厂的技工，被李云长派人送了过来。熊大林咧着大嘴笑着，拉过李有根和陈一，当着十几名大学生和技工的面说："从今天起，你们就把兵工厂给我建起来。只要是兵工厂需要，要人给人，要钱给钱，就是战士们不吃饭，也要满足你们的供应。"接着对着李有根说："这些同志都是咱三支队的宝贝，出了问题，老子饶不了你。怎么干你们商量，我只有一个要求，尽快给我生产出子弹、手榴弹来！"

　　一个多月后，兵工厂生产的第一批手榴弹、地雷和再造子弹，开始成形并装备部队。经过实战的检验，熊大林发现铸造的手榴弹、地雷杀伤力很小，不但有哑火现象，有的手榴弹一炸只是两三瓣，一颗地雷的杀伤力还不如鬼子的香瓜手雷。

　　熊大林有些着急，他和刘永光商量后，赶到兵工厂，让李有根和陈一把技术人员召集起来。他对着李有根和技术人员道："虽然这些天大家都想不了少的办法，但总的看，我们的技术还不过关，手榴弹、地雷有的炸不响，能炸响的威力小，这可是要命的，你炸不死鬼子，鬼子就会打死你。所以必须改进，但怎么改，我也不懂。你们可以成立一个技术攻关小组，总的要求是炸得响、威力大。我想你们可以拿鬼子的香瓜手雷为样本进行仿造，在仿造中进行技术改进。李有根，把这一个多月我们金矿生产的三斤多黄金都拿出来交给兵工厂，作为攻关和购买原料、器材之用。"

　　李有根答道："是。不过我们用于炼铁的焦炭不够，从唐山搞来的用得差不多了。再说距离太远，运输不方便，还要经过鬼子的几道封锁线，这可不是长久之事。"

　　熊大林听了点点头："确实得想个长远的办法。"说完想了想道："咱们兵工厂的山上到处是树，能不能和百姓们商量，在焦炭不够的时候，伐一些橡子树代用？但要和百姓商量好，作价砍伐，不要侵犯百姓利益。"

李有根听了表态道："是，我们一定尽力改进生产技术，争取尽快造出合格的地雷、手榴弹。"

在场的陈一和技术人员也纷纷表态。

很快，兵工厂成立了化工组和技术组，对雷管、炸药和铸造技术进行改进攻关。

熊大林带着部队，扒鬼子铁轨，拆鬼子铁桥，将兵工厂必需的钢铁，不断运往兵工厂。

功夫不负有心人，到了一九三九年冬天，经过改进的手榴弹、地雷和仿造的日式手雷威力大增，手榴弹的产量，已基本能满足部队作战之用。

熊大林笑了，笑过后有了新的想法。他找到刘永光道："我们的兵工厂现在发展成这么大，现在工人和技术人员已有近百人，峡谷峪的沟里已盛不下了。兵工厂这么大的动静，鬼子一定会知道，扫荡是免不了的。我的意见是把兵工厂分开两处，不仅可以解决场地问题，更重要的是在鬼子扫荡时，可以减少损失。"

刘永光听了很是赞同："老熊，什么事你都想到前边了。兵工厂既然有了这么大的规模，我的意见干脆把兵工厂升格为营级建制，原来的修械组、炸弹组、被服组也升格为三个连级建制的厂，继续扩大生产规模，增加弹药的种类。分散的地点你想好了没有？"

"毛家峪"，熊大林回答道："那个地方也是两山夹一沟，地势险要，便于防守和隐蔽。毛家峪是我们建立的第一批抗日根据地，百姓觉悟高。"

刘永光听了道："可以，不过把兵工厂升级，要请示军分区的同意。"

熊大林道："那当然，下次咱俩谁去军分区，顺便报告一下。"

兵工厂分开没几天，李云长不请自来，他带着警卫连赶到了三支队。

李云长与熊大林、刘永光握手寒暄后，直接道明了来意："你俩都是老红军了，部队的发展和训练我不用操心。我这次来，主要是看一看你们协助地方政府建立根据地的情况，顺便带走一些你们生产的弹药和黄金。"

熊大林一听有些发急，马上道："司令员带走一些弹药没问题，但黄金就不行了。你知道，我们兵工厂购买原材料和工人的工资，一天要一二百来块大洋，我们生产的黄金还不够支付兵工厂的消耗呢。"

李云长听了有些不高兴："这就是你们的症结所在，谁让你们给兵工厂的工人发工资了？咱们的八路军有工资吗？"

熊大林听了赶忙解释："这些工人和我们八路军不一样，大多是我们请来的，不发给他们工资，他们愿意干吗？即使他们愿意干，可他们家里的生活怎么办？"

李云长听了更加不悦："狡辩，你我有工资吗？战士们有兵饷吗？没工资我们就不抗日了？你开了这个头，一支队二支队怎么办？以后军分区要发展、要壮大，如果都发工资，发的起吗？"

刘永光一听，赶忙上前道："司令员批评的对，我们马上改正。那些技术工人愿意参加八路的，马上办理入伍手续，不再发给工资。不愿意参加八路的，由地方政府给予适当的补偿，您看这样行不行？"

李云长听了点了点头："可以尝试，总的要求是不能坏了八路军的规矩。那黄金呢？能不能上交一些？"

熊大林再次拒绝："司令员，我们生产的黄金真的不够兵工厂的消耗，你就饶了我吧。"

李云长怒道："我早就和你说过，咱们冀东抗战是一个整体，不是你三支队抗战，现在军分区和一二支队的经费都很困难，你就不能支援一下？当初你建兵工厂的时候，请军分区和二支队帮忙，现在军分区请你帮忙了，你怎么就舍不得？"

刘永光见已没有商量的余地，马上道："老熊也不是舍不得，只是我们生产的黄金也不多，我们把存余的黄金全部上交，您看行不行？"

"有多少啊，你可别把我当成讨饭的叫花子。"李云长道。

"大约有个四五斤吧，我们全部上交。"刘永光道。

李云长听了有些笑容。但从此，熊大林本位主义、刺头不听话的印象，深深地印在了李云长的脑海。

第十章

　　一九四〇年的夏天到了。根据中央和晋察冀军区的指示，军分区司令员李云长决定对冀东所有的抗日武装进行统一整编。鉴于冀东西部地区的熊大林刘永光三支队发较快，人数较多，决定将三支队及所属游击队编为冀东八路军第三团，将在冀东东部地区坚持斗争的一、二支队合编为冀东八路军第二团。经晋察冀军区和八路军总部批准，陈众任军分区副司令兼二团团长，刘永光任冀东军分区政治部主任兼三团政委，熊大林任三团团长，陈雨生任三团参谋长。

　　熊大林不满地将任命书摔在桌上，对着刘永光发起了牢骚："奶奶的，老刘，你是知道的，留在冀东的三个支队，哪个支队有咱三支队的人多、枪多，哪个支队长有我打的仗多，如今人家都是副司令兼团长，你也弄了个政治部主任兼政委，可老子呢，还是个团长，这是不相信我啊。"

　　刘永光没想到熊大林对上级的任命有这么大的意见，于是劝说道："老熊啊，你怎么能这么想呢，军分区将咱们三支队单独编成一个主力团，已经够可以了。二支队长曾林还没当上团长呢。"

　　"没当团长可人家是军分区参谋长，照样比我大。"熊大林继续发着牢骚。

　　刘永光听了摇摇头："陈众毕竟是老资格，长征的时候就是红四方面军的师长了，而你从咱们东进开始到现在只是两年，从连长升到了团长，够可以的了。难道你参加革命，就是为了当这个官？"

　　"是，也不是。"熊大林道："当初参加革命，是因为家穷能吃上饱饭。当兵时间长了，懂得了革命道理，是为了贫苦百姓打天下，可人都有个脸面，老子打的仗、流的血都不比别人少，可论功行赏的时候，都是别人在你的上边指挥你，你说心理能平衡吗？"

　　"你的想法不对，上级职务的任命，有战功、有能力的因素，也有资历和战争需要的考虑，但一个人对革命的贡献、在部队和民众中的影响就不全是职务高低能决定的了，只要你熊大林能带出一个响当当的主力团，在冀东打下一片属于我们的根据地，我想你的作用和影响绝不会低于目前职务比你高的同志，上级组织也不会埋没你的功劳和能力。"刘永光接着道。

听了刘永光的话，熊大林似乎有些觉悟："其实刚参加革命，我也没想到今天会当上团长，只是觉得有些战功、资历和自己差不多的同志成了自己的上级，心里有些不舒服罢了，不提它了。"说完摆了摆手。

刘永光一见熊大林不再纽结职务的事，拍了拍熊大林的肩道："能想通就好。现在咱们三支队编成了正规的主力团，有了正式的番号，咱们就要在尽量短的时间内，把咱们三支队和所属的游击队训练成正规的主力。"

"那当然。"熊大林道："军分区要求我们，把由地方游击队和冀东暴动为主新编入的六个连拉到平西整训三个月，我想让陈雨生带队去，把剩余的部队拉到盘山，边训练边进行根据地的建设。"

刘永光听了点点头问："陈雨生我不熟悉，你认识他吗？"

熊大林道："认识，和我都是一方面军的，长征和四纵东进的时候都是连长，只不过他在三十六大队，这个同志不错，打仗和训练部队都是把好手。"

刘永光听了点头道："那就好。四连是我们团的标杆，要争取在最短的时间内，把我们的每个连都训练成像四连一样能攻能守敢拼刺刀的主力，不是一两天就能完成的事情，不仅要靠训练，更要在实战中锻炼和提高，所以老熊你要考虑，争取在以后不长的时间内打一两个胜仗，这样不仅可以提高部队的士气和信心，更能使部队发现训练中的不足，开展针对性训练。"

熊大林听了不住地点头："明天咱们就把部队拉到盘山，让贺长明和刘大龙负责部队的训练，我琢磨着打它一两仗，为咱们三团的成立举行一个奠基礼。"

冀东二团、三团主力部队的成立，也惊动了冀东的鬼子。铃木启久命令所属部队加强对冀东八路的扫荡、清剿，并调来曾参战过第一次世界大战的关东军一个骑兵中队，配合驻蓟洲的伪蒙骑兵加强对盘山三团八路的侦察和奔袭。

熊大林将三团没去平西整训的四个连拉到盘山不久，就不断接到鬼子骑兵窜犯蓟洲、三河、平东等地，抢劫民财，扬言扫荡盘山等情况报告。

熊大林陷入了深思："一个中队的鬼子骑兵怎敢如此嚣张？"他决心拿鬼子的骑兵开刀，灭灭鬼子的嚣张气焰。

他派出侦察员杨明泽和高大虎去蓟洲县城侦察。

杨明泽和高大虎扮成赶集的父子俩，于第二天中午进了蓟洲县城。经过半天的侦察，没有发现蓟洲日伪军有异常动向后，在县城旁的大车店住了一夜。

第二天一亮，两人准备返回盘山报告情况。刚走出不远，突然发现一队日军骑兵从后面赶过来。马上的日军趾高气扬，马蹄腾起的灰土扬起老高，几里外都能瞧见。

杨明泽赶紧将高大虎拉到一边给鬼子让路。鬼子得意地扬鞭而过。

杨明泽断定，这些鬼子的骑兵是冲着盘山根据地来的，而且是团长特意交代要留意的鬼子骑兵。杨明泽看跑回报信已来不及，于是拉着高大虎跟在这队鬼子骑兵后边，决定搞清鬼子骑兵的确切去向后再寻机回去报告。

两人在鬼子骑兵后面快速走着。走不多远，突然发现鬼子的骑兵在一个村庄停住了。杨明泽知道这个叫石佛营的村庄，于是带着高大虎进了村子。

杨明泽发现，鬼子开始做饭准备吃早餐，并抓来几个百姓为其打水饮涮战马。

杨明泽一看鬼子给了自己报信的时间，拽着高大虎数鬼子的战马。两人数了两遍确定为七十九匹后，赶紧跑回报告。

杨明泽和高大虎跑回时，部队正在吃早饭。

熊大林和刘永光刚吃了几口饭，听了杨明泽的汇报，放下饭碗，对着刘永光道："怎么样，打他狗日的？"

刘永光道："打可以，可我们手里只有四个连的兵力。"

熊大林信心十足地说："四个连打他百十个骑兵够了。鬼子骑兵虽然行动快，但不能像步兵一样翻山越岭，要进入盘山腹地只能走小路或沟底，盘山到处是层峦叠嶂的石海，便于我们隐蔽伏击。我已给鬼子选了一个好的坟墓——蛤蟆沟。这个地方我早已侦察过了，这是一条两山夹一沟的南北向谷地，沟内巨石林立山洞众多，沟内道路崎岖不利于马匹奔跑，我们正好利用这个地形伏击鬼子的骑兵。"

刘永光听了点点头："我们这离蛤蟆沟还有十多里，我的意见是即刻行动，派出得力的诱敌分队，把鬼子引到蛤蟆沟。"

熊大林点头赞同，对着宋小宝喊道："快，把贺长明和刘大龙给我叫来。"

一会，贺长明和刘大龙到了。熊大林开门见山："你俩还记得咱们剿灭蒋得财时经过的蛤蟆沟吧？我曾说过，有机会在那打一仗。现在机会来了，鬼子的一个不足百人的骑兵队到了山外的石佛营。我和政委决定灭了这帮小鬼子。怎么样，你俩敢不敢带一个排，把小鬼子的骑兵引到蛤蟆沟？"

贺长明也是个从不服软的急脾气，听了熊大林的话马上回答："有什么不敢的，就怕他小鬼子不敢来。"

熊大林道："不是敢不敢来，一定要想法把小鬼子引来。鬼子是骑兵，速度快，既要把鬼子骑兵引过来，又不能让小鬼子抓住吃亏。注意在平地上鬼子接近了就钻庄稼地，鬼子找不到你们再打上几枪。在山地要捡山脊或山腰走，千万不要让小鬼子抓住。你俩带上单二贵那个排和杨明泽、高大虎赶快行动。"

贺长明和刘大龙领命而去。部队也放下饭碗，紧急出发了。到了蛤蟆沟，熊大林对四个连的任务进行了紧急区分：特务连设伏于蛤蟆沟北面的山头，作为口袋的袋底，待敌进入伏击圈后，负责阻击敌人，防敌逃窜；四连设伏于蛤蟆沟南面的山头，和诱敌的二排一起，扎紧袋口；一连和五连埋伏在东西两面山头。待鬼子进入伏击圈后，由设伏于正北山头的特务连首先开火，各个方向的部队要以突然袭击和猛烈的火力尽可能地多杀伤日军，在给鬼子足够杀伤后，东西两侧的部队向残余日军发起冲锋，力求全歼这股鬼子骑兵。

熊大林将自己的指挥位置放在了北面山头上。其实，熊大林对来的这股敌人判断有误。熊大林对铃木启久调来一个中队的关东军骑兵中队并不知晓，以为只是驻蓟洲的鬼子骑兵，所以对全歼这伙鬼子信心十足。其实这次来的这队鬼子骑兵，全部是参加过第一次世界大战的老兵，是关东军的顶级精锐，个个都是准尉以上军衔，技战术精湛，战斗经验丰富，意志顽强，战斗一开始，就打成了一场势均力敌的遭遇战。

担任诱敌任务的贺长明带着二排，在杨明泽和高大虎的带领下，快速赶到了石佛营，见鬼子吃完饭后正在休息。贺长明命令战士打出几枪后立即撤退。

鬼子骑兵中队长武岛次郎正琢磨着部队的扫荡方向，听到枪声蹿上房，看到一队八路放了几枪后向山里跑去，立即命令部队上马追击。

贺长明见鬼子追来，带着部队进入庄稼地向蛤蟆沟方向撤退。鬼子追了一段不见了八路的踪影正在张望。贺长明看到后，要过一名战士的三八大盖枪，在五六百米的距离上，一枪将前头的一个鬼子打下马，然后带着部队，顺着山脊回撤。

武岛次郎见自己的部下被打下马，气得嗷嗷乱叫，命令部队快速追击。

盘山虽然怪石林立，树木丛生，但战士们还是没有跑过四条腿的马。时间不长，鬼子追到距离二排只有二三百米的距离，并有几名战士被鬼子打倒。

贺长明立即命令战士们利用有利地形进行阻击。二排的一挺机枪也"嗒嗒"地响了起来。鬼子一见，只好下马隐蔽。贺长明一见，赶紧命令部队继续回撤。

两个多小时后，鬼子终于被诱进了蛤蟆沟。

中队长武岛进入沟口没几步，立即被这里的险要地形所震惊。他判断出这里有八路的埋伏，但参加过中国战场多次重要战役的武岛狂妄至极，他不仅相信自己部队的战斗力，更看不起中国军队。他来的目的就是要寻找八路，现在八路就在眼前，他不想放弃这个机会，他要冲破八路的伏击，把伏击的八路消灭。

武岛派出一名老鬼子向前侦察。这名老鬼子军事素质极高，进入沟里没多远，就发现了两名隐藏在西面山坡上的战士。老鬼子骑在马背上抢先开了两枪，两名战士应声倒下。

骑在马上的武岛看得清楚。他很快意识到东面的山坡和北面的山头肯定有八路的埋伏，但武岛并没有撤走，只派了一名骑兵跑回蓟洲县城搬援兵，然后率队避开北面的山头，冲进沟里，直接向山沟西侧的山坡发起了冲击。

鬼子的这一行动使熊大林吃了一惊：蛤蟆沟东西两侧山之间的距离较远，鬼子不进入山沟正中，而是集中扑向西面的山坡，这样就避开了东边山坡和南、北两面山头的火力覆盖，而且西面山坡较缓，鬼子可以直接骑马冲上山坡，这真不是一般的鬼子！

熊大林还没有发出射击命令，战斗就以鬼子发现埋伏后先敌开火突然进攻的方式打响，将预先设伏的熊大林打了个措手不及。

见鬼子骑马向山上冲来，在西山坡上指挥的刘永光顾不得预先的伏击计划，赶忙命令向进攻的鬼子投弹。骑在马上向山上奔跑的鬼子着实厉害，边冲锋边用"马枪"射击，二三百米的距离几乎枪枪命中，二十几名战士还没有冲到投弹距离，就被鬼子打倒。

刘永光知道，如果让鬼子占领了西侧的山坡，不但伏击打不成，在机动性很强的鬼子骑兵面前，撤出战斗都十分困难，甚至有被鬼子吃掉的可能。

刘永光毕竟是久经战阵了，面对突发的情况保持了相当的镇定。他命令身边一个排的战士全部取出手榴弹，同时拉开弦朝着冲过半山腰的鬼子骑兵扔去。

三十多颗手榴弹几乎同时爆炸，将山坡炸出了一个巨大火球。手榴弹虽然没有对鬼子骑兵造成杀伤，但爆炸使前头的鬼子战马受了惊，不再上冲而掉头回跑，将后面冲锋的战马压迫得回了头。附近的十几个鬼子为了躲避也只好勒住缰绳，下马隐蔽。

刘永光的应急之法暂时逼退了险些冲上山顶的鬼子，为部队赢得了稳定阵地的宝贵时间。熊大林相信西山坡上的政委刘永光和一连能够顶住，决定预定作战方案不变，不派东侧山坡和北面山头的部队过去支援。熊大林发现鬼子的骑兵支援火力并不强，山脚下只有两挺机枪在两翼掩护冲锋，于是立即命令特务连集中火力对山下的日军进行火力压制。

特务连是熊大林在组建三团时，特意选出的本地战士，他们大多参加过冀东暴动，枪法准、政治素质高，熊大林特地调四连副连长苏天担任特务连连长。

山顶上的机枪手在几名特等射手的配合下，成功打掉了山脚下的两挺日军掩护机枪。日军骑兵向西山坡发起第二次冲锋，刚冲到半山腰上，就有十多人被打落马下，鬼子不得不再次退回山下。

武岛突然攻击反客为主的图谋遭到两次失败头脑清醒了，他发现伏击的八路火力猛烈，枪法准确，意识到再行攻击肯定占不到便宜，于是命令部队放弃攻击冲出山沟脱离战斗。

蛤蟆沟的出口在沟的西北方向，沟口狭窄而沟口前方相对开阔。熊大林发现武岛的企图，立即命令三挺机枪封锁沟口，不准一个鬼子突出去。鬼子的骑兵目标较大，特务连精准的枪法很快又将十几个鬼子打落马下。东西两侧的机枪步枪也打向鬼子的马队。武岛见西北侧山口无法通过，于是命令剩余的四十多个鬼子掉头向南冲，企图从南侧沟口突围出去。

担任诱敌任务的二排已经归建。贺长明见鬼子骑马向自己冲来，立即命令开火。冲到沟口的鬼子和战马不断倒下，其余的战士也用步枪瞄准鬼子，将鬼子不断打落马下。

这时鬼子的伤亡已超过了一半。武岛见南面的火力更加密集，强行突围只能徒增伤亡，只得命令剩下的日军下马应战，依托沟内的巨石山洞死守待援。

很快，鬼子四散开来，利用山洞乱石修好了隐蔽和射击工事。对鬼子如此快的临场指挥和战场反应，熊大林非常感叹。看到鬼子弃马固守，熊大林断定鬼子是以守待援，而蛤蟆沟离蓟洲县城只有二十多里，鬼子的援兵三四个小时就会赶到，必须尽快解决战斗，于是命令特务连分出两个排，前出蛤蟆沟西北口五至十里，寻找有利地形阻击可能赶来的日军援兵，命令其余部队向沟底的鬼子发起攻击。

此时的三团四个连也遭受了很大伤亡，已有近百名战士倒在了鬼子的精准枪口下。机枪已基本打光了不多的子弹，战士们的步枪子弹也所剩无几。

缺少了机枪掩护的战士从山上向沟底的鬼子展开了攻击，但在鬼子的准确射击下，战士们不断地倒下。

急红了眼的熊大林命令停止攻击撤回山上。他命令伤亡较小的东和南山坡上的五连、四连各组成一个突击队，将各连剩余子弹全部集中给枪法好的战士，以特等射手掩护突击队用手榴弹实施攻击。

此时的伏击战变成了攻击战。没有了机枪火力掩护的突击队在四周特等射手的掩护下，向敌展开了敢死式冲锋。

还有三十多人的武岛骑兵中队人自为战，这些打遍了半个中国的老鬼子，从未碰到过这种奇特的战术，也从未遇到过这么不要命的中国军队。鬼子在我居高临下特等射手的步枪声中不时有人倒下，但没死的鬼子也将一颗颗子弹射向了我攻击的队伍。

冲锋的战士不断倒下，没倒下的战士仍以比老鬼子更亡命的气势不顾一切地前冲。随着手榴弹的一阵阵爆炸声，鬼子已所剩无几，突击队的战士也大多倒在了冲锋的路上。

贺长明隐蔽在南山的一块大石下，亲自操着一支三八大盖掩护突击队冲锋。他发现一个胸前挂着望远镜的鬼子挥着指挥刀不停地叫着。断定这是鬼子的指挥官，但连开两枪都被这个老鬼子躲了过去。贺长明恨恨地打了一下自己的脸，擦了下汗水，又细细地瞄向了蛤蟆石旁的鬼子，在鬼子露头的刹那，果断击发，将鬼子打得脑浆迸裂，跌倒在蛤蟆石上。

失去了指挥的剩余十来个鬼子没有慌乱，钻进了沟底的一个山洞中继续顽抗。

此时已到了下午，沟北侧也响起了激烈的枪声，担任阻击任务的特务连两个排也与增援的敌人接上了火。熊大林知道，阻援部队力量有限，必须马上解决战斗。已赶到四连阵地上的熊大林命令贺长明集中四连的最后子弹，掩护刘大龙带领的突击队再次发起冲锋。

贺长明组织几名战士准确地封锁着洞口。刘大龙带着十名战士，抱着手榴弹从洞口的两侧迂回冲去。

鬼子仍在死命顽抗，但洞口射界有限，突击队很快迂回到位。刘大龙将半篮子拉出弦的手榴弹同时拉着火，狠狠地向洞里扔去。

"轰"的一声巨响，洞内冒出了一股浓烟，洞内的最后十来个鬼子随着爆炸声，回到了东洋老家。

这时附近又传来几声爆炸，几个负伤没死的鬼子也拉响手雷自杀。

熊大林命令部队下山打扫战场，把能带走的全部带走。

这时特务连长苏天带着担任阻击任务的两个排赶回来报告："增援的鬼子在攻了两次后，看天快黑了，怕遭到伏击退了回去。"

熊大林听了叫道："好啊，快统计战果。"

天完全黑下来的时候，战场打扫完毕，战果统计出来：共击毙日军七十八名，我方亡八十六人，伤一百二十五人！

熊大林震惊了，他默默地说了一句："平型关大战，我们的伤亡也没有超过鬼子啊。"

蛤蟆沟伏击战震惊了冀东的日军。鬼子第二天派出大队人马进入蛤蟆沟，但收完尸后未敢对已转移的三团进行追击报复。此后半年多日军也未再敢进犯盘山半步。

第十一章

部队撤到盘山马家峪，熊大林没有为全歼日军一个骑兵中队感到高兴，反而陷入深深的不安之中。

"照此打下去，用不了几仗，三团就会拚光的。"熊大林思考着："日军为什么有如此顽强的战斗意志，为什么会有如此精湛的技战术？"

他找来了政委刘永光。刘永光早从这几天熊大林的沉默中，看出了他的心思。

刘永光开门见山地道："是为我们的伤亡大苦恼吧？这几天我看了看缴获的文件和日军随身携带的本子，发现我们歼灭的是关东军的一个骑兵中队，这个中队都是参加过第一次世界大战的老兵，从东北的黑龙江一直打到南京，并直接参加了南京大屠杀。这些鬼子经过多次战斗的锻炼，实战经验丰富，单兵素质极高，我们能全歼他们，已经很不容易了。我们伤亡大些，是正常的事情。"

"你是说我们全歼了鬼子关东军的一个骑兵中队？可为什么只有七十多人？"熊大林问道。

"我从鬼子的作战笔记中看了，鬼子的这个中队原先也是满编的一百八十多人，经过多次战斗的损耗，只剩了不到八十人。鬼子为了保持这个中队的荣誉和士气，所以多年来一直没有补充。"

熊大林听了心里多少有了些安慰。他接着问道："鬼子的战斗意志如此之强，甚至强过了平型关的鬼子。我真的有些不解，鬼子是侵略者，发动的是非正义战争，他们的意志是从哪来的呢？"

刘永光听了笑了笑："这就是鬼子长期法西斯灌输教育的结果。日本有句格言，叫作'花中樱为王，人中兵为贵'。日本人崇尚樱花，把自己的国家比喻为樱花王国；同样，日本人也崇尚军人，认为军人是人中豪杰，是人中权贵，军人死在疆场，是他荣光之至，而被俘虏是耻辱至极。日本人把军人战死疆场和樱花灿烂之时，看作是最美的极致。你看看日军的军歌'冲向高山，让尸骸填满沟壑；走向大海，让浮尸漂满洋面……'古今中外世界各国的军歌，你见过这样句句见尸、字字带血的吗？军歌如此，日军的口头禅更绝，'让我们到靖国神社再会吧！'比我们高级干部中'去见马克思'更绝更有煽动性。"

刘永光接着道："你再看看与我们对阵的鬼子。我觉得，每一个鬼子与咱们的战士相比，就相当一名特种兵。小鬼子基本都有初中以上文化，军官都是经过军事院校 2—3 年的严格培训，每个小鬼子上战场前也都经过了半年以上的严格训练，拼刺技术熟练，射击技术精湛。而我们的士兵，很少有高小以上文化，哪怕是上过一二年私塾，当兵一两个月仅受过简单的刺杀、投弹和射击训练就要上战场，由于弹药缺乏，我们的战士上战场前很少有投过实弹开过三枪的。

"再说小鬼子的武器装备，这次与我们交战的是鬼子的骑兵中队，由于人员较少，没有配备掷弹筒和重机枪等重火器，你我和小鬼子交手不是一次两次了，鬼子小队以上的作战单位，曲射、直射，各种火器齐全，就不要说大队、联队以上还有重炮、坦克、飞机了。小鬼子的装备是制式统一的，子弹、炮弹型号相同，补给方便。小鬼子一个大队，也就相当于我们的一个加强营，就敢打国军的一个师。而我们呢，小口径的火炮都没有，所谓的重武器只是几挺捷克式机枪，而且弹药缺乏。我们有些班长、老兵的武器是缴获鬼子的三八大盖，战士大多使用的是中正式、汉阳造，甚至还有的新战士使用的是大刀、长矛。所以我们即使是打伏击，鬼子一个小队也至少要用一个连以上的兵力打，鬼子的一个中队，则需要我们一个整团对付。这也就是我们不敢和鬼子打进攻战，不敢和大队以上建制的鬼子交手的原因。"

熊大林听了，很是吃惊："老刘，你说的这些是真的吗？"

"当然是真的，这些都是我从日伪的报纸、缴获的文件和鬼子的笔记中看到的。"

熊大林听了极为感触："所以必须要培养战士的勇敢精神，打仗，就是你死我活，不是我把刺刀戳进你的胸腔，就是我成你的刀下鬼；不是我踏着你的尸体前进，就是你把我的尸体踩在脚下。军人只有勇敢不怕死，才能将自己的技战术、将自己手中的武器发挥到极致。"

熊大林叹道："在培养部队的战斗意志方面，我们还真得向小鬼子学学。我们必须培养部队一往无前的精神，无论在多么艰难困苦的场合，都要在气势和精神上压倒敌人。有了这种精神，什么鬼子的'武士道'、六士道，都会被我们踩在脚下。说实话，我很佩服小鬼子人自为战，虽打败或负伤也不向对手交枪的战斗意志。咱们和日本人打了两年多了，你见有几个鬼子向我们投降的？更别说分队、小队以上成建制投降的了。"

见刘永光听得认真，熊大林接着说道："你再看看我们的国民，就不要说那些为了点蝇头小利就出卖祖宗的汉奸了，有些地方的百姓，几十甚至几个鬼子就能把全村的数百数千的村民围住屠杀，而这些百姓只知道跪地求饶。自古以来，中华民族就崇尚'富贵不能淫，威武不能屈，贫贱不能移'的民族气节，它是一个民族的节操和赖以生存的脊梁。这个脊梁弯曲了，整个民族就会屈服，在生死面前，就会向侵略者低头。只有民众的不屈，才有民族的站立。如果被鬼子围住了、抓住了，动不动就跪下，乞求鬼子怜悯，放自己一条活命，即使鬼子放了你，活着又有什么尊严？"

刘永光听了也十分感慨："是啊，在这个方面我们得学学小鬼子，不仅要加强对部队的爱国主义、革命英雄主义教育，也要和地方抗日政府一起，加强对民众的教育宣传，要让乡亲们知道，乞求和温顺堵不住豺狼的口，只有我们自己拿起刀枪，哪怕是棍棒来，才能把豺狼赶跑，保住自己的性命。我想让宣传干事陈平带几个人，在我们的活动区域，四处书写抗日标语，鼓动百姓的士气，让百姓明辨是非。"

熊大林听了赞道："很好，你是政治委员，这事就你全权负责吧。"

刘永光也赞道："好，对部队和民众的教育宣传，是我职责之内的事，那部队的作风养成和技战术训练，就全靠你了。"

熊大林点头称是："好，咱们分工协作。"

刘永光接着拿出一份电报："刚接到军分区电令，令我团协助地方政府，开展减租减息和锄奸运动。"

"减租减息和锄奸怎么搞，军分区说了吗？"熊大林问。

"没有，电报只是说派军分区锄奸部长江新河来我团指导工作"

"什么？江新河这小子要来？"熊大林问。

"是啊，军分区的电报写得清楚，怎么，你认识他？"刘永光说完将电报递给了熊大林。

熊大林看了看后道："何止是认识，老子差点死在了他的枪下。"

"怎么回事？"刘永光问。

"一言难尽，这小子'左'的厉害，就知拍马屁讨领导的好，来了你就知道了。"

刘永光听了，摇摇头道："那你我得小心啊。"

两天后，江新河带着工作组和一个班的战士来到三团。简单的寒暄后，江新河说出了自己的意见："减租减息，是中央和军区的部署，是我们建立抗日根据地，取得民心的必须。名义上是我们协助地方政府搞这两项工作，但基层政权还不巩固，地方政府只有区以上才有几个人，所以实际上要以我们为主开展这项工作。还有锄奸的问题，由于日寇已统治冀东多年，汉奸、特务遍布乡村，不除掉这些汉奸卖国贼，我们的部队就无法生存，地方政权也无法巩固。这项工作李司令明确由我具体负责，请刘政委和熊团长全力支持我的工作。"

刘永光听了马上表态："当然，当然，我和熊团长一定全力支持。"

熊大林皱了皱眉头道："支持江部长的工作是一定的，不过有一点我不太认同，冀东已被日寇统治多年不假，但要说汉奸特务遍布乡村，我有点不太苟同。汉奸特务是有，有的还很坏，比如连家庄的杨耀先，为鬼子传递我八路军的活动情况，必须严加惩办。但江部长，乡村里有你说的那么多汉奸特务吗？"

江新河一听，马上现出了不悦的表情："比你想的还严重。现在平原地区的哪个村不向鬼子交粮交款，那些负责向百姓催粮催款的伪村长，就是明明白白的汉奸特务，必须给予坚决的镇压！"

熊大林一听，火气上冲，心想：你小子还是没改掉极左走极端的毛病。正要再说什么，刘永光拦住了："江部长，隐藏的汉奸特务必须铲除我和熊团长同意，但要不要把不得已担任伪村长的人也列入铲除之列？我的意见是区别对待，要锄掉哪些人，待咱们三个人研究后再定？"

江新河一挥手："李司令明确锄奸的事由我负责，你俩就不要过问了。"

熊大林听到这忍不住了："请问江部长，你是来指导我们工作还是领导我们工作？"

"当然是指导。"江新河也毫不客气，"但咱们要各司其职，锄奸的工作李司令明确由我负责，你们两个就不要插手了。"

"好，好，你负责，你负责吧。"熊大林摇摇手。

熊大林、刘永光与江新河的会面不欢而散。

几天后，熊大林接到军分区命令：为配合八路军总部开展的百团大战，令你团出击北宁路，彻底捣毁盘山南部北宁铁路。

熊大林接到命令嘿嘿地笑了，"这个命令及时，老子的兵工厂正缺钢铁呢。"他对刘永光说："我的意见是李子方留下配合江新河工作，你我一起带队出击北宁线。"

刘永光点点头道："宣传干事陈平要留下，我想让他和锄奸队一起书写标语。"

熊大林道："政治工作方面的事，你决定就行了。但要告诉陈平，百姓们基本没有文化，标语要写得形象、直接、易懂，告诉村民为什么不能当汉奸，要写出当汉奸的下场，特别要写出向鬼子屈膝求饶的后果。"

刘永光笑道："和我想到一块去了。看来只让你当个团长真是屈才了，起码也要团长兼政委。"

熊大林笑道："你这话要是李司令说，我会高兴一下，你说出来和我自吹有什么两样？我只是想，百姓们没受到过你我这样多的教育，只有写出当汉奸、屈服于鬼子的后果来，才更形象，更易于百姓记住，也才更有效果。"

熊大林和刘永光带着团主力出发后，陈平按着团长政委的要求，带着几个有文化的战士，在村民的围观下，开始四处书写抗日标语。

"我是中国人，不能接受日本人的东西，为小鬼子办事。"

"帮鬼子祸害百姓，就是中华民族的罪人。"

"出卖八路军和抗日人员，泄露抗日秘密，就是汉奸。"

"当汉奸就是背叛祖宗，将受到抗日政府严厉惩办。"

"当汉奸被处死，别人将种你的地，睡你的老婆，住你的房子，打你的孩子。"

其中写在毛家峪潘家大院前的墙头诗非常形象："如果我们向日本人跪下，小鬼子就会指着我们说：这是待宰的羔羊。然后把我们杀死，再指着我们的尸体骂：这些怕死的中国猪！"

半个多月后，熊大林带队归来，看到墙上的标语，笑着对刘永光道："陈平这小子行。"

刘永光点头赞同："对百姓的教育，不是一两条标语一两天就能行的，我们还要和地方政府一起，加强对百姓的教育，不仅要对成年人，还要对孩子，孩子可是我们的未来啊。"

部队刚进马家峪，熊大林就接到李子方报告："江部长带人把连家庄为鬼子飞鸽送信的杨耀先一家七口全部活埋了。"

熊大林听了大惊："杨耀先罪不可赦，可为什么把他家里的人都杀了呢？你为什么不阻止？"

李子方答："我提出了不同意见，可江部长说，我是配合，锄奸他说了算。"

熊大林听了狠狠地骂道："奶奶的，真是小人得志。"

"还有……"李子方欲言又止。

"还有什么，快说！"熊大林不耐烦地问道。

"还有江部长带人活埋了几个伪村长，把殷家庄的田志忠也抓起来了，还动了刑。"

"什么，把田村长抓起来了，还动了刑？他可为我们三支队做了不少抗日的事，是个白皮红心的村长。田老先生被关在了什么地方？"

"就在马家峪村的大庙里，一起关押的还有十几个村的村长。"

熊大林一听，赶紧道："快，带我去看看。"

李子方带着熊大林一会就到了村中大庙，庙门口有江新河带来的两个战士站岗。

熊大林对着两个战士吼道："把门打开！"

一个战士立正答道："江部长命令，没有他的批准，任何人不准见被逮捕的人。熊团长，对不起了。"

"放屁！在老子的地盘上抓人，还不准老子看，他反了天了，打开！"熊大林骂道。

两个战士没动。熊大林正要再骂，李子方走上前，对两个战士道："熊团长要看就让他看看吗，有什么问题我负责，打开吧。"

听了李子方的话，战士不情愿地打开了门。

被关押在庙里的田志忠，早已听到了门外熊大林的声音，见熊大林进来，"扑腾"跪在了熊大林面前，大叫道："熊团长，你可为我做主啊。"

熊大林一看，田志忠脸上红肿，身上露出了道道鞭痕，赶紧扶起田志忠，叫道："田老先生，不要这样，不要这样，是我对不起你，让你受苦了。"

田志忠诉说道："熊团长，你是知道的，我当这个伪村长是迫不得已，给鬼子办事，也只是敷衍一下，可江部长非说我是汉奸，逼我交代还做了哪些坏事，你看把我打得，还说再不交代就活埋我。熊团长，我为抗日做了多少事，你是知道的，你可要为我做主啊。"

其他被抓的伪村长也都围过来，纷纷向熊大林诉冤。熊大林向大家挥了挥手："乡亲们静一静，只要你们不是真心为日本人做事，真心拥护抗日，我将保障你们的生命安全。你们再忍一忍，我去找江部长。"

出了大庙，熊大林怒火难耐，问李子方："江新河呢，他哪去了？"

李子方答："江部长带人出去了，估计一两天才能回来。"

"胡闹！"熊大林恨恨地道："你告诉江新河，让他回来马上到我那去。"说完看了看刘永光。

刘永光知道，这是熊大林在征询自己的意见，于是道："江部长做得过了，你打算怎么办？"

"我的意见是马上放人。鬼子让你当村长，不当鬼子杀；当了我们杀。那谁敢当这个村长，这样杀下去杀得完吗？对这些村长，我们必须区别对待，只要不是主动和真心为鬼子办事的，不能杀，我们还可以通过教育，像殷家庄的田志忠一样，为我们所用。"

刘永光点点头道："可你做主把这些人放了，江新河回来怎么办？"

"怎么办？我正想和他理论理论。放，马上放，不然把这些人都得罪了，我们还怎么在这个地方呆，百姓谁还敢支持我们。"

刘永光点点头："那就放，江部长回来，咱俩一起和他说。"

见政委支持自己的意见，熊大林马上找到了刘大龙，对刘大龙道："你去带人把关押在大庙中的村长全放了，如果哨兵不放，把他们的枪下了，关起来。"

"下哨兵的枪还关起来，合适吗？"刘大龙问。

"有什么不合适的，在老子的地盘上，我绝不允许他江新河瞎折腾。你执行就是，有什么事我负责。"

两天后，江新河回来了，他怒气冲冲闯进了作战室，大骂道："熊大林，你个狗日的，你私自放走汉奸特务，还敢抓我的人，谁给你的权力？"

对江新河的叫骂，熊大林没有理会。他卷了一支烟，对着黄参谋道："去把刘政委叫来。"

见刘永光进来，江新河更来了劲头，对着刘永光叫道："刘政委你说说，李司令明确锄奸的工作我负责，他熊大林把我抓的人全放了，我的工作还怎么做？谁给他的权力？"

刘永光听了，上前按按了江新河的肩道："江部长坐下消消气。放了那十几个伪村长是我和熊团长共同决定的。这些村长是鬼子选的没错，可他们不当鬼子杀他们，他们当了我们也杀他们，这样杀来杀去杀得完吗？据我了解，这些村长好多是白面红心，应付鬼子是迫不得已，背后为抗日也做了不少好事，像殷家庄的田志忠，为我们筹粮筹款，还帮我们扩兵，怎么能把他们抓起来还用刑呢。你把他们都杀了，谁还敢当这个村长，谁还敢为我们做事，那样会失去民心的。"

"可他们为鬼子筹粮筹款是事实吧？只要为鬼子做事，就是汉奸，就该杀。"江新河一点没有退让。

熊大林再也忍不住，指着江新河的鼻子大骂："放屁！只要为鬼子做事的都杀，冀东的青壮年哪个没被鬼子抓过夫，你都杀吗？你杀得过来吗？杨耀先该杀，可你株连九族，杀了他一家七口，和小鬼子有什么两样？"

江新河丝毫没有觉得自己做得不妥，指着熊大林的鼻子道："你懂什么，这叫除恶务尽，斩草除根，你要为你的行为负责！"

"老子当然要为自己的行为负责。"熊大林也指着江新河骂道："在老子的地盘上，你少给老子指手画脚，你再敢胡作非为，信不信，老子下了你的枪，把你送回分区去，滚！"

又是一次不欢而散。

江新河走后，熊大林对着刘永光说："还有那个减租减息，怎么搞咱们得想个办法，不能让江新河胡来。"

刘永光点了点头："最近，我看了军分区转来的文件，中央提出的是'二五减租'，我觉得这个办法很好，百姓可以从中得到实惠。"

"'二五减租'？怎么回事你说说？"熊大林迫不及待地问。

"所谓'二五减租'，就是将传统的收成交租50％再减去一半。"刘永光解释道。

"这样好，这样才能使我们区别于国民党和日伪政权，使广大农民得到实际利益。"

"那咱们就按这个要求办。"刘永光道。

十几天后，熊大林和刘永光报到报告：江新河在指导减租减息中，把地主的土地全部没收分配了，还把一些不满闹事的地主活埋了。

刘永光也被激怒了，大骂道："胡闹！这些地主、富绅在当地影响大，有号召力，在深处敌后，没有巩固政权的情况下这么做，把这些本来可以争取过来的中产阶级，全推向了抗日的对立面，不但减少了同盟者的支持，又制造了新的敌人，必须中止江新河的行动。"

熊大林见政委表了态，马上道："不能让江新河再这么折腾了，我的意见是马上把他送回军分区。"

刘永光马上表态："有必要。最近我又看了看毛主席的《论持久战》，他说看一个政党在现实社会中的前途和作用，不仅要看谁的兵多、消灭的鬼子多，还要看谁代表社会的进步，谁代表民心向背。国民党在日军后方为什么站不住脚，根本原因就是没让百姓得到实际利益，没让百姓看到希望。而兵力和装备都远远处于劣势的我们为什么站住了脚，就在于我们团结了国内各阶层人士，实行减租减息，停止没收地主土地，使广大农民得到了物质利益而衷心拥护我们。"

正说着，李子方的警卫员李长利进来报告："江新河把李主任抓起来了，还抓了几名对他的做法提出反对意见的地方干部。"

熊大林被彻底激怒了，大叫道："为什么？"

李长利道："江部长说李主任泄露锄奸机密，几个地方干部工作不力。"

熊大林骂道："奶奶的，反了天了，在老子的地盘上，敢抓老子的人，我带人把江新河抓来，明天把他送回军分区去。"

刘永光道："抓就不必了，咱们去把人放了，明天我带人把他们送回去吧，我担心你这个脾气，别和李司令闹僵了。"

"不必，还是我去，一人做事一人当。"说完喊道："宋小宝，快通知刘大龙带一个排跟我走。"

刘大龙带一个排跑步赶来。熊大林带着人，气冲冲地赶到村中大庙，对着正在审讯人的江新河吼道："江新河，你个狗日的，说，为什么抓老子的人？"

江新河见熊大林带人赶来，马上站起，指着熊大林叫道："怎么，你要造反吗？老子在执行公务。"

"狗屁！"熊大林骂完，对着刘大龙命令道："把他们的枪下了，把江新河给我绑起来。"

刘大龙二话没说，带着战士下了江新河带来的几个人的枪，把江新河牢牢地绑了起来。

熊大林亲自进了关押室，放出了李子方等人。

被绑的江新河大叫："熊大林，你这是兵变，你这是造反！"

熊大林骂道："你少给老子戴高帽，这些话你去和李司令说吧。带走！"

江新河被带到了刘永光面前。刘永光上前为江新河松了绑道："江部长，你做得太过了，你这么做会失去民心，把我们好不容易建立的根据地搞乱的。我和熊团长商定，明天送你回军分区。"

江新河仍然大喊："刘永光，你这是和熊大林一起造反，是兵变！"

刘永光笑道："造反？兵变？我们投敌了吗？我们胁迫上级领导了吗？你也是老革命了，说话要有根据。今天的结果，是你自己作孽，逼得我们不得不这样做。你就消消气，明天老老实实回军分区吧。"

对熊大林要将江新河送回军分区，刘永光有些放心不下。晚上，他再次找到熊大林。

刘永光开门见山："老熊，我的意见还是我去，我真怕你和李司令吵起来。"

熊大林倒是很自信："放心，我会据实禀报。把江新河送回军分区是我决定的，下他们的枪也是我带人干的。我说了，一人做事一人当。"

"可是你带一个班是不是少了点？"刘永光建议道："江新河带来的人也是一个班，我的意见是你带一个排去。"

"一个班够用了。我只下了江新河的枪，对他和他的人没有怎么样，他还敢和我动武。到平西整训的几个连还没回来，也不允许我带更多的部队去。我去的这几天，你就和李子方、贺长明一起，好好抓抓部队的政治教育和军事训练吧。"

见熊大林说的在理，刘永光同意道："那就快去快回，三团离不开你。"

熊大林一听，心里很是感动，嘴上却说："我的大政委，有你在三团什么都耽误不了，我一百个放心。"

第十二章

　　第二天一早吃完饭，熊大林命令刘大龙将收缴的枪支还给江新河一行，带着四连的一个班出发了。

　　一路上言语不多，江新河还是很配合，两天后，熊大林来到了军分区所在地雾灵山。

　　李云长听了熊大林的汇报，木讷的脸上没有一丝表情。他找江新河和随从的人了解了一些情况后，对着熊大林道："锄奸工作没有现成的政策和经验，江新河做的可能有些过火，有问题可以商量，还可以向我汇报吗，你带部队放走江新河抓的人，还缴江新河的械总不妥吧?"

　　熊大林想说什么，刚一张嘴，李云长摆手打断道："晚上召开会议，研究讨论减租减息和锄奸中的具体问题，有什么话就到会上说吧。"

　　按李云长的要求，熊大林首先介绍了江新河在指导三团减租减息和锄奸中的一些极左做法和群众的反映，同时对自己的一些过激做法作了检讨。熊大林建议吸取江新河在指导三团锄奸和减租减息中的教训，允许白皮红心的两面政权存在，停止没收地主的土地，停止滥杀无辜。

　　江新河也被迫对自己的一些极左做法做了检讨。综合大家的意见，李云长代表军分区党委做出了三项决定：

　　一、严格执行中央的"二五"减息政策，停止没收地主土地；

　　二、允许"两面"或白面红心的伪村长存在，允许给敌人出劳役并交少量粮、款应付敌人。

　　三、向敌人真自首，暴露我党员、抗日军烈属和抗日物资者；真心投敌，为日伪充当坐探，送真实情报使我抗日政权、部队及民众遭受损失者；拒绝完成抗日政府交办任务者，以汉奸论处，但不得株连亲属。

熊大林带着喜悦的心情离开了军分区。他不知，自己的行为已为人生埋下了隐患，更有一场不可预测的生死在前方等待着他。

返回的第一天一切顺利。第二天一早熊大林刚进入平东县界不远的陡儿峪，迎面与一小队出来扫荡的鬼子相遇。

双方几乎同时发现了对方，想躲来不及了。鬼子立即散开，机枪顷刻打了过来，前边的两个战士立刻倒下。

骑在马上的熊大林在枪响的同时一个翻身滚到了大石后，张开机头的手枪已握在了右手。熊大林看到，四五十个鬼子已成扇面向自己包抄过来。鬼子的两挺机枪已占领有利位置打向了自己，想躲已不可能了，只有和鬼子拼死一战。熊大林命令："快散开，把鬼子的机枪打掉。"

这时，班长郭大海爬了过来："团长，你骑上马快走，我带弟兄掩护你。"

熊大林将前头的一个鬼子打倒后道："哪有把弟兄们扔下自己跑的，要死一起死。"说完继续射击。

"我的团长，再不走就来不及了，我谢谢你了，快走吧"郭大海几乎是央求了。

"少废话，咱们三团没有扔下弟兄自己跑的先例，老子不能开这个头，快打，要死一起死。"

这时，鬼子的两具掷弹筒"咣咣"地打来，又有两名战士倒下了，熊大林的马也倒下了。熊大林看了看，苦笑着对郭大海说："现在想走也走不了了。"说完捡起一名倒下战士的步枪，将冲在前边的一个鬼子打倒。

熊大林命令："投弹，把鬼子打下去。"

十几棵手榴弹投向了鬼子，鬼子也倒下了十来个。趁鬼子火力减弱的机会，郭大海再次央求道："团长，快走，三团不能没有你。"

"屁话，你想让老子当逃兵？"说完欲举枪射击，突然，一颗子弹飞来，熊大林重重地倒在了大石下。

警卫员宋小宝一见，赶忙抱起了熊大林，哭着叫着："团长、团长。"

郭大海一个翻身滚过来，只见熊大林嘴里呼呼地吐着血，子弹从左上颧骨打入，斜贯口腔从右下牙床穿出。郭大海泪流了出来，叫了两声"团长、团长"，不见熊大林有一丝回音，对着宋小宝命令道："你快带团长走，我们掩护。"

宋小宝不忍地点点头，对着郭大海和几个战士道："谢谢弟兄们，保重！"说完扛起熊大林，向后奔去。

宋小宝没跑出几步，一串机枪子弹打来，宋小宝也重重地摔倒在地上。

剩下的几个战士见了，对着郭大海叫道："班长，快带团长走，我们掩护。"

时间已容不得郭大海犹豫。"谢谢弟兄们"说完掏出手榴弹，命令道："投弹！"

趁着手榴弹爆炸鬼子卧倒躲避的时机，郭大海蹿出几步，扛起熊大林就跑。

剩下的四五个战士顽强地抗击着鬼子的冲击。郭大海扛着熊大林跑出不过二三百米，后边传来了一声接一声的手榴弹爆炸声。郭大海知道，这是掩护的战士拉响了手榴弹与鬼子同归于尽。郭大海顾不得多想，继续扛着熊大林向前跑着。

熊大林的血一滴滴滴在郭大海的身上，滴在地上。又跑出一二百米，身后传来鬼子的嚎叫声。已累得气喘吁吁的郭大海回头一看，见二十几个鬼子追了过来。郭大海没有犹豫，扛着熊大林继续跑着。

鬼子的嚎叫声更近了。突然，郭大海一个趔趄栽倒在地。郭大海伏在熊大林身上，伸手摸了下麻木的右腿，血已经流了出来。郭大海知道走不了了，于是把熊大林抱到一块大石后，端枪射击。

鬼子叫着："八路长官大大的，抓活的。"

郭大海抹了把脸上的汗水，骂道："抓你娘的鬼！"连开几枪将前面的两个鬼子打倒。

郭大海拉开枪栓要再次射击，发现枪膛里没子弹了。郭大海抓过熊大林的手枪，继续射击，在打出几枪后，枪机弹开，手枪的子弹也没有了。

郭大海赶紧在熊大林身上翻找，没有发现一颗子弹。郭大海摸了摸自己身上，只剩下了一颗手榴弹。郭大海将手榴弹插在腰上，捡起上了刺刀的步枪，但站了几下没有站起来，于是扔掉步枪，爬到了熊大林身旁。

鬼子见郭大海没有了子弹，怪笑着围了上来。郭大海见状，拉出手榴弹弦，喃喃地说："团长，我不能带你走了，让我和你一起上路吧。"

郭大海正要拉弦，突然传来激烈的枪声，围着的鬼子不断倒下，剩下的鬼子赶忙四散跑开躲避。

郭大海扭头看去，见一群穿着杂色服装的人端枪冲来，领头的一位留着大辫的女子，挥着双枪边冲边向鬼子射击着。郭大海认出领头的女子是豹儿寨的大当家柯二美，于是大叫："大当家的，我们的团长负伤了，快救他！"

柯二美几个箭步冲了过来，看了看倒在地上的熊大林，对着二当家的苗大国叫道："快把熊队长背走"说完对手下命令道："把鬼子打远些！"

熊大林被苗大国背走了，郭大海也被柯二美令人背走了。半个多小时后，柯二美赶了上来，对着苗大国道："快，把熊队长和这位英雄背到家里去。"

　　柯二美怎么会在这个时候出现在陡儿峪呢？原来，陡儿峪的民间武装与邻村的另一股民间武装因利益问题发生了冲突，柯二美应邀出面调解，路上听到枪声赶了过来。

　　柯二美从服装上看出被鬼子攻击的是八路军，八路军已明显处于下风。看鬼子的人数不是很多，于是对二当家的苗大国道："现在八路遇到了危险，你敢不敢帮八路一把？"

　　苗大国道："有什么不敢的，只要你姑奶奶说一声，我马上带人冲。"

　　柯二美一听，挥枪喊道："弟兄们，现在八路遇到了危险，咱们都是中国人，不能让小鬼子得了便宜，不怕死的跟我冲上去！"

　　柯二美带人背着熊大林和郭大海走了十几里山路回到家中，命人将熊大林抬进了自己的闺房。见熊大林人事不省，只是呼呼地喘气，赶忙让苗大国找村中的郎中为熊大林和郭大海治伤。

　　郭大海虽然腿上负伤，但神志完全清醒，他对着柯二美道："熊支队长现在是我们的团长，你快派人去盘山马家峪报信。"

　　柯二美道："报信也得郎中来了以后再去，伤重伤轻、能不能救活都不知道，怎么去报？"

　　郎中很快被请来了。这位乡村的郎中在看了看熊大林和郭大海的伤后对柯二美说："这位小兄弟的腿伤了小骨不算重，要命的是这位长官，我是救不了他了。"

　　柯二美听了马上问："难道就没有别的办法了吗？"

　　郎中道："这位小兄弟的腿伤我给打上夹板，慢慢调养会好的，但这位长官就难就了，伤在嘴和头上，不能吃、不能喝，如果发了炎，草药就不管用了，只能用西药，要不就救不活他了。"

　　"你说的西药叫什么？哪里有？"柯二美焦急地问。

　　"叫青霉素，是消炎的特效药，还有阿司匹林，这是消热镇痛的，县城日本人开的药铺里有，要不救不活他。"

　　正说着，熊大林醒了过来。他睁眼看了看周围的人，想说什么却没说出来。

　　柯二美赶忙上前，对着熊大林道："我是豹儿寨当家的，咱们见过，你被救了。"

　　熊大林艰难地点了点头，又说了几句什么，但众人没有听清。

　　柯二美把耳朵凑近熊大林的嘴，只听熊大林断断续续地说道："快去…盘山…马家峪…报信…"

　　柯二美道："你们还有一位活着的弟兄，他也让我们去马家峪报信，可现在天快黑了，我们想明天天亮了再去。"

熊大林听了，艰难地摇摇头："不，现在去…现在去。"

柯二美听了马上道："好，我现在就派人去。"

柯二美找到二当家苗大国，让他立即骑马去盘山马家峪报告情况。苗大国很快骑马奔去。

柯二美回到闺房见熊大林又昏睡过去，对着郎中道："这么昏着不行，得想个办法啊。"

郎中道："姑奶奶，我真的没有办法了。等他再醒的时候，喂他点米汤，增加点抵抗力，要不饿也会把他饿死的。"说完欲走。

柯二美掏出两块大洋递给了郎中。郎中接过来道："有事再叫我吧。"说完走了出去。

柯二美让人熬小米粥。一会，熊大林又醒了过来，嘴里不停地嘟囔着。

柯二美再次将耳朵凑近了熊大林的嘴，听到是"水、水"的声音，立即让人端来了一碗水，用勺慢慢送进了熊大林的嘴里。

立刻，喂进去的水和着血从熊大林的伤口流了出来。熊大林咳嗽了几下，又一次昏了过去。

柯二美急得快哭了，她知道，水都没法喂进，米汤更不可能。

柯二美在屋里急急地转着。突然，她想起了一个东西：奶。于是出门，对着手下的一帮人问道："你们都说说，哪能搞到奶？

一个拿枪的手下说："姑奶奶，咱们山沟里，哪能搞到奶啊。"

众人听了，也附和着说："是啊，这地方哪有奶啊，就是县城里也没有啊。"

这时一个手下怪笑着说："要说也有，女人的奶啊。"说完哈哈怪笑起来。

听了这话，手下全部笑了起来。一个还怪声怪调地喊："你是想女人的奶想疯了吧。"又引起了众人的一阵大笑。

柯二美气恼地骂道："笑，笑个屁，再笑姑奶奶抽你！"说完进了自己的屋，找了一只碗出门而去。

柯二美受到了启发：母奶，这可是个好东西，村里的产妇一定有。

柯二美努力回想着村里的产妇，一路想着来到了一张姓产妇家。

柯二美努力敲开了门。开门的婆婆见是柯二美，吃惊地叫道："哎呀，我说姑奶奶，什么风把你给吹来了？"

柯二美礼貌地答道："张婶，我家有个让鬼子打伤的弟兄，嘴伤了，吃不了东西。咱们不能眼看着他饿死，我想请您家儿媳给点母奶。"

张家妇人听了马上回拒道："啊呦呦，我家孙子还不够吃呢，你还是到别处去找吧。"

柯二美边说边往里走："我不会白要你的，我给你钱。"

张家妇人想拉住二美，二美已进了屋。见到躺在土炕上的张家媳妇，柯二美上前道："嫂子，我想向你求些母奶，我的一个弟兄伤了。"

张家妇人追了进来："我说二美啊，婶子我不是骗你。按说你平时对我家挺好的，我应该帮你，可我家媳妇的奶真的不够孙子吃啊。"

张家的媳妇也说道："大妹子，我的奶真的不足，还不够自己的孩子吃呢，你还是到别的家找点吧。"

听到这，柯二美"扑通"一声跪了下来。"婶子、嫂子，实话对你们说吧，一个八路长官，就是大家都知道的熊团长让鬼子打伤了，而且伤在了嘴上，已一天一夜没吃东西了，我们不能让打鬼子的英雄饿死，我替熊团长谢谢你们了。"说完就要磕头。

熊大林的名声早已在冀东西部地区家喻户晓，听二美说是打鬼子的熊团长伤了，张家妇人赶紧拉起二美："我说姑奶奶，熊团长伤了你早说啊，我们给，我们给。"说完接过柯二美手中的碗，递给了儿媳。

儿媳接过碗，向碗里挤着，挤光了两只乳房递给柯二美道："只有这么多了。"

柯二美接过半碗母奶，单腿跪下："谢谢嫂子、谢谢婶子"掏出两块大洋放在了炕上。

张家妇人赶紧抓起两块大洋，追了出来："姑奶奶，我们不能收，不能收，这点奶就算我们为抗日做点贡献吧。"说完不由分说，将大洋塞回柯二美的口袋。

柯二美赶回家，见熊大林再次醒来，嘴里不停地嘟囔着"水、水"的声音。

柯二美赶紧上前，弯腰用勺将奶一点点喂进熊大林的嘴里。熊大林顿觉一丝甘甜涌遍了全身，迷迷糊糊中，似儿时吸进了母亲的乳汁，立刻，熊大林的泪水顺着眼角流了出来。

柯二美一点点地喂着，熊大林一点点地吸着，待喂完了半碗乳汁，熊大林又昏昏地睡去。

到了半夜，熊大林的呼吸开始急促。柯二美摸了摸熊大林的头，热得烫手。柯二美赶紧令人再次请来了郎中。

郎中摸了摸熊大林的头，将一块用冷水浸湿的毛巾捂在了熊大林的头上，然后对柯二美说："姑奶奶，熊团长已感染发烧了，如果明天搞不来青霉素和阿司匹林，这位英雄恐怕就没救了。"

　　柯二美急了，对着郎中道："麻烦你守着他，我现在就去县城，明天中午前我一定赶回来。"说完冲出门，骑马向县城飞奔而去。

　　郎中用湿毛巾，一次次地为熊大林降温，嘴里不停地嘟囔着："报信的到了没有？我救不了他，你们可快来啊。"

　　报信的苗大国骑马一路飞奔，七八十里的路，三个多小时终于赶到了。虽已到了午夜，但刘永光和李子方一直未睡，他们已接到侦察员的报告，说在陡儿峪，熊大林和四连的一个班与鬼子遭遇并发生激战，警卫员宋小宝和九名战士牺牲，但没有发现熊大林和班长郭大海的尸体。

　　刘永光立即派出侦察员四处寻找，命令活要见人，死要见尸。

　　接到苗大国的报告，刘永光十分吃惊。熊大林没有牺牲，使刘永光得到了很大安慰，但熊大林伤得如此之重，还是使刘永光如坐针毡。他留下李子方，令军医王子奇带上所有能带的药品，命刘大龙带着四连急行军，自己带着王子奇和警卫员于盈水，跟着苗大国骑马星夜奔向了豹儿寨。

　　柯二美打马向县城飞奔着，天亮的时候终于到了县城。见县城门还没有打开，柯二美干脆上前砸门。

　　看门站岗的两个伪军骂骂咧咧地打开门，见一漂亮的年轻女子。看马匹和装束，两个伪军知道不是一般的村民，马上奸笑着问："大小姐，有什么急事砸我们的门？"

　　柯二美掏出了四块大洋，急急地道："我爹患了急病，必须马上进城买药，要不就晚了，行个方便。"说完将四块大洋塞进两个伪军的手中，拉马进入了城门，

　　一个伪军想阻拦，另一个伪军看了看手中的大洋，拉了下要阻止的伪军。这个伪军马上明白，放柯二美进入了县城。

　　柯二美再次骑上马奔药铺而去。药铺还没有开门，两个伙计正在收拾房间打扫卫生。

　　柯二美跳下马扔下缰绳，径直对收拾房间的伙计道："快，买药。"

　　伙计叫出了日本老板。柯二美急急地说："给我买青霉素和阿司匹林，越多越好。"

　　日本老板听了，摇着头用半生不熟的中国话说："这两种药都是皇军的禁卖品，没有皇军宪兵队的批准统统的不卖。"

　　柯二美一听，马上叫道："我爹被狗咬了发炎发烧，不卖我爹就没救了。"

　　日本老板还是摇头："不卖不卖，你的到皇军宪兵队开条子的有。"

　　柯二美急了，冲上去抓住日本老板，掏出手枪抵住了日本商人的头"你卖

不卖，不卖姑奶奶一枪打死你！"说完对着两个伙计喊："你们两个过来"

柯二美用枪指着两个伙计命令道："把店铺里的青霉素和阿司匹林给我装好，不然姑奶奶把你俩和这个日本人一起杀了，快！"

两个伙计吓得直打颤，见日本老板没有表示，赶紧找了一个布袋，开始装药品，装完后递给柯二美，"姑奶奶，就这么多，就这么多。"

柯二美将日本老板推到一边，拿出药品看了看，掏出一把大洋放在桌上，双手一揥道："对不起了。"说完抓起药品，奔出门骑上马飞奔而去。

此时的城门刚刚打开，两个伪军见柯二美骑马赶了过来，没有阻拦。柯二美在马上向两个伪军挥了挥手："谢谢了"打马扬长而去。

柯二美赶回豹儿寨正要让郎中给熊大林注射，刘永光和军医王子奇几人也骑马赶到。王子奇赶忙接过注射器，在检查了一遍熊大林的伤口后，将药品注射进熊大林的身体。

刘永光将王子奇拉到一边问："伤得怎样？有救不？"

王子奇如实回答："伤得不轻，但没伤到要害，只要不发炎感染，估计没问题。现在已注射了青霉素，一般不会出什么意外。"

听了王子奇的介绍，刘永光心里踏实了些："我不要什么'估计'和'一般'，一定要把团长救活，明白吗？"

王子奇立正答道："是，一定要把团长救活。"答完对刘永光建议道："政委，等刘连长带人赶过来后，我的意见是把团长抬走，我们自己有专门的医生护士，条件相对好些，这样更有利于团长的恢复。"

刘永光听了点点头："估计刘大龙中午赶到，到时把团长和郭大海一起抬回去。"

刘永光转身对柯二美双手抱拳："谢谢大当家的，对大当家的救命之恩，我们八路军没齿不忘。"

"谢谢就行了？你知道吗，为了救熊团长，我们死了八个弟兄。"

刘永光一听，有点不解，于是问道："大当家的，你说让我们怎么谢你？是要枪还是要钱？你说个数。"

"我不要枪，也不要钱，我要人。"柯二美娇羞地回答。

"要人？"刘永光还是不解。

"你看到了，熊团长躺在我的闺房里。我们这的风俗只有自己的男人才能躺进女人的闺房，熊团长必须娶我，要不我就没法嫁人了。"

"什么？娶你？"刘永光惊得直咧嘴："娶你也得熊团长同意，我不能做这个主啊。"

"我不管，等熊团长好了后，你告诉他必须娶我，不然我就没脸活了。"

"可你，为什么非要嫁给他呢？"刘永光问。

"因为他是打鬼子的英雄。"柯二美说完跑出了房门。

熊大林在被注射了青霉素和阿司匹林后不久醒了过来，烧也慢慢地退了下去。刘永光握着熊大林的手，激动地说："老熊，你可醒过来了，你吓死我了。"

熊大林看是刘永光，微微动了动嘴唇道："小鬼子还没打跑，我死不了。"

"对，你死不了！是柯二美救了你。"刘永光大声说。

见熊大林艰难地点了点头，刘永光接着道："你知道吗，你现在躺在柯二美的闺房里，二美说了，你必须娶她，她必须嫁给你！"

熊大林点了点头，嘟囔了几句。刘永光没听清，把耳朵凑近熊大林的嘴边问："你说什么？再说一遍。"

熊大林又嘟囔了一遍。这次刘永光听清了，熊大林说的是"知恩必报，只要她愿意，我一定娶她！"

四连到达后，刘永光再次对柯二美千恩万谢，和战士们一起，抬着熊大林和郭大海，离开了豹儿寨。

第十三章

回到马家峪，干部战士纷纷来到卫生所看望自己的团长。刘永光只好让干部战士列队，默声从熊大林的担架旁看了一遍。

杨妈妈也来了，她端着一碗熬好的小米粥，一勺勺地喂着。

过了些日子了，熊大林已经能清楚地说话了。他已详细知道了柯二美为救自己死了八个弟兄和跪求母奶以及上县城买药的经过。他让护士叫来政委刘永光，准备让刘永光替自己向军分区打报告申请与柯二美结婚。

刘永光听了熊大林的话，笑了笑："我们的熊大团长也有儿女情长，不过先别急，等你的伤好了，我再替你打报告。要不即使李司令批准了，就你现在这个样，啥事也干不成。"说完笑了起来。

其实刘永光从豹儿寨回到盘山，有了更深的考虑。他想："冀东根据地刚刚初建，这个时候申请结婚合适不合适？熊大林虽然已满二十五岁，符合中央定的'二五八团'（二十五岁以上，八年以上党龄，团职以上干部）规定，但凭柯二美现在的身份，李司令能批准吗？"

见熊大林不再吱声，刘永光转了话题，"不说这事了。说说袁大东吧。据刘宏道和刘存生报告，袁大东在被改编为平顺第一游击支队后，总的看表现不错，在协助地方政府建立政权，消灭零星土匪方面，做了一些有益工作，但部下仍有抢劫民财的事，特别是前些天，袁大东看上了附近村庄的一个姑娘，派人抢来要做压寨夫人，被刘宏道和刘存生发现后制止，双方为此还吵了一架骂了娘。"

熊大林听了骂道："奶奶的，真是匪性难改。告诉刘宏道和刘存生，让他俩继续做好对袁大东的教育监督工作。"

刘永光听了点点头："有机会你我也要再找袁大东谈一谈，明确告诉他，如果再有此类问题的发生，就取消他平顺第一游击支队的番号，把他的部队编散。"

熊大林点头同意："事不宜迟，明天就通知袁大东把部队调到盘山来整训，不能让他们坏了八路军的名声。"

刘永光道："很有必要。最近王子奇同志又通过关系，从北平医专招来了几名毕业的学生，是不是把我们的卫生所建起来？"

熊大林道："这些同志都是我们的宝贝，只要愿意加入我们八路军，一律按连职干部对待，医术高的，按营职干部配马匹。让王子奇当卫生所所长，除了马匹，还要配警卫员。"

刘永光点头同意："你就安心养伤，这些事就由我和李子方来办。"

过了几天，柯二美带着自己的武装和几大车粮食来看望熊大林。

柯二美与刘永光握手致意后，在刘永光的陪同下，径直来到熊大林养伤的房间。熊大林正半躺在土炕上看地图，见柯二美进来，忙要直身，被柯二美按住："躺着、躺着。"

熊大林双手作揖道："多谢柯大当家的救命之恩。"

柯二美把手一摆："不用说这些，我问你，我和刘政委说的事你考虑怎么样了？"

熊大林一听，马上知道了柯二美所指，却明知故问道："哪个事啊？你再说说？"

柯二美看了看刘永光，见刘永光点了点头，对着熊大林道："你别明知故问，你已经进了我的闺房，在我的闺房睡了一整夜，伤好了你得娶我，要不我就没法见人了。"

熊大林想笑，但没愈合的伤口使他疼了一下。熊大林咧了一下嘴道："在你的闺房睡了一夜就得娶你，有那么严重吗？"

"当然"柯二美说完又小声嘟囔了一句："我还为你擦了身。"

"什么，你还为我擦身了，你什么都看到了？"熊大林故意逗她，说完捂着伤口，忍不住笑了起来。

"看到了。"柯二美却非常认真，"你要是不答应，这辈子我就不嫁人了，和你、和你们八路老死不相往来。"

见柯二美对熊大林如此真情，刘永光笑道："你别听他瞎说，他恨不得现在就娶你。"说完出了房门。

屋里只剩下了熊大林和柯二美。熊大林见没了旁人，对柯二美道："二美啊，你这么年轻漂亮又有文化，为什么非要嫁我呢？"

"为什么？因为你是打鬼子的英雄，是我敬慕的男人。"柯二美说完凑上前，"来，我看看你的伤。"

"别"，熊大林伸手想拦，却和柯二美的手碰到了一起，立刻像触电一样本能地想躲开，却被柯二美一把抓住，"一个大男人，我都不怕，你怕什么。"

熊大林的手和柯二美的手紧紧地握在了一起。熊大林长了二十五岁，除了母亲，还没有接触过其他女人的身体，一种本能使熊大林热血上冲，不由分说将柯二美抱进了怀里。

熊大林嘴上有伤，要不他会狠狠地亲亲柯二美。他既为柯二美的美貌所倾倒，也为柯二美的救命之恩所感动，更为柯二美的真情所折服，他抱着柯二美，嘴里喃喃地说："二美我娶你，我一定娶你。"

柯二美笑了，笑得满面红花。熊大林也笑了，笑得伤口作痛，笑得百爪挠心。

……

1940年的冬天到了。支队的卫生所十来名医生和二十几名护士，不仅能包扎、处理一般的伤口，还能手术、接骨。两处兵工厂经过不断的实验、改进，百余人的工厂不仅能修理损坏的枪支，生产再造子弹，还能生产成批的手榴弹和地雷，仅手榴弹的产量，就达到了每天生产3000颗以上。

三团兵工厂的建立和发展壮大，早已惊动了鬼子。铃木启久更是将峡谷峪、毛家峪的两个兵工厂视为眼中钉、肉中刺，命令伊村和佐佐木联队进行清剿、扫荡，企图一举清除八路军的弹药供应，但在三团和附近村庄民兵、村民的严密监视保护下，鬼子的多次扫荡均被粉碎，两个兵工厂安然无恙。

熊大林又出现在训练场上。虽然被打掉了两颗牙齿，但熊大林没觉得失去什么，拿他自己的话说就是"老子身上的零件未损，用两颗牙齿换个老婆，值！"

陈雨生带着去平西整训的六个连回来了。看到齐整整的部队，熊大林雄心勃勃，他要找机会大干一场，好好打几个胜仗，让小鬼子加倍偿还自己被打掉的两颗牙。

熊大林决定让郭大海接替牺牲的宋小宝，担任自己的警卫员。

这天，军分区的电令到了："遵照军区指示，分区主力部队开赴热河南部开辟游击根据地解救被集家进入'人圈'的百姓．令你团三日内开拔，赶到东陵北部山区，与二团一起执行开辟热南游击根据地任务。"

熊大林拿着命令找到刘永光："军分区命令我们全团开拔开辟热南根据地。我在想，热南离我们这不下二百里，全团都走了，我们的两处兵工厂怎么办？"

刘永光看了看电报后问熊大林："那你的意见呢？"

熊大林道："如果鬼子趁机扫荡，我们的两个兵工厂就毁了，我的意见是留下一个营。"

刘永光道："留下一个营肯定不行。鬼子在热南搞集家并村已经快一年了，百姓全部被赶到了几处被称为'人圈'的临时搭建的草棚内。现在正是隆冬季节，百姓们苦啊。部队少了起不了多大作用，所以分区决定两个主力团全部出动。如果你私自留一个营，这是抗命啊。"

"那兵工厂不能丢下不管啊。"

刘永光知道，两个兵工厂是三团的命根子，是熊大林任何情况下都舍不得的宝贝，于是想了想："将两个兵工厂带走肯定是不可能的，是不是将兵工厂的人员和装备进行分散和隐蔽转移，待我们回来后再集中生产，这样即使鬼子来扫荡，我们也可以少受些损失。"

熊大林听了点点头"我们走了兵工厂生产了也用不上，那就把李有根留下，让他负责分散和转移。"

刘永光点点头，"那就按命令出发，让部队把能带走的弹药都带上。"

三天后，部队按着命令与李云长汇合，然后一路向北，沿着燕山崎岖的山路，奔向热河南部。

趁与李云长一起行军的机会，熊大林向司令员提出了与柯二美的结婚申请。

李云长早已知道了柯二美救熊大林、柯二美非熊大林不嫁、熊大林发誓娶柯二美之事。见熊大林正式提出，李云长不紧不慢地问："咱们军分区有提出结婚的吗？你小子怎么什么都想带个头？"

熊大林听了有些不好意思，挠了一下头道："我也不想带这个头，可二美对我有救命之恩，我已答应了人家，咱们八路军不能言而无信吧？"

"救命之恩就非得以结婚作为报答吗？咱们冀东抗战的形势如此紧张，根据地也不巩固，这个时候你提出结婚，合适吗？"

"是有点不太合适，可我不是遇到了特殊情况吗？再说，我符合中央定的'二五八团'规定，上级也没规定情况紧张就不准结婚啊？"熊大林解释道。

"可柯二美是个土匪，你是八路军的团长，八路的团长能与土匪结婚吗？"李云长有些生气。

熊大林听了，立即冲上了一股怒火，他加大了声音道："司令员，我向你汇报过，柯二美她不是土匪，她带的只是几十个看家护院的武装，没抢劫民财，也打鬼子。"

"那也不行，你是八路军的团长，必须找一个政治可靠的女人做老婆，我这是对党负责，也是对你负责！"李云长发了火。

身旁的刘永光听了，赶忙拉了拉熊大林，对着李云长道："司令员，熊团长与柯二美确实有些特殊情况，您看这样好不好，让熊团长再考虑考虑，您也再考虑考虑，等完成任务后回去再说，回去再说。"说完对熊大林摇了摇头，示意熊大林不要再说。

李云长见刘永光打了圆场，不再说话。熊大林也不再吱声。

军分区主力部队进入热南十几天后，铃木启久探得了消息，命令伊村和佐佐木，必须趁八路主力离开之机，摧毁三团的两处兵工厂。

经过几天的准备，伊村首先带着一个大队和一个团的伪军偷袭了峡谷峪兵工厂，但兵工厂的设备和人员早已转移。日伪军除了踏响几颗民兵埋设的地雷吃了几次冷枪，伤亡了十几个人外，一无所获。

佐佐木接到命令野心勃勃，发誓要消灭八路毛家峪兵工厂。年关快到了，佐佐木知道中国百姓的春节情结，他要趁年关百姓在家过节的机会，血洗毛家峪。

毛家峪坐落在燕山中部，是当地一个较大的村庄。村庄群山环抱，溪水长流，盛产谷子、高粱、玉米和葡萄、板栗，一九三八年八路军第四纵队挺进冀东，毛家峪就成为冀东最早的抗日根据地，并逐渐发展成抗日堡垒村，成为冀东抗日根据地的中枢。

腊月二十七，佐佐木调动自己所属联队两个大队鬼子和伪满洲军第一团共三千余人趁夜奔袭了毛家峪村北侧峡谷内的兵工厂，但一无所获。佐佐木恼羞成怒，于拂晓将毛家峪团团包围。

佐佐木令伪满洲军在四周山上警戒，防止村民逃跑。令日军扑进村中，用枪托和刺刀，挨家挨户地将村民驱赶到村中心广场。

村中心广场东侧五十米是潘姓地主大院，潘家大院有前后两个院子。日军在这五十米的距离内站成两排，端着明晃晃的刺刀，组成了一道刺刀胡同。

日军已做好了屠杀的准备。毛家峪被搜抓倒的一千多村民在鬼子的威逼下，顺着刺刀墙陆续被赶向了院子。进了院子的村民发现院内铺满了柴草，上面还浇了煤油，起了骚动，开始往外涌。站在门口的鬼子用枪托、刺刀强行将百姓赶进潘家前后两个院子。两个院子盛不下了，就将剩余的群众集中到了院前的空场上。

鬼子从人群中挑出三十多名青年妇女，集中到另一个村民院中。小鬼子不但要杀人，还要吃饭。

潘家大院的四周墙上，站满了持枪的鬼子。大院的正房和厢房上，架起了数挺机枪。佐佐木站在厢房上开始讲话了："皇军进入冀东是要建立王道乐土，解救你们这些受苦受难愚昧无知的百姓，你们多年来不顺从皇军，私通八路与皇军作对，为八路提供粮食、被装，隐藏八路伤员，为八路兵工厂提供人力、场地，为八路运送弹药。皇军这次来，是为了消灭八路的兵工厂，抓住隐藏的八路。只要你们说出八路的兵工厂隐藏在哪，你们里边谁是八路，皇军仁慈不杀你们，还给你们赏钱。"

站在佐佐木身旁的翻译将话大声翻译给乡亲们后，村民们低着头，无一作答。在佐佐木的示意下，翻译又大声讲了一遍，村民们仍默不作声。

佐佐木恼怒了，他命令将两个大院几十名孩子从人群中分离出来集中到前院。佐佐木跳下厢房，掏出兜里的糖果，一个个给孩子们手里塞，"吃吧吃吧，米西米西，只要你们指出谁不是村里的人，这些糖统统地归你，皇军还给大洋"。但转了一圈，几十个孩子无一人接糖。

佐佐木的眼睛转了转，一把拽出一个四五岁的孩子，掰开孩子的手，硬把糖塞进孩子的手里。这时，一句童声传来："不能接，一接就成汉奸了"。小孩子立刻将糖扔在满是柴草的地上，小手像被火炭烫了一样赶紧缩回，紧紧地攥上。

佐佐木一看，说话的是个稍大点的十来岁孩子。佐佐木一把将这个孩子拽了出来，揪着孩子的耳朵，瞪着眼睛凶狠地问道："你的说，为什么不能接？"

小孩子却毫无畏惧，昂着头回答："老师说了，你们是杀中国人的鬼子，拿你们的东西就是汉奸！"

佐佐木听后狠狠地骂道："巴嘎"，骂完抽出战刀，一刀将孩子的头砍掉在地上。

孩子们吓哭了，村民们愤怒了。孩子们的哭声和大人的呐喊声响彻着潘家大院。佐佐木一挥手，厢房顶上的一挺机枪马上扫向了呐喊的人群，将前边几位喊叫的百姓打倒在地。

见村民们静了下来，佐佐木再次掏出糖果往孩子们手里塞。孩子们还是紧紧攥着手，无一人去接。佐佐木号叫着，再次举起了战刀。

"住手！"这时，一声大喊从人群中传来。佐佐木扭头看去，是一位三十岁左右的壮汉。只见这位壮汉挤出人群，对着佐佐木道："我是八路，是八路三团的供给处长，兵工厂是我带人藏的，把乡亲们放了，你带你们去找。"

翻译将壮汉的话翻译给佐佐木后，佐佐木瞪着眼睛问："你的是八路三团的供给处长地干活？"

"我就是八路三团的供给处长李有根。"李有根恨恨在骂道："小鬼子，你要是个男人，有什么事就找我，不要杀无辜的乡亲。"

翻译听了，弯腰屈膝地对佐佐木说："太君，他是外地口音，是八路三团的供给处长，老八路的干活，我的知道。"

佐佐木听了，露出了笑意："哟西，你的说出八路兵工厂藏在哪，大洋的给。"

"大洋？"李有根哈哈大笑道："还是留你给自己买副棺木吧。"

李有根怎么会在毛家峪的乡亲们中呢？原来，李有根带人将毛家峪村北峡谷中的兵工厂器材隐藏完毕后，由于还有事要与民兵们商量交代，便住在了毛家峪，不想被鬼子包围，和乡亲们一起，被赶进了大院。

佐佐木没有听懂李有根的话，转了转眼珠对李有根道："你的带路，找八路隐藏的兵工厂。"

李有根没有动，对着佐佐木道："你先把乡亲们放了，我再带你们去找兵工厂。"

翻译将李有根的话讲给佐佐木，佐佐木咧着八字胡笑道："你的诡计的不要，放了他们，你的不配合，皇军受骗大大的。你的带路去找，找到了村民统统的不杀，找不到统统死了死了的！"

这时村民们有人喊："李处长，不能找，不能听鬼子的话！"

李有根对着村民们笑了笑，对着喊话的村民鞠了一躬，然后对着佐佐木再次要求道："你把村民放了，我带你们去找！"

佐佐木摇着头，命令一名鬼子中队长带着部队押着李有根去找隐藏的兵工厂。李有根不走，被鬼子拖着出了潘家大院。

李有根被拖出大院不远，鬼子的大屠杀开始了。佐佐木首先命令点燃了前院地上的柴草。浸着煤油的柴草瞬时腾起冲天火焰。人们在烈火浓烟中叫喊着、跑动着，衣服被烧着了，头发被烧着了，像一个个火球在院子里滚动。这时，房上的机枪响了，密集的手雷也投向人群，孩子们哭喊着成片倒下，成年人也惨叫着成片倒下。村民的鲜血汩汩流出来，在腾着烈焰的地上冒着蒸气淌着，血没被烤干，又有新的血漫过来。村民们的躯体在手雷的爆炸声中撕裂着，被炸碎的残肢断臂随着气浪抛向空中，又随着漫天血雨落进烈火。潘家大院的浓烟烈火伴着爆炸的气浪，十几里外都能看到冲天的烟柱。

后院的鬼子开始用刺刀向村民们一个个捅去。村民们见鬼子的屠杀开始了，不要命的往门口冲。鬼子的机枪立即扫向了大门口，门口倒下了几十名，没倒下的仍不断一切地往外冲。终于，几十名群众冲出了大门，跑向了胡同，跑向了野外。一个没跑出去的青年村民见状，抄起地上的一条木棍，大喊道："都是个死，和小鬼子拼了！"抡棍向一鬼子的头上砸去。一位老汉捡起一颗鬼子投来的手雷，向鬼子群仍去，将鬼子炸到一片，接着扑向一个端着机枪扫射的日本兵，夺过机枪将鬼子的脑袋砸裂。其余没冲出去的村民也都冲向了近旁的鬼子，和鬼子扭打在一起。

看到村民不屈的反抗，鬼子更加疯狂，大院四周的机枪步枪同时开火，手雷更密集地在人群中爆炸。很快，鬼子封住了大门。鬼子军官挥舞着战刀，砍向扑向大门的村民头颅。其余的鬼子用刺刀、用子弹将院内的村民全部射杀。鬼子军官狂笑着，提着砍掉的头颅，逐一摆在窗台上，摆满了院子的四个窗台。

院前场地上的机枪也响了，倒下没死的百姓愤怒地叫着、骂着，没倒下的迎着鬼子的机枪向外冲，二三百个乡亲倒下了，但仍有百余名乡亲冲了出去。一会的工夫，空场地上只剩下了三四十个被挤落在地的孩子。这些孩子大多几个月，最大的不过一两岁，被遗弃在淌着鲜血、冒着火苗的空地上。孩子们不懂得眼前发生了什么，放开喉咙大声啼哭着。一个鬼子军官扑过来，提起一名啼哭的孩子小腿，一刀将孩子劈成两半。其余的鬼子们涌过来，提起这些婴儿的小腿，抡起来往门前的一对大石狮上摔。顿时，婴儿的脑浆和鲜血溅出来，溅到墙上、门上，溅到了鬼子的身上、脸上。很快，三四十个婴儿变成了一堆血肉，啼哭声没有了。

被鬼子架着走出不远的李有根听到大院里激烈的枪声和手雷的爆炸声，知道鬼子开始了屠杀，奋力挣脱开鬼子，对着大院的方向跪下大哭："乡亲们啊，我救不了你们，我无能，我不配当八路！"喊完扑向了鬼子中队长，将鬼子中队长压倒在地，狠狠地掐住了鬼子中队长的脖子。

鬼子立即冲上前，连打带拉地拖起李有根。李有根嘴和鼻子流着血，不停地骂着、挣扎着。一个鬼子对李有根挺刀要刺，被鬼子中队长制止住："巴嘎，带路的有"

这时的李有根反倒镇定了。他知道，一切都已无法挽回，他只能用自己的一点智慧和微薄力量，让鬼子偿命，替乡亲们报仇。

李有根又带着鬼子前进了。一个多小时后，李有根带着鬼子爬上了山顶一处断崖旁。李有根指着断崖中间的石洞说："兵工厂的装备器材就藏在那个山洞里。

鬼子中队长不相信地前走几步探出头，在鬼子中队长探头的刹那，李有根飞起右脚，狠狠地将鬼子中队长踹下悬崖，接着一个急转身，抱住身旁的一个鬼子，和鬼子一起摔了下去。

毛家峪的枪声沉寂了，几十个鬼子闯进前后两个院子，开始查看屠杀的结果。鬼子们用皮鞋踩、用刺刀扎，凡是还有一口气的人，都被补上刺刀。

检查完屠杀结果，鬼子又开始在村里搜捕漏网的群众。一群鬼子搜到隐藏在柴草中的一家五口，鬼子立即用刺刀将三名男人杀死，将一名四十岁左右的中年妇女和她十三岁的女儿按在石碾上轮奸。轮奸过后，鬼子兵将刺刀捅进中年女妇女和她女儿的阴道，将母女二人杀死。

鬼子搜剿完村子，又涌进青年妇女做饭的院子。见饭菜已经做好，佐佐木带头，又开始了对做饭的三十多名青年妇女的凌辱。屋里的石板炕上、院内的碾盘山，都成了鬼子强奸的现场。鬼子们笑着、叫着，对三十多名青年妇女开始了排队强奸。一个多小时后，发泄完兽欲的鬼子又抬着、拽着将不能行走的妇女扔进了院内的菜窖，然后向菜窖塞进柴草、倒上煤油，将被凌辱后的青年妇女全部烧死。

屠杀从中午一直持续到傍晚，酒足饭饱的鬼子走了，留下了仍在燃烧的毛家峪。全村一千二百余人被杀，财物被抢劫一空，多户被杀绝，其中有一百多名十岁以下的孩子。

惨案发生的第二天，冀东地方政府以电报报告了李云长。李云长震惊了，决定提前结束开辟热南游击根据地的任务，率队快速返回冀东。

熊大林流着泪向部队通报了日寇屠杀毛家峪乡亲的经过。战士们都哭了，眼泪和"报仇！报仇！"的口号伴着战士们的脚步奔向了毛家峪。

经过一天一夜强行军，部队于年三十的中午赶到毛家峪。只见毛家峪所有房屋全被烧毁，断垣残壁旁，横躺竖卧地躺着乡亲们的尸体，石碾上，沾满了被碾成肉泥的幼儿尸体，石板炕上，躺着赤身裸体的妇女。潘家大院更是尸骨狼藉，大院的石狮、台阶上，沾满了孩子的脑浆。院内的尸体叠压着，大多被烧得面目全非，无法辨认。

熊大林跪在地上大哭，战士们跪在地上大哭，毛家峪的哭声震天。

附近村庄的乡亲挥泪赶来了，他们带来了大批苇席和棉衣，帮着战士们埋葬死难的村民。

公葬是在年三十的晚上举行的，送葬的队伍由街里走向山坡，把乡亲们的尸体安葬在南山下。

军分区司令员兼政委李云长致公祭词。李云长站在山坡上，声音激昂："同志们、乡亲们，毛家峪的一千二百多乡亲是为抗战、为保护我们的兵工厂而死的，他们死得惨烈、死得英勇，他们是我们中华民族不屈的代表，是我们冀东人民的骄傲！

"日本侵略者的野蛮、残暴是人类历史上少见罕有的，甚至是绝无仅有，用禽兽不如都无法形容他们的残暴和邪恶。日军所到这处，烧杀抢掠，奸淫妇女，疯狂到杀人比赛、杀人取乐的地步。他们将幼小的婴儿摔死在石头上、用石碾将孩子碾成肉泥，将奸污后的妇女刨开腹部、割掉乳房，残忍之机令人发指。但小鬼子却不懂得，越是残暴越会激起中华民族的反抗，他们的暴行不仅吓不倒中国人民，反而会更加激起我们的复仇精神和反抗意志，这种精神和意志就是中华民族的魂，是中华民族百折不挠的根。

"小鬼子想用糖果拉拢我们的孩子，让孩子说出兵工厂掩藏在哪，说出人群中谁是八路。但我们的孩子和他们的父母一样，都是英雄，都是中华民族的骄傲。孩子们基本没有文化，大多没有出过山村，他们坚守的，只是'我是中国人，不能为鬼子办事'、'接了糖果，就成汉奸了'的朴素意识，这种意识就像他们父辈粗糙的双手朴实无华，这是高尚的民族感召，是我中华民族不屈的基因！"

李云长最后举起了手臂："让我们宣誓：讨还血债！血债血还！为死难的乡亲们报仇！把日本侵略者赶出中国去！"

战士们举起了手臂，一遍遍重复着司令员的誓言："讨还血债！血债血还！为死难的乡亲们报仇！把日本侵略者赶出中国去！"

第十四章

随着冀东军区的成立和二团、三团两个主力团的组建和不断出击，冀东地区出现了自大暴动以来从未有过的良好局面。十几个山区县普遍建立了抗日政权，山口要道和乡村的中小据点大部被拔除，八路军的活动区域空前扩大，部队的给养和兵员补充，也有了基本保障。

冀东地区抗日形势的发展，也震动了日军大本营和华北驻屯军司令部。1941年1月，日军华北驻屯军司令多田骏将铃木启久招至北平，对铃木启久给予了严厉训斥："冀东是满洲的门户，冀东的不保，满洲不得安宁，帝国的华北、华中乃至华南、华东战场，也得不到及时的支援和补充。如在半年内不能扭转局面，你的只能回国，辞职向天皇谢罪！"

铃木启久弯腰站着，毕恭毕敬地"哈依、哈依"答应着。多田骏拿起指挥棒，示意铃木启久走到地图前，指着地图说，"为确保华北和满洲南部治安，方面军制定了《对华长期作战指导计划》，目的是维持治安、肃正占领区。为消灭冀东八路，我计划动用皇军二十七师团和独立混成第十五旅团、关东军西南防卫部队和满洲军、华北治安军、冀东皇协军等部，于下月开始对冀东进行'治安强化运动'。"

多田骏放下指挥棒，对着铃木启久交代："你的回去要加强情报搜集，掌握冀东八路的准确活动情况，并做出皇军主力调出冀东的假象，争取在半年内，将冀东八路主力全部消灭。"

铃木启久弯腰向多田骏做出保证："半年之内不将冀东八路主力剿灭，我的剖腹向天皇谢罪。"

毛家峪惨案后，熊大林布置内线并派出侦察员四处侦探佐佐木的消息，他要抓住一切可能杀了佐佐木。狡猾的佐佐木知道八路不会放过他，因此行动异常谨慎，几个月躲在据点不敢轻易出来。唯一一次带队出来扫荡，被二团探得消息伏击，佐佐木见生还无望，脱下大佐服装，把脸上抹了几把血，躺在死尸堆下装死躲过一劫。

熊大林恨得咬牙。刘永光也一刻没有忘记毛家峪公祭报仇雪耻的誓言，每次教育动员，都要加上"佐佐木还未死，我们的仇还未报"之类的话。战士们摩拳擦掌，时刻准备着报仇雪恨。

熊大林一心想着报仇，鬼子却开始了新的行动。

铃木启久回到设在唐山的师团指挥部，立即着手多田骏的围剿计划。他命令所属各部搜罗汉奸，以高额利诱派往根据地搜寻八路军和抗日政府的情报，白天将日军部队用汽车运往外地，第二天再让日军穿上伪军服装拉回原住地，造成日军调防由伪军防守的假象。

为使冀东八路确信日军兵力不足，铃木启久又令伪军穿上日军服装到各地征粮扫荡，同时派出少量运输车辆，车上拉着粮食、蔬菜或少量武器、弹药，将橡皮人穿上日军服装伪装成押车的鬼子让八路军伏击。

一系列情况报到军分区司令员李云长处。由于没有上级的敌情通报和准确的情报来源，铃木启久的诡计见了效果。李云长认为冀东日军主力已调往他处作战，决心趁热打铁，率部开辟冀东平原抗日根据地。1941年4月中旬，军分区发出了"大战红五月"号召，命令所属两个主力团五月上旬启程，开赴冀东东南部平原。

熊大林接到军分区的电报，把自己关在屋里，对着地图苦苦地思索着。晚上，吃饭的时间到了，熊大林没有去吃。郭大海将饭端来，见团长还在思考，没敢打扰，将饭放在桌上退了出去。

刘永光知道熊大林遇到了难解的问题，并判断是对军分区的作战命令持有异议，于是来到了团部作战室。

进了门，只见作战室烟雾弥漫，地下烟头儿狼藉。刘永光打趣地道："什么事能把我们天不怕地不怕的熊大团长难住啊？"

熊大林抬起头，将电报递给了刘永光道："老刘，军分区的命令我们不能执行。"

刘永光早已看过了电报，但仍接过来，"讲讲你的理由。"

"你看"，熊大林端过煤油灯，对着地图说："冀东东南部一马平川，道路畅通，北宁铁路横穿其间。鬼子在这一带机动力非常强，可以在半天之内，赶到任何一个地方。军分区命令五月上旬行动，那个时候，百里旷野只有高不没膝的小麦，这个时候到平原作战，我看是凶多吉少。"

听了熊大林的话，刘永光多少有了些感悟。他知道，熊大林指挥作战从不马虎，冒险赌博的仗，不是在生死关头，从不去打。但军分区的作战命令不能不执行，于是说："军分区的命令不是说了吗，日军主力已调出冀东，剩下的这些'二鬼子'有多大力量，敢主动围攻我们八路军主力吗？"

"我的刘大政委，你怎么也和李司令一样，被鬼子的假象所迷惑了？"熊大林半怒半讽地回道："鬼子调出冀东只是假象，你说说看，上级有鬼子扫荡其他根据地的通报吗？没有，这说明鬼子在近期没有大的军事行动。冀东东南部平原我不知道，但从咱们活动区域来看，据侦察员报告，鬼子是调出了不少，可又增加了数量相当的伪军，这从各个据点早晨日伪军出操的人数可以看得出来，你敢保证那些穿着伪军服装的不是鬼子装扮的吗？"

"还有"，熊大林接着说，"我们伏击鬼子车队发现的穿着日军服装的橡皮人，你怎么就此断定鬼子兵力严重不足呢？鬼子兵力再不足，也可以令伪军押车守卫，没必要用橡皮人冒充鬼子吧？这可真应了我们老祖宗的一句话，叫什么'此地无银八百两'。"

听了熊大林的话，刘永光很是吃了一惊，但也被熊大林的最后一句话逗笑了，"三百两"。

"对，三百两。"熊大林没有一点笑的心思，狠狠地说，"李司令真是昏了头，怎么连小鬼子的这点玩艺都看不出来呢？老刘，我想以我个人名义给李司令发报，拒绝执行这个昏庸命令。"

刘永光一看熊大林的二杆子劲上来了，上前劝说道："咱们挺进冀东快三年了吧，而冀东东南部平原仍是一片空白。军分区提出'大战红五月'，也许有军分区的考虑。"

"建立冀东平原根据地我不反对，可现在不是时候。如果再晚两三个月去，高杆青纱帐起来了，即使敌人围剿，我们也有隐身之地。可现在呢，如果大队鬼子来攻，我们会成活靶子的。"熊大林恨恨地说。

刘永光见熊大林说的在理，于是说："你看这样好不好，以你我的名义，将刚才你的看法电告李司令，提出暂缓两三个月出击，供李司令参考。"

"一人做事一人当，反正我'刺头'的名声军分区早已众人皆知了，我也不在乎再多一次，以我自己的名义就行了。"

"老熊啊，你怎么这么幼稚呢？以你我的名义是代表团党委，如果说抗命也是集体抗命，追究责任也是追究集体，不是你个人，你真的要学会保护自己。"

对刘永光的处事，特别是处理与上级的关系，熊大林从心眼里服气。见刘永光这样说，于是道："那就以你我的名义报告李司令。这样，我说你写，一会就发出去。"

接到以熊大林和刘永光两人名义发来的电报，已是第二天早晨。李云长看了看，对着身旁的两个参谋说："这准是熊大林的意见，这个刘永光，处处护着他。"

说归说，李云长不得不引起重视，对着地图陷入了深思："冀东平原地区是交通发达，便于鬼子机械化机动，可平原地区离盘山也不远，最远百多里，如果形势不利一个急行军，一夜就可以进入山区。"李云长自语着："现在青纱帐是还没有起来，平原地区稠密的村落不也可以作为隐身、坚守之用吗？冀中军区一座山都没有，不也坚持了两年多了吗？"

李云长拿出军区关于扩大抗日武装，尽早建立冀东平原根据地的指示，思考着："尽早、尽早，鬼子主力调出冀东，不是可以利用的大好时机吗？"

"鬼子调出兵力是假，隐藏战略意图是真。"李云长重复着熊大林的电报内容。"鬼子自称是'皇军'，是世界上最强悍的军队，难道会屈下身来，把自己装扮成像驱唤猪狗一样的伪军？不会的，绝对不会的。"李云长这样否定着自己。

李云长是忠诚的共产党人。当初黄埔军校毕业，党中央将其从井冈山派回老家冀东发展地下党组织，李云长坚定地执行了中央决定，在震惊中外的冀东大暴动中起了重要作用。特别是暴动部队西撤受挫后，果断带队东撤，为冀东抗战保留了宝贵火种。这两年冀东抗日根据地和抗日武装建设也做得有声有色，受到了中央和晋察冀军区的认可，并在冀东民众中享有较高的威信。

李云长毕竟没有经过大战、恶战的考验，也确实缺少组织大规模战役的经验。经过几天的思考，李云长仍然坚信自己的判断，于是给三团回电："军分区命令不变，你团务于5月上旬启程，于5月10日前赶赴盘山东南部玉田、丰润一带。

接到军分区的回电，熊大林狠狠地把电报拍在桌上，大骂道："军分区这帮饭桶，李司令不懂军事，那帮参谋干事呢？只会在领导面前唯唯诺诺，他们的脑子哪去了？"

听见熊大林喊叫，刘永光过来拿起电报看了看，示意译电员和参谋出去，默默地看了看熊大林："老熊，你打算怎么办？"

"怎么办？老子拒绝执行这个混蛋命令！"熊大林吼道。

刘永光坐下，尽量放松语气说："老熊啊，咱们八路军是共产党领导的军队，咱们这个军队的第一条纪律，就是一切行动听指挥。有意见、有不同的看法可以提，但命令必须执行。你是老革命了，这点你该懂的。咱们已把意见向上级作了反映，咱们尽责了。"

"可按这个命令执行，我敢断定，不是全军覆灭，也是损失过半，这个命令我怎么执行。这样，我以个人名义再给李司令发电，让他撤掉我好了。"

"胡闹！"刘永光听了熊大林的话，怒火上冲："撤了你三团就不执行命令了吗？真要出现你预测的情况，只有你当这个团长，才能减少我们这支抗日力量的损失。"

见熊大林不再说话，刘永光卷了一支烟递给熊大林，心平气和地说："老熊啊，对领导的决策、指挥，你不要过多地指责，领导的决策也许有失误，因为领导也是人，和你我一样，都免不了犯错误。但是，领导的决策，有时也是你我理解判断不了的。领导要从全局上考虑，有时为了全局利益，不得不牺牲一些局部利益；领导也会更多地从政治上思考，能让我们下边满意更好，但更要让上边满意，因为他们和我们一样，也想建功立业，也要生存；重要的，领导的目标和我们是一致的，都是为了消灭日本鬼子，取得战争的胜利，只不过是有些具体的打法或做法不同罢了，民间有'杀猪捅屁股，各有各的杀法'，也就是这个意思吧。"

"可是……"熊大林指着电报还想说什么，刘永光摆了摆手，制止了熊大林的话："老熊啊，做好出发的准备吧。"

见刘永光不再支持自己的意见，熊大林深深地叹了一口气："但愿鬼子主力调出了冀东，但愿这次出去能够取胜。"

意见归意见，在刘永光的催促下，熊大林还是召开了各营、连长会议，传达了作战任务，布置了出击的具体事宜。

夜深了，熊大林久久不能入睡。冥冥中，他好像看到鬼子乘着汽车，从北平、唐山、承德快速赶来，把部队包围在几个分散的村庄，鬼子的坦克隆隆地开来，推倒了战士们坚守的房屋，在鬼子的轻重机枪火力下，战士们成片地倒下……。熊大林惊出了一身冷汗，赶忙起身点燃了油灯，喊来了作战参谋黄国春。

熊大林对着黄参谋道："记录：李司令，你的命令实难执行，鬼子主力调出全是假象，我主力在青纱帐未起时开到平原地区作战，定会受到鬼子重兵围剿，遭到覆灭性损失。我意缓两个月再行出击，请李司令三思。熊大林。"

熊大林拿过黄国春的记录看了看，签上自己的名字命令道："马上发出"。

李云长看到熊大林的电报，非常恼怒。他气的不是部下提意见，而是熊大林一直以来对自己不尊不敬的态度。他指着电报对作战参谋说，"什么实难执行，这小子就是不想执行。"

参谋立在那问："那怎么回复他？"

"怎么回复？不理他。"李云长吼道。

没等到李云长的回电，熊大林却接到了李云长派人送来的五名抗大毕业的学员。熊大林与学员握了握手道："欢迎你们到三团来。"然后对着郭大海道："送五名学员先去休息，顺便把政委叫来。"

刘永光到后，熊大林提出了对几名学员的使用意见："全部安排到连里任副连长，一两仗后，打得好的转正，打得不好的当战士。"

陈雨生道："可上级的职务任命是正连职啊，再说我们抗大毕业的干部并不多。"

熊大林道："抗大毕业只能说明他们经过了正规的训练考格，但在战场上行与不行，还要经过实战的检验。放心，只要打得好，我不会埋没他们。"

刘永光道："老熊说的对，一个部队要有战斗力，必须有斗志、有朝气，说白了必须有精神、有士气。这个精神从哪来，是从部队的指挥员中来，古人说'将有必死之心，士无贪生之念'。只有指挥员勇敢不怕死，这个部队的士兵才会更不怕死。所以我同意老熊的意见，先安排他们当个副职吧。"

……

李云长看了熊大林的电报也在犹豫，他派侦察员再到唐山等几个鬼子的重要据点侦察，看鬼子是否有增兵、调动等异常情况。

两天后，分路派出的侦察员报来情况："各据点没有鬼子增兵和调动的迹象。"

听了侦察员的报告，李云长心里踏实了许多。他综合分析了近期冀东地区日军的活动情况，发现鬼子四个多月来，没有组织一次中队以上建制的扫荡。李云长更加坚定了日军兵力不足，主力已调出冀东的判断。于是对着参谋命令："给三团发电：必须严格执行军分区命令，坚决完成开辟平原抗日根据地任务！"

其实熊大林发出第二封电报，已做好了受到严厉批评甚至撤职的准备。他命令兵工厂赶制子弹、手榴弹，必须保证每个战士配足五十发子弹、十枚手榴弹。任务完成后，兵工厂立即分散隐蔽。他知道，平原地区粮食好筹集，部队远离根据地，要命的是弹药，如果鬼子重兵来袭，没有弹药，结局只有被消灭。

接到李云长的再次命令，熊大林有些绝望了。他找来已接替李有根任供给处长的冯根住，命令道："把家底拿出来，多买些白面和猪肉，从明天开始，连续五天，要让战士们每天吃上一顿肉馅包子或猪肉炖粉条。"

冯根柱迟疑着未动，"团长，不过了？兵工厂和战士们吃饭每天都要花钱。再说，夏天到了，我想再给战士们做一套夏装，钱都花了，以后怎么办？"

　　熊大林不耐烦地挥挥手，"让你去你就去，哪还有什么以后。"

　　知道了熊大林给战士们改善伙食的命令，刘永光明白熊大林在做壮士一去不复还的准备。他也认可熊大林的判断，但作为一名政治委员，党性和从军多年的经验告诉他，不能再对上级命令提出质疑。于是吩咐冯根柱，"按团长的意见办，一定要让战士们吃好、吃饱。"

　　战士们吃到一咬流油的肉馅包子乐坏了，但战士们也没感到奇怪，因为每月的月初，三团都要改善伙食。可第二天接着的猪肉炖粉条，战士们明白了：要打大仗了。因为团长的一贯做法是：小仗小改善，大仗大改善。拿熊大林的话说，我不想让战士们空着肚子去拼命，我不想让战死的弟兄做饿死鬼。

　　可连续改善了三天伙食，部队还没有行动的迹象，战士们有些沉不住气了，纷纷找连长、指导员问怎么回事。贺长明和刘大龙已知道了部队要出击平原建立根据地的计划，但见吃了三天还不见行动，也有些奇怪，于是一起找到了熊大林和刘永光。

　　"团长、政委，部队什么时间行动？"贺长明首先问道。

　　"你小子着什么急，还怕抢不到战利品不成。"

　　"可都吃了三天了，连长、排长甚至有的战士都找我问怎么回事。团长，这样的情况咱们团过去可没有过啊。"贺长明接着说。

　　"是啊，是啊，团长、政委有什么打算给我们透个底，我们也好做个准备啊。"刘大龙补充道。

　　"打算没有。"熊大林看了看刘永光说，"老刘，你给他们说说吧。"

　　刘永光知道，这个时候对自己这两个忠实的部下不需隐瞒什么，于是道："团长判断，鬼子主力调出冀东是假象，很可能是引诱我们上钩，所以团长和我商量决定，暂缓几天出击，看看情况再说。"

　　熊大林见刘永光说出了底牌，补充道："军分区的命令必须执行，我想6日晚上行动。之所以推迟几天，我是想看看鬼子的动静。这次行动，危险性极大，你们必须做好和鬼子大战、恶战的准备。"

　　军分区司令员李云长亲自带着二团于5月4日进到冀东东南部丰润、玉田一带。出发几天来，一切顺利，没有遇到鬼子的部队阻截，没费力端掉了伪军的几座岗楼。到了6日白天，仍没有见到三团的行动报告。李云长非常恼怒，再次发电命令："你团务必于5月10日前赶到预定地区，坚决执行开辟平原抗日根据地任务，贻误战机必将受到严厉的军法处罚。"

　　熊大林看过李云长的命令，默默地将电报递给了刘永光。刘永光看了看，对着熊大林道："老熊，执行吧。"见熊大林没有说话，刘永光喊来黄参谋："给军分区发电：'我团坚决执行命令，按规定时间赶赴预定地区。'"说完在电报上签了字，命令道："赶快发出"。

部队于晚上五点钟出发了。经过一夜的行军，于天亮前赶到盘山南麓与平原交界地带。熊大林命令部队休息做饭。

部队休息到中午，刘永光找到熊大林，问道："老熊，部队什么时候出发？"

熊大林道："出了盘山就是一马平川，我的意见是部队晚上行军，白天在村庄休息，这样即使遇到鬼子主力，我们也好脱身。一时脱不了身也可利用村落坚守。如果在大白天和鬼子大队人马遭遇或被鬼子围在野地里，那我们就在劫难逃了。"

"可军分区命令我们10日前到达丰润与玉田的交界处，现在已是7日下午了。"刘永光问。

"来得及我的大政委。我算过了，预定地点离我们这大约还有70公里，两个晚上能到。"熊大林有把握地说。

刘永光听了心里有了点底，点头道："那就好，那就好。"

其实，李云长带着二团从冀东东北部山区东陵、迁安南下，早已被铃木启久派出的情报人员侦知，并立即报告了华北驻屯军司令多田骏。多田骏之所以没有下达围歼二团的命令，他想再看看三团的动静，想等三团也进入平原地区后，再一举围歼消灭。

熊大林虽然采取了白天休息夜间行军的策略，但仍没有逃脱日军的眼线，当铃木启久得到三团已出盘山，进入平原地区的消息，兴奋地"哟西、搜嘎"了好几句，并立即将三团已出动的情况报告了多田骏。

多田骏接到冀东八路主力已全部进入冀东东南部平原的报告，兴奋地将拳头擂在桌上，立即命令所属日军二十七师团、独立混成第十五旅团、关东军西南防卫部队五个独立大队、伪满洲军、华北治安军等，连同地方伪军共六万余人，由承德、山海关、唐山、廊坊、通州等地秘密出动，赶往冀东东南部平原，于5月底前完成对冀东八路主力的压缩包围。

由于远离根据地作战，我情报人员了解掌握的鬼子调动情况无法及时报告，军分区对鬼子的大规模秘密调动仍没有丝毫觉察。当熊大林带队与军分区司令部汇合后，李云长决定亲自带三团行动。

部队在平原地区的活动异常顺利，只十几天的时间，二团、三团就拔除了丰润、玉田、蓟洲三个县的二十几个伪军据点，缴获了部分粮食和武器弹药。李云长踌躇满志，决心趁热打铁，在平原地区建立抗日政权。

熊大林却越来越觉得不妙：平原地区是鬼子的经济命脉，鬼子真的会放弃平原不要了？即使鬼子主力真的调走了，冀东还有这么多的伪军，铃木启久也不会放任我们在平原地区建立根据地，摧毁他的武装啊。

熊大林找到刘永光等几个团领导道："我现在越来越觉得陷入了鬼子的圈套，为预防万一，我建议咱们几个团领导进行一下分工，由刘政委临时负责一营，老陈临时负责二营，老李负责三营，我负责团直属队并和刘政委一起掌管全局。我们宿营必须派出足够的警戒兵力。进入村庄，各营连必须在尽短的时间内，在自己负责坚守的方向修筑好防御工事。"

刘永光从军分区发布开赴平原地区建立根据地的命令开始，就赞同熊大林的判断，但政治委员的职责和党性告诉他，不能公开支持熊大林而对抗上级的命令。听了熊大林的意见，刘永光马上表态说："很好，团长这是未雨绸缪。晚上宿营后，我们几个必须按团长刚才分派的与各营在一起，有情况及时通报。我们绝不能被目前的形势和几次小的胜利冲昏了头脑。咱们四个都在，这也算团党委的决定。一会我们立即到各营，召集营连长，传达团党委的指示。"

熊大林对刘永光每每在关键时刻支持自己，打心眼里感激，要是陈雨生和李子方不在，一定会上前握握刘永光的手或拍拍刘永光的肩。见陈雨生和李子方点头称是，熊大林道："就按政委的意见执行吧，我马上向李司令汇报。"

6月2日下午，二团在玉田县南部地区与大队鬼子遭遇。

二团团长陈众立即组织部队边打边撤，经几小时激战，终于利用夜暗与鬼子脱离接触。

陈众将与大队鬼子相遇的情况电告李云长。宿营在玉田杨家套的李云长半夜接到报告非常吃惊：这大队鬼子是从哪冒出来的呢？李云长立即命令二团继续查明情况再报，同时命令三团加强警戒。

熊大林得知二团与大队鬼子遭遇的情况，深深叹了口气："一场大战不可避免了。"他立即传令各营在村庄的每一个方向各派出一个班的警戒哨，前出村庄500至800米，严防鬼子袭击。

天刚放亮，村庄的四周几乎同时响起报警的枪声。熊大林一个翻身站起，赶紧上房举起望远镜查看情况。

熊大林惊出了一身冷汗，只见众多的鬼子、伪军已将村庄四面包围，鬼子的几百辆汽车清晰可见。从汽车的数量判断，鬼子的兵力至少有两个联队，伪军也至少在一个团以上。

熊大林立即命令黄参谋通知部队，按预定部署占领村庄四周有利地形，每人挖个防炮洞，坚决将鬼子挡在村外。说完跑步向李云长报告。

李云长正站在房顶上用望远镜观察情况，他已看到村庄被大队鬼子包围。

听了熊大林的报告，李云长已确信熊大林的判断应验了，但每个人都有的那点虚荣心和戴在头上的军分区司令这顶乌纱帽，使得李云长在下级面前不敢承认什么。过了半晌，李云长嘟囔了一句，"这么多的鬼子是从哪冒出来的呢？"

原来，多田骏在完成围剿部署，侦知冀东八路军主力的准确位置后，立即电令铃木启久出击。铃木启久调派所属佐佐木联队、黑胡联队和两个团的伪军共万余人，分乘四百辆汽车，连夜将三团包围在杨家套地区。

李云长思考了一会问熊大林："你打算怎么办？"

熊大林也顾不得上下尊卑，大声道："怎么办，部队只有拼死坚守把鬼子挡在村外，坚持到天黑后再行突围！"

李云长自语道："可是，战士们要坚守一整天啊，能坚持得住吗？"

"坚持不住也得坚持，这个时候突围只有死。"熊大林直通通地说出了自己的意见。

"好，那我们就坚守到晚上再突围。"李云长很快定下了决心，接着命令："你要亲自到前沿，组织战士们坚守。现在我把军分区警卫连交给你，无论如何也要坚持到天黑。"

熊大林给李云长敬了个礼，带着军分区警卫连跑开了。

目前的形势，是李云长参加革命以来从没有经过的。急于建功立业的雄心，已被残酷的现实击得粉碎。他知道，目前的形势，已不需要自己再对三团发号施令，即使发出命令，只要熊大林认为不合时宜也未必执行，如果部队遭受重大损失，自己也将承担更大的责任。李云长紧张地思考着。

一会，李云长叫来参谋，命令道："记录，给二团发报：三团在杨家套地区陷入鬼子重围，你团立即南进破击北宁铁路，吸引鬼子回援，减轻三团压力，完成任务后相机北进转至北部山区，继续吸引调动日军。"李云长接过参谋的记录签上名字后命令道："立即发出。"

熊大林带着军分区警卫连赶到村北，因为村北只有特务连坚守，防守力量相对薄弱。这时的特务连连长苏天已调任二营副营长，由抗大毕业分来的贾志华任副连长代行连长职务。熊大林命令贾志华抢挖掩体，防止鬼子炮击，命令军分区警卫连留作预备队。

熊大林叫过警卫员郭大海，大声道："赶快通知刘政委、陈参谋长和李主任，要让战士们尽量把掩体挖在墙根、墙角，以减少鬼子炮击的伤亡。如果哪里失守了，一定要派预备队尽快夺回来！"

鬼子首先在村西发起试探性进攻。守在村西的是政委刘永光和于禾苗带领的一营。刘永光和于禾苗早已令战士们在围墙处掏好了射击孔，并派一连一班班长马爱山带着全班并加强一挺机枪前出村庄一百多米，抢占了村西的一个砖窑。

鬼子的掷弹筒弹"咣咣"打在砖窑上。鬼子知道，要想攻进村子，必须先拿下砖窑。马爱山和战士们在窑洞里躲避着鬼子的炮击，待炮击停止，马爱山立即命令战士们占领窑顶。

机枪"嗒嗒"地向鬼子发出了有节奏的射击。马爱山带着战士们向鬼子投出了手榴弹。刘永光组织几名特等射手，利用掏好的射击孔，用三八大盖"叭勾、叭勾"地射击着，很快十几个鬼子、伪军被打倒在地，其余的日伪军丢下尸体退了回去。

村西的鬼子总指挥佐佐木看得清楚，他调来炮兵，命令向砖窑射击。

鬼子的九二式步兵炮和掷弹筒一齐打向了砖窑，十几分钟后，佐佐木估计窑上的八路死的差不多了，命令日伪军再次向砖窑发起了进攻。

这时马爱山的一班和加强的机枪15人已有3名战士伤亡。马爱山将牺牲和负伤的3位战友留在窑洞，带领其余的12名战士再次冲上窑顶抗击鬼子的冲锋。

鬼子的机枪"嗒嗒"地向窑顶射击着，压得战士们抬不起头来。马爱山和战士们只能乘鬼子机枪射击的间隙，向鬼子射击投弹。窑顶上的机枪刚打出两个点射，鬼子的一发九二式步兵炮炮弹飞来，将两名战士和机枪炸飞。

这时的鬼子已冲到窑下，马爱山命令："向窑下投弹，绝不能让小鬼子冲上来！"

村里的刘永光看得清楚，如果不派兵增援，用不了十分钟，马爱山和他的班将全部阵亡。刘永光对于禾苗喊，"快，把马爱山接回来！"

于禾苗立即命令抗大毕业新任二连副连长李长溪："带你的连马上向鬼子反击。"接着对一连和司号员命令："机枪掩护，吹号！"

"嗒嗒"的机枪声和嘹亮的冲锋号声在村西响起。李长溪带着二连端着刺刀向鬼子发起了反击。向窑洞进攻的日伪军猝不及防，在窑顶的火力打击和二连的反击下，不得不再次退回。

村北的熊大林听到村西激烈的枪声和嘹亮的冲锋号声，知道村西打得很激烈。熊大林看了看村北，只见鬼子构筑了几道阻击线，并没有发起进攻的动向。

熊大林向贾志华交代几句，带着郭大海奔向村西。

熊大林不是担心刘永光和于禾苗带的一营能否守住，他要弄清鬼子的部署和意图。

待熊大林见到刘永光和于禾苗，还没有说上几句话，村东又响起激烈的枪声。熊大林看了看村西的地形和一营的防御工事，没有说什么，只是握了握刘永光的手，拍了拍于禾苗的肩。因为他知道，对刘永光和于禾苗，根本不用婆婆妈妈。听到村东一阵紧过一阵的枪声，熊大林向刘永光交代："再反击的时候，一定要把鬼子丢弃的枪支弹药都捡回来，伤亡几个人不可怕，怕的是没了弹药。"说完带着郭大海奔向了村东。

等熊大林赶到村东，三营在李子方和营长李天盈的带领下，已打退了鬼子的第一次进攻。熊大林用望远镜观察着鬼子的部署和兵力配置，只见两辆坦克从远处"隆隆"地开来，快成熟的小麦一片片被辗倒在地上。

见到敌人的坦克，熊大林马上明白，这是鬼子师团规模的进攻。熊大林正欲说什么，却见鬼子的炮弹一发发在战士们防守的围墙附近炸开。鬼子的第二次进攻开始了。

熊大林和郭大海赶快跳进挖在墙根下的掩体躲炮。十几分钟后，鬼子以两辆坦克打头阵，步兵成扇面队形伴随着坦克扑来。

鬼子的坦克边行进边开炮，战士们坚守的围墙一片片地倒塌，不断有战士被鬼子的炮火炸飞。三营的几挺机枪立即向鬼子的两辆坦克射击，但两辆坦克仍然吐着炮火，向前冲击。

熊大林急得大叫："机枪打坦克边上的鬼子，快绑集束手榴弹。"

这时熊大林听到一个熟悉的声音在喊："鬼子的坦克外强中干，挡得住子弹经不住手榴弹，等坦克冲近后，用集束手榴弹炸掉它。"

熊大林扭头一看，是李云长，急得大叫："李司令，你怎么过来了，快躲开！"

李云长骂道："扯淡，往哪躲，你小子能来老子就不能来吗？"说完抢过一位机枪手的机枪就要射击。

不管此时的李云长真是要打还是想做做样子，熊大林此时有几分感动。于是赶忙夺过机枪，把李云长推到围墙后，命令郭大海和李云长的警卫员："快把李司令拖回去，要是出了问题，老子毙了你。"

不管李云长怎么骂，郭大海和警卫员把李云长拖离了前沿。熊大林架枪向冲锋的鬼子打出了几个点射，把机枪交给射手后大叫："集束手榴弹绑好没有？"

"绑好了，团长。"李天盈回答。

这时坦克和鬼子已冲到了距战士们坚守的围墙不到五十米的距离。熊大林大叫："投弹！"

一棵棵手榴弹飞向了坦克和进攻的鬼子。鬼子倒下了一片，坦克依然"隆隆"地向前冲着。李天盈抱起集束手榴弹就要冲出去，身旁的一个战士一把夺过，跃出倒塌的围墙，冲向了坦克。

熊大林一见大叫："掩护，打掉坦克边上的鬼子！"

战士们的机枪、步枪顷刻转向了坦克附近的鬼子。只见这位勇敢的战士冲出围墙十几米后拉燃了导火索，在鬼子还没做出反应的时候扑向坦克，将身体和集束手榴弹一起压在坦克上，"轰"的一声巨响，鬼子的坦克瘫在地上。

另一战士抱着集束手榴弹冲向另一辆坦克。坦克里的鬼子见又有八路抱着手榴弹冲向自己，赶紧调头逃跑。但第二名战士刚冲出围墙十几米，就被鬼子打倒。

鬼子第二辆坦克一调头，进攻的敌人动摇了，伪军转头跟着坦克就跑，进攻的鬼子也踌躇了。趁这机会，熊大林赶紧命令："吹冲锋号，把鬼子赶回去！"

冲锋号激越地响起，战士们跃出围墙向鬼子冲击。在战士们的驱赶下，鬼子再次败退下去。

看战士们已将鬼子赶出了一百多米远，熊大林赶紧命令："吹号，让他们撤回来！"

号声再次响起，战士们捡起鬼子遗弃的枪支弹药，快速撤进了围墙。

熊大林看着被炸毁的坦克，问李天盈："那个炸坦克的战士叫什么？"

李天盈答："叫李二喜，营部通信员。"

熊大林点点头，吩咐道："记住这个战士，通知当地抗日政府，他是个英雄。"

熊大林接着对李子方和李天盈吩咐："就照这样打，只要坚持到天黑就是胜利。到中午的时候，把七连换下来，让八连上，下午四五点钟，再把九连换上去。记住，不要把一个建制连队打光。"

李子方和李天盈点头称是。熊大林交代完，又带着郭大海来到村南。

村南是参谋长陈雨生和营长贺长明的二营。见熊大林到来，贺长明赶紧报告："团长，村南鬼子一点动静没有，你看，远处只有几个零星的鬼子。"

熊大林顺着贺长明手指的方向望去，只见远方的麦田里，只有几个鬼子端着枪来回走动着，似在放哨，又似在监视村南八路的行动。

熊大林问陈雨生："老陈，你怎么看？"

陈雨生答道："我看这里有问题。你看"陈雨生手指着前方说："村南二百多米处有一条没膝的小河，根本不妨碍鬼子的进攻。我判断，鬼子是在虚留生路，等着我们上钩。"

熊大林又仔细看了看，顿时明白了：鬼子是东西进攻，北边防守，想把我们赶出村诱使我们向南突围，然后在野地一举歼灭！

熊大林向陈雨生和贺长明说出了自己的判断。贺长明道："团长，二营是主力，现在东西都打得很激烈，不能让二营干等着，你看是不是让我带一个连，去支援一下东西方向。"

"敢！没我的命令，二营一兵一卒都不能动，我不能在鬼子刚进攻的时候，就把全部兵力投进去。挺过了今天，明天后天免不了还有恶仗要打，小鬼子不会轻易放我们突围。"

说到这，熊大林缓了下口气："不过二营也要做好支援的准备，如果其他方向真的顶不住或失守了，我会调二营支援。"说完和陈雨生、贺长明握了握手，说了声"保重"赶回李云长处，向司令员汇报了自己的观察和判断。

李云长在房顶的制高点上，也观察到了村南村北的情况。他对熊大林的判断表示赞同。他自语道："现在我们连鬼子的兵力、番号都不知道，这个仗难打啊。"此时的李云长心情非常沉重，但又不想在部下面前失去尊严，于是道："我已令二团南下破击北宁铁路，吸引鬼子回援，减轻我们的压力。"

"什么？"熊大林吃了一惊，本想说"二团南去破击北宁铁路短时间内根本起不到调动敌人的作用，此去向南一马平川，没有抗日政权和群众基础，只能是凶多吉少。"但想起刘永光对自己讲的"对领导的决策不要多过地指责"的话，改口道："二团能吸引鬼子回援当然好，但我担心，二团的处境也不会比我们好。"

此时的二团向南出击刚走出不远，就受到了日军伊村联队、独立混成第十五旅团的联合围堵。团长陈众见破击北宁路的任务已不能实现，为保存有生力量，只好带队苦战突围。

转眼过了中午，初夏的太阳火辣辣地照在田野上，没有一丝微风。防守的战士大多脱了上衣，光着膀子双手捧着大瓢，喝着乡亲们送来的井水。村外的鬼子一个个也热得解开了上衣扣，有的还摘掉了钢盔，爬在沟渠旁喝着脏水。

铃木启久穿着短袖上衣，在临时搭建的指挥所不停地观察着。他的计划是把整个黑胡联队隐蔽在村南，而由佐佐木联队和两个团的伪军将村庄的东西北三面包围，北面留一个大队的鬼子防守，防止八路突围。而令各一个大队的鬼子和一个团的伪军，并配备坦克、炮火从东西两个方向进攻，争取把八路军赶出村向南或向北突围，向南进入黑胡联队的伏击圈，向北不容八路突破三道阻击线，其他三个方向的部队立即合围，而将八路一举歼灭在野外。

见上午攻了两次没有攻进村庄，铃木启久断定被包围的是三团八路主力无疑。

这时，黑胡联队长打来电话，要求自己也加入对被围八路的进攻。

铃木启久接过电话命令道："你的耐心等待。中国有句话，叫作'守株待兔'，过不了多久，经不住皇军攻击的八路定会钻进你的口袋，撞向你这个树桩。"

看到属下一个个渴得爬在沟沿上喝沟渠里的脏水，铃木启久担心属下生病减弱战斗力，决定暂缓进攻，命令鬼子到附近村庄找水。

熬过了中午的烈日，下午三点多钟，日伪军又从东西两侧发动了第三次进攻。照例是先行炮击，然后步兵冲锋。不过这次鬼子村东的坦克冲到距战士防守的院墙百米处不敢再冲，只是用火力支援鬼子的进攻。

半个多小时后，村东李子方报告：几处围墙和院落失守！

熊大林一听，急得在电话里大叫："谁丢的阵地谁给我夺回来，告诉李天盈，要他亲自带着预备队反击，半小时内夺不回来，老了毙了他。"

熊大林放下电话就要奔向村东，刚走出几步，村西又来电话报告：一线围墙和几处院落失守！

熊大林气得大骂："奶奶的，快组织预备队乘鬼子立足未稳夺回来，不然我们守不到天黑。"

熊大林摇通了二营的电话，他本想调四连参加村西的反击，但冷静了一下，对着接电话的贺长明命令道："现在村东、村西情况紧急，已有部分阵地失守，我已命令他们反击。你让四连做好反击的准备，没有我的命令，不准擅自行动！明白吗？"

"明白，四连做好反击的准备，没有命令不准擅自行动！"贺长明重复着团长的命令。

熊大林放下电话，带着郭大海再次奔向了村西，他要看着一营把丢失的阵地夺回来。

到了村西，只见刘永光正向反击的二连作着动员："同志们，你们看到了，鬼子已攻占了我们的几处阵地，我们必须夺回来，夺不回来，鬼子就会以这几处阵地为依托，向村内攻击渗透，我们就很难坚守到天黑，坚持不到天黑只有全军覆灭。要想不被鬼子消灭，只有把被鬼子抢去的阵地再夺回来，弟兄们有信心没有"

"有！有！夺回丢失的阵地！"战士们挥臂高喊着。

熊大林上前只说了一句话："我亲自掩护你们反击，开始！"

熊大林抢过一挺机枪，爬上房顶。冲锋号吹响了，二连在副连长李长溪的带领下，端着上了刺刀的步枪冲向了丢失的阵地。

由于射击孔都是掏在西面的墙上，战士从东向西攻击，鬼子没有现成的射击孔可用，只能爬在墙上露头射击。熊大林和另外几挺机枪在房顶上居高临下压制着向外射击的鬼子伪军，很快战士们冲到丢失院落的围墙外。李长溪掏出手榴弹大叫："向院内投弹！"

一棵棵手榴弹在鬼子占据的院内爆炸。爆炸声刚停，李长溪大喊道"翻墙攻击！"喊完纵身一跃，提枪跃过围墙，进入鬼子占据的院落。几个战士们也学着李长溪的样，跟着跃过围墙。

李长溪刚一落地，就见两个伪军端枪冲来。李长溪迎上前，一个拨打，将前头一个伪军的枪刺磕开，接着一个跃身突刺，将前面的伪军刺倒。另一个伪军见势不妙，举枪射击。李长溪快速一闪，子弹还是打中了李长溪的左臂。

李长溪的左臂被打断，已无法再刺，于是扔掉步枪，右手掏出手枪，对准未来得及上弹的伪军连发两枪，将伪军打倒。

这时屋内又响起了枪声，占据了房屋的鬼子将突入院内的两个战士打倒。李长溪快速躲到柴草垛后，大叫道："快隐蔽"。

草垛后，李长溪的身旁已聚焦了五六个战士。一个战士刚一探头，即刻被鬼子击中头部。李长溪急得大叫："墙外的快上房，揭开瓦片炸鬼子！"

墙处的战士听到副连长的喊声，立即搭人梯上房，揭开房上的瓦片，开始用刺刀掏洞。

村外的佐佐木见已攻占了八路占据的几道院墙和房屋，喜出望外，命令后继部队继续进攻扩大战果，但被三连的火力阻止，想用炮火支援，但八路已和自己的部队搅在一起，只能眼巴巴地看着八路反击。

十几分钟后，上房的战士已把房屋掏出了两个洞，一个战士正要向里扔手榴弹，还没拉火，却被从屋内射出的子弹打倒在房上。另一个战士立即上前，拾起倒下战友的手榴弹，和自己手中的手榴弹一起，拉着火投进屋内。另一个房顶的战士也将两颗手榴弹投进了鬼子占据的房屋。

屋内几声爆炸声响过，已处于半昏迷状态的李长溪拼着力气喊道："快，冲进去，灭了小鬼子！"。

躲在草垛后的几个战士立刻端枪冲进屋内，几枪枪响过后，躲在屋内的几个鬼子伪军全部肃清。被战士扶起的李长溪赶快命令："快，就用这个方法，把另几个院落夺回来。"

半个多小时后，被鬼子占据的围墙、院落全部夺回。李长溪被战士扶着来到了熊大林的旁边。熊大林拍了拍李长溪的肩膀，夸奖道："打得不错，你的这个副连长合格了，如果再丢失阵地，就用这个方法夺回来。"说完又带着郭大海来到村东三营。

　　三营在营长李天盈的亲自带领下，经过近一个小时的苦战，也已夺回了丢失的阵地。熊大林看着李天盈满身的汗水，赞赏地拍了拍李天盈的肩问："部队伤亡大吗？"

　　李天盈擦了把汗水回答："八连反击伤亡了二十多人，加上防守的伤亡，全营目前伤亡了五十多人，不算大。"

　　熊大林点了点头，"现在快五点种了，一定要坚持到天黑，不能让鬼子再打进来。我和李司令商定晚上十点钟开始突围，到时把伤员全部带上，不能扔下一个弟兄。"

　　李天盈立正答道："是！一会我就让弟兄做几副担架，把负重伤的弟兄全抬上。"

　　熊大林又向李子方交代了几句后，来到李云长处。

　　熊大林报告道："李司令，现在村西、村东丢失的阵地全部夺回，我准备晚上十点全团开始突围。"

　　李云长点了点头问："你准备向哪个方向突围？"

　　"向西"，熊大林答道，"向南明显是鬼子给我们留的陷阱，向东是二团方向，我们两个团目前绝不能合在一起，那样鬼子合围我们找我们决战更容易了。鬼子预计我们会向北突围，所以构筑了三道防线在等着我们，而且配备了重火器，我估计鬼子的兵力有一个大队，我们已和鬼子激战一整天，要想突破鬼子一个大队的三道防线太难了。"

　　"那你说说向西突围的理由？"李云长道。

　　"西边虽然也有鬼子的一个大队另有一个团的伪军，经过一天的战斗，鬼子估计伤亡不下百人。伪军战斗力不强，好对付，关键的是村西的鬼子伪军没有构筑防御工事，只要能打开个缺口，全团突围问题不大。"熊大林答。

　　"说说你的具体突围方案"，李云长接着道。

　　"我想让四连打头阵，特务连为二梯队，让五六连断后。四连和特务连装备好，战斗力强。"熊大林回答。

　　"很好"李云长点头赞同，接着拿起桌上的电报说，"二团南去破击北宁路被鬼子包围在丰润南部地区，现正在苦战，已无法完成调动鬼子兵力的任务，所以这次突围要完全靠我们自己的力量，你要有所准备。"

　　熊大林听到这个消息，愣了一下神，但没有说什么。李云长看了看熊大林，知道熊大林心里所想，也知道这时自己再说什么，熊大林也不会买自己的账，于是自嘲道"只要能够突出去，保住我们这支抗日力量，到时我向军区请罪。"

　　听了李云长的话，熊大林心里真的像打翻了五味瓶，既恨李司令一意孤行，造成今天的被动局面，又为司令员勇于认错的行为感动，于是赶忙说："李司令，你何罪之有，建立平原根据地，是你的愿望，也是军区的指示，你的目标和出发点无可非议。"

"可目前这种局面"李云长叹道："真是始料不及。"

"我们虽然中了鬼子的圈套，但也不能说是失败，只要成功突围，胜利还是我们的。"熊大林安慰道。

"好，有你的理解和必胜的信心，我们一定能突出去。"这时的李云长突然有点喜欢熊大林了，于是拍了拍熊大林的肩说，"去组织部队突围吧。"

熊大林向李云长敬了个礼，又来到村西刘永光处，他要和刘永光详细商讨一下突围计划。

快下午六点钟了，天依然大亮。熊大林看了看鬼子的动静，发现鬼子仍没有进攻的迹象。熊大林对着刘永光说："老刘，看来鬼子今天不会再发动进攻了。老刘你想想看，鬼子把我们围住快一天了，可只从东西方向各攻了三次，他们想干什么？"

刘永光想了想回答道："我赞同你的判断，鬼子是在村南虚留生路，诱我们向南突围。除了这点，我想鬼子不急于进攻解决战斗，是想减少伤亡，用围困迫使我们离开村落和鬼子进行野战。"

"可鬼子一定知道我们会乘夜突围啊。"熊大林接着道。

"鬼子当然知道。可鬼子一贯骄狂，在平原地带，不怕我们突围，因为他们有汽车，我们再能跑，也跑不过汽车轮子。我们这离山地还有一百多里，突不出多远，鬼子就会乘车追上来，把我们包围在野外。我想，这才是鬼子不急于进攻的原因。"

熊大林摸了摸后脑勺道："老刘你分析得对，所以我们突围后，一要远离公路，二要挨着村庄走，这样才能让鬼子的汽车轮子失去作用，遇到紧急情况，也可利用村庄就地防守。"

"还有，从村西突围后，我们不要向北，要先一路向西走出几十里再向北，使鬼子摸不清我们要从哪里退回山区。进入村庄后要严密封锁消息，不能让鬼子及时得到我们的准确位置。"

熊大林点头称是，接着道："战士们一天没吃饭了，中午冯根柱带人做饭，但炊烟一起，立即招来鬼子的炮击。夜间要突围，还要走一夜的路，天黑下来的时候，得让战士们吃顿饭。"

刘永光点头道："为防止炊烟招来鬼子的炮击，天黑下来以后再做，还要分开多点做。"刘永光接着话头一转，"还有，突围前要把牺牲同志的遗体掩埋好，目前的处境，我们只好在村中找个空旷的地方掩埋了。伤员只要是没死的，都要带走。尸体和伤员处理不好，会影响部队士气的。"

熊大林赞道："对，我们绝不能让伤亡的战友流血，让活着的弟兄流泪。"

接着熊大林又把自己的突围计划向刘永光叙说了一遍。刘永光凭着几年与熊大林的合作，早已猜透了熊大林的方案，听后只是说，"你是军事主官，只要能保住我们这支部队，一切由你临机决定。"

熊大林说："我已向李司令汇报，他也同意这个方案。"

刘永光说："情况紧急时，你不必要事事请示，那样会贻误战机。只要能胜利突围，我想事后李司令也不会怪你的。"

熊大林感激地望了望自己的搭档道："突围的时候我带四连和特务连先行，陈参谋长带五六连断后。"

刘永光一听反驳道："你的任务是指挥全团，不是带队突围，让贺长明带队、刘大龙打头阵就可以了，你还不相信这两位虎将吗？"

熊大林着急道："我的刘大政委，不是我不相信他们两个，是因为突围时情况瞬息万变，只有我在才好临机处置。再说有我在，战士们会更有士气，这一点你相信吧？"

刘永光见熊大林说的在理，退让道："那你不能在最前边带队冲锋，三团不能没你这个团长。"

熊大林也退让道："好，好，我跟在四连后边可以了吧？"

见刘永光不再说什么，熊大林赶紧又赶到村子的其他三个方向，传达突围命令，同时令郭大海通知冯根柱天黑以后做饭。

在村外指挥日军两个联队和两个团伪军的铃木启久，仍在举着望远镜观察着村内八路军的动静。正如熊大林预料的一样，铃木启久不是不想尽快将村内的八路消灭，而是为了减少伤亡，想通过进攻，用耗时间的办法，把八路挤到村外一举歼灭。他知道，夜间八路一定会突围，虽然还不能判明八路的突围方向，但他知道，最终的方向一定是向北进入山区。他判断，经过一天的战斗，村内八路的弹药已所剩无几。

这时，佐佐木打来电话，请示是否再发起攻击。铃木启久对着电话道："你的攻击暂时不要，部队米西米西地有。"佐佐木再次请示："夜间八路突围的怎么办？"铃木启久狂妄地答道："这里不是山区，八路突围就不见了影子。这里离山区还有一百多里，不管八路从哪个方向突围，皇军机械化部队都会立即赶到，将八路围歼在野外。你的做好追击的准备。"

此时，铃木启久倒希望村内的八路突围，他相信，到了野外，任凭你八路有多少，都经不住皇军机械化部队的围剿打击。

天渐渐黑了下来。村内的八路按着熊大林的命令，在紧张地做突围的准备。晚上九点多钟，天完全黑了来，吃完饭的战士们已整装待发。

村西和村东的日伪军在村外四五百米处，每隔五六十米燃起一堆照明的篝火。每堆篝火旁，都有几个鬼子或伪军放哨站岗。而村北和村南仍然是漆黑一片。熊大林观察了会，看看时间已到，对着贺长明和刘大龙道："派单二贵带人匍匐过去，先炸掉鬼子的火堆，然后部队冲锋打开缺口。注意，冲锋时不吹冲锋号，打开缺口后一路向西，执行吧。"

单二贵接到命令，带着10个战士腰插手榴弹，消失在夜色中。

四连的三挺机枪和6名正副射手，在单二贵的身后一字排开跟着匍匐前进。四连其余的干部战士在贺长明和刘大龙的带领下，端着上着刺刀的步枪，很快消失在夜幕中。

十几分钟后，传来了手榴弹爆炸声。西边的几个火堆很快被炸灭。紧接着，猛烈的机枪声响起，四连的干部战士立即端着刺刀发起了冲锋。

熊大林看到四连已冲破了鬼子的警戒线，立即带着特务连跟在四连之后发起了冲锋。刘永光和李子方指挥着一营三营抬着伤员，护着李司令，跟在熊大林之后，开始向西突围。

在临时搭起的账篷中休息的鬼子伪军听到激烈的枪声和八路的冲锋呐喊声，立即提枪从账篷中窜出，与突围的八路军混战在一起。

由于鬼子事先没有修筑防御工事，突击正面的鬼子伪军根本挡不住八路军不要命的冲击。在突击正面两侧的鬼子伪军不敢对混战在一起的双方开枪，只是胡乱叫喊着。

只十几分钟的工夫，八路军就突破了鬼子西侧的包围。断后的五六连开始用火力阻击试图追击的鬼子。见突围的部队已消失在夜幕中，五六连在陈雨生的指挥下，快速脱离与鬼子的接触，并顺手烧毁了四辆鬼子的汽车，追赶上部队。

指挥所里的铃木启久早已听到村西激烈的枪声，他没有料到村里的八路会在天刚黑下来就突围。铃木启久预计八路突围会在夜间十一点以后，考虑到部队已一天一夜没有休息，所以他晚上八点多时命令部队休息两小时，十点半部队集合做好追击围歼八路的准备。

接到村中八路已突围向西的报告，铃木启久立即命令佐佐木带领部队追击，随时报告突围八路的准确位置，同时命令村子其他方向的鬼子伪军立即乘车，沿公路向西，堵击突围的八路。

见部队已突出鬼子的重围，熊大林赶到前锋四连，命令部队从庄稼地沿着村庄向西行进。

部队在小麦田垄中快速向西行进着，虽然只是初夏季节，但紧张的战斗和快速的行军使得战士们的汗水很快浸湿了衣裤，特别是担着担架的干部战士，累得呼呼喘气。刘永光命令一三营以连为单位轮换抬担架，半小时一轮换，以保证战士们都能跟上队伍。

奉命追赶突围八路的佐佐木带着日伪军顺着八路的突围方向向西追赶，但走不多远，就因天黑和地形路况不熟失去了目标。佐佐木只好命令部队寻找八路行军留下的痕迹，沿着八路留下的脚印和踩倒的小麦一路跟踪前进。

佐佐木带着鬼子伪军向西追击了两个多小时后，完全失去了追击目标。佐佐木用电台向铃木启久做了汇报。铃木启久命令佐佐木原地待命，待查明八路的去向后再行追击。

为防止突围的八路逃回山区，铃木启久命令乘车的部队沿公路向西一路散开，防止八路越过公路进山，并命令沿公路封锁的部队发现八路的行踪立即报告，并自动追击，一定要把八路合围在平原地区。

天亮的时候，三团突围部队已进入蓟州平原。为防止暴露部队行踪，熊大林命令部队进入就近的两个村庄，修筑防御工事，隐蔽休息，并派出警戒部队，严密封锁消息。

部队在村里休息半天后，司令员李云长找熊大林商议：部队能否今晚掉头向北，经一夜急行军快速进入山区。

熊大林道："司令员，现在情况不明，部队贸然向北，我担心还会进入鬼子布下的陷阱。是不是先派侦察员侦察一下北进的道路，晚上再做决定？"

见李云长点头同意，熊大林立即派出杨明泽等几拨侦察员向北二十至三十里，侦察敌情。

晚上，几拨侦察员陆续回来报告：向北进入山区的公路和要道全部被鬼子封锁。

听了侦察员的报告，熊大林对李云长道："司令员，我们这里距北部山区大约还有百里路程，部队抬着伤员行军，一夜只能走五六十里。现在向北，我们突破鬼子的公路封锁没问题，但突破后，鬼子会一路追赶，在我们还没有进入山区之前，一定还会将我们合围，那可是最坏的结局了。我的意见是继续向西走，视情况再向北。"

"再向西就不会被鬼子合围吗？"李云长对熊大林的意见有些不满，"向西近二百里直到北平都是平原，你还要向西走多远？要命的是向西一百来里还有一条不能徒涉的潮白河，如果到了那里被鬼子围住，我们更是凶多吉少了。"

"向西当然还有可能被鬼子合围，但再向西走几十里，向北进山的路鬼子就不一定封锁了。"刚说到这，村东突然传来激烈的枪声，熊大林赶紧命令郭大海："快去查明情况。"

熊大林接着对李去长道："司令员放心，我们不会走到潮白河再向北的。"

李云长见熊大林坚持自己的意见，虽然有些不满，但目前的形势使得他也不好再说什么。一会郭大海跑来报告："司令员、团长，追击的鬼子已到了村东和警戒部队打起来了。"

熊大林听了报告，马上对李云长道："司令员，我们必须趁鬼子合围没有形成之前，趁晚上迅速转移！"说完没等李云长同意，立即命令郭大海："快通知四连断后掩护，部队立即向西转移。"

高度戒备的部队接到命令，立即行动。不同的是，这次特务连作为先锋，四连断后。

佐佐木带着自己的联队，用了整整一天的时间，终于找到了突围八路的踪迹。他兴奋地用电台向铃木启久做了报告，同时命令部队立即向掩护的八路发起攻击。

铃木启久接到报告，命令佐佐木不顾夜暗，死死缠住八路，不让八路脱身，并随时报告八路的准确位置，同时命令沿公路封锁的黑胡联队和两个团的伪军，随时做好出击的准备，并继续严密封锁公路，防止八路进山。

四连利用村落打退了鬼子从东侧发动的第一次试探性进攻。刘大龙看天已经完全黑了下来，估计部队已走出了十里以外。看鬼子正在集结兵力，为防止被鬼子包围，刘大龙临机决定率全连向北，将鬼子向北引出十几里后再向西追赶部队。

刘大龙立即命令部队向北转移，并故意将转移的方向暴露给鬼子。佐佐木带着部队跟踪四连一路追击而去。

第十五章

刘大龙带着四连且战且退，在将鬼子向北引出二十多里后，一个急行军甩开鬼子，掉头向西追赶部队。待与团主力会合，天已大亮。

部队进村后不容休息，按照熊大林的命令抢修工事掩体。李云长命令架设电台，与二团联系。

电台开通没一会，连续收到二团的两封紧急报告：团长陈众在玉田孟四庄与敌激战中中炮牺牲；一营在丰润南部遭优势日军包围，营长杨大林以下 200余干部战士阵亡。

李云长拿着电报的手开始颤抖了，嘴里喃喃嘟囔着："陈众啊陈众，万里长征你都走过来了，你怎么就走不出冀东的百里平原呢。"

看到李云长的失态样，熊大林走过来拿过电报，也吃了一惊："陈团长牺牲，二团群龙无首了。还有一营，那可是长征过来的老红军部队，就这么没了？"

熊大林的话，更加刺痛了李云长的心。他没有发作，对着参谋道："给二团发电，命军分区参谋长曾林代理团长，作战任务全部取消，保存有生力量第一，立即组织部队向北部山区突围。"

李云长在参谋记录的电报上签过字，对着熊大林道："我们不能再向西了，必须尽快向北进入山区。"

"向北我不反对，但现在向北有鬼子的封锁，我的意见是再向西走一段再说。"熊大林坚持道。

"我们现在的位置正好是盘山的南部，再向西离山区更远了。我们多在平原停留一天，就多一份被围歼的危险。"李云长也坚持着自己的意见。

"请问李司令，你这是命令还是意见？"熊大林不满地问。

"是意见也是命令！"李云长毫不退让，他真怕三团再重演二团的悲剧。

"老子要是不执行呢？"熊大林听了李云长的话，压抑了很久的怒火一下喷发出来。

"老子、老子，你是谁的老子？老子还没在你面前称老子呢。"李云长吼道，"你要是不执行命令，老子就撤了你这个团长，亲自命令部队向北突围！"

"对不起李司令，我哪敢在你面前称老子，我是一着急顺嘴溜出来的。"熊大林知道，李云长会说到做到，如果这么僵持下去，真的会撤了他这个团长。

此时的熊大林倒不在乎撤不撤他这个团长，他怕的李司令一意孤行使部队陷入险境。

"一会你就派人去侦察突围路线，晚上部队向北突围。"李云长命令道。

这时的熊大林觉得已没有再和司令员争执的必要，只能立正答道："是，一会派人去侦察突围路线，晚上部队向北突围。"说完向李云长敬了个礼，赶紧去找刘永光商量对策。

听了熊大林叙说的与司令员的争执，刘永光默默地卷了一棵烟递给了熊大林，自己又卷起一棵，慢慢地说道："司令员的决定也许是对的，我们再向西也是个未知数，向北虽然有鬼子的封锁，但向北离盘山更近。司令员的目的很明确，就是尽快离开平原，脱离鬼子的合围，所以，咱们不要再说什么了，准备执行吧。"

熊大林见政委刘永光也不再支持自己继续向西的意见，决定执行司令员的命令。他知道，刘永光不是不想继续向西看看情况再决定向北，而是不想让自己和司令员的矛盾继续激化。

熊大林只好派出几拨侦察员继续向北侦察突围路线。

晚上，侦察员回来报告：鬼子已沿公路将封锁线西移，向北三十里，能看到众多日伪军载兵的汽车。

听了侦察员的报告，熊大林思索着：李司令的命令也许是正确的，这么多的部队，不可能不让鬼子发现踪迹。我们向西，鬼子沿着公路也一路向西，再向西确实是个未知数，看来只有执行司令员的命令，强行向北了。

熊大林将侦察员侦察的情况和自己决定夜间向北突围的决定向李云长做了汇报。见熊大林接受了自己的意见，李云长命令道："既然统一了思想，亦早不亦迟，离山区近一步，我们就多一分安全，部队立即行动。"

晚上九点，部队开始向北出发。仍然是四连为前锋，特务连为二梯队，五六连断后，一三营和军分区机关居中。

向北前进了大约三十里，已过午夜。前卫单二贵向熊大林报告："团长，前面发现鬼子沿公路燃起的火堆，几十米一个，借着火光，还能看到鬼子和汽车的影子。"

熊大林也已看到了前方隐隐的火光，于是问："鬼子沿公路燃起的火堆有多远？能不能绕过去？"

单二贵答："看不到边，如果再绕二三十里，天就亮了。"

"是啊，再绕二三十里，天就亮了。"熊大林自语道。

熊大林思考了一下，拉着单二贵说："走，找你们的连长去。"

熊大林来到前卫连，看了看鬼子沿公路燃起的长龙似的火堆，对着刘大龙和单二贵道："我们只有按着杨家套突围的办法，先由二贵带人潜行炸灭鬼子的火堆，然后四连冲锋，打开突破口。"

刘大龙和单二贵低声答"是"。熊大林接着道："我去向部队传达命令，十分钟后开始行动。"

熊大林赶紧向李云长报告情况，并向各营传达了命令。一会，北边公路响起手榴弹的爆炸声和激烈的枪声。熊大林大声命令："五六连断后，部队快速通过公路！"

在四连的突然冲击下，鬼子的公路防线很快被突破。部队按照顺序开始迅速通过公路。公路两侧的鬼子盲目地向突围部队射击着。过了公路没多远，刘永光的警卫员于盈水赶来报告，"刘政委在通过公路时负重伤！"

听了于盈水的报告，熊大林心里一沉，忙问道："刘政委伤哪了？重不重？"

"伤在了左腹部，贯通伤，现在已不能行走。"于盈水答。

"快走"，熊大林说完，拉着于盈水赶到了刘永光处。

刘永光正在被几个战士抬着前进。熊大林上前握住刘永光的手，焦急地问道："老刘，怎么样？"

刘永光躺在担架上，神智还完全清醒，见熊大林来了想坐起来，被熊大林按住。刘永光忍着剧痛道："老熊，你的位置不在这，我没事，快去指挥部队。"

熊大林对着身旁的王少奇命令道："得找个地方为政委做手术，你要保证政委的生命！"

"已作了包扎和止血处理，手术只有等到天亮了。"王少奇回答。

还没容熊大林再说什么，刘永光焦急地道："老熊，快去指挥部队，我死不了，快去！"

熊大林上前握了握刘永光的手："老刘，保重。"说完对一营长于禾苗和王少奇命令道："一定要保证政委的安全，就是背，也要把政委背出去。"说完赶到五六连找到贺长明，布置断后事宜。

这时的鬼子，经过短暂的慌乱后，已开始有组织的追击。公路两侧的鬼子，也开始向部队突围的位置集中。断后的五六连正在用火力阻击鬼子。熊大林听了听鬼子的枪声，判断当面的鬼子至少有一个中队，于是对贺长明命令道："原地阻击二十分钟，在鬼子大队集结过来之前，立即与鬼子脱离追赶部队。"说完带着警卫员郭大海追赶上部队，向李云长报告情况。

负责公路封锁的黑胡大佐听到不远处激烈的枪声和手榴弹爆炸声，立即判断出是八路三团的主力。按照预定方案，黑胡命令沿路封锁的部队立即向枪声处合围。待他赶到枪响处，其属下的一名中队长报告，八路主力已越过公路向北，现正与阻击的八路激战。

黑胡大佐听说八路主力已越过公路，气得狠狠地打了日军中队长两个耳光，命令鬼子中队长立即率队从两翼向阻击的八路包抄，其余部队绕过阻击部队，沿着八路的突围方向追赶。

黑胡命令给铃木启久师团长发报，将三团已越过平唐公路向北突围和自己的部署向铃木启久做了报告。铃木启久接电后，对照地图，看了看时间和八路突围的位置，判断出三团天亮前只能赶到盘山南部蓟州十棵树、刘胖庄一带，于是命令黑胡联队和两个团的伪军加紧追击，不使三团逃脱；命令佐佐木联队连夜启程，务必于天亮时赶到十棵树、刘胖庄，和黑胡联队一起，将八路三团合围歼灭。

铃木启久给黑胡和佐佐木发完电令，带着身边的炮兵和直属部队，向着六棵树、刘胖庄一带奔来。

贺长明发现鬼子从两翼向自己包抄，增援的鬼子开始绕过阻击线，觉得再阻击已没有意义，于是命令部队边打边撤。追击的鬼子在黑胡大佐的严令下，死死追着三团不放。五六连始终未能甩开鬼子。凌晨四点多钟，部队又向北前进了大约三十里，东方已露出白白的光亮。

熊大林看到疲惫的部队，特别是抬着几十副担架的干部战士，不忍心再让部队加快行军速度，于是找到李云长，向司令员请示下步的行动。

李云长早已把自己的马让给了轻伤员，经过几十里的急行军，也累得气喘吁吁。听了熊大林的请示，忙问："你打算怎么办？"

熊大林说："天马上大亮了，我的意见抢占前边的两个村庄。"熊大林拿出地图，指着说："十棵树和刘胖庄，离我们这还有四五里。"

"我们这离盘山还有多远？"李云长问。

"大约还有四十里。"熊大林看了看地图回答。

"兵贵神速，我们能不能一鼓作气直接进山？"李云长问。

"天马上大亮了，鬼子有汽车，会在我们进山之前赶到我们前面把我们包围在野外，那样会全军覆没的。"熊大林毫不隐晦地说出了自己的意见。

"你的意见是继续抢占前边的两个村庄坚守一天，晚上再突围?"李云长不满地问。

"是的司令员，那样我们才能免于全军覆没的危险。"熊大林直愣愣地回道。

"再坚守一天，战士们累成了这个样，再说弹药也不多了，还能坚守一天吗?"李云长说出了自己的担忧。

"守不住一天也能大量杀伤鬼子，总比被鬼子包围在野外全军覆没强。"熊大林仍坚持自己的意见。

李云长还想再说什么，但见熊大林的执拗样，知道自己即使下了命令，熊大林也未必执行，只好说："你是三团的团长，三团的行动，就由你决定吧。"

听了李云长带着情绪的话，熊大林没有时间计较，对着郭大海道："赶快命令四连抢占前边的村庄。"

李云长见熊大林主意已定，于是道："一营是冀东抗日联军为基础组建的部队，我比较熟悉，就把一营交给我，由我带着坚守刘胖庄吧。"

对于司令员的要求，熊大林不能再说什么。部队分开坚守相距不到两里的村庄，兵力不会太集中，可以减少鬼子炮火的杀伤，还可以互相接应，于是马上回答："我这就去通知一营，司令员要多多保重。"

"放心，我死不了。"李云长对熊大林执意坚守的决定再次表现了不满。

部队在熊大林的命令下，加快行军速度。二三营很快进入十棵树村，一营和军分区警卫连在李云长的带领下，也很快进入刘胖庄。

这时，天已大亮。透过晨光，部队已能清楚地看到鬼子正从四面向两个村庄包围过来。部队进村后赶紧放下伤员，抢挖射击孔和防炮掩体。

熊大林布置好部队，找到躺在担架上的刘永光："老刘，鬼子已从四面围上来了，部队生死就在今天了。"

对目前紧张的情势，刘永光早已知道，但这位经历过多次生死和险恶形势的政治委员没有丝毫紧张，听了熊大林的话，只是平静地说："老熊啊，部队弹药已经不多了，能不能再坚守一天，真是个未知数。这次鬼子不会再轻易让我们突围，如果真的不能再坚守了，白天也得突围，能突围出去多少是多少。我只有一个要求，就是把我和重伤员都留下，不能让我们再拖累部队了。"

"老刘，你胡说些什么?打仗丢弃伤员，我们还是八路吗?丢下伤员，即使我们能突出去，也会伤了战士们的心，使部队丧失士气的!"熊大林断然拒绝。

"你说的没错，但特殊情况特殊处理，三团不能全军覆灭，三团必须保留种子。带着这么多伤员突围，在目前的形势下，你说可能吗?"刘永光忍着伤痛，坚持着说。

"那也不行，我们还没有到山穷水尽的时候。"熊大林再一次回绝。

"真到了山穷水尽一切都晚了。"刘永光慢慢地说道:"前一段，我看了些伪满洲国的报纸，鬼子报道了他们围剿东北抗日联军第一路军总司令杨靖宇的经过。杨靖宇在极端困难的条件下坚持抵抗，战到最后，只剩自己一人坚决不降，是好样的。可他的部队都战死了吗? 没有，好多都叛变了。杨靖宇的部队为什么有那么多的人叛变，其中一个重要原因，就是部队陷入了绝境丧失了信心。就连杨靖宇最信任的一个手下师长，也率部投敌了，还将杨靖宇藏在深山老林里的弹药、被装、给养全部捣毁，使杨靖宇雪上加霜。杨靖宇的贴身警卫，是他亲手养大的孤儿，也带着机密文件、枪支及抗联经费叛变投敌，向鬼子提供了杨靖宇的突围路线，使杨靖宇失去了最后突围和重整旗鼓的机会。杨靖宇在最后时刻是被日军打死的吗? 不是，是自己手下的一个叛徒打死的。这个叛徒原是一名机枪射手，在日军指挥官的命令下直接射杀了杨靖宇。所以，我们三团绝不能重演杨靖宇的悲剧，千万不能使部队陷入绝境丧失信心。"

熊大林听到这，一股冷气直冲脊梁，想了想问:"老刘，你是说自己的部队也不能相信?"

刘永光摆了摆手，重重地喘了口气说:"不是部队不能相信，是不要把部队陷入绝境。伤亡不可怕，可怕的是丧失信心。如果人心散了，部队就真的完了。"说完合起了眼，不再说什么。

这时，卫生所长王少奇赶来为刘永光做手术。熊大林把王少奇拉到一旁交代道:"一定要减少刘政委的痛苦，把政委的命保住。"

王少奇答道:"放心吧团长，政委的伤不是要害处，只要不感染，不会危及生命。"

熊大林听了点了点头，"政委是咱们团的主心骨，一定要保证政委的安全。"说完上前握了握刘永光的手，说了声"保重"离开了刘永光，去查看部队防御工事的修筑情况。

熊大林一路上反复想着刘永光的话，"怎样才能不使部队陷入绝境丧失信心呢?"熊大林思考着。

"要让部队看到希望，干部要冲锋在前。"熊大林想着，"首先老子自己不能丧失信心，要让自己的行动，使部队看到胜利的希望。"熊大林想定了主意，快步来到村北的四连。

看到正在抢修工事、满身汗水的战士，熊大林心里很不是滋味。他看了看村外正在集结的鬼子，判定鬼子在一小时内不会发起进攻。

　　经过几仗的村落防御，战士们已轻车熟路了。熊大林在村的四周看了看，没有对部队的布置和工事构筑说什么，只是向带队的干部反复交代，"每个干部必须要有敢打必胜的信念，必须以自己的行动带动战士将鬼子的进攻坚决打回去。"

　　上午九点，鬼子的第一次进攻开始了。首先是鬼子的山炮、迫击炮、掷弹筒开始了向村里的猛烈轰击。战士们隐在掩体内，躲避着鬼子的直射、曲射炮火的轰击。二十多分钟后，鬼子伪军从村的四面全线发起了攻击，村的四周同时响起了激烈的枪声。

　　几乎是同时，李云长带领的一营和军分区警卫连坚守的刘胖庄，也在遭到鬼子的猛烈炮击后，从四面遭到鬼子的攻击。

　　战士们在村庄四周艰难地阻击着鬼子。半个多小时后，战士们终于将鬼子的第一轮进攻打退。

　　这时，天突然暗了下来，天空中飘来的大块乌云将太阳遮盖住。熊大林仰头看了看天，暗喜道："要下雨了，真是天助我也！"于是大声喊道："弟兄们，要下大雨了，鬼子穿着大皮鞋在雨天行动不便，鬼子的坦克也会大大失去作用，我们再往北三四十里就是山区了，我们只要坚持住，到时一个冲锋，就可以进到山里。进了山，就是我们的天下了。"

　　熊大林的话立即使坚守的战士士气大增。一会，李子方向熊大林报告："在鬼子的猛烈炮击下，二三营和特务连在鬼子的第一次进攻中伤亡80多人。"

　　听了李子方的报告，熊大林自语道："鬼子的一次进攻就伤亡80多，这么下去怎么得了？"忽然一个念头闪过熊大林的脑海："老李，你说我们能不能趁着大雨白天突围？"

　　李子方被熊大林突然的问话愣住了，想了下说："下大雨视线不良，鬼子的射击、追击会受到很大的限制，汽车坦克会失去很大作用，我想可以一试，不然鬼子再发起几次进攻，我们能不能守住确实是个问题，要命的是战士们的弹药不多了。"

　　听了李子方的话，熊大林似乎坚定了信心，于是说："等等看，有机会就强行突围。"

　　在村外指挥的铃木启久已向部队下了死命令，必须坚决进攻，必须在天黑前将两个村庄的八路消灭。

　　看到天空滚过来的团团乌云和远方传来的隆隆雷声，铃木启久预感到天将降大雨，于是命令炮兵向两个村庄发射硫磺弹，同时命令几辆坦克加入攻击。

鬼子的几发炮弹"咣咣"地落在村里。战士们急忙跳进掩体躲避。可几发炮弹落地后不见爆炸，只是"滋滋"地冒着黄烟。战士们还没弄清怎么回事，一股刺鼻刺眼的酸辣味儿扑来，战士们立即喷嚏不止，泪流满面。熊大林一见大叫："敌人的毒气弹，快用水把毛巾浸湿，捂住鼻子嘴!"

战士们赶紧取下毛巾，用水、用尿把毛巾浸湿捂在口鼻上。这时，一个刺眼的闪电，巨雷接着炸响，随着骤起的狂风下起了滂沱大雨。鬼子的硫磺弹顷刻失去了作用，战士们扔掉堵鼻的毛巾，抄枪进入阵地。

瓢泼大雨使劲地下着，掩护鬼子进攻的几辆坦克前进了不远，先后陷在泥水中不能自拔。鬼子的大皮鞋里早已灌满了水，在泥地上笨拙地前进着。熊大林看到鬼子的狼狈样，突然想起了"天不灭曹"的古话，大笑起来："弟兄们，鬼子的毒气失去了作用，铁王八也陷住了，坚决把小鬼子打回去。"

战士们用准确的射击，将逼近的泥猴似的鬼子一个个打趴在地上。鬼子虽然行动笨拙，伤亡不断，但在军官的严令下，仍是死战不退，前进不了就趴在泥地上与坚守的八路军对峙。

突然，东侧的刘胖庄方向响起更加激烈的枪声。熊大林举起望远镜观察，但在大雨中什么也看不到。熊大林心里咯噔了下，"难道刘胖庄被鬼子突破了?"但情况不明，熊大林只能边组织部队射击，边静观敌情变化。

过了会，鬼子的背后传来激烈的枪声。熊大林抹了一把脸上的雨水细看，只见进攻的鬼子背后二三十个满身泥水看不清面目的人端枪冲了过来。

原来，守在刘胖庄的一营和军分区警卫连在打退鬼子的第一次进攻后，李云长看到突降的暴雨，决定拼死一搏，趁大雨突围。于是将部队全部集中在村北，在鬼子的第二次进攻开始后，趁鬼子冲到近前，军分区警卫连在前，一个反冲锋追着败退的鬼子向北突围而去。鬼子猝不及防，眼睁睁地看着八路突出了自己的包围。佐佐木没料到八路白天敢反冲击突围，没有向铃木启久报告等待命令，赶紧命令部队追击。但雨天路滑视线不清，鬼子穿着的大皮鞋行动笨拙，突围的八路很快失去了踪影。

见自己已突出了鬼子的包围，李云长命令一营一排长带领全排，杀回十棵树村，向熊大林报告情况，接应三团主力突围。

一排返回后刚与鬼子接触，排长就中弹牺牲。一班班长马爱山见全排二十多个战士不可能完成接应团主力突围的任务，当即决定冲进村内，向团长报告司令员已带队突围的情况。

马爱山带着二十几个战士呐喊着从背后向进攻十棵树的鬼子伪军杀来。滂沱大雨中，进攻的日伪军没料到身后会有八路军出现，见他们一身泥水，分不清是八路还是自己的增援部队，毫无防备，被马爱山端着机枪一阵横扫，战士们一路跟着杀了过来。

熊大林很快认出端着机枪冲锋的马爱山，大叫"不要开枪，是自己人！"在防守战士的接应下，二十几个战士很快进入了自己的阵地。

马爱山抹了一把脸上的泥水，向团长快速报告了司令员已带队突围的情况。

熊大林一听，怒火上冲，狠狠地骂道："他妈的，自己跑了，扔下老子不管了！"

马爱山见团长这样说，觉得不妥，于是反驳道："团长，李司令不是自己逃跑，是见机突围，这不派我们排长带着我们报信来了吗？"

听了马爱山的话，熊大林冷静下来。"是啊，自己对司令员有意见，不能当着这么多战士的面乱讲"于是拍了拍马爱山的肩问："你们排长呢"。

"在冲锋的路上牺牲了。"马爱山答道。

熊大林没有再说什么，带着马爱山向负伤的刘永光通报情况。

躺在担架上的刘永正在命令警卫员焚烧文件，面对严峻的形势，他已做了最坏的打算。听了马爱山报告司令员已率队突围的情况，对熊大林说："趁鬼子还没有重新做出布置之前，我们也必须马上趁大雨突围。我和伤员留下，你们快走！"

熊大林一听刘永光又要求自己和伤员留下，大怒道："老刘、刘政委，请你以后不要再说把你和伤员留下的话，要走咱们一起走，要死一起死！"

"可是……"见刘永光还要再说什么，熊大林毫不客气地打断了刘永光的话："可是什么？现在是打仗老子说了算，于盈水你必须保证政委的安全！"说完命郭大海传达命令，东西南每个方向各留一个班掩护，其余部队立即向村北集中。

铃木启久已接到刘胖庄八路趁大雨向北突围并失去踪影的报告，气得大骂，下令将黑胡撤职留用，由大佐降为中佐，并命黑胡联队进入十棵树村北方向，防止十棵树村的八路再向北突围。

大雨还在不停在下着。十几分钟后，部队已集中到村北。村北进攻的日伪军仍然与坚守的四连对峙着。熊大林大喊道："弟兄们，李司令和一营已从刘胖庄胜利突围，胜败在此一举，我命令：全团立即突围，四连为前锋，特务连和我为二梯队，三营和伤员居中，贺长明带五六连断后。"说完向四连命令："投弹！"

百多棵手榴弹立刻飞向了对峙的鬼子。四连在刘大龙的带领下，跃出围墙向日伪军发起了反冲锋。

　　进攻的战士很快与进攻的日伪军混在了一起，战士们不断倒下，但没人停止前进。熊大林见四连已冲出几十米，一挥手，带着特务连也跃出围墙冲向鬼子。

　　李子方见团长带特务连冲出，立即组织三营抬着伤员边打边冲。

　　村东村西和村南担任掩护的三个班根本挡不住鬼子的冲击，一会就大部牺牲。看着鬼子已经进村，陈雨生和贺长明指挥五六连边打边跟着突围的部队北去。

　　听到村北激烈的枪声，铃木启久不用报告就知道村里的八路也已向北突围。无奈大雨道路泥泞视线不良，鬼子的机械化失去作用。铃木启久只好命令佐佐木联队和两个团的伪军全线向北追击，命令正在向村北集结的黑胡联队快速超越突围的八路，在进山之前把八路截住，在追击部队的配合下将八路在野外歼灭。

　　部队突出了鬼子的包围，在没脚的泥水中拼命向北前进着，很多战士跑掉了鞋子，尽管熊大林不停地催促着部队，泥泞的道路和几十副担架，使得部队无法提高前进速度。

　　身后的枪声仍不停在响着，接到死命令追赶的鬼子好多扔掉了笨重的皮鞋，赤脚追赶着突围的八路。断后的五六连跑出一段，就得停下阻击一阵。部队前进了十多里，但始终未能把鬼子甩掉。

　　这时队伍出现了骚乱声，三营停下不走了。熊大林为免于部队散乱，只好命令前卫四连和特务连停止前进，自己快速奔向三营。

　　只见刘永光坐在泥水地上，用手枪指着自己的脑袋，命令李子方带队前进。熊大林上前夺过刘永光的手枪，递给郭大海大声问道："怎么回事？"

　　刘永光喘着气说："老熊，你看到了，鬼子追的这么紧，抬着这么多的伤员根本甩不开鬼子。我和伤员商量过了，把我们留下，你们快走！"

　　听了刘永光的话，熊大林泪水合着雨水流了来。他上前握着刘永光的手，对着伤员喊道："弟兄们，你们为打鬼子负了这么重的伤，是英雄。咱们三团打仗没有一次丢下过伤员，雾灵山突围，那么冷的天我们都没丢下一个。请弟兄们相信，我一定想法把你带出去！"说完一挥手，命令道："快走！"

　　熊大林上前去扶刘永光，只见刘永光挣扎着喊道："老熊，听我的话，给咱们三团留一些种吧！"

　　身旁的伤员也都跟着喊着："团长，给三团留些种吧！"

　　熊大林举起手枪，对天"砰砰"开了两枪，大骂道："放屁，谁再说留下，老子毙了他，快走。"

　　几个战士不由分说，把刘永光抱上担架。走出了五六里，部队的东侧也发现了鬼子，并有部分鬼子超越了前卫四连，开始在前方阻击。

　　刘永光看到了紧迫的形势，再次从担架上滚落在地，并抱住一棵树，命令李子方将他和伤员留下，趁鬼子的合围尚未形成，快速突围。

　　目前的形势，是熊大林自参军以来从未遇到过的。当年红军长征强渡大渡河，自己虽然只是个连长，但也不曾有顷刻生死的紧张。他知道，三团已到了最后的关头，刘永光的要求是正确的，也是三团目前的唯一生机。但他不忍心，不忍心丢下刘政委和生死与共的80多位战友。

　　熊大林跑到刘永光身旁，对着刘永光道："老刘，你听我说……"

　　没容熊大林再往下说，刘永光喊道："说个屁，再有十几分钟，你想走都走不了，抬着我们是死，留下我们还是死，快走！"

　　看到刘永光的坚决样，熊大林知道再说什么也不管用，时间也容不得他再说什么，于是他对着李子方喊道："部队快向西撤，我和刘政委陪伤员留下，快走！"

　　听了熊大林的命令，李子方没有动，战士们也没有动。刘永光拼尽全力，手指着熊大林骂道："放屁，扔下三团，你这是犯罪，快走！"

　　趁刘永光双手松开树，手指着自己骂的瞬间，熊大林快速上前按住刘永光，不由分说将刘永光抱起按在担架上，大声对李子方和于盈水命令道："快走！"说完对着李子方的脚下开了两枪。

　　刘永光被李子方和于盈水按着被战士抬走了。熊大林转身对着伤员们喊道："弟兄们，咱们三团不能没有刘政委。我不能带着你们走了，但我能陪着大家一起死！"

　　伤员们呼喊着："团长、团长，不能啊。"

　　这时，一个年轻的战士从雨水中冲了过来，上前推了熊大林一把，大声喊："团长，我陪弟兄们一起死，你快走！"

　　熊大林一看是单二贵，大声骂道："你算个屁，你能陪弟兄们一起死吗？"

　　单二贵一听哥哥这么说，知道自己的排长职务根本代替不了团长，于是干脆喊道："弟兄们，我是团长的同胞弟弟，原名熊二贵，是我参军后，团长怕我给他添麻烦让我随母姓。我是代替不了团长，但咱们三团不能没有团长，团长在三团就在！"说完用手枪指向自己头部，大声喊："哥，为了三团，你就依了我，你在，三团就在，不然我马上死在你面前！"伤员们也跟着喊："团长，快走，团长……"见熊大林还是没有动，单二贵对着熊大林身后的贺长明刘大龙喊道："快把团长拖走！"

熊大林被贺长明和刘大龙拖走了。此时的熊大林已泪流满面。他既为不能带走生死与共的伤员感动内疚，也为自己不能照顾弟弟而总是弟弟在生死关头为自己担当感到心痛。熊大林知道，自己已不可能再留下，伤员不答应，部队也不答应，只好骂道："放下老子，给伤员们留下些手榴弹！"

附近的战士纷纷掏出自己仅有的一两棵手榴弹留给了伤员。很快，部队向西消失在雨幕中。

伤员们虽然对单二贵说出自己是团长的同胞弟弟感到惊讶，但生死时刻，无人再问什么，只是纷纷喊道："单排长，我们听你指挥、听你指挥。"

只几分钟工夫，鬼子伪军已冲到伤员跟前。单二贵举起手枪不停地向靠近的鬼子射击着，他要为部队多争取哪怕是一秒的突围时间。见几个鬼子已冲到近前，单二贵掏出仅有的一棵手榴弹正要拉火，突然几颗子弹击中了他。单二贵无力地倒在泥水里。

鬼子冲进伤员堆里，开始不停地补枪、补刀。伤员们一个个拉响手榴弹，与靠近的鬼子同归于尽。

听到后方一声接一声的手榴弹爆炸声，熊大林一路泪水一路哽咽。一会，爆炸声停息了，熊大林停下脚步转回身，向着伤员的方向深深地鞠了三躬。身旁的战士也停下，回头鞠了三躬。

黑胡联队长挥着指挥刀走了过来，他看到满地的八路尸体，大叫着："八路的，统统死了死的！"叫完哈哈大笑起来。

这时，一个炸雷响过，已在弥留之际的单二贵被黑胡的笑声和炸雷声惊醒。他睁眼看了看狂笑的黑胡，毅然拉响了手里握着的手榴弹，拼尽终生力气扑向黑胡，紧紧抱住黑胡联队长的双腿。

黑胡被突然扑过来的单二贵吓呆了，他想不到已死的八路会突然扑向自己。他号叫着，想脱脱不开。一个鬼子过来，挺枪向单二贵扎去。瞬间，手榴弹爆炸了，黑胡和扎向单二贵的鬼子一起倒下，与单二贵一起，再也没有起来。

由于没有了伤员的负担，部队的行军速度明显加快。尽管战士们已一天一夜没有吃东西，但在生死面前，战士们早已忘记了一切。一个多小时后，部队赶到盘山南麓，已能看到盘山的影子。

这时后面的枪声又响了起来。熊大林对着李子方和李天盈道："看来鬼子还不想放过我们，命令部队再加把劲，进了山就是我们的天下了。"

半小时后，部队开始进山，但跟在后边的鬼子也越追越近。

指挥追击的佐佐木虽然没被师团长铃木启久撤职降衔，但他知道，黑胡联队长已经阵亡，如果自己不拼命追击，战败的责任只能追究自己。他也知道，穷途末路的八路已没有力量在山里伏击自己，于是命令部队拼命追赶，哪怕是追到天涯海角，他也要把逃跑的八路追上消灭。

部队进到一个山垭口，马爱山赶到熊大林身旁："团长，不能再让鬼子追着我们前进了。把我们一排留下，阻击一阵鬼子。这些地方我熟，部队走远后，我会把鬼子引到其他方向。"

熊大林看了看身后追击的鬼子，点点头说："好同志，能为整体做出牺牲，我谢谢你。"说完向马爱山鞠了一躬。没等马爱山说什么，熊大林接着宣布："现在我任命你为一营一连一排长。"接着对身旁的特务连副连长贾志华命令道："把所有的子弹手榴弹都留下，部队继续前进！"

很快，100多发子弹和几十枚手榴弹集中在了一起。马爱山立即命令全排占领山垭口有利位置，准备战斗。

十几分钟后，追击的鬼子接近山垭口，马爱山亲自操着机枪，命令射击。鬼子好像听到的不是枪声，而是祝捷的鞭炮，不要命地往上冲。看到鬼子越来越近，马爱山放下机枪，抓起一棵手榴弹，大喊道："投弹！"

二十几棵手榴弹飞向敌群。马爱山再次操起机枪，换上弹匣继续射击。战士们也操起步枪，继续射向没有倒下的鬼子。

由于山垭口的狭窄地形，鬼子施展不开兵力，在猛烈的火力打击下，只好停止攻击，各自寻找隐蔽位置，向阻击的八路射击。

佐佐木这时已赶到山垭口前，他看了看地形，命令部队从山的两侧向垭口迂回，占领制高点，从上往下进攻阻击的八路。

鬼子也真是急红了眼拼了性命，好多鬼子赤着脚追击了几十里，又赤脚爬山进行攻击。十几分钟后，鬼子已开始从上往下向山垭口扑来。

这时马爱山的一排已有十来个战士伤亡。马爱山估算了一下时间，自己阻击敌人已有半个小时，鬼子已看不到团主力的影子。山路遍布石子，在雨水的冲刷下，不会留下什么明显的行动踪迹，于是命令带着伤员，向着与团主力相反的东北方向撤离。

听着后方渐渐远去的枪声，熊大林知道部队脱险了。嘴里却在不停地唠叨着"李司令、二贵、马爱山。"

军分区司令员李云长率队自刘胖庄突围后，一路向北，于下午进入盘山脱离险境。部队在休息一夜恢复体力后，于第二天进入平东西北部山区，于平东和平北交界地带渡过潮白河，转移到平北根据地，彻底摆脱了鬼子的围歼堵击。

马爱山带着一排剩下的十二名还能战斗的战士，背着三名重伤员向着团主力的相反方向而去。已一天一夜没吃饭始终在行军战斗的战士早已体力不支，走不多远，已近虚脱。不得已，马爱山命令将三名重伤战士隐藏在山崖石洞，自己继续带队引着鬼子，向着盘山莲花峰爬去。

这时，天已近傍晚。下了半天多的大雨，终于停下。山沟里的洪水，仍在不停地"哗哗"淌着。追击的鬼子在佐佐木的严令下，始终咬着马爱山不放。在一山崖拐角处，马爱山命令检查枪支弹药。一会，二班长报告：全排十二人还有五十发子弹，两棵手榴弹。

马爱山喘着粗气，对着二班长道："我们的掩护任务已经完成"接着指着对面的山沟命令道："你带机枪和四名轻伤员顺着山沟下去隐蔽好，等鬼子过去后自行寻找部队。我带剩下的几个弟兄掩护你们，注意机枪不能丢，那是咱们团的宝贝。"

二班长一听，马上要求道："排长，你带四名轻伤员和机枪隐蔽，我带弟兄们掩护。"

马爱山拍了拍二班长的肩，低声吼道："不要争了，执行命令！"说完抢过二班长手里的三八式步枪，将自己手中的机枪塞进二班长怀里，命令道："快走！"。

这时的鬼子已离山崖拐角不足五十米，马爱山举起步枪，将前头的一个鬼子打倒。追击的鬼子马上卧倒在地，向着山崖处射击。

马爱山收回枪，对着剩下的六名战士说："我们的子弹不多了，必须争取一颗子弹打倒一个敌人。你们几个先撤，在前面二三百米处找有利地形掩护我，继续把鬼子引向莲花山主峰。"

六名战友撤走后，马爱山又向鬼子打出几枪，待战友们不见了踪影，提枪跑开，向着莲花山主峰爬去。

鬼子追过了断崖拐角，不见了八路踪迹，正在踌躇，对面山坡上又打来几枪，先头带队的日军中队长指挥刀一挥，鬼子们又立即顺着枪声追去。

半个多小时后，七勇士爬上了莲花山主峰。数百名鬼子伪军也从东南西三面包围上来。北面是深不见底的悬崖，七勇士已无退路。

很快，七勇士打光了所有的子弹。马爱山也将最后的两棵手榴弹投向了进攻的鬼子。

这时，天突然晴了，西边的山头露出了晚霞的余晖。马爱山和战友们，又将能推动的石头，居高临下砸向了进攻的鬼子。

佐佐木终于发现山顶上只有七个八路，受骗的耻辱使得他更加狂躁。他挥着指挥刀疯狂地叫喊着："抓活的，给我上！"。

山顶上能推动的石头也没有了。看着越来越近的鬼子，马爱山招呼几名战士来到悬崖边上，大声喊道："弟兄们，我们已完成了掩护主力脱险的任务。现在我们的弹药没有了，但我们绝不能当俘虏，不能给我们的老祖宗丢脸、给咱们三团丢脸。现在我命令，砸毁手中的武器！"

战士们立即卸掉步枪的刺刀、枪栓，扔下悬崖，接着将手中的步枪向岩石上砸去。马爱山紧紧地和六名战友抱在一起，头顶着头说："弟兄们，能和你们死在一起，是我马爱山的福分，来世我们还做兄弟，还跟着熊团长打鬼子。"

战士跟着齐喊："来世还做兄弟，还跟熊团长打鬼子！"

马爱山松开战友，"我先走一步"。说完走到悬崖边，高呼道："抗战必胜"、"打倒日本鬼子"纵身跳下山崖。

这时鬼子已冲上山顶，六个战士抱在一起，高呼着"中华民族万岁"、"抗战必胜"跟着排长一起跳下悬崖。

佐佐木看到了这悲壮的一幕。这个从小受"武士道"灌输的恶魔，不相信自己的眼睛。他走到悬崖边，看了看深不见底的断崖，吓得倒退几步，呜哩哇呀地大叫几声。

山顶上的鬼子立即列队，在佐佐木的口令下，集体向七勇士连鞠三躬。

第十六章

日军在"大扫荡"中占了便宜，立即以《十万精兵扫荡冀东》为通栏大标题在报纸上大肆吹嘘"冀东八路不足为患，其主力已被皇军消灭殆尽，李云长单身逃到长城上哭泣。"

熊大林带着二三营突围出来的部队进入了盘山马家峪，住进了杨妈妈家。由于一营被李云长带走未归，除了四连和特务连各剩七八十人建制还算完整外，二三营其他五个连凑在一起，只够编成两个连。熊大林看到齐整整的一千五百多人的建制团，如今只剩三百多人的队伍，不由得号啕大哭，大骂道："李司令啊李司令，你这个败家子不听老子的劝，非要大战红五月，把老子好不容易攒起来的队伍快打光了。你拉着老子的一营扣着不还，让老子以后的仗怎么打？呜呜……你这个败家子！"

身旁的李子方劝说道："团长，别哭了，你这么闹影响多不好？李司令提出大战红五月有李司令的考虑。这次我们是吃了点亏，你看鬼子的伤亡呢，比我们一点不小吧。"

熊大林这时已失去了理智，大骂道："放屁，叫花子能和龙王比宝吗？我们现在就这么点家底，拼光了拿什么做本钱，火种都没了，你让老子用什么燃起抗日的烽火？"

李子方对熊大林的怒骂一点没有生气，他理解熊大林的心情。虽然对损失这么的部队这么多的装备，李子方也心疼得睡不着、吃不下，但还是心平气和地劝说道："团长，消消气，俗话说'留着青山在，不怕没柴烧'，不是还有这么多的部队吗？比咱当时雾灵山突围好多了。只要有你在，我相信咱们三团用不了半年，还是一个响当当的一千多人的主力团。"

熊大林是个吃软不吃硬，就怕人夸的人。听了李子方的话，气马上消了好多，嘴里却仍在骂着"他妈的李司令打了败仗自己跑到长城上去哭得了，还扣着老子的一营和他一起哭，现在一营怎么样了，老子是一点不知道。"

李子方笑了笑，"李司令跑到长城上去哭，你见到了？那是鬼子的宣传。这次反扫荡，二团比我们的伤亡还大，连陈团长都牺牲了，李司令手里怎么也得有点部队吧。李司令我了解他，放心，他会把部队还给你的。"

听了李子方的劝说，熊大林慢慢恢复了理智。"现在刘政委负伤不在，老李你说，下步我们该怎么办？"

李子方见熊大林不再哭骂，于是柔和地说，"说起刘政委，我到还有几句话。政委在突围的路上两次滚落担架，伤口已经发炎，现在高烧不退。我已令王子奇尽快搞到退烧和消炎药品，王子奇已拿着我的信去了县城找内线，估计晚上就能回来。"

熊大林点了点头，"一定不能让政委的伤口恶化，我们失去了这么多弟兄，不能再失去政委。"

李子方也点了点头，"早晨政委问我知道不知道单二贵是你的亲弟弟，我说也是在最后突围的时候才知道的，这到底是怎么回事？"

见李子方提起了单二贵，熊大林马上眼里浸满了泪水，哽咽着说："34 年中央苏区北大门广昌失守后，我的家乡被白军占领了。白军听说我父母是红军的家属，就命我父母给我写信，让我反水回家。我父母不写，白军就杀了他们。二贵那年才十四岁，当时正在山坡放牛，回家见父母被白军杀了，就找红军发誓报仇。可部队看他太小，都不收留他。二贵讨着饭一路打听，在我们离开苏区的前夕找到我。看到骨瘦如柴的弟弟，我心软了，于是做主留下了他，让他在连里当通讯员。为了不让别人说出什么，我就让他改随母姓。"

熊大林说到这，已是泪流满面。李子方接着问："那就一路跟着你走过来了？"

熊大林点了点头，"我长这么大，唯一对不起的，就是这个弟弟，他为我担当了多少啊，可我呢？"说完又大哭起来。

见李子方也流下了眼泪，熊大林抹了把眼泪，"不提他了"。

李子方见熊大林的伤心劲，也擦了把泪说："好，不提了。现在电台被李司令带走了，外边的情况我们一点不了解，也接不到上级的指示。团长你看，是不是派出几支小分队，到山外去看一看，一是可以侦察一下敌情，看看鬼子的动向，二是去寻找收集失散的人员。"

熊大林一听，马上说"好主意，一会就召集贺长明、李天盈几个开会部署一下，明天就出去。还有，马爱山的一排到现在只有二班长带几个伤员回来了，马家山和他的几个弟兄是生不见人死不见尸，得派人去找一找。”

见李子方点了点头，熊大林马上喊道："郭大海，马上把营连长和教导员、指导员给我叫来。"

第二天一早，贺长明、李天盈、刘大龙各带一个班的兵力出了盘山。

六七天后，贺长明、李天盈、刘大龙相继归来。三支小分队不仅毫发未损，还找回了几十名失散人员。特别是贺长明还抬回来了马爱山。熊大林一见，赶紧询问马爱山脱险的经过。

马爱山将在山垭口阻敌后将敌诱向莲花峰弹尽跳崖的经过说了一遍。他说："我在跳崖后，被悬崖上的一棵树托住，后又从树上掉下砸在了崖下一放羊人的草棚上，摔断了腿和两根肋骨。是放羊的张大爷发现我把我背回了家，并找郎中为我治了伤。我曾让张大爷去找我们一起跳崖的战友，但他们六个全牺牲了，张大爷已把他们就地掩埋了。"

熊大林看了看贺长明，贺长明点头道："张大爷也是这么说的，还带我们找到了掩埋六位战友的墓，我还做了个墓牌插在了墓坟头上，上写'莲花山六勇士之墓'。"

听到这，熊大林非常感动，握着马爱山的手说："你和你的一排为三团、为咱们这个集体立了大功，我代表三团谢谢你们。去养伤吧，也去看看杨妈妈，也好让妈妈放心。"

李子方也上前握了握马爱山的手，示意战士将马爱山抬走。

熊大林又对着贺长明、李天盈、刘大龙三人道："快说说山外的情况。"

李天盈道："在平原地带，鬼子已陆续撤回县城以上的大据点，但在交通要道设立了岗楼，由伪治安军和少数鬼子把守，任务是收缴、抢掠粮食给养，断绝平原与山区八路军的联系，搜捕我失散人员。"

"要命的，是鬼子这次大扫荡，基本摧毁了我们山前的基层抗日政权，前两年我们派去和发展的抗日干部，不是牺牲就是被捕，还有少数意志不坚定者，投降了日寇。"李天盈接着说。

熊大林和李子方认真地听着。熊大林着急地问，"那群众呢？群众的情绪怎么样？"

刘大龙回答，"群众当然还是心向着我们，但在鬼子的重压下，大多不敢公开与我们接触。我们突围后，鬼子不仅在平原要道上设卡盖了岗楼，还收集了一些当地的流氓败类，和伪治安军共同建立了特务组织。这些特务人员夜间经常冒充我八路军到各村敲门，向老百姓要钱要粮。如果哪家给了，成年人即刻以私通八路军罪被抓走，轻则受到严刑拷打，重则杀害，闹得百姓人人自危，不敢与我们接触。"

李天盈接着说："现在鬼子把其统治下的平原、城镇、据点周围划为'治安区'，把我山区的根据地划为'非治安区'，实行严格的物资控制，命令'治安区'的百姓按亩交粮，不仅对粮食、医药、布匹、棉花等严禁买卖，就连煤油、火柴、食盐等日用品也列为军用品严格控制起来。平原是我们山区根据地的主要供给来源，由于敌人的严密封锁，到平原征粮买粮都很困难，即使买到了，运到山里也很不容易。看来，我们又要挨饿了。"

"牺牲的几十名伤员的尸体掩埋没有？"李子方问。

"掩埋了，群众也帮我们掩埋了一部分，不过……"李天盈说不下去了。

"不过什么？直接说。"熊大林是个急性子，容不得别人吞吞吐吐。

李天盈叹了一口气，接着说："十几天过去了，牺牲的同志只剩了骨架，根本分不清彼此，没有棺木，只能就地集中掩埋了。二贵同志也没分辨出来。"

听到李天盈提到弟弟二贵，熊大林差点又流出眼泪，哽咽了一下说："就让他和弟兄们长眠在一起吧。"

"那你们有什么想法呢？"熊大林为了改变压抑的气氛，转移了话题，对着贺长明和李天盈、刘大龙问。

贺长明回答，"我的意见是先把进山要道上的鬼子据点打掉，再分兵消灭鬼子建立的特务组织，不然我们的基层抗日政权没法恢复，粮食、布匹、食盐等生活必需品也运不到山里来。"

"你的意见呢？"熊大林认真地听着，又对着刘大龙道。

刘大龙接着说："长明同志的意见我同意，但我觉得，现在首要的是要恢复乡亲们的抗战信心，我们近期必需打一两个像样有影响的仗，让乡亲们知道，我们八路军还在，还在打鬼子。"

熊大林听到这，使劲地点了点头："很好，一会我就和李主任研究一下咱们的下步行动。你们还有什么好的建议，随时告诉我。你们这几天辛苦了，下去休息吧"

贺长明、李天盈、刘大龙走后，李子方对熊大林说："看来，形势很严峻。你看是不是把我们现在的部队先编成三至四个连，首先恢复战斗力，以防不测？"

熊大林点点头："很好，突围出来的战士，至少都是经过几次大的战斗了，战斗素质不用担心，我担心的是他们经受了这次挫折，失去了与日寇战斗下去的信心与勇气。"

"这个事情由我来做。"李子方接着说"现在没有电台，也接不到上级的指示，你就集中精力考虑部队的下步行动。咱们是不是先把部队压缩整编的事商量一下？"

第二天早饭后，在山前的空地上，熊大林宣布了整编命令："因为一营尚未归队，我和李主任商量决定，把我们目前二三营的所有人员统编成四个连。序号是四五六连和特务连。四连、特务连人员和领导不动。五连由原二营五六连人员组成，连长贺长明，指导员苏天；六连由原三营人员组成，连长李天盈、指导员王化。下边请李主任讲话。"

李子方向前走了两步，柔和地说，"同志们，咱们都是一个战壕里滚过几次的，都是生死兄弟，我也不是讲话，只想和同志们唠一唠，团长，咱们是不是都坐下？"

熊大林点了点头，喊了一声"坐下"的口令。李子方捡了一块石板坐下，掏出烟袋包，用手捏出一撮烟，放在纸条上，边卷边问："同志们，你们有人看过《三国演义》吧，或者听过评书？我先给大家讲个故意。"

李子方用火柴点着纸烟抽了一口，接着说："《三国演义》有个主人公曹操，带领20多万人去剿灭东吴的孙权，在长江边上一个叫赤壁的地方，叫孙权打得大败，20多万人只剩几十人逃回到北方，逃回的人都很沉痛，曹操却哈哈大笑。大家不解，问为什么打了这么大的败仗你还笑。曹操说，这么大的败仗我都没有死，说明天不灭曹，天要助我。我的地盘还在，百姓还在，我就不信灭不了东吴。"

李子方见战士们听得入了神，于是停下，慢慢地抽了两口烟。下边的战士等不及了，马上举手问："李主任，后来呢？"

李子方用手向下压了压，示意提问的战士坐下，接着说："由于曹操没有失去消灭东吴，统一全国的信心，励精图治，一边加紧部队的招募训练，一边发展农业生产，没用几年的时间，使自己成了魏、蜀、吴三国中最强盛的国家，最终由儿子曹丕灭了吴、蜀两国，建立了中国东汉以后又一个统一的王朝，大魏王朝。"

李子方讲到这，扔掉抽了一半的纸烟，站起来问："同志们，你们有谁参加过两年前的雾灵山突围啊？请把手举起来。"

坐着的战士立刻有几十人举起了手。李子方看了看说："还不少呢。你们说，是雾灵山突围后我们的人多，还是现在我们的人多呢？"

举手的干部战士马上有多人回答："当然是现在人多"。

李子方马上加大了声音说："没错，是现在的人多，而且多了不少。我们雾灵山突围，只剩了二百多人，平均每枪只有两三发子弹，我们挨了几天饿，是吃了这顿没下顿。可是我们的每个同志，都没有失去坚持下去的信心，结果呢？半年的时间，我们就发展成一千五六百人的主力团。曹操剩几十人都能统一全国，我们呢？光二三营就还有三百多人，我们还有一营，冀东还有二团，冀东以外，我们还有十几块根据地，我们共产党领导的八路军、新四军总兵力不下几十万，你们说，我们能不能打败小日本，把小鬼子赶回他的东瀛老家去？"

李子方的话，马上引起了干部战士的强烈反映，立刻有几个战士站了起来，大声喊："李主任，能！能！"

李子方也站了起来，挥舞着右手："对，我们能，一定能，用不了半年，我们三团还会发展成响当当的主力团，我们不但能把小鬼子赶出冀东，还要反攻满洲，把小鬼子赶回他的东瀛岛国去。"

这时坐着的战士全部站了起来，挥舞着拳头大喊着："能！能！我们一定能打败小日本！"

熊大林也站了起来，跟着战士们挥拳高喊着。李子方见已达到了鼓气目的，于是又往下压了压手，示意战士们停下来，对着队伍喊道："各连按着新的编组带走，由各连指导员组织大家发言讨论，题目只有一个，就是坚定抗战信心，我该怎么做？晚饭后各连指导员将战士们的讨论发言情况向我汇报。"

看着战士们高涨的情绪，熊大林暗叹道："这个李主任不愧是个文化人，一个故事几句话就把战士的信心鼓得高高的，和刘政委一样，真是个政治工作的高手啊。"

等各连连长把部队都带走了，熊大林拉着李子方问："老李啊，我怎么没听说过曹操自己喊'天不灭曹，天要助我。我的地盘还在，百姓还在，我就不信灭不了东吴'啊？"

李子方听了不由得大笑，"《三国演义》，演义、演义吗，古为今用，这个你就不懂了。"说完自己也哈哈大笑起来。

熊大林也跟着李子方笑了起来："演义、演义，基本事实都在，你可以做个演义专家了。"

"多承团长夸奖。"李子方又笑了笑："我早就听政委说过，说能得到你的一次夸奖不容易，看来你是认可我的动员了。"

熊大林说："岂止是认可，是佩服。政委养伤有你在，政治工作我就不操心了。"

李子方说："我这个人也怕人夸，特别是上级领导夸。团长你不要再夸了，我也是个普通人，夸过了我也会不知道东南西北的。"

熊大林说："咱们都是普通人，都有七情六欲，都有喜怒哀乐，但要把住一条，就是要一心为公。只要是为抗战、为部队的发展壮大有益，什么个人的荣辱得失，都去他的吧。"

李子方觉得，熊大林的话是话糙理不糙，于是点点头说："你讲得对，只要我们一心为公，就不愁部队发展壮大，俗话说'人心齐，泰山移'吗。"

李子方接着问："下一步怎么办，你想好了吗？"

熊大林说："我想集中现在的四个连的兵力在近期打一仗，好好地教训一下小鬼子，也好提高一下部队的士气，鼓舞百姓抗战的信心。"

"怎么打、在哪打想好了吗？"李子方接着问。

"暂时还没想好，但是打要必须打胜，将小鬼子打疼，这样才能达到打的目的。我再考虑考虑，等有了眉目再和你商量吧。"

李子方点头称是。

过了几天，吃完早饭，熊大林拿着地图，走进了李子方的房间。

李子方一看，便知道熊大林想好了计策，于是问："怎么样，团长，有眉目了？"

熊大林"嗯"了一声展开地图，"老李你看"，熊大林指着地图说："殷家庄这个地方你清楚吧？它位于平东、平顺、三河三县的交界地带，地处二十里长山的边缘，这里地形起伏，进退容易，再加上群众基础好，我们熟悉，是个打伏击的好地方。由于地理位置特殊，我们在这打一仗，必定会引起三县百姓的震动。要是能把鬼子打疼，那对削弱鬼子的嚣张气焰，重振百姓的信心，一定会起到重槌击鼓的作用。"

李子方仔细听着，随着熊大林的手指在地图上看着，觉得可行，于是问道："那具体的战法呢？"

"我准备用诱敌的方法。"熊大林接着说："小鬼子不是在到处搜剿我伤病员、失散人员和零星武装吗，那好，我们就把部队装扮成伤病员，把我们的卫生所也带着，到了村里再给百姓看看病。殷家庄一定有鬼子的眼线，我们到的当天鬼子就会来围剿，到时我们打他个伏击，争取把鬼子打疼打懵，然后快速撤退，回到盘山。"

李子方想了想问："可你想过没有，如果鬼子重兵来剿，很可能我们打不成伏击，反被鬼子围住脱不了身。现在我们只有这么点本钱了，要把最坏的结果考虑到。"

"舍不得孩子套不住狼。殷家庄四周凸凹不平，离山地不远，只要组织得好，如果打不了，脱身不会难。"

李子方笑了笑："舍孩子套狼，这个成本太大。如果是舍媳妇抓流氓，我觉得还可以考虑，看来，你真是个没结过婚的人啊。"说完哈哈大笑起来。

"保孩子舍媳妇，看来你这个结过婚的人也不怎的。"说完熊大林也大笑起来。

"言归正传"熊大林收住笑容说："我这么做，是出于以下几点考虑：一是鬼子经过这次大扫荡，认为我八路军主力已基本被消灭，剩余的零星武装已不足为患，所以鬼子得到消息，不可能派大队以上建制的日军围剿，顶多也就是一个中队的日军再加上部分伪军；二是我们装扮成八路军的伤病人员，鬼子自然会放松警惕；三是我带队到殷家庄去过几次，地形熟、群众基础好。还有一个就是我刚才说的，殷家庄地形利于伏击，进退自如，不行我们可以随时撤回山里。"

李子方听了点点头："那就舍本干他一买卖。你准备什么时间行动？"

"下午组织动员，晚上乘夜出发，明天早上赶到殷家庄布置战场，我估计下午就能打响。"

"轻伤员只要是自己能走的，全部参加。"见李子方点了点头，熊大林马上喊道："郭大海，通知连长指导员来开会。"

下午，四个连按照熊大林的部署，开始了紧张准备。

趁部队准备的工夫，熊大林来到杨妈妈家，向刘永光通报了自己决心在殷家庄打一仗的决定。

此时的刘永光伤势已经好转。通过冀东平原的恶战，他对熊大林敢于担当、勇于牺牲的品质有了更深的了解，觉得熊大林确实是个可以相信、可以托付的汉子，这不仅是因为熊大林救了自己的命，更是熊大林在关键时刻的担当和自我牺牲精神。

刘永光躺在炕上听了熊大林的计划很是赞同："在鬼子气焰嚣张，没有上级指示的情况下，敢于集中力量打一场振奋民心的仗，说明你熊团长是个有远见、敢负责的好干部。我只提醒你一句，就是见好就收，不要贪得太大，我们现在毕竟只有这么点本钱了。"

熊大林感动地说："政委的话我记住了，有你的支持，我就不相信有什么过不去的坎。"说完上前握了握刘永光的手："政委保重"。

晚饭后，部队集合到了山间空地。

熊大林用大嗓门和他惯有的煽情语言开始了动员："弟兄们，蓟州平原的战斗还记得吧？我们牺牲了多少兄弟，他们都是我们生死与共的战友啊。现在我一闭上眼，就能看到他们。几次梦中，都有牺牲的同志问我，'团长啊团长，你们什么时候为我们报仇啊？'。小鬼子占了便宜，到处吹嘘说冀东的八路被消灭了，皇军可以高枕无忧了。不明真相的百姓也相信了鬼子的话，觉得我们八路军完了。我们活着的同志怎么办？必须打几个胜仗，让小鬼子看看，我们冀东的八路被消灭没有，也让乡亲们明白，我们冀东的八路还在不在？现在，我就带你们去报仇，安抚我们那些牺牲弟兄的在天之灵，弟兄们，你们敢不敢？"

战士们的激情被瞬间点燃，"敢！敢！消灭小鬼子，为牺牲的弟兄报仇！"战士们挥舞着手臂高喊着。

熊大林看到战士们高昂的士气，和李子方互视了一下，挥手道："目标殷家庄，出发！"

抬着担架、拄着拐杖、缠着绷带的部队出发了。

走了两个多小时，天已大黑，土路上已不见行人。熊大林命令，躺在担架上装作重伤员的战士全部自己走，拄着拐杖的战士收起拐杖，列队前进。

经过几个小时的行军，天亮前部队已进入到离殷家庄不足十里的地方。熊大林命令部队在青纱帐内短时休息，然后命令装扮成重伤员的战士重新躺在担架上，收起拐杖的战士重新拄拐前进。

进入殷家庄，天已大亮。村上的青壮年早已乘凉下地干活。村上的老人、妇女、孩子站在自家门口远远地看着，胆大点地的上前问："你们是八路吗？

熊大林、李子方和被问的每一位干部战士都会大声地说："对，我们是八路军，才从盘山过来。"

有几个人认出了熊大林，于是上前问："这不是熊团长吗？日本人说把你们全消灭了，你们这……这是怎么了？"

"小鬼子的宣传你能相信吗？你们看，我们这不是回来了吗？请您马上把田村长找来，我们要借贵地安置一下伤员。"

村长田志忠一会被村民找来。田志忠老远就认出了熊大林，拐着腿紧走几步赶上来，握住熊大林的手说："熊团长，真的是你，日本人说你和李司令、二团的陈团长都让他们打死了，部队也让他们剿灭了，我没有认错人吧？"

熊大林摇了摇握着的田志忠的手说，"田村长，您没认错，是我、是我。"

"您这腿怎么了？"熊大林看田志忠瘸着腿，关切地问。

"一言难尽啊。"田志忠摇摇头，接着问"你们这是？"

"田村长，我们想借贵地一用，让我们的伤员养养伤，还要麻烦您为我们帮帮忙啊。"熊大林大声地说。

田志忠听到这，松开了熊大林的手，大声说，"熊团长，不是我田志忠不帮你这个忙，是真的不敢帮啊。日本人说了，谁敢私通八路，要杀全家。我这条腿就是因为我为你们筹款扩兵，被人告密让日本人抓到炮楼里打的，家里花了二百多块大洋才把我保出来，弄得我快倾家荡产了。"说完还使劲向熊大林挤了挤眼。

熊大林心领神会，大声说："你这个伪村长，老子正要找你算账呢，今天老子在这住定了。走，到你家去。"说完推着田志忠和李子方一起进了田志忠的家。

进了田志忠的正屋，熊大林马上扶田志忠坐下，歉意地说："田村长，给您惹灾祸了。"

田志忠摆摆手说："这点灾祸不算什么，我已经五十多岁了，还能有几年活头，大不了舍了我这把老骨头。可小鬼子规定，各村村长和情报员必须三天之内向张庄据点报告一次情况，有'匪情'或八路来了要随时报告，我怕乡亲们收留了你们，小鬼子来报复啊。"

"我知道，现在小鬼子在各村广布眼线，我估计下午小鬼子就会得到我们进驻殷家庄的情报。对您我就不隐瞒了，我们想在这打一仗，刹刹小鬼子的嚣张气焰。"熊大林接着问："据您所知，咱村里有鬼子的情报员吗?"

田志忠回答："有，村南口住着好吃懒做的哥俩，群众都叫他们大赖子、二赖子，这哥俩就是张庄据点伊村的情报员。"

熊大林一听说："很好。为了让鬼子相信您，也是为了保护您，一会您到两赖子家，告诉他八路军熊大林带着几十名伤员来到村里来了，让他到张庄据点向伊村报告。"

田志忠一听马上站起来说："我哪能当汉奸做这些灭祖断后的事呢。"

熊大林笑了笑，又扶着田志忠坐下："我刚才不是说了想在这打一仗吗，让您去找两赖子向伊村报告，正是为了把伊村诱来消灭他。"

田志忠还是犹豫："向鬼子报告八路军的行踪，可是杀头的汉奸行为，能行吗? 到时你可要为我做证。"

"能行，您按我们的要求去做，不但不是汉奸，而且是抗日的功臣，我和李主任都会为您作证。李主任是本地人，您更应该相信吧?"

见田志忠点了点头，熊大林接着说："按我刚才说的，您马上到两赖子家，让他俩去向伊村报告。还有，中午的时候，您就敲锣吆喝，说八路军进村了，为了防止皇军追责，有亲投亲，有友投友，全部离开村子。注意多喊几遍。乡亲们走了，我们也好放开了打，免得误伤了乡亲。"

熊大林拉着李子方说："老李，咱们和贺长明他们一起看看地形；田村长，您现在就去找两赖子。"

田志忠立即柱着拐奔村南的两赖子家。两赖子早已知道八路军进了村，正爬着墙头，偷偷地看着正在街道写标语的八路军。田志忠进了门，把两赖子喊了过来："八路进村了，我腿脚不方便，你俩快去向伊村太君报告，就说八路三团熊团长带着几十名伤员和一个连的兵力进村了，现在正在安置伤员，快去，伊村太君一定给你们大大的赏钱。"

两个赖子早已尝过给伊村送情报得赏钱的甜头，一听又有钱可挣，马上说："村长，你看清了，是八路三团熊团长，兵力是一个连？"

田志忠说："错不了，熊团长我都见到了，还要住我家里。八路是一个连，还有几十名伤员，现在正在做饭，快去报告。"

两赖子赶紧牵过了家里一头驴，一人骑着一人赶着出了村。

三十多里的泥土路，两赖子轮换骑着驴，于快中午的时候赶到了日军张庄据点。

伊村大佐在六月围剿二团的作战中立了功，受到铃木师团长的嘉奖，踌躇满志，正在作战室看地图，听岗哨报告说殷家庄的情报员有重要情报报告，赶紧拉上布帘遮上地图，让人把两赖子带了起来。

两赖子进了伊村的作战室，赶紧点头哈腰地向伊村问好。

伊村认出是曾向其报告过当地土匪郑葫芦杀害抗日干部情报的殷家庄村的赖子兄弟，于是向两赖子招招手，示意两赖子离他近一些。

两赖子赶紧向伊村报告了八路三团团长熊大林带一个连和几十名伤员进驻殷家庄的情况。伊村一听，马上像闻到了血腥味的鬣狗，两眼冒出奇异的光。凭感觉，伊村判断出两赖子报告的情报不假。对这类出卖祖宗的中国人，伊村是从心眼里看不起的，特别是看到两赖子脏兮兮的样，更是从心里觉得恶心。但为了战争的需要，也为了笼络人，伊村重重地吐了一口气，还是从座位上站起来，给两赖子分别倒了一杯日本青酒。两赖子受宠若惊，立即和伊村碰杯喝下。

伊村放下酒杯，眯着眼用流利的中国话问："八路的三团熊团长还有伤员你们都看到了，报假情报杀头的有！"

两赖子吓得一惊，马上献媚地说："八路的伤员我们都看到了，熊团长田村长看到了，还住到了田村长家，是田村长让我们报告太君的。"

伊村一听，马上瞪起眼问："是田村长让你们报告的？他说有多少人？"

两赖子马上回答："田村长说八路有一个连，还有几十名伤员。田村长怕太君追究不报告的责任，就趁着熊团长出门的工夫，到我家让我兄弟俩报告的。"

伊村一听，高兴地甩了一下手指头，叫了一声"哟西"，然后让部下拿出十块大洋赏给了赖子兄弟。

　　两赖子走后，伊村赶紧拉开布帘，首先从地图上找到殷家庄然后从张庄开始，一边滑动手指，一边口中念念有词，"从这里出发，翻过麻林山口，走冉家河石桥，过大小段村向西，到李家庄折向西南，就是殷家庄。"

　　伊村用手指在殷家庄的位置使劲点了点，然后拿起电话，命令驻张庄的一个日军中队、一个伪军中队和驻杨庄、平东县城各一个伪军中队立即做饭，中午一点钟出发，两点钟到张庄据点集合，前去殷家庄剿灭熊大林。

　　下午两点，驻杨庄、平东的两个伪军中队各乘两辆大卡车开到了张庄据点。伊村令驻张庄的两个日军小队和一个伪军中队也各乘两辆大卡车，并调一辆卡车拉给养弹药，共九辆卡车近500人浩浩荡荡开向殷家庄。

　　为了乡亲们的安全，也为了保护田志忠，熊大林让田志忠敲锣让乡亲们离开村子后，和李子方一起，在村头、街道等处布好了战场，并派一个侦察班，到殷家庄前几公里的庙山上观察敌情。

　　庙山因山上有一座当地常有的土地庙得名，是伊村进入殷家庄的必经之路。山虽不算高，但在殷家庄周围几十里却是个眼观八方的制高点。

　　侦察班在山上设置了消息树，消息树倒说明敌人已经出动。侦察班长杨明泽爬在山上用李子方的望远镜观察着，只见远方尘土飞扬。杨明泽断定是鬼子的车队来了，仔细看了看，九辆汽车其中两辆车满载着鬼子，六辆车满载着伪军，另一辆盖着帆布，估计是鬼子的弹药车，马上命令推倒消息树，并令一侦察员骑上日本产富士山牌自行车，赶快向团长报告。

　　伊村的九辆大卡车在低洼不平的土路上蜗牛似的爬行着，侦察员骑着自行车一路狂奔，很快赶到殷家庄向熊大林报告了情况。

　　熊大林已从望远镜中看到倒下的消息树和远方飞扬的尘土，听到侦察员"敌人有九辆大卡车，其中有两辆载的是鬼子的报告"估计鬼子的兵力不到一个中队，日伪军的总兵力要超过自己四个连，于是对李子方道："伊村调了这么多部队，看来是高看我了。"接着对郭大海喊道："通知部队，鬼子来了，做好防炮准备。"

　　李子方在一旁说："伊村调来的兵是不少。据我所知，平东几个据点的伪军，多是伊村收编的东北军撤退进关时的失散部队，十年了，这些伪军年龄大，思乡情绪重，厌战情绪浓，没什么战斗力，我担心的只是这两卡车的鬼子。只有多消灭他们，才会真的把伊村打疼。"

　　熊大林点点头："那我们就把打击的重点放在鬼子身上，只要伪军不主动进攻，我们就不打他。"

　　李子方表示同意，拉了一下熊大林："团长，咱们进入指挥位置吧。"说完和熊大林上了村中大庙的屋脊。

半小时后，伊村的九辆卡车开到了殷家庄村北一公里左右的地方停下。伊村命令日伪军全部下车，命令两个小队的鬼子从村北进攻，令另三个中队的伪军，奔赴殷家庄村的其他三个方向，将殷家庄四面包围。

这时的伊村，根本没把熊大林的部队看在眼里，觉得经过六、七月份在蓟洲东南部平原的反复围剿，冀东八路军主力已被消灭，剩下的只是流寇，今天围住的不过是熊大林的几十个伤员和残兵败将而已。伊村找了条沟将部队布置好，命令向殷家庄开炮。

当几十发炮弹在殷家庄炸开，村里除了硝烟烈火没有一点动静。伊村估计八路不死也会吓得四散奔逃，于是命令村北的日军向殷家庄发起进攻。

这次炮击，八路毫发未伤。经过多次交手，熊大林早已摸清了伊村的作战路数，进攻时，总是先用炮击在气势上压倒对方。在两赖子给伊村报信的时候，熊大林早已令战士们在伏击地点和墙的内侧挖好了藏身的单人掩体。日军小炮口径小，只要不是直接命中，躲在掩体中的人员基本无事。炮击过后，熊大林再次爬上了村中大庙的屋脊。当冲在前头的一小队鬼子接近村口，马上用手摇电话命令守在村北的贺长明开火。贺长明接到命令，立即用三八大盖瞄准了领头冲锋的鬼子军官，"叭勾"一声，鬼子小队长立刻脑袋开花栽倒在地。几名手握拉绳的战士立即拉响了事先埋好的地雷，其余的战士从断墙和事先挖好的掩体中向鬼子投出了密集的手榴弹。伏在贺长明身边的机枪手大个李，扣响了捷克式轻机枪，将冲在前边的鬼子成片打趴在地上。

伏在沟沿的伊村，很是吃了一惊。他没想到，被剿得东躲西藏的一个连八路和几十名伤员，竟有如此强的火力。伊村举起王八盒子手枪，"砰、砰"朝天打了几枪，大骂道："八咯呀路，撤退的不要、撤退的不要。"但骂声挡不住溃退的队伍，只一个回合，进攻的鬼子一个小队就被消灭大半。剩下的鬼子退回到村北的沟内。

见鬼子退下，熊大林立即电话命令贺长明隐蔽撤向村内。

躲在沟里的伊村见败退下来的队伍，挥着指挥刀，气得"嗷嗷"乱叫"开炮、开炮，把八路统统炸死！"

炮弹在原先贺长明伏击的地点"咣、咣"地炸开。贺长明看到战士们已撤到事先选定的作战位置，掏出烟袋包，卷了一颗纸烟，抽了一口命令道"节省弹药，鬼子不靠近不打，没有命令不准出击。"

炮火打了十来分钟，伊村挥刀大叫："冲进村去，捉住八路大大的有赏！"

日军在伊村的命令下很快冲到了刚才受伏击的地方。伊村看没有动静，拿起望远镜，伏在沟沿上向村内观察。突然，"叭"的一声，伊村手中望远镜的镜片被打得粉碎，吓得伊村扔掉破碎的望远镜，赶紧缩回沟内。

这一枪是贺长明打的。他见远处土沟内一日军军官握着望远镜观察，料定是老鬼子伊村，马上瞄准开了一枪，但因距离太远而打在望远镜上，伊村侥幸捡了一条命。

伊村倒吸了一口凉气，骂道："巴嘎，看来真是八路的正规军，是熊大林的队伍"，于是命令小炮继续向村内射击，掩护部队冲锋。

见冲在前边的日军已进入村中的街道，贺长明命令开火，机枪、手榴弹又将冲在前边的鬼子撂倒一片。后边的日军赶紧伏在地上，寻找目标射击。

一个矮壮的老鬼子将几具鬼子尸体拖到一起，垒成一个射击掩体举枪射击。只见爬在屋脊上的两名战士，一个被打死滚落房下，一个被击伤躺在了房脊一侧。

贺长明看得清楚，暗叹道："小鬼子的枪法真是不错，三四百米的距离，竟然两枪打掉我两名战士。"于是命令："注意隐蔽，小心鬼子的神枪手。"

贺长明将自己隐蔽好，开始寻找目标。他将一顶军帽用枪刺顶出墙外，眼睛从事先掏好的射击孔看着，片刻工夫，一颗挟着风的弹头将军帽打落在地。

贺长明看清了鬼子的位置，心里骂道："狗日的，今天就是你的末日。"说完将三八大盖伸出射击孔，瞄准后扣动了扳机。

躲在鬼子尸体后的老鬼子正在寻找目标，就觉得一股尖啸的飓风袭来，本能地想翻身躲开，但已来不及了，子弹穿过钢盔，打在老鬼子的两眉之间，顿时脑袋开花，白色的脑浆混着鲜血流了出来。

贺长明收回枪，命令身旁的机枪手大个李："狠狠地打。"

这时，冲进街道的鬼子已大多被打趴在地上。后边的鬼子退不敢退，进进不了，只得找隐蔽位置与村内的八路军对峙。

天渐渐昏暗下来。熊大林怕伊村攻不动撤兵，来到了村北预设阵地。他命令贺长明："一会吹冲锋号，你带五连向鬼子反击一下，给敌人造成我方要借夜色突围的假象，逗引伊村进村。注意不要反击太远，把前边与我们对峙的鬼子打跑即刻返回。"

冲锋号"嘀嘀嗒嗒"地响了起来，战士们跃出矮墙，向鬼子冲去。

卧在村口隐蔽处与八路军对峙的鬼子慌忙组织火力进行拦击。机枪手大个李端着机枪冲在最前边，见鬼子的歪把子机枪向冲锋的战友扫了过来，来不及选择射击位置，端起机枪与鬼子的机枪对射。大个李倒下了，鬼子机枪手也趴下不动了。王二富扔掉步枪，端起大个李的机枪继续射击。冲锋的部队瞬间与鬼子搅在了一起。伊村看得真切，想用火力支援，又怕伤着自己，只得命令沟内的日军出击支援。

熊大林看到反击鬼子的目的达到，令司号员吹号撤回，同时命令身旁的两挺机枪压制从沟内出援的鬼子，掩护战士们撤回村内。

这次出击，包括大个李在内的三名战士牺牲，另有几名战士负伤。看到出击的部队将伤亡的同志全部带回，并缴获了一挺歪把子机枪和一箱子弹，熊大林命令部队捡拾街内日军尸体上的弹药撤进村内。

天完全黑了下来，月亮也躲在了朦胧的云后。熊大林命令部队全部进入村中心，按预定方案进行下一步作战，并命令刘大龙带一个排做好准备，待伊村进村后，立即从村东北部潜出，抢夺伊村的武器弹药，炸毁汽车。

村北沟里的伊村，呼呼地喘着粗气。伊村开始根本没把八路的一个连和几十名伤兵放在眼里。调四五百人九辆大卡车和轻重武器围剿殷家庄，本想炫耀一下大日本皇军的武力，在村外轰上几炮，把村里的八路吓跑，然后进村将伤员抓获，然而偷鸡不成蚀把米，仅仅两次进攻，百余人的两个日军小队，足足损失了一半。

从出发到现在，整整半天过去了，日伪军每人带的一壶水，早已喝干。伊村饥肠咕咕，口渴难忍。但他知道，只有进村，才能找到水井取水做饭。旁边的一日军中尉参谋建议，是不是向铃木将军报告，请求增援？

伊村摆摆手，"向铃木将军报告什么？报告我们伤亡了六十多名皇军？这个时候向铃木将军求援，岂不灭皇军威风。待消灭了村里的八路，活捉了熊大林再向铃木将军报告不迟。"

伊村命令村北的日军，除了汽车兵和炮班留下看守汽车外，其余全部进村，围歼八路，并命令其他三个方向的伪军，从各自方向进攻。

这时的熊大林，正和战士们一起，就着咸菜，吃着刚出锅的窝头。当侦察员报告，伊村率村北的日军离开土沟，向村里摸来，立即命令已做好准备的刘大龙率队出村偷袭，并嘱咐"炸毁鬼子的卡车后不可恋战，快去快回。"

刘大龙狠劲地点点头，说了句："团长，瞧好吧！"一挥手，带领一个排向村东北角奔去。

刘大龙等翻过土墙，进入村外的庄稼地，轻手轻脚地摸到伊村白天集结的土沟，顺着土沟接近了伊村的弹药车。

伊村的九辆卡车由日军炮兵曹长带着十几名日军炮兵和司机看守着，待日军哨兵发现了人影叫喊的时候，刘大龙已冲到近前举枪将其打倒在地，其余的日军根本没有防备，也没有近身武器，散坐在几辆汽车旁抽烟休息，见到八路杀来，起身就跑，但大多被战士打倒，只有日军曹长端枪迎战，被战士们一阵乱枪打死。

刘大龙立即奔向盖着帆布的弹药车，扯开帆布，见有半车的弹药，于是命令："赶快搬运，能搬多少搬多少。还有鬼子的小炮，全部搬走，一门不能少。"这时一名战士向刘大龙报告："连长，两辆车上有鬼子的伤兵，怎么办？"

刘大龙喊，"什么怎么办？杀，向车上扔手榴弹！"

战士迟疑着："连长，不说八路不杀俘虏吗？"

刘大龙大怒："他们是俘虏吗？小鬼子是怎么对我们的，执行命令！"

几个战士立即向两辆车上的日军伤兵扔了几颗手榴弹。刘大龙见战士搬光了弹药，立即命令烧车。

一个战士问："连长，怎么烧？这铁东西能点着吗？"

刘大龙大骂："笨蛋，撬开汽车的油箱盖，脱下衣服裹在刺刀上，捅进油箱沾上汽油，点着后扔在汽车的轮胎上，快去！"

王二富站着未动，问："连长，车上鬼子的伤兵一起烧吗？"

刘大龙上去踹了王二富一脚："废话，那是死了的鬼子，快去！"

一会，九辆汽车燃起了熊熊大火，映红了村北的半边天空。伊村听到村北的枪声，知道不好，又见燃起的冲天火光，知道被八路烧了汽车，气得大叫："前进！村里的八路统统死了死了的！"

虽然伊村在后边挥刀狠狠地催着、骂着，但天黑路不熟怕挨伏击，日伪军小心地搜索着，前进的速度很慢。

为了引诱伊村上钩，也为了让战士射击投弹时看清目标，熊大林命令点燃事先堆放在大庙前的三堆柴草。熊大林爬在大庙的屋顶上，对贺长明、李天盈交代，"伏击战的要诀，除了选择好伏击阵地，就是要火力齐、猛，在鬼子没有反应过来之前，打掉他一半以上的力量，使鬼子没有喘气时机。命令开火后，机枪手要向密集的人群射击，步枪手先向鬼子投出二到四枚手榴弹，然后再寻找单个目标射击。快，做好准备。"

正说着，刘大龙悄悄地来到了熊大林的身边爬下报告："团长，事办完了。"

熊大林高兴地问："这么快？"

"不是你要求快去快回吗？"刘大龙反客为主，得意地回答。

"伤亡大吗？"

"报告团长，消灭鬼子十名，还有十几个鬼子的伤兵，全排无一伤亡。"

"连鬼子的伤兵都杀了，你小子行。"熊大林半赞赏半责备地说。

"报告团长，我是跟你学的。"刘大龙也半玩笑半认真地回答。

熊大林知道刘大龙的性格，仗打好了，说话就放肆，所以根本没计较，嘴上却骂道："放屁，老子杀过鬼子的伤兵吗？"说完自己咧嘴笑了起来，然后拍拍刘大龙的肩膀："干得不错，都带回来些鬼子的什么东西？"

"就是几门小炮还有二十几箱子弹、手榴弹。"刘大龙不屑地回答。

"看把你能的，二十几箱够老子打一次伏击了。快把香瓜手榴弹分下去，这东西力量大，一个顶我们的三个用，让伊村尝尝自己香瓜的滋味。"

日伪军在伊村的驱赶下向前搜索着，见到村中大庙燃烧的三堆大火，想进不敢进，呆呆地看着。伊村也不知八路施的什么诡计，挥刀紧张地看着、思索着。

伏在熊大林身边的宣传班长陈平，轻声哼起了快板：

熊团长有绝活

钩来伊村一大拨

一路耀武又扬威

唱着日本战败歌

村北进攻死伤重

被烧九辆大卡车

熊团长有妙计

庙前燃起三堆火

小鬼子似飞蛾

扑进梦里东洋国

八路枪子长着眼

专打鬼子脑袋壳

……

熊大林一听，小声骂道："安静，少拍老子的马屁。"

这时，东、西、南三个方向的伪军涌到了广场出口，看着广场的三堆大火，傻傻地观望着。伊村见没什么动静，挥着指挥刀对伪军高喊："前进，前进的有！"自己却带着一帮鬼子，隐藏在胡同未动。

三个方向的伪军陆续涌进了广场。熊大林见时机已到，立即命令："打！"

顿时，几挺机枪从屋脊上吐出了浓密的火舌，日式香瓜手雷和自造手榴弹飞向了伪军群中。广场上的伪军成片倒下，没死的立即向四个出口逃窜。

躲在广场北口的伊村听到突然激烈的枪声，本能地感到又受了八路的埋伏，还没容他下达命令，一梭机枪子弹扫向了自己所在的位置，拥在前边的几个日军立即倒下，吓得伊村赶紧后退了几步，躲到了机枪打不到的位置。伊村定下神来，想看看八路埋伏在什么位置，还没容伊村看清楚，溃败的伪军就涌了过来。这时，嘹亮的冲锋号响起，隐蔽在房上墙后的八路军呐喊着端枪冲了出来。伊村在溃兵的狭裹下，不得不退出村外。

好在八路军冲到广场出口没有再追。惊魂未定的伊村赶紧收拢部队，命令向铃木师团长发报："我部在防区殷家庄受到平西八路主力伏击，请求将军速速派兵支援。"

看没死的日伪军已逃出村外，熊大林命令打扫战场清理战利品，能带走的全部带走。一会，贺长明报告："团长，广场上还有十几个伪军伤员，你看怎么办？"

熊大林看了一眼身旁的李子方，李子方面无表情未作任何表示。熊大林已明白李子方的意见，于是吼道："你怎么屁大点的事都要请示我？你要抬着这些伪军撤退吗？"

贺长明反了一下手掌，答道："明白了"。

一小时后，部队抬着伤员扛着缴获的战利品从村南撤出，进入二十里长山，然后一路向东，于第二天中午进入盘山根据地。

接到伊村的报告，铃木启久吓了一跳，平西八路主力进入自己的防区如何了得，于是紧急命令平东、平北、蓟州等地的日伪军赶去增援。第二天天亮，增援的日伪军从四面向殷家庄发起进攻。待进入村中，除了村北和庙前广场上的日伪军尸体，一个活着的伤兵都没发现。伊村只得向铃木启久报告："平西八路主力已趁我增援部队未到时逃回平西"而狼狈收兵。

当地革命史载："此次战斗，击毙日伪军 150 余人，伤 50 余人，缴获轻机枪四挺、迫击炮六门，长短枪近 200 支，子弹一万余发，手雷 100 余枚；八路军牺牲 6 人，伤 10 余人。

第十七章

几天的时间，八路军在殷家庄大捷的消息传遍了冀东西部数县。百姓一传十、十传百，传得神乎其神。柯二美得知八路军三团还在，熊大林还活着的消息，带着手下的六十余人辗转找到了熊大林。熊大林出来迎接，伸出手刚叫了一声"二美"，就被柯二美一巴掌将伸出的手打开："你这个没良心的，跑到盘山南边打仗也不告诉我一声，小鬼子说你们都被消灭了，我还真以为你死了呢。"说完扑到熊大林怀里，"呜呜"地哭了起来。

熊大林知道柯二美的刀子嘴豆腐心，对柯二美的一巴掌一点也没在意，只是轻声劝说道，"二美，别哭了，出去作战是军事秘密，我怎么能向你说呢？我早就说过，小鬼子还没打跑，我熊大林死不了。"

"告诉我是泄露军事秘密，因为我是土匪，是吗？那我参加八路，到哪都跟着你，看你还怕泄秘不？"这时的柯二美已消了刚才的怨气，变得柔情万种。

"你能参加八路军，好啊，现在我不仅缺老婆，还缺兵，这样我再申请和你结婚，他李司令就不会不批准了。"

"你就是个破瓶子—好嘴。"柯二美娇羞地说。

"那就一言为定，你的武装全部编入三团，我向李司令申请娶你做老婆。"熊大林拉着柯二美进了屋。

李子方听说柯二美来到了部队，从自己住的土屋赶了过来。他敲了敲门道："团长，我不会坏了你的好事吧？"

熊大林一听是李子方的声音，马上喊道："老李，快进来，我正要找你商量商量呢。"

李子方进了屋，柯二美低声叫了声"李主任"。李子方见柯二美还没擦干的泪，打趣地说："这几个月，看来让我们的二美头担心死了。这个熊大林也确实不是个东西，进了盘山都快一个月了，也不给我们二美头捎个信，看让我们的二美伤心的。"

柯二美用手绢擦了擦眼，嘴里却说："谁担心他，我倒是担心你们。"

李子方哈哈大笑："我们？我们不就是他，我们的熊团长吗？"

柯二美不好意思地跑了出去。熊大林说："老李，我正要找你去商量。是这样，二美要参加八路，把自己拉起的武装编入我们的部队，你看怎么办好？"

李子方对熊大林的话并不吃惊，因为他知道，凭柯二美的为人和对熊大林的敬佩倾心，她把自己的武装编入三团是早晚的事。于是对熊大林说："收一定要收，冀东东南平原的恶战我们损失太大，正缺人手。我的意见是柯二美的武装不能编在一起，虽然有些人单个使枪使刀还行，但他们毕竟没有经过正规的军事训练和大战磨炼，也不懂军纪。所以我的意见是把他们分散编入各连，这样便于传帮带，使他们尽快成为一名合格的八路军战士。"

熊大林听了马上表态："很好。那柯二美和二当家的怎么安排呢？"

李子方说："我的想法，二美可以留在你的身边给你当个作战参谋，她有文化，对当地地形、民情熟悉。那个二当家的苗大国，可以安排当副排长。"

"二当家的苗大国当副排长可以，可让二美当作战参谋怎么行？参谋起码是个副连职吧，哪有一参军就当个副连职的？我想让她去卫生所，协助几个女护士救救伤员什么的。"熊大林说。

"她可干不了那些活。二美是个风风火火打打杀杀的人物，你让他干那些不是强人所难吗？"李子方道。

熊大林点点头："也是啊，不过副连职参谋是不是高了些？"

李子方称道："她带来的六十多人，比一个排还多呢。"

熊大林说："二美职务和工作问题，等我和政委商量一下再定吧。二美带来人的安排，就先定下来，我去找二美谈，然后让二美去做工作。"

熊大林叫来柯二美，通报了他和李子方研究的事情。柯二美倒很爽快："按你说的办，只要让我在你身边，天天看到你就行。弟兄们的事我去说。"

在一处大一点的院子里，柯二美对自己的属下发了话："弟兄们，姑奶奶我决定参加八路了。熊团长收留我们，把我们编入三团是看得起我们。咱们家里讲究名正言顺、讲庶子不如嫡亲，八路是正规武装，力量遍布整个华北，当八路打鬼子才名正言顺，弟兄们才有前途。愿意留下的和我一起参加八路，不愿意留下的和我说一声，我二美头绝不强求。愿意留下的请举手。"

其实柯二美早已和苗大国商量过，苗大国见柯二美表了态，马上举手："我们跟着姑奶奶当八路，姑奶奶到哪我们跟到哪！"

见手下的六十多人在苗大国的鼓动下大多举起了手，柯二美示意弟兄们把手放下，接着说："好，好，从现在开始，你们就是正规的八路了。不过你们不要我到了哪你们到哪，而是要八路到哪你们到哪。当了八路，就要有八路的样，称职务或同志。以后大家不要再叫我姑奶奶或大当家的了，叫我二美或叫二美同志都可以。"

苗大国听了，对着柯二美问："大当家的，叫你二美这不是没大没小吗？熊团长给你什么官职啊？"

柯二美把手往下压了压，示意大家安静："弟兄们既然愿意和我一起参加八路，有两点我必须事先说清楚，一是一切命令听指挥，就是听八路熊团长和你们的营、连、排长的指挥；二是遵守八路军的纪律，不准祸害百姓。如果谁以后在这方面犯了事，就是给我二美头脸上抹黑，到时我想救也救不了你。至于熊团长给我个什么官职，还没有定，这也不是我家老熊一个人说了算的，但只要能与熊团长在一起打鬼子，我就高兴！"

一下增加了六十多人，熊大林高兴地让冯根柱买了三头猪，给大家改善伙食。晚上肉刚炖好，军分区司令李云长带着一营赶了过来。

熊大林和李子方听说李司令来了，赶忙出来迎接。隔着老远，熊大林就高喊："李司令，你可来了，我的一营给我带回来没有？你可真有口福，肉刚炖好你就来了，是闻到我的肉香了吧？"

李云长一听，使劲皱了皱眉头。李云长最不喜欢熊大林的，是他大大咧咧，没大没小的劲，还没握手就反驳道："你的一营，你的三团又是谁的？"

熊大林一听，知道惹李司令不高兴了，马上回答："当然是你李司令的。三个多月不见，你李司令瘦多了。"

李云长这才有了笑脸："成天让鬼子追着跑，我胖的了吗？"

身旁的李子方上前和李云长握了握手："李司令，你是怎么找到这来的？"

"你们打了胜仗，名声大振啊，我能不听到风声。现在冀东只剩下这几小块山区根据地，我摸也能摸来啊。"

见李云长有了笑脸，熊大林马上问："李司令，一营该还给我了吧？"

一旁的李子方马上拉了拉熊大林的衣角，意思是说你急什么，李司令还会扣着你的一营不还吗。熊大林未等李云长回话，马上改口问："李司令，我是想知道，一营还剩多少人，我也好心里有个底呀。"

李云长又皱了皱眉头，反问道："怎么，是怕我把你的一营私吞了？告诉你，我没那么大胃口。至于人数吗，还有二百来人吧，不少吧？"

熊大林一听还有二百来人，马上咧开了嘴："不少、不少，再把二三营的人加起来，又有六百来人了，可以凑一个小团了。"

　　李子方怕熊大林再说什么惹李司令不悦，于是上前说："李司令，饭熟了。打了胜仗改善伙食，小米干饭猪肉炖粉条，您和一营真有口福啊。"

　　李云长也是个很爽快的人，马上回答："好啊，我有几个月没吃过这么好的东西了。不过我和一营把你们的好东西吃了，你们吃什么啊？"

　　熊大林马上凑上来说："要是知道李司令和一营来，我们保证多做些等着你李司令。不过不要紧，一营和李司令远道而来，比我们更辛苦，做好的让一营先吃，我们再做。"说完对身后的冯根柱道："把做好的饭让给一营，快去再买三头猪，今晚让战士们吃个痛快。"

　　李云长听了熊大林的话，半询问半责备地问："你小子还真是财大气粗，这次缴获不少吧？"

　　熊大林回答："枪支弹药缴获了一些，吃完饭我再向你详细汇报。大洋吗，没缴获几块，主要是过去攒下的。"

　　说话间，李子方和郭大海将一大盆小米干饭和猪肉炖粉条端了上来："李司令，吃饭、吃饭。"

　　熊大林亲自为李司令盛上了饭，然后深深地吸了一口猪肉炖粉条的香气说："李司令，让李主任陪你吃吧，我就不能陪你了。"说完转身欲走。

　　李云长马上叫住了熊大林："等等，你为什么不能陪啊？"

　　熊大林如实回答："李司令，二、三营的战士还没吃呢，我先吃怕战士们骂娘。"

　　李云长有些不快："那我先吃战士们不骂娘吗？"

　　"李司令，这不一样，你和一营是远道而来的。"

　　李子方赶紧上来解围："李司令，熊团长说的有道理。他就是这么一个人，什么事都讲究和战士同甘共苦，随了他吧。来，李司令，吃饭、吃饭。"

　　听了李子方的话，李云长反倒有些感动，于是对熊大林挥挥手："你做得对，去吧、去吧。"

　　熊大林来到战士中间，掏出烟袋包，卷好点燃吸了一口："弟兄们，流口水了吧？"说完狠劲咽了一下接着说："我也馋了，也想早点吃碗猪肉炖粉条。咱们中国讲究礼数、礼让，一营是咱们的生死弟兄，这些天比我们还辛苦，如果咱们不让他们先吃有点不地道，你们说是不是啊。"

　　战士们早已对猪肉炖粉条流涎欲滴，对做好的饭让给一营，虽然嘴上没说，但心里多少有些怨气，听团长这么一说，都不好意思"嘿嘿"笑了起来。熊大林接着说："咱们中国有句老话，叫'好饭不怕晚'，我已让冯根柱再买三头猪，今晚保证让弟兄们吃好吃饱。"

战士们见团长和自己一样没有吃饭，早已没有了先前的那点怨气，又听团长这么一说，马上欢呼起来。

熊大林看战士们没了情绪，站起来说："你们耐心等着，我还有事，等饭熟了叫我一声。"说完走向柯二美住处。

屋里正在吃饭的李云长听到欢呼声，站起来向窗外看了看。李子方说："准是熊团长和战士们说了什么，战士们高兴了。他这个人哪，表面上粗了些，其实感情很丰富，重义气、讲信用，特别是能打仗，与战士同甘共苦，所以在战士中威信很高。虽然有时讲话糙了些，但话糙理不糙，往往几句话，就能让心情不快的人眉开眼笑。特别是战前动员，他几句话一讲，战士们就会群情激奋，不要命地往上冲。这一点，我这个政治部主任是自叹不如啊。"

李云长听了点点头："熊大林总的看是个好干部，不搞特殊，敢负责，也能打仗，不然为什么让他当这个团长，他违反了那么多次纪律也没有撤他的职。你呀，也别总为他说好话，他那个自傲自大、不服从命令的老毛病要是不改，出了大问题我不但要撤他，还要撤你。"

熊大林进了柯二美的屋，见柯二美已穿上了一套八路军的服装，虽然是男式的，但不失俊美气质，反倒增加了几分英姿飒爽。熊大林打趣道："我们的二美头还没成八路的婆娘，倒先成了八路了。"

柯二美嘴上说了句"讨厌"，身子却扑进了熊大林的怀里。熊大林抱了抱柯二美，就要推开，柯二美却使劲地往熊大林的怀里靠。熊大林赶紧说，"别，别，我可做不到坐怀不乱，让战士们看到不好，再说，李司令还在呢。"

柯二美听到这，没好气推开了熊大林："看到了又怎么样，全团谁不知道我是你的未过门媳妇，我都等了你两年了，别人爱怎么说就怎么说。"

"是啊，你都等了我两年了，再不娶，真的对不住你的这份真情了。一会我再向李司令汇报汇报，他批准了我们马上结婚。"

"李司令，就是那个不批准我们结婚，说我是土匪的李司令?"柯二美问。

熊大林点点头："李司令不批准有李司令的考虑，现在你参加了八路军，我想李司令会批准吧。"

柯二美说："我不管他什么李司令还是张司令，官再大也得讲个道理讲个人情吧。我是拉起了武装占地为王，但我没祸害百姓，我也打鬼子抗日，我不是什么土匪。他要是再不批准，我自己找他去。"

熊大林赶紧劝阻道："你胡说什么，八路军有纪律，现在你参加八路了，就该遵守，不能没大没小的，听话。"

见柯二美不再说什么，熊大林坐下，把遵命带队到盘山东南部平原地区作战和蓟州十棵树、刘胖庄突围等战斗向柯二美述说了一遍，讲到自己的胞弟单二贵替自己牺牲，熊大林又是泪流满面，哽咽着说："我们熊家只有二贵我们兄弟俩，二贵随我参军以来，为我担当了多少，我这个当哥哥的，真是愧对这个兄弟啊。"

柯二美也陪熊大林一起流着泪："二贵真是你的好兄弟，关键时刻能为你、为三团而死，真是通天大义，你该为有这样的兄弟高兴才是。可我从来没听你说过二贵是你的亲兄弟啊。"

熊大林擦了把眼泪："别说你没听说过，他牺牲前我没对任何人讲过。刘政委、李主任他们也只是在二贵牺牲前才知道的。"

"那我更得快点和你结婚，好给你们熊家留个种。"柯二美愣愣地说。

熊大林一下破涕为笑："你呀，也是有文化的人，你以为结婚像拉驴马配种那么容易？"

"你胡说什么呀，我已经 20 岁了，在我们这都是大姑娘了，你再不娶我，真的会让我那几十个弟兄笑话了。"

"好，好，我还要去看看养伤的刘政委，我向李司令汇报工作的时候再向他说。"熊大林估计李司令的饭吃完了，他要陪着李司令一起去看养伤的刘永光。

吃完了晚饭，已是晚上十点多钟了。在李司令的住处，一盏煤油灯下，熊大林和李子方一起，详细地汇报了殷家庄战斗的经过。李云长对熊大林在日寇气焰嚣张、部队受到严重损失、群众抗日热情受到严重削弱的情况，敢打殷家庄战斗表示了赞赏，并对自己提出大战"红五月"，将军区主力部队调到平原地区开辟根据地，使部队受到很大损失作了检讨。他说："在青纱帐没起来之前，我将军区主力部队调到平原地区作战，使军区主力部队受到损失，根据地受到削弱，责任在我，是我低估了敌人的力量，被鬼子抛出的一系列假象所迷惑。"说完长叹了一口气。

李子方说："利用 1940 年以来冀东抗战出现的大好形势，趁热打铁开辟平原根据地，战略意图是好的。虽然我们受了些损失，但敌人的损失比我们更大。国民党的部队比我们的装备强多了，以五比一以上的兵力比例坚守都很难取胜，而我们呢，是五倍以上的敌人攻我们，而我们最终成功突围了，这就是胜利，李司令功不可没。"

李云长听到这，脸上有了笑意，心想：还是老部下理解我啊。嘴上却说："那是不得已而为之，主要靠同志们团结一心，部队拼死奋战。我有什么功啊？"

李子方接着说："部队在蓟州十棵树、刘胖庄再次被围大家还记得吧，李司令果断指挥一营和军分区机关趁雨突出重围，使三团主力增强了信心而一举突破敌人重围。没有你李司令的当机立断，当时我们还真不敢马上突围。"

李云长听到这，忍不住笑起来："好，好，我们这次大战'红五月'虽然受了些损失，但最终是胜利了。所以同志们不要为伤亡些同志而心痛，革命吗，总会有牺牲的。"

熊大林听到这，一股怒气直冲心头，他既为李子方的马屁话不满，也对李云长对大战"红五月"的自我评价感到生气，他本想说：李司令，你不觉得这个牺牲太大了吗？但使劲压了压，只说了句"如果再晚两个月去就好了。"

李云长一听，知道熊大林对自己的怨气还没有消，他已听了李子方三团主力最后突围的情况报告，知道三团不得已丢弃重伤员突围和单二贵替哥哥赴死的悲壮一幕。为了缓和气氛，于是说："我如果听了熊大林的话，晚两个月再去，情况确实会好些，在这里，我也向你熊大林、熊团长检讨，我不该一意孤行。"

听了李云长的话，熊大林的怒气一下消了好多，马上摆手说："李司令，检讨就不必了，你答应我一个要求就行了。"

对熊大林善于抓住有利时机提个人要求的特点，李云长早已清楚，于是盯住熊大林问："什么要求，不会又是和那个柯二美结婚吧？"

熊大林见李云长一句挑明了自己的心思，干脆说道："就是、就是，现在柯二美已将她的武装全部编入三团，柯二美也参加了八路军，这下门当户对了，您该批准了吧？"

对李云长，熊大林三年来一直以"你、你"称呼。熊大林对李云长的指挥风格和从军经历，一直有些看不上，这也是他多次顶撞李云长甚至不服从指挥的重要原因。这次特地用了个"您"字，以显示对李司令的恭敬和乞求。

李云长一听，马上瞪圆了眼问："柯二美和她的武装都编入了你的三团，我怎么不知道啊？"

熊大林回答："这是上午的事，还没来得及向您汇报呢，不信您问李主任。"

李子方马上附和说："熊团长没有骗您，确实是上午的事。现在我们正缺兵，她带着队伍参加是求之不得的事，我们一下子增加了六十多人。"

李云长听了李子方的话，口气有点缓和："扩大武装，尽快恢复部队的战斗力是好事，对柯二美怎么安排的？"

"我和李主任商定，先让柯二美在团部当个作战参谋。"熊大林如实回答。

"作战参谋？哪有一参军就当参谋的，还是作战参谋？"李云长长期在冀东搞地下工作，敌情观念、保密意识非常强，强的有时甚至很"左"。

听了李云长的话，熊大林又有些火，但他压了压，用平和的语气说："李司令，把柯二美的武装编入三团可以，那柯二美当八路也可以吧。红军扩红的时候，如果一个人能带几人甚至几十人参加红军，也有直接当班长排长的。"

"红军、红军，你是笑话我没当过红军是吧？告诉你，老子在井冈山当红军团政委的时候，你还是个放牛娃呢。"看到熊大林用红军的事反驳自己，李云长很是不快。

站在一旁的李子方怕双方搞僵，赶紧上前安慰道："李司令，您别生气，这样安排是我提议的，要批您就批我吧。我们这样做，也是为了安抚二美带来的几十个弟兄。"

"那也不能不讲原则。"李云长吼道："作战参谋知道核心机密，她一个刚参军的土匪怎么能安排这个职务？我不同意！"李云长没有丝毫让步。

听了李云长的话，熊大林已是怒眼圆睁，但还没有立即发作，知道胳膊拧不过大腿的道理，于是道："李司令，你的命令我执行，但现在我申请和柯二美结婚，您总该同意了吧？"

"结婚、结婚，我向你说过多少次，你是共产党员，是八路军的团长，怎么能娶一个土匪做老婆呢，她不适合你！"李云长又断然拒绝。

熊大林再也压不住怒火，大声回驳道："李司令，我也和你说过多少次了，柯二美她不是土匪，没做过祸害百姓的事，她拉起的只是一支保家护院的民间武装，她也打日本、也抗日！现在她是八路军战士！"

"那也不行，你是共产党员、是八路军的团长，必须找一个政治上可靠，根红苗正的女人做老婆，哪怕是村里的普通百姓，这也是对你负责、对党负责！"李云长说完狠狠地拍了一下桌子。

熊大林此时已失去了理智，也狠狠拍了一下桌子，拍得桌上的灯都颤起来，差点熄灭。"请问李司令，咱们八路还讲不讲承诺，还讲不讲统一战线，柯二美救过我的命，还支援过我那么多钱粮，我答应过人家！"

李云长指着熊大林的鼻子吼道："你别胡搅蛮缠，这和统一战线没关系。"

李子方见双方闹到这种地步有些始料不及，马上对熊大林吼道："熊团长，你昏了头了。"接着对李云长劝道："李司令，您别生气、别生气。"

熊大林对这种结局也是没有想到，于是缓了口气，对李云长说："李司令，对不起，我再问你一句，刚才你讲的是自己的意见还是命令？"

李云长见熊大林口气缓了下来，也压下了声音说："当然是意见。"

熊大林觉得不能再和李云长争论什么，只是说："意见就好，意见就好，你的意见我会认真思考领悟、认真思考领悟。"说完转身向屋外走去。

李云长见熊大林不辞而别，对愣愣地站在一旁的李子方说："看来熊大林不欢迎我来啊，那好，我现在就走，去二团。"说完大喊道："警卫员"。

李子方一看司令员气得要走，马上对进来的警卫员喊："快去，把熊团长拉回来。"

警卫员赶紧出屋追上熊大林，把熊大林拉了回来。李云长不紧不慢地说："你熊大林不欢迎我到你的三团来呀，我已把一营还给了你，我带警卫员到二团，现在就走。"说完站起了身。

熊大林一看也着了急，心想哪有半夜赶司令员走的，于是赶紧劝说道："司令员，千错万错，都是我的错，我是个粗人，您别和我一般见识。要走也得明天天亮了再走，我带一个连亲自送您到二团。"

"我哪用得起你熊大团长啊。"李云长说完坐下了。

李子方见矛盾有些缓和，马上说："熊团长已经认错了，明天我和熊团长一起送李司令，哪有让李司令一人带警卫员走的，真要出了问题，就是把我和熊团长枪毙十次也不够啊。"

熊大林也马上附和说："对、对，哪有让司令员带警卫员一个人走的，您的命比我们一个团都重要，明天我和李主任一起送李司令。"

听了熊大林的话，李云长骂道："放屁，老子真要是比你的一个团重要，那老子现在情愿去死，给你一个主力团。"嘴里骂着，人却躺在了炕上。

李子方见司令员消了气，马上拉了一下熊大林，两人一起退出了房间。

熊大林虽然是一肚子的火，但在顶头上司面前，他只能忍。回到住处，熊大林连抽了几支烟，躺上了炕，却翻来覆去怎么也睡不着。第二天天刚亮，熊大林就来到杨妈妈家，请杨妈妈烙了几张京东肉饼，熬了一盆稀稀的小米粥，让郭大海给李司令送了过去，并把昨晚和李司令争吵的事，向刘永光述说了一遍。

刘永光听了面无表情，停了停说道："你呀，怎么就改不了你的二杆子脾气，吵能解决问题吗？那样只能会把事情搞得更糟。你不要再向李司令提结婚的事了，等哪天李司令情绪好的时候，我去向他说。"

等李云长和战士们吃完了饭，熊大林集合四连要亲自送李司令。其实，李云长也是个重感情、讲大局的人，看到熊大林真的要亲自送，于是说："熊大林，你就不要去了，让李子方去就行了，正好有些恢复地方政权和锄奸的事要向他交代。"

熊大林回答："可我不去不放心啊，从这到二团不下二百里，路上到处是鬼子的据点，万一……"

"哪有那么多万一，有你的四连在，还有什么不放心的？刚刚打了大仗，部队要整训、要恢复元气、要教育训练，哪一点不比送我重要？别去了、别去了。"

已能下地走动的刘永光在于盈水的搀扶下也来送李云长，见司令员发了话，对熊大林摆了摆手："司令员不让你去就别去了，团里确实有这么多的工作要做，哪一项也离不开你。"

熊大林不再坚持，把李子方和刘大龙拉到一边交代说："从这里向东，要尽量沿山边走，遇到鬼子也好脱身。过平原一定要选择夜行。记住，这次你们不是去作战，而是要护送李司令。如果李司令出了事，你们两个就不要回来了。"

李子方和刘大龙立正回答："是"。熊大林和李云长握了握手，目送着李云长一行远去。

李司令和四连刚走出视线，柯二美就走了过来，当着战士的面问："结婚的事李司令批准了吗？"

熊大林无声地摇了摇头，转身欲走。柯二美抓住熊大林的手大声问："你当着弟兄们的面，说说为什么？"

熊大林还没从昨天与李云长的冲突中缓过劲来，听了柯二美的话，不耐烦地说道："我的姑奶奶，你就别再给我添乱了行不？"

"结婚给你添什么乱？你要是同意，今晚我就搬到你的屋里去！"柯二美还不知队伍中的深浅，心直口快地说。

旁边的战士听到直笑，特别是柯二美带来的那些人，听到大当家的话，竟"喔喔"叫起来。

熊大林使劲甩开柯二美的手走开了，他不愿让战士们知道他和司令员的冲突。刘永光道："二美呀，来，和小于一起把我扶回去。"

看快到了杨妈妈家，刘永光站住说："二美呀，不是我们的熊团长不想和你结婚，昨天他都急得快和司令员骂娘了。你现在也参加八路军了，以后你会知道，八路军只有团级以上干部才能申请结婚，而结婚是需要上级批准审查的啊，这有个程序，也需要时间，你再耐心等一等。"

"我一个大活人摆在这，有什么可审查的啊？是缺什么东西了？刘政委你要给我做主，大家都知道我是熊团长未过门的媳妇，熊团长要是不娶我，我真是没脸活了。"

"熊团长要是不娶你，我都不答应。你要是相信我刘政委刘大哥，这事包在我身上，不要再和熊团长说这事了。团里有那么多的事要他去做，我真怕他一着急做什么出格的事。好吧，再等等。"

见柯二美点头答应，刘永光回到屋里后，对警卫员说："小于啊，去把熊团长叫来。"

见熊大林进了屋，刘永光欠了欠身："老熊啊，李司令的意见你不能不听，二美的安排你又考虑没有?"

"不让当参谋就当个文化教员吗,她有文化,文化教员又不是干部,他李司令还能说什么? 总不会逼着我把她赶出八路军吧?"

"让二美当个文化教员不行,太亏欠人家了,这样也不利于安抚她那几十个弟兄。我的想法,李司令的意见要听,二美也要用,就让她当个正排职的侦察参谋吧,侦察参谋接触不了作战的核心机密,又可以发挥二美人熟地熟、身手不凡的优势。再说,排职干部我们团里就可以任命,不用报上级审批,你说呢?"

熊大林一听,咧开大嘴笑了起来:"我说你个老刘,多么复杂的事,到你这怎么都变得这么简单了呢? 同意、同意,就你这个水平,可以给李司令当个政委。"

刘永光用食指指着熊大林说:"你胡说些什么,祸从口出,你怎么就淌不出这水的深浅呢? 这样下去,以后你真要吃大亏。"

听到刘永光的批评,熊大林感到有些不好意思,于是说:"我是个粗人,想什么说什么,以后真的请你刘政委多提醒多指教。"

刘永光摆摆手:"指教谈不上。你呀,也别怪李司令批你,他在军分区司令员的位置上也有他的难处,也有他的考虑,他即要对我们负责,也要对中央和军区聂司令负责。你不说不当家不知柴米贵吗,互相理解吧。"

"这些我能理解,可我对他的作战指挥就是不服气,就说这次'大战红五月'吧,军区的两个主力团伤亡多大,两年多来好不容易建立的根据地和地方政权,差不多全被摧毁了。特别是他那极'左'的教条主义,我真是受不了。"熊大林不满地发起了牢骚。

刘永光摇摇手,制止了熊大林的牢骚:"这些话只能讲在我这,千万不要对下边讲。李司令是没有当过什么团长、师长,也可能没有你那么多的实战经验,但中央和军区任命他担任冀东军分区的司令员,自有上级的考虑。军中讲战功,更讲资历。李司令的资历,冀东哪个干部比得了? 中国也讲正统,李司令生在冀东,有其叔父的基础和影响,又在冀东经营了十几年,能一呼百应,你行吗? 所以啊,你我都不能挑李司令的不是,只能尽心协助他,把冀东的抗战搞好、搞大。"

听了刘永光的话,熊大林是无语了。停了停,熊大林嘟囔道:"有一点我还不明白,我和二美结婚,他李司令为什么总不批准呢?"

"这个事以后你不要再向李司令说了,我来替你办,保证在一年之内,让李司令批准你和二美结婚,"刘永光说。

"当真"熊大林听了刘永光的话,本能地咧开了嘴,拱起双手说:"那我先谢谢刘大哥刘政委了。"

第十八章

　　李云长急着去二团，并不全是生了熊大林的气。二团在这次"大战红五月"中，不仅团长陈众牺牲，以老红军基础组建的一营全部打光，三营受到重创，只有二营还保持着战斗力，兵力和武器的损失比三团还大。李云长看到三团主力尚存，团、营的主要领导还在，对三团的恢复发展不再担心，所以要急着帮助二团恢复元气。

　　路上，李云长向李子方详细交代了建立情报网和锄奸的事情，他说："'大战红五月'，我们就是吃了情报不及时的亏，对鬼子事先的频繁调动没有掌握，我们突围到了哪，鬼子很快就会知道，为什么？是因为鬼子遍布了情报人员，在自己的地盘上，我们倒成了聋子、瞎子，岂有不败之理。你回去后，要把我的意见详细向刘永光和熊大林说清楚，一定要把情报和锄奸这两件事搞起来，不然我们还会吃大亏呀。"

　　李子方是李云长的老部下了，就连入党也是李云长做的介绍人，见李云长再次自责，劝说道："司令员，我说过了，'大战红五月'我们是受了些损失，但鬼子的损失比我们更大，特别是在鬼子的重兵包围下我们能成功突围，就是最大的胜利。要说责任，我们二团、三团的领导都有责任。"

　　"我也说过了，你们有什么责任啊？你们是执行者。透过争功，这不是共产党的做派。我到了二团，就向军区发电自请处分，是撤职、处分甚至枪毙，我都认了。"

　　"那哪能呢，您是冀东抗战的旗帜，您这面旗帜不能倒。'大战红五月'虽然失了利，但主力还在，组织也在，现在总比暴动西撤时好得多吧，我相信用个一年半载，咱们冀东还会燃起冲天大火！"

　　"有你这个信心和理解，我也心安一些。不过你也别给我戴高帽，什么'旗帜',这话不能说。熊大林的话虽然有时刺耳一些,但讲的都是真话。"

"这么说,您还是很喜欢熊团长了?"李子方问。

"那倒不至于,我不能容忍的是他屡屡抗命、老子天下第一的作风,如果都这么干,我这个司令还怎么当,冀东的抗战还怎么打?"李云长很喜欢李子方的处事风格,早把这个多年的部下当成了知己。

"熊团长个性是强一些,但他能打仗,敢于担当,能与战士同甘共苦,在三团有极高的威望,是三团的核心。战争时期,我们很缺这类的军事干部,对他那些缺点,您就不要与他计较了吧?"李子方对熊大林很佩服,对李云长也很敬重,于是调和道。

"是啊,所以他多次违抗军令,我都没有撤他的职。不过以后再有什么出格的事就不好说了,冀东还要坚持,仗还要打,不然这么下去,我这个司令就没法当了。"李云长向李子方说出了自己的心里话。

"李司令,有一件事我还没明白,就是柯二美现在已参加八路军了,熊团长申请和她结婚,您为什么还不批准呢?"见李云长和自己说了心里话,李子方想趁机探探司令员的底。

"不是我不批准,咱们冀东处在伪满洲国的家门口,几乎天天打仗,哪个团职干部申请结婚了?就他一个。找一个根红苗正的结婚也可以,我也好向军区报告,可他找了一个土匪出身的富家小姐,军区会不会批?冀东的其他团职干部会怎么看?他带了头,其他人把不住会出什么洋相。这事要是传到平西去,不成了咱们冀东的笑话了?"

"原来是这样,可现在柯二美是非熊团长不嫁。您知道的,柯二美救过熊团长的命,熊团长答应过人家,他又是个讲义气、重承诺的人,这事就这么拖着也不是个办法啊。"李子方知道熊大林和柯二美的情谊,所以继续探着司令员的底。

"这事就让他自己看着办吧,除非他找军区让聂司令批准,不然我是不好开这个头。"李云长真的向李子方交了底。

"您是说让他自己看着办,让他自己掌握?"李子方进一步探询道。

"是,让他自己看着办。"说到这,李云长有点醒悟,马上补充道:"不过我可没有批准。"

"对,司令员没有批准、没有批准。"说完和李云长一起笑了起来。

十天过后,李子方带队返回了盘山。这时刘永光伤已基本痊愈,能自己走路了。经过对部队的十几天整训,熊大林又有点坐不住了,趁着李子方汇报李司令交代建立情报网和锄奸工作的机会,熊大林让郭大海叫来陈雨生,和刘永光、李子方一起，商讨下一步计划。

听了李子方的汇报，熊大林讲了自己的意见："李司令关于锄奸和建立情报网的要求和我们想到一起了。我已和刘政委商量过，必须加强情报的搜集和侦察工作，我想把刘宏道调回特务连任指导员，将杨明泽提升为侦察排长，这项工作就由你李主任亲自抓，刘宏道和二美协助你。情报网怎么建立，你们具体研究，有一点，我们不仅要通过侦察获取情报，还要在县城和鬼子的据点附近建立情报点，甚至可以派人打进鬼子的内部。"

熊大林卷了一棵旱烟，点着后问刘永光："老刘，你的意见呢？"

刘永光正琢磨着熊大林的话，见团长问自己，表态说："老李在送李司令去二团的时候，我也和老熊商量过这个事情。对熊团长的意见，我完全赞同，不过有些细节问题要考虑清楚，比如建立情报网，我的意见是可以在县城建一两个染房、饭馆什么的，既可作为掩护，也可以为我们筹集部分经费。"

见几人认真地听着，刘永光接着说："还有锄奸，也有个尺度问题，我们要吸取军分区江新河江部长在去年指导锄奸时的一些极左做法，不能把给鬼子办过事的人全纳入锄掉之列。我的意见，鬼子安插在各村的坐探，只要查实，必须坚决锄掉。只要不是主动投靠鬼子，靠给鬼子办事送情报换取钱物的，可以先进行警告训诫，只有有血债和给抗日造成严重损失的，才可杀掉。"

"对，对"熊大林听到这，马上表示赞同："我们必须严格执行军分区定的几条政策，绝不能再出现江新河的事情。"

见几位团领导点头称是，熊大林接着说："还有刘政委关于开染房和开饭馆的提议，确实很好。据我了解，一营有个张四福，祖上几辈都是在县城开染房的，让他从本地找些帮手重操旧业，不信干不起来。至于开饭馆，李主任你也要从本地干部战士中选出一两个人，把这些事干起来，经费可以从我们缴获的大洋和所开的金矿中拿出一部分，作为启动之用。总的要求是行动保密、人员可靠、生意不亏。"

刘永光见熊大林说的在理，表态道："好，就按照团长的意见办，先把事情做起来，在做中求发展完善。"

"还有一项工作，需征求几位的意见。"熊大林转了话题，"就是下步部队的充实发展问题。我有一个考虑，就是尽快扩充部队，争取在两三个月之内，把目前六百来人的队伍再扩充到三个营十二个连一千五百人以上。"

"等等"，刘永光听到熊大林说到这，马上打断道："过去我们是三个营九个连外加一个特务连，总共是十个连的编制，另两个连你怎么编？"

"这次殷家庄战斗，缴获了六门迫击炮，我想以这六门炮为基础，组建一个炮兵连。"熊大林答。

"这个想法很好，不过团里有会使炮的吗？"刘永光问。

"你忘了，我们在连家庄战斗中俘虏的伪军小队长王二富，在东北军中原来就是个炮兵排长，这小子炮玩的就像你我玩大刀一样，熟的很。王二富在殷家庄战斗中表现不错，现在已任命他当了排长，让他当炮兵连长，正好发挥他的特长。"熊大林解释说。

"对，对。"刘永光马上想起来，接着问："那炮弹供给呢，你想过没有？一门炮没了炮弹，作用还不如一支步枪。"

"想好了，我想拿几发缴获的炮弹给兵工厂，让他们按原样仿造。我相信经过几次实验，很快就会造出合格的炮弹来。"熊大林答。

"可以，可以。那另一个连呢，说说看？"刘永光追问道。

"我想再编一个警卫连，从现有的连队中抽调一些同志过去，战士当班长，班长当排长。平时负责警戒团部和电台，战时作为机动力量。"

刘永光再次表示同意："那警卫连长呢，你准备让谁当？"

"马爱山"熊大林道："这小子打仗不要命，在十棵树的最后突围中，带领全排断后，表现出了高度的自我牺牲精神。"

"同意。"刘永光道："凡是为整体做出牺牲的，理应得到重用。"

"还有三个月前分来的五名抗大学员，如今只剩了李长溪、贾志华两个，经过几次战斗的考验，表现不错，我想把他俩转正，担任连长。"熊大林接着道。

刘永光和陈雨生、李子方都表示同意。陈雨生问："团长，你的设想很好，但短期内我们从哪找这么多的兵呢？"

"这就是我下面要讲的想法。"熊大林接着道："我想发挥一下二美人熟地熟的优势，让她出面，将我们活动区域内的民间武装收拢过来。这项工作做好了，我想可以增加两个连的队伍。"

李子方马上表示赞同："对，有二美做工作，准行。"

熊大林接着说："还有袁大东的部队，两年来虽然配合我们做了一些工作，但扰民和抢劫民财的事仍时有发生，我想把他的部队分散开来编入各连。"

刘永光道："一年前我就和熊团长商议过这个事情。袁大东匪性难改，根本不把我们派去的两位同志放在眼里，不仅消极执行命令，还打着八路军的旗号，到处抢劫民财，向群众索要粮款，造成了很坏的影响，必须采取果断措施。"

见陈雨生和李子方也点头同意，熊大林对着陈雨生道："明天老陈你就去一趟二十里长山，向他传达整编命令，让他把部队带到盘山。"

谈完了工作，李子方忽然想起了另一件事，对着熊大林说："团长，关于你和二美的事，我向李司令求了情，他说现在冀东还没有团职干部申请结婚呢，他说怕批准了别人仿效，也怕聂司令那不批。"

熊大林一听，马上追问道："那李司令的最终意见呢？"

李子方如实回答："他说让你自己看着办，由你自己掌握。"

"由我自己掌握？"熊大林一听笑了："李司令这是不批准的批准，我明白了。"

"不、不，李司令可没批准，他只说让你自己掌握。"李子方更正道。

"由我自己掌握，不就是由我自己决定吗？"说完大笑起来。

刘永光看到熊大林的孩子样，半讥讽半玩笑地说道："看你那点出息，让你自己掌握就把你笑成这个样？要是真的入了洞房，你小子还知道干什么不？"说完自己也笑了起来。

"干什么？生儿子，这事傻子都知道。"熊大林笑着跑出去找二美去了。

……

几天后，陈雨生回来报告：袁大东拒绝执行改编命令，还声言此处不留爷，自有留爷处。

熊大林听了，恼怒地骂道："奶奶的，反了天了，明天我就带人去二十里长山，把他的部队强行带过来。"

第二天，熊大林带着贺长明和四连，奔二十里长山而去。路上，遇到了偷着跑回来报信的刘宏道通信员。

通信员焦急地向熊大林报告："团长，袁大东把教导员和参谋长抓了起来，还要拉着队伍投奔平顺县城的警备队。"

熊大林听了大怒，命令部队："快速前进，救回刘宏道、刘存生，灭了袁大东个狗日的！"

两个多小时后，部队到达二十里长山。四连一个冲锋，冲进寨门。

此时的袁大东，已令人挖好了坑，正准备将刘宏道、刘存生活埋。见熊大林带人冲来，袁大东扭头想跑，很快被战士们擒住。

熊大林令人解开刘宏道、刘存生身上的绳索，忙问："快说说，怎么回事？"

刘宏道说："袁大东拒绝执行改编命令，不听我们的劝告，还决心反水。"说着指着人群的两人说："这不，今天早上袁大东接受了伪平顺县警备队的任命，要把我们活埋后投奔平顺警备队。"

熊大林一听，大声命令："把袁大东和那两人捆起来！"

战士们立即上前，捆起了袁大东和两名说客，并从袁大东身上搜出了伪平顺县警备队的任命书。

熊大林对着袁大东骂道："娘的，拒绝执行命令，还要投降日寇，杀我的人，你该当何罪？"

袁大东一听，"扑通"跪在了地上："熊团长，大哥我一时糊涂，一时糊涂，看在我与你结为兄弟的份上，饶我一命，饶我一命，大哥我愿献犬马之劳，听从兄弟指挥。"

熊大林不屑地骂道："狗日的，老子给了你多少机会，可你给脸不要脸。与你结拜为兄弟，是让你真心抗日。今天你要投降日寇，与八路军为敌，还要杀我派去的干部，早已没了兄弟的情分。贺长明，把这三个家伙毙了！"

贺长明一听，立即和几个战士拖走了袁大东和鬼子的两名说客。袁大东一边被拖走一边嚎叫："熊团长，我与你是生死兄弟，你不能这样对我。"

对着嚎叫的袁大东和两个不停哀求饶命的说客，熊大林绷着脸，没有一丝动情，吼道："执行！"

三声枪响过后，熊大林对着袁大东的队伍喊道："你们都是百姓，都是父母所养，为什么要跟着袁大东抢劫祸害百姓？你们都是中国人，为什么要跟着袁大东投降鬼子，帮鬼子杀自己的父母兄弟？愿意参加八路的，我熊大林保证既往不咎。不愿意当八路的，马上回家，但谁要再当土匪，敢当伪军祸害百姓，袁大东就是榜样。要去要留，你们自己选择吧。"

听了熊大林的话，大多数人留了下来。熊大林收缴完袁大东屯集的物资，带队返回了盘山。

金秋十月，是冀东最好的季节。山里的栗子、柿子熟了，山里山外的谷子和遍地的高粱玉米熟了。熊大林和柯二美的爱情也熟了。

由刘永光亲自主持的简短婚礼开始了，穿着大红旗袍的柯二美被卫生所的几位女护士簇拥着走了出来。漂亮白皙的二美经过精心打扮，更显得娇美。胸戴大红花的熊大林笑着走上前，迎着二美走上了临时抬起的婚礼台。战士们叫着、笑着。刘永光愣了愣神，向着欢呼的战士挥了挥手，战士们安静后，刘永光大声道："弟兄们，今天是我们熊团长和柯二美柯参谋大喜的日子。熊团长和二美头经过两年的恋爱，今天终于结成了美好姻缘，下边请熊团长讲一讲与二美头的恋爱经过。"

在战士们的欢呼声后，熊大林嘿嘿地笑道："我和二美的恋爱经过弟兄们都知道，如果要问我为什么要娶二美，不仅因为二美年轻漂亮，更因为二美救过我的命，真心支援咱们三团，支持我和弟兄们一起打鬼子！我答应过人家，咱们八路军要言而有信！"

熊大林的话引起战士们的欢呼声。刘永光大声道："那就请我们的二美头柯参谋讲讲为什么非我们的熊团长不嫁，大家说好不好？”

台下立即传来不停地叫好声。柯二美拢了拢头发，娇羞地道："我救熊团长，是因为熊团长打鬼子，我嫁熊团长，也是因为他打鬼子。熊团长是打鬼子的英雄，英雄不能没有婆娘，我嫁给他，还是要和熊团长一起打鬼子。以后我还要为我们家老熊多生几个小熊，长大了继续和弟兄们一起打鬼子！"

柯二美的话，引起了战士们一阵高过一阵的叫好声。柯二美的二当家苗大国大声喊道："姑奶奶，你要是生了闺女，我们这帮当舅舅的可就不干了。"

苗大国的话又引起了一阵笑声，战士们喊着："对，生儿子！生儿子！"

刘永光见战士们闹得差不多了，大声道："为了庆祝熊团长和二美结婚，我和熊团长决定，除担任警戒的部队外，全团放假一天。我们的二美头把为人看家护院的家底都拿出来了，请全团会餐，酒一人一碗，猪肉、羊肉管够！"

战士们再次欢呼雀跃起来。在战士们的欢呼声中，熊大林把柯二美抱进了洞房。

新婚是甜蜜的，但熊大林新婚没几天，军分区的命令和通报同时到了。

通报写道：查三团团长熊大林未经上级批准，私自与土匪出身的富家女柯二美结婚，并宴请全团，严重违反了中央及军区有关领导干部结婚必须经上级审查批准的规定，为严肃纪律，警示他人，军分区决定对熊大林同志通报批评，并责令熊大林同志和对此负有责任的政委刘永光同志做出深刻检查。

熊大林将通报拍在了桌上，对着刘永光发起了牢骚："奶奶的，老子多次申请结婚他不批准还让我自己看着办，我'办'了他还通报批评我，这是什么事？"

刘永光早已看过了通报，听了熊大林的牢骚，笑了笑说："让你看着办可并没批准啊，咱们自作主张挨个批评也是应该的，要不李司令对上对下都不好交代。实际上，你与二美结婚，李司令已默许了。"

"什么，默许了？"熊大林拿过通报又看了看："也是啊，李司令的通报并没说不承认我与二美的结婚。"说完笑了起来。

"你别高兴得太早，还是考虑考虑这个检查怎么写吧，一定要写得深刻，这样李司令那才能过关。"刘永光提醒道。

"可我那点文化，让我嘴上说可以，写出来就为难我了。要不这样，老刘你一试两份，帮我写一份如何？"熊大林打趣道。

"还是让二美替你写吧，然后让子方帮你把把关，到时把我的检查和你的一起交上去。"

第十九章

1941 年 7 月，冈村宁次接替多田骏任日军华北方面军司令官。冈村宁次认为，经过前两个月皇军主力的扫荡，冀东八路主力已损失殆尽，短期内不足为患。为了发动太平洋战争，冈村宁次同意将日军主力二十七师团调离冀东，同时，从山东、冀中等地调来伪治安军 7 个集团军、八个独立团，共二十三个团5.4 万余人，接替冀东防务。

日军低估了冀东抗日部队的力量。1941 年夏季冀东的主力部队虽然受到严重损失，但冀东区的党组织还在，领导机构还在，部队的建制、士气还在。

正如熊大林所言，三个月后，三团又发展成三个营和团直属炮兵连、特务连和警卫连共十二个连 1500 余人齐整整的主力团。

熊大林的检查还没有写好上交，军分区的命令到了："经晋察冀军区批准，军分区决定组建一团，抽调二团、三团部分连队为一团骨干，令你团抽调四连等三个建制连，携带全部武器装备，三日内到军分区报到。"

对军分区的命令，熊大林有些不愿，因为他舍不得和他一起从雁北走过来的四连，他想有保留地执行。

熊大林找到刘永光讲出了自己的意见："从三团抽调部分部队组建一团我没意见，但他李司令不能点名要我的四连。四连是三团的'种'，是我看家的底子，我的意见四连不能给。"

"组建一团，是军区的命令。李司令点名要四连，我想李司令有他自己的考虑，新组建的部队也需要'种'，更需要好的传统和作风，不给四连你怎么向李司令交代？"刘永光问。

"我亲自带三个连过去，向他说明情况。"熊大林道："还有三团到现在都没个副团长，我想提议贺长明任副团长，你看怎么样？"

"贺长明和刘大龙是咱三团这架马车上的两个辕，我没意见"刘永光道。

熊大林见刘永光同意，接着道："我的意见是留下四连，另派一个连去。"

刘永光没有马上表态，想了想道："那你打算调哪三个连去呢？"

熊大林道："调一、二、八连，这三个连的战斗力在团里也算一流。"

刘永光听了点点头："试试看吧，不行再换四连去。还有，你的检查要快点写，到时把我的检查一块交上去。"

三天后，熊大林带一、二、八连赶到军分区。李云长见熊大林没有带来自己点名要的四连。沉着脸问："四连呢？为什么不按命令把四连带来？"

熊大林道："四连正在执行任务，短时间内赶不回来，我怕耽误时间，误了司令员的命令，这不带一、二、八连来了，这三个连可都是三团的主力啊。"

"你少来这一套"，李云长训斥道："你小子舍不得四连是吧？"

"哪能呢，司令员要就是亲儿子我也舍得，要不我带回一个连回去过几天把四连换过来。"熊大林狡黠地答道。

"行啦，行啦，别给老子绕弯弯了，你那点小心思我还不懂。你不经批准与柯二美结婚也不请老子喝顿酒？"

见司令员默认了，熊大林马上递上笑脸道："哪能呢，我是怕请不动您，这不，我带了缴获的三千块大洋，请军分区的领导改善一下伙食。"

李云长一听笑了："这次怎么这么大方？不会是陷入了二美的温柔梦里了吧？"

"哪能呢，我清醒着哪。"说完掏出了几张纸说："还有检查，是我和刘政委的，请司令员批评。"

"检查？"李云长没有马上反应过来，待接过来看了看后，骂道："娘的，不经批准结婚，本应该处分你，考虑到你与二美的情谊，这次就算了，以后少给老子惹事！"

熊大林见司令员通过了，马上恭维道："不敢、不敢。"接着对李云长道："司令员，我还有一件事要请示您，就是三团这么多年了一直没有副团长，我和刘政委商量，想提升贺长明任这个副团长。贺长明您是了解的，陕北的老红军，作战勇敢，在战士中的威信高。还有刘大龙，让他接任贺长明任二营营长。"

"你小子总是在关键时刻来请示，我和军分区的其他几位领导研究研究再说吧。"李云长说了活口。

几天后，军分区的任命通知下来：贺长明任三团副团长，刘大龙任二营营长。

一团组建刚刚结束，敌情源源不断地报来：鬼子为发动太平洋战争，将冀东日军二十七师调离，并从山东、河北等地调来伪治安军二十三个团接替日军冀东防务。新调防来的伪治安军气焰嚣张，企图在布防结束后，以所谓猛打穷追战术击败冀东八路军残余主力，一举占领冀东中心地带。

军分区司令李云长经过大战"红五月"的挫折，沉稳务实了许多。他立即派出多路侦察员与内线配合，证实了日军二十七师团调出冀东和利用伪治安军"以华治华"的准确情报，并得知伪治安军准备于11月初，向我冀东根据地开始扫荡，继续实行其所谓的"第三次强化治安运动"，企图歼灭冀东八路军，摧毁我根据地。

李云长认为，日军的阴谋倘若得逞，冀东抗战必将再次陷入困境。经过几天的思考，李云长决定利用冀东群众条件好，部队经过几个月的训练补充战斗力已基本恢复、新调来的伪治安军人地生疏战斗力差等有利条件，集中主力二团、三团和部分游击队，对伪治安军发起进攻战役。

十二月中旬，冀东地区已白雪皑皑，白天气温已降到零度以下。李云长得知，驻迁西伪治安军第三集团第六团将向东陵调防。李云长拿出地图，判断出十里铺是伪第六团必经之地。

十里铺地处我冀东根据地的中心地带，丘陵起伏。李云长决定利用地形和根据地的优势，集中二团、三团主力，在十里铺伏击伪治安军。

入夜，二团、三团主力在李云长的亲自带领下，顶着寒风、踏着积雪出发了。凌晨赶到十里铺后很快布成了长达数里的伏击线。

天刚亮，伪治安军出现了。为免打草惊蛇，李云长命令部队和地方游击队不对伪军的侦察、联络人员和小股零散部队袭击，伪治安军毫无戒备地进入了伏击圈。李云长"打"的口令下达不到半小时，伪第六团团部及一个营共计五百余人全部被歼，缴获其全部枪支弹药和一百五十马车的粮食、被装等其他物资。

与伪治安军首战告捷，李云长令二团、三团分开活动，各寻战机。

十里铺一仗虽然缴获不少，但熊大林觉得不过瘾。因为是和二团共同缴获的，除去军分区和二团分得的，三团并没得到多少，拿熊大林的话是"不够我装备一个连，粮食不够全团吃三天。"

分开活动，自寻战机，正合熊大林心意，这样他可以享"独食"、立"独功"。

经过侦察，熊大林得知伪治安军第六团的另一个营已进驻东陵南部的双城子据点。熊大林亲自带人侦察后决定白天化装奇袭，奇袭不成进行强攻。

第二天正逢集日，熊大林令三营七、九连和特务连进入攻击阵地，并选出四十名本地干部战士，分成三支突击队，于天亮后分别扮成赶集的、给据点送粮草的和娶媳妇接亲的，从东、北、南三个方向向伪军据点进发。除刘宏道带的送粮草的一路顺利进入据点外，其余两路均遇到伪军岗哨盘查，被敌发现武器后，突击队员只好打死哨兵强行突击。

熊大林听到枪声，知道奇袭已经暴露，于是果断命令七、九连和特务连冲进集市进行强攻。

由于双城子街道狭长，部队冲进集市后兵力施展不开，并遇到了敌人火力的顽强阻击。熊大林看到受惊吓的群众四下乱窜，部队不敢贸然开火，一边命人疏散群众，一边观察地形，寻找攻击路线。

这时，据点内响起了激烈的枪声。已化装进入据点的刘宏道和强行冲进据点的突击队员，在刘宏道的指挥下，冲进了伪治安军的营部，俘虏了伪军营长。在刘宏道的严令下，伪营长只得命令放下武器。

连续两战的胜利，熊大林觉得还不过瘾，他觉得伪治安军的主力还在，还没有将伪治安军打痛、打怕。

经李云长司令员同意，熊大林决定再寻战机，续歼伪治安军。

一九四二年的元旦到了，熊大林用缴获的伪军给养给部队改善了两天伙食后，于一月三日，又率队将进犯我根据地的伪治安军第六团的最后一个营歼灭，并击毙日军教官两名。至此，伪治安军第六团被全部歼灭，番号被取消。因该团团旗被我缴获，侥幸逃回的伪团长被伪治安总署枪毙。

二团在十里铺伏击战后，也主动出击，先后在东陵、丰润等地，将伪治安军第五团歼灭。

此时，伪治安军已损失两个团的兵力。伪治安军司令齐燮元急忙赶到丰润、东陵督战。他见治安军营级单位连遭歼灭，遂将以营为单位出击改为以整团出击。

对伪治安军以团为单位出击的变化，熊大林不以为然，他觉得，伪治安军就是送到嘴边的肉。他命令将前几次战斗中俘虏的伪治安军补入部队。

没过几天，熊大林接到报告：补入的俘虏伪军发生了多起逃亡。

熊大林恼怒了，大骂道："这帮吃里扒外的家伙，留下你们当八路是给你们一个重新做人的机会，是老子看得起你。"他命令将新补入部队的伪军召到一起，他要问问这些俘虏为什么不愿当八路，为什么要逃跑。

空旷的野地上，坐着二百多名补入部队的战士。熊大林吼着脸，转了几圈后大声问道："你们都说说，为什么不愿意跟老子打鬼子？"

坐在地上的新补入战士没一人敢回答，熊大林又大声问了一遍，一个战士才战战兢兢地回答："人总得活着，八路没军饷，不能养家。"

熊大林听了，大骂道："放屁，你是中国人，想活着为什么不当八路而当伪军呢？想养家，种田不能养家吗？我们的老祖宗早就说过，居其地，而献其土，就是不忠。食其禄，而杀其主，就是不义。当伪军，帮鬼子侵占自己的国土，就是不忠。杀害自己的同胞，就是不义。你们愿做不忠不义的人吗？"

见下边无人吱声，熊大林继续骂道："当伪军是有点军饷，但你们靠帮鬼子祸害百姓挣的那点军饷，你们父母老婆孩子花得出去吗？你们当伪军拿军饷其实活得很悲哀，因为当伪军背叛了祖宗，死了进不了祖坟，父母被人戳脊骨，子孙还得受人辱骂；你们活得也很卑贱，因为当伪军就像一条狗，靠摇尾乞怜讨主子的喜欢，成天受着日本主子的呵斥，你们说当伪军有尊严、有人格吗？"

熊大林的斥骂使新补入的战士一个个低下了头。熊大林接着道："八路军是没有军饷，但当八路是保卫自己的粮食不被鬼子抢，自己的房屋不被鬼子烧，自己的兄弟姐妹不被鬼子杀，就是死了也是英雄，也会被人怀念，家人也会受乡亲的尊重。你们都听过评书，什么杨家将、岳飞、文天祥、戚继光，他们都是抵抗外族侵略的民族英雄，他们受到了后人的千古传颂，而不是像你们被后人辱骂！

"你们如果愿意留下和我熊大林一起打鬼子，以后咱们就是兄弟，我保证会让你们吃饱，你们的家人也会受到当地抗日政府的优待；如果不愿意当八路，只要把武器留下，我现在就可以放你们走。但以后谁再当伪军当汉奸，被我熊大林抓住，绝不轻饶！道理都给你们讲清楚了，愿走愿留，现在你们自己决定吧。"

熊大林的话，引起了下边的骚动。一个被补入的战士站起来，大声说："团长说的对，当八路有尊严，父母能抬得起头，死了也能进祖坟，我当八路，不走了，不走了！"

在这个战士的带动下，新补入的战士纷纷站起来，挥着拳头喊着："不走了，不走了，跟着团长打鬼子！打鬼子！"

熊大林见达到了目的，站着给新补入的战士鞠了一躬："那我谢谢弟兄们了，归队、归队。"

站在旁边的刘永光本想讲两句，见熊大林讲话起到了如此效果，心里暗暗笑道："这个老熊，骂人骂得也这么有哲理。"

稳定了新补入的战士，熊大林不安分的心又开始骚动起来，他要主动寻战，继续打伪治安军补充自己。

几天后，我上层人士传来情报：玉田县城伪治安军两个团将于明日去东陵平安城一带扫荡。

熊大林立即招来刘永光等几个团领导商议，刘永光首先提出了不同意见："敌人来的是两个团，虽然前些天我们补入了一些俘虏的伪军，但毕竟只有八个连的兵力，是不是向李司令报告一下，把二团也调过来？"

"哪有靠请示打仗的？二团离我们这有一百里，来不及了。战机难寻，现在我团士气高昂，弹药充足，就治安军这些虾兵蟹将，来三个团老子都敢打。"

"我看你小子打出瘾来了。"刘永光不满地反驳道。

熊大林嘿嘿地笑道："对不起，口误、口误。我是说，凭我团现在的士气和装备，治安军就是来三个团，也不在话下。你们的意见呢？"熊大林对着贺长明和陈雨生、李子方道。

贺长明从红军东征的时候就跟着熊大林，对熊大林可以说是心服口服，听了团长的话，马上表态："打，打他狗日的！"

陈雨生也表示赞同："可以打，团长说的对，战机难寻，大不了打不动再撤回来。"

见三个军事主官都要求打，李子方也点点头。

刘永光也赞成打，补充道："打，但一定要将伪军打疼，不能打成夹生饭撤回来。"

形成了统一意见，熊大林立即率全团八个连急行军，于凌晨一时到达果河北岸的蔡老庄，蔡二庄一带。

部队还没有布置完毕，前锋四连就与伪治安军第二集团第四团交上了火。

为麻痹敌人，熊大林下令：四连就地牵制敌人，非必要时不得动用重武器，坚决咬住敌人。同时命令九连迂回至燕庄，相机行动。命令七连进至敌右后侧三五百米处，占领有利地形，待天明后展开攻击。令特务连视情策应四连、七连的行动。令二营警戒西北方向，形成钳形包围之势。令三连和炮兵连作为预备队，随时投入战斗。

拂晓，七连首先向敌发起进攻。敌人遭右后侧攻击，阵地顿时大乱。熊大林见战机出现，立即命令四连、特务连加入攻击，当即将敌机炮连200余人全歼，缴获迫击炮、山炮各四门，轻重机枪八挺。

熊大林大喜，命令炮兵连集中自己的六门迫击炮和缴获的八门火炮向敌射击，命令四连、七连和特务连集中所有轻重机枪掩护部队冲锋。

伪治安军四团顿时大乱，敌五百余人逃向燕庄，被九连阻击。熊大林立即命令预备队三连加入战斗，协同九连和攻击的四连、七连、特务连将敌围歼。

逃向燕庄的五百余敌在九连的坚决阻击和三连、四连、七连、特务连的快速攻击下，很快放下武器。伪四团剩余的三百余人在团长和日军教官的带领下，逃进附近的一座寺庙，顽抗待援。

寺庙建在一座小山上，山虽不高，但山势较陡，寺庙坚固。熊大林命令警戒的二营包围寺庙，展开攻击。

逃进寺庙的伪治安军四团残部在伪团长和日军教官的严令下，拼命阻击，二营攻击受阻。

熊大林判断：该敌已成惊弓之鸟，伪治安军第三团尚在十五公里之外，只要坚决攻击，在敌援兵到达之前定能全歼该敌。

熊大林将炮兵连调来，命令向寺庙之敌轰击，但因山势陡峭，寺庙坚固，炮击效果不佳，轻重机枪火力也无能为力，二营几次攻击不下。

熊大林急了，跑进攻击队伍，找到刘大龙。刘大龙见团长来了，抹了一把汗道："团长，你怎么上来了？"

"老子就不能上来吗？"熊大林嘴上说着，眼睛快速地观察着地形，沉思会问道："刘大龙，今年多大了？"

见团长问自己的年龄，刘大龙有些不解。和团长在冀东几年了，相夕相处，自己那点底细，团长了如指掌，但刘大龙仍如实答道："二十五了"。

熊大林像是自语，又像是调侃道："年龄不小了，如今又是营长了，命值钱了，该找个媳妇喽。"

刘大龙听了愣了一下，但马上反应过来："团长，你是说我怕死？我跟你几年了，什么时候怕死过？"说完摔到了身上前几天缴获的皮夹克，大喊道："弟兄们，不怕死的跟我冲！"

冲锋号再次响起，熊大林亲自操着一挺重机枪，掩护部队冲锋。二营在刘大龙的带领下，又开始了一浪高过一浪的攻击。

敌人终于支撑不住。寺庙内几声枪声过后，伪军们击毙了三名日军教官，举起了白旗。

熊大林立即命令部队打扫战场。这时，不远处传来"长官饶命、长官饶命"的喊声。刚赶过来的刘永光转身看去，见几个战士正在揍一个伪军俘虏。刘永光马上制止道："住手，怎么回事？"

一个战士回答："这个家伙过去被我们俘虏过，我认得他。"另一个战士说："这个家伙效忠鬼子，再也不能轻饶了他。"

刘永光道："那也不能虐待俘虏，放开！"

被俘的伪军正要向刘永光表示感谢，突然天上飞来两架飞机。这个伪军为感谢刘永光，指着另一个伪军说："长官，他是信号兵，知道怎么与飞机联络。"

刘永光立即叫过被俘的信号兵，得知日军飞机是来观察战场情况并投送弹药，立即命令战士们按信号兵交代的对空联络信号，在空地上铺上红旗，燃起三堆大火。敌机见了信号，又见押下的大批俘虏，立即将携带的大批弹药投送下来。

熊大林见敌机投送下的大批弹药，咧着大嘴笑着。刘永光也非常兴奋，命令将弹药分送各连。

伪治安军司令部率第三团虽然听到果河沿一带激烈的枪炮声，但伪第二集团军司令认为第四团训练有素，装备精良，又是全团集中行动，不会吃亏，所以一直未予支援。中午过后，听到枪炮声连续不断，才下令向四团靠拢。

下午四时，伪治安军三团先头部队进至果河沿，不见了伪治安军四团的踪影，情知不妙，但仍硬着头皮展开攻击。熊大林命令三营占领制高点进行阻击，令炮兵连集中所有炮火向敌轰击；令其余各连从两翼向敌包抄攻击。

此时，敌第四团被全歼的消息已被敌获知。在我猛烈攻击下，敌第二集团司令唯恐再次被歼，下令撤退。

敌全线动摇，开始后撤。熊大林见状，命令全线展开攻击，敌顿时大乱，争先逃命，炮兵扔掉山炮，骑上拉炮的马逃跑，日军教官想阻止，也被溃兵冲倒。

伪治安军第三团很快败退。此战全歼伪治安军第四团，击溃伪治安军司令部及第三团，击毙日军教官四名，伪军官兵一百余名，俘虏伪军一千余人，缴获山炮四门、迫击炮四门，重机枪四挺，轻机枪十余挺，步枪八百余枝，子弹十万余发，炮弹百余发，大洋十万块，电台一部，以及粮食等其他大批辎重。三团仅伤亡三十余人。

取得如此大的胜利，熊大林笑了，笑得合不拢嘴。他命令向李司令报捷，同时命令将俘虏的年轻力壮的伪治安军全部补入部队。

刘永光对熊大林的命令有些异议，对熊大林道："老熊啊，这么多俘虏你都补入部队，容得下吗？"

熊大林咧嘴笑道："你还怕人多吗？缴获的这么多武器，我还怕没人扛呢。我的意见是马上从四连和其他连抽调一些战斗骨干，把一、二、八连恢复，怎么样？"

刘永光见熊大林如此高的情致，点点头道："那也用不了这么多俘虏，是不是将伪军官就地遣散？"

熊大林点点头："那当然，那当然。"

刘永光骂道："你小子打了胜仗就狂妄，这么多的缴获是不是送给军分区一部分?"

"送?上赶着送不是买卖，等李司令上门要的时候再说吧。这么多的枪支弹药、大洋、粮食可是宝贝，你还怕多拿不动?"

刘永光听了笑道:"你呀，真是个老扣，要不二团曾团长说你见了缴获比见了亲儿子都亲。"

两天后，军分区转来晋察冀军区的电报:重新核实战果后再报。

熊大林看了电报，不满地骂道:"再报，怕老子谎报战果不成?军区不清楚，你李司令不清楚吗?把战报原文再报一次。"

战报再次上报后，晋察冀军区相信了，同时给冀东军分区来电:平西军分区经费弹药极为困难，请速筹三十万大洋和五万发子弹支援平西军区。

李云长接到军区的电报，很是为难。他知道，自百团大战后，日寇实行的残酷"三光"政策，使我各抗日根据地遇到了空前困难。冀东的情况虽然相对好些，但日寇在冀东连续实施的三次强化治安运动，冀东的财政状况也不宽余，况且一团刚刚组建，军分区的那点家底，几乎全给了一团。他考虑来考虑去，决定把这个任务交给熊大林。他知道，熊大林这次缴获不少，也存有不少的家底，熊大林有能力完成这个任务，于是拿着电报，亲自来到了三团，直接把电报送给了熊大林。

熊大林看过后把电报还递给了李云长:"李司令，这电报是给你了，给我做什么用?"

李云长骂道:"你小子别给我装糊涂，你发了大财，总得拿出来一些吧?军分区决定，军区要的这些大洋、弹药就由你三团出。"

"别、别呀，李司令，你这不是要我的命吗?"熊大林不同意。

"你小子别跟我喊穷，谁不知道你小子开金矿、做买卖积攒了不少家底，你说，咱们冀东军分区哪个有你三团吃得好、装备好，这次又缴获了这么多，把任务交给你，是老子看得起你。还有，把你缴获的炮和轻重机枪，也拨出一部分来给一团，你小子不能总吃独食。"

"不行、不行，你李司令这不是趁火打劫吗?"熊大林坚持不给。

"这是命令"李云长没有商量的余地。

刘永光上前道:"李司令，您看这样行不行，缴获的枪支弹药拨出一部分可以，但支援平西军分区的大洋是不是少拿些，我们三团也得吃饭呀。"

"你少跟我打哈哈，光这次你们就缴获了十万大洋，加上前两次缴获的，不下十五万块，加上你们的家底，应该问题不大吧。现在一团刚组建，二团也没有富余，只有你们三团有这个能力。"李云长对刘永光道。

熊大林听到这犯起了浑："李司令,我要是不给呢？"

李云长生气道："要是不给,你就直接跟军区聂司令说去,就说三团我熊大林说了算,没钱,不给！"

刘永光道："三十万块大洋,真让我们三团倾家荡产了,这样,李司令,快到春节了,能不能容我们一段时间？"

"可以"李云道："三十万块大洋,五万发子弹,必须在春节后一个月内送到平西军分区。我们共产党抗战是一个整体,兄弟单位有困难,我们支援一下义不容辞,执行吧。"

熊大林见已没有商量的余地,于是道："李司令,命令我执行,但我有一个要求。"

李云长见熊大林答应了,口气马上有了缓和："你小子总是在关键的时刻讲条件,什么要求,说吧。"

"就是这次战斗俘虏了不少的伪军,我想尽快把被抽走的一、二、八连补齐,这是我和刘政委的共同意见。"熊大林要求道。

"这个事还要请示我吗？只要有人有枪,你去办就是了,不过我要告诉你,要保持部队的纯洁,不能让这些伪军坏了我们八路军的名声,如果出了问题,我饶不了你。"李云长答应道。

熊大林见李司令答应得很痛快,马上表示道："那当然,那当然,我们保证在春节后一个月内把三十块大洋和五万发子弹送到平西军分区。"

"还有缴获的炮、轻重机枪,马上给我送到一团去。"李云长强调道。

"你看这样行不行,就把缴获的四门迫击炮和轻重机枪各两挺送给一团,我们团还没有山炮呢。"熊大林要求道。

"那好吧,你小子不要再耍什么花招。"李云长见熊大林答应了,也爽快地同意。

第二十章

伪治安军在冀东中部地区连遭打击，只好龟缩在据点内，不敢再主动出击。鉴于打治安军取得重大胜利，李云长命令熊大林率三团返回盘山根据地，让部队过一个愉快安稳的春节。

回到盘山，熊大林的心情却一点也不轻松。五万发子弹好办，可三十万块大洋怎么办？熊大林找到供给处长冯根柱，算来算去，缴获加上原有的家底，还是不到三十万块。

熊大林问冯根柱："咱们金矿产的黄金现在有多少？能换多少块大洋？"

冯根柱道："有五六斤吧，如果换成大洋，差不多够了。但咱们自己多少得留下一些，要不部队吃什么？还有兵工厂，买原料都得花钱。"

熊大林道："活人不能让尿憋死，想想还有什么办法？"

冯根柱建议："是不是让咱们活动的四个县地方政府每县筹集几万块？"

刘永光听了道："上级给的任务我们不能将负担加在地方政府上。冀东的百姓也不富裕，还是我们自己想办法吧。"

熊大林想了想，对刘永光道："老刘，平东县城里有几个日本人开的商铺，春节前商铺买卖多，你看我们是不是进县城一趟，搞他一些来？"

刘永光听了一惊："你是说去县城抢日本人的商铺？"

熊大林道："没错，凭什么小鬼子抢我们的东西？我调查过，小鬼子在平东县城开的几家商铺，把布匹、粮食和药品全垄断了，抢他们的东西，也让他们知道知道咱们的厉害。"

刘永光道："是个办法，但抢日本人的商铺，政策允许不？他们毕竟不是日本军人。"

"什么不是日本军人，这些日本人的商铺，都和日军通着的，在中国的地盘上，粮食、布匹、药品百姓不能买卖，他日本可以，抢他是把小鬼子搜刮百姓的东西再拿回来，有什么不允许的，这事我去办。"

刘永光听了点点头："可以考虑，不过要仔细筹划一下。"

得到政委的同意，熊大林开始紧张地筹划。三天后，已是腊月二十八，是当地百姓传统的集日。熊大林带着挑选的特务连二十几名干部战士，和刘宏道一起，赶着马车或挑着担子，化装成赶集的百姓，并令刘大龙带四连在城北潜伏接应，混进了平东县城。

距熊大林第一次攻克平东县城已过了几年，但熊大林发现，县城内几乎无任何变化。到了僻静处，熊大林等取出藏在大车下的手枪，令两个战士在外警戒，和郭大海等几个人一起，进了一家日本开的布匹商店。

郭大海上前对店铺伙计道："我们买布。"

布店伙计是个本地人，殷勤地答道："请问您买什么布？买多少？"

郭大海指着熊大林道："我们老板买的多，我们想看看都有什么布？"

伙计立即进屋叫来了日本老板，熊大林向门外看了看，示意战士将商铺的几个人控制住。郭大海立即掏出手枪，逼着日本商人进了里屋。

熊大林对着日本商人道："明人不做暗事，告诉你，我们是八路，想在你这找点钱花。"

日本商人被手枪顶着脑袋，但仍用半生不熟的中国话喊道："这里是皇军的天下，是皇军开的商铺，皇军的过来，你们统统死了死了的。"

熊大林骂道："放屁，这是中国的天下，要命就把钱拿出来。"说完命令战士把日本商人嘴堵上绑在柱子上。

熊大林令商铺的伙计说出放钱的地点。很快，战士们将店铺的大洋全部装进了几个布口袋，又搬了几捆布仍到车上，然后令人将伙计也绑在柱子上扬长而去。

刘宏道等人带的其他几组，也很快将县城其他几个日人商铺的大洋搜净后，赶着牲口或挑着担子顺利出了县城北门。

熊大林一行走出几里后，日军宪兵队追赶出来，但很快被接应的刘大龙带四连打了回去

到了马家峪，熊大林赶紧让冯根柱统计，一会，冯根柱报告：这次共抢了三万多元。

熊大林一听笑了，他对着刘永光说："任务完成了，先让战士们过节，让部队吃好，过了节马上送过去。"

刘永光道："冀东马少毛驴多，我算了算，三十万块大洋，得用三十头毛驴

驮，还有五万发子弹，差不多得用四十头。这么多毛驴你到哪去找？还有这么多钱必须派得力部队护送，这可是平西军分区的救命钱。"

熊大林道："当然不能出差错，就由我带四连去送吧。毛驴好办，我们让地方政府协助一下，征集一下百姓家里的毛驴用，连人带驴，一天一块大洋，我估计往返用不了半个月，几百块大洋我们还出得起的。"

"是个办法"刘永光点头道："不过你不能去，四连也不能去。团里不能没有你这个团长，四连又是团里的拳头，就由我带三连去吧。"

熊大林听了，觉得政委说的在理，于是道："但要让一营长于禾苗和你一起去，要向于禾苗和三连长杨宝山交代一下，必须保证大洋和子弹的绝对安全，人在钱在，人亡钱存。"

刘永光打趣道："由你向我交代就行了，还怕我把钱弄丢了不成。"

熊大林也打趣道："哪里，哪里，你亲自带队我一百个放心，就怕劳您大驾。"说完二人哈哈大笑起来。

正月初五的晚上，刘永光带着三连和牵着毛驴的四十名百姓准备出发。熊大林握着刘永光的手再次嘱咐："此行要经过潮河、白河和永定河三条河流，过河前一定要派人先行侦察，夜半过河。过平原地带一定要选择夜行。保重！"

刘永光回握着熊大林的手道："团长保重"说完向部队挥了挥手，消失在夜色中。

十天后，刘永光带三连返回盘山。熊大林见刘永光回来，赶紧上前迎接，握住刘永光的手道："辛苦老刘，一路顺利吧？"

刘永光也握了握熊大林的手道："很顺利"说着掏出一张收条："平西军分区杨司令亲自接见了我们，说我们帮了平西军分区的大忙，五万发子弹可以打两次大仗，三十万块大洋能使军分区渡过青黄不接的春天。杨司令还让我代他向你问好，并向李司令打了电报表示感谢。"

"好，好"熊大林答应着。

"部队这些天有行动吗？"刘永光接着问道。

"没有，部队主要在搞训练。新补入的这么多俘虏，要把他们达到老八路的战力，不是一天两天就能成的。"熊大林答道。

"还有政治教育，这可是提高他们觉悟的关键。"刘永光接着道。

"李子方负责搞了几次，效果不错。"

"在回来的路上我想好了，我要再给新补入的战士讲一讲，要让他们知道为谁而战，觉悟上去了，才能提高他们的勇敢和自我牺牲精神。"

"好啊，你刘政委亲自出马，我就省心多了。"

　　几天后的下午，马家峪的打谷场上，刘永光站在了几百名新补入的战士面前：

　　"弟兄们，你们参加八路有一个多月了。我为什么称你们为弟兄，因为你们参加了八路军，八路军官兵平等，八路的队伍里，大家都是好兄弟。过去，你们当过伪军，被乡亲们骂过是汉奸，今天我就再给大家讲一讲，当伪军为什么被骂作汉奸，中国为什么会出现这么多汉奸，我们为什么只能当八路而不能当汉奸。"

　　刘永光的一句"弟兄"一下拉近了刘永光与新战士间的距离。这些新补入的战士大多是本地或临近地区的农民，基本没什么文化，也没有听过这么高的领导亲自讲课，于是坐在地上，仔细地听着。

　　"我先讲第一个问题，伪军为什么被骂为汉奸。"刘永光伸出了一个指头，接着道："你们中的部分同志在一个月前，听到熊团长讲过，说汉奸就是投靠小鬼子，出卖民族利益，甘心为鬼子办事，祸害自己的同胞兄弟。我认为讲得很好。'汉'是我们中国人的简称，中国人也可以称为汉人，汉奸就是中国人的奸贼，是中国人的败类。当然，不是说只有伪军才被骂作汉奸，只要是出卖民族利益，甘心为鬼子办事，帮鬼子烧杀抢掠的，都是汉奸。伪军又称皇协军，食鬼子的俸禄、听命于鬼子，和鬼子一起，抢百姓的粮食、烧百姓的房屋、杀害自己的同胞兄弟。就像喝着母亲乳汁的孩子，长大后却干着背叛母亲祸害兄弟姐妹的勾当。所以老百姓骂伪军是汉奸，骂得好、骂得对。"

　　刘永光说到这，对着下边问："你们都说说，当伪军被乡邻百姓骂过没有？"

　　新补入的战士听得入了神，一时没有反应过来。刘永光又问了一句，一个战士举手站了起来："政委，您说的对，我们不光被百姓骂过，现在我都无脸回家，二十多岁了，连媳妇还没找上呢。"

　　这个战士的话引起了下边的一阵笑声。刘永光接着道："是啊，你们说，正经百姓家的女子，谁愿嫁给伪军呢。咱们中国自古就是美女爱英雄，咱们的熊团长是个抗日英雄，柯二美柯参谋是个远近闻名的美人，不是哭着喊着嫁给了熊团长吗？"

　　刘永光的话引起了一阵笑声。一个战士举手问道："政委，您说出卖国家利益的就是汉奸，可国家管过我们吗？"

　　刘永光听了，大声赞道："问得好，这就是中国为什么会出这么多汉奸的社会原因。我们的老祖宗说过，'国不知有民，民亦不知有国'。你们可能已经感觉到了，在咱们冀东，伪军的数量远远超过鬼子。这是为什么？主要是由于中国近代长期内战，使中国没有形成一个统一的强有力的中央政府，地方上各自为政，特别是民国建立后，吏治腐败，军阀混战，外强凌辱，国运日衰，人民极端贫困。而政府又对民众的生活不闻不问，使百姓感受不到自己与这个国家的关系，觉得国家和政府存在不存在与自己无关。小鬼子正是利用了我国四分五裂，百姓对国家不认同的现实，才敢发兵侵略中国。你们想想，如果我们国家团结统一，国力强盛，政府关心百姓疾苦，小鬼子敢以不足东三省的国土和不足我国四分之一的人口侵略我们吗？"

刘永光的话引起了新补入战士的骚动，见战士们议论着，刘永光提高了声音问："你们谁说说，过去你们为什么要当伪军？"

几个新补入战士马上举手。刘永光指着举手的战士说："你们都说说。"

"为了军饷"、"为了能养家"、"为了不干重活"。几个战士七嘴八舌地回答着。

刘永光见战士说出了自己的心里话，接着道："这就是中国为什么会出这么多汉奸的个人原因。中国虽然出现了这么多的汉奸，但相对四万万中国人来说，毕竟还是少数。当汉奸、为小鬼子卖命的主要原因还是在自己，这个原因就是贪逸毋劳和利欲熏心，只顾自己的利益而缺乏民族利益，觉得当伪军有军饷能养家，还不用干重活。小鬼子也正是抓住了部分民众的这个特点，施以小恩小惠甚至高薪利诱，一些人就心甘情愿当了汉奸，当了伪军，给日本人当起了祸害自己人的走狗。"

刘永光说到这，接着问道："你们说说，为了一些眼前的蝇头小利，为小鬼子办事，帮日本人祸害自己的同胞，活着被百姓唾骂，家人受乡邻的谴责，死了也无脸见列祖列宗，值得吗？"

刘永光的话再次引起了新补入战士的共鸣，坐着的战士纷纷站起来，挥着手回答："不值得、不值得，我们再也不当伪军了！"

刘永光向下压压手，示意战士们坐下，接着讲到："我要讲的第三个问题，就是为什么要当八路。"刘永光伸出了第三个手指头："大家知道，八路军是共产党领导的武装。共产党的宗旨是什么？是为人民服务，说白了就是为老百姓服务。老百姓是什么？是天、是地，是我们的父母兄弟。八路军的首要任务是什么？打小日本，保卫自己的国土和老百姓不被鬼子烧、杀、抢。当八路虽然没有军饷，但是当八路是保卫自己的国土、保卫自己的家园，使自己的父母子孙兄弟姐妹不受小鬼子的欺辱，就像你们在自己的家里种田，虽然没人给你们发报酬，但你们是在为自己、为家人劳作，收获的是家人的温饱和幸福，干得舒心，再苦再累也心安理得。当八路虽然没有军饷，但当八路是救国救民，收获的是尊严、是良心，是百姓的尊重，你们的家人也会受到抗日政府的优待，就是战死了也会受到后人的传颂和敬仰！"

刘永光的话彻底将新补入战士征服了。战士们挥着手臂高喊着："我们当八路、当英雄！我们绝不再当伪军，我们要救国救民，为家人争光！"

刘永光见达到了教育目的，接着道："一会回去后，进行发言讨论，大家都谈谈自己的想法，表表自己的决心。"

晚上，新补入战士的决心书纷纷送来，虽然大多是请人代写，内容多是"我们当八路不当汉奸，我们要救国救民，当民族英雄"等短短几句甚至几个字，但深深地表达了自己的愿意和决心，有的还按了血印。

熊大林历来对刘永光的政治水平十分钦佩，也一直认为刘永光是个难得的政委。听到打谷场上战士的呼喊声，熊大林也走出屋门听了会刘永光的讲话。看到新补入战士送来的决心书，熊大林嘿嘿地笑了，忍不住问："老刘啊，下午你给战士们讲的这些，是从哪学来的？"

"哪学来的？是我自己琢磨的，这可是我这个政治委员的职责。你在果河沿讲的不也很好吗？"刘永光见熊大林夸自己，也打趣道。

"我讲的那几句不过是鹦鹉学舌，把抗大老师的话学了一遍，哪有你老刘讲得这么深刻中听。"

见熊大林不再打趣，刘永光也一本正经地道："我也不是天才圣人，也是学的，只不过是把老师的话、领导的话和咱们军区报纸的话溶在一起罢了。"

知道了为什么当八路，为谁扛枪打仗，战士们的情绪空前高涨，两个月的工夫，部队的训练和技战术水平，达到了空前的程度。

这天，熊大林正在作战室内看着地图，琢磨着怎么打一仗，政治部主任李子方报告：特务连排长苗大国强奸民女，被百姓告到团里来了。

熊大林一听大骂道："奶奶的，怎么会出这种事，属实吗？"

李子方道："属实，告状的百姓已经将苗大国指认出来了。"

"奶奶的，刚当了排长就敢犯死罪，详细说说怎么回事？"熊大林迫不及待地问。

李子方道："前天苗大国带两名战士外出侦察，任务完成后他让两名战士返回部队，自己跑到过去认识的一个老乡家里喝酒，把主人灌醉后趁机强奸了人家的闺女。"

"他自己承认没有？"

"承认了。"

"娘的，败类！"熊大林恨恨地骂道："拉出去，枪毙！"

"他要求见你。"李子方接着道。

"自己做了丑事，军法无情，见我有什么用，枪毙！"

"可他说救过你的命，参加八路立过战功，希望你留他一命。"

"功是光荣，罪是耻辱。他救过我的命不假，如果在战场上，我可以替他死。可他强奸民女，败坏八路军的声誉，不执行军法，何以服众？不要说了，枪毙！"熊大林命令道。

这时，柯二美走了进来。熊大林知道，她是为苗大国说情的，于是对李子方吼道："快去执行！"

"等等"柯二美接着对熊大林要求道："不看僧面看佛面，看他跟了我这么多年，又和我一起参加了八路立有战功，能不能饶他一命？"

熊大林狠狠地挥了挥手，吼道："不行，饶了他我们还怎么在这个地方呆，老百姓还会相信我们吗？不要说了！"

"可我找了刘政委。"柯二美坚持道。

"政委怎么说？"熊大林问。

"政委让我找你，老熊，你就饶他一命，给我个面子吧。"柯二美哀求道。

"给你面子就是不给三团的面子，不给百姓的面子，是你的面子大还是三团的面子大、百姓的面子大？不给百姓的面子我们将无颜面对他们。"

这时，刘永光走了进来。柯二美像见了救星，拉着刘永光的手说："政委，你看。"

熊大林见刘永光进来，马上道："我正要去找你，我的意见是马上枪毙。"

刘永光道："我的意见也是执行死刑，军纪不能违。可二美原来手下的几个人都找到了我，要我为苗大国说情。"

"说情？告诉他们，我不能因为一个苗大国失去民心，坏了八路军的名声，就是单二贵活着犯了这事，也要执行死刑。"熊大林接着命令道："司号员，吹号，部队集合！"

部队紧急集合在打谷场上，苗大国被绑着推进了会场。

刘永光首先讲话："中断同志们的训练，把同志们紧急集合起来，是因为我们团出现了极其严重的破坏军民关系，侵害百姓的恶性案件，就是特务连排长苗大国在执行侦察任务时，强奸民女。团里、营里和你们的连长、指导员多次讲过，我们是人民的子弟兵，是为人民服务、为人民打天下的队伍。为保证我们这支队伍的纯洁，密切我们与百姓的鱼水关系，团里制定公布过严格的纪律，就是强奸民女者杀、残害百姓者杀、抢劫民财情节恶劣者杀。苗大国参加八路以来，也曾立有战功，有的同志也求情要求饶他一命，枪毙苗大国，我和团长也很痛心，甚至也有些舍不得，但法不容情，军纪不可违，不然我们无颜面对乡亲父老，无以教育警示他人。"

　　刘永光讲到这，对着熊大林道："团长，你来宣布执行吧。"

　　熊大林用他那惯有的嗓门和习惯，挥着手臂吼道："战场抗命是死、临阵逃脱是死、强奸民女是死、残害百姓、抢劫百姓财物都是死，苗大国是曾立有战功，也曾救过我的命，但功不能抵过，法不容情，我熊大林犯了这些也是死，以后你们谁犯了这些也是死！考虑到苗大国曾立有战功，我和政委决定，赏他一口红木棺材，执行吧！"

　　听到这，苗大国跪在了地上，大声喊道："团长、政委，我服了，下辈子我还跟着你打鬼子！"

　　战士们木木地、静静地站着。熊大林挥了挥手，命令道："执行！"

　　立刻，警卫连的两名战士押着苗大国向不远处的山坡走去。

　　一声清脆的枪声过后，部队散开了，熊大林和刘永光也回到了团部。

第二十一章

年初的打治安军战役，使伪军损失惨重，不仅恢复了1941年夏季反扫荡丢失的根据地，特别是向热河、辽西及平津地区的出击，使得日军华北方面军司令冈村宁次大为震惊，经过向日军大本营申请，不得不将二十七师团调回冀东。

为了对冀东再认识，冈村宁次对冀东所属部队进行了视察，在唐山和二十七师团长铃木启久一起分析了开展第三、第四次"治安强化运动"的得失。

对以往多次的讨伐失败，铃木启久感触极深："我军对山区的扫荡，使八路军确实受到了打击，但这并不表明八路军减弱了。他们往往放弃一处阵地，又进入另一处山区。他们放弃的山区，表面上看是白色的，但你只要剥开上面的一层皮，你就会发现红色的土地。在长城附近的山地，有相当多的中国居民，他们就是八路军的兵源和补给。因为八路军抓住了人心，人心就是他们的根据地。而我们年复一年千篇一律的讨伐、扫荡，不仅效果甚微，而实施的'三光政策'反而起到相反的效果，不仅没有起到震慑作用，反而丧失了民心，加剧了民众对皇军的仇恨，使得软弱而又没有组织的农民也敢自发地起来抵抗皇军，更使得共产党势力不断扩大，培养出了八路在反扫荡中的技战术，使得缺乏训练装备落后以当地农民为主的二团、三团，锻炼成今天能与皇军主力抗衡的优秀队伍。"

冈村宁次见铃木启久对自己的"三光"政策提出了质疑，马上现出了不悦的表情，训斥道："八嘎，八路的占领区，早已被共产党赤化，他们明里暗里地支持八路，甚至公开与皇军对抗，不实行杀光、抢光、烧光政策，就不能截断八路的兵员与粮食供养，只能坐视八路的壮大和百姓与皇军的对抗。八路自称是鱼，而把百姓称为水，中国有句古话，叫作'竭泽而渔'，只有淘干了水，才能抓住困死八路这条鱼，你的明白？"

铃木启久虽然并不完全赞同冈村宁次的说法，但日军严格的上下级关系，使铃木启久只得"哈伊、哈伊"地立正作答。见冈村宁次训斥完毕，铃木启久提出了自己考虑多时的一个最新战法：

"司令官，我想改变以往那种广占地盘，哪里百姓不顺从皇军，哪里八路活动频繁就到哪里扫荡和只在白天出击的一贯式作法。因为，支那那么宽阔的土地，没有一处是你可以攻击的关键之处。皇军取得了上海、北平，但我们又取得了什么？支那还是支那。皇军又取得了南京，但国民政府照样可以在重庆办公。我们扫荡了盘山，但八路照样可以躲到雾灵山与皇军对抗。我想收缩兵力，集中皇军主力于重要据点，配备快速运输工具，实施主动出击。不论白天黑夜，一旦获知八路集结活动的准确情报，马上实施快速奔袭包围，彻底歼灭。"

冈村宁次想了想后道："汽车我的即刻配备，你的可以实验，但必须有准确的情报保障。"

见司令官同意了自己的战法，铃木启久高兴地"哈伊、哈伊"了好几句。

送走冈村宁次后，铃木启久开始紧张地实施自己的计划。

……

趁果河沿大捷，伪治安军损失殆尽的有利时机，李云长决定三团暂缓返回冀东西部地区，配合二团，继续开辟、巩固冀东东部根据地。

两个月后，三团任务基本完成。李云长接到军区命令，令冀东军分区抽调一百名有一定文化的战斗骨干赴平西集训，以进一步发展壮大部队。

李云长正为自己没有培养骨干的集训队着急，接到命令，立即从三个主力团和军分区机关中抽调百名骨干，组成集干队，准备赴平西集训。

李云长考虑到三团即将返回冀东西部，决定由三团抽调一个连，加军分区一个警卫排，由刘永光负责护送这批骨干到平西。

接到命令，熊大林觉得是顺路的事情，于是对刘永光道："就让这批骨干和咱们一起走吧，等到了平东，再派一个连和军分区警卫排一起护送他们到平西，三四百里的路程，估计十来天就能回来。"

刘永光道："你的想法不错，但三团西返，还有其他作战任务，路上免不了耽误时间。李司令的意见是从北部山区单独走，这样可以避开平原，减少与敌遭遇或被敌袭击的危险。往北进入山区向西百里，就进入平北军分区了，李司令会请平北军分区给予警戒保护。到了那再往平西也就三四天的路程，这样一算，十天左右我们也能回来。"

熊大林觉得刘永光说得有道理，于是道："那就按李司令的意见办吧，你带上四连，遇到情况也好应对。"

刘永光道："不，四连还是给你留下，我还是带于禾苗和三连去吧。三连路熟，装备和战斗力在团里也是一流的。"

熊大林对刘永光的谦虚和大局观念十分感动，于是道："就按政委的意见办，保重，早去早回。"说完和刘永光握了握手。

而这次握手，竟成了永别。

当天晚上，熊大林带团主力西返。刘永光也带着三连和军分区警卫排，护送着100名骨干向北而去。

刘永光率队向北走了一夜，凌晨到达东陵迁安交界处，尖兵突然回报：前方发现敌情！

刘永光觉得非常奇怪，鬼子怎么会在这个时候出现呢？

容不得犹豫，刘永光命令改变行军路线。走不多远，天已大亮。刘永光发现，前方两侧山头已被鬼子占领。

面对突发的敌情，刘永光当机立断，命令部队以排为单位，抢占制高点，冲上东西两侧山头。

太阳露红时，部队全部上山。刘永光掏出地图看了看，自己所处的位置名叫甲山。

甲山是座由东西两座山头组成的孤峰，与其他山头并不相连。这时，鬼子从四面包围上来。刘永光看了看，鬼子至少有两个大队千人以上。

刘永光非常吃惊：这两个大队的鬼子是从哪冒出来的呢？自己的部队加上赴平西参训的战斗骨干，不足三百人，看来一场恶战不可避免了。

原来，刘永光率队刚出发，就被鬼子侦知了行踪。情报很快报到铃木启久那里。铃木启久根据正常的行军速度，派出两个大队的日军从唐山启程，乘车赶往天亮时八路可能达到的位置截击。

早上八点，敌人完成了包围后，进攻开始了。鬼子首先用六门九二式山炮和数不清的掷弹筒向甲山轰击。霎时，炮弹在空中呼啸，猛烈的炮火炸得山石乱飞。

刘永光大声向战士们鼓动着："弟兄们，我们必须坚决守住阵地，必须坚持到天黑，坚持到天黑就是胜利！"

刘永光接着命令："敌人不进攻不开枪，敌人不打我不打，注意节省弹药。"

为了吸引敌人的视线，引诱鬼子消耗弹药，刘永光将跟随自己几年的战马流放山头，顿时迎来了鬼子的无数炮弹。

刘永光的战马受伤倒地。见鬼子如此强的火力，刘永光决定尝试突围，命令三连二排从东山头向鬼子发起了反击。

霎时，杀声喊声响成一片，二排勇敢地向山下的鬼子冲击。连长杨宝山亲自端着机枪带着二排向下冲，并将拦截的一名鬼子中队长击毙。刚冲到半山腰，就被鬼子猛烈的机枪和炮火截住。战士们接二连三地倒下，杨宝山只得命令剩余的战士撤回山顶。自己断后掩护。杨宝山打出几个点射回头察看，见战士已撤回山顶。正欲起身回撤，鬼子的一串机枪子弹打来，杨宝山中弹牺牲。

鬼子乘机向东山头展开了进攻。东山头上的几挺机枪立即以严密的火力向敌展开了准确射击，鬼子瞬时倒下三十多人。

担任这次奔袭任务的总指挥，是接替在'大战红五月'中战死的黑胡联队长的南木一郎大佐。见八路又退回山上，立即命令炮火和轻重机枪掩护，从四面向甲山发起了进攻。

鬼子的炮火在山上猛烈地爆炸着，山上弹片和碎石横飞，不时有战士倒下。东山头下，鬼子的两挺重机枪也"嗒嗒"地猛烈射击着，压得战士们抬不起头来。一个小队的鬼子在重机枪的掩护下，很快攻到了半山腰。

刘永光命令消灭鬼子的重机枪。三连的一位特等射手，连发三枪击毙了三个鬼子，将鬼子的一挺重机枪打掉。他调转枪口，准备打另一挺重机枪时，被鬼子的步枪打中。

刘永光一见，猛窜几步，捡起特等射手的步枪，连发几枪将鬼子的另一挺重机枪打哑，高叫道："弟兄们，有我无敌，把小鬼子打下去！"

战士们利用鬼子掩护火力减弱的时机，勇猛地向鬼子投出了手榴弹。机枪射手跃起身，向冲上来的鬼子猛烈扫射。顷刻，又有几十个鬼子躺在了山坡上，余下的鬼子不得不退回山下。

南木一郎见自己的队伍再次被打了下来，挥刀命令加强炮火轰击，命令预备射手再次操起重机枪掩护射击。

南木一郎自己亲自挥着指挥刀，带头冲了上来。见鬼子冲的更加凶猛，刘永光大叫道："弟兄们，只有我们的勇敢，没有敌人的顽强，坚决守住阵地！"喊完抢过机枪手的机枪，对着挥着指挥刀的南木一郎打了一个点射。

南木一郎摇晃了一下，重重地栽倒在山坡上。鬼子见指挥官中弹，拖着南木一郎回撤。刘永光一见，立即大叫："冲锋，把鬼子压下去！"

战士们端着刺刀向攻到半山腰的鬼子发起了反击。战士们顽强地再次将鬼子赶到山下。

山上的其他三个方向，也都打退了鬼子的两次攻击。鬼子由于主要指挥官毙命，不得不延缓了进攻。

到下午三点，甲山上的八路军又打退了鬼子的三次进攻。刘永光令清点弹药和伤亡情况。一会，一营长于禾苗报告：部队已伤亡一百余人。弹药所剩无几。

鬼子的炮火也明显减弱下来。刘永光知道，鬼子的弹药消耗差不多了。刘永光命令战士捡拾鬼子尸体上的弹药，以备天黑突围。

时间不长，只见远处鬼子的十几辆汽车开来。一会，几百个鬼子跳下车，搬着一箱箱弹药，对山上开始了新一轮炮击。

刘永光知道，鬼子又增加了一个大队的兵力，凭现在的兵力和弹药，坚持到天黑已不可能，当即决定，趁鬼子的增援兵力尚未展开之时立即突围，将没有伤亡的战斗骨干护送出去。

冲锋号激昂地响了起来，山上能动的干部战士，全部端起枪从西山坡向鬼子发起了冲锋。借着迷漫的硝烟，战士们很快与鬼子搅在一起，用刺刀、手榴弹杀开一条血路，掩护三十多名战斗骨干突出了鬼子的重围。

很快，增援的鬼子不要命地赶来，堵住了缺口。刘永光和三连剩余的几十名战士被打了回来。

刘永光抹了把流淌的汗水，命令道："集中全部火力和弹药再冲一次，我掩护你们！"

战士们谁都没有动，叫着："要冲一起冲，要死一起死，我们决不丢下政委！"

营长刘禾苗已经负伤，他对着刘永光道："政委，你带着战士们冲吧，我和伤员留下掩护，快走吧！"

刘永光近乎是哀求了："弟兄们，我谢谢你们了，我是政委，丢下弟兄自己突围不是咱共产党八路军的作风，你们突出去一个就多一份革命的力量，用不了多久，咱们还是响当当的三连。听话，背着营长快走！"

战士还是一人未动。刘永光急得大叫："司号员，吹号！"

司号员没有吹号。刘永光掏出手枪，命令道："吹号，不吹老子毙了你！"

司号员哭着说："政委，你毙了我吧，正好和你死在一起。"

战士们也高喊道："要死死在一起，我们绝不丢下政委！"

刘永光拿枪的手无力地垂下了。刘永光上前搂了搂司号员，对着战士们道："好兄弟，那咱们就死出个样来。"

这时的鬼子已把甲山围得铁桶一般。鬼子在半山腰上号叫着："山上的八路听着，你们已被皇军包围了，突围是不可能的，你们只要放下武器，皇军将保证你们的生命安全。"

刘永光骂道："放屁，在八路军的字典上，就没有连着写的投降二字，不怕死的上来吧！"

　　这时半山腰上摇起了一面白旗，只听一伪军喊道："八路长官听着，大日本皇军将派人与你们谈判。"喊完一个伪军举着白旗和一名鬼子军官向山上爬来。

　　一名战士大骂道："狗日的，谈个屁！"骂完欲举枪射击。刘永光阻止道："慢，让他们来。"

　　一会，一名伪军官和一名鬼子大尉爬了上来。鬼子军官稀哩哇啦说了一阵后，伪军官翻译道："皇军说了，你们已经山穷水尽，突围绝不可能，只要你们放下武器，皇军将保证你们的生命安全。如果投降后为皇军做事，当官的可以继续做官。"

　　刘永光冷笑道："你告诉小鬼子，共产党是从来不投降的，八路军是共产党的部队，你见过八路军有集体投降的吗？"

　　伪军官将刘永光的话翻译给鬼子军官后，鬼子军官骂道："巴嘎，不投降只有死。"

　　刘永光骂道："死怕什么，老子打日本就没怕过死。老子死了是死在自己的土地上，你小鬼子死了，是死在异国他乡，死了也是孤魂野鬼！"说完哈哈大笑起来。

　　见刘永光如此的镇定，伪军官拉了拉刘永光道："长官，咱们都是中国人，听我一句话，投降吧，不投降就完了。"

　　刘永光骂道："你他妈的还知道自己是中国人，如果中国人像你一样，那中国真的完了。共产党是抗战的脊梁，如果这个脊梁弯了，还有中国吗？你告诉小鬼子，来吧！"

　　伪军官又向鬼子军官嘟囔了几句，鬼子军官傲慢地说："那就让刺刀说话吧！"说完举起了战刀。

　　一个战士举枪要打，刘永光拦住说："两国交兵不斩来使，这是咱们老祖宗留下的规矩，放他回去，别毁了咱八路军的名声。"说完对鬼子军官喊道："滚！"

　　劝降的鬼子伪军连滚带爬地离去。刘永光对着战士们道："弟兄们，咱们的领袖毛主席说，我们这个军队具有一往无前的精神，它要压倒一切敌人，而决不被敌人所屈服。不论在任何艰难困苦的场合，只要还有一个人，这个人就要继续战斗下去。让我们以自己的行动，去履行我们入党时的誓言，去践行我们八路军的宗旨吧！"

　　战士们齐声喊道："誓死不当俘虏，与鬼子战斗到底！战斗到底！"

　　刘永光捡起一枝牺牲战士的三八步枪，将两棵手榴弹插在腰间。战士们也都上好刺刀，将手榴弹揭开了盖。

鬼子见劝降无效，立即从四面向山上发起了进攻。鬼子知道，八路的弹药不多了，于是直着腰向山上逼来。

见鬼子离山顶只有二三十米了，刘永光大叫："把子弹全部射向鬼子，拼刺刀！"

战士们立即向鬼子射出了枪膛里的子弹，把手榴弹投向了鬼子，随着爆炸声，呐喊着冲入了鬼子群中。

立刻，几十名战士与鬼子扭打在一起。刘永光在刺倒一个鬼子后，被一个鬼子拦腰抱住，马上又有几个鬼子扑上来。刘永光抽出腰间拉出弦的两颗手榴弹，猛地拉着了火。"轰"一声，刘永光和身边的几个鬼子全部倒下了。

十来分钟后，几十名战士全部倒下了，几十名鬼子也倒在了山坡上。剩下的鬼子冲上了山顶，山顶很快传来了手榴弹的爆炸声。负伤的于禾苗和二十几名战士，全部拉响手榴弹与鬼子同归于尽。

夜幕降临了，枪声停息了。甲山上被鬼子炮火引燃的树木、杂草仍没有熄灭。鬼子借着火光开始清理战场，包括最高指挥官南木一郎在内的九名鬼子军官和六百多具鬼子的尸体被抬下了甲山，装了整整十卡车。

第二天，鬼子华北报纸连篇累牍地发出消息，称"皇军在冀东甲山大捷，击毙冀东八路三团政委刘永光、营长于禾苗以下千余人，冀东八路损失殆尽。"

熊大林是在第二天早晨部队准备宿营时，从李云长的电报中得知了消息。熊大林怔了半晌，突然号啕大哭起来，哭得似狼嚎，似狮吼："老刘啊，我的老刘哥，你怎么说走就走了呢，你走了省心了，你让我怎么办啊？我有话对谁去说，有了事谁为我担着啊，老刘，我的老刘哥。"

哭完了政委又哭于禾苗和三连："老于啊，老于，我的三连啊，你们扔下我都走了，你们都省心了，我和弟兄们怎么办啊。"

熊大林的大哭，引来了附近的战士。战士们得到政委和一营长及三连全部牺牲的消息，也都跟着哭。李子方见熊大林这么无节制地哭不是个事，上前劝道："老熊，你是团长，你这么带头大哭，战士们怎么办？"

熊大林已失去了理智，大吼道："团长怎么了，老子也是人，也有心、也有肝，也有情。"吼完接着大哭。

李子方见熊大林这么下去总不是个事，于是摆摆手，让跟着团长一起哭的战士散开回去，和郭大海一起，将熊大林拉回屋。

见熊大林哭得差不多了，李子方卷了一根烟，递给熊大林："团长，想想下一步怎么办吧。"

"怎么办？回去，老刘和我共事四年了，死了我也要再看他一眼。"说完对郭大海喊道："传我的命令，部队回去，给刘政委和三连的弟兄们送行！"

郭大海跑步而去。

李子方道："团长，不经请示回返，这合适吗？人死不能复活，我们回去有什么意义吗？"

"什么意义？为老刘和三连弟兄们送行，就是意义，我不能失了弟兄再失人心。如果李司令追究下来，我担着，执行吧！"

临近中午，遇到三十几名突围出来的战斗骨干。见到还有部分同志活着，熊大林的心稍稍好受了一些。在询问了详细情况后，熊大林命令加快行军速度。又经过近半天的行军，于天快黑的时候赶到甲山。李云长带着二团和军分区警卫营已将二百六十名牺牲的同志收集在一起，准备埋葬。

两口红漆棺木旁，躺着刘永光和于禾苗。见到刘永光的遗体，熊大林又是一顿大哭，哭完了刘永光，又哭于禾苗，接着逐个看了一遍全体牺牲的同志。

李云长见熊大林的失态样，虽然未予制止，但对他不经请示私自将部队带回，很是不快，但他忍着没有发作。

熊大林哭完，见只有两口棺材，对着李云长叫道："司令员，为什么只有两口棺材，其他死了的弟兄怎么办？"

对熊大林的质问，李云长很是恼火，但他压了压火气说："我们的条件有限，只好这样了。"

熊大林怒道："不行，干部是人，我的弟兄也是人，不给我的三连弟兄棺木，老子不干！"

李云长再也压不住火气，大吼道："胡闹！现在条件这么艰苦，部队常常饭都吃不上，哪有钱买这么多的棺木。牺牲这么多的弟兄，我心里好受吗，他们是你的弟兄，不是我的弟兄吗？你让我怎么办？"

"怎么办？好办！"熊大林大吼道："冯根柱，把全团的家底拿出来，到附近村庄购买百姓的寿木和盛粮的木柜，我不能将牺牲的弟兄就这么埋了！"

冯根柱根站着未动。熊大林再次吼道："快去，把二营带上，能买多少买多少！"

冯根柱看了看司令员，见李云长未表示什么，转身带着二营奔向临近村庄。

李云长面无表情地站了会，突然想起什么，对着二团团长曾林道："命令战士们挖坑，快去。"

两三个小时后，天已大黑。冯根柱花光了全团的积蓄，和二营一起将买到的一百多棺材和百姓盛粮的木柜抬到了挖好的坑旁。熊大林嘟囔着："弟兄们，我熊大林无能，只好两人一个了，愧对弟兄们了。"

李云长命令部队集合，他要为刘永光、为二百多牺牲的弟兄送行。

布满乱石的山间原野上，站满了黑压压的队伍。顶着星光，李云长含着泪水，发表了慷慨激昂的讲话："同志们，冀东大暴动已经四年了，我们冀东二十二县的广大军民，给了日本鬼子和汪伪政权的汉奸特务以沉重打击，连续粉碎了日伪军的四次'治安强化运动'，挫败了敌人无数次的扫荡清乡，建立了初具规模的冀东抗日根据地。这些，都是我们血洒冀东的革命烈士和我们每一个还活着的同志浴血奋战的结果。这些牺牲的烈士，是为换取中华民族的独立自由而牺牲，是为了我们子孙后代的幸福生活而死，死得英勇、死得壮烈、死得光荣、死得值得！

"可是，十恶不赦、血债累累的小日本亡我中华民族贼心不死，他们杀我父母、奸我妻女、烧我房屋、抢我粮牛。毛家峪等惨绝人寰的大惨案，已杀害我冀东同胞数万人之众。冀东抗日大暴动副司令洪麟阁、高志远、二团团长陈众、三团政委刘永光等数百名干部和万名以上八路军战士，都已牺牲在冀东这块热土之上。他们都是中华民族的英雄，我们的党忘不了他们，中华民族也会永远铭记他们。

"视死如归、宁死不屈是我中华族精髓。我们的老祖宗自古就有"玉碎不改其白，竹焚不毁其节"的崇高节操。只要我们抱定必死之心，与日寇拼杀到底，苍天也会被我们感动，大地也会为我们哭泣。大家还记得莲花峰七勇士吧，连惨无人道的佐佐木也不得不为我们宁死不屈的勇士所折服！

"同志们常说，我们不怕牺牲，就怕被遗忘。今天，我们祭奠他们，是为了让我们每个还活着的同志记住他们的音容笑貌，记住他们的临终遗言，记住他们的精神，记住他们的遗志，记住我们的使命。烈士的遗志是什么？我们的使命是什么？就是坚决把日本鬼子赶出中国去！为死难的乡亲报仇、为牺牲的烈士雪恨！"

"为死难的乡亲报仇、为牺牲的烈士雪恨！"

"坚决把日本鬼子赶出中国去！"

战士们狠劲地呼喊着，激昂的口号在夜空回荡着，回声惊动了夜宿的飞鸟，传出了很远很远。

第二十二章

　　熊大林从东陵甲山返回盘山根据地，很快补齐了牺牲的三连。经熊大林建议，军分区报晋察冀军区批准，李子方接任刘永光任三团政委，三营教导员王化任政治部主任。

　　七月中旬，青纱帐已高高地长了起来。我内线传来情报：毛家峪惨案的罪魁祸首佐佐木将率一个中队的鬼子和两个营的伪军给杨柳镇据点的敌人送粮。两天后，我侦察员报告：佐佐木带着二百来个鬼子和五六百伪军带着一百多辆马车的粮食、弹药已到了沙河口，并扬言扫荡滦河以西地区。

　　熊大林立即招来李子方、贺长明、陈雨生和王化商量行动计划。

　　贺长明快人快语道："这个佐佐木制造了毛家峪惨案后，知道我们不会饶过他，行动变得异常诡秘，我们团和二团几次伏击他，都让他躲过或逃脱了，这次既然出来了，就决不能再放他回去。"

　　陈雨生道："这是个大买卖，打。沙河口离我们这大约有一百里，下午出发，明天早晨就能到达。"

　　李子方道："敌人的总兵力大约是八百人，全团出动，大约是二比一，只要我们选择好伏击阵地，打得突然、打得猛，没问题。"

　　王化道："机会难得，打，也好了却我们一个心愿。"

　　见几位团领导意见统一，态度坚决，熊大林摊开地图道："沙河口到杨柳镇，必经过这个地方"熊大林指着地图说："干草河，这个地方是山洪泄水的河套，这个季节必有河水流淌。河套边上有一条沙石公路，而河套两边是茂密的庄稼地，我们就在这伏击他。"

　　见几位团领导点头同意，熊大林马上命令："立即做饭，下午三时出发。"

　　战士们美美地吃了一顿猪肉炖粉条后，听说要打佐佐木，群情激昂。下午三点，部队准时出发了。战士们快步如飞，又经过一夜的行军，于拂晓前赶到了干草河。

熊大林立即选择伏击阵地，命令一营作为伏击主力，埋伏在干草河公路两侧；命令二营作为预备队，待战斗打响后，阻击沙河口等据点可能援敌，并根据战场情况，随时支援一营的战斗；命令三营隐蔽在一营前后，阻击并攻歼伪军。令特务连在鬼子的来路布置伏击，消灭回撤漏网的鬼子。熊大林令警卫连和炮连布置在干草河中间机动位置，随时支援各营、连的战斗。天亮的时候，部队全部隐蔽在了青纱帐里，静静地等待着。

十点多钟，敌人终于出现了。担任前锋的一个连的伪军，大摇大摆地走了过来。十几分钟后，又两个连的伪军走了过来。

熊大林见过来的是伪军，没有下达开火的命令。战士们屏住呼吸，紧紧地盯着敌人，等待着开火命令。

又过了一会，二百来个鬼子夹杂着赶车的伪军终于出现了，鬼子的队伍，拉了有四五里长。鬼子的后边，又是大队的伪军。熊大林一惊：情报有误！伪军不是一个营，而是整整一个团！

熊大林的头上，已沁出了咸咸的汗珠。箭在弦上，已容不得犹豫。见鬼子的队伍已进入伏击圈，熊大林狠狠地下达了"打"的口令。

顿时，干草河两岸响起了激烈的枪声，七连按预定方案，向先头的伪军展开了攻击；八、九连用猛烈的火力，截住了后尾的两个营伪军。一营的所有轻重机枪，全部扫了中间的鬼子。战士们将一颗颗手榴弹，密集地砸向了鬼子。炮兵连也按熊大林的命令，将一颗颗炮弹，打向了鬼子的队伍。

鬼子在我猛烈火力的打击下，措手不及，仅几分钟的工夫，就死伤过半。负责一营的陈雨生见时机已到，命令一营发起冲锋。顿时，激昂的冲锋号声响起，一营三百多战士端起刺刀，从河套两侧冲向了河滩上的鬼子。

过了伏击圈的先头伪军一个营，听到激烈的枪声，本想回援，但见七连猛烈的阻击火力，吓得趴在地上不敢上前。当听到密集的炮声和激昂的冲锋号声，知道遇到了八路主力，吓得起身逃窜。七连立即向逃窜的伪军展开了攻击，一气将伪军追出十多里。七连长见伪军逃远，命令一个排继续监视逃跑的伪军，带领其余两个排押着俘虏，赶回伏击阵地。

后边的伪军相对比较顽固，见中间的"皇军"被伏击，伪团长命令攻击，解救"皇军"出来，但在八、九连的坚决阻击下，很快被打了下去。尽管伪团长不停地吆喝叫骂，但怕死的伪军伏在地上，不敢再上前一步。三营长李天盈见状，命令部队发起冲锋，将断后的伪军赶走。

冲锋号再次响起，八、九连向断后的伪军发起了冲锋。伪军见八路军攻击凶猛，不等命令便扔下日军仓皇逃窜。特务连见状，也立即发起了冲锋，协同冲锋的八、九连很快将两个营的伪军歼灭俘虏大半。

被围在伏击圈中的鬼子在经受我一营和炮连第一轮的猛烈火力袭击后，没死的很快反应过来，立即占领了干草河公路两侧的壕沟，用密集的火力阻击冲锋的一营。熊大林见状，知道伪军已对歼灭日军构不成威胁，命令二营加入战斗。命令炮连继续向公路两侧日军占据的壕沟轰击。

躲在壕沟内的佐佐木已经负伤，他知道自己在劫难逃，八路绝不会放过自己，但他不甘心，他希望奇迹的再次出现，于是一边命令士兵拼命阻击，一边命令一个曹长带十几个鬼子抢占路边的一个小山包。

佐佐木希望的奇迹没有出现，二营的加入使得鬼子彻底失去了逃生的机会。五连的一个班抢先占领了路边的山包，将还在山包半腰的鬼子一顿手榴弹打了下去。二营长刘大龙换上一支三八大盖，在刺倒一个鬼子后，带着两个战士绕到正在拼命射击的重机枪背后，几个箭步窜上去踢翻了鬼子正在射击的机枪手，接着将刺刀插进了副射手的胸膛，夺过了那挺打得发红的重机枪。另两个战士上前刺穿了刘大龙踢翻的鬼子，协助刘大龙调转枪口，向着壕沟内的鬼子射击。

鬼子失去了重机枪的掩护，仍在困兽犹斗。瞬间，一、二营冲进了壕沟，与鬼子展开了肉搏。战士们一个个红着眼，专找鬼子军官拼杀。

一个战士被鬼子摔倒了，鬼子趁机掐住了这个战士的脖子。另一个战士奔过来，用枪托向鬼子的头狠狠地砸去，然后调转枪托，用刺刀狠狠地将鬼子钉在地上。

倒下的战士快速挺起，呐喊着扑向另一个鬼子，把鬼子压倒在地，一手掐住鬼子的脖子，一手握紧拳头，像捣蒜一样向鬼子的头上打去，一边打，一边喊着："血还血！命还命！还我乡亲！还我乡亲！"

负伤的佐佐木眼见败局无法拘回，来了个故技重演，躺在日军尸体中装死。

战斗仅半小时，一百八十多名鬼子被全部消灭。熊大林令打扫战场，一定要找到佐佐木，活要见人，死要见尸。

战士们紧张地翻看着鬼子的尸体，很快，身着大佐军衔的佐佐木被找了出来。佐佐木见装死不成，凶相毕露，从地上"噌"的蹦起来，龇着牙、咧着嘴，举起战刀，"呀、呀"地叫着。熊大林举起红缨大刀，喝令战士后退，他要亲手宰了这个杀人恶魔。佐佐木号叫着，挥刀上前。熊大林跨前一步，对着佐佐木的头狠命砍去。佐佐木挥刀招架，但毕竟负了伤，只一个回合，刀便被熊大林的大刀磕出几米开外，人也倒在地上。众战士一齐上前，十几把刺刀扎进了佐佐木的胸膛。

熊大林又发了大财，不仅杀死了佐佐木，消灭了一个中队整整一百八十多名鬼子，为毛家峪的乡亲们报了仇，还缴获了一百四十多车的物资，消灭、俘虏了两个营的伪军，仅夏装全团可以一人一套，粮食可以够全团吃三个月，拿熊大林的话说，缴获的武器老子可以再装备一个团。

冀东的伪治安军被打怕了，从此以后，治安军再也不敢单独出来，即使和鬼子一起出动，也是一触即溃。

捷报报到李云长那，李云长笑过之后，没有再向熊大林要战利品，只是来电命令：经晋察冀军区批准，决定在你团活动区域，组建执行地区性作战任务的抗日游击队，番号为冀东抗日游击队第二区队，按正规部队编制，副团级单位，编制暂为五至六个连，区队直属连，由你团抽调部分部队和活动区域的游击队编成，你团负责供给全部武器弹药，归你团指挥，但一般不执行远距离机动作战任务。你团必须在年底前完成二区队编训并形成战斗力，不得有误。

熊大林看过电报，立即命令将电报送几位团领导传看。回到盘山，熊大林见一大盆蒸好的包子端了上来，令郭大海将几位团领导请到作战室。

熊大林抓过一个一咬流油的大馅包子，吃了几口道："李司令的电报你们都看过了吧？"

见大家点头，熊大林道："二区队归我们指挥，在咱们的活动区域内作战，我正想用这次战斗的缴获扩兵呢，你们都说说，怎么办？"

贺长明快人快语："团长，好事啊，就让我去当那个二区队的队长吧。"

熊大林拒绝道："你小子刚当了副团长没几天，就想另立门户独挑，不行！"

"可我过去也没提职啊，不还是归你指挥，在你手下作战吗？"贺长明辩解道。

"行了，你那点小心思我还不知道，你是想过过当家说了算的瘾是吧？想法不错，不过现在还不行，我还离不开你。还有你已经是副团长了，没必要再争这个缺，我想让三营长李天盈当队长、一营教导员谭忠诚去当政委，这两个都是老红军了。他们两个也都快三十岁了，提起了他们两个，也好符合'二五八团'的规定，让他们也讨个老婆。

"当然了，讨老婆是搂草打兔子的事，主要的是他俩资历、能力、战功都适合这个位置，战士们服气，指挥起来也方便。"熊大林接着说道。

李子方道："同意。不过一次就把这两个战将派过去，你真够大方的，如果说贺长明和刘大龙是你的左膀右臂，李天盈和谭忠诚就是你的两条腿，这次怎么了？"

　　"不能这么说，如果说贺长明和刘大龙是我的左膀右臂，李天盈和谭忠诚是我的两条腿，那你和雨生、王化就是我的脑袋了，你们我谁都离不开。"熊大林接着道："不过这次和上次抽调部队组建一团不同，二区队是在我们自己的地盘上作战，是我们的孪生兄弟，当然要抽调得力的主官。还有，我们三个营的九个连每一个连抽调一个排过去，九个排就是三个连，排长当连长，班长当排长，加上四个县的部分地方游击队，二区队很快就能组建起来形成战斗力。"

　　李子方笑道："看来你是早有主意了，我同意。不过你刚才的话要是让李司令知道了，又免不了训你本位主义。"

　　熊大林笑道："反正我的本位主义早已在军分区出名了，我也不在乎多这一次。"熊大林转过头对贺长明和陈雨生、王化道："你们几位有什么意见吗？"

　　见大家都同意，熊大林接着道："还有武器装备，要按照李司令的电报要求，完全按咱们团的装备，每班配备一挺轻机枪，至少也要一个排一挺，老战士都配三八大盖。"

　　见几位团领导再次点头同意，熊大林最后拍板道："那就这么办，二区队组建后，立即开到北部山区整训，三个月内不执行作战任务。"

第二十三章

　　打死了老对手佐佐木，熊大林又开展打老对手伊村的主意。他命令刘宏道设法与张庄据点的内线取得联系，随时报告伊村的出动情况，并命令特务连加强对张庄据点的侦察。

　　排长杨明泽带着侦察员高大虎完成侦察任务返回盘山，走到离杨庄据点不远的上营村村口，已是傍晚。正要进村，却迎面与出村的一小队鬼子相遇。已进入初冬时节的旷野，一片荒芜，想躲已来不及了。杨明泽掏出手枪，拽着高大虎向村子的另一胡同跑去。鬼子小队长一见，挥刀一指，领着鬼子追赶过来。在胡同转弯处，杨明泽举枪射击，将追在前面的一个鬼子打倒，高大虎也扔过去一颗手榴弹。趁鬼子卧倒还击的空，杨明泽马上命令道："大虎，快跑，向团长报告情况！"

　　高大虎摇摇头，"不走，要走一起走。"

　　杨明泽又向鬼子打出两枪，怜爱地说，"小子，你才多大啊，听叔的话，快走，要不咱俩谁也走不了。"

　　高大虎执拗地说，"不，叔，要死死在一块。"

　　看鬼子又冲了过来，杨明泽赶紧投出了一颗手榴弹，上去端了高大虎一脚，"小子，别忘了任务，执行命令，快走！"

　　高大虎看杨明泽的坚决样，知道不可能再留下，于是掏出自己的一匣子弹和一颗手榴弹，递给了杨明泽，"排长，保重。"说完转向就跑。

　　刚跑出几步，高大虎突然想起什么，猛地回头，大叫道："叔，来世我还和你一起打鬼子。"说完弯腰鞠了一躬。

　　杨明泽听到高大虎的喊声回了一下头，见高大虎的样，一股暖流涌遍全身，心想：真是好小子，嘴里却骂道："快滚！"

　　高大虎含泪跑开了。高大虎转身叫杨明泽一声"叔"，其实是想再看杨明泽一眼。这最后一眼，杨明泽的形象永远留在了高大虎心中。

　　杨明泽继续向鬼子射击着，他想利用这个胡同转弯处，为高大虎跑开争取一点时间，哪怕是一两分钟。突然，杨明泽觉得腹部一震，知道自己中了弹。来不及多想，杨明泽捡起高大虎留下的手榴弹，拉着火向鬼子扔去，接着换上高大虎留下的弹匣，继续向鬼子射击着。

　　看胡同里已倒下了五六个鬼子，杨明泽摸了摸自己腹部的伤口，自语道，"够本了。"

　　杨明泽回头看高大虎已跑得不见了踪影，将身上的最后一颗手榴弹投向鬼子，然后使出全身力气，翻墙进老乡家中。为不给群众带来杀身之祸，杨明泽没有进入百姓屋里。看看院里没有可藏之处，杨明泽又使出浑身解数连翻两墙，见百姓院中一堆杂草烂柴，于是钻进柴堆之中，将自己隐藏好。

　　村口的枪声早已惊动了村里的百姓，百姓们知道，准是八路军与进村的鬼子打了起来。杨明泽翻墙进入第一家，已被主人李大爷发现。见来人弯着腰步履踉跄，知道这位八路军负了伤。没容他喊话，见杨明泽又滚爬着翻墙进入了另一家，李大爷赶紧拿起铁锹将杨明泽留下的血迹铲干净。

　　鬼子冲过来，不见了两个八路，于是开始挨家挨户地搜查，折腾到半夜，什么也没有发现，只好抢了些百姓的东西，拖着尸体伤兵悻悻离去。

　　见鬼子走了，李大爷赶紧掌灯敲开了邻居王老汉的家门。王老汉已掌灯找到了藏在柴草堆中的杨明泽，只见杨明泽已奄奄一息，身下的血把地染红了一大片。

　　李大爷对王老汉说，"王老哥，你看怎么办好？"

　　王老汉说，"得赶紧找个郎中，要不这位八路就不行了。"

　　李老汉说，"我去找，你赶紧叫人把他抬进屋去。"说完走出了院门。

　　王老汉喊来儿子王长河和儿媳，三人一起将杨明泽抬进屋里，把杨明泽的枪藏在了锅灶里。

　　杨明泽已完全昏迷。王老汉让儿媳端来了水，开始和儿子一起为杨明泽擦洗伤口。

　　十几分钟后，李老汉将村里郎中领进了王老汉的家门。郎中看了看杨明泽的伤口，又号了号杨明泽的脉说，"这位八路的伤太重了，要想救活他，必须得输血，还得手术，可我不会，也没这些设备啊。"

　　王老汉问："那怎么办？不能眼睁睁地看着这位八路死掉啊。"

　　郎中说："我真的没有办法，这样吧，我先把他的伤口包上，让长河赶紧去盘山找八路，让八路来救他。"

王老汉点点头，摇了摇昏迷中的杨明泽："八路兄弟、八路兄弟，醒醒，你们的部队在哪？"

此时的杨明泽已到了生命的最后一息，在王老汉的呼叫下，断断续续地说出了"盘山、马家峪"几个词又昏死过去。

王老汉将耳朵贴在杨明泽的嘴边，听清了杨明泽的"盘山、马家峪"，马上对儿子说，"长河啊，你赶紧去盘山马家峪找八路报告，我们守着他，快去。"

王长河二话没说，摸黑走了。过了一会，杨明泽的呼吸开始急促起来。郎中掌灯看了看说，"看来这位八路不行了。"

李老汉说："不能让这位八路就这么死了。"说完上了炕，把杨明泽紧紧地搂在怀里。

杨明泽冥冥中，好像躺在父亲温暖的怀里，微笑着咽下最后一口气。

郎中上前翻开杨明泽的眼看了看："这位八路已经去了，准备后事吧。"

王老汉说："人死在我家了，我不能不管，要不我对不起打日本的八路、对不起这位兄弟。你看这样好不，等天亮后，用我的寿木，先把他埋了？"

李老汉说："老哥你说的对，打鬼子的八路我们不能不管。待明天早上，咱们一起找几个人，先把这位八路兄弟埋了吧。"说完出了家门。

天刚亮，李、王两位老汉喊来村里的十几位青壮年，将杨明泽放入棺中，正要抬着棺木将杨明泽埋入村外，一群鬼子突然围了上来。

原来鬼子带着死伤的人员返回杨庄据点后，中队长小村大尉听了鬼子小队长的报告，见死伤了五六个却连八路的影都没见到，觉得无法向哥哥伊村报告，于是天未亮又亲自带人返回上营村，他要继续搜找两位八路。

见到王老汉家聚了这么多人，小村赶紧带人围了上来，命令众人放下棺木。小村用半生不熟的中国话逼问："棺材里的是什么人？"

王老汉不紧不忙地回答，"家里人，得病死了，我让邻居们帮我埋了。"

小村转动着眼睛，看着几个胆小要离开的人，马上明白了什么，吼道："统统的不准走，把棺木打开！"

身后的日本兵堵住了几个要走的人。王老汉一看，对小村哀求道，"太君，封好的棺材不能再打开，打开了晦气。"

身旁的李老汉赶忙上前附和道："是，是，封好的棺材不能再打开，打开了晦气。"

小村蛮横地推开李老汉，对身后的鬼子命令道："把棺材打开！"

两个日本兵赶上来，用刺刀将棺材盖撬开了一道缝，接着用木棒将棺盖撬开。小村上前看了看棺材中躺着的尸体，命令士兵将尸体从棺木中抬出。

小村上前扒开尸体上的衣服，见到杨明泽腹部包着的伤口，大叫道："八路的，哪个包的伤口？"

郎中看躲不过去了，为了不连坐众人，上前说，"太君，伤口是我包的，我是郎中、医生，救死扶伤，我的责任。"

"八嘎牙路，私通八路，死了死了的！"说完抽出战刀，一刀将郎中砍倒在院中。

其余的鬼子立即把在场的乡亲全部围了起来。小村把刀架在王老汉的脖子上，凶狠地吼道："说，怎么回事？"

王老汉眯着眼一声未吭。气急败坏的小村又一刀将王老汉的脑袋砍下。

小村凶狠地转向李老汉："你的老实说，怎么回事？为什么私通八路？"

李老汉赶快说："不知道啊，我们只是过来帮忙的。"

院里被绑的其他十几个青壮村民马上附和："是，是，我们是过来帮忙的。"

小村见被绑的村民不说，兽性大发，举刀嚎道："违背皇军意志私通八路，统统死了死了的。"

接到小村的命令，鬼子立即冲上前，将其余的十几人全部用刺刀挑死。

杀红了眼的小村，又挥刀将杨明泽的头砍下，接着扯下王老汉尸体的棉衣，将杨明泽的头包住后扔给身旁的一日军士兵，"拿回示众的有。"

高大虎在杨明泽的掩护下跑出了上营村，连夜向盘山奔去，于天亮时赶到马家峪，哭着向熊大林、李子方和陈雨生报告了与敌遭遇和杨明泽舍身掩护的经过。

熊大林听完高大虎的报告，感慨地说："老杨真是个有情有义的汉子，是个英雄。"接着对李子方说："老李啊，杨明泽是咱们三团的老人了，为咱们三团、为冀东抗战立过多次大功，我们必须活要见人，死要见尸。我的意见是，由我马上带人赶到上营村，去寻找杨明泽。"

李子方对杨明泽的壮举，也很是感叹，马上表态说："对，一定活要见人，死要见尸。不过你不必亲自去，派个营长或连长带人去就行了。"

"不，我要亲自去。杨明泽在雾灵山突围和蛤蟆沟设伏立过大功，我不亲自去，对不住老杨，就这么定了吧。"说完对接替郭大海任警卫员的马二山喊道："通知四连跟我马上出发。"

高大虎一听团长要亲自带人去寻找杨明泽，马上请求道："团长，我也去。"

熊大说劝说道："你都跑了一夜了，别去了。"

"不，老杨排长为了掩护我，命都舍了，我一定要和你们一起找到他。"

熊大林爱惜地摸了摸高大虎的头："好样的，走吧。"

　　熊大林在路上碰到了报信的王长河。听了王长河的报告,熊大林立即命令部队跑步前进。待四连赶到王老汉家,已是中午。见到满院狼藉的尸体,熊大林和战士们很快明白发生了什么。高大虎抱起杨明泽的无头尸体,跪地大哭。王长河抱起父亲的尸体,也号啕大哭。待村民七嘴八舌诉说了事情经过,熊大林怒火三丈,大骂道:"奶奶的,老子要是不杀了小村,就对不起老杨,对不起死难的17位乡亲。"

　　熊大林立即派出两个排的战士警戒,然后对着围观和哭泣的百姓大声喊道:"乡亲们,我们的侦察排长老杨和17位死难的同胞,都是英雄,他们是为抗日而死。我向乡亲们保证,我不杀了小村,我就不配做八路军的团长,我要用小村和17个鬼子的头,祭奠我们的老杨和死难的乡亲。"

　　熊大林接着对刘大龙命令:"把我们带的钱和战士们身上的钱全部收集起来,为老杨和17个乡亲购买棺木,钱不够写下借条。"

　　刘大龙刚要离开,熊大林忽然想起什么,马上叫住刘大龙:"17个乡亲可以先埋了,老杨的尸体等一等,我派高大虎带两个人去鬼子的炮楼侦察一下,看老杨的头被鬼子放在了什么地方,有可能把头取回来。我们不能让老杨就这么走了。"

　　刘大龙听了熊大林的话,一种莫名的暖流突然涌了出来,痴呆呆地望着熊大林说了这么一句话:"团长,跟着你,死了都值得。"

　　熊大林看了看刘大龙的失态样,挥了挥手说:"你怎么婆婆妈妈的,快去。"

　　等买来了棺木,把17位乡亲埋葬,已是晚上。部队正准备撤回的时候,高大虎抱着杨明泽的头回来了。熊大林赶紧问道:"说说,怎么回事?"

　　高大虎喘了口气报告:"团长,鬼子把杨排长的头挂在炮楼前的集市上示众,并派两个伪军看守,我们趁伪军不备,打死了两个看守伪军,抢回了杨排长的人头,但被炮楼的鬼子发现了,鬼子派兵追来,我们牺牲了一位同志,由于鬼子人多,牺牲同志的尸体没运回来。"

　　"狗日的小村,又欠老子一条血债。"熊大林狠狠地骂着,从高大虎手里接过杨明泽的头抱在怀里,嘴里嘟囔着"老杨啊老杨,弟兄们为你送行了。"边说边走向杨明泽的棺木。

　　熊大林对刘大龙喊道:"除了警戒哨,把部队撤回来,向老杨和乡亲们告别。"

　　一会,战士们来到为杨明泽挖好的墓穴旁。熊大林对着沉默的战士,高声喊道:"同志们,你们都看到了吧,为了我们的老杨排长,17位乡亲,整整17位啊,都被鬼子杀了。他们和老杨一样,都是民族英雄。老杨排长是冀东籍战士中，最早参加八路军的，为我们三团立过多次大功，他就这么死了，还被鬼子割下了头，弟兄们，我们能让老杨和17位乡亲这么死去吗?"

"不能! 不能! 不能!"战士们含着眼泪，高声呼喊着。

"对，不能，绝对不能，我要用小村和17个鬼子的人头，祭奠我们的杨排长和17位死难的乡亲，为他们报仇!"

"报仇! 报仇!"战士们挥拳高喊着。

部队回到盘山马家峪，熊大林向李子方和陈雨生通报了事情经过。李子方对乡亲的壮举，很是感慨:"不杀小村为乡亲们报仇，我们还怎么有脸见冀东的百姓啊，百姓谁还敢支持我们。我的意见是立即通知杨庄据点的内线，将小村出动的情况随时报告我们。"

陈雨生接着说:"还有我们的特务连，要加强对杨庄据点的侦察，及时掌握小村的行踪，我们好找机会干掉他。"

熊大林点点头:"我马上就派刘宏道带人和内线取得联系，并留在杨庄据点附近，多会有了小村的可靠行迹多会再回来。"

李子方表态道:"很好，一会我和老陈一起向刘宏道交代"

熊大林说:"不，我们三个一起向刘宏道交代，让他知道，这是团党委交给的任务，一定要想方设法完成。"

见李子方和陈雨生二人同意，熊大林接着说:"为了掩埋老杨和17位乡亲，我自作主张花了十几块大洋，还打了十几块大洋的借条，我向你们两位检讨。"

李子方道:"团长做得对，老乡为我们把命都丢了，我们再不舍得几块大洋，让乡亲们怎么看，还怎么让百姓支持我们相信我们。"

陈雨生也表态道:"团长这样做，更能赢得民心，就是李司令知道了，也会赞许的。"

熊大林听陈雨生说起李司令，马上涌出了一丝不悦的表情:"我还真怕李司令知道了，批我乱花抗日经费，也真怕李司令再令我为平西筹措经费，如果再搞30万块，我去哪找啊。"

听了熊大林的话，李子方笑道:"为平西筹措的30万块大洋和五万发子弹，使平西部队渡过了难关，连聂司令都夸你呢，你可不能把这事当作了一块心病。如果李司令问起这事，我去和他说。"

几天后，杨庄据点的内线传回情报:小村第二天带一个小队的鬼子到离杨庄据点十余里的胡家庄催粮催款。

熊大林赶快拿出地图找出了胡家庄，看了会对身旁的李子方和陈雨生说:"胡家庄地处平原地带，现在正是冬天，没有青纱帐的掩护，伏击点还真难选。"

陈雨生看了看地图说:"胡家庄前五里远,有一片沙岗,叫沙子营,紧挨着公路,如果把伏击点选在这,只要伪装得好,伏击很可能成功。"

李子方看了看说:"可以考虑,不过这个沙岗离杨庄鬼子的据点太近了,枪声一响鬼子就能听见,用不了一个小时就会支援上来,所以伏击点选择在这,只能是速战速决。"

"不入虎穴,焉得虎子",熊大林果断地定下了伏击方案:"离鬼子据点近,小村才会放松警惕,四连、警卫连和我晚上出发,明天早上打他伏击。"

李子方说:"鬼子一个小队五十多人,我们两个连的兵力是不是少了点。小村要是带更多的兵力呢,到时我们会吃亏的。"

熊大林摆摆手:"两个连够了,兵力多了这片沙岗藏不下。"

陈雨生说:"那就让我带这两个连去,团主力需要你来指挥。"

熊大林摆摆手:"你和政委都留下,我带刘大龙去就够了。"见李子方和陈雨生还要说什么,熊大林武断地说:"就这么定了,马二山,通知刘大龙和你哥到我这来。"

熊大林带着四连和警卫连连夜出发,于天亮前赶到了预伏阵地。只见沙岗约高出平地两三米,上边荆棘杂草丛生。熊大林暗叹是个隐身打伏击的好地方,赶紧分派任务,命令部队在天亮时构筑好工事做好伪装。

天亮了,初冬的晨光把大地上的冰霜照得一片洁白。爬在冰冷的地上,熊大林和战士们冻得上下牙不停在打架。熊大林小声地传达命令:"往下传,坚持住,没有命令谁也不准动。"

太阳升出老高了,没有见鬼子过来。熊大林派出两个侦察员,前往杨庄据点附近探望。

邻近中午,太阳把地上的冰霜晒花成了蒸气。伏击的战士仍被冻得瑟瑟发抖。派出的侦察员回来报告:没有发现小村的行踪。

熊大林思考了一下,命令道:"继续前出三里侦察,发现情况立即返回报告。"

侦察员出去了近一个小时,仍没有鬼子出动的报告。刘大龙有点沉不住气了,爬过来对熊大林说:"团长,是不是情报有误,快过晌午了,小村怎么还没出来?"

熊大林刚想让刘大龙沉住气,爬在身边的马二山捅了一下熊大林,焦急地指着身后说:"团长你看!"

熊大林回头去看,不由得大吃一惊,鬼子成战斗队形正向沙岗扑来,离伏击地点已不足 300 米。

　　原来狡猾的小村到胡家庄催粮催款，并没有走最近的路。他知道，上营村的暴行，一定会得到八路军的报复。早晨出发前，小村临时改变计划，留下伪军和一个小队的鬼子守据点，带着两个小队的鬼子出了据点一路向东走出十里，又折向西南赶到胡家庄。折腾到中午，小村命令用军马驮着催要的粮款，部队成战斗队形，从空旷的野地返回。

　　面对突变的情况，熊大林紧张地思索着：打，鬼子兵力增强了一倍，在地形不是十分有力的情况下，以二比一的兵力对付火力和战斗力都超过自己的鬼子实在冒险；不打，鬼子一会就能发现我们的伏击阵地，到时更脱不了身。抢先出手，尚有一线胜机。

　　刘大龙也惊出了一身冷汗：白天在平原上这么近的距离相遇，不打也得打，打反而会取得主动。见熊大林转头看自己，刘大龙知道团长是在征询自己的意见，于是将握着的拳头向地上砸了一下。

　　熊大林很快下了打的决心，小声命令，"掉转方向，准备，先把鬼子的机枪打掉!"

　　战士们赶紧揭开了手榴弹盖，机枪手悄悄地拉了枪栓。看鬼子距自己已不足五十米，熊大林举枪将前面一个刺刀挂着太阳旗的鬼子打倒，大喊道："打!"

　　顿时，十几挺机枪"嗒嗒"地喷出了猛烈的火舌。手握步枪的战士立即向鬼子投出了密集的手榴弹。

　　鬼子虽然对八路的伏击有所防备，但在如此近的距离遭到突然猛烈的火力袭击，还是乱了阵脚，未打出一枪就倒下了将近一半，鬼子的六挺机枪很快被打掉四挺。

　　小村战术素养极高，单兵素质甚至超过其哥哥伊村。在熊大林发出"开火"的第一枪，本能地一个鲤鱼翻身，躲到了邻近的土坎下，随手抽出了指挥刀。

　　未被打倒的鬼子也表现了极高的战术素质，在短暂的慌乱之后，没死的鬼子很快就近找好隐蔽位置，有的干脆趴在地上，掏出手雷向八路军的隐蔽位置扔来。

　　八路军的伏击阵地顿时腾起了沙土，占据了前方独立坟包的一挺机枪，"嗒嗒"地向伏击阵地扫射着。鬼子的三八大盖也"叭勾、叭勾"响了起来。伏击的战士开始有人倒下。

　　熊大林使劲揉了下被沙土迷着的眼睛，看到鬼子在突然打击下，瞬间慌乱后马上组织了有效的反击，急得抢过马二山的一棵手榴弹，拉着火后向坟头扔去，将鬼子的机枪炸翻。

　　熊大林正准备继续射击，鬼子的另一挺机枪打来，将熊大林工事前的沙土扫起了一股沙雾。熊大林赶紧隐身，右肩的棉衣还是让鬼子的机枪撕开了一道口，露出了棉絮。

熊大林的头上已沁出了细细的热汗。他知道，和鬼子相持下去，不仅消灭不了眼前的鬼子，还会被鬼子粘住，如果增援的鬼子上来，自己一定会吃亏。熊大林一把摔到了棉帽，抽出背后的红缨大刀，大叫道："弟兄们，鬼子就在前面，你们是要命还是要报仇，是要脑袋还是要机枪？"

"要报仇、要机枪"战士们边打边喊着。

"机枪掩护，吹冲锋号，跟我冲！"喊完抢先跃出了工事。马二山拎着手枪和熊大林一起冲了出去，他要保护团长，要把对团长构成威胁的鬼子抢先击倒。

冲锋号激昂地响了起来，战士们端着上了刺刀的三八步枪，跟着团长冲向了鬼子。

刘大龙捡起一名牺牲战士的步枪，对着挥着指挥刀、佩戴着大尉军衔的小村冲了过去。他要亲自宰了小村，并割下小村的头，祭奠牺牲的老杨兄弟。

见八路军冲来，鬼子立即三人自动结成一组，背靠背地和冲过来的八路军对刺。

司号员腿部中弹，冲锋号戛然停止。熊大林举枪打倒了一名鬼子，挥刀将冲过来的另一个鬼子砍倒，转过头大喊："快吹冲锋号！"

听到团长的命令，司号员挺身坐在地上，再次吹响了令鬼子胆寒的冲锋号。

马二山提枪冲到了熊大林前面，用手枪将冲向自己的一个鬼子打倒。

战士们利用人多的优势，也自动三人一组，围住一个鬼子对刺，刺不倒瞄准机会，开枪将鬼子打倒，再冲上前，补刀结束鬼子的性命。

熊大林的前后左右围起了七八战士，他们生怕团长有半点闪失。

熊大林气得大叫，"混蛋，老子死不了。"挥刀杀向一个冲来的鬼子。

马二山跟着团长往前冲。一个鬼子从背后刺向熊大林，马二山一个箭步挡在熊大林身后举枪就射，但枪没有打响，枪内 20 发子弹也被马二山打空。没容马二山再做反应，鬼子一个突刺，刺穿了马二山的胸膛。马二山大叫一声"团长"，倒在了地上。

熊大林回头见马二山被鬼子刺倒，失声叫道："二山"，挥刀杀来，却见马爱山挺着刺刀大叫着冲来。

马爱山已刺倒了一个鬼子，见弟弟被鬼子刺倒，立刻红了双眼。熊大林欲挥刀助阵，却听马爱山大叫："团长躲开，我要亲手杀了这个狗日的。"

熊大林怕再有鬼子偷袭，挥刀护在马爱山左右。马爱山挺枪一个突刺，被鬼子一个狠劲拨打，将枪打脱。马爱山没容鬼子收枪，向右一个转身，蹿到鬼子身后，死劲地勒住鬼子的脖子，将鬼子摔倒在地，然后伸出右手，将两根手指戳进鬼子的眼睛，手掌用力将鬼子的头向左推，嘴向鬼子咽喉狠狠咬去。

被咬断了喉咙的鬼子失去了反抗能力。马爱山捡起鬼子的步枪，对着鬼子狠狠地扎了两刀，又像恶狼一样，端枪冲向活着的鬼子。

刘大龙冲到小村跟前，一个老鬼子端枪挡住了去路。刘大龙举枪便刺，被老鬼子磕开。刘大龙的左手虎口被震得发麻，心想：好小子，技术不错。刘大龙后退一步，双眼紧盯着鬼子，向左闪了一下，对着鬼子的下腹一个虚刺，在鬼子挥枪挡击的瞬间，刀口向右上一转，躲开了鬼子的磕打，紧接着左腿跨步，一个漂亮的突刺将老鬼子刺倒在地。在拔枪的瞬间，觉得身后似一阵风吹来，刘大龙知道小村刀锋已到，低头向左一闪，拔枪向后狠狠一杵，枪托重重地砸向小村的前胸，将小村仰面砸出两米多远。刘大龙一个急转身，挺刀将小村牢牢地钉在地上。这一连串的动作，只在一秒内完成，看得熊大林目瞪口呆，不由得暗叹：真不愧抗大的拼刺冠军，嘴里喊道："好样的！"

鬼子拼刺技术虽然强悍精湛，但退弹拼杀的机械战术却使自己吃了大亏。只五六分钟的功夫，五六十个鬼子全部躺在了地上。三十多个八路军战士也被鬼子刺中牺牲。

熊大林抹了一把溅到脸上的鬼子血，大声命令，"赶快打扫战场，一个活鬼子不留！"

战士们忠实地执行了团长命令，没有断气的鬼子全部被补刀杀死。一会，刘大龙报告，"团长，共消灭鬼子109名，缴获步枪84枝，歪把子六挺，王八盒子13支，掷弹筒三具。特别是掷弹筒，小鬼子都没有发出一弹。"

熊大林点头道："好、好，我们的伤亡呢？"

"牺牲48名，伤16名。"刘大龙如实报告。

"伤亡大了些，但我们胜利了。"熊大林接着命令，"将小村和17个鬼子的人头割下，我要用18个鬼子的人头，祭奠老杨和17位死难的乡亲！"

刘大龙迟疑地问："团长，这合适吗？"

熊大林怒目圆睁，吼道："什么不合适？小鬼子怎么对待我们，又是怎么对待乡亲的，执行命令！"

刘大龙马上回答："是，割下小村和17个鬼子的人头，用它祭奠老杨排长和17个死难的乡亲。"

待收拾好战利品，割下鬼子的18颗人头，熊大林命令，"把牺牲的同志都带走，把他们和老杨排长葬在一起。"

刘大龙听了，再次迟疑着未动："团长，上营村离这还有七八里呢，这么多牺牲的同志怎么带？"

"怎么带？背也要把牺牲的同志背到上营村，一会鬼子的援兵就会过来，我不想让鬼子糟蹋牺牲同志的尸体。"

"是，背也要把牺牲同志的尸体背到上营村。"刘大龙再次重复了一遍团长的命令，转身背起了一名牺牲同志的遗体。

熊大林抱起了马二山，嘴里嘟囔着，"兄弟，咱们走。"却见马爱山流着泪，"团长，给我。"不容熊大林回话，将马二山的遗体背在背上。

马爱山要送自己弟弟最后一程。"兄弟，你够本了，哥哥为你报仇了！"马爱山自语着，泪水合着汗水，洒在了脚下的土地。

一个小时后，部队抬着伤员，背着缴获的战利品和战友的遗体来到了上营村老杨排长和 17 位乡亲的坟地。

熊大林布置好警戒，命令刘大龙，"快把乡亲们喊来，我要履行我的诺言，当前乡亲们的面，用 18 颗鬼子的人头，祭奠老杨和 17 位乡亲。"

乡亲们听到八路军打了胜仗击毙了小村，很快来到村口。

熊大林看乡亲们来得差不多了，高声喊道："乡亲们，我说过，我要用小村和 17 个鬼子的人头祭奠我们的老杨排长和 17 位死难的乡亲。今天，我带着我的弟兄，杀了一百多个鬼子，割下了 18 个鬼子的头来履行我的诺言。当然，你们看到了，我们也战死了 48 位兄弟，我要把 48 位弟兄和老杨排长、和 17 位乡亲埋在一起。我乞求乡亲们，家里有棺木的，献出棺木，没有棺木的，献出盛衣盛粮的木柜，将我们的弟兄埋了，我代表牺牲的弟兄谢谢乡亲们了。"说完跪下，对着乡亲们磕了三个头。

见团长为乡亲们跪下了，100 多个战士全部向乡亲们跪了下来。一位年老的长者赶忙上前，扶起熊大林"熊团长，使不得、使不得，八路是我们自己的子弟，他们命都丢了，我们为他们出个棺木应该的、应该的。"

乡亲们围上前，扶起了跪着的战士。

"我捐一口棺材"、"我捐一只木柜"。乡亲们七嘴八舌地喊着。熊大林再次向乡亲们深深鞠了一躬，"我谢谢乡亲们，谢谢乡亲们了。我希望乡亲们回家拿些镐、锹，和我们一起，把这些牺牲的弟兄埋了吧。"

"走、走，回家抬棺木、抬柜子。"乡亲们说着，陆续回家。

一会的工夫，拿着铁镐、铁锹，抬着棺材、木柜的乡亲又来到了村口。熊大林对刘大龙吩咐，"棺材木柜写下借条，由抗日政府作价偿还。"

乡亲们开始和战士们一起，挖坑、装敛牺牲的战士。熊大林叫来马爱山，"把小村的头摆在老杨的坟前，其余的鬼子头一个乡亲坟前一个，准备祭奠。"

马爱山将鬼子人头在坟前摆好，又来到弟弟马二山的墓穴旁，接过一位乡亲手中的铁锹，向墓中添土，边添边喃喃地说，"兄弟，哥送你了、哥送你了。"

冬天天黑得早，待战士们和乡亲一起将牺牲的战士掩埋好，天已黄昏。熊大林对战士们发出口令："列队，祭奠开始！"

熊大林站在队前，大声咏着悼词："牺牲的弟兄们，为保护八路牺牲的乡亲们，你们是中华民族的英雄，你们把自己的血，洒给了冀东的土地，我和三团的弟兄，忘不了你们，冀东的百姓也会记得你们。我和弟兄们宣誓：不驱除日寇，枉做男儿。为保卫冀东、保卫华北，保卫生我养我的父老乡亲，我们愿和你们一样，为抗战流尽最后一滴血！"

空旷的原野，回荡着战士们的誓言。熊大林再次发令："向我们死难的弟兄和17位乡亲三鞠躬！"

战士们在熊大林的口令下，庄严地连鞠三躬。

战士们的誓言也感动了乡亲。鞠躬完毕，乡亲们围了上来，拉着战士们的手问这问那。那位年老的长者握着熊大林的手说："熊团长，你们这样对待死去的兄弟、死去的乡亲，他们死得值了。我们捐的棺材、木柜你们都打了欠条，真是仁义的八路。我相信，如果有来生，那些死去的八路还会跟着你打鬼子；那些死去的乡亲还会舍命支持你们。"

熊大林握着老者的手说："大爷，我们八路都是百姓子弟，八路军是鱼，您和乡亲们是水，您说鱼哪能离开水呢。八路军打鬼子离不开百姓的支持，但也不能侵占百姓的利益。您和乡亲们把欠条收好，抗日政府会作价偿还的，请您相信我们。"

"相信、相信"老者握着熊大林的手激动地说，"天都黑了，到家吃了饭再走吧。"

"不麻烦乡亲们了。"熊大林又使劲握了握老者的手，"我们还要赶路，谢谢乡亲们，谢谢乡亲们了。"

战士们也挥手和乡亲们告别。乡亲们挥着手，目送着熊大林和战友们消失在夜幕中。

待第二天早晨熊大林带着缴获的战利品回到马家峪，李子方和陈雨生早已焦急地等在村口。见战士们扛着众多的战利品，李子方和陈雨生知道伏击成功打了胜仗。

李子方上前给了熊大林一拳，骂道："你个狗东西，现在才回来，也不派人给我们送个信，担心死我们了。"

陈雨生道："是啊，我和政委都一夜没睡，生怕有什么意外。"

熊大林得意地吹起了牛，"有什么意外？我老熊出过意外吗？"说完脸一沉，略带悲痛地说，"不过还是出了意外，让老陈说着了，小村不是带的一个小队，而是两个。小村也没走我们事先设定的伏击路线，而是从我们背后过来的。所以这次伏击，我们全歼了日军两个小队。"

"全歼了日军两个小队？"李子方和陈雨生都有点惊讶，但见战士们缴获的武器，知道熊大林没有开玩笑。但看了看回来的队伍，李子方问道："弟兄们伤亡大吧？"

熊大林沉痛地说，"我们牺牲了48个弟兄，马二山也牺牲了。"

"马二山牺牲了？他才18岁啊。"李子方惋惜道。

"是啊，他才18岁，为保护我被鬼子刺中了胸膛。"说起马二山，熊大林流出了泪，"下午我要亲自到杨妈妈家，向杨妈妈致歉。"

李子方说，"咱们三个一起去。"

"对，咱们三个一起去。"陈雨生附和道。

熊大林左右看了看，没有发现柯二美，问道："二美呢？怎么没见她来？"

李子方说，"到了半夜还没见你回来，我们的二美头快急死了，一大早就带人探听情况去了。"

"咳，这个二美，怎么一点沉不住气。"熊大林叹道。

李子方道："别说二美，我和老陈都沉不住气了，说说为什么现在才回来？你不会又惹了什么事吧？"

"能惹什么事，我用小村和17个鬼子的人头，祭奠了老杨和17位乡亲。"熊大林略显得意地回答。

"什么？你把小村和17个鬼子的人头割下了？"李子方说，"老熊，你还真惹事了。"

"惹什么事？小村割老杨的人头示众，我割小村的人头祭奠，这叫一报还一报，你不会担心李司令又批我吧？"

"李司令批你是免不了的，我们毕竟是正义的军队，不是鬼子，不是法西斯。但我更担心的，是伊村更疯狂的报复。"李子方答道。

"不割鬼子的头伊村就不报复了吗？小鬼子对我们、对乡亲们什么时候手软过？我的同志哥，不要有那么多书呆子气，这是战争！战争需要人心，更需要士气。我只有割了小村和鬼子的人头祭奠死难的乡亲，才能让百姓相信，我们八路军敢打必胜，不会让乡亲们白死，这样百姓才会不惧死地支持我们，小鬼子也才会心有余悸，不敢太放肆！"熊大林辩解道。

李子方无奈地摇了摇头，"你呀，总有自己的一套理论。你说的也有一定的道理。刘政委过去给咱们上党课的时候，不是讲过一个'度'的概念吗，说任何事物都有一个临界点，也就是'度'，超过了这个临界点，事物就会起相反的变化。你割下小村的头就可以了，又割了17个鬼子，这就有些过了，小鬼子是禽兽，我们八路军不能和他们一样啊。"

听了李子方的话，熊大林也觉得自己做得有点过了，于是不再吱声。陈雨生马上圆场道："团长这么做，也确实会起到振奋军心民心和威慑鬼子的作用。但政委说了，做得过了、做得过了，团长以后要下不为例、下不为例。"

见熊大林接受了自己的批评，李子方不再说什么，三人一起回到了团部。

下午，柯二美赶了回来，她已知道丈夫伏击鬼子成功打了胜仗。一进门，柯二美就轻轻地给了熊大林一巴掌，"你个没良心的，打完仗也不快点回来。"说完没容熊大林说什么，一下扑在熊大林的怀里。

熊大林"嘿嘿"地笑了笑，赶忙把柯二美推开，"别、别，大白天的，让战士们看到不好。"

"有什么不好的，我是你老婆，就是李司令在我也不怕。"柯二美撒娇地说。

"我的姑奶奶，你就不要再提李司令了，和你结婚都没经他批准，我还真怕他大会小会批我目无组织、先斩后奏。"见柯二美还要说什么，熊大林马上说，"马二山牺牲了，我要和政委、参谋长一起，去见杨妈妈。晚上啊、晚上。"说完跑了出去。

柯二美听到马二山牺牲了，愣了一下，对着跑出门的熊大林喊，"你个没良心的，晚上不准上姑奶奶的炕。"

熊大林和李子方、陈雨生带着马爱山，一起进了杨妈妈家。

马爱山进门没说一句话，抱着妈妈就哭起来。杨妈妈感觉发生了什么，但仍用平和的口气问："爱山，你总是说，男儿流血不流泪，今天你这是怎么了？"

熊大林和李子方、陈雨生低着头。马爱山哽咽着说，"妈，二山牺牲了。"

杨妈妈见爱山和团领导一起来，又没见二山，已预感到二山出了什么事，听了爱山的话，仍很吃惊地问："儿啊，你可不能骗妈妈。"

马爱山只是伏在妈妈的肩上哭着。熊大林上前轻声说："杨妈妈，爱山没有骗您。二山在昨天的战斗中，为掩护我牺牲了，可他打死了两个鬼子，爱山也亲手杀死了杀害二山的鬼子，为他兄弟报了仇。您的两个儿子都是好样的！"

听了熊大林的话，杨妈妈抹了一把流出的眼泪，"熊团长，你不要安慰我了，二山知道保护你，能杀死两个鬼子，就不枉做我的儿子。"说完强忍悲痛笑了笑。

熊大林动情地说，"杨妈妈，二山是为保护我牺牲的。二山是我的兄弟，您也是我的妈妈。您要不嫌弃，就让我也做您的儿子吧。"

杨妈妈又勉强笑了笑，"能有你这样一个儿子感情好，那真是光宗耀祖的事了，可我一个老婆子哪有打鬼子重要，你熊团长可不能为我一个老婆子把打鬼子的事耽误了。再说，我不是还有爱山和小山吗"

不等熊大林再说什么，杨妈妈接着说"二山走了，现在我把小山也交给你。"

熊大林扶着杨妈妈的肩，感动地说，"杨妈妈，小山还小，您身边不能不留一个孩子啊。"

杨妈妈擦了擦眼泪，"我一个老婆子会照顾自己，孩子交给你会有出息，我放心。"

李子方走上前，"杨妈妈，二山才16岁，您身边确实需要留一个孩子啊。"

陈雨生也走上前。"杨妈妈，您为抗日已经献出了丈夫和一个儿子，您不让再让小山当八路了。"

杨妈妈执拗地说，"你们是看不上我老婆子、看不上我们小山吗？如果这样，你们就不要叫我杨妈妈了。"

马爱山接着妈妈的话说，"团长、政委，就听我妈妈的话，让小山也当八路吧。"

熊大林和李子方、陈雨生对视了一下，无奈地点了点头。

杨妈妈叫过小山，"儿啊，学着你大哥、二哥，跟着熊团长他们打鬼子。"

马小山顺从地点了点头。杨妈妈对着熊大林说："熊团长，你们打鬼子事重，不用安慰了，我挺得住。你们把小山领走，让爱山留下陪陪我就行了。"

熊大林和李子方、陈雨生分别上前抱了抱杨妈妈的肩，领着小山离开了杨妈妈家。

熊大林一行走后，杨妈妈又仔细问了问二山牺牲的经过，然后问，"二山埋在哪了，我想去看看他。"

马爱山说，"二山和牺牲的同志，都埋在上营村村北了，熊团长给他置办了棺木，就让他和弟兄们在一起吧。"

杨妈妈听了，点了点头，"儿啊，回队伍重要，快走吧，过几天我到你弟弟坟上看一看，给他烧点纸，让他和弟兄们在阴间也有个钱花，走吧。"

马爱山跪在地上向妈妈磕了三个头，流着泪离开了妈妈。

第二十四章

　　熊大林将新参军的马小山放在了四连，特意交代刘大龙，要在尽可能短的时间内，将马小山培养成一名优秀的战士。熊大林这样做，不仅是想让刘大龙将自己的一身技艺教给马小山，让四连的作风影响传承他，更因为他对杨妈妈一家有一种特殊的感情。

　　经过刘大龙严格的训练帮带，聪明的马小山进步飞快，仅一个多月，射击、拼刺、投弹三大技术就达到了参军一两年的老战士水平。看到马小山的进步，熊大林笑了，笑得就像当初看到弟弟单二贵的进步。

　　熊大林有了新的想法。他知道，四连是拳头、是主力，流血牺牲的概率最大。马小山才十六岁，他不想让马小山过早地牺牲，于是找到李子方："老李，我想把小山调到团部当通信员，你的意见呢？"

　　李子方马上明白了熊大林的意图，笑了笑："说说你的理由。"

　　熊大林毫不隐晦："杨妈妈已经失去了一个儿子，爱山又在一线连队，小山才十六岁，我不想让他过早地消耗掉。"

　　李子方听了，很为熊大林的人情味感动，马上道："同意，小山年龄、经验还不适合作战连队，让他当团部通信员，正好发挥他机灵、路熟的特点。"

　　熊大林听了，用手指了指李子方："你呀，真不愧是个政治委员，找的理由都这么中听。"

　　李子方笑了笑："你的理由更直白，更能使人动情，咱们的目的是一样的。"

　　熊大林叹道："我怎么就改不了直来直去的毛病呢？"

　　李子方道："直来直去不是毛病，是特点。上级也要求我们的干部有话讲在面上，这样的人也好处。但现实生活中，性子太直，往往会让人抓住把柄，有时也会给自己招来麻烦。"

熊大林道："我就有些不明白了，上级总要求我们讲老实话，做老实事，可说实话做实事，为什么就行不通呢？"

李子方道："这些一两句话说不清，可能与我们国家几千年的传统和一贯的君主制一言堂有关吧。我们的古人说'直如弦，死道边；曲如勾，做诸侯。'你已经当了几年团长了，对下边直来直去可以，但对上边，你真得学得委婉一些，就像打仗，正面攻不上去，可以从侧面，还可以迂回吗，这样才能打胜，达到你的目的。"

熊大林听了摸了摸头道："类似的话刘政委也和我讲过，我怎么就学不会呢？"

李子方笑了笑道："这是经历和性格决定的，可不是一两天就能学会和改过来的。"

熊大林接着道："二山牺牲了，我想把郭大海调回来，别让他当那个排长了，继续给我当警卫员。"

李子方道："这个我没意见，不过要做好郭大海的工作。"

正说着，作战参谋黄国春拿着军分区电报进来，交给了熊大林。

电报写道："军分区决定召开整顿党的作风和反日寇'集家并村'出击热河南部建立游击根据地会议，令熊大林和李子方两日内到五指山大峪村军分区司令部报到。"

熊大林看了看，将电报递给李子方："李司令不会有什么大的动作吧？"

李子方看了看电报道："小鬼子在热南一带搞集家并村，已有两二三年时间了。上次我们出击热南，佐佐木搞了毛家峪惨案，我们提前结束了行动，没有完全达到预期目的，我想李司令是不是要部署这项工作？"

熊大林道："如果是布置这项工作还好，这次会议还有一项工作，就是整顿党的作风，我真怕李司令借机批我。"

李子方听了，脸上现出了一丝说不清的表情："据我与司令员的多年相处，我觉得，李司令虽然有时'左'一些，但是个很重感情，党性很强的人。俗话说，没有亏心事，不怕鬼叫门，你有亏心事吗？"

熊大林道："我有什么亏心事，不就是割了几个鬼子的人头，没经批准与二美结婚，还有过去大战'红五月'那点事吗？"

李子方听了一本正经道："没有你怕什么？你刚才说的那点事也算不上什么亏心事。不过话又说回来，那些事也是违反咱八路军纪律的，如果司令员批你，你老实听着，别动不动发你那二杆子脾气。"

熊大林道："只要不是无中生有，不给我扣帽子，司令员批我什么，我一定虚心听着。"

李子方点点头道："这就好。如果有什么不满和我说，我和司令员沟通，千万不要针尖对麦芒，搞僵了对谁都不好。"

和陈雨生、王化二人交代完团里的工作，第二天一早，熊大林和李子方带着警卫员于大海和李长利，骑马奔向五指山军分区司令部。

熊大林和李子方到达大峪村，已是中午。向司令员报到后，李云长只是象征性点点头道："下午开会。"

见李云长的冷淡样，熊大林有一种不祥之兆："司令员不会真的要批我吧?"

吃完了午饭熊大林得知，参加会议的有军分区机关和三个团的主官，负责会议保卫的是军分区警卫营两个警卫连，共约三百余人。

下午，几十名与会人员坐在了村中的祠堂里。为了御寒，李云长特地借了村民的两个炭盆，火炭呼呼地烧着。李云长坐在主席台上，掏出笔记本，开始了会议。

李云长道："这次会议有两个主题，一是讨论怎样执行根据中央和晋察冀军区的指示，继续开辟热河南部游击根据地，粉碎鬼子在热南和长城沿线搞集家并村，制造无人区问题。三年前我们军分区的两个主力团曾出击热南，解救了部分被'集家'的百姓。中央和军区要求我们再次北进，寻机开辟热南游击区，为将来反攻东北做好准备。大家看看怎么执行中央和军区的决定，有什么办法和好的意见。"

等了一会，见大家没人吱声，李云长接着道："今天下午集中讨论这个问题，我希望大家知无不言，有什么想法和意见，像竹桶倒豆子，统统讲出来。"

见大家还是无人吱声，熊大林有点沉不住气了，首先举手要求发言。熊大林道："中央和军区要求我们继续开辟热南根据地，我拥护。但我觉得现在主力出击不是时候。你想啊，现在已进入了腊月，天寒地冻的，热南比我们这还冷，这个时候出击，部队冻伤、减员是免不了的。现在热南的形势比三年前更恶劣，鬼子已完成了集家并村，方圆几十里的百姓都被集中在一两个'人圈'里，口粮实行配给制，饿死的百姓不计其数。主力出击热南，给养补充只能靠攻打鬼子的据点。通过我们上次出击热南，鬼子加强了防御，在伪满洲国边境驻有关东军一〇八师团、热河讨伐队和伪满洲军等部队不下三万人，如果现在主力出击热南，鬼子围剿反击，百里冰封，连个隐身的青纱帐都没有，我真怕重演第二个'红五月'。"

坐在主席台上的李云长听熊大林提到了两年多前冀东东南部平原的"红五月"，马上显出了不悦的表情："红五月我们也没有失败，虽然我们受了些损失，但我们消灭了绝不比我们损失少的鬼子，特别是锻炼了部队，在冀东东南部平原撒下了抗日的火种。熊大林，你是怕了，不敢出击热南了？"

熊大林听了立即有一种被污辱的感觉，但想起临来时李子方的话，压了压火气道："司令员，我打仗什么时候怕过，大不了舍了我这一百多斤，我只是说，现在主力出击不是时候。"

"那你的意见呢？"见熊大林没有和自己顶牛的意思，李云长平和地问。

熊大林稍想了一下道："中央和军区要求我们寻机开辟热南根据地，并不是命令我们马上出击。我的意见是先派出少量部队做侦察性行动，待摸清情况取得经验后，明年夏季再集中主力出击。"

李云长听了没做任何表示。二团团长曾林站了起来道："我支持熊团长的意见，这个时候主力出击给养补充确实困难，就是御寒的大衣都无法解决。如果先派出少量部队，御寒装备和给养都不成问题，待明年青纱帐起来后，主力再行出击，确实要比现在出击好得多。"

一团赵团长站起来说："我支持熊团长和曾团长的意见。我们一团活动区域位于冀东的北部，离热河最近，我们一团愿意承担先行出击的任务。"

在李云长的要求下，三个团的政委也先后发言，但意见和三位团长基本相同。

听了三个团主官的意见，李云长自语道："派小部队先行出击，起不到震撼敌人、完不成开辟根据地的任务啊。"说完又对军分区机关的人员问："你们的意见呢？"

听了司令员的话，江新河站了起来："我不同意熊大林和其他几位团长的意见。中央和军区要求我们出击热南，执行开辟热南根据地的任务，这是命令，作为共产党员，我们必须无条件地执行上级的决定。我们共产党人闹革命，什么时候没遇到过困难，什么时候怕过困难？如果因为有困难就不执行或拖延执行上级的命令，就是畏战、怕死！我的意见是主力立即出击热南，解救'人圈'中的贫苦百姓。大战'红五月'，那么严峻的形势我们都取得了胜利，我相信这次在李司令的领导下，也一定能够完成中央和军区交给我们的任务！"

听了江新河的斥责和口号式发言，熊大林本能地站了起来："江部长，你说谁畏战、怕死？老子打的仗、遇的险比你多，老子怕过死吗？你别站着说话不腰疼！"

熊大林怒气未消，本想再说什么，李子方见熊大林又发起了二杆子脾气，赶忙把熊大林按在了座位上，小声道："你要允许让人家说话吗。"

一团和二团的赵团长、曾团长先后站起来，发表了对江新河的不满："现在是讨论，征求意见，怎么动不动就扣帽子，你说清楚，是谁畏战、怕死？"

李云长见江新河的话引起了几位团长的不满，于是向下压压手，示意安静："现在是讨论发言，允许大家发表不同的意见。江部长的发言也有他的特点，就是执行上级的命令坚决、不讲价钱、不畏困难。他不是特指哪个人，请大家不要往自己身上揽。"

听了司令员的话，熊大林更是一肚子火："江新河不讲价钱不畏困难，我们就讲价钱怕困难了？"但听了李云长不要往自己身上揽的话，摇了摇头，没有再讲。

李云长再次要求大家发言，但几个团的主官不再说话。军分区其他几位部长、科长由于不直接掌握、指挥部队，只做了"服从命令、听从指挥"之类表态性发言。

见大家不再发表意见，李云长道："大家的发言很好，就出击热南的问题，晚上各位再进行认真的思考，明天上午接着讨论，然后军分区根据大家的意见做出决定报军区批准。"

第二天上午的会议，三个团的主官仍坚持昨天的意见，军分区机关的部长、科长只有江新河态度明确，要求主力立即出击热南。李云长不得不宣布暂时体会，和军分区的几位领导讨论决定最后的意见。

下午的会议开始了，仍然是最高首长李云长首先讲话。他拿出一张纸，宣布道："为执行中央和军区寻机开辟热河南部根据的指示，经广泛征求意见，军分区决定，由临近热南的一团先行出击，执行开辟热南游击根据地任务，待取得经验后，二团、三团视机执行上述任务。"

李云长宣布完决定，台下引起一阵议论。李云长敲了敲桌子，示意大家安静："刚才宣布的只是军分区的意见，上报军区批准后，立即执行。"

李云长接着打开笔记本，宣布道："下边举行会议的第二个议题，就是整顿党的作风。延安整风运动已开始一年多了，中央要求我们各级党组织自上而下，逐级开展这项工作。整顿党的作风首先要整顿党的纪律，清除各种无组织、无纪律行为和自由主义、无政府思想。我们冀东军分区处在抗战的第一线，虽然严格执行了中央和军区的各项指示、命令，使我们冀东根据地从无到有，从小到大，但并非一方净土，各种无组织、无纪律行为在某些单位、某些人身上也较多地存在，甚至很严重。比如不严格执行命令或执行命令讨价还价；只注重本单位利益、忽视整体利益；违反党和我军的政策，杀俘虏、割鬼子的人头。特别是有的单位发生过抢劫民财、强奸民女、与土匪拜把结盟、甚至要集体哗变的严重事情。这些违反党的纪律、败坏党的作风的严重问题，如果不认真解决，加以彻底的清除，必将严重影响我冀东抗日根据地和武装力量的发展。党中央明察秋毫，在此时机开展整顿党的作风是多么及时重要，这项运动的开展，心将极大地促进我冀东抗日根据地的建设，推动我党我军对日作战取得更大的胜利。"

熊大林听到这，心里立即腾起极大的不安："这不明摆着要批我吗？你李司令说的问题我有，但有你说的那么严重吗？"想起李子方不要与司令员直接冲突的嘱咐，熊大林耐着性子听着。

李云长接着道："刚才我讲的违反党的纪律、损害党的作风的各种表现，与会的每一位同志，必须端正态度，对号入座，看看自己具体存在哪些。必须深挖根源，人人过关。具体的方式是批评与自我批评。下面请同志们表个态吧。"

李云长说完用眼光扫着台下，见无人举手，于是道："熊团长，你先表个态吧？"

听到司令员点到自己，熊大林更证实了自己的不安。熊大林不得不站起来："司令员，整顿党的作风我坚决掩护，可我是三团团长，按顺序也不该我先说啊。"

李云长不悦道："我说的那些问题你不存在吗？你不是经常讲，不能揣着明白装糊涂吗？"

熊大林明白了：自己要挨整了。熊大林正欲说什么，突然远处传来报警的枪声。李云长一听，马上命令负责会议保卫的江新河查明情况，中止会议。

一会江新河带过一位地方同志，将一封插着三根鸡毛的信件交给李云长："司令员，这是我内线送来的紧急情报。据警卫连报告，前方山口发现大队鬼子伪军。"

李云长顾不得与送鸡毛信的地方同志寒暄，拆开鸡毛信，信中写道："据可靠情报，鬼子已装备电台测向仪，并利用电台测向仪侦知了我军分区所在位置，关东军一〇八师团一个联队和热河讨伐队共七千余人，正向五指山奔袭。"

李云长看过，顾不得犹豫，马上命令："立即转移。"

部队紧急集合，在两个警卫连的护卫下，军分区机关和参加会议的三个团主官开始向北侧山口转移。

枪响的一刻，熊大林已将自己的二十响打开了机头。随着转移的队伍，熊大林对李子方自嘲道："看来小鬼子也不全是可恶，这不，把老子救了。"

李子方听了，没好气地道："都什么时候了，还有心思说这个。你还是想想，怎么过了这一关吧。"说完对郭大海道："好好保护团长，千万不要出什么差错。"

此时的熊大林根本没有考虑自己怎么过关的心思，因为他一直觉得，自己从没有昧着良心，做过对不起党、对不起组织的问题，只不过是说了实话、办了实事。于是转向郭大海问："小郭啊，你参军也有五六年了，刚当了几个月排长又把你调来当警卫员，你觉得冤不冤？"

郭大海道："不当排长我不还是排长待遇吗。再说了，只要和你在一起，给我个连长我都可以不干。"

熊大林听了，拍拍郭大海的肩："真心话？"

郭大海道："天地良心。"

这时队伍中传来一声怒吼："安静！"

熊大林一看是司令员在怒斥自己，低下头不再说话。

队伍走了一个多小时，来到了北部山口。前方又传来枪声，李云长拿起望远镜观看，却见鬼子早已把山口封住，前卫尖兵已与鬼子交火。

李云长命令部队停止前进，沿山脊向西部转移，走不多远，发现西部山口要点，也已被鬼子占领。

迫不得已，李云长命令部队回转，天快黑的时候，又回到了大峪子村。

这时，天下了鹅毛大雪，气温降到了零下十几度。

李云长知道，自己已被鬼子四面包围。明天天一亮，鬼子就会从四面压缩进攻，如果夜间不能突围，两个连的兵力，无论如何也抵不住日伪军七千余人的进攻，结果只有全军覆没。

可怎么突围呢？外面没有接应部队，能突出去吗？由于五指山附近是三团活动区域，李云长立即找来熊大林商议。

熊大林道："向南四十多里，我团三营正在大象山一带活动。"熊大林用手指着地图说："在这，我的意见是派人去大象山找到三营，令三营在拂晓前在山口南侧接应我们突围。"

李云长听了点点头："营里没有电台，只能派人送信了。"说到这，李云长快速写了个手令。

按李云长的要求，熊大林在手令上也签上了自己的名字。"让我的警卫员郭大海送去吧"熊大林要求道。

"不行，郭大海人生地不熟的，根本出不去。"李云长想了想，叫来了村里的地下交通员朱大坤。

朱大坤是李云长在冀东组织暴动时发展的党员和地下交通员，对朱大坤和他的媳妇李云长非常熟悉。

天完全黑了下来。朱大坤将司令员的手令塞进棉衣缝，和李云长握了握手，向南消失在夜色中。

朱大坤走出时间不长，前方传来几声枪声。李云长更是增加了几分不安，他命令江新河向村民打听是否有能突围的其他道路，哪怕山崖小路。

朱大坤向南顺着山脊走出不远就遇到了鬼子。鬼子见有人出来，马上围了上来。朱大坤抬腿就跑，他想利用熟悉的地形甩开鬼子，把情报送出去。

鬼子见无法追上，开枪射击。朱大抻一个趔趄栽倒在山坡上。

朱大坤摸了摸自己被打断的腿，知道无法完成送信任务了，于是从棉衣缝里摸出司令员的手令，就着飞雪，塞进了自己的嘴里。

鬼子冲上来，抓住了朱大坤。

朱大坤说自己是附近的村民，鬼子不相信，将朱大坤绑在山口的一棵树上，树下燃走一堆篝火，令伪军对着沟内开始了喊叫："里边的八路听着，你们派出送信的人已被我们抓住了，想逃是逃不出去的，赶快向皇军投降吧！"

李云长吃了一惊，他不仅担心朱大坤的安全，突围没了外围部队接应，更担心朱大坤带的手令落在鬼子手里，鬼子冒充我交通员送信使三营遭受损失。

被绑在树上的朱大坤早已忘了自己的生死，他怕李司令担心，干脆对着沟里喊道："别听小鬼子瞎嚷嚷，情报已被我吃进肚里了，小鬼子什么也没得到。"

李云长听了多少放了些心，但他知道鬼子不会放过朱大坤，于是命令警卫连冲锋，把朱大坤抢回来。

警卫连刚一运动，鬼子就开始了密集射击。李云长知道，抢回朱大坤已不可能，于是命令取消行动。

鬼子听说朱大坤将情报吞进了肚里，一刀将朱大坤刺死，剥开了朱大坤的肚子，想找到朱大坤吞进肚里的情报，但鬼子一无所得。

李云长泪流满面，他命令烧毁所有文件，将电台绑上手榴弹，准备拚死突围。

这时江新河过来向李云长报告："司令员，一村民报告，说后山山崖有一条小路，但他没有走过。"

这时，朱大坤的妻子麻利嫂流着泪走了过来。刚才山口发生的一切，她看得清楚。她为自己男人的死悲痛，更为部队的安危心焦。麻利嫂对着李云长道："李司令，我和我男人砍柴从后山那砬子爬上过，知道路，跟我走吧。"

麻利嫂原名张翠平，因说话办事麻利，村里人都称麻利嫂。听了麻利嫂的话，李云长似乎看到了突围的希望，但看到小脚又重孕在身的麻利嫂，李云长犹豫着问："天黑路滑，能行吗？"

麻利嫂抹了一把泪，强装笑颜道："没事，我还没到生的时候，咱山里人结实，放心走吧。"

"可是，大坤已经牺牲了，您这么重的身子，这可是大坤的根那，万一……"李云长说不下去了。

"哪那么多婆婆妈妈，我不把你们带出去，你们三百人怎么能拼过鬼子的七千人呢？大坤去了，我带你们走。"

李云长听了，很是感动。他犹豫着下达了命令："部队保持安静，跟随麻利嫂突围！"

部队在麻利嫂的带领下，冒着风雪摸黑出发了，部队翻过了两座山，来到了只有朱大坤和麻利嫂才知道的大石崖下的一条山间险路。

只见黑乎乎的大石崖有十几丈高，陡峭的崖壁很难攀登。麻利嫂拿出随身携带的绳子，又让战士们解下绑腿结在一起结成两根长绳，然后将长绳缠在肩上，脚蹬石缝手拽枯藤攀崖而上。

李云长的心悬到了嗓子眼，眼睛不眨地看着麻利嫂向上攀登。麻利嫂刚爬了几步，突然右手抓空脚下一滑跌了下来。李云长赶紧和崖下的战士一起，将麻利嫂接住。

李云长放下麻利嫂，心痛地说："大嫂，不要爬了，让战士们上吧。"

麻利嫂小声道："不行，战士不熟悉崖顶，更爬不上去。你们背过脸去，我要解个手。"

李云长听了，只好挥了挥手，让战士们背过脸。趁战士们背过脸的功夫，麻利嫂再次向崖顶爬去。

麻利嫂吸取了上次滑下的教训，手不抓住牢固的枯藤不松手，脚不踩住结实的石缝不离脚，一步步向崖顶爬去。

李云长见了，命令战士们伸出双手，时刻准备接住跌下的麻利嫂。

麻利嫂一步步向上爬着，脸被荆棘划破了，流出的血和飞雪冻在了一起。麻利嫂的手被冻僵了，仍一下一下努力抓牢藤木向上爬着。

二十多分钟后，麻利嫂终于爬上了崖顶。麻利嫂解下缠在肩上的三根长绳，分别拴在崖顶的松树上系牢，然后将长绳抛下山崖。

三百多指战员立即分成三队，双手攥紧绳索、脚蹬峭壁，一个接一个向上攀登。

一个多小时后，部队全部攀上了悬崖。麻利嫂却累倒了，她坐在崖顶上，背靠着一块大石头呼呼地喘着气。

李云长心疼地握着麻利嫂的手，欲扶麻利嫂起来。麻利嫂摇了摇头，指着不远处说："那有一条小路，快走。"说完艰难起身，带着部队向崖下走去。

一直跟在李云长身后的熊大林看到了一切，他感动地想：一个重孕在身，眼见着失去丈夫的小脚女人，凭什么信念冒死攀上悬崖，为部队带出一条生路呢？我们的百姓好啊。

部队跟着麻利嫂下了大石崖，穿过一片古藤缠绕的森林，又翻越了一道山梁，天快亮的时候来到了一处山涧河谷。

河谷的冰面上，已铺上厚厚的积雪。麻利嫂刚踏上冰面，没冻实的积雪使得麻利嫂脚下一滑，跌倒在冰面上。

麻利嫂呻吟了声，顿觉肚子一阵剧痛。李云长赶忙上前搀扶，却听麻利嫂微弱地喊道："别动，我自己来。"

黑暗中，麻利嫂坐在了冰面上。麻利嫂知道自己早产了，摸黑咬断了孩子的脐带。一会，传来了婴儿"呱呱"的啼哭声。哭声虽然不大，但回声在空旷的河谷久久回荡，传出很远很远。

李云长听到了，熊大林和战士们都听到了。李云长的泪水和着汗水、雪水流着，赶紧命令身边的战士紧紧围在一起，背过脸去为麻利嫂挡风。

李云长脱下羊皮大衣，将婴儿紧紧地裹上抱在怀里。熊大林脱下大衣，抱起坐在冰上的麻利嫂，给麻利嫂裹上。

李云长命令制作担架，将麻利嫂抬上。李子方脱下大衣，垫在担架上。二团曾团长和其他有大衣的干部，也都脱下大衣，把麻利嫂严严地盖上。

战士们抬起麻利嫂正欲前行，麻利嫂将盖在头上的大衣掀开，对着李云长微声道："李司令，过了这道冰河，再前行十几里就出山了，咱们没事了。"

李云长一手抱着孩子，一手擦了下和着泪水滚下的汗水、雪水道："没事了，没事了，我们脱险了。"

麻利嫂躺在担架上，艰难地辨认着道路。拂晓时，部队到达一个叫五凤楼的山前村庄。

李云长命令将麻利嫂安置地村里的堡垒户家。李云长放下怀抱的婴儿，慢慢掀开大衣，只见婴儿甜甜地睡着，李云长笑了，麻利嫂和在场的人都笑了。

早饭后，李云长找来鸡蛋、白面、红糖，再次来到麻利嫂母子房间。李云长向麻利嫂深深地鞠了一躬："大嫂，因为我们，您失去了丈夫，又使孩子早产。大嫂，你就是我们八路军的再生母亲。"

麻利嫂笑了一下："母亲不敢当，你们打鬼子又为了谁呢，你李司令叫我一声嫂子，就值了。"

李云长接着道："大嫂，您有什么要求，只要我李云长能做到，只管说。"

麻利嫂又笑了笑："山里人，哪有那么多要求，就麻烦李司令给这个冻不死的小子起个名吧。"

李云长被一股激情和感动涌动着，他背着手，踱了几步，抱起婴儿，抚摸着婴儿的小脸说："孩子在冰上生的，为了让中华民族永远记住这段历史，让我们的子弟兵永远记住百姓的恩情，这个孩子就叫'冰儿'吧。"

听到"冰儿"的名字，麻利嫂笑了，李云长怀里的冰儿也在睡梦中笑了。

第二十五章

五指山突围，虽然有惊无险，但李云长不得不中止会议，命令各团主官返回。

熊大林躲过了挨整，但从此心中留下了阴影，怕军分区开会，怕见到李司令。

1944 年夏天，冀东的抗战形势有了根本性好转，此时的三团在几个县的活动区域，除了县城和重要的城镇，鬼子伪军的零散据点已全部拔除，鬼子能用于围剿扫荡的兵力更是捉襟见肘。为了确保伪满洲国南部的安全，铃木启久不得不通过冈村宁次，调来伪满洲军，配合驻在冀东西部的伊村联队对冀东西部根据地进行扫荡。

对鬼子的扫荡，熊大林早已司空见惯。他奉行的原则是：兵来将挡，水来土掩，吃亏的买卖不干！

熊大林命令活动在大象山地区的三营与团主力汇合，命令在平原地区活动的二区队主动与扫荡的日伪军接触，侦察鬼子的兵力，设法将扫荡的鬼子引向平东与兴隆交界处的将军关以北山区。

二区队区队长李天盈和政委谭忠诚接到命令，集中全区队五个连的兵力，对扫荡的鬼子伪军不断袭扰，将扫荡的鬼子伪军引到了平东东北部。

扫荡的鬼子伪军没有贸然进山，在离山十来里的平原踟蹰不前。

经过几天的袭扰，李天盈和谭忠诚侦知扫荡的日伪军兵力是鬼子步兵一个大队，炮兵一个中队和伪军一个团，指挥官伊村，共二千余人。只是没有抓到俘虏，尚不知伪军的部队番号。

李天盈和谭忠诚见扫荡的鬼子不再追赶，决定部队停止前进，利用夜暗向鬼子发起攻击，并设法激怒伊村，引诱扫荡的鬼子伪军进入预设阵地。

午夜过后，区队长李天盈和政委谭忠诚派出一个连在村庄的四周放冷枪，投手榴弹，袭击鬼子伪军的哨兵。天快亮的时候，又命令两个连从村北向鬼子发起了进攻。

一夜没睡的伊村被彻底激怒了，他命令鬼子和伪军立即对进攻的八路进行反击。

李天盈和谭忠诚见扫荡的鬼子已经上钩，于是命令部队停止攻击，立即向预定山区转移。

鬼子伪军一路追赶。二区队打打停停，引诱着鬼子伪军走了十多里，进入了将军关长城隘口。

伏在长城隘口的熊大林早已从望远镜中看到了一切。见李天盈和谭忠诚已率二区队主力过来，熊大林从长城隘口下来，对着李天盈和谭忠诚命令道："你们要想办法继续将鬼子引向前方十里的陡儿峪山谷，团主力已设下埋伏。待你们到达峪口三座石楼后，立即占领有利地形阻击敌人，扎紧袋口，不让鬼子突围。其余的就是三团的事了，你们有什么困难吗？"

"团长，鬼子有一个大队和一个炮兵中队，再加上一个团的伪军，人数和咱们基本相当，但火力远远超过我们，我们的胃口是不是大了点？"李天盈迟疑着问。

"是啊，一次伏击这么多的鬼子伪军，我们还没有过。如果我们在半天之内不能解决战斗，邻县据点的鬼子伪军就会乘车赶来增援，到时我们会很难脱身的。"谭忠诚道。

"我知道"，熊大林说道："你们看，现在伪军追在前面，你们占领三座石楼后，放过前面的伪军，留两个连监视阻击，用剩余的三个连扎袋口阻击鬼子，只要你们能坚持两个小时，我们就可以消灭包围圈内一半以上的鬼子。"

熊大林交代完任务，赶紧骑上马和郭大海一起赶往伏击阵地。

此时的伊村已被二区队激怒，连续几天的扫荡不但没能抓住八路的主力，反而被八路扰得疲惫不堪。他决心要消灭这伙讨厌的八路。虽然部下提醒这是八路的圈套，是在引诱我们进入他们的预设阵地，但伊村不怕，他相信皇军和满洲军的战斗力，相信一个团的八路根本吃不下他，而他正好借此机会抓住八路主力予以歼灭。

伊村挥着战刀命令伪军快速追赶逃跑的八路，日军随后跟进，随时做好反击八路伏击的准备。

一个小时后，前面的伪军进入三团的伏击阵地。伊村见自己的队伍已进入了谷地，跳下战马命令伪军继续追击，命令炮兵向两侧山坡开炮。

十几发炮弹在两侧山坡爆炸，伊村举着望远镜观察，只见茂密的茅草和树枝随着被炸起的石头不停在落下，但没有发现八路的埋伏踪迹。伊村命令停止炮击，命令日军与前面的伪军拉开距离继续追击。

其实熊大林在谷口处并没有布置埋伏，他把伏击阵地的袋底选在了谷口前方两华里的拐弯处，以便伏击的部队利用地形扎紧袋底。

诱敌的二区队在到达三座石楼占领有利地形后，放过前面的伪军，待鬼子进入百米左右距离，立即对进入伏击圈的鬼子开了火。

熊大林听到前方激烈的枪声，知道二区队已经开始扎袋口，于是命令射击。

鬼子的反应极快，当熊大林"开火"的命令下达的时候，鬼子的步兵已就近找好隐蔽位置，炮兵已支好了炮架炮弹上膛。几乎在八路开火的同时，鬼子的枪炮也打向了八路的伏击阵地。

按过去的伏击经验，在开火之后，一般鬼子在两三分钟之内除了本能地隐身，根本做不出其他反应。而这两三分钟就是大量杀伤鬼子有生力量的最佳时刻。而这次，机枪还没容打出两个点射，步枪手也没容投出两棵手榴弹，鬼子的炮火和机枪就密集地打向了自己。

熊大林听到猛烈的机枪声和炮弹爆炸声，很是吃了一惊。凭经验，他马上判断出鬼子的机枪不下二十挺，炮不下十门。熊大林揉了揉被泥土迷着的眼睛，刚要命令机枪压制鬼子的炮火；却见一小队鬼子在炮火的掩护下，利用伏击阵地的一处缓坡，开始向自己反击。其余的鬼子也以中队或小队为单位，寻找有利地形向伏击的八路反击。

熊大林容不得犹豫，立即用电话命令把反击的鬼子坚决打下去。熊大林知道，如果让鬼子占领了制高点，伏击部队不仅很难消灭伏击圈内的鬼子，自己很可能腹背受敌，被鬼子粘住包围。

正在这时，袋口处的二区队方向响起了更激烈的枪声，并响起了冲锋的呐喊。熊大林赶忙举起望远镜察看，却见被二区队放过的伪军又反击回来。二区队的五个连在一个团的伪军和一个中队的鬼子两面攻击下，阻击阵地已被突破。

看到伪军不要命的反击，熊大林马上意识到，来的是伪满洲军。熊大林对冀东的伪军太熟悉了，冀东伪军没有如此战斗力，而对伪满洲军，熊大林恨之入骨。他知道，伪满洲军中有许多蒙古人，不少是土匪地痞流氓出身，装备精良，几乎和鬼子完全一样，敢玩命不怕死，参加雾灵山围剿和制造毛家峪惨案的都有这伙满洲军。

熊大林的头已急出了热汗。看着鬼子的强悍攻势和伪军不要命的反击态势，熊大林知道不能再打下去了，必须迅速脱离与鬼子伪军的接触，寻机再战，不然不仅达不到伏击目的，反而会得不偿失。

定下了决心，容不得和李子方、贺长明、陈雨生商量，熊大林立即用电话命令二区队放弃阻击任务，即刻脱离鬼子伪军向西部山区转移；命令一二三营逐次撤出战斗，在二区队之后向西部山区转移，警卫连断后。

接到撤退命令，部队开始有节奏的边打边撤。鬼子伪军见八路开始撤退，更加疯狂地追逐攻击。

尽管鬼子伪军顽强骄横，但八路毕竟身轻路熟，不到一个小时，伏击部队完全摆脱了敌人。断后的警卫连也脱离与鬼子伪军的接触，追赶上部队。

"奶奶的，今天真他娘的邪性，老子偷鸡不成还蚀了把米。"熊大林边走边恨恨地骂道。

身旁的李子方对熊大林的临机处置非常赞同，听了熊大林的牢骚笑着答道："偷鸡蚀把米是必需的，鸡咱们还是偷成了，这次消灭的鬼子怎么也有百八十个吧，不过没有达到歼灭他大部的目的罢了"。

"是我把伪满洲军当成了治安军，认为伪军不堪一击。"熊大林自责道。

"咱们的侦察也疏忽了些，只注意了扫荡的鬼子。二区队在撤退的时候抓到了一个伪军排长，你是不是审一审。"李子方道。

熊大林点点头，"应该审一审，知己知彼吗。"熊大林转向郭大海道："去通知李天盈，让他把抓到的俘虏看好，宿营的时候把俘虏送我这来。"

郭大海领命而去。

这时的伊村，看到伏击的八路快速撤走非常得意。他得意的不仅是击溃了八路一个主力团和地方武装一个区队的伏击，而是抓到了冀东西部八路的主力。伊村赶忙发电命附近据点的日伪军乘车前来收尸处理伤兵，命令其余的日伪军沿着八路撤退方向，跟踪追击。

熊大林见远远追来的鬼子伪军，想了想后和李子方商量决定，由参谋长陈雨生带长期在北部山区活动的三营伪装成团主力，继续吸引疲惫敌人，两天后到老象山与团主力和二区队汇合。

考虑到柯二美对北部山区地形熟悉，熊大林命令柯二美和陈雨生共同完成吸引疲惫敌人的任务。

陈雨生一听马上阻止道："别、别，团长，嫂子好不容易怀了孕，这跑跑颠颠的活我自己就行了。"说完看着李子方，想让政委说句话。

李子方笑了笑："陈参谋长说的对，二美头肩负的是咱三团的下一代，就不要去了，老熊，这个面子你得给我吧?"

熊大林一听，只好向陈雨生挥了挥手，按政委的意见办。

柯二美听了，把熊大林拉向一边："老熊，我怀孕他们怎么都知道？"

李子方哈哈一笑说："告诉你吧，是你们家老熊吹牛吹出来的。"

柯二美打了熊大林一拳："你个厚脸皮的东西，被窝里的事你都敢吹。"

熊大林此时可没有与柯二美打情骂俏的心情，见陈雨生已带三营出发，对郭大海道："快让李天盈把俘虏押过来。"

经审讯俘虏，熊大林确认参与扫荡的是伪满洲军第一团，团长就是跟随佐佐木制造了毛家峪惨案的王世宏。

熊大林大怒道："奶奶的，佐佐木和他的禽兽兵老子已给灭了，剩下的满洲军老子找了两年多，既然送上门来，老子绝不放过你！"

熊大林命令："俘虏枪毙，部队立即赶到老象山以逸待劳。"

部队经半天多的行军，于天黑前赶到老象山。老象山因山体酷似一站立的大象而得名，村庄依山散落在山前谷地上。

自从五年前熊大林灭了土匪郑九如，老象山就成了三团的根据地。这里的人大多认识熊团长，甚至认识很多三团的干部战士。看到熊团长带着队伍过来了，乡亲们赶快腾房帮着炊事员做饭，孩子们跟在八路后边好奇地跑着、闹着。

熊大林命令部队派出警戒，吃完饭后休息。

第二天天刚亮，熊大林令刘宏道带几个人与陈参谋长和三营取得联系，尽可能将扫荡的鬼子伪军引入豹儿寨、土门沟一带。

豹儿寨、土门沟离大象山约十华里，是山谷中相距不到两华里的中等村庄。豹儿寨是柯二美的家，熊大林和三团的许多干部战士对这一带非常熟悉。两村四周都是比高二三百米的石山，控制了村庄四周的山头，就能控制山下的两个村庄。熊大林的目的很清楚，就是团主力和二区队养精蓄锐，通过三营引诱疲惫敌人，最后将鬼子伪军诱入豹儿寨、土门沟一带后将敌全歼或大部歼灭。

第二天傍晚刘宏道回来报告，已和三营取得了联系，陈参谋长带三营已将鬼子伪军引向豹儿寨、土门沟，鬼子伪军正在两个村庄拉夫做饭，三营在距豹儿寨两华里的熊家岭监视敌人。

熊大林一听，意识到战机来了。他命令部队做好出发准备，连以上干部马上到团部开会。

熊大林用他那极具煽动性的语言开始了动员："各位还记得毛家峪惨案吧？小鬼子和伪满洲军把这个村子屠了，那可是支持帮助我们几年的一千多乡亲啊。佐佐木和他的禽兽兵已被弟兄们灭了，但参与毛家峪血案的满洲军老子还没有寻到机会报仇。这次他们从关外远道奔袭送上门来，我们绝不能放他们回去，必须用他们的头给毛家峪的乡亲们偿命。现在，扫荡的鬼子伪军已到了豹儿寨、土门沟一带。我决定全团和二区队趁黑夜出去，将豹儿寨、土门沟包围，拂晓前发起攻击。"

熊大林说到这，参加会议的贺长明和刘大龙、李天盈等已挥起了拳头，喊叫着："打！打！全歼他狗日的！"

熊大林看着部下的求战情绪，命令道："特务连于十点钟先行出发，与监视敌人的三营取得联系，令三营占领豹儿寨、土门沟两侧制高点。团主力和二区队十二点出发，务必于凌晨两点钟前到达指定位置，做好攻击准备"。

山区的夜晚非常宁静，洁净的天空上，闪着明亮的星星。熊大林握着贾志华和刘宏道的手嘱咐道："见到陈参谋长后，向陈参谋长和三营长传达作战任务，占领制高点时一定要隐蔽、迅速，不能让敌人发觉。"

贾志华向熊大林敬礼复述了一遍任务："向陈参谋长和三营长传达作战任务，占领制高点时一定要隐蔽、迅速，不让敌人发觉。"

特务连出发后，熊大林和李子方、贺长明一起商量了作战中可能出现的问题。午夜时刻，熊大林命令部队出发。

一个多小时后，熊大林见到参谋长陈雨生。熊大林向下压了压手，示意部队停止前进。熊大林来不及客套，小声问道："敌情有变化吗？"

陈雨生答道："没有，现在鬼子伪军正在两个村庄休息。鬼子住在土门沟，伪军住在豹儿寨。部队已按命令占领两侧制高点"。

"敌人的警戒情况怎么样？"

"很麻痹，只在村庄的出入口设有哨兵。"陈雨生答。

熊大林点点头："很好。三营这几天很辛苦，攻击的任务就交给一二营和二区队。战斗打响后，三营的任务是在制高点上压制敌人火力，支援一二营和二区队攻击。如果敌人向制高点反击，一定要把敌人打回去"。

陈雨生点头道："我这就去传达任务"。

熊大林又令郭大海叫来了炮兵连长王二富，命令道："炮阵地由你自己选择，要求一是隐蔽，小鬼子的枪打不到，二是火力能将两个村庄全部覆盖。鬼子的指挥所、炮阵地还有机枪，一经发现立即摧毁，执行吧！"

熊大林接着对其他几位团领导和李天盈、谭忠诚吩咐道："时间紧急容不得讨论了，我的意见是同时对两个村庄发起攻击。当然，鬼子伪军的人数和我们基本相当，要同时将两个村子的敌人全部消灭不太可能。贺副团长带一营一连和特务连由南向北佯攻日军驻扎的土门沟，拖住日军不向豹儿寨增援，由我和李政委带团主力和二区队攻击豹儿寨，首先歼灭伪满洲军，再视情况攻击土门沟的日军。警卫连前出五华里，寻找有利地形，控制进入土门沟和豹儿寨的唯一公路，阻击敌人增援。王化同志负责救治伤员和运送弹药。"

刘大龙问："这么多连队攻打豹儿寨，谁打主攻？"

"各连从不同方向同时攻击，没有主次方向，谁把王世宏那小子抓住了谁是头功。"熊大林又看了看李子方，见政委没有不同意见表示，命令道："部队马上行动，半小时后发起攻击。注意，攻击时秘密接敌，如果被敌发觉，即刻发起强攻"。

部队遵令悄悄奔向了不同的攻击位置。半个小时后，部队开始接近村庄。尖兵班干掉哨兵后，部队迅速分散开来，进入村庄。

两个村庄几乎同时打响。战士们首先将手榴弹从窗口投入屋内，然后冲进屋，解决掉未死的敌人。

鬼子伪军反应很快，进攻土门沟的一连和特务连刚刚攻取了村南几个院落，鬼子就发起了凶狠的反击。只见鬼子端着上了刺刀的三八步枪，在指挥官的带领下，"嗷嗷"叫着发起了反冲锋。为拖住反击的鬼子，贺长明命令依据已占据的院落，用火力阻住鬼子的反击。

驻在豹儿寨的伪满洲军受到八路的四面攻击后，虽然没有发起反击，但很快依据占领的院落，开始了顽强的固守。山里人家的围墙都是用石头垒成，战士们无法在墙上掏洞，只好用拆墙的办法，开始与伪满洲军逐院争夺。

这时鬼子的掷弹筒、迫击炮"咣咣"地打进了一连和特务连占领的几个院落。由于未来得及抢挖掩体，一连和特务连立即出现了较大伤亡。贺长明急红了眼，他知道，山村的石质土地短时间根本无法抢挖掩体，于是对通信员马小山大叫："快通知王二富，把鬼子的迫击炮打掉！"

马小山还未来得及答话，不远处的山头飞来了十几发迫击炮弹，将鬼子炮兵占据的院落覆盖，鬼子的炮兵顿时哑了。贺长明高兴得大叫："快，把反击的鬼子打回去！"

夏天天亮得早，四点多钟，天已放亮。这时的伊村已看到村庄两侧的山头全被八路控制，自己完全处在被围挨打的位置。他命令炮兵中队收拾好能打的迫击炮向山上射击，命令一个中队继续缠住向村庄攻击的八路，命令其余的两个中队向左右两侧山头进攻，夺取制高点。

此刻的战场形成了两处焦点：一处是八路攻击豹儿寨的伪满洲军；一处是土门沟的鬼子攻击占领制高点的三营。

正在指挥攻击伪满洲军的熊大林看得清楚，他知道不必再向陈雨生和三营下达任何命令，陈参谋长和三营会拼死把鬼子打下去。

熊大林担心的是自己指挥的方向，如果不尽快解决战斗，两三个小时后，平东县城和附近据点的鬼子援兵就会到达。如果打成胶着状让敌人粘住，很可能打成第二个陡儿峪，到时自己不得不退。

熊大林命令："各连以班排为单位越墙攻击，用手榴弹和刺刀尽快解决战斗。对逃进屋内顽抗的伪军，先占领屋顶，然后揭瓦掏洞从上往下攻击。"

战士们接到命令，放弃了拆墙攻击的战法，在攻击到敌据守的院落前，首先向院落投几枚手榴弹，然后快速从院门或翻越围墙进入院内，与伪军短兵相接近身搏斗。

对躲在屋内顽抗的伪军，战士们爬上房，用刺刀挖开房顶，然后将手榴弹投入屋内。

占领制高点的三营已连续打退了鬼子的三次进攻。鬼子在军官的带领下，不要命地一轮轮地攻击。战士们知道，如果让鬼子攻占了有利地形，进攻的团主力和二区队就会受到鬼子居高临下的火力压制，不仅很难完成消灭敌人的任务，还会遭到很大的伤亡。在鬼子的炮火和轻重机枪的猛烈火力下，尽管不断有人倒下，但战士们依据有利地形，顽强地将一波又一波攻击的鬼子打倒在山坡上。

这时，天空传来了刺耳的飞机声。熊大林抬头一看，见两架鬼子的飞机在战场上空盘旋着。熊大林暗暗地骂道："娘的，来得好快啊。"但对鬼子的飞机，熊大林从来都不在乎，他总认为，飞机不能下来拼刺刀，也就是吓唬吓唬新兵，给鬼子壮壮胆。

从唐山起飞的两架鬼子飞机在战场上空转了两圈后，发现两个村子的皇军和皇协军已与八路搅在了一起，无法实施投弹扫射支援，于是又转了个圈，对着据守两侧山头的三营，进行了轰炸扫射。

伊村见自己的飞机前来支援，大喜，立即命令鬼子向占据山头的八路发起了第四次进攻。在鬼子飞机的轰炸扫射掩护下，进攻的鬼子快速攻了上来。

陈雨生大喊道："弟兄们，为了整体的胜利，坚决把鬼子打下去！"

战士们随着参谋长呐喊着："为了整体的胜利，坚决把鬼子打下去！"战士们有的跃出隐蔽地，与冲上来的鬼子对刺；有的拉着手榴弹，冲进鬼子群中与鬼子同归于尽。

投完弹的鬼子飞机飞走了，陈雨生立即组织部队向进攻的鬼子实施了反冲击。

向鬼子进攻的一连和特务连被鬼子的一个中队死死地顶着，一连和特务连虽然攻不动，但鬼子也脱不开身，支援不了豹儿寨的伪军和向山上进攻的鬼子。贺长明知道自己的任务，只要不使鬼子支援豹儿寨的伪军就是胜利。

进攻豹儿寨的一营二三连、二营和二区队五个连共十个连的兵力虽然与伪满洲军的兵力相当，但为毛家峪乡亲复仇的火焰使得战士们不要命地攻击着。很多战士脱了上衣赤裸着上身冲进伪军占据的院中与伪军对刺，还有的战士提着整篮的手榴弹不停地向伪军占据的院落投掷着。太阳出山的时候，豹儿寨的大半个村庄已被进攻的八路占领，伪满洲军已被消灭一半。

伪满洲军团长王世宏慌忙把剩下的四五百伪军撤到村中几座高大坚固的院落，将二十几挺机枪组成环形防御"嗒嗒"地不停地向四周射击着。宣传干事陈平伏在石墙后大喊着："伪军弟兄们，小鬼子救不了你们，赶快投降吧！"

身旁的战士也跟着高喊："你们的东北老家都被鬼子占了，你们不去保卫自己的家乡，却跑到这来杀自己的百姓，打抗日的八路，你们还是中国人吗？赶快投降和我们一起打鬼子吧！"

陈平和战士们的喊叫招来的是伪满洲军激烈的机枪声。突然，几十发炮弹落向了伪军占据的院落。熊大林看了看山头上的迫击炮阵地，大叫道："二富，好样的！"接着命令司号员："吹冲锋号，全体发起冲锋！"

嘀嘀嗒嗒的冲锋号声响起，战士们从隐蔽的石墙后，向伪满洲军发起了最后的进攻。

正在向鬼子反击的三营听到激昂的冲锋号声，知道团主力和二区队向伪军发起了最后的围歼，士气倍增，前赴后继地将鬼子赶到山坡下。

躲在土门沟村中的伊村看到自己的第四次进攻又被打退，恼羞成怒。其实伊村在枪响的第一时刻，就发现自己已被八路包围，于是将自己受到攻击的情况向铃木启久做了报告，并请求飞机支援，天亮后，伊村发现冀东西部地区的八路主力全部集结在此，于是发电命令驻张庄据点一个大队的鬼子乘车快速增援。伊村知道，等八路消灭了伪军腾出手来，会全力攻击自己，如果不尽快夺取制高点，自己将受到八路山上山下的立体攻击。如果援兵再不及时赶到，自己的结局只有被消灭。于是，伊村举着战刀命令炮兵中队仅剩的四门炮向山上射击，命令两个步兵中队没死的鬼子向山上发起第五次攻击。

向豹儿寨攻击的部队已从四面包围了伪满洲军占据的最后几座院落。战士们不用命令，向几座院落投出了密集的手榴弹，然后炸开院门，冲进院内与伪军拼刺。

半小时后，豹儿寨的枪声停息下来，包括伪团长王世宏在内的近千名伪满洲军被全部消灭。

熊大林右手提着手枪来到伪团长王世宏的尸体前，踢了一脚，对着太阳已升起老高的天长叹道："毛家峪的乡亲们，我熊大林为你们彻底报仇了！"

李子方提枪走了过来，问道："老熊，估计鬼子的援兵快到了，下一步怎么办？是撤还是接着打？"

熊大林毫不犹豫地答道："打！战机难得，在鬼子的援兵到达之前，能消灭他多少是多少。你带二区队打扫战场，我带团主力消灭伊村！"

没容李子方同意，熊大林喊道："二区队打扫战场，三团跟我上土门沟，打伊村！"

听到团长的命令，各营连长立即喊起了部队集合的口令。二营长刘大龙对着熊大林喊道："团长，打伊村也没有主攻吗？"

"什么主攻助攻，有本事你就往前打。你要能把伊村打死或抓住，老子让你当这个团长。"

刘大龙"嘿嘿"笑了两声："你这个团长我代替不了，有你在弟兄们也不服啊。到时你建议提我个副团长就行了，我也好凑个'二五八团'娶个老婆。"说完一挥手，带着二营向土门沟奔去。

此时鬼子向两侧制高点的第五次攻击刚攻到半山腰。红了眼的伊村见攻击豹儿寨的八路又向自己奔来，知道八路是想接着吃掉自己。于是伊村赶紧命令攻击的两个中队收拾残兵败将，依据院落固守待援。

伊村带来的一个步兵大队和一个炮兵中队经过今天和前几天的陡儿峪战斗，已伤亡二百有余，尚剩四百来人。一营二三连和二营赶到土门沟后，立即汇合一连和特务连，从四面向鬼子据守的院落展开攻击。

鬼子顽强地坚守着，几乎每一分钟，都有进攻的战士倒下。这时，政治部主任王化带人送来了刚缴获的日式香瓜手雷。熊大林命令："拼手榴弹，用手雷砸小鬼子。"

一棵棵手榴弹和日式香瓜手雷飞向了鬼子据守的大院，但鬼子的火力没有丝毫减弱，特别是鬼子占据的村中大庙的房顶上，五六挺机枪不停地扫射着，使得进攻的战士躲在石墙下，寸步难行。鬼子没被打坏的几门小炮，也"咣咣"地打在战士们占据的院落爆炸。熊大林急得大叫："郭大海，快命令王二富把鬼子的机枪和小炮打掉！"

郭大海跑步而去。熊大林看了看时间，已经快八点钟了，他估计，最多再有半个小时，增援的鬼子就会和警卫连打响。他想要在鬼子的援兵到达之前，给鬼子致命一击，争取消灭大部分鬼子。

一会，郭大海和王二富一起跑来。熊大林一见，大骂道："王二富，你小子的炮弹留着下崽啊，为什么不把鬼子的机枪和炮打掉？"

王二富抹了一把汗水答道："团长，没法打啊。"

"怎么没法打，你小子把炮弹都打光了？你个败家子！"熊大林接着骂道。

"不是团长，炮弹还有，就是鬼子把村里的百姓都集中了到了村中大庙，鬼子的机枪和炮阵地都设在哪，我们一开炮，要伤到百姓的。"

熊大林一听，怒火上冲，大骂道："禽兽不如的小鬼子，我日……"还没容熊大林骂下去，只见警卫连通信员骑马来报："报告团长，鬼子的援兵已离我们的阻击阵地不到五华里，估计现在已经打上了。"

熊大林一听马上对王二富道："炮不要打了，你赶快回去准备转移。"接着问通信员："鬼子的援兵有多少？"

通讯员答道："人数不清，但有十几辆卡车，我们连长让我报告说至少有鬼子的一个大队。"

政委李子方在旁听得清楚，上前对熊大林说："老熊，这仗我们赚大了，你不能贪太多，马上转移吧。"

这时，北部方向已传来激烈的枪声。熊大林知道是警卫连已与增援的鬼子接火，于是对通信员命令道："你赶快回去，告诉你们连长阻击一下立即向山南挂甲村转移，快！"

熊大林接着对郭大海喊道："快去上山通知陈参谋长向山南挂甲村转移。"喊完对着李子方说："老李，你去组织二区队，我带团主力，半小时后必须全部脱离与鬼子的接触。"

部队开始有秩序地向南部转移。熊大林找到刘大龙，命令道："你带四连断后，不要让小鬼子把我们粘住。待团主力消失踪迹后，立即甩开鬼子追敢部队。"

命令部队向南转移，是熊大林战前就想好了的。之所以向南，是因为山间公路到了豹儿寨已到尽头，向南是几道横亘的大山，鬼子汽车根本无法通行，而被打残的伊村也绝对不敢单独追击。而翻过了几座大山，向南就是几十里平原。挂甲村处在山前与平原边沿，攻退自如。挂甲村是三团的老根据地，这里的群众基础好，伤病员大多安置在附近的几个村子里，撤到挂甲村，也正好安置这次战斗的伤员。

警卫连和四连完成阻敌和断后任务后，追赶上部队。熊大林早已把马让给了怀孕的妻子。见团长和战士一起徒步行进，李子方也干脆下了马，将缰绳扔给警卫员，和熊大林并肩行进。

"老熊，这次战斗我们全歼了伪满洲军的一个主力团，光机枪就缴了二十多挺，我们打死的鬼子也不下二百人，而我们的伤亡只有二百多，达到了一比五，这个仗我们赚大了。"

"是啊，这是我们在冀东西部歼敌最多的一仗，关键的是灭了伪满洲军的威风，为毛家峪的死难乡亲报了仇。"熊大林补充道。

"我们终于为毛家峪一千多死难乡亲彻底报仇了。"李子方仰起头，对天叹道。

"到了挂甲村安置好伤员，我想让部队好好休息一下。"熊大林对着李子方道。

"是啊，这几天部队太辛苦了，特别是三营和二区队。我的意见这几天就不要再给他们派任务了。"李子方建议道。

"当然。这次我们的缴获不少，让弟兄们吃好一些。"熊大林说着，从郭大海手里接过缰绳，牵着马和李子方并肩前行。

打了胜仗，干部战士自然高兴。有的战士见了，对着熊大林喊："团长，怎么当起马夫，让嫂子当团长了？""团长，是不是嫂子要生小团长了？"

熊大林听着战士们的俏皮话，咧开大嘴直笑："去去去，小毛孩子懂什么？我这叫相敬如宾哄老婆高兴，知道吧？好好学着点，要不娶了婆娘不让你上炕进被窝，看你怎么生儿子。"说完和战士们一起大笑起来。

柯二美在马上一把揪住了熊大林的耳朵："叫你胡说，当了团长也没个正形。"说完自己也笑了起来。

两个多小时后，部队进入了挂甲村。乡亲们见自己的队伍过来，纷纷帮着战士们抬伤员、号房子。

在挂甲村休整了几天，熊大林找来几位团领导和李天盈、谭忠诚，开始计划下一步的行动。

熊大林摊开地图对着大家说："这几天部分在这养伤的同志回到了部队，但经过陡儿峪和豹儿寨、土门沟一仗，各连普遍缺额十至二十人，特别是三营缺额更多一些。地方政府为我们补充的新兵，目前还不能抵上我们的战斗消耗，而且这些新兵也不能马上就上战场。我们的兵源补充还要更多地依靠俘虏伪军。我想集中全团和二区队，拿下潮白河东侧的别村据点，在这。"熊大林用手指了指地图说。

"别村有伪军的一个中队，大约一百五十人。"熊大林把手从地图上拿开，接着说："大家看看，怎么个打法？"

贺长明有些不解："打伪军的一个中队，一般用一个营加上炮连就够了。为什么要动用全团再加上二区队呢？最近我感觉有点不对劲，鬼子在这几个月都集中到了县城或交通要道上的大据点，而且在各个大据点都配备了数量不等的汽车。三团和二区队是冀东西部地区的全部抗日力量，如果在平原地区集中在一起作战被鬼子围住，我真担心会出现三年前大战'红五月'的情况。"

"等等，你再详细说说哪点不对劲？"熊大林听了贺长明的话，有些感悟，于是追问道。

"咱们活动的地区，过去中小据点里都有一个小队或一个班的日军再加上一个排或一个中队的伪军，最近两个月，我发现这些中小据点的鬼子都不见了。一个月前我带二营打苇塘据点的时候，就没发现一个鬼子。我问过俘虏的伪军中队长，他说鬼子都集中到大据点去了。最近我发现，大据点的鬼子都配备了汽车，而且汽车的数量根据日军的数量不等，少的有五六辆，多的十几辆甚至更多。"

熊大林听了点点头："对，我也发现鬼子最近有些不对劲，你接着说。"

"就说这次豹儿寨、土门沟吧，从战斗打响到鬼子援兵到达，只用了四个多小时，而战场离鬼子最近的据点也有四十多里，这也说明增援的鬼子事先都配备了汽车。"

"我同意贺副团长的看法，由我看鬼子是改变了打法。"陈雨生接着说道。

"鬼子都改变了什么打法？你再具体说说。"李子方听了也很受启发。

"具体的现在还说不清楚，只是感觉近期鬼子的扫荡减少了，特别是小规模的扫荡没有了，但鬼子的增援快了，消息也更灵了。"陈雨生回答。

李子方道："这是个新情况，老熊咱们得事先有个防备。"

熊大林怔了半响，想了想后说："在平原地区作战，鬼子伪军的增援更快。鬼子变了，我们也得变一变。"

"怎么个变法，老熊你具体说一说。"李子方道。

"你们看，是不是这样，二营和炮连负责打别村据点，如果敌情对我不利，立即撤出战斗。"熊大林指着地图说："一营在周家庄，负责阻击杨家镇据点增援的日伪军；二区队在沙子岭阻击张庄增援的日伪军。阻击时间，从战斗打响算起两个小时。三营作为机动。我想看看鬼子到底要什么花样。"

见李子方和二区队李天盈、谭忠诚等都认为可行，熊大林接着道："这次战斗由我和贺长明具体指挥攻击别村据点，陈参谋长继续带三营，李政委和王主任就负责一营吧。二区队我们不过多干涉，总的要求是随机应变，不能吃亏，发现新的情况及时处置。"

其时熊大林还有一个更深的考虑，后天就是端午节了，三团和二区队的干部战士绝大多数是本地人，他想捡战斗力弱的伪军再打一仗，搞些缴获，让弟兄们好好过个节。

经过半天的准备，夜晚十点，部队按照预定的任务出发了。凌晨四点，攻击别村的战斗打响。战斗出奇的顺利，不到一个小时，王二富几炮下去，别村的伪军中队长率队投降，张庄据点的鬼子伪军根本没敢增援，只是杨家镇据点派出了一个小队的伪军象征性来援，被二区队全部缴械后补入部队。

见鬼子没有异常情况，熊大林放松了警惕。他想起了"最危险的地方常常也是最安全的"俚语，决定部队进入与平东县城临近的岳家庄、赵家庄宿营，打算明天过完端午节后，晚上部队回盘山根据地进行整补。

熊大林的这次盲目自信和疏忽，打出了闻名冀东的战斗：岳家庄突围！

第二十六章

太阳落山后，部队开始向平东县城方向出发。晚上十点，三团按预定计划进入了岳家庄，二区队进入了临近的赵家庄。部队已连续行军作战一天一夜非常疲劳，战士们很快进入梦乡。熊大林布置好警戒，封锁了村子的出口，也很快沉沉地睡去。

团部的马夫老杨早早地醒了。昨晚过岳家庄村北的错河时洗脸，把军帽忘在了河边，他怕天亮了被村民捡走，于是独自爬起来，直奔河边。

哨兵见是马夫老杨，没有阻拦。老杨出了村北头，模模糊糊地看见几个人影向他围了过来。老杨以为是自己部队派出的巡逻哨，没有在意。但见来人越来越近，便大声问来人是谁。对方不答，加快速度向自己逼扰过来。老杨觉得不对头，使劲揉了揉眼睛，当看清对方戴着钢盔，端着上了刺刀的大枪时，立即觉醒，意识到来人是鬼子，转身就跑，边跑边大喊："鬼子来了！鬼子来了！"

日军见已经暴露，举枪向老杨射击。一颗子弹打中了老杨的左臂，老杨没敢停留，拼命跑回了村子。

刹那间，清脆的三八枪声打破了拂晓的宁静。村口的哨兵鸣枪报警，两村的指战员立刻翻身取枪集合待命。

熊大林和李子方住在隔壁，枪响后的第一时间二人登梯上房，举起望远镜观察敌情，但由于四周成熟的麦田有半人高，看不清敌人的兵力部署。经过简短商议，熊大林和李子方决定实行火力侦察，四个方向各派出一支小部队同时向外出击。

首先与敌交火的是村北的七连出击分队。当战士们跃出墙头，向错河方向冲击，正好与埋伏在河对岸麻地和麦田里的大批敌人相遇，日军抢先用轻机枪开始了疯狂射击，出击分队八名战士当场中弹倒下。见敌人的火力凶猛，又占据有利地形，为了避免不必要的伤亡，一连出击战士迅速撤回村里。

这时东南方向响起了更加激烈的枪声，二连刚跃出围墙，就与埋伏在围墙外的鬼子进行了生死较量。一名十八九岁的战士翻过围墙还没站稳，就被隐藏在墙下的鬼子一刺刀扎进了肚子。这位小战士的肠子都流了出来，但他没有倒下，拼尽全力，一刺刀捅进了鬼子的胸膛。二连的其他勇士没有退缩，呐喊着向村外的一片坟地冲去。

肠子外流的战士立即被后边的战士救下。在抬往救护所的路上，这位战士没有流泪、没有叫喊，静静地躺在担架里。村里的老人们看着，议论着："古时候有个罗成扫北盘肠大战，今天我们可是亲眼看见了八路盘肠痛杀鬼子，八路就是当代罗成！"

小分队的火力侦察证实四面已被鬼子重兵包围。熊大林暗暗吃惊：平东县城及附近的鬼子也就一个大队，加上伪军一个团，根本没有能力将全团和二区队包围，从别处调，又不会这么快，肯定是鬼子用机械化优势从远处调来了大部队。于是立即命令部队按村落防御战的要求，打通沿村边各家各户的院墙，在院墙掏出射击孔，抢挖防炮掩体，构成全村连成一体的防御阵地。

岳家庄是个大村，通往村外的每条路口的门都很宽大。全村的乡亲被紧急动员起来。战士们和老乡一起，很快用村民搭炕的土坯把各门堵实，用乡亲送来的木材、门板沿墙搭成踏板，构筑成了较为完备的防御体系。

此时村东南方向的争夺战仍在进行，为攻取村外的坟地，双方你来我往，几次拼起了刺刀，最终在敌猛烈的火力下，二连不得不放弃已攻占的坟地，遵令撤回村内坚守。

邻村赵家庄的枪声也很激烈，熊大林不用望远镜就能看到，二区队也受到了日伪军的四面围攻，并已将进攻的日伪军打退。

这时，一营长李长溪报告：一连连长负重伤。熊大林没有任何犹豫，立即在电话里命令："现在任命柯二美为一连代理连长，你必须协助二美坚决守住阵地，哪里被突破，必须在半小时内给我夺回来！"不容一营长回答，熊大林扔掉电话对着柯二美喊道："二美，你去村西代理一连连长，记住，绝不能让鬼子打进来，快去！"

柯二美二话没说，抄起自己的两把手枪奔村西而去。李子方本想阻止，却见熊大林的满脸杀气，只好喊了声："二美保重！"

李长溪已向一连传达了团长的指示。战士们见柯二美到来，互相传递着"嫂子来了，嫂子来了。"柯二美挥起双枪，大声喊着："弟兄们，现在团长让我和你们一起守住村西，你们要是认我这个嫂子，就和我一起，坚决守住阵地，把小鬼子打回去!"

战士们士气大增,高喊着:"坚决把鬼子打回去,和嫂子一起守住阵地!"

鬼子向村西的攻击又开始了,柯二美将手枪插在腰上,捡起一支牺牲战士的三八式步枪,从院墙掏出的射口准确地射击着。战士们纷纷向鬼子射出了精确的子弹,就连能动的伤员也重新操起了武器。

不到两个小时,柯二美带领一连击退了村西鬼子的三次进攻。村西的鬼子在付出惨重的伤亡后,不得不放弃了攻击,伏在沟坎下等待援兵。

熊大林看到鬼子的攻势趋缓,决定抓住时机,对鬼子进行反击,以便与二区队取得联系,并抓住俘虏,进一步摸清鬼子的情况。

熊大林命令将炮兵连和一挺马克沁、一挺九二式重机枪调到村西南阵地上。经过炮连六门迫击炮的两次齐射和两挺重机枪的猛烈压制,敌人抵挡不住,开始向后退缩。

熊大林命令出击。在轻重机枪的掩护下,柯二美挥着双枪带着一连象下山猛虎扑向敌人。

敌军在我猛烈火力打击和部队的顽强冲击下乱了阵脚,开始后退。出击的一连乘胜追击,一下将敌赶出二百多米。赵家庄的二区队也趁势反击,两支反击部队很快会合。

此次反击夺得两挺捷克式轻机枪,并俘虏一名伪军中队长。经过审问俘虏和几个小时的火力侦察,敌情已经明了。由于隐藏在岳家庄村的特务告密,伊村获知了我军进入岳家庄宿营的情报。伊村立功心切,调动自己所能指挥的日伪军三千多人,乘车快速赶往岳家庄和赵家庄,并利用两个村庄四周的河坡、沟坎、坟场等,完成了四面包围。

按常理,必须马上突围。熊大林和李子方商量后认为,白天突围肯定会遭到很大伤亡,即使部队突出重围,两个村的百姓也会遭到日伪军的残酷报复。熊大林知道,伊村联队只装备有掷弹筒和小口径迫击炮,上午的防守和出击,也证实鬼子没有重武器。由于前几天刚打了两个胜仗,弹药充足,熊大林对坚守到天黑充满信心。二人最终决定天黑后突围,白天不再进行出击行动。

熊大林命令二区队队长李天盈带出击部队立即返回,并坚决固守,等天黑后听命令突围。

经过半天的进攻,伊村确认被围在两个村庄的八路是三团和二区队无疑。伊村认为,他已布下了天罗地网,八路是插翅难逃。但凭现在的力量,在天黑前将八路消灭也不可能。于是命令部队构筑工事,暂缓进攻,防止八路突围,并给师团长铃木启久发报,请求支援。

　　铃木启久见伊村抓住了冀东西部八路主力，非常兴奋，立即命令驻平顺、蓟洲的日军一个联队、一个炮兵大队乘车快速增援。

　　中午到了，村民们把包好的粽子煮熟后用筐抬着送来，还有的把自家过节准备的猪肉，烙成肉饼用大笸箩抬着送到战士们手里。政治部主任王化用家乡话对送饭送水的乡亲们感激地说："谢谢、谢谢，谢谢乡亲们，你们就是我们三团不在编的供给部，有你们的支持，再多再凶恶的小鬼子我们也不怕。"说完几次向乡亲们弯腰鞠躬。

　　下午三四点钟，通过观察，敌情又发生了变化。村西北的公路上，满载日军的汽车不断开来。日军士兵一跳下汽车，就刀上枪、弹上膛，跑步进入村外不同方向，汽车则立即返回，再去接运援兵。一时间，公路上一辆辆汽车与一队队日军来来往往。村庄东南方向平东至三河、蓟洲的公路上，也出现了同样的情况。敌人的企图很明显，就是通过不断增加援兵，形成兵力火力的绝对优势后，再与被包围的八路决战。

　　熊大林和李子方再次感到了形势的严峻。将情况上报军分区，李云长电令立即突围，突围不成坚决固守，并令远在二百里之外的二团火速接应。

　　接到司令员的电令，熊大林和李子方决定由二营再次打通与赵家庄的通道，与驻在那里的二区队会合后，和两个村的乡亲们一同突围。

　　二营在刘大龙的带领下，刚冲出村庄不远，就遇到敌火力的猛烈阻击，其他方向的敌人也迅速向西南方向增援而来。不得已，熊大林只好令二营撤回村内。

　　从凌晨到现在，已连续战斗了十多个小时。政治部主任王化把统计的伤亡情况报给了熊大林。熊大林对李子方道："我们已伤亡了一百多人，今晚如果突不出去，明天这个时候，恐怕三团和二区队就不复存在了。"

　　李子方点点头："我们虽然杀伤了有四五百敌人。但鬼子不断增兵，我们的弱势非常明显。二团还远在二百里之外，远水解不了近渴，只有依靠我们自己的力量了。"

　　熊大林长叹了一口气。他看了看村外，见敌人没有进攻的迹象。很明显，敌仍然采取围而不打的策略，继续运兵增援，以备兵力火力齐备后与我决战。

　　熊大林像是自语，又像是讲着自己的决心："今晚我们必须利用夜幕突出敌人的重围，不能丢下乡亲们。"然后加大声音，对着政治部主任王化说："你去把全村的老乡都动员起来，集中到村南的街巷里，等待部队最后的行动命令。"

　　熊大林接着对李子方说："下午我四面观察了一下，发现鬼子在村北设置了几道防线，且有重兵把守。老李你看"熊大林摊开地图说："我们这距北部山区不过十华里，而村东四五华里是平东县城，村南村西是几十里平原，鬼子料定我们会向北突围，所以在北部埋伏了重兵，我想从敌人防守相对薄弱的南部突围。"

李子方道："我观察东部是敌人兵力最薄弱的地方，如果我们先向东突破敌人的包围再向南呢？"

熊大林道："我也观察到了，但先向东再向南就容易和二区队失去联系。二区队是我们的孪生兄弟，要走一起走，要死死在一块。"

李子方点点头："情况紧急，一切由你临机决定。但有一条，我们必须把村里的乡亲一同带走，不然对不起供养支持我们的百姓。"

熊大林点头赞道："对，即使部队被打散，也要把乡亲们带出去。天黑的时候，派刘宏道带特务连侦察突围路线，并潜入赵家庄与二区队取得联系。十点的时候，由陈参谋长带警卫连向北攻击佯装突围，吸引敌人兵力火力。待北边打响，我带二营打头阵向南突围，由贺副团长带一营断后，由你和王化同志带三营掩护伤员和乡亲们。待与二区队会合后，由你和王化同志一并指挥二区队。"

李子方道："你是团长要指挥全团的行动，还是由我带二营打头阵吧，不能仗仗都由你打先锋。"

熊大林一听急道："我的大政委，我是团长，当然要在最主要的方向。你不说情况紧急一切由我临机决定吗，就不要和我争了。"

李子方熟悉熊大林的性格，知道再争也没有，于是转身去做突围的准备。

天完全黑了下来，空中繁星闪烁。村北和村东南的公路上，仍不时有鬼子的汽车灯光在闪动。为预防不测，部队烧毁了重要文件。特务连戴上了缴获的日军钢盔，伤员已全部安置在了自制的担架上，村民们也有组织地集中到了村南的街巷，等待最后的行动命令。

熊大林握着参谋长陈雨生的手道："老陈，你和警卫连肩负着全团一半的生死任务，能不能吸引敌人到村北就看你们的了。你们打响后，团主力视情况行动。见村南两发绿色信号弹立即撤回，向南追赶团主力。如果遇到紧急情况临机处置，直接向北或向其他方向由你自行决定。"

陈雨生向熊大林敬礼握手后率队北去。熊大林又拉过特务连连长贾志华的手嘱咐道："特务连是团主力突围的前锋，出村后立即抢占村南要点和有利地形，掩护团主力和乡亲们出村。注意不到万不得已不要开枪，遇到敌人用刺刀解决，完成任务后立即派人回来报告。"接着拉过指导员刘宏道的手嘱咐："由你带一个班潜入赵家庄与二区队取得联系并传达突围命令，完成任务后立即打两发红色信号弹。"

这时，村北传来激烈的枪声。炮兵连按着熊大林的命令，也将仅剩的几发炮弹打向村北。熊大林一挥手，特务连很快消失在夜幕中。

北边的枪声激烈地响着。熊大林估计时间已到，对着刘大龙和二营喊道："二营准备和我冲！"

话音刚落，只见柯二美挡在了熊大林前面喊道："你不能去，让我和二营的弟兄们为全团开路！"

熊大林一听，怒火上冲："老子当了六年团长，团里还没人敢命令老子，让你当了半天代理连长就反了你，让开！"

柯二美没有让开，反而上前抓住了熊大林的手："告诉你，姑奶奶我不是为了你，是为了三团，三团不能没有你！"

听了这话，熊大林马上没了半点火气。这时特务连连长贾志华派回的战士报告："特务连已抢占村南要点和有利地形，鬼子主力已开始向北调动，南边只剩下了少数鬼子和伪军"。

熊大林点点头道："赶快回去告诉你们连长，部队和乡亲们未通过之前，绝不能放弃要点，待团主力通过后，在担任断后的一营后跟进。"

战士领命再次消失在夜幕中。熊大林转过身，对柯二美小声道："你已怀孕四个月了，这个时候让你代我冲锋，不让战士笑死我！"

"怀孕怎么了？老虎怀孕就不捕食了吗？"柯二美自有自己的一套理论。

这时，村的西南赵家庄方向升起两发红色信号弹。熊大林知道，刘宏道已与二区队取得联系并做好突围准备，于是叫道："别争了，没时间了！"说完甩开柯二美准备带二营冲锋。

柯二美却没容熊大林走出一步，一把抱住丈夫小声道："熊家就剩你这一颗种了，姑奶奶死了，你再找个婆娘生下的还是你熊家的后代！"说完用力把熊大林推到一边，挥手向刘大龙喊道："二营，跟我上！"抢先消失在夜幕中。

这时，村北的枪声更加激烈。熊大林想追上去，被李子方拽住。刘大龙向团长做了个鬼脸，带着队伍向南冲去。

熊大林大骂道："奶奶的，这个婆娘反了天，抢老子的团长当了。"

李子方笑笑："放心，二美头带队冲锋比你更能激起士气，和我一起走吧。"

二营出村经过特务连占据的要点不远，就遇到了敌人的阻击。柯二美挥着双枪边冲边喊道："机枪掩护，冲！"

鬼子的机枪打来，柯二美几个翻身滚到一个土坑处，举枪将鬼子的机枪打哑，接着一个跃身，带着战士继续向前冲去。

刘大龙抢过一战士手中的机枪，边冲边向敌扫射着。正如李子方所说，柯二美带队冲锋，比熊大林带队士气更旺。尽管不断有人倒下，但没人停止，更没人畏缩不前。战士们跟在柯二美左右，呐喊着、射击着。

黑暗中，柯二美与一个鬼子撞了个满怀，没容鬼子反应，柯二美一脚将鬼子踹出两米开外，左手顺势补上一枪。

二营很快冲破鬼子的第一道阻击线，熊大林和李子方带着三营护着伤员和乡亲们也已经出了村。贺长明带着断后的一营仍在村南坚守着。

北边的枪声一阵紧似一阵，南边的战斗也进入白热化。

二营冲破鬼子的第一道包围圈后前进不到二百米，遇到了鬼子的第二道阻击。鬼子几挺机枪火力拼命地射击着，冲锋的战士一波波倒下，柯二美和刘大龙不得不命令部队暂时爬下隐身。

柯二美全身已被汗水浸湿，经过刚才的滚打冲锋，柯二美觉得肚子隐隐作痛，但她顾不了这些，对着部队喊道："机枪掩护，炸掉鬼子的机枪！"喊完掏出一棵手榴弹，向前爬去。

刘大龙赶紧将机枪还给射手，一个跃身，冲倒柯二美前边，抢过柯二美的手榴弹叫道："嫂子，我来！"

还没容刘大龙投出手榴弹，鬼子的第二道阻击线侧后响起激烈的枪声和手榴弹爆炸声。

原来二区队已突破村南鬼子的包围，从鬼子侧后向包围岳家庄的鬼子实施了反击。刘大龙一见，跃起身大叫道："冲！"带头向鬼子冲去。

柯二美起身欲向前冲，可趔趄了几下栽倒在地。刘大龙回头看见，以为柯二美负了伤，回身猛窜几步抱起柯二美，大叫"嫂子、嫂子"。

柯二美猛推刘大龙，叫道："我没事，快冲！"

由于天黑刘大龙看不清柯二美伤在了哪，索性扛起柯二美向前冲去。

在二区队的配合下，鬼子的第二道包围线很快被突破。在柯二美的叫喊下，刘大龙放下柯二美，却见柯二美站下又蹲在地上，急得刘大龙大叫："快，担架！"

一个战士扛着担架过来，刘大龙不由分说，把柯二美抱起放在担架上，命令道："快走！"

这时熊大林和李子方率三营和数百乡亲也赶了过来。见部队已突出了鬼子的包围，熊大林对郭大海命令道："快打两发绿色信号弹！"

村北陈雨生带警卫连正在黑暗中与敌打得火热。部队虽然未突破鬼子的第一道封锁，但天黑鬼子也看不见突围的八路人数，只是拼命阻击，警卫连并没有被敌包围。见村南两发绿色信号弹，陈雨生立即命令部队脱离与敌接触快速撤向村南。

断后的贺长明见两发信号弹升起，立即命令一营向团主力突围方向跟进。陈雨生到了村南未见断后的一营，知道全团和乡亲们已突出了重围，于是和连长马爱山一起率领全连向南一路追去。

部队向南走出了十多里，熊大林知道部队和乡亲们安全了，于是停下命令道："向李司令和二团发报，我团和二区队已成功突出鬼子重围。"，接着让乡亲们就地散开投亲，过几天再视情况回村。

熊大林坐下卷了一棵烟，他要等断后的一营，等向北佯攻的警卫连。

一营未到，二营长刘大龙跑来报告："团长，嫂子负伤了。"

熊大林听了一惊，忙问："伤在哪了？重不重？"

刘大龙如实回答："天黑看不清伤在哪了，但嫂子人还清醒，只是走不了路了。"

李子方一听也很着急："找医生看了没有？"

刘大龙答道："已找王子奇了，估计正在治疗。"

李子方对着熊大林道："老熊，二美有情有义，你赶紧去看一看。"

此时的熊大林虽然对妻子的负伤很心疼，但又不便表现出来。打了一天半夜的仗，伤亡了二三百人，柯二美是妻子，但也是一名战士。一营和警卫连还未到，这个时候自己怎能去看二美呢，于是道："王所长已经去了，我去也帮不上忙。"接着对刘大龙命令道："部队继续向东南走，进盘山。"

一会，贺长明带一营赶了过来。没容熊大林和贺长明说几句话，陈雨生带着警卫连也追赶上来。熊大林握着陈雨生的手问："部队伤亡大吗？"

陈雨生答道："伤亡二十多，还行吧。"

"伤员都带出来了吗？"熊大林接着问道。

"都带出来了，只是牺牲的同志来不及了。"陈雨生低着头回答。

"完成了任务就好"熊大林安慰着，对着陈雨生道："部队继续向东南，去盘山马家峪。"说完对着贺长明命令："在部队没有进入盘山之前，你带一连继续断后，二连三连跟我走。"

熊大林和李子方带着二三连和警卫连继续前行。一会卫生所长王子奇来报："团长，嫂子没有负伤，只是……"

"只是什么？快说！"熊大林迫不及待地问。

"嫂子在突围的时候身体受到了撞击，伤了胎气，孩子流产了。"王子奇低头答道。

"这……"熊大林没有说出什么，快速向前赶去。李子方也紧走几步跟上熊大林。

柯二美躺在担架上，脸色惨白。熊大林跑着上前叫道："二美、二美。"

柯二美被熊大林扶起后，抱着熊大林大哭："老熊，孩子没了，我是个笨婆娘，呜呜……"

熊大林抱着妻子安慰着："二美，二美，不哭了，不哭了啊，有你这块好地，还怕种不出苗来，咱们再来，咱们再来。"

听了熊大林的话，柯二美一把推开熊大林骂道："你这个狗嘴，永远吐不出象牙来！"骂完破涕为笑。

李子方走上前，握着柯二美的手说："二美啊，你为三团立了大功。我和老熊真心地感谢你！"

听了李子方的话，柯二美抹了把泪赶忙说："政委您过奖了，我可不想立什么大功，我只是怕老熊有个意外。我死了，老熊可以再找，可他死了，熊家就没根了。"说完又哭了起来。

听了柯二美的话，熊大林感动得差点掉下泪来。他紧咬着嘴唇，使劲抱了抱妻子。

李子方也是非常感动，心里叹道："多少好的妻子，多么朴实的语言，老子要是找了这样的老婆，死了都值。"李子方看着抢着抬担架的战士，挥了挥手道："老熊，咱俩来。"说完和熊大林一前一后，抬着柯二美前行。

两个多小时后，部队进入盘山边缘。这时，天已微微发亮。熊大林命令部队休息。

一天一夜的紧张鏖战、行军，熊大林累得气喘吁吁。此时，他已顾不得团长的身份和面子，和很多战士一起，大仰着躺在了山坡上。这时，远处隐约传来枪声。熊大林本能地翻身跳起，举起望远镜观察。只见前方三四里远的公路上，战士们正在向两辆鬼子的汽车进行攻击。熊大林马上判断，这是断后的贺长明与鬼子的两辆汽车相遇，贺长明在"搂草打兔子"。

熊大林放下望远镜，对着提枪戒备的战士挥挥手道："没事、没事，继续休息，是贺副团长在收缴鬼子送来的战利品。"

十几分钟后，枪声停了下来。熊大林举起望远镜再看，只见前方的公路上，两辆汽车已燃起了黑烟。熊大林知道，贺长明把"事"办完了，于是挥挥手，命令部队继续前进。

部队又向盘山深处前进了几里，这时通信员马小山跑来报告："团长，贺副团长刚才伏击鬼子汽车时，负了重伤！"

熊大林一听急了："什么？什么？怎么回事？"

马小山道："刚才贺副团长带一连通过公路时，远远看见有两辆鬼子的汽车开来，贺副团长决定不放过到手的战机，命令一连隐蔽伏击。当鬼子的汽车进入伏击圈，我们将两辆汽车打趴下后，贺副团长带队攻击，被鬼子的机枪打中了。"

"打哪了，伤重不重？"熊大林用变了调的声音焦急地问。

"右胸和左腿各中一枪，现在已经昏迷了。"马小山如实地回答。

熊大林对着郭大海喊道："快去把王所长叫来"说完拉着马小山："走，快去看看。"李子方也带着警卫员，快走几步跟上熊大林，去看负伤的贺长明。

走不多远，贺长明被担架抬了过来。熊大林急忙上前叫道："长明、长明，醒醒，你醒醒啊。"喊完泪流了出来。

李子方也上前握住了贺长明的手，焦急地叫着："长明、长明，我是子方啊，你醒醒、快醒醒啊。"

贺长明急促地呼吸着，没有一点反应。熊大林赶紧向前挥了挥手："快走，王所长马上来了。"

战士们抬着贺长明快速前去。熊大林跟在后边嘟囔着："长明啊长明，这么多大风大浪你都过来了，怎么在小河沟里翻了船呢？"

一会，卫生所长王子奇赶了过来。熊大林命令道"赶快手术，一定要把贺副团长给我救活！"

贺长明被紧急抬到一棵大树下，王子奇察看了一下伤口道："贺副团长左腿和右胸都是贯通伤。左腿伤了骨头，要命的是右胸，已经造成气胸了。"

"别啰嗦这些，告诉我怎么办？有救不？"熊大林急得要起了蛮。

"必须马上手术，要不就不好说了。"王子奇如实回答。

"那赶快手术啊，快。"熊大林命令。

很快，一个临时手术台在大树下搭了起来。李子方上前对王子奇道："一定要把贺副团长救活，这是命令。救活贺副团长我给你记功。"

一个小时后，王子奇报告："手术做完了，如果不出现意外，贺副团长一般不会有生命危险，但需要较长的时间恢复。"

听了王子奇的话，熊大林和李子方心里的石头落了地。李子方问："需要多长时间恢复？"

"大约需要半年，至少也要三四个月。"王子奇如实回答。

熊大林听了对李子方道："老李，来，把子明抬到杨妈妈家。"说完和李子方抬起了担架。

　　杨妈妈见到身负重任的贺长明，心疼地"长明、长明"叫着。她叫来马小山烧了一锅开水，和护士一起，给贺长明洗了脸、擦了身，安置贺长明睡下，又把换下的沾满鲜血的军衣，连夜洗刷干净。

　　为防止再次被鬼子合围，熊大林决定部队分散活动。三团进入北部山区寻机歼敌；二区队依托盘山，向南部平原出击；贺长明和伤员留在马家峪养伤。

　　为了照顾贺长明，也为了让马小山与母亲团聚，熊大林决定留下马小山。

　　这天早上，杨妈妈烧了一瓢开水，冲了一碗鸡蛋汤，正在一口一口地喂贺长明，突然马小山闯进门叫道："妈，鬼子来了。"话音刚落，传来几声枪声。

　　贺长明听了，艰难地马小山说："快，通知伤员们转移。"

　　马小山跑出后，杨妈妈赶紧收拾东西，想背贺长明转移，可刚一挪动，贺长明疼得汗就流了下来。贺长明咬着牙说："杨妈妈，你背不动我，快走。"

　　杨妈妈一看，确实无法背动贺长明，干脆把贺长明放在炕上躺好，盖上被子，然后奔出屋门，去收拾院里晾晒的纱布。

　　杨妈妈刚把纱布塞进灶膛，几个鬼子端着刺刀闯进了院门，对着杨妈妈喊："八路的有？八路的在哪里？"

　　杨妈妈扰了扰头发，镇静地伸手向北一指："有啊，那天八路都往北面的大沟里去了。"

　　鬼子朝杨妈妈手指的方向看去，只见不远处的山沟树木丛生，悬崖峭壁，摇了摇头，正要进屋搜查，马小山提着一篮熟透的杏子跑了过来，对着鬼子道："皇军的辛苦，吃杏子，杏子的有。"

　　杨妈妈顺势抓起一把杏，往鬼子的手里塞。鬼子正在犹豫，突然村北的山上传来枪声，几个鬼子抓了几把杏，端枪跑了出去。

　　杨妈妈知道，是掩护的部队在吸引敌人，赶紧和马小山一起，抬起贺长明，将贺长明隐藏在院里的柴草堆中。

　　熊大林得到消息，率队赶回马家峪，将贺长明和其他伤员转移到更隐蔽的北部山区湖洞水一带，并令马小山继续照顾副团长。

第二十七章

随着太平洋战争的爆发，日军二十七师团有战斗经验的军官和士兵不断被抽调到太平洋战场。二十七师团虽然还是满员编制，但部队的战斗力已大不如从前，特别是部队的战斗意志和士气，更是每况愈下。作为日军驻冀东的最高长官，铃木启久虽然对大本营的策略多有不满，但作为"皇军"的高级军官，铃木启久只能面对现实，尽可能地挽回颓势。

六年多对冀东八路军和抗日根据地的讨伐，使铃木启久陷入了深深的反思。他叹道："在燕山的沟沟壑壑，在冀东茂密的青纱帐里，八路就像树木和庄稼的影子，你到处都能看到却总也抓不到。八路斗志旺盛，即使被包围，他们也会拼死抗衡，让皇军付出惨重的伤亡，直到全体战死为止。冀东真是犹如苦海。"

铃木启久经过多日的苦思，决定继续完善自己重点进攻、分进合击、实施快速远距离奔袭和精确打击战术。他坚信，这样做不仅可以避免过去费时费力的盲目出击，准确地抓住八路主力和领导机关决战，还可以弥补日军兵力的不足，防止兵力过于分散而被八路逐个消灭。

经过两次实战检验，铃木启久认为自己的办法可行。他坚信，只要情报准确，任你八路在冀东任何一个地方，皇军都可以在一夜之间赶到并实施包围，不论你是凭山据守或依村庄顽抗，皇军的战力和装备，都可以在一天之内把你全部消灭。

铃木启久踌躇满志。

这些天，熊大林也一直在思考一个问题，就是"鬼子近期为什么支援、包围来得这么快"，想出了点眉目后，找到了李子方。

"老李，你还记得吧，打完豹儿寨的时候，长明和雨生说感觉最近鬼子有点邪，主要表现是鬼子的小规模扫荡少了，集中了、支援快了。我也有同感，特别是这次岳家庄被围，我的感觉更深。"说完卷了一棵烟。

李子方知道熊大林是个脑子从不闲着的人，一听就明白熊大林经过最近两次战斗，总结出了点经验。虽然这些天，自己也不时想这些事，但他不是先入为主的人，于是微笑着说："看来我们的熊团长又有了新收获，说说看。"

"别处我不敢说，就在我们三团几个县的活动区域，你发现没有，这三四个月小队级的据点全部撤掉了，现在的据点不论是鬼子还是伪军，都是中队级别以上的。"熊大林道。

李子方一听，略微思考了一下，觉得熊大林总结的完全对，在自己的活动区域内，鬼子伪军的小据点确实少了不少，于是点头赞道："是，还有什么新的发现，你接着说。"

"长明说现在鬼子住的据点都配备了汽车。我也发现了。就说这次岳家庄被围，我们晚上十点多才进的庄，鬼子得到消息怎么这么快这么准？鬼子下达命令做好准备怎么也得在十二点以后吧，可早晨四点来钟鬼子就把我们包围了。而包围我们的日伪军大多是从四五十里以外甚至更远的地方赶过来的，这说明现在鬼子的机动能力增强了许多。"

"是啊，这次在岳家庄和赵家庄包围我们的鬼子伪军不下三千人，而平东县城和离岳家庄较近的张家庄据点的日伪军加在一起也不过千人，剩下的两千多人都是从几十里甚至百里以外赶过来的。下午的时候，鬼子的汽车不断地来来往往运兵，这说明鬼子运兵已全部实施了机械化。"李子方补充道。

"这就是我们目前必须面对的一个现实。"熊大林接着道："冀东方圆不过几百里，只要鬼子发现了我们，他们都可以从任何一个据点调集兵力，而且在一夜之内赶到把我们包围。"

"你是说我们以后兵力不要过于集中？"李子方受到了一些启发。

"特别是领导机关和非战斗人员绝不能过分集中，不然会招来灭顶之灾的。"熊大林进一步说出了自己的想法和担忧。

李子方非常赞同，于是道："是不是把咱们的想法和发现电告李司令，我想他们那边和我们这差不多吧，要不会吃亏的。"

"电告李司令是应该的，我担心的是李司令会不会引起重视。"熊大林说出了自己的担忧。

"咱们要尽到责任。这样，我起草一下电报，你来改，怎么样？"李子方道。

见熊大林点了头，李子方掏出笔写道："李司令：近几个月，我们发现日伪军将中小据点收缩，战法有了很大改变，主要是集中优势兵力于大据点，并配备汽车，在可靠的情报指引下，实施远距离快速奔袭，其目的是围歼我军主力和领导机关。特此报告。熊、李。"

熊大林拿过一看,夸奖道:"不愧是上过学堂的知识分子,总结出的东西就是入木三分。"接着在"其目的是围歼我军主力和领导机关"后加上了"望军分区高度注意"。

李子方看了笑笑:"你还真怕李司令不会引起重视?这句话是上级对下级指导性语言,你就不怕引起李司令的反感。"

"这个时候了我还哪有心考虑这些,他李司令只要能听咱们的建议,不再出现'大战红五月'的昏招,我就谢天谢地了。"熊大林口无遮拦地说出了自己的心思,在电报上签上名字,命机要员马上发出。

而李云长接到熊大林和李子方联名签署的电报后,却没有引起足够的重视,认为全国的抗战形势大有好转,我各根据地已开展局部反攻,日军收缩据点,说明日寇兵力不足。

为防止部队被鬼子分进合击,熊大林再次将全团以营、连为单位分散活动。三个多月下来,虽然只打了几次伏击鬼子运输车之类的小仗,规模不大,但缴获不小。

这天,李子方接到机要员送来的军分区电令:"冀热边特委、行署、军分区拟于 10 月中旬在丰润北部杨家岭召开特委、地委、县委和行政公署、社会部、卫生部三级干部会议,传达贯彻中央建立巩固根据地,迎接东北反攻工作会议,令你团派一个加强连即刻出发,于 10 月 10 日前赶赴杨家岭担任会议保卫工作。"

李子方看过电文,立即涌出一种说不清的感觉。他不敢怠慢,立即拿着电文找到熊大林。

熊大林看了电文,愣愣地半晌没有说话。李子方见状问道:"老熊,你看派哪个连执行这个任务?"

熊大林没有直接回答,只是自语着:"李司令啊李司令,我们的话你怎么就听不进呢?"

李子方似是明知故问似是不解地问:"哪些话啊?"

熊大林不想隐晦什么,气气地说道:"从全国的形势看,鬼子在走下坡这是事实,但冀东是鬼子伪满洲国的门户,鬼子的实力并没有明显减弱。特别是鬼子改变了战法,布在点、线上的快速部队时刻在盯着我们的主力和党政机关。特委、地委、县委和行政公署、社会部、卫生部三级干部得有千八百人,加上警卫部队得有一千人,这么多的人光集中就得七八天,鬼子能不探得消息?如果鬼子重兵奔袭包围,一个连怎能抵挡得住?这不是找死吗?"

听了熊大林的话，李子方原有的说不清的感觉顷刻变成了不祥之兆。李子方稳了稳情绪问道："那你说该怎么办呢？建立稳固的地方政权，做好向东北反攻的准备是中央和军区布置的，特委、行署和军区总要部署执行啊。"

"那可以分片开会布置吗，何必非得全集中到一起呢，我敢断定会出现和刘政委一样的结局。"熊大林恨恨地说。

"你是说会全军覆没？"李子方知道，熊大林说话虽然很直，但没根据的话从不瞎说。

"不全军覆没，也得伤亡大半。刘政委那次不也有三十几人冲出来了吗。"熊大林道。

"那得赶快将我们的意见电报李司令，不然损失就大了。"李子方说出了自己的意见。

"报当然要报，可特委、行署和军区已经将通知发下去了，怎么收回？再说李司令也不一定听我们的意见啊。"熊大林进一步说出了自己的担忧。

"李司令听或不听是另外一回事，但我们的责任一定要尽到，你不是常说不能揣着明白装糊涂吗。"

"好吧，一会我就起草电文以你我的名义发出去，不然李司令又骂我是无事生非了。"熊大林道。

"好，好，你写我签名尽快发出。"李子方支持道。

熊大林想了想，写下了电文："李司令：召开如此大规模会议，必为日寇侦知。现日寇已改变以往扫荡战法，集中主力于重要交通点线，配备机械化运输工具，敌可在一夜之内赶赴冀东任何一点，若被敌包围，一连之保卫兵力实难担当，重大损失将难以避免，望李司令三思！切切。"

李子方拿过看了看，划掉了"望李司令三思！切切。"词语，签上自己的名字道："后边的话就不要写了，你是提出自己的意见，不是教训哪个人，快点发出吧。"

熊大林见李子方划掉了最后的话，支吾了一下："这……"但还是签上了自己的名字。

电报发出不到半天，熊大林和李子方接到了李云长的回电："所提建议极为重要，但任务紧急，必须尽快开会布置，且通知已发，不宜再变。只要加强保密，派得力部队保护，定能防止所预情况发生。望坚决执行命令，派得力部队速往。"

熊大林看完将电文狠狠地拍在桌子上，大骂道："奶奶的，他李司令就是一厢情愿，老李、老李！"

听到熊大林叫喊，李子方知道是司令员回了电报，于是过来拿起电报看了看，默默地道："老熊，执行吧，你准备派谁去执行这个任务？"

"派谁？由我去执行这个任务好了，我死了，也省得他说我刺头，开大会小会地整我！"熊大林怒吼道。

"老熊，你冷静点！"李子方毫不客气地吼道："你这么嚷嚷影响多不好？嚷嚷能解决问题吗？"

听了政委的话，熊大林情绪平静了一下道："由我带四连去吧，也好临机处置。"

"谁去你也不能去，就你现在这个情绪，不是找上门去吵架吗？"李子方判断李云长也会参加会议，接着道："再说全团和二区队近三千号人，哪一天离得开你？我的意见是派冯根柱、王子奇参加会议，让刘大龙带四连和特务连执行保卫任务，好好交代一下就行了。"

"为什么还要派特务连去？就是再派一个营也是杯水车薪，你还是少让弟兄们送死吧。"熊大林几乎失去了理智。

"可李司令的命令是派一个加强连啊，只派四连万一出了问题怎么办？"李子方也激动了。

"近千人的会议，没事什么都好，如果鬼子侦知了情况，定会派五千人以上的兵力奔袭包围，而且肯定会有重火器，就是全团去管用吗？我的大政委，这是明摆着的事"熊大林几乎是带着哭声了。

"可你不按命令执行，万一出了事，要承担责任的老熊！"李子方几乎是央求了。

"四连有一百五十多人，九挺机枪，本身就是一个加强连。万一出了事，我愿用我的命换另一个连弟兄的命，这事就这么定了。"熊大林开始要横了。

"不行，必须去两个连，我要对你、对李司令负责！"李子方没有让步，第一次对熊大林要起了态度。

"这是你的最后意见吗？"熊大林几乎是嚎叫着问。

"对，这是我行使的政治委员最后决定权！"李子方没有丝毫让步。

"我的大政委，政委委员的最后决定权，早在两年前冀中'五一'反扫荡之后中央就下令取消了。我是军事主官，这事就由我决定，由我承担责任吧，我谢谢你了。"说完掬起了双手。

李子方何尝不知道中央已发通知取消了政治委员的最后决定权，他是想让熊大林听取自己的意见。他知道，即使中央没有通知取消政治委员的最后决定权，凭熊大林在团里的威信，只要熊大林不同意，他也调不动部队。李子方既为熊大林实事求是的精神所感动，也为他敢于承担责任的行为所敬佩，于是道："如果出了问题要追究责任，我和你一起承担，就由刘大龙带四连去执行吧。"

给刘大龙和四连长刘存生交代完任务，熊大林握了握冯根柱和王子奇的手，对着刘大龙嘱咐道："到了杨家岭千万不能有任何麻痹，村的各个方向要前出五百米放出游动哨，每个村口不仅要放警戒哨，而且还要放暗哨以备突然情况。如果遇敌包围，拼死也要打开突破口掩护参加会议的干部突围出去。万一突围不成，就是拼尽最后一个人，也要战斗到底保持四连的荣誉。记住了？"

刘大龙向熊大林敬礼道："团长，记住了。自组建八路军第四纵队我当排长时就跟着你，现在已经六年多了。我这个营长是你给我的，我不会给你、给咱们三团丢脸，就是死也要和刘政委一样，死出个样子来！"说完转向李子方："政委，你还有什么指示？"

李子方过来给刘大龙正了军帽："按团长的吩咐，执行就是了。记住，你这个营长是你勇敢作战，组织任命的，出发吧。"

"是，我这个营长是组织任命的。"说完也向李子方敬了个礼，和送行的陈雨生、王化逐一握手敬礼后，和冯根柱、王子奇一起，带着四连出发了。

熊大林、李子方和陈雨生、王化看着刘大龙带着四连一路离开，直看到刘大龙和四连在视线中消失才转过身来。李子方看到，这时的熊大林已经泪眼模糊。李子方似乎受到了什么感染，吟了一句诗"风啸啸兮易水寒，壮士一去兮不复还。"

三天后，刘大龙率四连赶到了杨家岭。杨家岭是丰润北部地区一个不小的山村，村子南、北。西三面环山，山不高也不陡，上面生长着低矮的灌木、杂草，东面是蜿蜒几里的丘陵。到了杨家岭刘大龙才知道，军区司令员兼冀东特委书记李云长没有参加会议，参加会议保卫的还有冀东特委、行署的警卫连。

刘大龙按照会议的最高领导、冀热边特委副书记、军区副政委周文林的指示，将杨家岭封锁，五天以后，参加会议的八百多名干部陆续到达。由于参加会议的干部较多，被分别安排在了杨家岭和西南方向二三里的夏庄、李庄。四连负责保卫杨家岭，冀东特委、行署警卫连负责保卫夏庄、李庄。

会议正式开始了，刘大龙却是异常的紧张。他知道，自己不仅关系到会议的成功，更关系到八百多干部的性命。天刚擦黑，刘大龙就按着周文林的指示和熊大林临出发时的吩咐，在村子的四个方向各前出五百米派出了警戒哨，并在村子的每一个村口，各放置了一名明哨和暗哨。

刘大龙一夜没睡，他和连长刘存生几次查哨，快拂晓了仍没有发现异常情况，刘大龙的心悄悄平静下来。

刘大龙刚刚躺下，突然，村东响起了激烈的枪声。刘大龙本能地起身蹿上房顶，向枪响处望去，只见村后的东山已被日伪军占领，鬼子的几挺机枪从不同的角度，以交叉火力向村内猛烈射击着。

刘大龙蹿下房，跑到附近的周文林房间报告情况。

作为这次会议的主持人和最高领导，周文林相当沉着。在枪响的第一时间，周文林已听出村南还没有出现枪声，于是命令道："快组织部队掩护参加会议人员向南突围，接应驻扎在夏庄、李庄的人员。"

部队和参加会议人员紧急集合完毕。这个时候，已不用再说什么。刘大龙一挥手，带着四连向村南冲去。参加会议的干部在周文林的组织下，跟着四连向南而去。

村南与山之间有几百米的开阔地。刚出村不远，刘大龙发现村南的山头也全部被鬼子占领。驻扎在邻村夏庄、李庄的冀东特委、行署的警卫连护送着参加会议的干部向杨家岭赶来。

向南路已不通。刘大龙赶忙命令部队停下，转身向周文林请示突围方向。

此时杨家岭东、西、南三个方向的制高点已全部被日伪军占领，山上的鬼子清晰可见。周文林决定：部队调头向北，向北突围后进山。

刘大龙立即指挥四连调头向北冲去。数百地方干部也跟着四连向北急奔。周文林命令冀东特委、行署警卫连断后，掩护与会干部向北突围。

这时东西两边的山坡上，穿着黄色军装的日伪军越聚越多，密密麻麻的日伪军已开始下山。山上的机枪疯狂地向突围的人群射击着。队伍中不断有人倒下，但别无他路，数百干部只好跟着四连向北边冲边打。

四连冲到村北不远，发现村北的制高点毡帽山已鬼子占领，鬼子在山上用机枪封锁着村北唯一的出路。数百干部不得不伏在空旷的乱石后暂时隐身。周文林命令刘大龙把毡帽山夺下来。刘大龙令三排留下，和连长刘存生各带一个排，从南、东两个方向向山上冲去。

山上的鬼子机枪、步枪全部转向了进攻的四连。刘大龙从一战士手中抢过捷克式机枪，大叫着："有进无退，坚决把制高点夺过来！"

四连自从陕北红军改编成八路军以来，从未打过败仗。熊大林、贺长明、刘大龙等几任连长的影子在这个连显现的非常明显，越是危险越玩命，战斗越是激烈斗志越顽强。留在山下的三排的三挺机枪也自动打向了山顶，掩护连主力进攻。在刘大龙的带动下，战士们嗷嗷叫着向上冲。前边的倒下了，后边的跃过同伴的尸体继续冲锋。刘大龙已经负伤，端着机枪的左手被打掉了三个指头。刘大龙好像没有感觉，打光了一个弹匣后换上一个，第一个冲上了山顶。

刘大龙将机枪里的子弹全部扫向了山顶的鬼子，然后捡起一支鬼子的三八式步枪，和山上的鬼子拼起了刺刀。

没倒下的战士全部冲上了山顶，战士们终于用子弹、用刺刀夺下毡帽山，将鬼子赶下山去。

刘大龙看了看冲上山来的战士，见近一半人已倒在了进攻的路上。刘大龙顾不得许多，命令刘存生率一排坚守山顶，控制制高点，自己带领二排立即下山，与周文林会合。

十几分钟的血战，周文林看得非常清楚。他既对四连顽强的战斗作风钦佩，又为刘大龙等不要命的精神感动。他见刘大龙负伤，命令卫生员赶快包扎，却被刘大龙一把推开。周文林见此命令道："快，向北冲！"

刘大龙一挥手，带着二、三排向北冲去。周文林命令自己带来的警卫连继续断后，阻击从南和东西两侧包围上来的敌人。

沿途两侧的山上，日伪军以猛烈的火力不断进行阻击。刘大龙再次端起机枪，命令机枪开路，以摧毁一切的勇气带头向前冲去。战士们呐喊着，以不停息的攻击，终于杀出一条血路，突出了鬼子的包围。

刘大龙回头清点队伍，见只跟出来一百来人，于是让突围出来的干部继续向前脱离险区，命令部队杀回去。

这时的二三排只剩四五十人，听到命令，战士们跟着刘大龙呐喊着向回冲。

杀回五六百米，刘大龙在一块大石后找到了周文林。周文林正在命令电报员发报，向李云长报告被敌重兵包围和正在突围的情况。发完电报，周文林命令炸毁电台，烧毁密码本。

毡帽山上的一排正在艰难地阻击着鬼子向山上的攻击。刘大龙受伤的左手已经麻木，他已顾不得其他，拉起周文林大叫道："首长，快走！"说完带着二三排剩下的人员，再次向外冲去。

鬼子山上的机枪步枪不停地向突围的队伍射击着，鬼子的迫击炮和掷弹筒也不断地打向突围的队伍。二三排不断有人倒下，突围的干部也不断有人倒下。冯根柱倒下了，王子奇也倒下了。刘大龙顾不得看倒下的战友一眼，仍不要命地带着二三排和没倒下的干部向前冲。

终于，二三排再次冲出敌人的重围。刘大龙喘着粗气，查看突出重围的队伍，发现跟出了二百多干部，会议的最高领导周文林和大部分干部仍在鬼子的包围圈内没有出来。刘大龙知道，突围的干部又被鬼子截住了。这时的刘大龙已顾不得什么，大声吼着、骂着，命令突出来的干部赶快进山。

刘大龙看了看自己的队伍，已不足二十人。听着包围圈内激烈的枪声，刘大龙道:"弟兄们,我们四连从没有完不成的任务,把六挺机枪都带上,不怕死的跟我再杀回去!"

战士们无一人犹豫,跟着营长再次杀进了包围圈。等到刘大龙找到周文林,山上的日伪军已下山,将突围之路团团堵死,毡帽山站满了鬼子,只有断后的警卫连还在死命地抵挡着靠近的敌人。

刘大龙看了看河滩上众多的尸体,他知道,刘存生和一排不存在了,一切都无法挽回了。刘大龙扑到周文林身边,大叫道:"首长,怎么不走啊?"

周文林知道,已到了最后的生死时刻,于是平静地说:"这么多人都没出去,我只有和他们死在一起了。"说完举起手枪,对准了自己的头颅。

刘大龙冲上一步把周文林的手枪推开,子弹"砰"地斜射天空。刘大龙抓住周文林举枪的手,哀求道:"首长,让我们再冲一次!再冲一次!"说完搀起周文林,大叫道:"快走!"

刘大龙端起机枪向逼近的敌人射出了枪里的全部子弹。鬼子数不清的子弹也射向了刘大龙。刘大龙不甘心地倒下了。

没倒下的战士继续拥着周文林往前冲。鬼子的机枪无情地扫射着,身旁的战士一个个倒下了,周文林也倒下了。

十几分钟后,杨家岭枪声停了,四连、冀东特委、行署警卫连全部倒下了,四百多参加会议的干部也倒在了杨家岭。

这是抗战以来冀东损失最惨重的一仗,四百多名军地干部阵亡,冀东的地方组织几乎瘫痪!

亲自指挥奔袭的铃木启久哈哈大笑,他既为这次奔袭的战果兴奋,又为自己的新战法获得成功庆贺!

其实在冀东军区、特委、行署发出会议通知的第二天,铃木启久就获知了会议消息。为证实消息的准确性,铃木启久动用了多种情报渠道。在消息得到证实后,铃木启久没有立即动手,他要等待时机,等待参加会议的人员全部到齐。

会议召开的前一天晚上,铃木启久向驻唐山、天津的两个步兵联队和一个炮兵联队发布了出击命令,并调集了唐山、天津附近三个团的伪军,共计一万三千余人,利用机械化优势,从天津、唐山远距离运兵奔袭,于拂晓前包围了杨家岭。

铃木启久得手了。

军区司令员兼冀东特委书记李云长在接到周文林报急电报的那一刻,也意识到了情况的危急,于是紧急命令在热河地区开辟新区的一团、二团回援,命令三团以跑死马的速度，赶往杨家岭救援。

一团、二团远在二百里之外，三团也远距杨家岭近二百里。熊大林接到电报，瘫坐在土炕上，嘴里叫着"完了、完了"，命令郭大海赶快把李子方和陈雨生、王化叫来。

其实熊大林已做了最坏的准备，在刘大龙带四连出发后，他已命令分散活动的部队即刻集中。

见李子方和陈雨生、王化看完电报都没有说话，熊大林急急地吼道："怎么办，快说话啊！"

还是李子方首先说道："老熊，刻不容缓，执行吧。"

"可我们这离杨家岭有二百里，我们去收尸啊！"熊大林吼道。

"收尸也得去！"李子方吼了一句后，稍稍平静了一下道："死马当作活马医，但愿他们能坚持一天一夜，执行吧！"

见政委的意见如此坚决，熊大林以变了调的声音命令道："除了武器弹药全部留下，全团立即出发，中间不休息不吃饭，必须在二十四小时之内赶到杨家岭，快，出发！"

紧急集合号在山间响起，部队很快集合完毕。熊大林站在队前吼道："弟兄们，咱们四连和几百名干部被鬼子围在了杨家岭，危在旦夕，咱们必须在一天一夜之内，跑完二百里路赶到杨家岭，把四连和几百名干部救出来，情况紧急，出发！"

第二天中午，三团终于赶到杨家岭。鬼子早已撤离。熊大林看到村内村外狼藉的尸体，早已泣不成声。他带着李子方和陈雨生、王化，寻找四连、寻找刘大龙。

战士们终于找到了刘大龙。熊大林抱着刘大龙满是弹孔的尸体号啕大哭"兄弟啊兄弟，你怎么扔下我就走了呢？我不该派你来，不该派你来啊。"

李子方和陈雨生、王化也都哭了，收尸的战士们也都哭了。四连一百五十多人的尸体齐整整地摆在了河滩上。熊大林一个一个地看着，嘴里不停地嘟囔着"我的四连、我的四连啊，就这么没了，就这么没了。李司令，我日你姥姥！"

李子方也一路流着泪，见熊大林失控的情绪，大叫道："老熊，你疯了！哭有什么用？你是团长！"

听了李子方的怒吼，熊大林停止了叫骂，仍可着嗓子叫道："李司令，我饶不了你！"

到了晚上，李云长带一团和二团赶到了。见到李云长，熊大林接着大哭："李司令，我的四连，我的四连全没了！"

李云长见到这么多还没掩埋的尸体，早已泪流满面，见熊大林没理智地大哭，怒火冲天："你的四连，我的这么多干部都没了，我让你派个加强连，你为什么只派了一个连，你个混蛋，老子毙了你！"

听了李云长的叫骂，熊大林更加失去了理智，上前一把抓住李云长："李司令，来吧，老子正好对四连有个交代。你一意孤行，不听老子的劝，就是老子一个团来，不都是死吗，你来吧！"

愤怒的李云长真的掏出了手枪，李子方一见，赶紧上前夺了过来："李司令，熊大林他疯了，他疯了，您别和他一般见识，别和他一般见识。"接着对郭大海和自己的警卫员吼道："快把团长拉走！"

熊大林被拉走了。李云长怒气未消，对着李子方喊道："说，为什么只派一个四连！"

李子方道："四连是我们团最强的主力连，人数最多，装备最好，光机枪就九挺，本身就是一个加强连，我们严格执行了司令员的命令。司令员，四连一百五十多人全拼光了，四连的老底子可是红二十八军的一个师啊！"

李云长吼道："你别给我讲这些，我们牺牲的每个干部，都是党的富贵财富，今天的损失，我要负责任，你和熊大林也脱不了干系！"

见李子方不再说话，李云长命令一团、二团和三团一起继续掩埋尸体。

半夜的时候，牺牲的四百多名干部和四连、特委、行署警卫连二百多干部战士全部掩埋完毕。经过连续的长途行军，部队早已疲惫不堪，李云长命令部队进山分散宿营，明天各自返回活动地域。

李云长没有追究熊大林哭闹和对自己无礼的责任，其实他也理解熊大林，对部队和地方干部如此大的损失，李云长也是心疼得彻夜难眠。但熊大林的此举，进一步为自己埋下了祸根。

李云长连夜将情况如实向晋察冀军区聂荣臻司令员做了汇报，并承担了责任。他要追查会议泄密的原因，可追查了将近一年，也没有查到头绪，直到日寇宣布无条件投降，由于日伪档案中没有记载，最终也没有查到结果。

三天后，熊大队带队回到了平东北部山区，刚一进村，熊大林便得到留守的柯二美又一个不幸消息：三团主力东进救援杨家岭后，伊村率队偷袭了三团湖洞水卫生所，副团长贺长明和二十几位伤员牺牲！

熊大林还没有从失去四连的悲痛中缓过劲来，这个消息，似一记重棍，再次击打在熊大林的头上，他踉跄着，险些栽倒，被柯二美一把抱住，大叫道："老熊，你怎么了？怎么了？你要挺住！你要挺住！"

熊大林被柯二美和李子方扶着坐在了一块大石上。李子方对着柯二美道：

"快说说怎么回事?"

柯二美将贺长明牺牲的经过,一五一十地诉说了一遍。

原来,伊村早已探得三团将卫生所和伤员安置在湖洞水的消息,只是慑于三团主力在附近活动,没敢轻举妄动。在三团东去救援杨家岭的第二天,伊村侦知三团主力东进,立即率一个大队的鬼子和两个中队的伪军乘车赶到湖洞水,将卫生所和伤员包围。为了保住卫生所十几名医生护士,贺长明以副团长的身份命令卫生所警卫排和柯二美在鬼子的合围还没有完全形成之前,掩护医生护士和轻伤员突围,自己和二十几名重伤员留下。

在贺长明的坚决命令下,警卫排以伤亡一多半的代价,掩护卫生所的医生护士和轻伤员突出了重围。

此时的贺长明已能走动,但他是副团长,职责告诉他,他不能走,必须与重伤员在一起。他命令照顾自己的通信员马小山给每名重伤员两棵手榴弹,然后命令马小山突围。

马小山坚定地说:"副团长,我是通信员,现在的任务就是保护首长,要死死在一起!"

贺长明疼爱地看了看马小山:"好小子,你的心我领了,但你留下,结局只有死,我们不能做无谓的牺牲,执行命令,快走!"

"不走!"马小山执拗地说:"丢下你,回去团长也会枪毙我。既然都是死,死也要死得和刘政委一样,死得忠诚死得壮烈!"

这时,鬼子伪军已经攻了上来。马小山赶紧扶着贺长明进入了断崖下的一个山洞。

贺长明再次对马小山吼道:"你快走,再不走就来不及了!"

马小山好像没有听见,搬起几块石头堆在洞口,准备战斗。

贺长明命令道:"小山,我的好兄弟,把手伸出来。"说完掏出了自己心爱的派克钢笔,在马小山的左手上写道:"遵命撤、贺"四个字,并把钢笔塞到马小山手里:"把这几个字给团长看看就行了,快走!"

马小山看了,擦了擦手道:"副团长,除非你毙了我!"

贺长明将马小山抱在胸前:"好兄弟,你才不到十八岁啊。"

马小山含着泪道:"副团长,你也大不了我几岁,你不怕死,我也不怕死!"

贺长明看了看,鬼子伪军已将自己包围,再撤已不可能了,于是拉着马小山趴下:"兄弟,让咱俩也学学刘政委,壮烈一回!"

这时,伪军开始喊话:"八路弟兄们,你们已经被包围了,跑是跑不了,皇军也优待俘虏。"

贺长明恨恨在骂道："放屁！"说完取过马小山手中的三八大盖，略微瞄了瞄，一枪将喊话的伪军击毙。

鬼子伪军开始发起进攻，一会，断崖的山洞中不时响起手榴弹的爆炸声。贺长明知道，那是不能动的重伤员拉响了与敌同归于尽的手榴弹。

贺长明问马小山："看看，你还有多少子弹？"

马小山掏出弹盒内的子弹数了数道："还有二十发。"

贺长明掏出自己的二十响，看了看："总共还有四十发子弹，值了。"

鬼子伪军杀害了二十几名重伤员后，开始向贺长明隐身的山洞进攻。贺长明把步枪递给马小山："兄弟，找鬼子打上他两个。"

马小山接过步枪，连开三枪，将进攻的两个鬼子打倒。贺长明拍了拍马小山的头："兄弟，够本了，让我来吧。"说完接过马小山手中的步枪，将子弹压进弹仓。

伪军的喊话又开始了："八路弟兄们，你们已经走投无路了，快投降吧，投降皇军将保证你们的生命安全。"

贺长明狠狠地骂道："别废话，不怕死就上来吧！"

贺长明带有浓重陕西味的回话使曾经被贺长明俘虏过的伪军觉得声音很熟，愣了一会反应过来，对着身边的一个鬼子中队长喊道："报告太君，里边的是八路大大的太君，贺长明长明灯地干活。"

贺长明在冀东西部地区的名声太大了，甚至仅次于熊大林，当地的鬼子伪军都称贺长明为长明灯。鬼子中队长一听，兴奋异常，举起指挥刀大叫："前进，抓活的！"

在鬼子中队长的命令下，鬼子伪军向石洞发起进攻。

贺长明从洞口的石缝中伸出步枪，开始向冲上来的鬼子伪军"点名"，枪声响处，鬼子伪军接二连三地倒下。敌人胆怯了，不敢再上前一步，机枪不停地向洞口扫来。

贺长明哈哈大笑："小山，咱兄弟俩够本了。"说完将枪递给马小山："兄弟，你来。"

马小山将剩余的子弹全部压入弹仓，递给贺长明道："副团长，你的枪法好，还是你来，我已经够本了。"

日军向洞口扫射了一会，见洞里没了动静，又开始向洞口战战兢兢地爬来。贺长明再次伸出步枪，将露头的鬼子打倒在地。

一个多小时过去了，日伪军死伤了二十多人也没有攻下洞口。后边的伊村恼羞成怒，命令掷弹洞向洞口射击。

鬼子的掷弹洞弹在洞口"咣咣"地爆炸着。贺长明看了看手中的步枪，见子弹已经打光，对马小山将道："兄弟，咱们缴获的步枪不能再留给鬼子，砸了它，让它革命到底吧。"说完掏出了跟随自己多年的手枪。

贺长明小心地将弹匣卸下，取出两颗子弹装进衣袋里，然后推弹上膛，对逼近的鬼子又开始了准确射击。

听着洞里零星的手枪声，伊村知道洞里的八路没有多少子弹了，于是再次号叫着："抓活的，抓住八路长明灯的大大地有赏。"

贺长明听到了大叫："小鬼子，来吧，老子赏给你花生米！"

贺长明再次打出几枪后，枪机弹开了。贺长明知道，最后的时候到了。贺长明掏出衣袋内的最后两颗子弹，装弹上膛，对着马小山道："兄弟，怕吗？"

马小山摇摇头："副团长，不怕，和你死在一起，黄泉路上也是英雄。十八年后，我还给你当通信员！"说完掏出了最后的一颗手榴弹。

贺长明把马小山搂在怀里，喃喃地道："兄弟，把手榴弹扔给鬼子。"

见洞里不在有枪声，鬼子伪军大着胆子涌到洞口，还没等做出反应，一颗冒着烟的手榴弹从洞口飞出后瞬间爆炸，鬼子伪军又倒下一片。

贺长明再次搂过马小山，"兄弟，咱们上路吧。"说完将手枪对准自己的头部开了一枪。

贺长明无声地倒下了。马小山抱起贺长明，叫了一声："副团长"捡起贺长明的手枪，也对准了自己的头部。

两声枪响后，洞里平静了。鬼子伪军愣愣地伏在洞外待了十几分钟不敢进洞。伊村赶上来，命令伪军扒开洞口的石头，见两位八路军静静地躺在洞里。

伊村有点不相信，打死自己三十多人的八路，竟只有两人。他命令伪军将两人的尸体拖出洞外让伪军辨认。

曾被俘虏过的伪军认出了贺长明。伊村听后歇斯底里大叫："快向铃木师团长发报，我们击毙了八路三团副团长贺长明，八路的长明灯完了，八路的完了！"

熊大林听完柯二美的叙述，心口一阵阵地发堵，问道："贺长明牺牲的情况你是怎么知道的？"

柯二美答："是一名隐藏在崖缝中生还的伤员告诉我的。"

听完柯二美的话，熊大林一口鲜血从口中喷出。柯二美吓得赶紧扶住了丈夫，大叫："老熊、老熊，你别这样，你会吓死我的。"

李子方和陈雨生、王化等也赶紧上来，扶住熊大林。李子方赶紧令人把熊大林抬到屋里救治。

第二十八章

三团在几天的时间，不仅损失了熊大林的起家班底四连，又损失了贺长明、刘大龙两员心爱的战将。熊大林心疼得吐血卧床，病了一个月。熊大林命令，将每个连的一班抽调一起，重新组建四连，调警卫连连长马爱山担任四连连长。

一个多月后，晋察冀军区严厉通报批评了冀东军分区数百名军地中高级干部被围阵亡的严重事故，令冀东军分区认真总结教训，追究责任。

军分区司令员兼冀热边特委书记李云长主动承担了责任，向中央和晋察冀军区自请处分，并要求晋察冀军区速派干部加强和充实冀东的工作。

为做好向东北反攻的准备，中央和晋察冀军区同意了李云长的要求，决定派出 100 余名中高级干部加强冀东的部队及地方工作。

1944 年的元旦快到了。熊大林的病情已经痊愈。冀东军分区报上级批准，任命陈雨生为副团长，一团参谋长关天旭调任三团参谋长。副营长苏天任二营营长。

为了让战士在节日吃好，熊大林通过情报，带团主力伏击了鬼子的一个运输队，缴获了十几大车的被装和白面、猪肉等给养，多少填补了些两个月前的心疼。他命令副团长陈雨生带一营给在盘山地区活动的二区队送去一些缴获，部队尚未出发，接到了李云长的命令：

"中央和晋察冀军区派百余名中高级干部加强冀东工作，平西军分区负责护送至平顺与平东交界处樊庄一带。我已带军分区警卫营出发，令你团并二区队于 12 月 27 日 24 时前赶到上述地区，和我所带部队一起，负责迎接及保卫工作。任务紧急重大，切勿半点疏忽，出现失误将受军法之严厉处罚！"

熊大林见到电报，立即命令陈雨生及一营任务取消。他来到李子方处，将电报狠劲拍在桌上，然后闷头卷起了一颗纸烟。

李子方见熊大林的情绪有点不对，他拿起电报看了看，知道是对上级派这么多中高级干部来有些不满，于是道："上级派这么多干部来，说明冀东地区的重要，电报写得很清楚，不能有任何疏忽，准备执行吧。"

"执行当然要执行，可我们这些人，在冀东坚持了这么多年，没功劳也有苦劳吧，抗战以来，平西的干部都提了几级了，可我们这些坚持冀东的老底子呢，基本都是在原地踏步。"

见熊大林说出了自己的心思，李子方叹了口气安慰道"咱们参加革命，起初也不是为了一官半职，你是为了能吃上饱饭，我是为了不受小鬼子的欺负，能有今天该知足了。"

熊大林干脆说道："你说的对，但人都有个脸面，都有上进心对吧。我是说，他李司令有自己的人不提，缺了干部就向上级要，不仅会给上级增加麻烦，还会伤下边的心啊。"

李子方叹了口气："这个事我也不想给你讲大道理了，其实你也懂，面对现实吧。说说怎么执行，可千万不能出差错，不然你我都是担当不起的。"

"怎么执行？只有坚决执行。我担心的，还会有一场恶战啊。"

"还会有一场恶战？说说你的理由？"听了熊大林的话，李子方有点吃惊，杨家岭的损失，李子方也心有余悸。

"你看，近一年来，小鬼子采取一切手段搜集我们的情报，这么大的动静小鬼子会不知道？如果侦知了这个情报，小鬼子一定会再来第二个杨家岭，远距离调兵来个机械化奔袭。"

"有道理，我们再也输不起第二个杨家岭了。"其实，看完电报后，李子方也有些担心，只不过不像熊大林那样快人快语，想到就说罢了。"老熊，离二十七号只有两天了，虽然咱们这个地方离樊庄不远，但还要通知在盘山的二区队，我们是不是把特务连派出去，看看敌人的调动情况？"李子方建议道。

"让通信班骑马通知二区队今晚出发，明天和咱们汇合一处去樊庄。我的意见是现在就把特务连撤出去，发现情况立即回来报告。"熊大林说出了自己的意见。

"好，鬼子加强了情报，我们也必须加强，千万不能再出第二个杨家岭了。"李子方表示同意。

第二天地下情报站的消息不断报来：北平敌人增兵平顺；天津敌人增兵通洲，承德敌人乘车到达兴隆。到了晚上，特务连的情报也报了回来：平密敌人南下到了大象山；平顺鬼子到了杨家庄；通洲敌人到了三河；蓟洲鬼子到了高村……

熊大林拿出地图查看，发现鬼子已从四面包围上来。

熊大林赶忙找来李子方和陈雨生和王化、新任参谋长关天旭商量。

熊大林指着地图对着几人说："鬼子从北平、天津、承德都过来了，邻近几个县的鬼子伪军也已经出动。很明显，鬼子已侦知了情报，从四面包围过来。"

陈雨生非常赞同熊大林的判断，马上说道："团长说的对，鬼子又在搞分进合击，我们要马上向司令员报告，绝不能再出第二个杨家岭了。"

李子方接着说："对，马上向司令员报告，命令平西部队停止东进，或改变迎接地点。"

王化、关天旭也点头同意。熊大林赶忙口述电报，命机要员发出。

一个多小时后，熊大林没有接到回电，却见李云长带着军分区警卫营、军分区机关、军区尖兵剧社和十几名专署干部共五百余人赶了过来。

熊大林见了有些恼火：李司令啊李司令，这个时候你带这么多非战斗部队来干吗？但他不敢说出这些，赶紧将有关情况向李云长做了报告，并汇报了几位团领导研究的意见。

李云长听了点点头："你们报告的情况极为重要，我也收到了几份类似的情报。但刚才在路上与平西护送部队联系，电台不通，估计正在行军中。我们继续联系，建议平西护送部队停止东进或改变迎接地点。"

李云长命令架设电台，但联系了一个多小时，仍没有对方的回音。

李云长非常着急，他对着熊大林和李子方道："如果一个小时后再联系不上，我们只有硬着头皮到原定地点了。如果我们不去迎接，损失将更大。就是拼光了三团和我的警卫营，也要保证这批中高级干部的安全，去准备吧。"

晚上八点已过，仍没有与平西护送部队取得联系。李云长对熊大林道："准备出发吧。注意，发现重大敌情部队立即利用夜暗与敌脱离接触，尽量不要进村防守，以免被鬼子重兵包围，给乡亲们带来损失。"

熊大林听了李云长的命令突然觉得很感动：是啊，部队在夜间与敌遭遇，双方不明底细，与敌尽快脱离的成功率很大，如果进入村落被鬼子重兵包围，不仅突围困难，还会给村里的乡亲们带来重大的人员和财产损失，看来李司令没了一厢情愿的书生气，务实了。熊大林马上答道："我判断，敌人是想用临近据点的鬼子伪军实施压缩，待把我们压缩到一个预定的点后实施包围，然后远处的鬼子再乘车快速赶来把我们合围歼灭。而鬼子压缩的重点在北边，因为我们离北部山区近，所以我想派出一个连到北边实施警戒。请司令员放心，我们坚决执行命令，就是拼光了三团，也要保证东进干部的安全。"

李云长点点头道："我也是这么想的，所以我们遇到敌情后，尽量不要往北退。"

得到李云长的同意，熊大林立即派出警卫连向北十里担任警戒，然后率领团主力向樊庄奔去。

部队经过两个多小时的行军，于23时到达樊庄。先行的特务连已与护送的平西部队取得联系。

李云长握着护送部队张团长的手说："你们辛苦了，情况紧急，敌人已从四面包围上来，你们要立即向西北方向进山，脱离险境后，视情返回平西。"

张团长向李云长敬礼："谢谢李司令的关心，东进的干部就交给你们了，司令员保重。"说完与李云长、熊大林等握了握手，率领部队向西北方向奔去。

护送的平西部队刚走，北部方向隐隐传来手榴弹的爆炸声。李云长知道，是警卫连与敌人接上了火。为防止部队集中被敌包围，李云长当即决定部队分成六路，分散突围。

熊大林对李云长建议道："司令员，分六路突围我赞同，但东进的百余名干部必须交给我，我会用生命保证这批干部的安全！"

李云长骂道："你小子老子天下第一的本性永远改不了，老子是最高领导，我带他们突围你还不放心吗？"

熊大林赶忙解释道："不，不，司令员，迎接保护东进干部是你下达给三团的任务，现在鬼子大兵压境，我怎么能把这副重担推给你司令员，您就依了我这回，我谢谢您了！"

熊大林把"你"改成了"您"，一是表示了对李云长的尊重，二是表达了自己对承担任务的渴望。李云长望着熊大林道："要是把这批干部分在六路突围的部队当中呢？"

熊大林赶忙反对道："不可，不可，六路突围，不可能每路都能顺利突出去，即使有一路被鬼子围住，损失也不可避免。您就把这批干部交给我，相信我会把他们平安地带出交给您。完不成任务，我会让我的警卫员提着我的脑袋去向您请罪的。"

李云长似乎被感动了，于是道："东进的干部我要，你的脑袋我也要，这批干部就交给你了。"

经过简单商议，李云长决定：自己带军分区警卫营和军分区机关五百余人向东突围；熊大林、李子方带二营、特务连、通讯排和东进干部七百余人向西南突围；王化带一营及十几名冀东行署干部共四百余人向南突围；李天盈、谭忠诚率二区队六百余人向西突围；参谋长关天旭带三营及团工兵连、尖兵剧社等500余人向东南突围。突围后的最后集合地点：盘山马家峪。

　　李云长对各路突围的领导最后强调:"突围时如果遇到敌人,不到最后一刻不准进入村庄,如果撤进村庄,突围时就是拼光了部队,也要把乡亲们带出去,我们不能让乡亲们毁了房屋,又丢了生命。万一被敌人包围,要尽量节省弹药,要从进攻的敌人尸体上多抢些子弹、手雷,必须保证天黑突围时的足够弹药。"

　　命令下达后,二区队政委谭忠诚对着李云长要求道:"司令员,关参谋长新到,道路及敌情不熟。冀东西部的村村落落我都熟悉,关参谋长和我是老战友了,长征路上也是一起走过来的,就让我和关参谋长一起走吧。"

　　李云长见谭忠诚说得有道理,于是看了看熊大林。熊大林点头表示同意,李云长握了握谭忠诚的手说:"把区队的警卫排带上,保重。"

　　谭忠诚也回道:"司令员保重。"说完向李云长敬礼告别。

　　部队紧急出发了。熊大林选向西南突围,有自己的考虑。他知道,鬼子必然会在北部山区的山口要道布下伏兵,天黑视野有限,对鬼子的伏击很难及时发现,若在山谷被鬼子伏击围住,部队施展不开,损失将难以避免。向西南虽然要经过近三十里平原,但在平原地区鬼子很难设下伏兵,而且向西南要经过鬼子的张庄据点,鬼子必定疏于防备。在平原即使与鬼子相遇,利用天黑也好脱身。

　　考虑到被护送的干部每人只装备有护身的手枪,熊大林命令特务连每人拿出一棵手榴弹交给被护送的干部,以备不测。自己带着新组建的四连在前,李子方带特务连断后,五六连在中间两侧护着百余名干部,依着村庄边沿一路向前,于拂晓赶到二十里长山前一个名叫高楼的村庄,前锋四连迎面与高楼来的鬼子相遇。四连立即散开卧倒抢先向敌人开火,鬼子却绕开四连从野地继续向北而去。熊大林马上判断出:鬼子的任务是奔袭打预定目标。

　　熊大林命令部队继续快速南进。天大亮时见前方公路开来十余辆满载敌军的卡车。熊大林命令部队卧倒隐蔽。敌似乎发现了我军,并用架在驾驶棚上的机枪打了几个点射,但敌卡车并未停下,继续向东行驶一段后,拐弯向北急驶而去。

　　看到敌人置之不理,熊大林更加坚定了在高楼与敌相遇时的判断。见敌人已经走远,熊大林命令部队继续向东,于太阳出山时进入盘山,彻底脱离了险境。

　　军分区司令员李云长算得上一员福将。冀东大暴动失败后率队伍东撤、"大战红五月"蓟洲十棵树、刘胖庄乘大雨突围,多少恶战、险仗,李云长都闯过来了,且毫发未伤,可算一个奇迹。李云长率突围部队沿着山前村庄一路向东,未遇一敌,于天亮时到达金海潭,脱离险境,再掉头向南进入盘山与熊大林李子方汇合。

副团长陈雨生带着队伍走小路、穿野地，凭着熟悉的地形，向西前进十多里后，折向正南。当通过顺平公路时，与敌相遇。陈雨生立即命令部队迅速越过公路，边打边撤。敌人打了一阵枪后，并未追赶，径直向东而去。陈雨生带着队伍一路向南，于天亮时进入二十里长山，休息一天后，于当天夜里进入盘山，与团长政委汇合。

政治部主任王化带领的一营遇到一点小麻烦。突围开始后，由于专署干部处理携带的一些重要文件，直到凌晨两点多才出发。王化派出二连连长朱增泉带全连担任尖兵，刚向南走出三四里即发现敌情。王化马上命令部队卧倒隐蔽。而随队突围的十几名专署干部没有战斗经验，起身回跑。敌情解除后，王化只好带领部队回返找到这十几名干部。此时，天已大亮，尖兵二连与自己失去联系。王化考虑到敌重兵合围白天通过平原危险极大，只好就近进山隐蔽。太阳升起的时候，听到西南方向枪炮声大作，王化马上判断，是自己的部队与敌遭遇。而附近的敌人也快速朝那里集中。王化带着队伍在山里隐蔽未动，天黑后进入盘山。

李天盈率二区队向西走出十多里，听到远处传来嘈杂声，并看到远方公路上隐约的汽车灯光。李天盈命令部队折向正南，向二十里长山转进。天快亮的时候，到达管庄，与失散的二连相遇。

朱增泉简单地向李天盈报告了与王化主任失散的情况。这时，北边跑反的群众大批涌来。由于二区队的冬装颜色与伪军相差不多，李天盈看天未大亮视野不良，命令打起缴获的日本旗，和二连一起向南转移。前进了五六里，突然发现不远的方向一大队鬼子迎面赶了过来。由于晨雾模糊不清，鬼子摇着太阳旗与我方联络，李天盈立即命令一懂旗语的原伪军通信兵回应过方。这个战士拿过太阳旗向对方摇了摇后，骗过敌人。鬼子继续向北而去，李天盈命令部队向东急进，于中午进入二十里长山，天黑后进入盘山。

只有新任参谋长关天旭和二区队政委谭忠诚带的一路陷入了绝境。

队伍向东南方向走出二十来里，来到平东县城西侧不远的周庄。部队连续行军了一夜，已累得气喘吁吁，特别是几十名尖兵剧社的队员，知识分子多，女孩子多，缺少艰苦的磨炼，累得东倒西歪，关天旭不得不同意部队短暂休息。这时，发现平东县城的敌人也已出动，不得已，队伍只得转头向西。没走多远，与从二十里长山过来的敌人迎面相撞。

谭忠诚赶忙命令工兵连长杜光春打出太阳旗。鬼子摇旗询问：哪部分的？我方回答：讨伐队，你们是哪部分？对方回答：三团特务连。

谭忠诚心里暗暗骂道：狗日的，装起八路来了！见东、南、西三个方向都发现了大批敌人，谭忠诚只得命令部队调头向北，命令刚刚发出，鬼子的机枪就扫射过来。

队伍向北没走出多远，北边的大批群众在鬼子的驱赶下，黑压压地逼了过来。关天旭命令三营就地散开卧倒，掩护群众转移。自己和谭忠诚带着工兵连和二区队警卫排保护尖兵剧社再次向南突围。

三营已和鬼子猛烈地交火。已调任三营营长的刘宏道命令七连在前开路，掩护乡亲们向南转移，命令八九连就地阻击敌人。

七连在前，见到敌人就打，一路向南。鬼子见涌过来的是众多百姓而只有少量八路，没有尽力阻挡。七连趁机一路猛打，率领群众向南而去。刘宏道见百姓已走远，指挥八九连快速脱离与敌接触，一路向南追赶七连而去。

至此，三营已与关天旭、谭忠诚率领的工兵连、二区队警卫排和军区尖兵剧社失去联系。三营掩护着千余群众，以伤亡百余人的代价，突出了鬼子的包围。进入二十里长山后，刘宏道将百姓遣散自寻亲友，天黑后带领部队进入盘山与团主力汇合。

关天旭、谭忠诚带队掩护着尖兵剧社向南走到管庄，鬼子伪军从四面合围上来。关、谭二人只得带领部队进村。附近没有突围出去的群众见到八路军，也跟着涌进了管庄。

很快，鬼子将管庄四面包围。此时，太阳已升起老高，再出村强行突围已不可能。关天旭、谭忠诚只得命令部队赶快修筑工事，依村固守，待机突围。

部队立即分散村边各户，掏墙挖孔。而数百名进入村中的百姓，将仅五六十户的管庄挤得严严实实。

关天旭和谭忠诚陷入了绝境。事后得知，鬼子从四面奔袭，合围的中心点就是管庄。

管庄地处平原，村北、村东是开阔地，村西地形起伏，村南有道沟坎掩护，战斗就在村南激烈展开。鬼子的机枪。迫击炮猛烈地向村里打来。为了节省弹药，关天旭命令鬼子不进攻不打。为减少群众的伤亡，谭忠诚将逃难的百姓安置在老乡的屋里后，来到了村南。

村南已连续打退了日伪军的几次试探性攻击。尖兵剧社的人员几乎没有武器，甚至没有一棵手榴弹。工兵连主要携带的是爆破器材，步兵武器也不多。包围圈中的二百多人只有二区队警卫排装备齐全，且有一挺机枪。

鬼子伪军没有从四面进攻，是在按预定计划等待援兵。他们料定，包围圈内肯定有冀东军分区的首脑机关和东进的中高级干部，于是整个上午仍在调整部署。到了中午，管庄四周已设置了三道包围圈，一万余敌人已全部聚集于此。

包围圈内八路的子弹不多了，关天旭和谭忠诚决定派人捡拾鬼子伪军尸体上的弹药。但派出的战士刚一出围墙，就被鬼子的机枪和准确的射击打倒，连续几次都没有成功。

看到越聚越多的敌人，谭忠诚预感到坚持不到天黑了，于是向关天旭建议立即突围。关天旭和谭忠诚决定，利用管庄村西起伏的地形，即刻向西突围。

部队被紧急集合在一起。谭忠诚对着部队道："弟兄们，敌情你们都看到了，守下去是个死，冲过去还有生的希望。就是死，我们也不能当小鬼子的俘虏。现在我带你们冲锋，吹冲锋号！"

冲锋号激昂地响了起来。二区队警卫排在前，工兵连在后，护着尖兵剧社的男女队员向前冲去。

部队刚一出村，敌人架设在村西坟地上的三挺机枪疯狂地扫射过来。谭忠诚抢过仅有的一挺机枪，向着坟地上的鬼子机枪扫去。但根本压不住鬼子的三挺机枪，谭忠诚被鬼子的机枪射中倒了下去。战士也成片倒下，突围的部队只好再次返回村里。

谭忠诚被警卫员杨天晴背回村里。关天旭看了看老战友的伤口，他知道，谭忠诚的左腿已被打断，不能再行走了。他握握谭忠诚的手，安慰道："老哥，坚持住。"

谭忠诚向关天旭挥了挥手："别管我，快去组织部队突围！"

这时的鬼子趁着八路回撤，跟着攻进村来。其他几个方向的鬼子伪军也向村子发动了进攻。

鬼子伪军越聚越多，火力越来越强。村内的八路军只能利用每个院落、房屋与敌巷战。一个战士隐蔽在村西一个牲口棚下，连续打死七个敌人，最后端起刺刀，与鬼子对刺，被七八个鬼子刺倒，身中数刀倒在地上。

身负重伤的谭忠诚被移到村北的一个地主大院。谭忠诚知道，革命到底的时刻到了。他斜躺着烧毁了随身携带的文件。杨天晴拿着一套百姓的衣服过来，要他换上百姓的衣服，把他背走。谭忠诚不肯。在旁避难的百姓也纷纷央劝着。谭忠诚坚定地摇摇头："战斗快一天了，我走了百姓们怎么办？"他望望杨天晴说："你走吧，冲出去就能增加一份革命的力量。"

杨天晴不走，坚持着背他出去。谭忠诚大声命令："你快走！"说完，艰难地扶墙站了起来，倚着留下无数弹孔的土墙，向外面嚎叫的敌人轻蔑地看了一眼，然后闭上眼睛，朝自己的额头举起了手枪。

杨天晴大叫："政委！"还没容他冲过去，枪响了。杨天晴抱住即将倒下的政委大哭。

关天旭听到哭声赶了过来。他抱住谭忠诚的尸体大叫着："老谭！老谭！"然后大哭道："老哥啊老哥，你为什么要和我一起走呢，看来老天要安排我和你一起走啊。"哭完抹了一把泪，吼道："没武器的都换上百姓衣服，有武器的都跟我向外冲，就是死也不能当俘虏！"

冲锋号再次响起，有武器的一百多人号叫着向西北方向冲去。鬼子的几挺机枪疯狂地扫射着，冲锋的队伍接二连三地倒下，参谋长关天旭和警卫员也倒下了。身负重伤的关天旭也举起手枪，射向了自己头部。

冲锋的战士没有停下，继续向前冲着。一队鬼子端枪斜冲了过来，堵住了没倒下战士的道路。工兵连长杜光春毅然拉响了随身携带的炸药包，呐喊着冲进鬼子群中。"轰"的一声，炸药包爆炸了，前进道路被炸开了一个缺口，没倒下的战士号叫着冲了过去。

终于，十几个战士冲出包围圈，消失在远方的树林中。杨天晴也冲出了鬼子的包围。

傍晚，战斗停息了。鬼子怎么也不相信，包围圈内只有这么少的八路。鬼子将躲避村内的数百群众和换上便装没有武器的八路战士赶到一个空场院，挨个盘问谁是八路军，谁是干部。大家沉默视敌，不管敌人是诱惑还是恫吓，谁也不说。无计可施的鬼子只好让百姓逐个认领自己的亲人。换上便装的八十多名八路军战士全部被群众当作儿子、女儿、丈夫认走。鬼子折腾到第二天上午，在枪杀了几十名百姓后，只好将剩余的群众和被认领的八路军放走。

六路突围战斗结束了，我方损失了关天旭、谭忠诚两位优秀的领导干部和二百余名干部战士，但冀东军分区首长转移了，三团和二区主力转移了，中央和晋察冀派来的百余名干部脱险了！

第二十九章

熊大林两天以后得到管庄血战和关天旭、谭忠诚牺牲的消息。熊大林哭了，李云长也哭了，李子方和陈雨生、王化也都哭了。他们既为关天旭、谭忠诚的壮举流泪，也为关天旭出师未捷身先死惋惜，更为与谭忠诚多年的生死情意绞痛。二区队的干部战士全哭了，他们既为失去慈父一样的政委而心痛，也为政委的浩然正气所感动。

杨家岭的巨大损失和岳家庄、樊庄突围遇险，使李云长彻底提高了警惕。李云长命令更换了军分区与上级和各团的联络密码，并指示加强锄奸斗争，发动群众检举、揭发暗藏的特务，根除隐患。

接到军分区李云长的指示，熊大林立即布置政治部主任王化带特务连负责锄奸。通过协调地方政府发动群众开展检举揭发敌特，经过近三个月的艰苦工作，三团在四个县的活动区域内，抓捕处决了近百名汉奸特务。

1945 年的春天到了，冀东平原上的小麦开始返青拔节，山上开满了杏花梨花和数不清也叫不上名字的野花。

已三个多月没有执行大的作战任务手痒难耐的熊大林，终于接到李云长的命令：部队四月十日后开拔，挺进到通洲至唐山公路南侧，恢复、开辟蓟洲平原根据地，拔除日伪据点，为全国抗日大反攻创造条件。

对蓟洲南部平原，熊大林一直耿耿于怀。旨在恢复 1938 年冀东抗日大暴动时抗日政权的"大战红五月"，不但目的没有达到，反在敌人的重兵围剿下使部队遭受了重大损失。敌人则通过第四、第五次"强化治安"运动，大量修筑工事，挖掘封锁壕沟，广设炮楼碉堡，使盘山根据地与南部平原地区进一步割开，成了日伪反共的"模范区"。

离开拔还有五天的时间，熊大林赶忙令郭大海将李子方和陈雨生、王化等人招到作战室商量对策。

李子方看过电报，笑着问熊大林："你想怎么执行？"

熊大林咧着嘴道："坚决执行。"

对熊大林如此爽朗的态度，李子方有些意外："蓟洲南部除了鬼子伪军多如牛毛的据点、工事外，还有蓟洲、三河、通洲三个县的一千多鬼子机动部队，你就不怕出现第二个刘胖庄、十棵树？"

对刘胖庄、十棵树突围，熊大林始终是如鲠在喉，对弟弟单二贵和八十多名重伤员的牺牲，更是没齿难忘。听到李子方提到旧事，熊大林似乎有些伤感，但很快稳定了情绪，回答道："现在的自然环境虽然和四年前'大战红五月'差不多，青纱帐也还没起来，但敌我力量的对比已发生了很大变化。现在鬼子已没有四年前的士气和战斗力，而我三团兵强马壮，有两千多人，弹药充足，装备更是与鬼子的一个联队不相上下，还有二区队，加起来有三千多人。"

"鬼子蓟洲平原一千多人的快速部队可是精锐，加上三个县的日伪军，敌人的实力超过我们，还是小心为好。"李子方提醒道。

"当然，我的初步设想，是先打平东县城，待将敌快速部队调到平东北部山区以后，我团主力再挥师南进。"熊大林接着说道。

李子方提出了不同意见："先打平东县城，如果我们短时间内打不下来怎么办？不仅会过早消耗我们的弹药和有生力量，还可能影响我们的南进计划。"

王化也提出了不同意见："如果我们短时间内打不下平东县城，再招来鬼子的快速部队，我们很可能两面受敌，到时脱身都很困难。"

陈雨生道："我也觉得打平东县城值得考虑，一是我们能不能很快打下来；二是即使我们很快打下了平东县城，鬼子的主力能不能被引到北部山区。我想，这些问题是不是再研究一下？"

见大家都不赞同自己的意见，熊大林只好说："这样吧，咱们暂时体会，到底怎么办再认真考虑考虑，晚上咱们再商量。"

熊大林回到自己住的房间，柯二美倒了一碗水端给丈夫。熊大林一口饮尽后斜倚在土炕上，展开地图又仔细琢磨起来。

想了一会，熊大林认为有必要将自己的想法电告李云长，征询一下司令员的意见。

电报写好刚要拿到机要室发出，李子方叫了一句"二美头"后走了进来，一进门就笑着说："老熊啊，你走后我们几个又议了一下，觉得你的意见有道理，我看先别发电报，咱们继续开会，把你那个调虎离山计再具体研究一下，你看怎么样？"

"调虎离山，这个词好。"熊大林见政委和两位助手接受了自己的意见，于是说："就请同志们到作战室继续开会吧。"

会上，熊大林针对其他三位团领导的顾虑，又将自己的设想、理由、根据，包括敌我心理因素等，重新做了说明。他说："第一，敌人在平原地区的兵力很强大，如果我们不把敌快速部队调开直入蓟洲，即使我们不被日军快速部队合围，也很可能被敌挡回来；第二，为什么选择平东县城这么大的目标来打，因为先打别处据点，对敌来说不痛不痒，起不到调动敌人的作用，这对我们南下蓟洲意义不大。如果我们攻克了平东县城，周围据点的伪军就会害怕动摇，不敢来援，而日寇必定要集中主力前来报复，这就正好达到了我们调虎离山的目的；第三，平东县城虽有三四百敌人，但绝大部分是伪军，多次领教过我团的厉害，士气低落，战斗力极弱。六月的岳家庄战斗，曾被我击毙200多人，至今心有余悸。而我团士气高昂，为贺副团长、大龙营长和关参谋长、忠诚政委报仇心切，心理上胜过敌人；第四，平东之敌自认为据点坚固，附近又有日军机动部队，不会想到我们会冒险攻城，我们正好利用敌人的这种麻痹心理，攻其不备，打他一个措手不及。"

李子方和陈雨生、王化听了熊大林的分析，都点头同意，并对民兵的配合、救护队、担架队、运输队的组织，以及进城、撤退等具体行动作了安排和补充。

当天晚上，熊大林带特务连一个排化装后到县城周边侦察，发现平东县城几年来没有大的变化，四个方向的城墙都是七、八米高，村南一条十二、三米宽的小河自东向西流淌。其余三面，有些地方的城墙与民房紧挨一起，便于部队接近。

根据侦察的情况，熊大林与李子方等商议后，决定把突破口选择在北、西两面，由特务连和一连分别担任北面和西面的主攻，二区队随后跟进，准备进城后组织群众清理战场，抢运战利品；二营、三营分别在南门和东门外防敌突围逃窜，并阻击可能来援之敌；一营二、三连担任预备队，指挥所设在北门。

熊大林作了简短动员后，大家立即动手整理武器弹药，和群众一起制作登城用的云梯，准备运输工具。

当天夜里零时，部队在夜色的掩护下出发了。时间不长，各连全部到达指定位置。凌晨一点，特务连和一连分别从北面和西面利用民房隐蔽接近城墙。等战士们架好梯子，登上城头守城伪军才发现，一边惊叫，一边开枪。

随着伪军报警的枪声，敌我双方的枪声响成一片，城内敌人的叫骂声和慌乱的脚步声也隐约传来。一个小时后，特务连和一连分别从北门和西门攻进城打开城门，二区队随后跟了进来。到了凌晨三点，攻进城的部队已将敌两个警备中队和伪保安队、警察局全部缴械，并砸开监狱，救出了几十名被捕的我抗日群众和地方干部。

第二次夜袭平东县城，只用了两个多小时就取得了俘获伪中队长以下200余人，缴枪二百余支的战果，而我攻击部队只有几人轻伤。

熊大林命令打开粮库，组织居民分粮。拂晓前，按照计划撤出城外，折向东南盘山北麓的夏庄隐蔽待命。二区队则组织民兵和群众在天亮后抬起担架，赶着驮粮食的牲口和满载其他战利品的大车，排成长队，浩浩荡荡向北部山区进发。

午后不久，日寇机动部队果然从通洲、蓟洲、三河等地陆续开到了平东县城集结。下午，侦察员报告：日军机动部队一千多人沿着二区队和群众的撤退路线向北追去。

听了侦察员的报告，熊大林长长舒了口气，对着李子方道："我们已走出了诱敌北上的第一步，鬼子进了山，有我们的二区队和民兵的牵制，小鬼子再回头南援就没那么容易了。蓟洲剩下的伪军和小股鬼子，我们吃起来就容易多了。"

部队的隐蔽地夏庄紧靠盘山北部边沿，是座有一千多人的大村。吃过晚饭，天还未完全黑下来部队就向南出发了。乡亲们知道三团要离开了，自发地提着盛熟鸡蛋的篮子站在路边，为战士们送行。一位大娘见熊大林是位领导，拉着熊大林的衣角，向熊大林诉说着："长官，小日本把我的老伴和儿子都杀了，把我儿媳也糟蹋了，你可要为我们报仇啊。"

熊大林替大娘擦了擦眼泪道："大娘，你放心，我一定为您和死难的乡亲们报仇。"

经过的战士听了团长的话，也都跟着喊了起来："报仇！报仇！"

为出征的战士送行的，还有熊大林的妻子柯二美。考虑到妻子已怀孕五个月行动不便，在熊大林和李子方反复劝说下，柯二美总算答应留了下来。

晚上八点多钟，部队越过通唐公路，顺手端掉了公路旁的一个伪军中队驻扎的据点，然后部队快速前进，很快包围了蓟洲伪军的中心据点侯家庄。

侯家庄据点是蓟洲除县城外最大的一个伪军据点，有一个营的伪军把守，与其毗邻的桑庄和尤庄两个据点，各驻有一个中队的伪军。侯家庄和桑庄、尤庄周边另有十几个小据点各有一个小队的伪军。以侯家庄为中心的大小十几个据点，控制着蓟洲平原地区。

熊大林命令陈雨生率二营攻打侯家庄，李子方率一营攻打桑庄，王化率特务连和警卫连攻打尤庄，自己带三营作为机动，准备打击来援之敌，并派出宣传干事陈平带部分宣传员和侦察员到其余十几个小据点向伪军喊话，开展政治攻势。

凌晨四点，各营、连分别到达攻击位置，随即发起攻击。王二富指挥两门九二式山炮，向炮楼射击，很快把外围的四个炮楼送上了天。只有中心据点的敌人凭借坚固工事和有利地形疯狂抵抗，子弹像雨点般打来。

陈雨生命令王二富向中心炮楼射击，由于中心炮楼非常坚固，几发炮弹打去，只把炮楼穿了几个洞，主体建筑安然无恙。

陈雨生命令再打。王二富报告："九二式山炮炮弹没了。"

陈雨生大怒，命令机枪封锁据点射孔，掩护战士爆破。

一个战士抱着炸药包冲了上去，很快接近了炮楼。"轰"的一声爆炸了，但由于药量小，只把炮楼炸了一个脸盆大的小洞。

见爆破没有成功，炮楼上的伪军更加嚣张起来，子弹更密集向战士们打来。陈雨生命令实施第二次爆破，全营的十几挺机枪再次打向了炮楼的射孔。一个战士抱了一个二十来斤的炸药包冲了上去，但也只把炮楼炸开一道一人高的口子。

炮楼上的伪军得意地叫喊起来。只听伪军中队长喊道："八路弟兄们，你们上来吧，上来我们投降！"

陈雨生狠狠地把帽子摔在地上，命令两名战士各抱了一个二十斤的炸药包实施第三次爆破。

两名战士在全营机枪的掩护下，开始实施第三次爆破。只见两名战士利用夜色和能隐身的地形地物，艰难地向前爬着、翻滚着。快接近炮楼时，一名战士的腿部负伤，但他没有停止，几个翻滚，滚到炮楼下，将炸药和另一名战士的炸药压在一起，拉燃了导火索。

没负伤的战士赶紧把负伤的战士扛在肩上回撤，但回撤不远，就被炮楼上的子弹打倒。陈雨生正要令战士上前救护，一声惊天的爆炸，炮楼和炮楼上的伪军全部飞上了天空。

攻打桑庄据点的一营，在政委李子方的带领下，决定用偷袭不成再用强攻的办法，命令一连实施偷袭，二、三连做好强攻准备。

一连在新任营长李长溪的带领下，利用夜暗前进到距据点不到二百米的位置，然后派两名精干战士潜到据点大门前，出其不意干掉伪军哨兵。李长溪带领战士们快速冲进炮楼，在敌人未做出反应的时，将桑庄炮楼一个中队的伪军全部缴械。

特务连和警卫连也按预定计划，顺利解决了尤庄据点的一个中队伪军。

天亮后，驻在周边的十几个小据点的伪军，在得知侯家庄和桑庄中心据点被我攻克后，在我派出的宣传员和侦察员的政治攻势下，先后放下武器投降，被陈平等人押到熊大林跟前。

熊大林命令，对俘虏、投降的伪军，只要愿意参加八路的，全部收留，其余的教育后就地释放。

三团于一夜之间，连克侯家庄等大小十五个据点，收复了被敌称为"模范区"的蓟洲南部平原。冀东军分区和冀东行署立即派出地方干部，发动群众，重建区、村抗日政权。

鬼子的机动部队尾随二区队进入北部山区后，一路追赶。二区队利用熟悉的地形，时分时合，时进时退，始终与鬼子保持着不远不近的接触。山区鬼子机械化行动不便，想打打不着，想围围不上，折腾了半个多月，始终没有占到便宜，不得不退回南部平原。三团在平原地区镇压汉奸特务，组织群众填沟破路，鬼子的机动部队虽然几次出动，但始终没有抓到三团主力。

三团以占领的蓟洲南部平原为基础，继续向宝坻、香河、大厂、通洲等县扩张，在一个月时间内，又连续攻克二十多个日伪据点，使这里的群众抗日运动，重又轰轰烈烈开展起来。

三团完成了开辟和恢复蓟洲南部平原抗日根据地任务，于五月初接到命令，返回盘山根据地。

第三十章

部队到达盘山马家峪的第二天，就接到军分区通知，令熊大林、李子方和政治部主任王化一起，到军区司令部参加整风及准备反攻东北工作会议。

熊大林拿着电报，皱着眉头对李子方说，"整风、整风，不会又是整我吧?"

李子方笑了笑，"你老熊怎么能这么说呢，整风学习是中央和军区统一布置的，咱们确实该学习学习，好好洗洗脑子，要不就跟不上形势了。"

熊大林苦笑了一下："上次整风鬼子来袭，我躲过了一劫，看来这次我是躲不掉了"。说完摇了摇头。

熊大林叫来副团长陈雨生道："我和政委王主任去军分区学习几天，老陈你就要多费心了。记住，部队尽量分散活动，不是鬼子主动来攻，不要有大的军事行动。"

陈雨生点头称是："重要情况我会及时报告。"

第二天一早，熊大林就和李子方、王化一起，在骑兵班的护送下，经过半天多的奔波，于下午赶到了位于平东与平北交界处的军分区司令部。

李云长选在这里召开军分区团职以上和机关干部整风会议，主要考虑的是安全，因为这里地处燕山深处，日寇很少涉足，又邻近平北军分区，一旦出现情况，有兄弟部队的照应。

一到军分区临时驻地，熊大林就感觉有点不对。平时和兄弟单位及军分区领导见面，互相免不了开开玩笑、打打骂骂。可从熊大林下马开始，就觉得大家异常严肃，见了面，只是打个招呼握握手而已。

熊大林、李子方、王化三人一起向李云长敬礼报到。李云长沉着脸，没有一丝笑意，只是冷冷地点了点头说："休息一下，晚上开会。"

晚上，在明亮的汽灯下，三十几位团职以上干部和军分区机关干部聚焦在山村的一座祠堂。

军分区司令员兼政委李云长首先讲话。他说："党中央在延安和各抗日根据地开展整顿党的作风，进行马克思列宁主义教育运动，目的是提高全党的马列主义水平，纠正党内的各种非无产阶级思想。这个运动从上至下，早在两年多前就开始了。两年前我们在五指山大峪村准备整风学习，由于日寇突袭不得不中止了会议。我们冀东由于紧靠伪满洲国南大门，作战任务重，敌情复杂，因此直到今天才有机会再把大家召在一起。军分区组织的这次集中学习，既是整风，也是为反攻东北作思想上、组织上的动员。这次整风的宗旨，是'惩前毖后，治病救人'。"

熊大林听到这，一股冷气直冲脊梁，心里暗叹：老子这次躲不过了。因为他知道，几年来的磕磕碰碰，李云长不会饶过他。

李云长接着说："为了开展整风运动，毛泽东主席先后作了《改造我们的学习》、《整顿党的作风》和《反对党八股》的报告，号召全党反对主观主义以整顿学风、反对宗派主义以整顿党风、反对党八股以整顿文风。会后大家拿着军分区宣传部油印的毛主席的三遍报告认真学习，特别要对照自己的问题认真检查反省，必须人人过关。明天上午大家发言讨论。"

第二天上午的发言讨论，仍是由李云长首先讲话。他说："我们冀东军分区孤悬敌后，机关单位少，基本是作战部队，我们的重点要放在整顿党风上，因为我们冀东军分区的干部队伍中，确实存在着不认真执行上级指示、工作甚至重要作战不请示、不报告，贪图享受、损害群众利益等严重问题。这些问题不解决，将严重影响我们冀东抗日根据地建设，严重影响我们冀东抗日队伍和抗日政权的发展壮大，反攻东北也就无从谈起。同志们一定要联系实际开展批评与自我批评，特别要有与鬼子拼刺刀的勇气，勇敢地面对面地开展互相批评。"

听了李司令的话，熊大林开始坐卧不安。"这不是明摆着整我吗？"没容熊大林继续往下想，只听李云长点名道："熊大林，你先说说吧。"

熊大林对司令员的点将，支吾了一下说："李司令，我没有一点准备，还是请同志们先说说吧。"

李云长皱了一下眉道："今天咱们重点是帮助熊大林同志认识自己的问题。你自己不说，那我就先说说你的两个问题吧，也好给同志带个头，也给你自己提个醒。"

熊大林的头"嗡"了一下，暗叫不好，但只能硬着头皮听着。

李云长接着道："我要说的两个问题，是你的路线问题，这个路线就是右倾路线，具体表现一是你片面理解和执行党的抗日民族统一战线政策，在发动全民抗战中，不是把主要精力放在团结和动员广大民众投身抗日，而是把重点放在团结动员地主、富商和当地知名人士上，并与他们吃吃喝喝，打得火热，请问，你的革命立场哪去了？"

说到这，李云长看了看熊大林，见熊大林面无表情，端起杯子喝了口水，继续说道："第二个问题就是你搜罗了大批土匪和伪军，并将他们编入部队，造成革命队伍严重不纯，以至发生抢劫民财，强奸民女的严重事件发生。熊大林，我没有冤枉你吧？"

对李云长讲的两点，熊大林本不想反驳什么，因为就此问题熊大林早与司令员交流甚至争论过。但听司令员问自己，还是忍不住站起来说："李司令，你说我把建立统一战线的重点放在团结动员地主、富商和当地知名人士参加抗战上，对也不对。对是因为我确实动员过不少当地的地主、富商和社会知名人士出钱、出粮支援抗战，也通过他们召集民众会议宣讲抗日政策，也确实和他们吃过饭，甚至喝过酒，但我没有你所说的吃吃喝喝打得火热。我这样做，是因为这些地主、富商和知名人士在当地影响大，有威望，他们的行动，会在当地起到很大的带头和示范作用。请问李司令，大军西撤时，三支队孤悬敌后，离北平最近，被敌人吃掉的危险最大，在冀东革命最低潮最困难时期，日伪军、土匪、杂牌武装都想消灭三支队，如果不联络当地商贾上层人士，不取得他们的支持，不收编土匪武装，让土匪和我们作对，三支队怎么生存？全民抗战的局面怎么能很快形成？"

说到这，熊大林加大了声音继续道："我是收编了一些土匪和民间武装，甚至收编了一些俘虏和反正伪军，但他们都是中国人，他们愿意抗日打鬼子，我为什么不能收留他们？大军西撤时就给我留了一百多人，当时没有地方政权，我不收留他们，我去哪扩充部队？大战'红五月'部队伤亡那么大，我不将一些愿意抗日加入我们队伍的土匪和民间武装招入队伍，在根据地遭到破坏，基层抗日政权基本丧失的情况下，我去哪招收人员，没有人部队的战斗力又怎么恢复？，冀东军分区成立后，李司令你给我补充过一兵一卒一枪一弹吗？这些都要靠我们自己解决，我们自己解决了你又横加指责，说我的部队严重不纯。不错，是有个别人匪性不改，抢劫百姓甚至强奸妇女，但我严格执行了军纪。我的部队有集体祸害百姓的吗？有班以上集体投敌的吗？我的部队仗少打了吗？消灭的鬼子少吗？"

说到这，熊大林更加激动，指着李云长大叫："李司令，你说话要凭良心！"

"你的部队、你的部队，三团是党的部队，是你个人的吗？你必须端正态度，彻底清除你的右倾思想"李云长见熊大林情绪激动不认识自己的错误，也生气地指着熊大林吼道。

李子方一见，知道不能再让熊大林由着性子再讲，赶紧站起将熊大林按在座位上，接着说："李司令刚才讲的，我们三团确实或多或少存在一些。作为三团前期的政治部主任现在的政委，我都有不可推卸的责任，请李司令和同志们对我和熊团长继续批评，继续批评。"说完自己也坐了下来。

李云长指着李子方说："现在批评的是熊大林，不是你。你不要处处为熊大林打马虎眼，什么问题都往自己身上揽，你的问题以后再讲。"

这时军分区锄奸部长江新河站了起来："司令员，对熊大林熊团长的问题，我来讲两句。"

见李云长点头同意，江新河走到台上，拿出一张纸道："同志们，我们已坚持冀东抗战七年了，这七年咱们冀东抗日武装从区区几百人，发展到三个主力团五千余人，地方武装过万人，地方民兵和游击队更是达到了五万余人，咱们消灭的鬼子伪军接近十万。咱们冀东抗日根据在李司令的领导运筹下，在伪满洲国的家门口站稳了脚跟，实现了毛主席和军区聂司令的战略部署。李司令的功绩和领导能力有目共睹。可就有个别同志，不服从军分区的领导，对李司令挑三拣四。为了对军分区负责、对李司令负责，也对咱们的冀东抗战负责，我不得不对熊大林同志多年的问题说几句。对熊大林同志的问题，我简单地做了几点归纳：

"一是长期以老红军自居，多次不执行命令，特别是在大战'红五月'中违抗司令员立即向北突围的命令，率领部队执意向西，使三团遭受了重大损失。

"二是在蓟州十棵树突围后临阵怯敌，遗弃重伤员率队逃跑，致使八十多名重伤员全部被鬼子杀害。

"三是严重违反我党我军的俘虏政策，在殷家庄等战斗中枪杀俘虏，特别是在沙子营战斗中割下十八颗鬼子的人头。"

说到这，江新河狠狠地说："在这我还要特别说几句，熊大林同志，你是共产党员，是八路军的团长，可你杀害俘虏，割鬼子人头的事，比土匪还土匪，比法西斯还法西斯！"

听到这，熊大林怒火万丈，"忽"地站了起来，抬起手刚想说什么，又被李子方站起按在了座位上。只听李子方小声说道："听他说完"。

江新河见熊大林站起，更来了精神，指着熊大林道："你不服气是吧？不服气我也要说，我不能让你的无组织无纪律的土匪行为诋毁我们八路军的形象，影响冀东抗战！"

听到这，熊大林反而镇定了，带着笑容说："江部长，你说，你接着说。"

江新河接着道："我当然要说。四是贪图享受，革命意志衰退，不经组织批准，与女土匪结婚。结婚时还大肆宴请部下。

"五是收买人心，乱花抗日经费，给牺牲的战士购买棺木，钱不够就写欠条，给当地抗日政府增加负担。

"六是私自将土匪和俘虏收入部队，致使这些人抢劫民财、强奸民女，严重败坏八路军的声誉。"

说到这，江新河得意地说："熊团长，你这六条的哪一条都够开除党籍、都够撤职查办的吧？"

听了江新河的话，熊大林反倒很平静。凭感觉，江新河讲的六点事先与李司令进行了沟通并得到了李司令的认可。他微笑着举起了手道："李司令，我可以说几句吗？"

李云长回答："这是党的会议，你可以说。"

见李云长同意，熊大林离开座位就要到台前。李云长马上制止道："就在你的座位上说，现在是大家帮助你，站在台下，更利于你接受大家的意见。"

熊大林一听，心里骂道："妈的，批判老子也不至于采取这种方式吧。"熊大林只好回到座位上，站着讲到："江新河江部长为我总结的六点，很好、很好。我曾对江部长的一些极左作法，特别是在指导三团锄奸中的一些极左行为提出过指责，也释放过江新河关押的所谓罪犯，甚至下过江新新河的枪。我要说的是，江新河你官报私仇，完全是颠倒黑白，一派胡言！"说完坐在了座位上。

李云长见熊大林的态度，很是生气。他顿了顿，尽量放松语气说："熊团长、熊大林同志，有则改之，无则加勉吗，何必采取这种对抗态度呢，还是把江部长为给总结的六点，一条一条给大家说说吧。"

熊大林"忽"地又从座位上站起来，"说就说，我没有对不起组织、对不起咱八路军的事。第一，关于多次不执行命令问题。我对李司令命令，是有过提出不同意见，甚至和李司令争论的事，但我军讲究军事民主，在执行作战任务之前，向自己的直接领导提出自己的意见和考虑，何罪之有？李司令最后决定的事，我哪一次没执行？这一点，李司令你最清楚。至于大战'红五月'中违抗司令员向北突围的命令，这事有，是当时紧张的敌情，逼得我向司令员提出了不同意见，最后李司令也是批准的，这能说我是违抗命令吗？大战'红五月'三团是遭受了不小的损失，但还保持了原有的建制。请问，在冀东平原作战的两个主力团，哪个团遭受的损失小？在大战'红五月'中三团遭受的损失，责任应该由我来负吗？"

熊大林刚说到这，江新河马上打断道："三团是成建制突围了，但完全是李司令临机决断，改变了你的突围方案。如果按你的方案突围，三团很可能全军覆灭"。

熊大林对江新河的咄咄逼势，缓了口气道："李司令在十棵树和刘胖庄战斗中，趁大雨果断突围，我绝没有否定李司令的功劳。我要说的是，三团在冀东平原突围中所遭受的损失，在当时的情况下是无法避免的，当然我有责任，但这个责任不能全推到我身上。"

"第二个就是蓟州十棵树突围后临阵怯敌，遗弃重伤员致使八十多名重伤员被鬼子杀害问题。"熊大林接着辩解道："在鬼子追击突围困难的时刻，政委刘永光提出将他和不能走的重伤员留下，被我拒绝。当三团再次被鬼子堵截在野外，面临被鬼子包围歼灭的紧张情况下，刘永光滚落担架再次提出留下自己和重伤员。当时的形势，我们确实无法带重伤员突围了，为了免于全军覆灭，我才决定自己和重伤员一起留下，这能说我是临阵怯敌吗？"

李云长打断了熊大林的话："可你留下了吗？现在刘永光同志已经牺牲了，你不能把责任推给牺牲的同志！"

听了李云长的话，一种被污辱的怒气直冲头冠。熊大林狠狠地摔掉军帽，指着李云长大吼道："我绝没有把责任推给刘政委，刘永光同志是我敬慕的英雄。当时是我的弟弟单二贵要求替我留下，并以死相逼，是贺长明和刘大龙将我架走的，这些李子方同志可以为我作证。你们要是认为我临阵怯敌，把我拉出去枪毙好了！"

"熊大林同志，你隐瞒单二贵是你弟弟的身份，组织念单二贵已经牺牲没有追究你，你这是什么态度，你必须老实接受同志们的批评！"李云长见熊大林的态度，也发起了脾气。

"老子就是这个态度，老子没有对不起组织、对不起八路军的事！丢弃八十多个重伤员，是迫不得已。李司令，你要认为老子是临阵怯敌，把我拉出去枪毙吧，老子正好对牺牲的八十多个弟兄有个了断！"熊大林大吼起来。

李云长见会议已到了不可收拾的局面，大吼道："来人，把熊大林拉出去关禁闭！"

立刻门外闯进两名战士，将熊大林架出会场。

这时，江新河带头喊起了口号："熊大林必须老实交代自己的问题！熊大林必须低头认罪！"军分区的几个参谋干事也跟着喊了起来。

见熊大林被架出了会场，李云长向下压了压手，示意大家安静。待参加会议的人员重新坐下后，李云长指着李子方说："老李，你作为三团的政委，你就接着把熊大林的其他几个问题给大家说说吧。"

会议出现这种局面，李子方真是始料不及。听到司令员点将，李子方不得不站起来说："感谢司令员和同志们对三团、对熊大林同志的帮助。作为三团的政委，对同志们提出的熊大林同志的问题，我都有责任……"

李云长马上打断了李子方的话："你不要和稀泥，现在让你说说熊大林的问题。"

李子方只好答道："好，那我就接着说说熊大林同志没来得及说的另外几个问题，我说的不对或不符合事实的地方，请司令员和同志们多多批评。"

李子方接着说道："关于熊大林同志在殷家庄等战斗中枪杀俘虏，在沙子营战斗中割下十八颗鬼子人头的问题，这事有，团党委已对熊大林同志提出了严肃批评。可什么事都有个前因后果，鬼子是怎么对待我们和乡亲们的？毛家峪惨案，小鬼子杀了我们一千多乡亲，把吃奶的孩子和七八十岁的老子都杀了。我们的老杨排长牺牲了，鬼子不但割下了他的人头示众，还把帮着掩埋老杨排长的十七个乡亲全部杀害了。十棵树、刘胖庄突围，小鬼子不是把我们的八十多个重伤员全杀了吗？同志们，熊团长和我们一样，也是有心有肝有情的汉子。杀鬼子的俘虏、割鬼子的人头，熊团长是违反了我党我军的政策，在这里，我代表熊团长向司令员认错，向同志们认错，也请司令员和同志们批评，如果组织要追究我们这个错误，我代表熊大林同志诚心接受组织处理，我本人也向军分区、向李司令自请处分。"

说到这，李子方向台上的李云长和台下的与会者各鞠了一躬。与会的同志大多低下了头，他们都明白甚至干过此类事情。李云长似乎受了李子方的感染，挥了挥手说："这个问题可以不再提了，你继续往下说。"

李子方接着说："关于不经组织批准，与女土匪结婚，结婚时还大肆宴请部下问题是这样的，熊团长的夫人柯二美在四纵进军冀东前，确实拉起过一支看家护院的武装。据我们向附近村庄的百姓了解，柯二美确实没有做过打家劫舍、祸害百姓的事。四纵主力西撤后，也确实帮助我们打过鬼子，还多次支援我们粮食、被装，特别是熊团长与鬼子遭遇受重伤后，带领手下人打退了鬼子抢回了熊团长，救了熊团长的命。所以说，柯二美和她看家护院的武装不能称作土匪。熊团长为了感谢柯二美的救命之恩，才答应娶她为妻。熊大林多次请示结婚，但军分区考虑到柯二美的特殊身份，一直没有批准。我和熊大林同志都知道，这是李司令爱护熊团长，怕造成不好的影响。这事就拖了两年多。冀东东南部平原恶战后，部队损失很大，柯二美带自己的六十多人编入三团，为了安抚柯二美和她的弟兄，我和刘永光政委才自作主张，为熊团长和柯二美举办了婚礼，并和全团的干部战士一起吃了一顿好饭，还喝了酒。这个问题熊团长有责任，我和刘永光政委也有责任。这里，我向李司令、向同志们诚心承认错误，并再次请求组织处分。"

听着李子方入情入理的话，李云长没有说什么，只有江新河再次站了起来，大声道："李子方，你这是替坏人说话，什么抗日的民间武装，土匪就是土匪，请你站稳自己的立场！"

轻易不发火的李子方听到江新河的叫喊，也瞬时发了火，指着江新河大骂道："江新河，你给老子说清楚谁是坏人？熊团长是坏人吗？当时你在三团指导除奸滥杀无辜，用极左的手段迫害和你意见不同的部队和地方干部，熊团长和刘政委批评你，把你送回了军分区，你向李司令告我和熊团长的恶状，老子可以不追究你，但老子和你一样，也是正团职干部，你没有资格对老子指手画脚！"

江新河见李子方也对自己发了火，转向李云长求援："李司令您看，他和熊大林一样，都是这个态度。"

李云长知道李子方是个很能忍辱负重的人，他的目的是批判熊大林，刹一刹熊大林老子天下第一、不服从领导的气焰。他不想破坏与李子方的多年感情，也不想把三团的两个主要领导全部得罪，于是说："江部长你坐下，我认为李政委勇于承担错误，讲得不错，我们每一个共产党都应该向李子方同志学习，不诿过揽功。老李，你接着说。"

李子方见司令员支持自己，于是压了压火气，用平和的语气接着说道："至于说熊团长贪图享受，以我对熊大林同志的了解，完全是无中生有。我与熊大林同志相处七年了，熊团长从来都是与战士同甘共苦，吃穿用从未搞过一点特殊，这一点就是李司令也和我有一样的感触。至于说熊团长革命意志衰退，更是江新河江部长的欲加之词，熊团长从来没有丧失过抗战胜利的信心，每次战斗都是身在一线。对他这一特点，我和刘永光政委曾对他提出过多次批评，怕他有个闪失，但收效甚微，每到战斗的紧要时刻，都是他亲自动员、亲自组织甚至带队冲锋。同志们，你们能说这样的同志是革命意志衰退吗？"

同志们认真地听着，只有江新河坐卧不安，但慑于李司令，又不敢再对李子方指责什么。这时李云长发了话："子方同志，按你的话说，熊大林是个十全十美的革命者了？"

"不，熊大林也有他的错误，甚至严重的错误。"李子方知道，都说熊大林的好，有悖会议的主题，李司令也没面子，熊大林更难过关，于是说："熊大林同志的第一个错误，就是多次写欠条让当地抗日政府还债。给牺牲的战士购买棺木，怕用黄土直接掩埋影响士气，熊大林同志的出发点是好的。但在目前艰苦的条件下，给每一位牺牲的同志都购买棺木，确实很难办到。可熊大林同志只要条件有一点允许，就一定那么做，钱不够就写欠条，确实花了不少抗日经费，也给当地抗日政府增加了不少负担。他的这个错误也确实起到了笼络人心的作用，甚至有的干部都说，'团长，跟着你打仗，死了都甘心。'"

"熊大林同志的第二个错误"见李云长认真地听着，李子方接着说："就是多次消极执行命令，按江部长的说法叫多次抗命。虽然李司令的命令最后他都执行了，但作为一个主力团的团长，对上级的命令只要自己认为不妥，就拖延执行和讲条件执行总是不好的，也是应该受到严肃批评的，所以我很拥护军分区这次对熊大林同志的批评帮助，也好使熊大林同志警醒吸取教训，有利于熊大林同志的进步和革命形势的发展。"

说到这，李子方抬头看了看李云长，见李云长微笑着认真听着，知道司令员对自己的发言比较满意。他知道，对熊大林的第二条错误，自己说得有点大了，也有些违心了，但为了能让司令员有个台阶下，能使熊大林过关，自己只能这么说，于是继续道："熊大林同志的第三个错误，就是本位主义严重，打完仗了，不愿意将缴获的武器弹药支援兄弟部队，也不愿将缴获和开金矿挣的钱上交。特别是在组建一团的时候，不愿将三团的主力四连调配一团。这个错误的根源就是本位主义，没有大局观念。"

"至于熊大林同志的第四个错误，就是有个人英雄主义。江部长说是以老红军自居，居功自傲。我认为虽然没江部长说的那么严重，但这事有，有时还很严重，具体表现是打了胜仗不懂得谦虚。大家知道，熊大林同志能打仗，确实打了不少的胜仗，但这不能作为称老子、对上级提意见、讲条件的资本。"

李子方讲到这，又看了看李云长，见司令员仍没有不悦的表情，于是说："我总的感觉，熊大林是个好干部，这也是李司令的观点，但也有严重的错误。我尽我所知，讲了熊大林同志上述四项严重错误，请李司令也请同志们对熊大林同志的其他错误、包括我的错误继续提出批评帮助。"

李子方讲完坐下后，台下响起了热烈的掌声。李子方弄不清是在为自己的发言鼓掌，还是为自己讲的熊大林的行为鼓掌，于是左右看了看，见与会的同志大多脸带笑意，知道自己没有惹得众怒，才放下心来。

李云长听完李子方的话，突然觉得有点不对劲，本想说：老李，你这是在批评熊大林还是在赞扬他？但见台下的众人鼓掌，于是改口说："李子方同志对熊大林的问题讲得很好，请同志们就熊大林的问题继续揭发批判。"

在李云长的要求下，二团团长曾林站进来发言："我与熊团长虽然都是一方面军的老战友，但这几年独立作战，没有像李子方政委那样与熊团长朝夕接触，但我确实发现熊团长本位主义严重。不说别的，三团吃得那么好，每次打仗前都改善伙食，不打仗也在月初或月末吃肉馅包子或猪肉炖粉条，谗得我们团的战士对我都有意见，甚至有的说，要到三团打鬼子去。还有三团的兵工厂搜罗了那么多人才，生产了那么多武器弹药，可熊大林这小子支援过我们几次？有几次还是我厚着脸皮去要的。熊大林的本位主义李司令确实应该狠狠地批批他。”

这时一位参谋站了起来，"熊大林同志确实有摆老资格，骄傲自满问题。有次我们去三团检查工作，熊团长不是虚心接受我们的指导检查，反而教训我们，还说'小同志，学着点'。我们是代表上级机关去的，这不本末倒置了吗"

这位参谋说完，台下笑了起来。李云长挥手道："安静、安静，请大家继续发言。"

等了一会，见台下没人再讲，李云长拿起一张纸道："综合同志们的发言，熊大林同志的错误，主要有以下几点：一是片面理解和执行党的统一战线政策，偏离了党的抗日民族统一战线方向。这个错误既是路线错误，也是右倾机会主义错误；二是居功自傲，消极执行上级命令，这个错误发展下去，不仅会削弱党的领导，还会破坏党的团结统一；三是缺乏大局观念，本位主义严重。上级调配三团的人员、经费或武器弹药，就像割了他的心头肉，总是讲困难讲条件，以各种理由推脱。我们冀东抗战是个整体，不是三团抗战，这个问题不解决，将影响我们冀东抗战的整体发展；四是不经上级组织批准，与柯二美结婚。熊大林虽然符合中央定的'二五八团'规定，柯二美救过熊大林的命，如今也参加了八路军，但这不是熊大林不经组织批准结婚的理由。大家知道，团级以上干部结婚，不仅要符合中央的规定，还要接受上级组织的严格审查和批准。这也是熊大林无组织无纪律的具体表现；五是多次写欠条，给当地抗日政府增加困难。熊大林不仅多次为牺牲的同志购买棺木写欠条，也曾多次买粮时写欠条，三团无力偿还了，就让当地抗日政府偿还。有几位地方干部都把状告到我这来了。大家知道，我们部队和地方政府是两条线，虽然都在共产党领导之下，但各有各的职责，我们主力部队不能把自己的欠债和负担，转嫁给地方政府。熊大林同志的这个错误，是把军队凌驾于政府之上，也违背了毛主席的'实事求是、具体问题具体分析'的原则。从熊大林以上错误可以看出，中央在全党开展整顿党的作风开展抢救运动是多么及时重要。熊大林同志必须就上述问题做出深刻检查，然后根据检查情况，上报军区做出处理。"

李子方听到这，心里暗暗为熊大林叫苦："老熊啊老熊，万里长征你都走过来了，你怎么就走不出这人际网呢？你打的那么多仗就白打了吗？你立的那么多功就抵不了你的过吗？"

这时李云长接着说道："由于熊大林的抵触态度，我已决定，对熊大林同志进行禁闭反省。明天各位同志要结合今天的会议，深挖自己在执行党的纪律、执行上级指示等各方面存在的问题和各种非无产阶级思想，并继续对熊大林同志进行揭发批判，散会！"

李子方跟着李云长走出会场，他想和司令谈谈，给熊大林说说情。

李云长看到李子方跟着自己，马上猜到李子方的心思，于是挥手道："先吃饭，有事明天在会上讲。"说完径直进了自己住的房间。

吃完了饭，天已全黑。李子方本想看看被禁闭的熊大林，想和他谈谈，但被哨兵所阻，无奈回到自己的房间。

时间不长，李子方被李云长的警卫员叫到司令员的房间。只见一盏煤油灯下，李云长伏在炕桌上正在看文件。见李子方进来，李云长放下文件道："散会时你跟着我，我知道你要说什么。整顿党的作风，开展抢救运动，为反攻东北作准备，是中央的决定和军区的部署。熊大林对军分区的批评帮助采取对抗态度，现在又以绝食相威逼……"

"什么？熊团长绝食？"李子方一听有些着急。

"刚才警卫人员报告，熊大林被关禁闭后大叫大骂，还把送去的饭给摔掉了。你去找他谈一谈，告诉他，采取对抗态度是不会有好结果的，他必须对自己的问题，也就是我在会上讲的五个问题做出深刻检查，不然是过不了关的。"李云长不紧不慢地接着说道："你再把饭给他端去，不吃饭算个什么英雄。"

李子方愣了愣，想再说什么，但又一时想不好怎么说，只好答道："是，我去找熊大林同志谈谈，让他诚心接受批评，做出深刻检查。"

说完李子方给李云长敬了个礼，赶紧到食堂打好饭，奔着熊大林的禁闭室而去。

由于哨兵事先得到了通知，李子方很快进入了禁闭室。

熊大林见李子方进来，接着大骂道："江新河这个无耻小人，完全是颠倒黑白，长征路上老子真该一枪崩了他。还有李司令……"

李子方一听熊大林又提到了李司令，赶紧放下端着的饭碗制止道："打住、打住，来，吃饭。"说完用手指了指外面，意思是隔墙有耳，外面有哨兵。

熊大林一听，没有丝毫收敛，接着道："老子都被关起来了，还怕什么？"

李子方上前把熊大林按在了炕上："消消气，说说长征路上是怎么回事？"

熊大林见政委问自己，于是说："长征路上过草地前，我们连的指导员带人筹粮，由于部队多，藏民跑光了没有筹到，就牵回了两头找不到主人的牦牛。军团保卫局特派员江新河发现了，就带人把我们的指导员抓了起来，说指导员破坏民族纪律，要执行枪决。我知道后，带人劫了刑场下了他的枪，把指导员抢了回来，当时气得我差点毙了他。"

李子方一听来了兴趣，问道："后来呢"。

"后来，我带人把他和他手下的几个人送到了团部。这小子就到林彪军团长那告我的状，说我是托派，还要求枪毙我。可林彪军团长说：'大渡河英雄怎么会是托派呢，下次强渡大渡河，你当突击队长怎么样？'。这样我才免于一死，并因祸得福，不久就当了营长。你知道吗，就是这两头牦牛救了我们全连的命。"

李子方听到这笑了起来："看来你真是个因祸得福的人。你不是和我说过，在抗大听过毛主席讲的《矛盾论》，说任何事物在一定条件下都可能向相反的方向转化，你小子连死都不怕，长征路上那么多的艰险都闯过来了，你就接受不了李司令和同志们的几句批评"

"批评我不怕，可不能无中生有、戴高帽"熊大林恨恨地说："老子没有破坏党的统一战线，没有贪生怕死，没有意志衰退贪图享受。"

李子方摆了摆手，制止的熊大林的话："咱们每一个人都不免有这样或那样的缺点或错误。我也相信刚才你讲的那几点错误没有，但李司令和江部长讲的你消极执行命令、本位主义、枪杀俘虏、割鬼子人头、不经上级批准与二美结婚的事都有吧？所以你要虚下心来，认真地听听别人的意见或批评，这样对你也有好处。"

"本位主义有，枪杀俘虏、割鬼子人头也有。"熊大林接着道："消极执行命令也有，可我不能揣着明白装糊涂，对李司令不切实际的命令，我不能拿弟兄的生命讨好他取悦他，就说两年前的大战'红五月'……"

李子方一听熊大林又提到了大战'红五月'赶紧抬手制止："行了行了我知道。那没经上级批准，你与二美结婚的事也有吧？"

"李司令不是说让我自己看着办吗？"

"可让你看着办李司令并没批准啊，所以你对自己存在的错误一定要承认。当然，不是你的问题该解释的还要解释。采取对抗和骂娘的方法不但有损你这个主力团团长的形象和身份，也不能解决问题，还会把矛盾激化。"

"那你说我该怎么办？"熊大林听了李子方入情入理的话，态度和语气缓和下来。

"你不说最敬佩毛主席吗，就按毛主席说的，'有则改之，无则加勉。'"李子方继续说道。

"那我怎么个改和勉法"熊大林问道。

"先吃饭，吃了饭你好好想想，我也想想。记住了，骂娘和绝食不是你这个团长身份的人干的事。你老熊死都不怕，还怕几句批评。在禁闭没有结束之前，你就老老实实在这待几天，也好养养精神。我走了。"

"唉，别"熊大林不想让李子方现在就走。

"怎么，吃饭还让我陪着你？一会好好想一想，是自己的错误就做个深刻的检讨，没有的就平静的做个解释"说完走出了门。

熊大林愣愣地站了会，突然有点醒悟："是啊，老子死都不怕，还怕你无中生有栽赃陷害。你们来吧，老子有的就承认，没有的打死老子也不认账"想到这，熊大林端起饭碗，大口地吃起来。

李子方走出禁闭室，又来到了李云长的房间。李云长听了李子方的汇报，满意地拍了拍李子方的肩道："不愧为老部下，我没有用错你。"

李子方听了李云长的夸奖反倒觉得有点不舒服，于是道："司令员，熊大林是有一些缺点或错误，但凭我对他多年的了解，他性子耿直，有意见说在面上，不搞阴谋诡计，是个可以交心和托付的好同志，特别是能打仗，敢于担当，与战士同甘共苦，这样的干部，您可不能……"李子方说到这，停下不说了，他想探探司令员的底。

"不能什么啊？照你这个说法，他熊大林是个十全十美的马克思主义者了？"李云长反问道。

"熊大林当然有缺点有错误，他是个优点和缺点都很突出的人，现在正是用人时期，您看是不是……"李子方想继续探司令员的底。

"对他的处理，还要看他自己的态度和同志们的意见，你回去吧，明天上午接着对熊大林进行帮助教育。"李云长还不想现在就向李子方交出自己的底。

李子方不甘心，继续说道："熊大林是有个二杆子脾气，但他对您还是很佩服和尊重的。他曾和我说过，1938年中央派四纵挺进冀东是想在河北、热河、辽宁的结合部创建抗日游击根据地，但由于日寇反攻、暴动队伍西撤失败未能实现战略目标。李司令带队果断东撤，经过七年的艰苦斗争，在日寇大搞'治安强化'和疯狂制造'无人区'的严峻形势下，地处深远敌后的冀东却能在四面受敌岌岌可危的困境中，爆炸式地发展，实现了党中央七年前的战略目标，李司令功不可没。"

听了这话，李云长本能地笑了："他真这么说过吗？不会是你替他说的吧？"

"我哪有那个水平。熊大林还和我说过，'也就是李司令能容忍我，换别的领导，早把我撤职了。'"

听到这，李云长忍不住笑出声来："熊大林的这些话，我是第一次听说，你小子别老为熊大林说好话，我真不知道，他怎么收买的你。"

"哪有的事。司令员，我想知道，您想怎么处理他?"李子方见司令员来了兴致，再次询入正题。

"处理? 我说过要处理他了吗?"李云长此时已消了很多对熊大林的怒气，接着说道："整顿党的作风，开展抢救运动，准备东北大反攻，是党中央和军区的部署。他熊大林多次消极执行上级命令甚至抗命，总是对上级说三道四，这样下去我这个司令员还怎么当，部队还怎么带? 他那个本位主义发展下去，别的部队会怎么想? 拿他熊大林做出头鸟来打，是因为他的个性太强，事做得太过了。如果总打折扣执行命令，甚至对上级讲条件，军分区的命令还怎么执行? 反攻东北怎么反攻?"

听了李云长的话，李子方心里踏实了，接着央求道："那就把他的禁闭解除吧"

"不行，他熊大林一天不端正态度，一天不做出深刻检查，禁闭就一天不能解除。"李云长没有半点通融。

第二天上午，熊大林在两位战士的陪同下，来到了会议室。

李云长首先讲话："昨天我们对熊大林同志的错误进行了批评揭发，今天请同志们继续对熊大林同志进行批评帮助，请熊大林同志认真对待反省自己的问题，虚心听取同志们的批评"。

听到李云长的开场白，熊大林心里恨恨地骂道："扯淡，老子有什么问题，你们揭发批判好了"。

李云长刚讲完，江新河举手站了起来。得到李云长的允许，江新河走到台上，掏出一张纸，又打响了批判熊大林的第一炮。

"我很赞同司令员昨天下午为熊大林总结归纳的几点错误。但我认为，司令员心软了，对熊大林同志的错误讲的轻了。熊大林片面理解和执行党的统一战线政策，偏离了党的抗日民族统一战线方向，这不仅是路线错误，更是反党反中央的右倾机会主义错误;我们冀东军分区的领导是党中央和冀察晋军区任命的，熊大林同志多次消极执行军分区命令，表面上看是居功自傲，实际上是对抗组织，归根到底还是反党反中央!"

熊大林听到这，本能地站了起来："李司令，我能不能说几句?"没等李云长允许，熊大林接着讲道："到冀东几年来，我确实犯过这样或那样的错误，因为我不是圣人，所以真心希望同志们的批评帮助。"

　　有了昨天的教训，熊大林尽量使自己的语气平静，于是压了压心中的火气，继续平和地说道："但我希望，不要什么错误都上纲上线，动不动就扣反党反中央的帽子。我十五岁参加红军，跟着党走了十多年，我怎么会反党反中央呢。江新河江部长，我是你的同志，不是你的敌人，请你不要把与鬼子拼刺刀的凶狠，用到自己的同志身上。"

　　李云长看熊大林虽然没有了对抗的语气，但仍没有承认错误的具体表示，于是往下压了压手说："熊团长，你让同志们说完吗，现在是大家批评帮助你，需要你检讨和解释的时候，我会叫你"。

　　为了避免出现昨天的对抗局面，熊大林只好坐下，耐着性子听下去。

　　其实，江新河昨天和今天的两次发言，事先都征得了李云长的默许。江新河参加红军比熊大林还早一年，由于有点文化，又很会"来事"，所以参军不久就被军团保卫局选中。江新河的特点就是听话，任何时候都绝对拥护上级，几年的苏区肃反经历，使得他看每一个有个性、爱发牢骚讲怪话的人都是托派、都是意志不坚定的布尔什维克。在冀东军分区当了几年的锄奸部长，不仅没有吸取苏区肃反扩大化的教训，也没有从指导三团锄奸滥杀无辜中醒悟，变本加厉地认为每一个给鬼子干过事的百姓都是汉奸，都在铲锄之列；每一个不严格执行上级指示或对上级指示提出不同意见的人，都是革命意志动摇，是危险的叛徒或变节分子。只听江新河继续讲道："还有你的本位主义，咱们冀东抗战是党中央和冀察晋军区领导的集体抗战，不是三团抗战，更不是你熊大林的个人抗战。你三团兵工厂生产的弹药就只能你三团用吗？你三团开金矿得到的黄金就是你三团的吗？你三团的干部战士就不能支援其他兄弟单位吗？三团是党的军队，你张口就是我的三团、我的这个我的那个，你把三团的一切都看成是你个人所有。现在你只是个团长，如果官再大些，不就成了山西的阎老西一样的土皇帝了吗？"

　　江新河说到这，台下有几人忍不住笑起来。二团团长曾林拍着熊大林的肩膀说："江部长说得没错，你熊大林像阎老西，不过不是土皇帝，是个土财主，比阎老西还抠"。说完哈哈大笑起来。

　　李云长马上制止道："安静、安静，严肃点"。

　　见会场安静下来，江新河继续说道："还有你不经批准与柯二美结婚问题，你总说柯二美不是土匪，还救过你的命。救过你的命没错，盘山有个杨妈妈，在你负重伤的时候也护理过你，对你也有恩。杨妈妈也死了丈夫，你怎么不去娶杨妈妈呢？归根到底还是你看柯二美年轻漂亮，所以上级组织不批准也要强行结婚，你这不是贪图享受是什么？"

听到这，熊大林再也忍不住了，站起来指着江新河大骂："放你娘的臭屁！你可以侮辱我，但不许你侮辱杨妈妈。杨妈妈是咱冀东八路军的母亲，为抗战牺牲了丈夫和两个儿子，她的大儿子马爱山还是咱冀东八路军的英雄。你再敢胡说八道，老子豁出这个团长不当，也要把你小子的牙打掉！"

李子方见江新河的话实在过分，怕熊大林再说什么过火的话，赶紧站起将熊大林按下："江部长你过分了，你可以攻击熊团长，也可以侮辱我李子方，但绝不允许你侮辱杨妈妈。刚才你说的混蛋话，要是让我们三团的战士知道，我相信，会有人打你黑枪的！"

这时一直未发言的政治部主任王化站了起来："李司令，江部长说的过分了，开展抢救运动，帮助我们有缺点的同志改正错误我完全拥护，我也请同志们对我的缺点错误提出批评帮助，但怎么能动不动就上纲上线，把工作或生活中的一些缺点错误上升到对抗组织、反党反中央上去呢？我们可以优待俘虏，可以对放下武器的敌人既往不咎，我们就为什么不能正确对待一个与自己意见不同或有这样或那样缺点或错误的战友、同志呢？为什么非要恶语相加，甚至戴帽上线呢？李司令，我对江部长的发言有意见！"

"李司令，我也有意见，我也有意见，"二团曾团长和一团赵团长也都举手表示对江新河发言的不满。

李云长见江新河的发言引起了众怒，于是对着江新河斥责道："不准侮辱人。"

江新河见司令员发了话，只好继续说道："我没有和熊大林同志的个人恩怨，也没有什么官报私仇，我只是对党、对革命事业负责。"说完走下台，坐到自己的座位上。

过了会，见台下没人再发言。李云长见熊大林仍没有认识自己的错误并做出深刻检讨，只好宣布休会，命门外的警卫人员将熊大林带回，继续禁闭。

第三天的会议，同志们开展自查自纠。李云长没有让熊大林参加，令其在禁闭室写书面检查。

下午，会议的议题转到了进一步建立巩固的冀东抗日根据地，继续扩大冀东抗日武装，以冀东为跳板，准备向东北实施战略反攻的议题上来。

李云长说："目前，世界范围的反法西斯战争出现了非常好的形势。苏联红军和美、英、法联军对德国法西斯的反攻，已取得了决定性胜利，现在已打进了德国本土，相信用不了两个月，就会取得彻底胜利。在我们的东方战场上，美国与日本在太平洋的决战，也取得了决定性胜利，现在美国快打到小日本的家门口了，估计用不了半年，美国就会打进日本国土。从我们国内的抗战形势来看，全国的其他抗日根据地，都开始了对日寇的战略反攻。我们冀东在全国所有抗日根据地中，离伪满洲国和小日本本土最近，最后的反攻，我们冀东首当其冲……"

李云长正讲着，一个参谋拿着一封电报走进会场交给了李云长。李云长看了看，决定暂时休会，并把李子方叫到了自己的房间。

李子方预感到三团发生了什么事情。待李子方接过司令员递过的电报，还是吃了一惊。

电报是副团长陈雨生发来的。电报写道："今日凌晨日伪包围袭击了夏庄，柯二美和二十余名青年妇女被伊村抓走押往张庄据点，望团长速回研究营救事宜。"

李子方看过后，急急地说道："司令员，您看……"

"看什么啊？"李云长故意问。

"您看是不是结束熊团长的禁闭，马上让他回去处理这个事？"李子方直接说出了自己的意见。

"非得他回去吗？你这个政委就处理不了吗？"李云长不满地问。

"不是，只有熊大林回去，才能稳定部队的情绪。如果有营救行动，免不了一场大仗，只有熊团长回去，部队的士气才会更高。如果战士们知道团长被关在了这，会影响部队士气的。"

"不行，没有他熊大林，三团就打不了仗了吗？你不要让我太失望。"李云长断然拒绝。

"可是……"李子方还想坚持自己的意见，只听李云长道："我判断，这是伊村的一个阴谋，抓走熊大林的老婆和这么多青年妇女，就是想引诱你们去营救，然后设下埋伏。所以派你回去，不是让你去营救，而是要你去稳定部队。"

"那熊团长怎么办？他知道了会疯的。"

"熊大林对自己的问题还没有一个深刻的认识，又是他自己的老婆被抓，这个时候放他回去，说不定会给我惹出什么乱子来。你现在就走。"李云长再次拒绝了李子方的要求。

李子方见没有了商量余地，只好出门，向王化通报了情况后，准备返回。

李子方刚要上马，郭大海赶过来问："政委，您这是？"

李子方见是郭大海，似乎想起了什么，马上把郭大海拉到一边，向他说了电报情况，并让郭大海想办法告诉熊大林，然后和李长利一起，骑马飞奔而去。

郭大海听了消息也怔住了，他知道团长与嫂子的感情，更知道团长绝不会允许二十余名年轻妇女被鬼子抓进据点糟蹋。郭大海急得不停地转着，想找王化商量对策，见主任又被召进会场开会，只有等待。

天快黑的时候，会议结束了。吃完了饭，郭大海赶紧跑进了王化的房间。

王化道："我再去找李司令说说情，李政委的面子都不行，估计我去也不会管用。"说完奔向李司令的房间。

一会，王化回来了，无奈地向郭大海摇了摇头。郭大海急道："那怎么办？政委让我想法告诉团长。"

"政委让你想法你就想法吗，猪脑子。"王化骂道。

"可我有什么办法，禁闭室的门我都进不去。"郭大海道。

王化骂道："我说你是猪脑子就是猪脑子，你的一身功夫哪去了？快滚！"

郭大海似乎明白了什么，摸摸头走开了。

夜深了，初夏的暖风轻轻地刮着。见与会领导和警卫人员的房间的灯都熄了，郭大海悄悄地来到了禁闭室。在回答完哨兵的口令后，郭大海来到了门前。

哨兵问："什么事？"

郭大海答道："我给团长送些烟，团长可能没烟了。"

哨兵不客气地答道："有事天亮后再来，没有李司令的命令，任何人不准与熊团长见面。"

郭大海恭维地答道："不见面，不见面，请你把烟交给熊团长就行了。"

在哨兵接烟的瞬间，郭大海一掌将哨兵打昏在地。郭大海找到钥匙打开门，赶紧将哨兵拖进屋。

熊大林没有睡，早已听到了郭大海与哨兵的对话。他知道，郭大海不是送烟，一定是有什么事情。见郭大海进屋，赶忙问："怎么回事？"

郭大海急忙把电报的事情和政委的交代告诉了熊大林。熊大林一听，骂道："奶奶的，我非得宰了伊村这个王八蛋，快走。"骂完和郭大海把哨兵抬到炕上，出屋牵马消失在夜幕中。

第三十一章
第三十一章

熊大林和郭大海骗过村口哨兵，骑马奔着盘山马家峪一路狂奔。

李子方和警卫员李长利于第二天早晨赶到马家峪。李子方刚进作战室，就接到了黄参谋送来的司令员李云长的紧急电报："熊大林在军分区开展的整风运动中，对抗组织批评帮助，在被禁闭期间伙同警卫员郭大海打伤哨兵潜逃，经军分区党委紧急研究决定，停止熊大林履行团长职务，由李子方代行团长职责。熊大林若归队，即刻将熊大林扣押，郭大海逮捕处决。"

原来，在熊大林和郭大海走后不久，哨兵醒过来后鸣枪报警。按预定方案部队紧急集合，李云长查明情况后非常恼怒，立即召集军分区有关领导紧急商议，做出上述决定。

李子方看过电报，无声地坐在了土炕上。想了想后，李子方问黄参谋："陈副团长看过电报了吗？"

黄参谋答："电报刚译完，还没有送陈副团长。"

李子方听了心里稍微平静了些，对黄参谋道："陈副团长那由我传达，你交代一下机要员，不准对任何人透露电报内容，包括团长本人，这是命令。"

黄参谋立正回答："是，不准对任何人透露电报内容，包括团长本人。"

李子方挥了挥手："去，执行吧。"

李子方再次拿起电报看着，心里骂道："郭大海啊郭大海，你这个二杆子和熊团长'二'到一块去了。让你设法将情况报告熊大林，你怎么能采取这种极端的方法呢？"

李子方知道事情惹大了，他也知道，出现这种结果，自己也有责任，谁让自己让郭大海"设法"呢。他郭大海有什么办法？

李子方快速思考着解决办法。他知道，熊大林和郭大海一定是回三团来了，如果等熊大林回来，自己向熊大林宣布了军分区决定，熊大林犯起浑来，说不定还会闹出什么乱子。他知道，凭熊大林在团里的威信和柯二美的口碑，即使战士们知道熊大林被免了团长职务，他照样可以带走部队。

经过一阵思考，李子方决定扣下电报，于是让李长利把陈雨生叫来。

陈雨生进屋，两人寒暄几句后，李子方问道："现在部队的情绪怎么样？"

陈雨生答："自从战士们知道嫂子和夏庄二十多名青年妇女被抓后，群情激奋，纷纷要求马上营救，特别是二美带来的那些人，都闹到我那去了。甚至有的干部质问我，说团长不在，你把嫂子丢了，还对得起嫂子和团长吗？你要是不敢营救，我们自己去。"

李子方骂道："胡闹！侦察人员派出去了吗？"

陈雨生回答："已经派出去了。我已派通信员将分散活动的部队召回。"

李子方听了点了点头，对陈雨生道："赶快通知情报人员，全力掌握伊村抓捕二美后的动向，有情况立即报告。估计团长中午就会回来，待他回来后，再研究具体行动方案。"

陈雨生回答："我这就去办。"

中午，熊大林和郭大海回到马家峪。

李子方见熊大林和郭大海一身汗水一身尘土，半是心疼半是恼怒地问道："回来了？"

熊大林边拍打着身上的尘土边无事似回答说："回来了，是郭大海把我救出来的。"

李子方挥了挥手，制止了熊大还要往下说的话："想好怎么办了吗？"

熊大林没有犹豫地回答："当初我负伤眼看被鬼子抓了，是二美拼死把我救了回来。现在二美被鬼子抓了，我要是不救，还是个男人吗？"

李子方恼怒地回答："当初二美救你，因为你是八路军的团长，她救你是英雄。可现在呢？二美是你的老婆，你带部队救她，是什么？"

熊大林一听怔了半晌："这有什么不一样吗？二美是我的老婆，不也是我的战友吗？还有二十多群众，我带部队去救人，有错吗？"

李子方忍不住地指着熊大林骂道："你呀你，怎么聪明一世，却糊涂一时呢，你去救被捕的群众没错，部队有多大的伤亡也好说，可现在被捕的群众里有你老婆，如果因为救你老婆使战斗失利或造成部队大的伤亡，你怎么向李司令交代？"

"这……"熊大林语塞了，他真的没想这么多，"你的意思是不能救？"

"不是不能救，是得想个稳妥的办法。"李子方道。

"能有什么稳妥的办法，只有一个办法，打张庄据点！"熊大林说出了自己的想法。

"张庄据点有鬼子的一个大队，还有一个营的伪军，加起来有一千多人。张庄据点工事坚固，弹药充足，短时间内我们能打下来吗？如果鬼子的机动部队再赶到，恐怕我们脱身都困难，如果部队遭受了重大损失，是你我都担当不起的我的同志。"李子方也说出了自己的意见。

熊大林道："那你说怎么办？在我们困难的时候，老百姓为我们出人、出粮，做军鞋、做衣被；在我们遇到危险的时候，为我们带路，用自己和亲人的生命，掩护伤员。可他们被鬼子抓了，我们不去救，他们需要我们的时候，我们躲开，这不伤老百姓的心吗？我们再遇到困难，老百姓还会帮我们吗？"

"救一定要救，不然我们就不是人民的子弟兵。但救不一定要用攻打据点的办法。我怀疑这是伊村的一个阴谋，就是想通过抓捕二美引诱我们上钩，然后设下圈套消灭我们。陈副团长已派出特务连并通知了我地下情报人员，侦察、掌握伊村的动向，待掌握了确切的情报，咱们再商量具体的营救办法。"

"可是，不马上去救，鬼子会把二十多个青年妇女糟蹋的呀。"

"现在已经这样了，这事你就听我的吧，等等再看，等等再看。"李子方说完对郭大海呵斥道："还有你，暂时不能再给团长当警卫员了，你先去禁闭室反思反思你的错误吧。"

熊大林一听急了："怎么，你要把郭大海关禁闭，你敢！"

李子方没有丝毫退让："郭大海打伤哨兵，这是军分区的命令。李长利，把郭大海送禁闭室。"

熊大林摆摆手，制止住李长利："政委，郭大海打伤哨兵是为了我，是不得已，要关我把一起关了吧。"

"我的熊大团长，你怎么就没个脑子，我要对你责任，也要对军分区负责。把郭大海关几天禁闭，让他反思反思有什么不好，李长利，快去！"

见李子方如此坚决，熊大林不好再说什么，于是拍了拍郭大海的肩说："那就去休息两天。"

李长利将郭大海带走后，李子方陷入了紧张的思考之中。"怎么才能将二美和被抓的乡亲们救出呢？不救是不行的，就像熊大林说的，不救就会失去民心，三团还怎么在这个地区混？可现在去救，敌情不明，如果中了鬼子的圈套，使部队遭受严重损失，又怎么向党、向上级交代？"李子方陷入了两难之中。

李子方又想了想，对熊大林道："老熊，陈副团长已令部队集中，估计下午部队就会集聚完毕。我的意见还是等等我们的侦察员和情报人员送来情况后再做决定。"

熊大林也在紧张地思考："是啊，抓走柯二美和二十多青年妇女，很可能是伊村的圈套，伊村就是想让我们去攻打张庄。张庄据点坚固，鬼子兵力充足，用一个团的兵力去打，短时间内确实很难取胜，如果鬼子的机动部队和附近据点的日伪军赶来，危险确实很大。"听了李子方的意见，熊大林只好道："那就再等等吧。"

熊大林问陈雨生："伊村是怎么探得二美在夏庄的情报，二美又是怎么被鬼子抓走的呢？"

陈雨生道："伊村是怎么探知嫂子在夏庄还不清楚，据乡亲们讲，鬼子是拂晓将夏庄包围，天亮后将群众赶到打谷场上，令群众交出隐藏的八路军。群众不吱声，伊村就拉出两名群众，令其说出谁是八路。两名群众不说，伊村就用战刀砍死了两名百姓，并又拉出两名百姓，大叫过五分钟不说再杀二人。嫂子为免无辜百姓被杀，自己站了出来，并说明了自己的身份。"

熊大林听了，点了点头道："好样的，不愧是我的老婆。"

第二天，侦察员报来情况："柯二美和二十几名青年妇女仍关在张庄据点。平东、平顺县城的敌人没有异常情况。"

第三天，内线送来情报："鬼子明天上午将柯二美用汽车押解唐山日军师团部，并随车将被抓捕的青年妇女送唐山日军慰安所。"

熊大林当即决定："伏击鬼子运输车辆，解救妻子和被抓捕群众。"

李子方对情报的真实性产生怀疑："鬼子将被抓捕的青年妇女送唐山日军慰安所可能，但有必要将二美押送唐山日军师团部吗？这是不是鬼子故意放出的诱饵，引我们上钩？"

熊大林道："现在我们没有别的办法，假情报也好，诱饵也好，我们都得死马当作活马医。"

李子方听了无奈地问道："那你想好了伏击地点了吗？"

熊大林展开地图："鬼子乘汽车到唐山必走平三公路，而走平三公路必经平东与三河的交界处灵山，这是个山口，打伏击的好地方。我们想到了，敌人也会想到。为防止被敌人算计，我想把伏击地点选在张庄据点东侧一公里处，在这。"

"什么，你要把伏击地点选在张庄据点门口？太冒险了吧？"李子方惊问道。

"是冒险了点，但这能出其不意。"熊大林接着道："鬼子出张庄据点四公里，有两条路可以到达灵山，如果我们不在这四公里的地段上设伏，很难判断鬼子会走哪条路。如果过了灵山再设伏，一马平川又距离太远。"

李子方听了觉得有道理，接着问道："那你准备带多少部队？全团出动？"

"全团出动不行，万一遇到不测情况，我不能把全团都搭进去。我想只带两个连。"

"两个连？是不是太少了点，鬼子的押送队伍至少要有两个小队，两个连行吗？"

"两个连够了，我想用一个连负责火力支援，并阻击张庄据点的鬼子增援，我带另一个连冲锋营救，如果顺利，半个小时就够了。因为这次我们主要是为了救人，不是为了全歼鬼子。"

"两个连还是太少了，带一个营呢？"李子方建议道。

"不，两个连够了。为了防止发生万一，由二营长苏天带两个连在一公里左右接应。"

"那就两个连，但营救任务让苏天去就行了，由你带两个连接应。"

"不行，救自己的老婆哪能让苏营长替代，那样会让战士笑话我的。"熊大林坚持道。

"可是……"李子方还想说什么，熊大林一挥手，武断地道："李大政委，不要再婆婆妈妈的了，就这么定了吧。"

见熊大林这么说，李子方本想拿出军分区的电报命令，以阻止住熊大林亲自带队，但转念一想觉得不妥，于是问道："你准备带哪两个连去营救？"

"四连和警卫连。警卫连负责火力支援并阻援，四连和我一起冲锋营救。"

李子方对熊大林带两个连的兵力还是不放心，于是道："除了二营和警卫连，把炮连也带上。二区队还有锄奸和巩固地方政权的任务，为吸引鬼子的注意力，造成我们在灵山营救的假象，由我带一、三营和特务连去灵山。"

熊大林听了马上表态："很好，陈雨生和你一起去，出现意外也好商量，但要多长个心眼，到灵山转一圈，造成去灵山伏击的假象就行了。"

二人定下营救计划，立即招来陈雨生和各营连长布置任务。

李子方命令解除了郭大海的禁闭，他要给郭大海一个弥补过失的机会，以好向李司令做出解释。他反复向郭大海交代："一定要保护团长的安全。"

夜里十点，三团按照各自的任务，向不同的方向出发了。

凌晨三点，部队到达指定位置。四连在警卫连西侧大约二百米的位置，两个连全部隐藏在公路两侧距公路三十米左右的麦田。五、六连在伏击地点北侧五六百米的位置准备接应。炮兵连在四连北侧四五百米坟地处占领阵地，准备实施火力支援。

熊大林命令几名战士爬上公路，隐蔽埋好地雷，做好伪装。

　　虽是五月中旬了，但拂晓的天气仍显得寒冷。战士爬在潮湿的地上，一会就被露水浸透了衣服。

　　一个多小时后，天亮了，战士们伏在已抽穗的麦苗下，紧张地盯着公路。

　　凌晨六点，附近的村庄已冒出了炊烟。突然，张庄据点的大门打开，一辆汽车从据点的大门露了头，接着又是一辆。随着大门的关闭声，四辆汽车缓慢地开出了张庄据点。

　　熊大林看到，四辆汽车没盖帆布，第一、第二、第四辆汽车是满载的鬼子，第三辆是被抓捕的妇女。一会，四辆汽车开进了伏击圈。

　　见第一辆汽车已接近埋好的地雷，熊大林一声"拉"的口令，四颗地雷同时爆炸，第一辆汽车立即瘫倒在公路上。四连的九挺机枪同时向汽车驾驶室和满载鬼子的车厢射出了准确的子弹。

　　手持步枪的战士立即跃起，向鬼子的第一、二、四辆汽车投出了密集的手榴弹。随着手榴弹的爆炸声，熊大林命令："吹冲锋号！"

　　嘹亮的冲锋号响起，战士们很快挺枪从南北两个方向冲上公路。熊大林左手挥刀，右手握着二十响驳壳枪首先将一刚跳下车的鬼子砍倒，又举枪打倒了一名正欲跳车的鬼子。郭大海紧护在熊大林左右，手握双枪向接近团长的鬼子"点名。"

　　几分钟的工夫，三辆汽车上的鬼子倒下了近一半，但余下的鬼子很快跳下车，与四连绞杀在一起。

　　伊村坐在第三辆车的驾驶室里，侥幸逃过了四连的第一轮火力袭击。

　　原来伊村得知三团夜袭平东县城后撤到夏庄，并从夏庄出发进入蓟洲平原后，便寻机对夏庄进行报复，无意中抓到了熊大林的妻子柯二美。伊村大喜过望，向师团长铃木启久请示，利用柯二美和被捕妇女为诱饵，调动日军机动部队在平东与三河县交界处实施反伏击，一举消灭三团八路主力。伊村做梦也没有想到，八路会在自己的据点门口设下伏击。听到八路的冲锋号声，伊村本能地跳下车，挥着指挥刀与冲锋的八路杀在一起。

　　伊村的单兵素质极高，他手握战刀连续砍倒了三名与其格斗的八路。熊大林对着马爱山大叫："快上车救人"，喊完挥刀向伊村冲去。

　　马爱山和几名战士立即爬上车，找到柯二美叫了声"嫂子"，解开柯二美身上的绳索，护着柯二美跳下车。其他的战士也很快解开二十几名妇女身上的绳索，护着她们向北边的麦田跑去。

　　张庄据点的鬼子很快做出反应，在四连冲锋号吹响的那一刻，鬼子的先头已冲出大门，向着伏击地点增援而来。

警卫连立即用火力实施阻击，设在几百米处的炮兵连在王二富的指挥下，六门迫击炮和几具掷弹筒全部打向了增援的鬼子。鬼子虽然成片地倒下，但没倒下的鬼子仍不要命地前冲。

这时的熊大林已将手枪插入腰间，双手握刀与伊村拼杀在一起。这是战场上两名最高指挥官的拼杀，也是熊大林与伊村相斗几年来第一次面对面地搏斗。伊村虽然个子矮小，但身体强壮，臂力十足。熊大林的砍刀虽然比伊村的重出几倍，但第一个回合双方的砍刀碰到一起，熊大林还是觉得双臂发麻。

郭大海打倒了两个冲上来的鬼子，但团长与伊村绞在一起，郭大海不敢贸然开枪。第二个回合，双方的刀磕开后，伊村在收刀的瞬间，一个跃身刺向了熊大林的左胸。熊大林急忙躲闪，但还是被伊村刺中了左臂。

熊大林怒火冲顶，正欲向伊村再次砍去，郭大海趁两人分开，伊村稍感得意的空档，连开两枪将伊村击中。熊大林一个箭步上前，在伊村踉跄的瞬间，一刀砍掉了伊村的脑袋。

这时，鬼子的机枪扫来，郭大海中弹倒地。熊大林上前抱起郭大海，大叫"兄弟、兄弟，醒醒，醒醒！"

郭大海胸前的鲜血已浸出了衣外，他已不能再回答团长。熊大林见群众已被救出跑远，大叫道："快撤！"。

熊大林抱着郭大海走出几步，鬼子机枪更猛烈地扫来，熊大林健壮的身体晃了几晃，倒下了，郭大海的尸体压在了熊大林身上。

正在回撤的战士见团长倒下，疯了一样又杀回来。一端着机枪的战士和鬼子的机枪面对面对射，鬼子的机枪手和他同时倒下。战士们抢上来，扛起团长。后边的战士自动挡成了一道人墙，掩护着团长后撤。

这时，路北接应的二营五六连赶了过来，用密集的火力阻挡住追击的鬼子。

见四连已完成任务撤退，炮连在向增援的鬼子打出一轮炮弹后，也赶忙拆炮撤离。担任掩护的警卫连也在向鬼子投出一轮手榴弹后与鬼子脱离了接触。

二营五六连还在阻击着追击的鬼子。二营长苏天见四连已经走远，正要命令撤退，被鬼子的一颗子弹击中左胸。

通信员快速奔来抱起营长。苏天用微弱的声音命令道："快撤"，说完慢慢闭上了眼睛。

通信员传达完营长的命令，背起营长。战士们边打边撤，交替掩护着甩开了鬼子。

整个战斗用了不到二十分钟，四连、警卫连和二营五六连以伤亡百余人的代价，救出了柯二美和二十多名被抓捕的青年妇女。

　　柯二美见到丈夫的遗体，只叫了两声"老熊"就昏了过去。

　　战士们流着泪，抬着牺牲的团长、二营长和昏死的柯二美向山里走去。战士们不相信天不怕地不怕的大渡河英雄会死，不相信和他们一起走过千难万险的团长会离他们而去，他们希望现在的一幕是幻觉，是做梦！

　　李子方、陈雨生带领团主力到达距灵山几公里一有利地形后不再前进，派出部分侦察人员侦察敌情，发现灵山附近确有敌重兵埋伏。我侦察兵与敌短暂接触后快速撤离。李子方见已达到诱敌目的，和陈雨生商议后率队返回。

　　李子方见到返回的营救部队，却不见总是走在前边的熊大林。李子方急问："团长呢，团长在哪？"

　　战士们只是哭，李子方和陈雨生快步奔到担架旁，见到早已停止呼吸的熊大林。李子方"老熊、老熊"地叫着，抱着熊大林的遗体大哭。陈雨生也大哭。战士们也大哭。

　　军分区司令员李云长接到熊大林牺牲的电报，狠狠地将手中的水杯摔在地上。他带着工作组，连夜赶往三团。

　　马家峪的乡亲听说熊团长牺牲，也都哭着来看他们心爱的熊团长，为他们的英雄送行。

　　杨妈妈哭着和柯二美一起，将熊大林的遗体擦洗干净，为熊团长换上了一套崭新的军装。

　　第二天上午，李云长一行赶到马家峪。李云长看着哭泣的乡亲和流泪的战士，看了看躺在棺木中的熊大林，也流出了无声的眼泪。他挥挥手，令人把棺木盖上。他要找李子方算账，问他这个政委为什么不执行命令，为什么不阻止熊大林的行动。

　　李子方小心地向司令员汇报了营救行动和熊大林牺牲的经过。李云长怒吼道："说，为什么不执行停止熊大林履行团长职务的命令？你的党性哪去了？"

　　李子方立正答道："是我压下了军分区的命令，营救柯二美和被捕群众的计划也是我和熊大林同志共同商定的，现在熊团长牺牲了，责任全部在我，我向组织请求处分。"

　　"处分，处分就行了，我要毙了你！"李云长恨恨地骂道："救一个柯二美，伤亡了我一百多个弟兄，还搭进去了一个团长一个营长，你说值不值？"

　　李子方答道："司令员，我有话要说。"

　　"说，赶快说。"李云长指着李子方道。

　　"我们八路军的任务就是抗日打鬼子保百姓，我们虽然伤亡了一百多个弟兄，但我们打死的鬼子绝不会比我们的伤亡少，而且还击毙了伊村。特别是我们成功救出了二美和二十多名被抓的青年妇女，会进一步提高我们八路军在群众中的威望，密切我们与群众的鱼水关系。"

"狡辩！"李云长狠狠地训斥道："熊大林拒绝组织的批评帮助，伙同警卫员打伤哨兵潜逃，为救自己的老婆伤亡一百多弟兄，这是什么性质的问题？你作为政治委员不阻止还扣押军分区的命令，这又是什么性质的问题？"

李子方见司令员在火气中，立正站着没敢再吱声。陈雨生请求道："司令员，我能说两句吗？"

见李云长没阻止，陈雨生道："李政委扣下电报本意是好的，因为嫂子和被捕的群众一定要救，就是撤了熊团长的职我们也要救，不然失去了民心，我们就没脸在这个地方呆了。政委是怕向团长宣布了命令，团长在一怒之下做出什么出格的事来。这次我们虽然伤亡了一百多个弟兄，但营救行动是成功的，我们也确实打死了不比我们伤亡小的鬼子。"

听了陈雨生的话，李云长似乎怒气消了好多，但仍然指着陈雨生的鼻子说："你的话我懂，但你也脱不了干系！"

李云长见二人不再说话，对着李子方道："那个郭大海，你执行军法没有？"

李子方如实报告："我把他关了禁闭，准备在核实后执行，可他在这次战斗中，和熊团长一起牺牲了。"

李云长听了不再说话，出门找了几名战士了解情况。

晚上，三团为熊大林和苏天及牺牲的战士举行了简朴而又隆重的葬礼。马家峪的乡亲参加了，夏庄被救妇女的亲属和村民代表，也赶了十几里山路，为熊大林送行。

葬礼哭声一片，战士们大哭、百姓们大哭，夏庄的百姓跪着磕头谢恩。

李子方致了简单悼词，他说："弟兄们、乡亲们，熊团长是个顶天立地的英雄，他走过长征路，强渡大渡河，进军冀东，把百余人的三支队，发展成了响当当的主力团，开辟了冀东西部几个县的根据地。他视士兵为兄弟，和战士同甘共苦；他视百姓为父母，时刻心系百姓；他视荣誉为生命，每战争先。他以自己的行动，为我们三团、为我们共产党、八路军树立了标杆，他是我们三团的魂。我们的领袖毛主席说过，'人固有一死，或重于泰山，或轻于鸿毛。为人民的利益而死，就比泰山还重'。熊团长是打鬼子而死，是为救百姓而死，是为人民而死，他的死比泰山还重。

"二营长苏天和牺牲的其他同志，和熊团长一样，也是顶天立地的抗日英雄，他们的死，重于泰山。现在，小鬼子已日暮西山，全国性的战略大反攻已经开始，不远的将来，我们就会取得抗战的最后胜利。让我们这些活着的同志，接过熊团长和牺牲同志的枪，踏着他们的血迹，为他们报仇，将小鬼子赶出中国去！"

"报仇！报仇！将小鬼子赶出中国去！"战士们齐声呐喊着。

李云长没有在葬礼上讲话，他倾慕熊大林的壮举，是个英雄，又不能原谅熊大林的"潜逃"和"擅自"行动，他不想引起众怒，明白民心不可违的道理。葬礼结束后，李云长率工作组连夜返回了军分区。

几天后，江新河代表军分区宣布了组织决定："熊大林拒绝接受组织的教育挽救，在被禁闭期间采取暴力行动打伤哨兵潜逃，并擅自组织营救自己老婆的行动，使部队遭受较大损失，本应开除党籍，但念其参加革命多年并立有战功，决定保留党籍，取消其革命烈士称号。

"李子方作为团政治委员，擅自扣押上级命令，对熊大林擅自组织营救老婆的行动不阻止不报告，决定给予其党内严重警告处分。"

听完江新河宣布完组织决定，李子方木然地坐在地上哭了，他哭的不是自己所受的处分，他哭的是熊大林的死，是熊大林没有得到应有的烈士称号！

干部战士们哭着、叫着。马爱山揪着江新河理论。柯二美掏出手枪找江新河拼命。李子方夺过柯二美的手枪，哭着道："二美，听我一句话，江新河江部长只是个执行者，与他没多大关系。再有两三个月你就要生了，你要是真的对熊团长好，就好好保重身体，把熊团长的根生出来养大，我求你了。"说完跪在了柯二美的身前。

柯二美抱着李子方大哭，哭得昏天黑地。李子方和陈雨生扶起柯二美，"嫂子，保重、保重"地叫着，将柯二美扶进屋里。

战士们围着江新河叫着、喊着"熊团长是英雄，是烈士、烈士。"李子方觉得不能这样无节制地闹下去，大声对着战士们喊道："弟兄们，上级并没有否定熊团长的功劳，熊团长是革命的功臣，是打鬼子的英雄。熊团长失去了生命，但他赢得了百姓，赢得了民心。民心是我们共产党、八路军的根据地，民心是一杆秤，它能称出你的良心，称出你的价值。熊团长为我们三团留下了魂。这个魂，是我们三团发展壮大的根，是我们战胜一切困难，从小到大、从弱到强的源。共产党不会忘记他，老百姓不会忘记他，三团不会忘记他，后人也不会忘记他。请相信我李子方，请相信我们的组织！"

苍天似被感动了，刚才还晴朗的天空，瞬间响起了隆隆炸雷，雷声伴着李子方的回声，伴着战士们的呐喊，传得很远很远。

李子方和战士们都相信，这是苍天的回声……

后 记

　　熊大林牺牲三个月后，日本天皇宣布无条件投降。遵照党中央的命令，李云长率队最先进入东北，为抢占东北立下大功，被中央任命为东北军区副司令员，奇怪的是，李云长不久即被降职，解放后也只做到正部级的副部长职位，始终未进入党和国家领导人行列。2008 年以百岁高龄辞世。

　　副团长陈雨生接任熊大林任三团团长，跟随李云长进军东北。不久，三团即扩编至一个师，陈雨生继任师长、李子方任政委，王化任师政治部主任，参加了三年东北解放战争和辽沈、平津两大战役。1949 年 4 月进军中南，参加了衡宝战役和湘西剿匪。1955 年，身为某军副军长的陈雨生被授予少将军衔。1995 年陈雨生逝世，其子女遵照遗嘱，将其骨灰葬入平东山区，当地政府为陈雨生墓树碑立传。李子方解放后转入地方工作，任某省副省长。文化大革命中因不满动乱给群众生产生活造成的严重损失，上书执言，被造反派迫害致死，十一届三中全会后平反昭雪。王化 1955 年被授予大校军衔，1961 年晋升为少将，1985 年以大军区副职离职休养，1989 年逝世。

　　李天盈作为留在冀东坚持斗争的二营四连少数几位幸存者，抗战胜利前夕任以二区队为主新组建的冀东某团团长。部队进军东北后，任某师副师长，解放战争后期调任第二野战军任某补充师师长，全国解放后转入地方工作，任西南某省副省长、省顾问委员会常委，2003 年逝世。

　　刘宏道进军东北后升任某团政委，不久负重伤致残转入地方工作，解放后任东北某工业厅厅长、省顾问委员会常委，一九九九年逝世。

　　马爱山随部队进军东北前夕，升任营长，参加了东北解放战争。全国解放后，身为团长的马爱山奉命参加抗美援朝，1953 年归国后因战伤复发，转入地方武装部工作，先后任某县武装部部长、军分区副司令员。1975 年因病以正师职休养，2005 年去世。子女遵照遗嘱，将其骨灰安葬在家乡盘山烈士陵园，与在抗战中牺牲的战友长眠在一起。

炮兵连长王二富随队进军东北后，升任某师炮兵营营长，在辽沈战役中，牺牲在离家不远的锦州。

冀东军分区主力部队进军东北后，升任军分区副政委的江新河仍奉行其一贯的极"左"路线，对与自己意见不同或犯过错误的同志残酷斗争，无情打击，不久被人暗杀，应验了李子方"会有人打你黑枪"的话。

在部队进军东北前夕，柯二美生下一男孩起名熊继林。因柯二美"坐月子"不便随军行动，没有随队进军东北而转入地方工作。五十年代初"三反五反"中，因其"土匪"身份被勒令回乡务农并被开除党籍。为养育熊大林的这棵"独苗"，柯二美没有再嫁。1963 年熊继林参加高考，以优异成绩超过重点大学录取线，但因父亲的"潜逃"、"抗令"和母亲的"土匪"问题，政审未过关而终身务农。文化大革命中，当地政府和乡亲们感于熊大林在抗战中的贡献和柯二美的口碑，未对母子加以迫害。1984 年和 1986 年，熊继林的两个儿子熊小林、熊小贵先后考入北京某大学，成为当地的巷议街谈。

1995 年 8 月，在纪念抗战胜利五十周年之际，熊大林被当地政府追认为革命烈士，并决定将其遗骨迁入革命烈士陵园。柯二美被确认为抗战离休干部，恢复党籍，补发工资三万余元。柯二美携儿孙将补发工资，全部捐给了当地政府的慈善事业。迁陵时，柯二美和三个儿孙跪地大哭。三天后，73 岁的柯二美辞世。